# Fluchgeschichten

# Hans-Walter Staudte

## Fluchgeschichten

Bibliografische Information der Deutschen Nationalbibliothek:
Die Deutsche Nationalbibliothek verzeichnet diese
Publikation in der Deutschen Nationalbibliografie; detaillierte bibliografische Daten sind im Internet über
http://dnb.dnb.de abrufbar.

TWENTYSIX – Der Self-Publishing-Verlag
Eine Kooperation zwischen der Verlagsgruppe Random
House und BoD – Books on Demand




Herstellung und Verlag:
BoD – Books on Demand, Norderstedt

ISBN: 978-3-740-746391

# Inhaltsverzeichnis

I.        2010 n.Chr.: Arabisches Vollblut

Der Hubschrauberpilot setzte zur Landung an. Er hatte in dieser endlosen Wüstenebene mit der schrägen Sonne des schwindenden Tages die Stelle ausgemacht. Eine Handvoll Menschen beugten sich über eine liegende Gestalt. Darum herum im konzentrischen Kreis angeordnet wie eine Blume hielten sechs Menschen jeweils zwei Pferde fest.

Dort unten pumpte ein Mann auf dem Brustkorb des Liegenden eine Serie Stöße, machte eine Pause, und der zweite daneben zog den Kiefer stärker nach vorn und blies seinen Atem in die Nase des verunglückten Reiters. Dann legte er dessen Kopf schnell wieder auf die Seite, wobei eine Mischung aus einer klaren Flüssigkeit mit einer kleinen Menge hellroten Blutes und etwas Schaum aus der Nase austrat. Das Blut am Schädel war schon verkrustet und mit Sand vermischt, an einer Stelle fand sich ein zweifingerbreiter Defekt am Haaransatz, dort leuchtete der Knochen des Hinterhauptes durch. Der linke Arm war neben den Rumpf gelagert, er erschien eigentümlich kurz, der linke Fuß war unnatürlich nach außen verdreht. Der linke Steigbügel war noch am Fuß und offensichtlich am Riemen vom Sattel abgeschnitten worden. Dass der Sicherheitsmechanismus mit Schnappverschluss zur Freigabe durch einen festen Knoten mit einem schmalen Lederband blockiert worden war, stellte sich später heraus. Im Sand lag der Inhalt der Taschen des Verunglückten, sein Portemonnaie und Ausweis, sein Taschentuch, sein Handy und ein loser Streifen aus beschriftetem Papyrus, ein Merkzettel wohl. Einer der Umherstehenden, Herr Zeki, hob es auf,

warf einen Blick darauf und verzog das Gesicht, zunächst
ungläubig staunend, dann angeekelt. Als er das unter den
blutigen Haaren durchschimmernde Hinterhaupt erblickte,
musste er erbrechen.

Der Hubschrauber drehte einige Runden und landete
umständlich unter Aufwirbelung von großen Sand- und
Staubmengen. Zwei Sanitäter sprangen aus der Kabine, sie
machten sich mit ihrem mitgebrachten Gerät an dem liegenden Menschen zu schaffen. Nach einer halben Stunde
starteten sie Richtung Universitätsklinik in Kairo. Die
Sonne war gerade untergegangen.

12 Stunden zuvor hatte Dr. Meier-Barmbeck von der
Zuschauertribüne aus den Beginn der lange ersehnten Fan-
tasia ausgemacht, eine winzige Staubwolke, die sich rasch
vergrößerte. Die erste Kriegerhorde flog auf ihren Araber-
pferden in stürmischem Galopp herbei. Die Reiter schwan-
gen ihre Gewehre, zielten kurz und zogen dann alle gleichzeitig die altmodischen Schwarzpulverflinten in die Luft
ab. Es krachte gewaltig. Ein gelblicher Blitz entstand und
viel Rauch. Der von den Hufen aufgewirbelte Wüstenstaub
mischte sich mit dem Schwefelschmauch. Die braunen Gesichter der Berber lachten breit, ihre weißen Zähne blitzten,
die grünen Turbane und Gürteltücher leuchteten durch die
Staubwolken hindurch, während die kleinen eleganten
Pferde auf jede Regung ihrer Reiter reagierten, die die
Richtung der kriegerischen Gruppe wie von Zauberhand
geführt und unter Aufbäumen auf der Hinterhand wechsel-
ten, zum Abschied schossen die letzten Reiter ihre Ladung
ab, es blitzte und qualmte und schon war der Spuk vorbei.

Da kam schon die nächste Mannschaft heran, diese mit blauen Turbanen und Schärpen und zeigte ihre akrobatische Reitkunst.

Der Himmel war klar an diesem Morgen gewesen, der Wüstenstaub und der Schwefelgestank verzogen sich bald.

Die Show ging weiter, eine rasche Folge rasanter farbenprächtige Reiter und Pferde, Schüsse und Hufgetrappel.

Dr. Meier-Barmbeck war begeistert, er empfand, dass alle Last von ihm abzufallen schien. Ein starkes, anschwellendes Gefühl des Triumphes stieg in ihm auf, von Macht, Glück und Ergriffenheit von sich selbst, seiner außergewöhnlichen Person in einer Welt voller Statisten. Eine solche starke und leider so seltene Emotion löste der Anblick der kriegerischen Reiter in ihm aus, er könnte einer von ihnen sein, siegreich und schön. Er war Sieger geblieben. Er fühlte nur noch Verachtung gegenüber seinen Widersachern in Deutschland, den ärztlichen Kollegen, den Versicherungsbürokraten und neidischen Kritikern, er empfand Genugtuung, dass er es ihnen gezeigt hatte und entkommen war. Die kleinlichen Vorhaltungen vermeintlicher Fehler durch die Kommission gingen selbstverständlich eklatant an der täglichen realen Arbeit eines hoch begabten Chirurgen, seiner eigenen Arbeit, völlig vorbei. So war sein Handeln als begnadeter Operateur nicht mit den beckmesserischen Maßstäben zu beurteilen, so wie es die alten sogenannten sachverständigen Orthopädenknacker ihm vorhalten wollten.

Zugegeben, seine Komplikationen waren leider gelegentlich schwer, aber er hatte auch so unvergleichlich schwierige Fälle zu behandeln, Fälle, die seine Kollegen in der Universitätsklinik niemals im Leben zu sehen bekommen hatten, geschweige denn zur Behandlung, wie er sie anbot. Er hatte sich nichts vorzuwerfen. Seine Patienten hatten unbegrenztes Vertrauen zu ihm. Der Grund war, dass er das Beste für seine Patienten wollte, da war das Risiko natürlich etwas höher, wenn er die allerneuesten Produkte der Firma McTribology verwendete.

Diese außergewöhnlichen Leistungen eines Pioniers der Medizin wollten die verbohrten ehemaligen Kleinstadtchefärzte am grünen Tisch der Kommission so inkompetent, wie sie schon immer und inzwischen noch schlimmer geworden waren, nicht wahrhaben. Er war ihnen ein Ärgernis. Sie meinten, sie hätten ihn überwältigt, nachdem sie so viele Gutachten gegen ihn geschrieben hatten. Die völlig fehl beratene, naive Haftpflichtversicherung hatte ihm nach vielem Hin und Her gekündigt. Er schien am Ende zu sein als Chirurg. Aber es war anders gekommen. Hier in Ägypten war er willkommen und er war frei. Vor ihm lag eine berufliche Zukunft außergewöhnlicher operativer Erfolge und in der freien Zeit die wunderbare Kultur der Araberpferde. Seine Familie würde das schon einsehen und nachkommen.

Heute hatte er erstmals nach vier Tagen Operation im Ali-Hafiz-Hospital keine Eingriffe geplant, er konnte sich erholen. Diese herausgehobene Stelle hatte ihm der Vertreter der Firma McTribology, Oliver Klenkes, besorgt, nachdem er mit ihm privat bei sich zu Hause nach Verlust des Versicherungsschutzes eine Flasche Whisky geleert hatte, zugesandt wie so oft von einer dankbaren Patientin. Da konnte man ein weiteres Mal sehen, seine Patienten hielten immer noch zu ihm. Wie prophetisch war auf diesem Flaschenetikett ein Araberpferd zu sehen. Das

Begleitschreiben war unleserlich auf einem dicken gewebten Löschpapier. Er hatte es dann als Untersetzer für sein Whiskyglas genommen und später darauf die Namen des neuen Krankenhauses in Kairo, des berühmten Gestütes El-Galaa und des ersten Ausflugzieles, die Schilfinsel Philea der Göttin Isis, notiert.

Die Firma wollte sich um alles kümmern. Das Unternehmen belieferte das Ali-Hafez- Krankenhaus, ein privates chirurgisch orientiertes Unternehmen. Die Betreiber brauchten dringend eine Erweiterung der chirurgischen Kompetenz für künstliche Hüften und Kniegelenke. Da war er der richtige Mann.

Er hatte jetzt sogar einen jungen Betreuer, der ihn von morgens bis abends begleitete. Er war ihm von Anfang an zur Seite gegeben worden. Herr Zeki konnte gut Englisch und war darüber hinaus sehr gewandt im Umgang mit den vielen wichtigen Menschen, die er kennenlernen musste, und beim Zurechtfinden in seinem neuen Lebensabschnitt, wie Bankkonto, Telefon, Auto bestellen und neue Wohnung suchen.

Heute war Dr. Meier-Barmbeck für niemanden mehr zu sprechen. Er musste sich entspannen nach der Anstrengung im neuen Krankenhaus. Dies sollte ein wunderbarer Tag werden mit der Show Lab-el-baroud der Reitergesellschaften und er sollte doch selbst auch an einem kleinen improvisierten Wettbewerb auf einer schnellen Galoppstrecke teilnehmen. Zeki war schon unterwegs im Stall und bei den Vorbereitungen für die Piste.

Da störte ihn der junge Mann in der traditionellen Kleidung, der immer wieder versucht hatte, mit ihm Kontakt aufzunehmen, ihn anzusprechen auf Arabisch, Englisch, schließlich winkte der ihm wie verzweifelt zu und rief in gebrochenem Deutsch: „Dr. Alaman, Doktor, zu mir kommen, bitte, sehr, sehr wichtig!"

Er fand, dass die Orientalen doch recht aufdringlich seien und rührte sich nicht. Trinkgelder gab er grundsätzlich nicht. Er tat genug für die Menschen mit seinen außergewöhnlichen Operationen. Er wollte schon Herrn Zeki Bescheid sagen, dass er nicht gestört sein wolle. Weil dieser nun einmal nicht da war, beschloss er diese Anmachversuche zu ignorieren.

Es war anstrengend gewesen, alle die alten Herren und Damen kennenzulernen aus den wichtigen Familien in diesem Stadtteil von Kairo und die ersten Indikationen zu stellen, die die Implantation seiner künstlichen Gelenke zur Folge hatten, weil die ägyptischen Herrschaften zum Teil schrecklich verschlissene Hüften und Kniegelenke hatten. Es ging alles sehr gut, trotz der fremden Sprache, Herr Zeki übersetzte alles in seinem Sinne. Die Operation führte er wie immer im gut ausgestatteten Operationssaal sehr zügig aus. Alles lief also nach Plan.

Nur bei der Mutter des ägyptischen Repräsentanten der Firma Siemens, der eleganten Frau Mariiam Mansour, hatte es nach der Operation kontinuierlich aus der Wunde geblutet. Das beunruhigte das Personal des Krankenhauses. Aber er konnte sie beruhigen, diese mäßige Blutung würde schon von selbst zum Stehen gekommen.

Er hatte jetzt wirklich eine Belohnung verdient. Er freute sich, dass er selbst in wenigen Stunden die Exkursion mit den exquisiten Pferden aus dem bekannten Gestüt der El-Galaa-Familie mitmachen konnte. Er wusste, er war ein erstklassiger Reiter. Auch auf diesen kleinen kräftigen, nervösen und ausdauernden Pferden mit ihren kurzen gefährlichen Wendungen würde er schon die Balance halten nach seiner langen Erfahrung.

Am späten Nachmittag war es kühler geworden.

Im Stall wurde ihm von Herrn Zeki ein kräftiger Wallach, ein Rappe, gezeigt. Das sollte sein Pferd für den Ausflug und das Wüstenrennen sein. Es war schon gesattelt. Draußen saßen die ägyptischen Reiter der Gesellschaft für den Ausflug gerade umständlich auf.

Ihm half Herr Zeki, der auch hier für alles zuständig war, der für ihn die Taxifahrten organisiert hatte, der ihn auf dem Markt begleitet hatte, der ihm im Hotel die Umstände erklärt hatte, der ihn pünktlich nach den Operationen  von der Umkleide des Operationstraktes abholte, der ihn einmal am Abend zu einer Bauchtanzbar geführt  und ihn gefragt hatte, ob ihm die Künstlerin gefallen hätte und der, als Dr. Meier-Barmbeck bejahte - ja sie gefiel ihm -, diese Tänzerin nach ihrer Vorstellung zu ihm an den Tisch brachte. Sie gab ihm viel später an diesem Abend ihre private Telefonnummer unter bedeutungsvollen Bewegungen der Augenbrauen.

So war also auch hier sein Begleiter Herr Zeki, der im Gestüt offensichtlich bekannt und sehr kundig war und ihm beim Aufsitzen half. Er war angestellt bei der ägyptischen Agentur von McTribology, die wie immer für alle Unkosten aufkam. Dr. Meier-Barmbeck meinte bei sich, das gehörte sich auch so, dass er von der Firma anständig betreut wurde.

Herr Zeki hatte eben die Steigbügel auf die bequeme Länge gebracht, als er weggerufen wurde. Statt seiner kam ein ernst blickender, dunkelhäutiger Beduine. Er sprach ihn kaum verständlich an: „Mein Name Abu Agraq, Hakim Dokktorr, ich Security!".

Er kontrollierte den Sattel, das Gebiss mit Trense, alle vier Hufe und die beiden Steigbügel. Er machte sich länger am linken Steigbügel zu schaffen.

Dr. Meier-Barmbeck hörte, wie es klickte, aber da kam schon der Ruf zum Aufbruch, er setzte sich tiefer in den Sattel hinein, und die Gruppe ritt im straff gezügelten Schritt auf ihren aufgeregten tänzelnden Vollblütern zum Tor hinaus. Kurz hinter ihm, fast parallel ritt Herr Zeki auf einem kleinen Falben.

Als Dr. Meier-Barmbeck ihm leutselig zuwinkte, vermied dieser den Augenkontakt. „Er wird Muffen vor dem bevorstehenden Ritt haben", sagte Dr. Meier-Barmbeck etwas belustigt zu sich.

Der Weg führte an den bewässerten Palmen und immer trockener werdenden Sträuchern vorbei, schließlich befanden sie sich in einer Dünenlandschaft. Sie folgten einem der Reitwege in der Wüste mit einer breiten Spur von drei Hufschlägen. Der Weg verengte sich und man konnte nur hintereinander reiten. Er wand sich um Sandhügel, in den Kurven konnte Dr.Meier-Barmbeck immer wieder die vor ihm Reitenden hinter einer Kuppe verschwinden sehen. Er folgte der rasch trabenden Gruppe nur mit einiger Anstrengung.

Hinter ihm schien Herr Zeki den Anschluss verloren zu haben, dann hörte er wieder Pferdehufe im Sand. Er drehte sich um, er saß inzwischen tief und sicher und hatte sich an den kürzeren härteren Trab des Araberrappen gewöhnt. Hinter ihm rückte jetzt der dunkle Security-Mann auf, der stand halb in seinen Steigbügeln und zügelte das Pferd mit der linken Hand, während er in der Rechten eine lange Peitsche hielt. Er lehnte sich etwas zurück, nachdem er auf gleiche Höhe aufgerückt war. Er blickte ihn einen Augenblick ernst an. Als Dr. Meier-Barmbeck wieder vorausschaute, tat sich unter ihm eine weite Wüstenebene auf. Der Wind hatte den Sand gleichmäßig in Wellen zwischen den Geröllsteinen verteilt. Der Horizont lag flach und unermesslich vor ihm.

Die Gruppe war verschwunden. Stattdessen lenkte der Security-Mann sein sehniges Pferd auf die Wüstenfläche hinunter. Er pfiff, sein Pferd sprang im Galopp hinab. Dr. Meier-Barmbeck wurde von seinem aufgeschreckten Rappen mitgerissen, er hatte aber rechtzeitig reagiert und war gerade noch im Sattel geblieben. Er musste den Security-Mann recht unkontrolliert mit lockerem Zügel passieren.

Da spürte er einen schneidenden Schmerz über Nacken und Rücken. Erschreckt drehte er sich um und sah, dass der Security-Mann in den Steigbügeln stand und mit seiner Peitsche erneut ausholte und auf den Nacken seines Pferdes unter ihm und sofort danach mit aller Kraft auf den Pferdebauch schlug. Der Peitschenschlag wurde nur etwas durch seinen Stiefel abgeschwächt. Das Pferd machte völlig erschreckt einen Satz zur Seite, dabei glitt Dr. Meier-Barmbeck rücklings aus dem Sattel und dem rechten Steigbügel und drehte sich im Sturz in der Luft. Unglücklicherweise blieb er im anderen Steigbügel hängen und wurde beim rasanten Galopp über den Boden und immer wieder über Steinkuppen schlingernd gezogen. Solange er noch etwas wahrnahm, hörte er es zuerst im linken Knöchel knacken, gefolgt mit starken Schmerzen. Der Kopf schlug mehrfach auf dem harten Sand auf, sein Arm wurde plötzlich in eine unnatürlich verdrehte Position gebracht, der neue scharfe Schulterschmerz überwältigte ihn fast. Als sein Kopf das vierte Mal an einen großen Stein geschleift und furchtbar angeschlagen wurde, wurde es dunkel um ihn. Den Pfiff, der sein Pferd sofort zum Stillstand brachte, hörte er nicht mehr.

Oliver Klenkes, Beauftragter für besondere Leistungen im Vertrieb der Implantate von McTribology, erhielt an diesem Abend zwei Anrufe.

Der erste war die Mitteilung von Herrn Zeki. Er rufe von der Universitätsklinik an. Er teile mit, dass Dr. Meier-Barmbeck mehrfach verletzt in der Universitätsklinik Kairo auf der Intensivstation läge. Er habe einen fast tödlichen Reitunfall erlitten. Die begleitenden Reiter hätten gesagt, er sei wohl zu wagemutig allein über eine gefährliche abschüssige Strecke mit seinem schnellen Araberpferd galoppiert und, ungewohnt dieser temperamentvollen Rasse, gestürzt und habe sich dabei schwere Kopf-Arm- und Bein-verletzungen zugezogen. Wenn man ihn, Herrn Zeki, frage, wie dies habe passieren können, müsse er versichern, dass er den sehr verehrten Herrn Doktor immer im Auge gehabt habe, nur einen kurzen Augenblick habe er sein eigenes Pferd satteln müssen, um ihn auf dem Ausflug begleiten zu können, auf den der Unglückliche sich so gefreut habe. Er glaube schon, dass es gewissermaßen ein Unfall war. Aber man wisse ja, ein Unglück entsteht nicht aus einer einzigen Ursache heraus, vielleicht war es auch eine Verwünschung. Der Doktor habe nämlich ein Fluchpapyrus bei sich getra-gen, welches er, Zeki, am Unglücksort aufgehoben habe.

Oliver Klenkes war entsetzt. Ein ägyptischer Business-plan zunichte, sein Hoffnungsträger handlungsunfähig.

Was sollte das mit dem Papyrus? Oliver Klenkes konnte damit nichts anfangen, er dachte, abergläubisch sind sie alle hier.

Der zweite Anruf und damit das Schlimmste für die Firma kam aus dem Ali-Hafez- Krankenhaus. Herr Oliver Klenkes könne seinen Container mit den Operationsinstrumenten für die Implantation von Hüft-, Schulter- und Kniegelenken am Lieferanteneingang abholen. Die Zusammenarbeit mit der Firma McTribology sei beendet.

Völlig außer sich und erschüttert rief Oliver Klenkes Herrn Zeki nochmals an. Er wollte unbedingt Näheres in Erfahrung bringen. Er erreichte Herrn Zeki zu Hause.

Herr Zeki sagte auffällig gefasst: „Ich bin sicher entlassen? Vielleicht war doch alles meine Schuld. Mein Glück hatte mich verlassen. Ich war schwach, zu schwach und unkonzentriert für die Aufgabe. Ich habe nicht aufgepasst, als der Bote der Familie Mansour aus der Klinik ins Gestüt kam. Ich hätte erkennen müssen, dass Dr. Meier-Barmbeck sofort in die Klinik zurückkehren muss und die Blutung zum Stehen bringen muss. Frau Mariiam Mansour musste vom dortigen ägyptischen Chirurgen noch einmal operiert werden und hat knapp überlebt. Die ganze Familie war völlig verängstigt. Das wurde sehr übelgenommen. Mit der bedeutenden alten Familie Mansour ist nicht zu spaßen. Aber der Dr. Meier-Barmbeck machte ja den ganzen Tag einen völlig veränderten Eindruck, ganz anders als die Tage zuvor. Er sah ja nur noch die Pferde, wir sind hier abergläubisch, es muss eine Verwirrung über ihn gekommen sein. Er hatte einen Fluchpapyrus bei sich, wie ich Ihnen schon gesagt hatte. Er muss mächtige Feinde haben. Sehr schlimm, das alles. Ich wäre gerne bei Ihnen geblieben, Herr Klenkes, Sie und Ihre Firma waren immer so großzügig zu mir und meiner Familie." „Welches Papyrus?" fragte nun endlich Oliver Klenkes. Aber da hatte Herr Zeki schon eingehängt. Es war zu spät.

## II.    28 n.Chr.: Der Stern

Die vier Männer nahmen einen Schluck vom heißen Tee, räusperten sich und sahen sich an. Der Älteste nickte mit dem Kopf und sie begannen.

Zu Anfang war da ein tiefer Ton, warm und wie von ferne, fest und sicher, nach einer Weile kam ein zweiter hinzu, klar, rein, hoffnungsvoll strebend, dieser wurde stärker und wieder schwächer, als er sich mit dem ersten eng verbunden hatte, kam ein dritter dazu, frohgemut hell und weich, fest auf dem Fundament der ersten beiden stehend, schließlich entstand ein hoher Ton wie aus dem Nichts, wurde zu Klang wie ein schmerzhaftes Sehnen, süß und traurig, bitter und klar.

Die Vier sangen lange.

Ihre Gesichter, von der durchwachten Nacht noch voller Müdigkeit, wurden lebendig und straff, die Augen verloren den Schleier und glänzten nach einer Weile, ihre Schultern richteten sich auf. Schließlich nahm sie die Arme nach oben und öffneten die Hände zum Himmel.

Da war die Freude wieder unter ihnen, sie schauten sich an, jeder hielt seinen Ton noch eine Weile, dann nickte der Älteste und es wurde still. Sie schwiegen und lauschten dem Nachklang.

Wie auf ein Zeichen griffen sie nach dem Becher Tee mit Honig, nahmen einen guten Schluck und atmeten durch.

Mandri schaute in die Runde und sagte: „So Männer, das war jetzt richtig schön. Bevor wir uns trennen, erzählt uns Hormisdas den neuesten Witz aus Jerusalem, den

einen, den er von den Kaufleuten kürzlich im Basar gehört
hat. Er ist nämlich an der Reihe."

Dieser zog die Augenbrauen hoch, fasste sich an die
Nase, kratzte an seinen Ohren, durchwühlte sich die Haare,
zupfte an seinem Bart, lachte ein bisschen im Voraus,
schaute auf seine Fingernägel und holte schließlich tief
Luft:

„In der Davidstadt Jerusalem stehen zwei jüdische
Herren im Pissoir eines Gasthauses nebeneinander.

Da sagt der eine: Sie sind zwischen 3750 und 3771 geboren, stimmt's?

Ja, stimmt.

Und Sie kommen aus Ashkelon.

Ja. Aber wie a Wunder! Woher möchten Sie das wohl
wissen mögen?

Da kenne ich den Rabbiner. Der hat in 21 Jahren nie
einen geraden Schnitt hinbekommen."

Die vier Männer lachten und trennten sich dann. Sie
waren sicher, sich am Abend wieder zu treffen, vielleicht
zum Würfelspielen vor ihrem Dienst als Sterndeuter.

Die nächste Nacht war fast herum. Das Quartett
schaute noch immer zum östlichen Himmel. Dort däm-
merte es gerade. Der Älteste blickte die anderen an und
sagte: „Habt ihr das neue Licht auch gesehen? Gestern
Abend war es doch eindeutig, die Hörner waren zu sehen,
nachdem die Sonne gerade untergegangen war. Seid ihr
ebenso überzeugt wie ich, alles klar?" Die anderen nickten.

Er fuhr fort: „Und heute Nacht, haben wir alle doch sicher den Sternhaufen gesehen und den Sirius, den
Pfeilstern, dann ist es also soweit. Wir haben das Schaltjahr

vor uns. Das muss unser König nunmehr unverzüglich aus-
rufen!“

Dann wandte er sich an den Schreiber und bedeutete
ihm, den neuen Monat und die Position der Gestirne der
vergangenen Nacht auf die feuchte Tontafel zu notieren.
Dieser begann sofort mit dem Schilfgriffel seine Zeichen
und mit der runden Seite des Stifts die astronomischen Zah-
lenkolonnen einzudrücken.

Der 13. Monat Addaru II war angebrochen.

Die Vier zogen die Priesterumhänge aus. Hier oben auf
dem Tempelobservatorium war es die ganze Nacht über
ziemlich kühl in der Dienstkleidung gewesen. Sie zogen
ihre Wollmäntel über, verneigte sich kurz vor dem Heilig-
tum und stiegen etwas fröstelnd die 200 Stufen von ihrem
Beobachtungsposten herunter.

Unten im Gasthaus war das Feuer schon angefacht, ihr
Tee dampfte in den Bechern. Die vier Männer setzten sich
gegenüber auf vier Polster, schauten sich an.

Als sie sich etwas aufgewärmt hatten, holte Larvandad,
der Jüngste, Luft, ließ den Blick kurz schweifen und sagte
wie beiläufig: „Es sind jetzt genau 28 Jahre her, dass wir in
Bethlehem waren, lange Zeit, man hört seit neuestem einiges von den Kaufleuten aus dem Land der Juden, das kleine
Kind sei während der Mord-Tage mit seinen Eltern in
Ägypten gewesen, jetzt tue es, herangewachsen zum jungen Mann, überall Wunder. Es scheint wohl etwas daran zu
sein, dass dieser etwas Besonderes ist. So ein netter kleiner
Säugling! Ich war damals 27 Jahre alt, ein Glück für mich,
diese Reise.

Und ein Glück auch, dass ich den ekelhaften König von
Jerusalem damals nicht persönlich miterlebt habe.“

„Jaja," sagte Hormisdas, „ich war 30, ich habe ihn beobachtet, der alte Herodes war falsch, das haben wir gleich gemerkt. Als wir die Sache mit dem Stern erzählten und dass uns nach unseren Forschungen ein neuer König vorausgesagt worden sei, da wurde er ganz unruhig und bösartig, obwohl er sehr krank war und furchtbar stank. Ich bekam richtig Angst und ekelte mich vor ihm. Als wir ihm auch noch berichteten, dass weiter geweissagt worden sei, dieser König solle die Wunderkraft haben, sein Volk vom Leiden zu erlösen und das Leiden aller Menschen zu ertragen, sei nun künftig allein die Sache des neuen Königs, schien der alte kranke Herrscher in seinem Palast sogar etwas ängstlich geworden zu sein."

Der dritte, Gushnasaph, zuckte mit den Achseln sagte: „Wir haben wirklich Glück gehabt, er hätte uns ebenso gut foltern können, damit wir ihm den genauen Ort preisgäben. Wir hatten damals die Zeit und die Positionen genau berechnet, wir wussten, dass das Kind mit seinen Eltern in einem der Höhlenställe von Bethlehem war. Aber so erledigt wie wir waren nach den 70 Tagen von hier, dem Zentrum von Nippur, nach Jerusalem durch die Wüste, sahen wir eher wie arme vom Durst und Wind gestörte Hungerleider aus. Wahrscheinlich hatte er uns deswegen einfach laufen lassen."

Der älteste, Mandri, schüttelte mit dem Kopf: „Herodes hatte uns auf jeden Fall schon früh beobachten lassen und dazu noch die Römerkuriere, die hatten uns doch begleitet die letzten zwei Tage bis zum Palast in Jerusalem. Der Alte wusste schon Bescheid, wie er uns folgen konnte, hat er ja auch getan, nur seine Soldaten und Mordgesellen kamen zu spät."

Gushnasaph blickte ins Feuer und sagte: „Larvandad, du hattest es aber mit der Angst bekommen, dich sofort als Maultierführer und Knecht verkleidet und dir sogar eine Flöte besorgt in der Altstadt von Jerusalem, damit du als Hirte durchgehen könntest. Du wolltest nicht mit uns verhaftet werden, stimmt's?"

Larvandad schaute etwas belustigt und meinte: „Naja, ich war ja recht jung, damals, aber du, Hormisdas, hast dir das Gesicht ganz schwarz gemalt, damit man dich nicht mehr erkennen konnte nach dem Besuch im Palast. Also große Helden waren wir nicht, aber es war doch absolut lohnend, dass wir diese Fahrt nach Westen gemacht haben, denk ich auch jetzt nach den vielen Jahren. Wenn ich mich erinnere, so wie gerade heute, wird mir so richtig wohl zu Mute, ich bekomme gute Laune, fühle mich ganz leicht."

Hormisdas verzog etwas das Gesicht und lächelte.

Mandri lachte: „Wir waren doch ursprünglich zu viert aufgebrochen, aber du, Larvandad, hattest dich bei dem Besuch in dem Stall gleich bei den Hirten versteckt und hast versucht, mit der neuen Flöte bei dem Dudelsackspieler und dem Trommler mitzuspielen. Dass das nicht besonders gut klang, hat das kleine Kind auch gemerkt. Wisst ihr noch, es war doch eigentlich gerade erst auf der Welt, es schaute jeden von uns ganz genau an, jeder hatte unter seinem Blick das Gefühl, dass alles um ihn herum voller Liebe war. Und woher kam das viele Licht in dem Stall? Es brannte ja nur eine Kerze und eine Laterne in der nächtlichen Höhle. Und trotzdem schien alles so hell?"

Gushnasaph warf ein: „Ist mir immer noch schleierhaft, das wäre sehr teuer geworden, so ein Licht von ungefähr 300 Kerzen wie hier an Festtagen im Tempel. Gut,

man konnte wirklich annehmen, dass diese Leute in dem
Stall nicht ganz arm gewesen sind. Die Windeln waren neu,
die junge Mutter war mit einem feinen blauen Mantel gekleidet, ihr alter Mann trug sehr solides Schuhwerk, ebenso
praktische, gut gemachte Kleidung und einen teuren Hut.
Auch die Qualität unserer Gaben schien er einschätzen zu
können, dass Weihrauch und Myrrhe vom besten Händler
Babylons stammten und dass es sich bei dem Gold um das
edle, seltene Flussgold handelte. Aber so viele Bienen-
wachskerzen gab es in dem Ort doch gar nicht. Nein, da
war etwas Besonderes. Es herrschte eine so wunderbare
Stimmung in dieser Grotte.“

Mandri sagte: „Mir ist bis heute nicht klar, wie dieser
feierliche Choral entstehen konnte. Der Neugeborene hatte
den Mund ein bisschen auf, seine Mutter Maria sang, ihr
Mann Josef sang, die Hirten sangen, aber es klang alles viel
lauter und intensiver. Man hatte das Gefühl, dass all die
vielen Schafe, diese Hunderte von Schafen draußen auf den
Hügeln gesungen haben, der Ochs den Bass und der Esel
den Tenor. Wir konnten gar nicht anders, wir mussten einfach mitsingen. Ja, so war das. Lasst uns, wie all die Jahre,
wieder gemeinsam singen, so wie damals! “

# III. 33 n.Chr.: Der Händler Jethro

## III.1 Der Schreiber aus Ägypten

Jethro, genannt der Schreiber aus Ägypten presste die Handinnenflächen gegeneinander und schob den Unterkiefer nach vorne, spannte den Mund an und atmete durch den Lippenspalt langsam aus. Das machte er jetzt immer wieder, dann fühlte er, dass sich die Gänsehaut an seinen Unterarmen wieder glättete, und er wurde etwas ruhiger Er war ein gut genährter Endzwanziger, ein durchaus eleganter Mann. Vom ordentlich nach hinten gekämmtem geöltem Haar über seine stilsicher ausgewählte Kleidung, die Jacke aus bester Wolle, dazu das Hemd aus feinstem Musselin bis zu den eleganten, den Römern nachempfundenen Sandalen. Er sah schon sehr gut aus. Gewöhnlich hatte er eine sympathische Ausstrahlung, die wenigen Kunden entging. Er machte auch an diesem Tag auf den ersten Blick durchaus einen seriösen, angenehmen Eindruck, wenn er nur nicht immer wieder aufspringen und mit nervösen Schritten sein Empfangszimmer durchschreiten müsste. Wenn nur der Impuls, unter dem Zwang seiner aufkommenden Spekulationen und Befürchtungen immer wieder tief durchzuatmen, nicht wäre und das damit verbundene Kribbeln in beiden Händen und die unruhigen Blicke in Richtung der halbgeöffneten Tür zur Marktgasse hinaus. Nach einer Weile beruhigte er sich und nahm wieder auf dem Bürostuhl Platz.

Er saß wie immer in den letzten Monaten seit der Eröffnung in seinem ziemlich neuen Laden direkt hinter dem großen Marktplatz, parallel zu der zentralen Flaniermeile Jerusalems, in einer stilleren Geschäftsstraße. Etwas weiter begann die Oberstadt, da wohnten die wohlhabenden Leute. In der uralten Stadt Jerusalem war es ruhiger geworden nach der brutalen römischen Niederschlagung des jüdischen Aufbegehrens durch den Sohn von Herodes Archelao, nachdem man schließlich die vielen Toten begraben hatte. Man konnte wieder auswärtig Handel treiben und somit recht gut Geschäfte machen, besonders von weit her waren aus dem gesamten römischen Reich auch seltene exotische Waren zu beziehen. Es schien, als wollte sich eine angenehme, gewinnträchtige Zeit ankündigen. Die Ausstattung seines Ladens war nicht billig gewesen. Allein das schmiedeeiserne Gitter davor hatte ein Vermögen gekostet. Die Lage der Immobilie war unbestritten ideal grade an dieser speziellen Ecke. Hinten war der eigentliche Eingang von dem sehr schmalen Gässchen aus, welches von der Geschäftsstraße abging. Vorne im Geschäft war die Ausstattung in ägyptischem Stil, sehr geschmackvoll, mit Kopien von Reliefs mit Hinweisen auf die Entstehung der ägyptischen Welt: Nut, Geb, Isis, Osiris und den vielen anderen Göttern mit mehr oder weniger Einfluss auf die irdischen Geschehnisse und auf die Seelen der Menschen. Jethros Land war besetzt. Die Römer, Soldaten und das Versorgungspersonal mit ihren Familien kamen aus der ganzen bekannten Welt. Sie kannten die lange Tradition einer Weltsicht nicht, die im Schilf des Nils ihren Anfang genommen hatte. Sie waren aber fremden Traditionen gegenüber sehr aufgeschlossen. Es war in den römischen Kreisen schick, etwas Okkultes um sich zu wissen, es vorgeblich zu beherrschen oder sein Wirken zumindest in Aussicht gestellt zu bekommen. Seine eigenen Landsleute hingegen, die traditionsbewussten wertekonservativen

Juden, waren diesbezüglich prinzipiell ablehnend. Die Geschäftslage war gelegentlich kritisch geworden, wenn das jüdische Zauberverbot vom Hohen Tempel politisch wieder einmal umgesetzt werden sollte. Aus diesem Grunde wurden alle brisanten Themen der verborgenen Welt mehr allgemein und eher unverbindlich dem allen und überall geläufigen Übergang vom Diesseits zum Jenseits zugeordnet. Seine Räume hatte er dafür farblich sehr geschmackvoll künstlerisch ausgestaltet. Die Wände waren mit einer besonders hochwertigen Schilfsorte vom Nildelta aus der Nähe von Alexandria tapeziert. Der nichtkundige Passant sah eine diskret ansprechende Auslage mit einem gewissen Schick. Auf den ersten Blick hätte diese auch den Abglanz des für immer verloren geglaubten und herbei gesehnten Garten Eden bedeuten können, besonders was den Teil der paradiesischen Gewässer anging. Früchtetragende Bäume waren nicht dargestellt. Alle aber, die eingeweiht waren, also alle aus seiner Familie und viele seiner Kunden wussten diese Bildersprache genau im alten ägyptischen Kontext zu erkennen und schätzten den ästhetischen Einfallsreichtum der Verschleierung und die besondere stilvolle und übersinnliche ambivalente Kompetenz von Jethro. Die Innenausstattung des Besprechungsraumes war dem zentralen Thema der Götter, nämlich dem Auffinden des zerstückelten Osiris im Schilf gewidmet. Mit ihren Umrissen vermischten sich die stilisierten Körperteile unmerklich mit den Strukturen der schlichten Linien von Schilf und Kolben, dazwischen die kaum erkennbaren Konturen von wilden Enten und Reihern sowie weiter unten im Wasser von Krokodilen und Fischen. Es war alles vorhanden, was über die vielen Zeitperioden und mit ihnen über die

Generationen seiner Familie an Symbolen und bildlichen Erzählungen weitergegeben worden war und seine Kraft in der Zeit behalten hatte. Jethro hatte dafür sogar ägyptische Handwerker kommen lassen. Die kannten die alten Bilder und hatten die richtigen Schablonen dafür mitgebracht. Der Sinn und die Kraft, die in den Bildern noch immer verborgen war, schien ihnen aber nicht mehr gegenwärtig zu sein. Das war gut so, sonst hätten sie noch mehr Lohn verlangt. Das Besondere aber dieses Raumes war, dass er praktisch keinen Schall von außen hineinließ. Jethro hatte die Mauern außen und innen verstärken lassen und sie innen mit Schilfmatten und Lehm verputzen lassen. Wenig Licht kam durch den Lüftungskanal von oben herein. Im Raum brannten beim Besuch von wichtigen Kunden viele Öllampen mit dem feinsten Palmöl, welches keinen Ruß machte.

Nicht nur wunderbare mythische Bilder kamen aus dem Nildelta, auch die Dichtkunst konnten Ägypter viel besser als die Bewohner von Palästina, sie pflegten eine elegante Poesie. Er sprach zu sich selbst:


Jubel und Trauer
Ich bete zur schimmernden Göttin und preise ihre Erhabenheit
  ich rühme die Herrscherin des Firmaments
  ich schenke meinen Jubel der Hathor
  und liege auf Knien vor der Herrin.
  Dies ist mein Gelübde von nun an für immer.

Die Göttin flehte ich an und sie erhörte meine Bitte,

sie sandte mir die Geliebte,
die Geliebte kam aus freien Stücken, um mich zu sehen,
welch großes Glück ist mir geschehen!
Als meine Freunde mir sagten: „Schau, deine Geliebte ist da!"
jubelte ich und alle meine Freunde verneigten sich
vor der anmutigen Gazelle, meiner geliebten Schwester.

So machte ich meiner Herrin des Himmels dieses Gelübde der ewigen Verehrung,
und als Lohn gab sie mir die Geliebte-,
ja, sie kam nach drei Tagen, nachdem ich die Göttin angerufen hatte
und der Göttin ihren schönen Namen sagte.
Oh unfassbares Glück!

Oh unfassbares Unglück!
Meine Geliebte, sie verließ mich vor fünf Tagen!

Es war Jethros Lieblingsgedicht aus seiner Jugend als feuriger Jüngling, ein Gedicht wie ein Schild gegen die Enttäuschungen der Liebe.

Jetzt schien ihm viel eher ein Gedicht notwendig, welches man gegen die Enttäuschung der geschäftlichen Erwartungen verwenden könnte. Er hatte ja alle Voraussetzungen für ein gutes Gelingen seines Handels geschaffen

Zur Installation des essenziellen Kraftzentrums im Haus „Isis und Osiris" hatte er die wichtigen antiken

Skulpturen weiter nilaufwärts ausgraben lassen, mit dem
Schiff im Hafen von Cesarea maritima an Land bringen
und auf dem teilweise noch unfertigen Römerweg hinauf
nach Jerusalem bringen lassen. Er fühlte mit Genugtuung
deren magische Vibrationen schon bei ihrer Ankunft. Die
Präsenz der Skulpturen war von Anfang an auffällig und
wuchs an unmittelbarer Stärke mit den täglichen erforderlichen Handlungen der Verehrungs- und Opferrituale weiter, so wie ihm vom ägyptischem Geschäftspartner versprochen worden war. Eine Ecke im Geschäft hatte er bis
auf eine kleine Öffnung zumauern und einen mehrfach gesicherten, eisenbeschlagenen Kasten aus Eichenholz her-
stellen lassen. Zusätzlich war dieser mit zwei unabhängigen Schlössern versehen, eins mit einem Schieberiegel und
das andere mit Fallriegeltechnik. Die beiden Schlüssel trug
er nachts als Reifen am linken Ring- und Mittelfinger, tagsüber am Körper. Zwei Kopien von ihnen steckten einge-
mauert in der ellendicken Hauswand. Ein solcher Aufwand
war unerlässlich: Im Kasten war sein ägyptisches Erbe aufbewahrt, die Grundlage des Unternehmens seiner Familie,
also das Niltotenboot seiner Vorfahren, ein leeres Kästchen
aus Holz mit Hörnern vorne und hinten und zwei Schilf-
stängeln, die in dessen Deckel gesteckt waren, der ein flaches Relief von Isis und Horus zeigte. Ein Handknauf war
als Hundekopf geformt. Das Kästchen ähnelte somit einem
kleinen Schiff. Sein Rumpf war und blieb stets leer. Der
Zauber an sich, die Kraft also für Verwünschungen entstand durch die Fahrt mit dem Boot. Für diese Reise in das
Totenreich und wieder zurück gab es kein besseres Mittel
als Nilwasser oder Tränen, um die dunklen Wünsche zu aktivieren. Dann begann unaufhaltsam der Leidensweg der

verwünschten Person: Demenz, Bewusstlosigkeit, schreckliche Gedanken, Wut, heiße blutige Rache, Paranoia, Epi-
lepsie, Weglauftendenz, Suizid, kalte Versteinerung,
tiefste Traurigkeit. Je nachdem, es hing vom Fluch ab, ob
und wie einer zurückkehrte.

Jethro hatte einige hintere Räume mit einem Zugang
von der kleinen Gasse aus für diskrete Kundenkontakte als
Besprechungszimmer, Kasse und Buchhaltung ausbauen
lassen. Noch weiter dahinter befand sich das Labor mit einem hochmodernen Holzkohleofen für den Guss der bei
den Römern seit neuestem beliebten Bleitafeln. Zusätzlich
hatte er eine teure Papyrusbefeuchtungs- und Pressanlage
einrichten lassen. Die nötige Genehmigung zu bekommen,
in dem trockenen Jerusalem Wasser aus einer der städtischen Zisternen in einen eigenen direkten Anschluss ablei-
ten zu dürfen, erforderte einen immensen Aufwand. Allein
die Bestechungsgelder, deren es bedurfte, betrugen einen
ganzen Jahresumsatz. Aber es war schon richtig, den Papyrus selber herzustellen und zwar auf traditionelle Weise,
die Wirkung hing entscheidend davon ab.

Von den angelieferten Papyruspflanzen wurde zunächst die Außenschale abgeschält. Das Mark schnitten
seine mit dem Geschäft vertrauten Gehilfen, alles Fami-
lienangehörige, in schmale dünne Scheiben, die zum Ein-
weichen mehrfach in ein Wasserbad kamen und anschließend plattgeklopft wurden. Diese Prozedur wurde so oft
wiederholt, bis schmale, fast durchsichtige Streifen entstanden. Diese wurden nach dem letzten Wässern auf einer
Fläche von 20 mal 20 Daumenlängen ausgelegt, wobei sie
sich leicht überlappten. Anschließend ordnete man eine

weitere Schicht quer darüber an. Nach dem letzten Wasserbad legten sie die Papyrusstreifen auf einer Länge von ca. 20 Daumen breit nebeneinander, so dass sie sich leicht überlappten. Anschließend ordneten sie eine weitere Schicht quer über diese Reihe an. Mit einem Holzhammer klopfte und presste der kräftigste Junge die Lagen zusammen, bis durch den freigesetzten Pflanzensaft, der wie ein Kleber wirkte, ein festes Blatt entstand. Dieses musste nun mehrere Tage unter einem schweren Stein getrocknet werden. Mit einem scharfen Stein, einer Muschel oder einem Stück Holz glätteten Mädchen es schließlich flach und geschmeidig, damit der Schreibgriffel beim Schreiben nicht hängen blieb. Um sein Gewerbe anfangen zu können, hatte er einen Kredit aufnehmen müssen. Aber bisher waren diese Art Geschäfte mit Römern und vielen fremden Leuten aus dem ganzen Mittelmeerraum und sogar mit Germanen aus dem Norden immer zuverlässig zu machen gewesen. Die Garnison der Legion brauchte viele seiner Dienste. Die Zukunft schien völlig geordnet und verlässlich vor ihm zu liegen.  Er sah sich anfangs schon bei der stolzen Geschäftseröffnung in naher Zukunft als den unumstrittenen Patriarchen seiner großen Familie. Zu seiner Enttäuschung taugten die Umsätze aber seit gut einem Jahr nicht mehr recht, nachdem diese Art von Dienstleistung jahrhundertelang für Wohlstand, gesellschaftliches Ansehen und Zufriedenheit seiner alten bedeutenden Familie gesorgt hatte. Dieses besondere Geschäft schien jetzt sogar akut in Gefahr. Er wollte das überhaupt nicht verstehen, solch ein nützlicher privater Service für jedermann, erschwinglich und wirksam, sollte nicht mehr gefragt sein?

Seine Vorfahren hatten die Technik schon vor vielen Generationen ohne großes Aufsehen aus Ägypten mitgebracht und hatten diskret und zuverlässig ohne Ansehen der Person über die vielen Jahre unzählige Aufträge erfolgreich erledigt. Aber in letzter Zeit kamen immer weniger Kunden, die einen Fluch kaufen wollten, selbst die Liebeszauber gingen kaum noch. Er war verzweifelt. Nachts konnte er nicht mehr schlafen, er musste das Ehebett verlassen, weil er so unruhig geworden war und durch die Räume streifte, bis das Morgengrauen ihm die Erschöpfung brachte und er kurz, wie bewusstlos, einschlief, um gleich darauf wieder aufzuschrecken und unausgeruht mit Kopfschmerzen ins Geschäft zu gehen. Seine Frau machte sich große Sorgen um ihn, zumal er ihr stets seine Überlegungen mitgeteilt hatte. Sie war klug und konnte überraschende Lösungen für manch anscheinend unüberwindbares Hindernis vorschlagen. Auch sie war ratlos. So ging das schon viele Tage. Schließlich hatten beide eine Idee, wie er vorgehen könnte. Er beschloss, Kundschafter aus seiner Familie, möglichst unscheinbare Männer, zu beauftragen, Leute in Jerusalem und um den See Genezareth herum zu unerklärlichen magischen Vorkommnissen zu befragen. Irgendwie musste die Ursache der Flaute doch zu finden sein.


III.2                    Der Auftrag der Herodias


Sein letzter großer Auftrag war schon Jahre her und eine heikle Angelegenheit gewesen.

Die zugegeben etwas nuttige neue Gattin von König Herodes Antipas, Mylady Herodias, war eigentlich dessen Schwägerin gewesen, aber sein Bruder Joseph war dem Herrscher lästig geworden und daher eben im Weg. Außerdem hatte Joseph eine schöne attraktive Frau, wie das so manchmal vorkommt. Irgendwie kam dieser Bruder um und sie, wie geplant, zu ihm, dem König und Chef, an den Tisch und dann wie selbstverständlich in sein Bett. Kaum in diese Position quasi aufgestiegen, veranstaltete sie ausnehmend teure und geschmacklose Feste, alsbald allseits berüchtigte Partysausen im Schloss (so sagten es hinter vorgehaltener Hand degoutiert die alten Hofbeamten allen, die es wissen sollten), zu denen schräge Parvenus geladen waren, alles sehr intime Freunde von Mylady. Sie hätte ihren eigenen persönlichen Stil, der etwas ausgefallen sei, so beschrieb sie sich selbst, sie sei eine königliche Künstlerin. Diese Events wurden natürlich nur  für ihren neuen Ehemann organisiert, damit er sich von seinen schweren Regierungsgeschäften erholen möge. Mylady zeigte dann nicht selten und nicht nur andeutungsweise, was sie an erotischen Optionen für ihren lieben König Herodes bereithielt. Darüber hinaus war ihre mitgebrachte Tochter Salome eine wahre Schönheit mit unschuldigen Augen und umwerfender Anmut, allerdings ein Biest, so wie es die angewiderten Beamten des Hofes ebenfalls mit gerümpfter Nase zu berichten wussten. Kurz, alles lief gut am Hofe. Nur, dass unvermittelt ein sehr ungepflegter Wanderprediger von sich reden machte. Man erzählte, er fräße Heuschrecken, schlucke Honig und übergösse seine Anhänger im Jordan spirituell mit einfachem Wasser. Dieser Johannes prangere zudem  jenen Vorgang der gewaltsamen

Beseitigung des ersten Ehemanns von Mylady Herodias und die daraus rechtlich und menschlich völlig natürlich resultierende barmherzige Aufnahme der trauernden Witwe und der bedauernswerten, sehr jungen und schönen Halbwaise Salome als sündigen Inzest an und posaunte das auch noch auf vielen Plätzen Jerusalems in allen Details (bis auf die intimeren, die der Fromme nicht wissen konnte) heraus. Das empörte Madame zutiefst.

Sie war der Überzeugung, das sei Hochverrat am Königreich und verlangte von ihrem Gatten die Todesstrafe für diesen Johannes Baptist. Der König wurde aber plötzlich bockig und wollte nicht. Er sagte, er könne Johannes nicht umbringen lassen, der sei heilig, käme aus der Wüste und überhaupt, Gott und das Volk stünden hinter ihm -- und damit basta. Dahinter steckte möglicherweise auch die Überlegung von Herodes Antipas, dass er es mit den Römern nicht verderben wollte, ein Umstand, der nicht unrealistisch war, wenn er aus Mordlust einen Aufstand der Juden auslösen sollte und kostspielige Niederschlagungsmaßnahmen durch römische Soldaten das Ergebnis sein könnten. Dabei war die Wahrscheinlichkeit nicht gering, dass er am Ende zur Kasse gebeten würde für die Bemühungen der römischen Freunde, Brüder und Besatzer. Nebenbei hatten die Römer schon einmal den Tempelschatz rauben wollen. Und, um es ehrlich zu sagen, hatte er auch schon für sich selbst Interesse gehabt, den Tempelschatz zu besitzen, was hätte man nicht alles machen können? Vielleicht später einmal, bei einer besseren Gelegenheit, daher keine unbedachten verfrühten Maßnahmen gegen Johannes. Mylady Herodias schäumte, knallte die kostbaren

Truhen zu, versagte den Beischlaf, hungerte einige Tage, schrie alle an, beschwerte sich morgens um 3:00 Uhr beim Personal, dass noch keine frische Milch im Haus sei, massierte den König sehr gekonnt und trieb es schließlich wieder mit ihm. Nichts nützte, Herodes Antipas wollte dem Johannes Baptist nichts tun. Da huschte sie in ihrer Not nachts zusammen mit einer langjährigen Dienerin als Marktweiber verkleidet zu ihm, Jethro, dem Schreiber aus Ägypten. Sie schilderte das Problem. Er machte einen Vorschlag. Die hohe Dame wusste, er war kompetent und teuer. Danach entwickelte sich alles natürlich und ganz einfach. Jethro war noch immer stolz auf sich. Zuerst war zur Sicherheit ein altes importiertes Papyros mit der üblichen Formel zu beschriften, das Ziel war die Verwirrung der königlichen Wachsoldaten. Danach erfolgte die qualifizierte Anrufung von Isis und Osiris. Diesen Gesang kannte jeder erwachsene Mann in seiner Familie:

O mein Herr Osiris!
O mein Herr Osiris!
O mein Herr Osiris!
Großer des Himmels und der Erde!
Großer des Himmels und der Erde!
Großer des Himmels und der Erde!
Großer des Himmels und der Erde!
Du schöner Jüngling, komm zurück in dein Haus,
so lange Zeit haben wir dich nicht gesehen!
Du Schöner, komm zurück zu deinem Haus,
du schöner Jüngling, der zu früh dahinging,
in voller Blüte der Jugend, viel zu früh!
O mein Herr Osiris!

Erhabenes Abbild deines Vorfahren, geheimer Same, der aus Atum hervorging,

Erhöhter über deine Väter, Erstgeborener im Leibe deiner göttlichen Mutter.

Siehe, dein Sohn wird den Feind zum Richtblock treiben,

Isis spricht zu dir: Ich verbarg mich im Schilfdickicht, um deinen Sohn zu verstecken gegen den Feind.

Mein Geliebter, mein Herr, der zum Lande des Schweigens dahinging,

komm zurück zu mir, so wie du einst warst,

komm in Frieden, in Frieden.


Damit endet der Spruch.


Er bestellte einige noch lebendige Bienen mit ihrer Weisel, sieben geröstete Heuschrecken nebenan beim Händler für Wüstenprodukte. Alle Zutaten waren nach einigen Tagen beisammen, einige Tropfen Nilwasser nahm er aus dem eigenen Vorrat. Das Produkt zur Beeinflussung des Schicksals musste nur noch nach der Bearbeitung in zwei Nächten in ein besonders schönes dünnes Bleiblech verpackt und in die Mauerspalte einer Gefängniszelle gedrückt werden. Das machte die Magd. Die war frech, sah gut aus und hatte eine ansprechende Körpersprache. Sie lieferte gleich die drei Amphoren Wein mit Hilfe dreier bezahlter Lastenträger in der Wachstube für die dortigen in ihrem Amt schwer beschäftigten und bedauernswerten Soldaten ab. Es war ihr aufgetragen worden, besonders den Hinweis auf die aufreibende und belastende Tätigkeit der Wachsoldaten und die Solidarität von Mylady

Herodias mit ihnen bei ihrem Auftritt zu betonen. Danach ging alles wie von selbst. Die Königin musste nur noch das zweite Papyros mit dem Bindungszauber für ihren Mann mit einer Nadel ihrer Tochter durchstechen und unter ihr gemeinsames eheliches Liebeslager platzieren. Das Ergebnis geriet zum Stadtgespräch und ließ sich auch später nicht mehr vertuschen. Es soll darüber sogar schriftliche Aufzeichnungen geben. Johannes Baptist wurde von den völlig berauschten Wachsoldaten verhaftet, nach einem Schleiertanz von Salome im Ballsaal vor Herodes auf Bitten von ihrer Mutter geköpft und der heilige Kopf in einem groben Handtuch in den großen Saal gebracht und ausgestellt. Der König soll diesmal besonders betrunken und hinter Salome her gewesen sein. Später sei es zur Auspeitschung von gefesselten Sklavinnen gekommen, bevor diese zur allgemeinen Benutzung durch die völlig enthemmten grölenden Partygäste, Männer und sogar Frauen, freigegeben wurden. Es soll sogar Blut geflossen sein. Soweit die nach außen gesickerten Informationen von den entsetzten Hofbeamten, und das wollte was heißen! Diese Beamten waren schon viel gewohnt, zum Beispiel die Ermordung der vielen erstgeborenen männlichen Säuglinge durch den Vater von Herodes vor knapp einer Generation in einem Winter in Bethlehem und Umgebung. Das Tuch, in dem der Kopf von Johannes eingeschlagen war, der zusammen mit seinem Leichnam von seinen Anhängern in der Umgebung Jerusalems begraben worden war, wurde später an einen Liebhaber solch blutrünstiger Sachen verkauft; ja wirklich bizarr, eine solche Sammelleidenschaft!

Jethro seufzte. Sie konnten also durchaus etwas bewirken, er und seine Ahnen mit ihren tradierten Kenntnissen aus dem alten Ägypten.

Er musste wieder an deren Ursprünge denken, so wie sie ihm von seinem Großvater überliefert worden waren.


III.3        Abraham im Ägypten

Abraham war während der Hungersnot in Judäa mit seinem Volk, zu dem die Leute von Jethro gehörten, zum ersten Mal nach Ägypten gegangen. Seine Frau Sara war schön. Er hatte sie damals als seine Schwester ausgegeben und der Pharao hatte sie sofort für sich selbst reserviert und daraufhin Abraham seiner Familie und seinem Volk alle erdenklichen Vorteile gewährt. Davon hatten zunächst auch Jethros Vorfahren profitiert. Als aber in Ägypten Seuchen ausbrachen, wurde nach dem Grund gefahndet und siehe, es stellte sich heraus, dass Sara eben Abrahams Ehefrau und also nicht seine Schwester war.
Daraufhin mussten sie alle auswandern.
Jethro zuckte mit den Achseln.
Aber seine Sippe hatte die Zeit gut genutzt und die Kunst zur Herstellung von Fluchpapyri, von Bindungszaubern und Liebesbeschwörungen sowie zur Beeinflussung von Wettkämpfen durch die Schwächung des Gegners gelernt. Dies geschah mittels Übertragen von magischen Sprüchen auf Papyrus in geeigneter Schrift. Das musste anschließend mit Kraft versehen werden. Bei einem ägyptischen Tempelbeamten, einem gewissen Hetep mit Spezialgebiet Totenkult, hatten sie dessen subtile

Kraftübertragungstechnik aus erster Hand erfahren. Hetep war hoch geachtet, aber auch durchaus gefürchtet in seinem Land. Es wurde ein Denkmal für ihn aus rotem Granit errichtet. Da sitzt er, die Hände ausgebreitet und zaubert. So erzählten es die Leute.

Sehr zu ihrem Bedauern mussten Jethros Leute mit Abraham aus dem Land verschwinden, es war schon ziemlich misslich, eine solch reiche und angenehme Zivilisation zu verlassen, ein Klima so weich und romantisch am Nil, die Menschen gebildet und höflich, die Mädchen duftend, die jungen Männer mit getönten Frisuren und in feine Batist-Gewänder gehüllt. Das war nicht zu vergleichen mit den trockenen Distel- und Dornenhügeln der Heimat und den nach Rauch, Schafskot und Ziegenpisse stinkenden Zeltplätzen, den verschwitzt riechenden Hirten und den vom vielen Kindergebären erschöpften Frauen.

Nur die Musik von Abrahams Volk war immer wirksamer gewesen, kerniger, geiler, schneller und lauter, faszinierender als die lang einstudierten, klassischen, kraftlosen Zitherspielereien der kaum bekleideten ägyptischen Mädchen.

III.4          Die Fälle Lot, Ljob, Uriah

Er blickte auf eine alte Papyrus-Rolle.

Später, nachdem die Sache mit Sodom und Gomorrha vorbei war, bei der es seine Leute wirklich übertrieben hatten, mussten sie ganz von vorn anfangen. Sie hatten in Sodom und Gomorrha anfangs zwar gut verdient, aber dann doch schließlich alles verloren bei diesem flächendeckenden Handel mit Flüchen, weil am Ende alle Kunden davon heimgesucht und verrückt geworden waren, übereinander herfielen, sich gegenseitig alle Körperöffnungen aufrissen und so praktisch keine unversehrte Kundschaft übrig blieb. Jethros Großfamilie ahnte früh, dass die Sache unweigerlich aus dem Ruder lief und machte sich bei den ersten Anzeichen der Raserei aus dem Staub. Ein jeglicher, fast ein jeglicher, war durch die Verfluchungen jedes gegen jeden in seinen Begierden und Handlungen so verwirrt und entfesselt worden, dass das ganze Land rings umher darüber sprach. Es ging so weit, dass irgendwann einer von den Besessenen Feuer an eine der vielen Pechquellen legte, sodass sich das schwarze Pech entzündete, explosionsartig in den Himmel schoss und als Feuerregen brennend zurück auf die Erde fiel. Die beiden Städte brannten mit allen Menschen und Tieren vollständig ab, einschließlich fast aller Ratten. Einer, namens Lot, hatte weder einen Fluch gekauft noch war ein Fluch gegen ihn erworben worden, weil er bettelarm und unscheinbar war. Der konnte sich noch aus dem Feuer retten. Seine Frau erstarrte vor Schreck, als sie auf die Stadt zurückblickte. Die beiden Töchter standen wohl noch eine Weile unter dem Einfluss eines Fluchpapyrus mit einem - damals durchaus üblichen - sexuellen Inhalt aus der Manufaktur seiner Vorfahren, wenn man bedenkt, was und wie sie es mit ihrem Vater getrieben haben, nachdem sie in Sicherheit waren.

Seit dieser Zeit nannten sich die Mitglieder seiner Familie die „Schreiber aus Ägypten".

Er wiegte den Kopf und musste wieder an seine aktuellen Geschäfte denken.

Aber vielleicht konnte er einige Erkenntnisse aus der langen Tradition seiner Tätigkeit gewinnen, vielleicht gab es früher eine ähnliche Situation, wie sie ihm jetzt und heute begegnete?

Als das Volk sowie seine Leute nach einigen Generationen erneut in Israel Zwangsarbeit leisten mussten und endlich nach langen Vorbereitungen unter ihrem Anführer Moses nach Judäa zurückkehren wollten, da hatte seine Sippe den alten freundschaftlichen Kontakt zu den ägyptischen Priestern selbstverständlich längst wieder aufgenommen. Es zeigte sich als neuer Umstand schon bald, dass Moses selbst Außergewöhnliches konnte und einen starken Verbündeten in seinem Gott Jaweh hatte. Alle ägyptischen Priester unterlagen bei dem Duell mit Moses und seinem Gott schließlich, wenn auch nach langem Kampf der Götter. Aber einige sehr vorteilhafte ägyptische Techniken auf der praktischen alltäglichen Ebene konnten dennoch während der Jahre der zermürbenden Zwangsarbeit in Ägypten von den Priestern des Pharao Ramses II übernommen werden, Vorgehensweisen, die wesentlich effektiver und eleganter waren, als die alten Kenntnisse aus der Zeit von Abraham: Zum Beispiel die Beeinflussung von Fliegen, Mücken, Heuschrecken, Fröschen, die Lenkung des Wetters oder das Verschwindenlassen von Tieren und Menschen. Manche seiner Vorfahren konnten sogar fliegen.

Immer wieder war zum Erschrecken der Zuschauer auch das Verfahren sehr gut geeignet, vor den Menschen aus einem Wanderstock sich eine bedrohliche Schlange winden und zischen zu lassen. Seine Familie hat später diesen Trick nicht mehr angewendet. Bewirken ließ sich damit nichts Politisches. Jahwe war auf diesem Gebiet stärker. Jethros Familie beschränkte sich daher zukünftig auf die privaten Zaubergeschäfte.

Die Politik war nicht immer günstig für das Geschäft seiner Familie. Speziell auf dem Weg aus dem Ägyptenland in Richtung auf ein noch unbekanntes Gebiet zur Besiedelung war die politische Lage im Volk sehr explosiv. Alle waren unzufrieden, sie hatten Hunger und Durst, sie sahen keine sicheren Aussichten auf ein garantiertes Ziel. Nach dem Vorfall im Lager auf dem Sinai, als Aaron, der Bruder von Moses, alles Gold des Volkes eingesammelt hatte und angeblich für die Wohlfahrt aller Mitgekommenen daraus ein goldenes Kalb zur Anbetung geformt hatte, verschärften sich die Regelverhältnisse im Volk. Moses war völlig wütend, dass sein Gott Jahwe nicht als alleinige Autorität angesehen wurde. Er begann mit seinem Bruder Krach zu machen und die Zügel beim Management des Volkes anzuziehen. Es gelang aber nicht ohne Schwierigkeiten. Beim ersten Versuch der Einführung der neuen, von Moses mit seinem Gott Jahwe ohnehin vorgesehenen Gesetzgebung wurde er durch den Vorfall mit dem goldenen Kalb so enttäuscht und geriet so außer sich, dass er die Gesetzestafeln, die er von seinem Gott auf dem Berg erhalten hatte, aus Wut über den Ungehorsam des Volkes zerbrach. Er verlangte, dass das goldene Kalb zerteilt und die Sponsoren wieder ihren Anteil gespendetes Gold zurückbekamen. Danach begab er sich zum zweiten Mal auf den Berg zu seinem Gott Jahwe und er erhielt einen neuen strengen Gesetzeskatalog. Es wurde die Ausschließlichkeit des Gottes Jahwe betont. Die Anrufung von Isis, Osiris und dem restlichen Personal aus Ägypten wurde verboten, und Jethros Familie musste jetzt aufpassen.

Frauen durften plötzlich nicht mehr zaubern. Das hatte erhebliche wirtschaftliche Konsequenzen. Es fiel zunächst das umfangreiche, sehr erfolgreiche Geschäftsfeld von zwölf- bis dreizehnjährigen Mädchen aus, die bis dahin traditionsgemäß nur bei Frauen ihre Liebes- und Eifersuchtszauber kaufen konnten.

Jede Aktivierung von Opfergaben für Isis und Osiris wurde zunächst einmal mit der Todesstrafe bedroht. Später wurde das etwas großzügiger gehandhabt, gefährlich blieb es jedoch für alle, die zum jüdischen Volk gehörten. Aber dafür waren sie ja schon lange Profis, dachte Jethro. In wirkliche Schwierigkeiten war eigentlich kaum einer von seiner Sippe geraten. Zumindest war diesbezüglich nichts überliefert.

Er stand auf und ging nach hinten ins Archiv. Dort lagen die Aufzeichnung der wirklich wichtigen Fälle der letzten knapp 1000 Jahre, er suchte nach der Akte Ljob/Hiob aus Uz. Da hatten seine Vorfahren mitgewirkt mit einem kleineren Auftrag zur Dienstleistung im Rahmen einer größeren Kampagne. Gerade mal 500 Jahre war es her. Seine Vorfahren hatten hauptsächlich die Aufgabe gehabt, die Freunde des reichen, glücklichen und gottesfürchtenden Hiob so zu verwirren, dass sie sich von ihm abwenden sollten. Das gelang auch und das Honorar floss pünktlich. Daneben trafen aber den Hiob unabhängig von diesem recht überschaubaren Geschäftsfeld seiner Vorfahren auch noch andere viel größere Schicksalsschläge, für die seine, Jethros, Familie wirklich nicht verantwortlich war. Hiob lag schließlich verwahrlost in der Gosse und wurde sehr krank. Er gab aber nicht auf und setzte seine Hoffnung weiter auf seinen Gott. Er war eine echt harte Nuss gewesen mit seiner unvernünftigen Irrationalität, die er seinen Glauben und seine Zuversicht nannte. Nachdem das alles vorbei war, wurde er wieder gesund und reich. Aus dieser Geschichte konnte man nicht schlau werden, auch vom Geschäftsinteresse nicht, wer sollte einen Vorteil davon haben, dass Hiob fast zu Grunde gehen sollte, obwohl er völlig o.k. war? Es sei eine Wette mit Jaweh gewesen, sagte man später. Wer daran beteiligt war, wurde im Detail nicht überliefert.

Etwas weiter hinten lag die Akte von Uriah, dem Hethiter.

Der damalige Kunde Abimelek hatte einen sehr teuren Vernichtungsfluch bestellt. Er hatte im Voraus bezahlt. Später bei einer kriegerischen Auseinandersetzung fiel er selber im Kampf, zusammen mit seinem Konkurrenten und Ziel des Fluches, einem Offizier König Davids, dem Hethiter Uriah. Letzterer hatte eine schöne Frau, sie hieß Bathseba. Diese Bathseba wollte der Kunde Abimelek, nachdem Uriah aus dem Weg geräumt war, dann als frische Witwe heiraten. Unglücklicherweise wollte der Kunde den bestellten Tod von Uriah selbst beobachten, um ganz sicher zu gehen: So zog er sich im Gefecht Mann gegen Mann von ihm zurück, so dass Uriah ungedeckt von der Seite angegriffen und in Combataction getötet wurde.

Erleichtert nahm der Kunde Abimelek das zur Kenntnis und lief kopflos in die falsche Richtung und geriet dabei zu nah an die Befestigungsmauer von Thebez. Ein Stein, ausgerechnet von einer Frau geworfen, einfach lächerlich, beendete sein Leben, so sagten es später die Kameraden, die es beobachtet hatten.

Es war von unserer Familie glücklicherweise Vorkasse vereinbart worden, das war und ist schon immer besser bei allen Soldaten, wegen des Risikos.

König David hatte mit dem Tod Uriahs eigentlich wenig zu tun, nahm aber gerne Bathseba zu sich, mit der er schon länger ein Verhältnis hatte.

Ein intoleranter Prophet hat ihm das später vorgeworfen. Ihr erstes gemeinsames Kind ist dann auch gestorben. Aber daran war Jethros Familie ebenfalls nicht beteiligt.

Jethro sah sich weiter im Archiv um.

Dort in einer Ecke war auch das Kästchen mit den Schilfpinseln und -griffeln und der Originalfarbe von vor dem Auszug aus Ägypten; Ruß, Ocker und Gummi arabicum. Es ist entscheidend, die richtigen Wörter vorschriftsmäßig schreiben zu können. Deshalb war er sehr dankbar, dass die Utensilien seiner Vorfahren noch erhalten waren. Er selber hatte sie noch nie benutzt, obwohl er die Gebrauchsanweisung genau kannte. All das gehörte einfach ins Familienarchiv. Im Alltagsgeschäft kam er auch mit alltäglichem Schreibgerät zurecht.

Vielleicht brauchte er die Originalschrift aus Ägypten für später einmal, wenn es wirklich sehr wichtig war oder eben auch nicht. Nur er kannte das Geheimnis. Später wenn es Zeit war, würde er es weitergeben an seinen Sohn oder seine Tochter, zum Auswendiglernen ohne Aufzeichnungen, so wie es Tradition war.

Es kratzte zweimal an der Tür.

Er rief, man solle eintreten. Einer seiner Kundschafter, Nehemy, sein Vetter dritten Grades mütterlicher Linie, trat ein, ein hagerer Mann. Er trug noch seine Reisekleidung, die Sandalen waren völlig Staub bedeckt.

Außer Atem lehnte er den groben Wanderstock an die Wand, räusperte sich, begrüßte Jethro umständlich und wichtigtuerisch. Er legte sich seine rechte Hand aufs Herz, drehte sich, zupfte sich den Umhang zurecht, richtete sich auf und schaute Jethro direkt in die Augen.

Diesmal hatte er offensichtlich wirklich etwas Relevantes gefunden. Er kam gerade zurück vom See Genezareth.

„Jethro, mein Herr und Freund, mein geliebter Vetter, es geht um unser Geschäfts-Problem, ich glaube, ich habe es ergründet."

Jethro sprang auf, umarmte ihn, geleitete ihn zu den Polstern, rief nach Tee, Saft und Gebäck, fragte, ob er bequem sitze, nickte ihm zu: „Mein guter Nehemy, das klingt ja wunderbar. Berichte, berichte alles!"

Dieser holte tief Luft: „Es gibt da einen, einen Tischler aus Nazareth, der mit einer Horde junger Männer, alles herumstreunende Nichtsnutze, die teuer bezahlten Papyrusflüche unwirksam macht. Die armen Leute bewundern ihn, er erzählt ihnen, dass nach einer Welt voller Armut und Ungerechtigkeit nach dem Tode eines jeden die allgemeine Seligkeit genau für ihn selbst geplant sei, sie sollten nur ihm folgen, dann würde das klappen. Diejenigen, die nicht daran glaubten, gingen leer aus oder schlimmer noch. In der Stadt Kapernaum war dieser Anführer der Gruppe von jungen Tagedieben bei den frommen Besuchern des Tempels schon länger als zwielichtige Gestalt bekannt. Er ist nicht ganz ohne.

Er solle viel gelesen haben, Thora und so weiter, sowas zu lesen ist schon mühsam, du weißt schon. Außerdem soll er als erstgeborener Säugling dem Herodes-Senior-Massaker entkommen sein. Seine uneheliche Mutter und sein Stiefvater hätten damals einen Tipp von höchster Stelle bekommen und seien nach Ägypten geflohen. Merkst du was? Protektion von wem? Und was wollten die in Ägypten? Unser Geschäft lernen? Uns Konkurrenz machen? Oder süße Lyrik schreiben lernen?"

Er lachte. Jethro schüttelte den Kopf: „Erzähl einfach weiter, mit dieser Art von Konkurrenz beschäftigen wir uns natürlich zur gegebenen Zeit."

Nehemy lehnte sich wieder zurück auf seinen Polstern und erzählte weiter: „Also am Ostufer vom See Genezareth, ein paar Tagemärsche von hier, war ich wie vereinbart unterwegs. Übrigens: Ein paarmal habe ich mir einen Esel geliehen, das meiste bin ich aber gelaufen. Den Esel rechnen wir später ab."

Jethro winkte ab: „Ja, ja, mach nur weiter!"

Nehemy fuhr fort: „Die Leute dort von Gerasa waren noch völlig sauer. Klar, diese Leute sind eigentlich nichts für uns, außer als Kunden, die da, die verdienen ihr Geld mit einer Sauerei. Sie züchten Schweine für die X. römische Legion. Von diesen Schweinezüchtern, das sind ja eigentlich unsere Leute, bestellen, kaufen und fressen die römischen Sau-Besatzer die Sauen, alles nicht koscher, geschieht ihnen recht, sie sollen gestraft werden, gestern, heute und morgen, wie die sich bei uns aufführen und mit unseren Mädchen. Ja, ja, ja, ich erzähl ja schon weiter. Aber unsere Landsleute haben damit ihr Auskommen. Irgendwie verständlich in den heutigen Zeiten. Also, da kommt doch der Typ aus Nazareth und treibt einen unserer guten starken Verwirrungsflüche aus eigener Produktion aus, du glaubst es nicht, aus einer Zielperson des Fluches, die es verdient hat, und die sich deswegen schon in die Grabhöhlen auf den Golanhöhen zurückgezogen hatte und da bleiben sollte, du weißt schon. Treibt er doch unseren Fluch aus dem Naphtali von Hippos. Du glaubst es nicht, der Typ aus Nazareth hat nichts Besseres zu tun, als unsere wertvollen Dämonen aus dem besessenen Naphtali herauszurufen und anzusprechen. Das muss man erstmal schaffen! Der Nazarener fragte die Dämonen, wie sie hießen. Die stellten sich durch den Mund des Besessenen vor, ganz höflich, diese Dämonen, sie hießen „Legion".

Das ist zwar der Name seines ehemaligen römischen Geschäftspartners, der römischen Legion, klar, Legion sagten die Dämonen, das macht schon etwas Sinn, der Naphtali hatte bis dahin auch Schweine gezüchtet und immer an die Legion verkauft, bis ihn unser Papyrus gepackt und völlig verwirrt hat."

Jethro nickte, ihm war der Geschäftsvorgang noch gegenwärtig. Nehemy fuhr fort: „Draußen vor der Höhle waren die Schweine von unserem Kunden, seinem Konkurrenten Paul, dem Sohn von Jacob, den kennst du auch vom Vertrag über den Fluch her. Da war doch dieser Jesus aus Nazareth in der Lage, die Dämonen aus dem Naphtali in die Schweine zu treiben, die Dämonen von uns fragten ihn sogar artig, ob sie in die überhaupt reindürften. Das gibt es doch nicht! Die Sauen werden daraufhin so verrückt und verwirrt, dass die ganze Monatslieferung an die X. Eisen- und Schweinefresser-Legion von vertragsgemäßem Fleisch sich selbst im See Genezareth ertränkte. So ca. 240 Silberlinge Verlust für unseren Kunden Paul. Und die faulen und stinkenden Kadaver im See neben unseren koscheren Fischen, abstoßend, krass, echt widerlich.

Ich muss mal einen Schluck Tee trinken. Schlechter Geschmack im Mund. Also weiter.

Gleich darauf haben die Leute von Gerasa ziemlich deutlich gesagt, der Jesus von Nazareth solle ins Nachbardorf gehen und unter keinen Umständen in ihrer Gegend bleiben. Eindeutige Geschäftsschädigung ist doch ein solches Verhalten für die Leute dort. Der Naphtali von Hippos aber wollte sofort mit ihm, dem Jesus, mitgehen und auf dessen Boot steigen. Aber der Nazarener wollte das nicht, Naphtali solle eher weitererzählen, was durch Jesus da Tolles mit den Dämonen passiert sei. Das sollte sich herumsprechen und dem Jesus wohl zum Ruhm gereichen, seine Qualifikation zum Geisterjäger, Dämonenschreck und Menschenheiler. Der ist offensichtlich auch noch unglaublich geschäftstüchtig. Den muss man im Auge behalten.

Aus diesem Grund hat man mir das Schweineabenteuer in Gerasa auch brühwarm beim Wein, Gebäck und Oliven erzählt. Hat ein bisschen gedauert, ich musste auch einen etwas besseren Wein spendieren. Der Wein ist dort gar nicht so schlecht, den die in Gerasa anbauen. Ich erinnere mich auch an eine sehr knackige Bedienung, die serviert hat, eine Maria Magdalena mit langen rotbraunen Haaren, sehr lecker. Die Zeche habe ich übrigens für dich ausgelegt. Die Leute dort wussten aber noch weitere Sache zu berichten. Ich bin der Ansicht, dieser Jesus ist für uns eine echte Gefahr. Den strengt das gar nicht an, unsere Flüche unwirksam zu machen, selbst beim guten alten ägyptischen Scheintod z.B. im Ort Nain steht der Betroffene wieder auf, wenn Jesus kommt. Und dann glauben sehr viele an die Seligkeit nach dem Tod, alle sollen sich jetzt aufrichtig lieben, keiner soll den andern schädigen, sie sollen nur an ihn glauben. Er hätte die Kraft vom Vater. Wer der leibliche Vater ist, darüber sollte man mal ernsthaft recherchieren. Scheint eine unglaubliche Geschichte zu sein, Jungfrauengeburt. Im Allgemeinen sind ja solche Väter aus gutem Hause und wollen keine Öffentlichkeit. Das mit der Jungfrauengeburt ist doch ziemlich unglaubwürdig. Aber es wird unter denen, die Jesus nachfolgen, verbreitet. Man brauche nur zu glauben, das reiche. Keine Sünden würden mehr angerechnet, dazu gebe es noch eine Zusage auf ein ewiges Leben. Und das glauben seine Anhänger, keine Spur von Zweifel, sie glauben tatsächlich an ihn, die lieben ihn. Meiner Meinung nach ist es eindeutig! Wirtschaftlich gesprochen! Wegen dem aus Nazareth ist der Markt für Flüche auf Papyrus zusammengebrochen. Den müssen wir loswerden! Oder wir müssen auswandern, vielleicht zu den Römern nach Cesarea maritima?" Jethro schüttelte den Kopf: „Sachte, sachte, so weit sind wir noch lange nicht. Vielleicht geht der ganz von selber. Der macht sich in Zukunft bestimmt noch viel mehr Feinde als bislang nur uns und den Schweinezüchtern. Plötzlich nicht mehr hassen zu dürfen, das geht vielen normal denkenden Leuten gegen den Strich! Das mit dem Jesus, das sollten besser die anderen erledigen, bei uns herrscht vorzugsweise Diskretion."

Jethro dankte Nehemy und zahlte ihn aus, nicht ohne ihn zur Verschwiegenheit zu verpflichten.

Abends sprach er lange mit seiner Frau über die Interessenlage der Römer, der Soldaten, aber auch der des Statthalters, der jüdischen religiösen Gruppierungen und die Meinung des Hohepriesters. Sie kamen am Ende ihrer ehelichen Diskussion zu dem Schluss, dass in Jerusalem und Galiläa sich die ablehnenden Interessen vieler Gewerbetreibender, auch derer aus Religion und Politik gegenüber diesem neuen Phänomen Jesus von Nazareth, der Flüche neutralisieren konnte, decken könnten. Das wäre für sie selbst von Vorteil. Sie blieben daher zunächst in Jerusalem mit ihrer Familie. Die Geschäfte gingen wieder besser. Aber auch in Cesarea maritima mit dem Zirkus für die Wagenrennen war noch gut Geld zu verdienen mit den Flüchen gegen die Pferdebeine, die Wagenlenker und ihre Fuhrwerke und zur Geistesverwirrung der Teilnehmer.

Aber vieles wurde auch komplizierter.

Zum Beispiel, als ihr Onkel aus dem von Herodes neu errichteten Tempel in Jerusalem getrieben wurde, wo alle Welt immer schon die Opfergaben, ebenso wie im alten Tempel, gekauft hatte. Plötzlich waren die Eingänge bis auf einen durch zwölf junge, eher terroristisch aussehende Männer, seine so genannten Jünger, versperrt. Ob sie, wie behauptet wird, wirklich Stöcke trugen, ist nicht verbürgt. Dieser Jesus aber kam mit einer gewaltigen Ochsenpeitsche und fing gleich an, die Händler, darunter auch den Onkel, zu attackieren. Die Schläge trafen ihn tatsächlich und sehr schmerzhaft. Es entstand Panik, dieser Jesus schlug und schlug und schlug, wie ein Besessener, dazu schrie er, der ganze Handel in der Tempelhalle sei Blasphemie.

Schließlich entdeckten die Händler den einzigen offen gebliebenen Ausgang und alle flüchteten. Irgendwie kam dem einen oder anderen der Zorn von Moses bei der Anbetung des goldenen Kalbes in den Sinn, diese wütende Macht aus dem vermeintlichen Nichts.

Später ist dieser Jesus sehr elendig am Kreuz umgekommen, wie so viele arme Menschen in der Zeit der römischen Besatzung.

Seine Anhänger beteuerten später ängstlich und beklommen, er sei wirklich immer sehr mild gewesen, trotz seiner gelegentlich sehr strengen Ansichten, sie liebten ihn, Jesus sei ihre Zukunft, sei ihre Freude. Wie man dann hörte, wurde die Zahl der Anhänger immer größer und sein Ansehen wuchs und wuchs.

Insoweit hatte ein Prozess begonnen, der die Geschäftslage der Familie von Jethro doch völlig verändern sollte. Für Jethros Enkel wurde es tatsächlich eines Tages in Jerusalem zu gefährlich durch den nächsten jüdischen Aufstand gegen die Römer mit den vielen Traumatisierten nach den Metzeleien an vielen Fronten.

Die neue Liebes- und Leidensreligion des Befreiers von Dämonen und Elend wäre eigentlich eine gute neue Geschäftsbasis gewesen, z. B. Handel mit Sprüchen und frommen Zitaten Jesu oder Teile vom Kreuz und den verbliebenen Textilien, alles hätte man irgendwie durch Vervielfältigung in den Handel bringen können, auch in Verbindung mit Portraits seiner Mutter und seiner Anhänger, die man in seinem Namen hätte reproduzieren und vermarkten können. Eine Möglichkeit wäre auch gewesen, ein Reisebüro zu gründen, das geführte Pilgerreisen anbot auf den Wegen, die Jesus zu Lebzeiten mit seinen Jüngern durch Galiläa und die weitere Umgebung bis nach Jerusalem gegangen war und die die Stationen seines Lebens markiert hätten. Für seine Anhänger hätte man sogar gegen ein angemessenes Honorar spezielle Lesungen seiner Texte mit Musikbegleitung veranstalten können. Dies wären sicher alles sehr profitable Projekte geworden. Aber die Kunden wurden immer ärmer. Die Zahlungsmoral sank rapide. Jethros Nachkommen entschlossen sich daher, mit den Römern nach Westen zu gehen, ihr eigener jüdischer Staat war ja praktisch nicht mehr vorhanden, nachdem die Juden mit ihren Aufständen gegen die Römer ihr Abraham zugesprochenes Land verloren hatten. Besonders schmerzte sie der Verlust des Tempels, den sie immer erinnern wollten. Am Rhein, in Gallien und in vielen anderen Gegenden würden neue Städte entstehen, hieß es.

IV. 213 n. Chr.      Der Fluch der Göttin

Was immer (Name einfü-
gen)
(Beruf), versuchen,
was immer er tun wird,
verkehrt sei ihm alles.
So soll er
nimmer
irgendetwas wachsen, stark
werden lassen,
um den Verstand gebracht,
soll er verkehrt seine Dinge
verrichten.
Was ihm widerfährt, das
soll ihm alles verkehrt ausgehen.
Sein Geist soll ihm ver-
schwinden.
Er soll nicht wiederkehren.
Dem (Name einfügen)
soll es so ergehen, indem
diese Tafel
niemals erblühen wird.

Es helfe Isis, die Mutter im
Schilf, die Osiris zusam-
mengefügt.
Auch Horus, Mitras, Attis,
Christus, Ritona ( immer
weitere Anrufungen mög-
lich)
(Hier ist Platz für besondere Anliegen der Durch-
führung oder Effekte z.B.
Es gilt der Fluch, er soll
verschwinden oder Ähnli-
ches.).

IV.1      Der Rheinschiffer Severius

Severius Lupulus hatte dieses Muster eines käuflichen Fluches wahlweise in Papyrus- oder Bleitafelausführung vorgelegt
bekommen und sich beraten lassen. Er wählte das robustere Ba-
sismodell aus Blei, zusätzlich aber auch die besser zu

handhabenden Flüche auf Papyrus und kümmerte sich nun um den günstigsten Zeitpunkt für sein Anliegen bei der Göttin Isis. Er hatte beschlossen, den Geburtstag der Isis am dritten Tag des Sommer-Monats nach der ursprünglichen Regelung zu nutzen und nicht am 27. Tag des Folgemonats, den Augustus mit seinem neuen Kalender eingeführt hatte. Er hatte zunächst den Tempeldiener Zanna, den Helfer eines Tempelwächters der Isis befragt. Nein, ein einfacher übler Streich wie zum Beispiel Verlust eines Schmuckstücks, des Schildes oder des Schwertes oder völlig banal die Ausschüttung des Nachttopfes auf den Kopf des Widersachers, das wäre nicht genug, obwohl ein Streich zwar preiswerter wäre und nur eine Taube, eine kleine Tonscherbe und zwei Geldstücke kosten würde. Auch eine der massenhaften Verwünschungen, das Hauptprodukt des Tempels, würde nicht reichen. Er wollte sein Problem ein für alle Mal gelöst wissen, er wollte einen Fluch über die Grenzen des Ortes und der Zeit des Tempels hinweg, einen Fluch für immer.

Die dünne Bleitafel hatte er im Tempelladen der Göttin für viel zu viel Geld gekauft. Aber für diesen wichtigen Zweck musste er das Erforderliche investieren. Es durfte nicht misslingen, er musste seinen Nebenbuhler und Feind ausschalten. Er war sich ganz sicher: Titulus stellte seiner jungen Frau nach. Sie war schön und schwanger. Ihr Gang nahm ihm den Atem, wenn er sie schon von weitem sah, dabei wurde ihm ganz warm und weich ums Herz, und er empfand eine große Dankbarkeit, dass ausgerechnet ihm dieses Wunder geschenkt worden war, mit dieser Frau verheiratet zu sein.

Ihre Familie stammte aus Palästina und war schon vor 130 Jahren seit Aufstellung der *XXII* Primigenia Legion emigriert. Deren Mitglieder trieben von eh und je Handel, jetzt mit den römischen Soldaten in der Kaserne und auf den Schiffen. Es war erst fünf Generationen her, dass der Tempel zerstört war.

Erst wollten sie ihm, Severius Lupulus, ihre Tochter gar nicht geben. Er war ja keiner von ihnen. Aber seine angesehene Familie und die sichere Position im Schiffshandel am Rheinufer brachten den Ausschlag bei der jüdischen Sippe. Die sei nicht verbohrt, sondern pragmatisch, hatte Alisah schon zu ihm gesagt, als sie sich nur heimlich treffen konnten und sich, unbeobachtet glaubend, an den Händen hielten und flüsterten, versteckt hinter dem Rest des Schilfes am Ufer des Mains in der Nähe der Rheininsel unten am Strand.

Er wollte seinem Feind nichts Böses, Titulus sollte nur ein wenig verwirrt werden, ohne dabei allzu sehr zu seinem eigenen Schaden zu handeln. Er sollte dadurch einfach aus der Nähe seiner Frau verschwinden. Dies war schwierig zu bewerkstelligen, aber, wie ihm gesagt worden war, würde ein besonders sorgfältig vorbereiteter Fluch dieses Ziel erreichen.

Dazu brauchte er zunächst die Knochen der ägyptischen Krähe, hatte ihm Zanna, der Tempeldiener und Gehilfe des Tempelwächters der Isis gesagt, nachdem Severius mit ihm zwei Tage lang Wein getrunken hatte, bis ihnen beiden schlecht geworden war. Seine schöne Alisah machte sich Sorgen, als er mit roten Augen nach Hause zurückkehrte. Sie fragte nach dem Grund. Den konnte er ihr natürlich nicht verraten und murmelte was von Gelegenheitssauferei. Das war zwar auch nicht gut, aber sie hasste Zauberei seit der Sache mit Saul in ihrem Land Juda. Das hatte sie ihm vorher schon einmal bei anderer Gelegenheit gesagt.

Sein Vorhaben war schlimm. Und was er gegen das befürchtete und eigentlich nur vermutete Unheil unternehmen wollte, schien, wenn man es genau betrachtete, auch sehr gefährlich zu werden. Aber wiederum sagte er sich in einem seiner wenigen selbstkritischen Momente, ihm fiele nichts Angemesseneres ein, so ginge es ja auch mit ihm und seiner Eifersucht nicht weiter.

Zuerst hatte er geplant, seine junge Frau völlig unerreichbar und unempfänglich für Kontakte im Allgemeinen, aber erst recht für die zu anderen Männer zu machen. Dazu wäre ihre innere Einstellung radikal zu ändern. Sie sollte nur noch ihn, ihren Meister, sehen, als den einzigen Herrn in ihrem Leben, eine Mischung aus Bewunderung und Furcht und permanenter Beschäftigung mit seinen Wünschen, einschließlich der noch nicht einmal ausgesprochenen, nur vermuteten Wünsche. Dazu hätte es eines sehr langen Erziehungsprogramms, die Einführung einer speziellen Disziplinierung seiner Frau bedurft. Im Bereich des Tempels der Magna Mother gab es solche geschulten Erzieherinnen, die Mentorinnen. Er hätte mit der Forderung nach kleinen Liebesbeweisen einsteigen müssen und seine Frau allmählich durch immer anspruchsvollere Anforderungen Schritt um Schritt im Prozess der Unterwerfung näher an sich binden müssen. Dies alles hätte er von ihr verlangen müssen, mit unermüdlichen Versicherungen seiner Liebe zu ihr und dass sie zum Beweis ihrer Liebe zu ihm diese Dinge tun solle, die ihr möglicherweise zutiefst zuwider wären, also hätte er sie zu Handlungen bringen müssen, die ein Geheimnis zwischen ihnen beiden bleiben mussten, weil Alisah sonst ihr Ansehen in der Frauengemeinschaft verloren hätte. Dies alles wäre einzuführen, um sie nach seiner Überzeugung immun zu machen gegenüber den Werbungen anderer Männer.

Dabei entzückte ihn doch gerade ihre freie, fröhliche Art, die Belange ihrer Zweisamkeit und der Menschen um sie herum unbefangen und klar anzusprechen und sich vergnügt mit ihm zusammen über Lug und Trug, Hinterhältigkeiten, vermeintliche Schlaumeiereien und kleinere Betrügereien von Kollegen, Kunden, Soldaten, Marktfrauen und Familienangehörigen lustig zu machen. Dies alles machte ganz entscheidend ihr gemeinsames Denken und Fühlen aus, sich aus der sicheren Zweisamkeit entspannt mit den anderen aus gewisser Distanz und manchmal nicht ganz ohne Ironie auseinander zu setzen. Diese beobachteten und kommentierten Menschen waren ja nicht ihre Feinde, sie gehörten zu ihnen und sie zu ihnen. Sie waren die Quelle vieler gemeinsamer Gespräche und der wohlwollenden Betrachtung ihrer kleinen Welt.

Doch auch für alle praktischen Seiten des Lebens war sie zu begeistern. Sie konnte schreiben und lesen, schmiedete gerne Pläne, begleitete ihn bereitwillig auf sein Schiff. Alisah besuchte heiter seine Familie, seinen Bruder Florentinus und seine Mutter Licontia in Worms sowie gemeinsam mit ihm ihre eigene Sippe. Sie organisierte Feste für alle Angehörigen und ihre vielen Freunde.

Mit dem Vorhaben der Erziehung seiner Frau zur Sklavin hätte er sie verloren so, wie er sie liebte. Sie wäre verwelkt ohne ihre Unbefangenheit zu den geliebten Menschen um sie herum. Sie freute sich auf das Kind zusammen mit allen Frauen, ihrer Mutter, Schwester und Freundinnen. Vereinsamung ertrügen sicher beide nicht, weder sie noch ihrer beider zukünftiges Kind.

Außerdem war da noch ein Aspekt. Die Erziehung musste immer begleitet werden, um wirksam zu sein. Diese Mentorinnen, Frauen vom Magna Mother Tempel, waren nicht billig, sie schickten Nachrichten über Botenweiber mit neuen strengeren Anweisungen und überprüften regelmäßig den Fortschritt der Unterwerfung, den sie dann benoteten.

Dabei war seine Frau doch überhaupt nicht widerspenstig, sondern zärtlich, weich und anmutig. Er liebte sie aufrichtig und wollte sie gar nicht verändern. Wenn nur seine verdammte Eifersucht nicht wäre!

Er konnte also nur auf ihr Umfeld einwirken, besonders auf die Person, die das mögliche Unheil mit sich brachte. Aber was war mit seinen Kindern und was mit der Zukunft seiner gerade gegründeten Familie? Musste er nicht auch das bei der sorgfältigen Planung eines Fluches berücksichtigen? Auch hatte er noch immer keine genaue Vorstellung von der Vorgehensweise, um das Ziel des Handels mit der fernen Göttin aus Ägypten zu erreichen. Wenn er sich schon solcher Mühen unterzog und auch so viel Geld ausgab, könnte er da nicht etwas Grundsätzliches für seine und die Zukunft seiner Frau und ihrer beider Kinder einrichten, eine Kraft, die all ihre wunderbaren, intelligenten, graziösen und auch sicher sehr schönen Nachkommen einschlösse und vor Schaden und der Zudringlichkeit infamer Menschen schützen sollte, damit sie sich zu einer mächtigen und bedeutenden Dynastie entwickeln könnten? Diese Feinde müssten mit Hilfe der nunmehr eingefädelten Maßnahme bei eingetretenem Bedarf strikt ferngehalten werden, mehr nicht!

War also vielleicht doch alles viel einfacher als er befürchtete?

Dieses Ziel sollte der eingeritzte Spruch auf dem Plättchen aus Blei bewirken, scharf wie ein Messer nur die treffen, die es treffen sollte, und dann mit voller Wucht und das möglichst anhaltend.

Allen Kollegen, Kunden, den ehrenvoll entlassenen Soldaten, erfahrenen Kämpfern und Beamten aus dem gesamten römischen Reich sowie den ehemaligen Kameraden während der Ausbildung zum germanischen Rheinschifffahrts-Spezialisten

in seinem Umfeld, allen, die er gefragt hatte, war die Göttin Isis
mit ihrem Sohn Horus ein Begriff, und so wie sie ihm beschrieben wurde, würde sie die Menschen auch noch sehr lange begleiten. Sie stammte aus dem Schilf des Nils in Ägypten. An
den Strand des Mittelmeeres, an die Felsen des Atlantik und an
die Ufer der großen Ströme des römischen Reichs war ihr Ruhm
weitergetragen worden. In Mainz hatte sie sich mit der Göttin,
der großen Mutter, Magna Mother, die für die Familien sorgte,
vereinigt. In dieser Tradition steckte eine gewaltige Kraft, sollte
man annehmen.

Als Severius Lupulus schließlich zum Priester vorgelassen
wurde, hatte dieser viel Zeit für ihn. Der freundliche ältere Herr
mit seinem glatt rasierten Schädel bot ihm ein Glas Wein an.
Sie setzten sich. Der Besucher schaute sich in dem sauberen
Raum um. An den Wänden sah er ein Fresko, eine Bemalung
mit Schilf und eigentümlichen Fragmenten von menschlichen
Körpern. Darunter war das Wasser dargestellt mit Krokodilen
und Fischen. Darüber schwebten die Wasservögel, Enten und
Reiher, auch viele Insekten.

Der Priester, der seine Verwunderung bemerkt hatte, wies
darauf hin, dass die Mitglieder seiner Familie sich seit vielen
Generationen „Die Schreiber aus Ägypten“ nennten. Von daher
käme auch sein ganzes Wissen. Im Übrigen heiße er Jethro von
Memphis, er solle ihn „Alter Schreiber von Memphis“ ansprechen.

Lupulus sagte unbeholfen ohne echte Überzeugung: „Alter
Schreiber von Memphis“. Nun berichtete er, dass seine Familie,
solange die Überlieferung zurückreichte, nur in Worms und
später in Mainz gelebt habe. Nach Erzählungen seiner Verwandten hätten sie ihren Lebensunterhalt zunächst mit der
Rhein- und Moselschifffahrt verdient und seien dann darüber

hinaus, über Saône und Rhone bis zum Mittelmeer gelangt. Sie gehörten zum Stamm der Fluss-Menschen, Kelten, Treverer. Er schaute in das plötzlich interessierte Gesicht des Priesters und musste innerlich lachen. Natürlich stellte seine Familie regelmäßig  auf Anfrage aus dem Tempel für die heilige Fahrt auf dem Rhein unentgeltlich ihre Schiffe zur Verfügung für die Suche der Isis im Schilf nach ihrem Osiris. Auch waren ihm die wilden, ausschweifenden Feste zu Ehren der Isis auf dem zum Narrenschiff umgebauten Rheinkahn nicht unbekannt. Dieser Brauch stamme ja ebenfalls aus Ägypten, das wisse er, erklärte er dem Priester.

Der wurde auf der Stelle amtlich und meinte, er habe recht, ja, das meiste der Kenntnisse im Fluch-Handel komme ebenfalls aus Ägypten.

Nun aber zur Sache: Er machte deutlich, dass es üblich sei, die Person, die geschädigt werden sollte, ganz genau zu beschreiben. Das konnte Lupulus sehr wohl, es war Titulus, der Optio, der seine Frau verfolgte, der Centurio werden wollte, der nicht abzuschütteln war, der, der ihn, den Ehemann, hasste und seine Frau mit lüsterner Gier verfolgte. Er nutzte alle Kontaktmöglichkeiten durch Briefe, Nachrichten, Boten, durch immer Neues. Er hatte ihr sogar das Angebot zukommen lassen, das Kind, welches seine Alisah schon von ihm, Lupulus, trug, bei sich aufzuziehen, wenn sie nur zu ihm käme. Das deute doch wohl darauf hin, dass Titulus nicht nur seine Frau sondern auch ihre gesamten Nachkommen für sich haben wolle, dass er einen Plan weit hinein in die Zukunft habe. Das müsse unterbunden werden.

Der „Schreiber von Memphis" sagte, es sei schwer bei einem solch komplexen Problem etwas Wirksames zu formulieren, er hoffe, dass er bis zur Feier der Isis, dem Tag der

Erweckung der Kraft in der Fluchplatte durch die Göttin, den richtigen Spruch gefunden habe. Es sei doch richtig, dass auch die ferne Zukunft eine Rolle spielen und der Fluch sowohl vorsorglich wie auch vergeltend wirksam sein solle? Wenn das so sei, müsse der Fluch für einige Zeit im Tempel aufbewahrt werden und die Pacht zur Erhaltung der Kraft sieben Generationen lang jährlich entrichtet werden, damit auch seine Kind- und Kindeskinder auf Dauer nichts mit den Nachkommen von Titulus zu tun haben würden oder sollte wirklich dessen ganze Sippe verschwinden? Er schaute Lupulus prüfend an und fuhr fort: Die Göttin Isis sei bekannt dafür, dass sie Stücke von Menschen wieder zusammenfügen könne. Seit ihrer Herrschaft über die Unterwelt könne sie aber auch das Gegenteil bewirken. Weiter müssten ihr Götter zur Seite gestellt werden, die voraussichtlich Bedeutung und magische Kraft erlangen würden, um die Wirksamkeit des Fluches auch dann noch in der Zukunft zu garantieren. Er schlage daher noch Horus, Mitras, Attis, Christus sowie Ritona vor. Ritona kenne Lupulus und seine Familie sicher, die käme ja aus seiner Gegend und habe etwas mit der Überquerung der Furt zu tun. Das sei die Sicherung speziell seiner keltischen Identität. Mitras sei zur Zeit neu und recht modern und dessen Macht könne in Zukunft noch wachsen. Attis zusammen mit Kybele sei nach einer wahnsinnigen Selbstentmannung wieder auferstanden von den Toten. Das sei interessant. Sicherheitshalber schlage er noch vor, Christus dazu zu nehmen, von dem wüsste man nicht, was aus ihm werden könne, aber er habe auch diese Idee des ewigen Lebens wie im alten Ägypten in seinem Portfolio, allerdings verkörpere er mehr Leiden als Macht, aber wer weiß?

Dies seien also gute Voraussetzungen für die langfristige Wirksamkeit des Fluchs. Dazu müsse der Besteller auch noch ein Gelübde ablegen, damit der Fluch sich nicht ins Gegenteil umkehren könne.

Und welches Gelübde wolle nun er, Severius Lupulus, ablegen? Hier käme infrage, regelmäßiges Spenden von üblichen Opfertieren für die Göttin oder Übernahme der Patenschaft für ein von der Göttin geliebtes Tier, zum Beispiel die Adoption eines Wolfes jenseits des Rheines in diesen gefährlichen Wäldern mit der erforderlichen Kontaktaufnahme dazu biete sich an oder Verzicht auf die volle Sehkraft, indem ein Auge gespendet werden müsste oder unbegrenzte sexuelle Enthaltsamkeit. Bis zur Feier müsse er sich das überlegt haben.

„Hast du noch eine Frage, Lupulus?"

„Ja, verehrter Schreiber von Memphis. Wie sieht der Fluch aus?"

„Der Fluch liegt in einem Kästchen mit der Abbildung der Isis und dem Horus. Das ist das Totenschiff."

„Kann das Kästchen, ehrwürdiger Schreiber von Memphis, kann das Kästchen verloren gehen?"

Der Schreiber von Memphis schaute ihn prüfend an. „Du richtest an mich die richtigen Fragen", stellte er fest. „Die Antwort lautet: auch im Falle eines vermeintlichen Verlustes des Kästchens bleibt es Besitz deiner Familie. Die Göttin wird es immer wieder zurückerstatten. Bist du damit zufrieden?"

Lupulus nickte, verneigte sich und sagte: „Ja, ehrwürdiger Schreiber von Memphis, ich bin damit zufrieden."

Der Abschied war kurz und geschäftsmäßig.

Es waren genau nur noch drei Tage und drei Nächte bis zur Feier mit der Göttin Isis, bei der die Wünsche, Verwünschungen und die Flüche der Göttin vorgelegt wurden und mit ihrer mystischen Kraft versehen werden sollten. Die Zeremonie war jedes Jahr aufs Neue ein geheimnisvolles sinnenberaubendes

Geschehen. In dieser besonderen Nacht würde Lupulus nicht nach Hause kommen können.

Er hatte vorgesorgt. Alisah würde zu ihrer Familie gehen, sie traf sich ohnehin mit ihrer Mutter, ihren Schwestern, Cousinen und Freundinnen auf dem Weg zur Mikwah, um vor dem Bad noch etwas zu plaudern. Diesmal sollte sie bei ihren Eltern übernachten.

Wie sollte der Spruch formuliert werden? Der Priester wollte helfen, die richtigen Worte zu finden. Der Rest war nicht zu schwierig, er musste das Fach für die Aufbewahrung seines Fluches im Isis-Tempel bezahlen und dann das Gelübde ablegen, das er sein Leben lang nicht brechen durfte. Er hatte noch drei Tage Zeit.

IV.2    Alisah

„Da kommt sie!" Das rief eine der vier Frauen, die daraufhin den Kopf wendeten und sahen, wie Alisah den Weg hinunterkam. Sie schob das Becken etwas vor und ging sehr aufrecht mit kleinen Schritten, eine Hand wie zufällig auf ihren Bauch gelegt. Sie blickte geradeaus und lächelte schon, als sie ihre Freundinnen und die beiden alten Frauen erkannte. „Da bin ich." „Alisah, du siehst so wunderschön aus! Wie geht es dir jetzt? Seit der Hochzeit haben wir nichts mehr von dir gehört. Du gehörst ja eigentlich kaum noch zu uns! Endlich können wir uns wieder einmal treffen!" Die junge Frau hatte den Arm um die Schulter von Alisah gelegt. Sie schaute sie ganz genau an, von oben bis unten. „Mir geht es gut", sagte Alisah, wobei sie das Gesicht einen winzigen Moment verzog.

Sie lächelte. „Wir haben gehört, dass du schwanger bist, herzlichen Glückwunsch, alle guten Wünsche für dich! Wie fühlst du dich, bist du fröhlich über das neue Kind, spürst du schon etwas? Hoffentlich ist dir nicht übel? Und was sagt dein Mann dazu?" „Ach der, der hat es doch die Straße herauf und herunter herausposaunt, alle Soldaten, Marktweiber, Holzhändler und Weinverkäufer wissen davon, deren Frauen sowie der Kneipenwirt, selbst die Schiffer auf Main und Rhein bis nach Köln hinunter. Übrigens meine ich, dass sich das Kind schon bewegt." Sie lachte.

Sie machte eine kurze Pause, dann sagte sie: „In letzter Zeit ist er aber etwas komisch geworden. Ich glaube, er verträgt die Veränderung nicht so richtig, eine Nacht ist er sogar nicht nach Hause gekommen, am nächsten Morgen hatte er rote Augen und roch nach Wein, Knoblauch und Fisch."

„Ach, so sind die Männer", sagte eine der alten Frauen, „das macht nichts, sie meinen, für immer sei nun die Jugend für sie vorbei, wenn ein Kind kommt, das geht vorüber." „Und wer kümmert sich um dich, wenn deine Zeit gekommen ist?"

Alisah sah sich um, und dann sagte sie und schaute jede einzelne von ihnen nacheinander an: „Meine Mutter und ihr, wollt ihr mir helfen? Ihr kennt euch doch aus mit dem Kinderkriegen? Mein Mann hat sicher nichts dagegen."

Da lachten sie alle und klatschten in die Hände. Jede wollte mal auf ihren Bauch fassen, da war aber noch nicht viel zu fühlen. Dann musste die kleine Gruppe zur Seite treten, weil eine Reitergruppe vorbeikam, es war der Optio Titulus, der winkte ihnen zu, die meisten Frauen beachteten ihn nicht. Alisah schaute weg. Sie war jetzt verheiratet und freute sich auf das Kind. Die römische Garnison auf dem Kästrich, dem Hügel oberhalb von Mainz, war ihr jetzt egal, sie vergaß die Reitergruppe auch sofort.

Lupulus' Tag war nun gekommen. Als Gelübde hatte er das regelmäßige Opfern von Tieren der Isis gewählt. Er hatte die Krähe mit der Schleuder getötet. Sie flog wie vorgeschrieben vom Südosten her, dort wo Ägypten war. Er hatte sie lange gekocht, bis nur noch ihr Gerippe übrig war. Er nahm die beiden Oberschenkelknochen und legte sie in die Sonne, bis sie hell gebleicht und glatt geworden waren.

Am Morgen des Übergabetermins hatte er die Liste der erforderlichen Opfertiere für die Göttin abgearbeitet. Der lebendige Igel war leicht zu töten. Auch die Spottdrossel mit einem vorne stumpfen Stempel-Pfeil zu treffen, fiel nicht schwer. Eine Maus war schnell gefangen, der Fasan und der Hase konnten auf dem Markt besorgt werden. Der Blick aber des gefangenen Marders im Käfig, nachdem er ihn mit dem ersten Schlag der Keule nicht richtig getroffen hatte, und der offensichtlich merkte, dass er sterben müsste, diesen Blick, den würde er nie vergessen. Ihn schauderte immer noch, wenn er daran dachte. Es schien ihm so, als wäre der Marder sein Bruder gewesen, wie er den Kopf nach links umdrehte und ihm mit seinen schwarzen Pupillen direkt in die Augen schaute. Er fletschte seine kleinen messerscharfen Zähne, aber sein Körper war am Übergang vom Brustkorb zum Leib schon zu stark gelähmt. Es sah so aus, als würde er bedauern, dass er aus seinem Leben gerissen würde und er fragte ihn mit diesem Blick, warum das denn nun wirklich habe sein müssen. Dem halbtot gequälten Marder wollte er es nicht erklären, dann hätte er ja selbst noch einmal darüber nachdenken müssen.

Als alles erledigt war, musste er weinen. Er legte die Kadaver in den Korb und verdeckte sie mit einem Tuch.

Dann schaute er unten im Hafen nach seinen Booten. Dort traf er seinen Bruder Florentinus, der umarmte ihn freudig. Mit seinen 17 Jahren war er schon ein richtiger junger Mann. Die Mannschaft war zufrieden, noch zwei Tage, dann konnten sie ablegen. Es fehlten nur noch größere Mengen an Weizen aus dem Hinterland bei Alzey und ein Zug Ochsengespanne mit den Weinfässern. Dann sollte es auf dem Rhein Richtung Köln und weiter über die Nordsee gehen. In London wartete man schon auf die Weinlieferung. Am Pier lagen die Militärschiffe, die die Ufer des Rheins sicherten, auf der anderen Seite lebten die Germanen.

Viele Jahre war die Grenze ruhig gewesen. Aber wie man hörte, plante der römische Stab in der Garnison eine militärische Expedition, um sich auf der anderen Seite bei den Germanen, den Alamannen, Respekt zu verschaffen. Dies würde üblicherweise ganz und gar nicht zimperlich mit Blutvergießen einhergehen.

Meistens kamen sie mit Gefangenen zurück, Sklaven, die man zur Arbeit gebrauchen konnte. Echte Goldschätze gab es als Beute bei den Alamannen nicht. Diese Kämpfe verursachten nicht unerhebliche Verluste bei den römischen Soldaten. Die Germanen kämpften stets aus dem Hinterhalt. Sie kannten jeden Baum und Strauch. Die getöteten Soldaten verschwanden einfach mit ihrer Rüstung und ihren Waffen. Eine offene Schlacht gab's nicht. Lupulus war froh, dass er nur Händler war, obwohl er vorsichtig sein musste, jeder konnte leicht in einen Hinterhalt geraten, selbst auf dem Fluss. Da war es ratsam, immer zusammen mit den Militärbooten unterwegs zu sein. Das sollte auch auf dieser Reise wieder so sein, wie immer eben. Es war gut, mit der Legion zusammenzuarbeiten. Bald würde er zertifizierter Schiffer bei der Legion sein und die Vertragsrolle in den

Händen halten. Sein Bruder war als Partner mit vorgesehen. Das bedeutete, dass er regelmäßig für die Legion Versorgungsfahrten machen konnte, ein sicheres Einkommen. Er war in der Lage, nunmehr eine Familie zu ernähren. Wenn nur dieses Problem mit dem Optio Titulus nicht wäre.

Am Abend verabschiedete sich Lupulus von zu Hause, er habe noch eine wichtige dienstliche Besprechung hinter sich zu bringen.

Er ging bis zur Stadtmauer, von der Hauptstraße rechts in eine Seitenstraße bis zum heiligen Bezirk der Isis und klopfte dort an das Tor, der Pförtner öffnete, erkannte ihn und nickte. Drinnen auf dem Platz sah er die aufgeschütteten alten Gräber der Vorfahren. Die Fachwerkbauten rundum waren mit den Zeichen der Isis und anderer wirkmächtiger Götter bemalt. Auf dem roten Untergrund einer Mauer war der Tod, Anubis mit Heroldstab und Palme abgebildet. Lupulus ging an der Brunnenanlage und den Kochherden vorbei, auf denen schon das Essen bereitet war. Zwei Dutzend Menschen saßen an einem langen Tisch. Sie riefen ihn herbei, und er nahm zwischen ihnen Platz, aß und trank mit ihnen bis es dunkel wurde.

Auf einmal ertönte der Schall von Rasseln, Trommeln und doppelten Schalmeien. Ein Kind gab Räucherwerk in den Glutkessel, der starke Geruch machte ihn etwas schwindlig. Dann wurde ihm ein Mantel umgehängt und er befand sich plötzlich in einem Kreis von Menschen, die sich nach der schrillen Musik im Tanz im Kreise bewegten. Einer von ihnen sprach immer wieder die Worte:

O mein Herr Osiris!
O mein Herr Osiris!
O mein Herr Osiris!

O mein Herr Osiris!
Großer des Himmels und der Erde!
Großer des Himmels und der Erde!
Großer des Himmels und der Erde!
Großer des Himmels und der Erde!
Du schöner Jüngling, komm zurück in dein Haus,
so lange Zeit haben wir dich nicht gesehen!
Du Schöner, komm zurück zu deinem Haus,
du schöner Jüngling, der zu früh dahinging,
in voller Blüte der Jugend, viel zu früh!
Erhabenes Abbild deines Vorfahren, geheimer Same, der aus
Atum hervorging,
Erhöhter über deine Väter, Erstgeborener im Leibe deiner gött-
lichen Mutter.
Siehe, dein Sohn wird den Feind zum Richtblock treiben,
Isis spricht zu dir, ich verbarg mich im Schilfdickicht, um deinen Sohn zu verstecken gegen den Feind.
Mein Geliebter, mein Herr, der zum Lande des Schweigens dahinging,
komm zurück zu mir, so wie du einst warst,
komm in Frieden, in Frieden.

Plötzlich blieben alle stehen. Eine winzige Tür öffnete sich
am Tempel und von da an hatte er keine Erinnerung mehr. Er
wusste nur, dass er sehr glücklich gewesen war.

Es war früher Morgen, als er nach Hause zurückkehrte.
Seine Frau, Alisah, schlief noch tief. Später fragte sie ihn, wo
er gewesen sei. Er wusste nicht richtig, was er sagen sollte. Sie
meinte, er solle weiterschlafen, sicher sei er krank. Sie legte ihm

einen kalten Umschlag auf die Stirn und sprach ein Gebet aus ihrer Kindheit.

Nachmittags fand er die Wachstafel in seiner Tasche. Darauf war die Abschrift seiner bleiernen Fluchtafel eingeritzt:
Was immer Optio Titulus,
Reiter Kämpfer, versuchen,
was immer er tun wird,
verkehrt sei ihm alles.
So soll er
nimmer
irgendetwas wachsen, stark werden lassen,
um den Verstand gebracht,
soll er verkehrt seine Dinge verrichten.
Was ihm widerfährt, das soll ihm alles verkehrt ausgehen. Sein Geist soll ihm verschwinden.
Er soll nicht wiederkehren.
Dem Optio Titulus
soll es so ergehen, indem diese Tafel
niemals erblühen wird.
Es helfe Isis, die Mutter im Schilf, die Osiris zusammengefügt.
Auch Horus, Mitras, Attis, Christus, Ritona immer.
Die Kinder Kindeskinder sollen vor
seinen Kindern Kindeskindern geschützt sein.
Sonst gilt Fluch, sie verschwinden.


Da wusste Lupulus, dass der Fluch installiert war, der Optio Titulus würde unter seine Macht geraten, wenn er weiter wie so oft an seinem Haus vorbeireiten würde, um bei der Isis um Beförderung zum Centurio und Erhörung bei Alisah, Lupulus' Frau, zu bitten.

Es kratzte an der Tür, dann klopfte es leise, dann etwas lauter. Die junge Magd öffnete. Draußen stand ein Soldat, der fragte: „Ist das das Haus des Severius Lupulus?" Die Magd nickte. „Dann nimm das hier! Zeigt es sofort der jungen Hausfrau Alisah, sie kann lesen." Die Magd zögerte, schaute nach hinten und zur Seite. Das duldete der Soldat nicht und herrschte sie an: „Mach schon, beeilte dich. Hier ist die Wachstafel mit dem Text, zeigt sie Alisah, die Nachricht kommt von Titulus, dem Optio." Die Magd griff rasch nach dem Täfelchen aus Holz und flüsterte: „Jawohl, wartet hier!". Sie eilte in die Küche, dort machte Alisah gerade das Essen zurecht, es roch nach Fisch mit Getreidebrei. Ein großer Haufen Kräuter lag noch ungeschnitten bereit. Sie hatte sich gerade aufgerichtet und sich ihre beiden geballten Fäuste ins Kreuz gepresst. Ihr Leib hatte sich seit einer Woche etwas gesenkt. Hin und wieder kamen Anspannungen, die ihr vom Schambein bis ins Kreuz zogen und sie zwangen, sich aufzurichten, tief durchzuatmen und darauf zu warten, dass der Schmerz wieder nachließ. Seit gestern hatte sie dreimal solche Zustände gehabt. Die alten Frauen hatten ihr gesagt, der Bauch übe, das Kind wolle bald kommen.

Die Magd huschte herein, flüsterte ihr ins Ohr, dass der Soldat vor Tür stünde, Titulus würde wieder einmal lästig, hier, das solle sie lesen. Alisah las: „T. grüßt dich. Von Gefahr kehre ich zurück. Bald bei dir. Auf ewig. T."

Was das bedeuten sollte, das brauchte sie sich nicht zu fragen. Alisah war völlig klar, es ging schon eine Zeit lang das Gerücht um, dass die Garnison bald leer sein würde. Die Soldaten richteten sich auf einen Feldzug Richtung Lohr-Locoritum und Gundhelm-Guavignarium ein, es solle wieder einmal gegen die Alemannen gehen. Lupulus hatte ihr oft erzählt, dass das Ufer zum Alemannenland gefährlicher geworden sei.

Seine breiten und dadurch etwas unbeholfenen Schiffe, mit der zum Teil sehr teuren Fracht, müssten regelmäßig durch römische Soldaten mit ihren schnellen Booten geschützt werden, das koste immer mehr an Gebühren. Alle, die mit der Schifffahrt zu tun hatten, waren der Meinung, dass ein Angriff auf die Hauptstädte der Aufständischen nur recht und billig sei.

Daran sollte Titulus teilnehmen. Alisah kannte ihn eigentlich nur vom Sehen her, als sie mit ihren Freundinnen vor zwei Jahren einmal kichernd vor dem Portal des Mainzer Kästrich-Kastells hin und her gegangen waren und die Wachen geneckt hatten. Da stand plötzlich dieser Titulus ganz nah bei ihr, ein schöner iberischer Römer und schaute ihr tief in die Augen und ließ von da an nicht mehr von ihr ab. In der Folgezeit schickte er ihr regelmäßig durch seinen Ordonnanz-Soldaten Nachrichten auf Wachstafeln. Alle hatten etwas mit Liebe zu tun. Allmählich wurde ihr das sehr unangenehm, und sie beschwerte sich darüber zu Hause. Man meinte, dann dürfe sie eben nicht mehr aus dem Haus gehen.

Ein Wunder, dass sie trotzdem Severius Lupulus kennen gelernt hatte. Dazu hatte es einiger List bedurft, um das Misstrauen ihrer Eltern und vor allem ihrer kleineren Geschwister, die sie dauernd beobachteten, zu zerstreuen. Wenn ihre Freunde nicht gewesen wären, wäre sie heute noch unverheiratet und zu Hause eingesperrt, dachte sie. Eine Verbindung mit einem römischen Soldaten kam für sie und ihre Familie überhaupt nicht in Frage.

Also, Titulus musste zu diesem Feldzug mit ausrücken. Die Alemannen waren gefährlich. Sie waren sehr schnell und todesmutig. Wer weiß, wie das ausgehen würde. Sie klappte die

Wachstafel zu und gab sie schnell der Magd, die damit zurück an die Haustür eilte.

Dort lehnte gelangweilt der Soldat, der nahm die Wachstafel und steckte sie in seine große Ledertasche, kniff der Magd in die Wange, verfehlte ihr Gesäß, weil diese sich zu schnell zur Seite gewunden hatte, pfiff kurz drei Töne vor sich hin und trottete hinauf Richtung Kastell. Die Magd aber schaute ihm versonnen nach. Er sah doch recht passabel aus, besonders als er sich noch einmal nach ihr umdrehte und ihr zuwinkte.

In der Nacht begannen Alisahs Wehen.

Lupulus ging zum Winterhafen. Während des Eisgangs im Rhein waren die Schiffe im Winterlager vertäut. Dort waren sie sicher und konnten von den Eisschollen nicht beschädigt werden.

Seine Schiffe waren schon längst wieder für die Reisesaison klargemacht worden. Kurz vor Ende der Beladung hatte sich ein Sklave verletzt, als ihm ein Weizensack auf der schrägen Hühnerleiter zum Ladedeck aus der Hand gerutscht war und er mit seiner Last zu Boden fiel. Er würde wohl für diese Fahrt ausfallen. Das war schade, Lupulus brauchte jeden Mann in diesem Sommer.

Da waren auch die Speicher für die Fracht. Er öffnete die schwere Tür mit seinen beiden Schlüsseln. Im einfallenden Licht sah er schon die kleinen Amphoren mit der originalen Fischsauce aus Marseille. Er war sicher, Zanna der Tempeldiener, mit dem er sich für eine kleinere Absprache treffen wollte, würde einige von ihnen sehr zu schätzen wissen.

Aufgeräumt begrüßten sie sich in der Kneipe zum „Stuhl der kurzen Wahrheit", in der sie verabredet waren. Nachdem jeder von ihnen zwei Gläser Wein unter Bemerkungen über das Wetter und die allgemeine Lage der Wirtschaft und der

Schifffahrt und den höflichen Fragen nach dem Ergehen der Familie des Tempeldieners und Gehilfen des Tempelwächters genüsslich geleert hatten, herrschte eine entspannte und vertrauensvolle Atmosphäre. Der Auszug der XXIII. Legion stand unmittelbar bevor. Es ging wieder mal gegen die alten Feinde, die Alamannen. Erneut berichtete der Tempeldiener von einigen besonders grausamen Begebenheiten, von denen er gehört hatte.

Nun konnte Lupulus mit seinem Anliegen herausrücken und kam zur Sache: „Mein lieber und verehrter Tempelherr", begann er, er wurde aber sofort unterbrochen. Bescheiden winkte der so Angeredete ab, er sei ja nur ein Diener, zu viel der Ehre, aber er habe einigen Einfluss, den er natürlich gerne für ihn nutzen könne. Lupulus schaute ihn dankbar an. Er formulierte den nächsten Satz sehr sorgfältig: „Tatsächlich, mein lieber Freund, könntest du mir einen großen Gefallen tun. Du kennst die Papyrusabschriften meines Fluches, den ich mit dem großen Meister von Memphis besprochen, entworfen und schließlich durch deine langjährige Kompetenz und umsichtige Sachkenntnis bekommen habe, dabei war deine Hilfe persönlich für mich ganz besonders wertvoll. Der Meister sagte mir, dass die Abschriften auf Papyrus lediglich eine kurze Wirkung hätten. Der Tempelfluch selbst würde jedoch über Generationen seine Kraft bewahren, wenn ich weiterhin mit den geeigneten Mitteln, genau nach Anweisung und natürlich der richtigen inneren Einstellung dem Tempel opfern würde. Dazu habe ich mich nunmehr entschlossen. Hilf mir nur, ein Papyrus an die richtige Stelle zu platzieren".

Um wen es denn ginge, fragte der Tempeldiener, da wusste Lupulus, dass der richtige Augenblick gekommen war, die Amphoren mit der Fischsauce zu übergeben. Mit dieser Delikatesse hatte der Tempeldiener nicht gerechnet. Er bedankte sich überschwänglich.

Als ihm aufgetragen wurde, dass er dem Optio Titulus eine Abschrift des Fluches auf Papyrus am besten in einer der steifen Falten seines Rockes, befestigen möge, während die Dienstkleidung in der Garderobe des Tempels abgelegt war, war der Diener über den leichten Auftrag verwundert. Er sah kein nennenswertes Risiko und war daher schnell überzeugt und willig, den Auftrag zu übernehmen. In dieser Angelegenheit wäre ihm auch nichts Besseres eingefallen, sagte er zufrieden zu seinem Auftraggeber.

Lupulus bestellte jedem noch einen Becher Wein und bekam dafür einen anerkennenden Blick des Tempeldieners Zanna.

Die Sache war eigentlich einfach, Optio kam regelmäßig zum Isis-und-Magna-Mother Altar und heute Abend würde er sicher zu den Göttinnen für sein Glück beten. Beiden Altären konnten sich die Eingeweihten nur mit der rituellen Kleidung, in langen weißen Hemden und einem hellen Umhang nähern.

Es gab genügend Zeit, in einer abgelegten Offiziersuniform ein beschriftetes Papyrus unterzubringen.

Lupulus und der Tempeldiener Zanna leerten noch einen weiteren Becher Wein auf eine erfolgreiche Aktion gegen die Alamannen, davon würden alle in Mainz profitieren und damit schieden sie voneinander, Lupulus in dem Bewusstsein, vor dem Abschluss des wichtigsten Geschäfts seines Lebens zu stehen, der Tempeldiener empfand es als eine schnell am gleichen Abend zu erledigende Bagatelle; und überhaupt, man hatte sich gut beim Wein über den bevorstehenden Feldzug unterhalten.

Die Legion war angetreten. Die zehn Soldaten vom 18. Hauszelt standen in der vorgeschriebenen Ordnung. Ein jüngerer Soldat schaute seinen sehr viel älteren Nachbarn an, drehte den Kopf wieder zurück, der Disziplin wegen, und fragte: „Na, wie seh` ich aus, blinken meine Paradeuniform und die Schmuckwaffen nicht großartig? Und der Helm!".

Der ältere schaute aus dem Augenwinkel von oben bis unten seinen jüngeren Nachbarn an und rührte den Kopf nicht, er kniff ein Auge zusammen und sprach zwischen unbeweglichen Lippen, die Augen geradeaus: „Pass auf, der Decurio, der Spieß, schaut in unsere Richtung, schön siehst du schon aus, das muss man dir lassen, aber wichtiger ist, die Waffen für das Feld parat zu haben und nicht hier diese lächerlichen dünnen Bleche zum Blinken. Schweig du jetzt, wir reden nachher im Amphitheater."

Das Signal mit Trommel und Fanfare ertönte zum Aufbruch. In geordnetem Marsch zog die Legion zum Amphitheater in ihren Paradeuniformen mit Heereszeichen und Schmuckwaffen.

Zurück blieben zur Sicherung des Kästrich-Lagers nur die Wachsoldaten. Die waren unzufrieden, weil sie das Spektakel nach der Rede des Generals nicht mitbekommen würden. Das endete kurz vor einem Auszug ins Feld mit einem Umtrunk, bevor sie von ihren Familien Abschied nehmen durften.

Alle Plätze im Amphitheater waren zugeteilt worden, die beiden Legionäre vom 18. Hauszelt fanden ihren Platz. Sie setzten sich eng nebeneinander und der Jüngere begeisterte sich am Bild der Legion im großen Rund des Theaters mit ihren schönen

Uniformen, den Heereszeichen und dem geschmückten Altar mit der Kanzel für die Rede des Generaltribuns.

Der ältere Soldat neigte sich etwas zu ihm und sagte: „Komm ein bisschen näher, es müssen nicht alle hören, was wir besprechen." Dabei schaute er angelegentlich vor sich, seitlich und hinter sich, um abzuschätzen, wer zuhören könnte.

Dann sagte er leise: „Hör mich an, mein Lieber, du bist unerfahren. Jetzt sage ich dir einmal, wie ich die Sache sehe, das ist gleichzeitig auch ein Rat an dich. Also, immer vernünftig sein, keine unbedachte Aktion machen beim Feldzug, im Lager und im Feld beim Kampf. Erstes Gebot ist - keinesfalls weiterkämpfen, wenn das Signal zum Rückzug kommt. Ein geordneter Rückzug ist bei einem starken Feind kein Makel."

Der junge Soldat war erstaunt: „Rückzug? Wir marschieren voran und siegen! Wir ziehen uns doch nicht zurück!?"

Der Ältere sah gerade, dass die Vorhut des Generals das Amphitheater betreten hatte und zischte ihm noch schnell zu: „Vor und Zurück, dass ist die echte Soldatenehre. Die Galauniform rettet nicht dein Leben. Wir haben noch etwas Zeit, schau dir deine Ausrüstung genau an, bring sie auf Vordermann, ich hab gesehen, dass du deinen Kampfanzug mit neuen Lederstreifen verstärken musst. Und sieh zu, dass du immer etwas zu essen und vor allen Dingen zu trinken mit dabeihast, auch wenn es mehr Ballast bedeutet im Kampf. Nimm eine Lederflasche".

Ein hoher Offizier rief: „Die ruhmreiche Legion begrüßt den großen Generaltribun Crassius Lucius mit militärischen Ehren!"

Das Amphitheater stand wie ein Mann und brüllte die Begrüßungsformel. Der jüngere Soldat schien ergriffen. Er jubelte mit der Menge, riss die Arme hoch und schrie begeistert den Namen des Generals.

Crassius war ein mittelgroßer gut genährter Mann, braun gebrannt mit Glatze und kräftigen Schultern. Er grüßte nachlässig die Runde und schritt an den Altar.

Der hohe Offizier rief wieder: „Achtung und Andacht für das gemeinsame Gebet zu unserem geliebten göttlichen Kaiser Caracalla um den Sieg gegen die Alamannen!“

Was vorne am Altar gesagt wurde, verstanden die beiden Soldaten nicht. Es entwickelte sich allmählich eine allgemeine Begeisterung für den Heereszug zur Bestrafung der wortbrüchigen Alamannen. Dazu waren im Amphitheater viele Propagandasoldaten platziert worden, die immer wieder Siegessprüche und Lobesrufe in die Soldatenmenge riefen, die diese sorgfältig und folgsam mit der einstudierten Begeisterung wiederholte.

Der Generaltribun vom Kästrich, Crassius Lucius, begab sich nun zur Kanzel und begann seine Rede an die Soldaten der Legion im Amphitheater von Mainz (im ganzen Wortlaut erhalten, ein einzigartiges Dokument aus Gallien, später von preußischen Kaiser Wilhelm II am 27. Juli 1900 neu als sogenannte Hunnenrede interpretiert).

„Salve, Soldaten!

Große Aufgaben im Land der Germanen sind es, die unserem immer wieder aufs Neue erstarkten Römischen Reiche zugefallen sind, Aufgaben weit größer, als viele unserer Landsleute, die Römer und unsere Verbündeten, die Gallier, erwartet haben.“

Wie zuvor einstudiert, zeigte die Legion eine konzentrierte Aufmerksamkeit auf die Worte des Generals. Der ältere Soldat verzog keine Miene, schaute geradeaus und murmelte: „Kannst du mich hören?"

Der Jüngere schaute geradeaus, er sagte: „Ja, fang` an".

Inzwischen sprach der Generaltribun weiter.

„Das Römische Reich hat seinem Charakter nach die Verpflichtung, seinen Bürgern und Verbündeten, wofern diese im Ausland bedrängt werden, beizustehen. Die Aufgaben, welche das alte Römische Reich nicht hat lösen können, ist unser neu erstarktes Römisches Reich unter unserem göttlichen Kaiser Caracalla nunmehr in der Lage zu lösen. Das Mittel, das ihm dies ermöglicht, ist heute unsere XXIII. Legion in Mainz am schönen Rhein."

Der ältere Soldat und sein jüngerer Nachbar riefen Bravo und wieder Bravo wie alle. Der ältere Soldat fuhr fort, als sich alles beruhigt hatte: „Nimm Reserve-Leder für den Kampfanzug mit. Vergiss nicht die Wollmütze unter dem Helm, dann hältst du den Schlag vom Feind viel besser aus. Ja, ja, ich weiß, ist oft viel zu heiß. Aber besser heiße Haare als ohnmächtig."

Inzwischen hatte der Generaltribun die Stimme etwas erhoben: „In langjähriger treuer Friedensarbeit ist die Legion herangebildet worden nach den soldatischen Grundsätzen unserer Göttlichen Kaiser. Auch ihr habt eure Ausbildung nach diesen Grundsätzen erhalten und sollt nun vor dem Feinde die Probe ablegen, ob sie sich bei euch bewährt haben." Während des Applauses wandte sich der Ältere wieder dem Jüngeren zu: „Ja, ich weiß, es klingt wie eine Belehrung, aber ich sage dir, ich kann dich gut leiden, glaube mir, daher bleibe immer entschlossen und kalt, lass dich nicht erhitzen durch Ruhmsucht, durch Gesänge, Wein und durch wütende Reden. Denke immer an dich, ein lebendiger Soldat ist ein guter Soldat, denke nicht zuerst an die Ehre, die kommt von selbst. Vergiss nicht das Fett für die Füße."

Jetzt fing der Generaltribun an, in den Dröhnmodus zu wechseln: „Eure Kameraden von den vielen Legionen mit ihren Schiffen im Mittelmeer, auf dem Atlantik, auf der Rhone, auf der Seine und ihr hier auf dem Rhein, sie haben und ihr habt diese Probe bereits bei vielen Kämpfen bestanden. Sie haben gezeigt, dass den Grundsätzen unserer Ausbildung gute Methoden folgen, und ich bin stolz auf das Lob auch aus dem Munde auswärtiger Führer in Asien, ein Lob, das sich eure Kameraden draußen an den Grenzen des römischen Reiches überall erworben haben."

Alle Soldaten rasselten mit den Schilden, wie angezeigt von der Propaganda. Dann sagte der Jüngere, dass er befürchtete, kaum zum Kampfeinsatz zu kommen, weil er das Maultier zu versorgen habe. Da beruhigte ihn der ältere Soldat: „Du wirst früh genug dein Maultier im Kampf verteidigen müssen, unser aller Nachschub hängt an deinem Maultier. Du musst es gut versorgen, liebevoll mit ihm umgehen, damit es für uns das Letzte leistet, was es kann. Übrigens, deinen Speer, das Pilum, musst du noch nachschärfen. Ich habe es geprüft. Das Kurzschwert ist in Ordnung".

Jetzt brüllte der Generaltribun: „An euch, der XXIII. Legion, ist es, es heute noch besser zu tun!"

Alle schrien dreimal Victoria.

Der Generaltribun brüllte weiter: „Ja, und ich wiederhole es, an euch, der XXIII. Legion, ist es, es heute noch besser zu tun."

Wieder schrien alle im Amphitheater Victoria

Der Generalstribun fuhr fort mit lauter Stimme: „Eine große Aufgabe harrt eurer: ihr sollt das schwere Unrecht im Reich der Alamannen, das geschehen ist, sühnen. Die Alamannen haben das Vertragsrecht umgeworfen, sie haben in einer in der Weltgeschichte nicht erhörten Weise der Heiligkeit des Gesandten, den Pflichten des Gastrechts Hohn gesprochen. Es ist das umso empörender, als dieses Verbrechen von einem Volksstamm begangen worden ist, der auf seine nordische Kultur so stolz ist.“

Während die Schmährufe gegen die Alamannen verebbten, sagte der ältere Soldat: „Ich hab das Zelt nachgesehen. Es hat jetzt hinten einen kaum sichtbaren ziemlich großen Schlitz, durch den wir bei einer unangenehmen Überraschung verschwinden können, wenn ein unverhoffter Überfall stattfindet. Pass auf, selbst im Lager in Germanien, das ist nicht unbedingt sicher, es gibt dort Heckenschützen, kurze Wurflanzen und die haben neuerdings gelernt, Pfeil und Bogen gegen uns zu verwenden.“

Der Generaltribun rief mit lauter Stimme: „Bewährt euch in der alten römischen Tüchtigkeit, zeigt euch als kaisertreu im freundlichen Erdulden von Leiden, möge Ehre und Ruhm euren Heereszeichen und Waffen folgen, gebt an Manneszucht und Disziplin aller Welt ein Beispiel“.

Nachdem der Applaus verebbt war, sagte der Jüngere, dass er sich auf die Plünderung freue und auf die Frauen. Der Ältere lächelte: „Beim Plündern halte dich klug zurück, es lohnt sich nicht in Germanien in der Regel. Die haben nur Steine und Bronze und kein Gold. Die Frauen haben sich oft absichtlich mit Wildlosung eingeschmiert, damit du nicht auf die Idee kommst, dich zu ihnen zu legen. Außerdem haben alle Frauen in Germanien einen Dolch im Strumpf. Also pass auf, lass die

Finger davon. Wenn wir lebend zurück sind, gebe ich dir eine Runde guten Wein im Gasthaus aus und begleite dich ins Freudenhaus. Das macht mehr Spaß, abgemacht?" Der Jüngere nickte ergeben, er schien etwas enttäuscht, dann lachte er doch.

Inzwischen hatte der Generaltribun seine Rede fortgeführt und war jetzt in höchster Erregung: „Ihr wisst es wohl, ihr sollt fechten gegen einen verschlagenen, tapferen, gut bewaffneten, grausamen Feind. Kommt ihr vor den Feind, so wird derselbe geschlagen! Pardon wird nicht gegeben! Gefangene werden nicht gemacht! Wer euch in die Hände fällt, sei euch verfallen! Wie vor einem halben Jahrtausend die **Mazedonier** unter ihrem König Alexander sich einen Namen gemacht, der sie noch jetzt in Überlieferung und Märchen gewaltig erscheinen lässt, so möge der Name Römer in Germanien auf 1000 Jahre durch euch in einer gleichen und ruhmreichen Weise bestätigt werden,"

Der Generaltribun brüllte:

„Dass es niemals wieder ein Alamanne oder anderer Germane wagt, einen Römer scheel anzusehen!"

Wie zuvor und einstudiert hörte man jetzt lauter Victoriarufe, Schmährufe, Begeisterung für den Generaltribun Crassius Lucius, Ansätze von Tumult.

Der Generaltribun beruhigte sich: „So wiederhole ich für alle römischen Soldaten und ihre tapferen Verbündeten:

Kommt ihr an zum Feind, so wisst:

Pardon wird nicht gegeben. Gefangene werden nicht gemacht. Führt eure Waffen so, dass auf tausend Jahre hinaus es kein Alamanne mehr wagt, einen Römer scheel anzusehen. Wahrt Manneszucht.

Der Segen der Götter sei mit euch, die Gebete eines ganzen Volkes, meine Wünsche begleiten euch, jeden einzelnen."

Es erschollen Rufe: „Tötet sie!", lauter werdend achtmal.

Der Generaltribun wurde väterlich: „Öffnet unserer großartigen menschenfreundlichen römischen Kultur den Weg ein für alle Mal!"

Rufe von dem Propagandasoldaten: „Tötet sie, die Barbaren, macht sie fertig, nehmt ihnen ihre Frauen weg, unser ist der Sieg."

Nun wurde der Generaltribun sogar sentimental: „Nun könnt ihr reisen! Salve, meine lieben Soldaten!"

Die beiden Soldaten sahen sich umgeben von 20 Minuten Jubel, stehenden Ovationen für den großartigen und stets siegreichen Generaltribun.

Der begleitende Offizier rief noch in die Menge, dass alle versammelten Krieger von der großartigen Rede des Generaltribuns ergriffen seien und diese Rede sicher noch tausende von Jahren später bewundert würde.

Anschließend kam der Befehl zum Hinsetzen und zum Empfang mehrerer Becher Wein für alle [mittlere Qualität, Mosel].

Danach nahmen alle eine militärische Haltung im Stand ein und schworen den Eid aller Soldaten mit dem Siegversprechen für den göttlichen Kaiser Caracalla. Die Sonne ging eben unter.

Der ältere und der jüngere Soldat vom 18. Hauszelt für die 10-Männer-Mannschaft schauten noch einmal zurück in das Amphitheater. Der Ältere sagte zu seinem Begleiter: „Guck mal den blöden Optio Titulus an, so ein Schleimer, vom Centurio Auriculus zum Generaltribun, dann zum nächsten Centurio

Nonnius, dann zum Vertreter des Kaisers, dann winkt er Bekannten zu. Gut, dass keine Frauen dabei sein können bei diesem Abschiedstreffen hier, sonst würde er ganz durchdrehen." Der Jüngere blickte vor sich hin und sagte leise: „Du hast mir viel erzählt. Ich hab' jetzt was zum Nachdenken. Wer weiß, wer von uns wieder zurückkehren wird?". Da sagte ältere Soldat kameradschaftlich: „Geh du erstmal nach Hause und sage dort Tschüss und mach eine zuversichtliche Miene. Wir sind hier am Rhein, es kommt wie es kommt, man sagt hier, da könnte ja jeder kommen, auch die Alamannen, und es ist noch immer gut gegangen! Und wenn du wieder zurück bist, stellen sich Höhepunkte und Erfüllung schon wieder ein!" Er klopfte ihm auf die Schulter, und da marschierten schon alle los.

Für den nächsten Morgen war die Bereitstellung der scharfen Waffen befohlen worden mit Abmarschbereitschaft 2 Stunden vor Sonnenaufgang. Der jüngere Soldat hatte genügend Zeit, seinen Kampfanzug auszubessern, den langen Spieß nachzuschärfen und vor allen Dingen das Maultier zu tränken und zu füttern.

Lupulus hörte zum ersten Mal sein Kind schreien. Es war ein Mädchen. Alles war an diesem wunderbaren Kind dran. Seine Frau war glücklich und erschöpft. Dankbar und zärtlich streichelte er sie. Dann wurde er von den Frauen aus dem Zimmer geschickt, sie wollten die junge Mutter und das Neugeborene waschen und versorgen und danach das Baby zum Stillen anlegen. Deshalb sagten sie ihm, er möge später wiederkommen, seine Frau müsse sich jetzt erholen.

Als es hell wurde, ging er wie so oft zum Winterhafen. Die ganze Stadt hallte wieder vom Räderrasseln, dem Hufeklappern von Pferden und Maultieren und dem Klicken der vielen eisenbeschlagenen Sandalen der Soldaten auf dem Pflaster. Alles wurde übertönt von den Befehlen an die Truppe, die sich fast endlos mit ihrem Marschgepäck und den Zelten auf den Maultieren im Gleichschritt über die lange Rheinbrücke von Kaiser Claudius bewegte, begleitet von nur wenigen Reitern. Einer von ihnen war Optio Titulus, den glaubte Lupulus von dem Beobachtungspunkt auf seinem Schiffsdeck erkennen zu können. Er ging davon aus, dass Optio Titulus den bösartigen Papyrus bei sich trug.

Zufrieden ging er nach Hause zu seiner vergrößerten Familie.

Von dem Feldzug gegen die Alamannen kehrten der jüngere und der ältere Legionär erschöpft, aber unversehrt mit ihrem abgemagerten Maultier zurück, der Optio Titulus war nicht dabei.

Bei ihrer letzten Fahrt nach Köln war das Schiff, die sichere und gute, vollbeladene Prahm der Severii, von den Felsen hinter Bingen aufgerissen worden.

Lupulus, Florentinus und die ganze Mannschaft ertranken im Rhein. Ihre Leichen wurden weit flussabwärts im Schilf gefunden.

Als ihre Mutter Liconti(a)us sah, dass ihre beiden Söhne tot waren, brach sie zusammen.

An der Totenfeier konnte sie nicht teilnehmen. Später stiftete sie ihren eigenen Grabstein, den sie schon vorsorglich gekauft hatte, und ließ statt ihres Namens, den der beiden toten Söhne hineinmeißeln, gestiftet von der Mutter, die ihre Söhne überleben musste.

Das Grabmal der Severii aus Worms zeigt die Büsten zweier Männer, die mit Tuniken und Paenulamänteln bekleidet sind. Beide halten vor sich eine Rolle in ihrer rechten Hand. Die oberflächliche Verwitterung erschwert das Lesen der ursprünglich gut geschriebenen, auffallend viele Ligaturen aufweisenden Inschrift, von deren letzten erhaltenen Zeilen nur noch die obere Hälfte der Buchstaben erkennbar ist.

„[den Totengöttern?] Für Severius Lupulus, den jungen Mann, der 35 Jahre (und) fünf Monate lebte, und Severius Florentinus, der 22 Jahre und zehn Monate lebte, den Großhandelskaufmann und Binnenschiffer. Liconti(a)us, die unglückliche Mutter, die sich von den Söhnen (dieses Gedächtnis) gewünscht hatte, hat das Grabmal gegen ihren Willen für ihre Söhne errichtet.“

V.	982 n.Chr. Das Hnefataflspiel

V.1	Die Wikinger

„Die Wikinger kommen schon wieder! Flieh, die Wikinger sind schon wieder da! Schnell, schnell! Flieh!"
Mechthilt wurde von ihren beiden Brüdern vom Kochkessel weggezerrt. Sie hatten nichts dabei als die Mäntel, einen Lederbeutel und neue Schuhe.
„Du weißt schon, wir können nicht zusammenbleiben, wir treffen uns in der Höhle an der Burg. Mach schon, schnell zum Hafen. Wir schwimmen auf die andere Seite!"
Sie sprang aus dem Haus, draußen drehte sie sich noch einmal um und umarmte das Schwein, ihr gutes Schwein, das sie immer gefüttert hatte. Dann eilte sie fort.
Als sie den Berg hinunterstürzte, sah sie, dass die Wikinger sie schon erwarteten. Sie konnte sich nicht mehr erinnern, wie es das letzte Mal vor zehn Jahren gewesen war, aber das furchtbare Geheul der ihr entgegen stürmenden kräftigen Männer in ihren bunten Beinkleidern und ihren spitzen Lederkappen, mit den Streitäxten  und den runden Schilden, stürzte sie in größte Verzweiflung. Gerade wollte sie zur Seite ausweichen, da wurde sie schon gepackt und ihr Mantel und Beutel entrissen. Mit brutaler Gewalt wurde sie an beiden Handgelenken und den Schultern umklammert. Sie biss in eine eiserne Hand, kratzte und strampelte bei dem Versuch, sich loszureißen. Gerade, als sie dachte, sie habe es geschafft, bekam sie einen furchtbaren Schlag auf den Kopf und ins Gesicht. Sie verlor das Bewusstsein.
Als Mechthilt wieder zu sich kam, befand sie sich in einer überaus peinlichen Lage. Sie lag rücklings auf einem Fell, die

Oberschenkel wurden ihr von zwei Wikingerfrauen gespreizt und eine dritte alte betastete immer wieder ihr Geschlecht und versuchte mit einem Finger einzudringen. Endlich hörte sie mit dieser schmerzhaften Prozedur auf und schaute sich ihre etwas blutige Fingerkuppe an. Jetzt bemerkte Mechthilt, dass ihr Kopf in einer Blutlache lag, Blut, das aus der Wunde über ihrem rechten Jochbein von ihrer Stirn tropfte.

Die Alte sagte zu den anderen: „Sie ist eine Meyjar, Ungmö, sie ist noch unberührt, das gibt einen guten Preis als Sklavin. Wir sollten sie verkaufen. Aber Ingvar und Harald interessieren sich zu sehr für sie, das ist nicht gut." Kopfschüttelnd ging sie weg. Die beiden Frauen hatten Mechthilt inzwischen losgelassen und blieben wohl zu ihrer Bewachung. Sie befand sich auf dem harten, etwas schwankenden Holzboden in einem Zelt, allem Anschein nach auf einem Wikingerschiff. Draußen waren lautes Geheul und Todesschreie zu hören.

Von einer der Frauen bekam sie Wasser zu trinken. Als sie sich umsah, erblickte sie ihren aufgerissenen Beutel, die Socken auf dem Boden, ihr kleines Messer wurde gerade von einer der beiden aufgehoben und in die Rocktasche gesteckt, die Papyruszettel und die geöffnete und wieder unvollständig zusammengerollte Bleirolle, in der sogar der Knochen noch steckte, lagen frei herum. Das Kästchen schien unversehrt mit dem Deckel daneben. Sie erkannte die Muttergottes/Isis-Gestalt darauf. Zu einer der Frauen nahm sie Blickkontakt auf und bedeutete ihr, dass sie gerne Papiere und Bleirolle zurück in ihr Behältnis verstauen wolle. Mit gleichmütigem Nicken wurde das quittiert.

Auf einmal ertönte draußen erneut Geheul. Erneutes Trampeln war auf den Schiffsplanken zu hören. Ein junger Mann, der am Kopf und aus der Nase blutete, wurde ins Zelt gestoßen. Es war ihr jüngerer Bruder. An Händen und Füßen gefesselt wurde er wie ein Sack auf den Boden geschmissen. Er stöhnte kurz auf und rührte sich dann nicht mehr. Die entsetzlichen Schreie der gequälten Menschen und das Geheul der Wikinger kamen jetzt so nahe, dass sie das Zelt mit ihnen als Gefangenen und den beiden Wikinger-Frauen fast ganz ausfüllten.

Unvermittelt hörte das Getöse auf und wich einer beängstigenden Stille. Nur der stampfende Gang zweier Männer war zu vernehmen, die sich fast im Gleichschritt bewegten, sodass das Schiff anfing zu schaukeln.

Das Zelt wurde aufgerissen und zwei bärtige, massige Wikingerkerle, mit Eisenhelmen und Schwertern bewaffnet, zwängten sich nebeneinander hinein. Knieend begutachteten sie ihre Beute von allen Seiten. Sie stanken nach Blut und Exkrementen. Mechthilt wurde übel.

Anfänglich nickten die Männer zufrieden, fingen jedoch dann schnell an zu diskutieren und sich gegenseitig anzurempeln. Schließlich gerieten sie so in Rage, dass sie das Zelt verlassen mussten, weil es für ihre Auseinandersetzung zu eng war. Ihr lautes Schimpfen artete zum Gebrüll aus, erst der alles übertönende autoritäre Befehl aus dem Mund einer Frau schaffte plötzlich Ruhe.

Durch die Öffnung des Zeltes konnten die Insassen das Geschehen draußen verfolgen.

Die beiden Männer schickten sich an, ihre Gürtel zu lösen und die Schwerter abzulegen. Es wurden zwei Klappstühle und ein Klapptisch aufgestellt. Derweilen schienen sich die Kontrahenten keineswegs wieder zu vertragen, immer wurden erneut lautstark Argumente angeführt, kommentiert, nur um vom Gegenüber umso lautstarker abgelehnt zu werden. Auf dem Tisch wurde jetzt ein Hnefataflspiel aufgebaut.

Sie begannen zu würfeln und gerieten sofort wieder in Streit, schlugen sich mit den Fäusten, bis die Frauenstimme sie beruhigte.

Der größere Wikinger fing an, seine Steine aufzustellen, viele schwarze Steine, die auf den vier Rändern des Spielfeldes wie schmale Boote verteilt wurden, der kleinere, aber stämmigere von beiden baute weiße Steine in der Mitte auf und ein großer weißer Stein bildete das Zentrum des Spiels.

Mechthilts Bruder rührte sich und drehte sich etwas zu ihr um. Die beiden Frauen blickten kurz zu ihm hin, um sich gleich wieder den beiden Spieler draußen zuzuwenden. Er flüsterte ihr zu: „Das sind Ingvar und Harald von Elsloo. Wir sind Beute, Sklaven. Ingvar will dich für sein Lager, Harald will uns beide zusammen für ein Kettenhemd verkaufen." Ein Zucken ging über ihr kindliches Gesicht, leise fing sie an zu schluchzen.

Inzwischen ging das Spiel an Deck erst richtig los, die beiden Spieler schlugen sich auf die Schenkel, diskutierten die Züge, betrachteten die Steine von jeder Perspektive aus, indem sie um den Tisch herum gingen, beobachtet von vielen Männern und Frauen, die sich zu ihnen gesellt hatten, um den Fortgang des Spieles zu verfolgen und zu kommentieren.

Plötzlich schrien alle auf: „ Ingvar, Heil-heil".

Ingvar riss die Arme hoch, ballte die Fäuste, hielt den dicken weißen Stein nach oben, ließ sich von seinen Anhängern feiern, stolzierte das Schiffsdeck auf und ab und stampfte dabei mit seinen Füßen wie zu einem groben Tanz.

Sein Gegner schien aber nicht bereit aufzugeben, Harald rief den siegreichen Ingvar herbei und tatsächlich setzten sie sich erneut zu einem weiteren Spiel. Dieses verlief wesentlich konzentrierter und dauerte länger.

Mechthilt bewegte nur die Lippen: „Heilige Mutter Isis und Magna Mother, lasst mich nicht entehrt sterben!"

Sie schloss die Augen, wartete eine Weile, um sich zu sammeln, öffnete die Holzkiste, das ägyptische Totenschiff, entnahm ein Papyrus, sprach lautlos die vorgeschriebene Anrufung der Isis, stopfte den Papyrus unter sich zwischen die Planken, auf denen sie lag und verschloss schließlich den Schiebedeckel wieder sicher mit seinen Nuten, sodass nicht einmal mehr Wasser eindringen konnte. Dies alles geschah wie selbstverständlich, die Wikinger Frauen hatten es nicht einmal bemerkt. Scharf betrachtete sie die Fesseln ihres Bruders und registrierte, wie unsorgfältig die Knoten geknüpft waren.

Plötzlich schrie Ingvar etwas wie „lyg-Œ, Lüge blekk-ing, Betrug Harald!" und sprang diesem wütend an die Gurgel. Der schlug beide Hände seines Gegners weg, drehte sich um und suchte nach seinem Schwert. Sofort wurden beide von ihren jeweiligen Anhängern umringt und auseinander gedrängt.

Es dauerte eine Weile, dann ließen sie sich auf den Stühlen nieder. Einige Frauen kamen mit Wein aus silbernen Messkelchen, die gerade aus einer Kirche gestohlen worden waren, ebenso wie einige Silberleuchter. Es trafen nun immer mehr Wikinger ein, die zum Teil noch blutige Äxte mit sich trugen, vor allem aber schleppten sie körbeweise Kleider, Eisengerät, Wäsche, Teller, Becher und Haushaltsgerät herbei. Das Wehklagen der Bevölkerung war zu einem leisen Wimmern geworden.

V.2        Die Flucht

Ein allgemeines Trinkgelage begann. Über den Bootssteg wurden die geraubten Weinfässer gerollt, um angeschlagen zu werden, und die Frauen brachten in Kesseln dampfendes Fleisch. Jeder aß, trank und grölte nach Lust und Laune.

Die beiden Gefangenen beobachteten aufmerksam das Treiben draußen. Eine der Frauen war verschwunden, und nur noch eine war zur Bewachung da. Diese schien durch die ausgelassene Stimmung angesteckt worden zu sein, wiegte ihren Oberkörper und sang. Man brachte auch ihr einen Becher Wein und ein Stück Fleisch.

Während die Wikingerfrau aß und nach und nach immer mehr trank und immer weniger beachtete, was neben ihr geschah, hatte Mechthilt unauffällig die Fesseln ihres Bruders gelockert. An den Füßen hatte sie sie fast völlig aufgeknotet, die schmalen Lederbänder lagen nur noch lose über seinen Knöcheln und die Hände konnte er inzwischen ganz leicht selber aus den Schlaufen ziehen.

Auf einmal bemerkte sie, wie ein kleines Messer langsam, fast lautlos die Zeltplane aus mit Harz und Bienenwachs imprägniertem Wollstoff von außen genau parallel zum unteren Rahmenholz mit einem quer verlaufenden Schnitt durchtrennte.

Bald war das Gesicht ihres älteren Bruders zu erkennen. Sie spähte aus dem Augenwinkel nach der Wikingerfrau. Von der war nichts mehr zu sehen, offensichtlich war die zum Fest gegangen. Mechthilt stieß ihren Bruder an, griff den Beutel mit dem Kästchen und dann schlängelten sich beide durch die entstandene Öffnung in der Plane nach draußen und ließen sich am Heck des Bootes ins Wasser hinuntergleiten.

Dort empfing sie ihr großer Bruder. Zu dritt tauchten sie für eine kurze Weile unter, dann trieben sie gemeinsam zwischen vielen menschlichen Leichen in der hereingefallenen Dunkelheit die Mosel abwärts.

Der Himmel hatte sich bezogen und es stiegen die ersten Nebelschwaden über dem Wasser auf. Ganz Trier brannte, auch oben auf der Höhe das römische Amphitheater mit seinen kleinen Hütten im ehemaligen Stadion. Der Himmel leuchtete rötlich vom Widerschein des Feuers. Die Schreie waren jetzt leiser geworden, sie kamen von den Menschen, die nicht mehr rechtzeitig in die alten Weinkeller der Römer in den riesigen Höhlensystemen im Berg hatten fliehen können.

Die Geschwister hielten sich im Wasser nach links, die Moselströmung führte sie an der langen Insel vorbei, danach zu den großen ausgedehnten Uferflächen, die von Schilf bedeckt waren und wo die Kyll einmündete. Von dort schwammen sie den Fluss aufwärts und mussten gegen die Strömung ankämpfen.

An einer unübersichtlichen Stelle stiegen sie ans Ufer, von wo sie schon immer, seit ihrer frühen Kindheit, den Pfad bergauf zur alten Keltenstadt genommen hatten.

Als der Morgen graute, erreichten sie eine große Höhle unterhalb der verlassenen Stadt, in der sie sicher waren. Es roch nach Brand vom Tal herauf. Sie konnten den Eingang der Höhle von innen beobachten und hatten den Weg zur hinteren Öffnung frei. Dieser führte auf einem versteckten Pfad hinauf zur Befestigungsanlage ihrer Vorfahren.

Zehn Jahre zuvor, 882 Jahre nach Christi Geburt, als die Wikinger zum ersten Mal gekommen waren und ihre Eltern erschlagen hatten, hatten sie dort den großen Silber- und Goldschatz ihrer ermordeten Familienangehörigen vergraben. Sie waren damals noch sehr kleine Kinder gewesen. Jetzt, beim zweiten Überfall der Wikinger, nach all der Zeit, lag der Schatz noch immer in der Erde, geschützt vor den räuberischen Feinden.

Mechthilt fühlte sich zunächst gerettet. Sie wussten jetzt, wie es weitergehen sollte. Auf den Berghöhen waren die Wikinger als Seefahrer nicht zu Hause.

Mechthilt und ihre Brüder würden noch eine Tagereise laufen müssen, um bei Verwandten unterzukommen.

Ewig würden die Wikinger wohl nicht bleiben. Ingvar und Harald würden, wie so viele vor ihnen, bald vergessen sein.

Sie versicherte ihren Brüdern, der Fluch der Isis würde sicher wirken.

Nach zwei Wochen, wieder auf dem Weg zurück nach Trier, schauten die drei Geschwister von oben auf ihre Heimatstadt und sahen, dass von den Häusern praktisch nichts mehr übriggeblieben war. Ein ekelhafter Verwesungsgestank mit den Rauchschwaden kleiner Brandnester wurde vom Südwestwind herüber geweht.

Die Wikinger waren abgezogen, nur noch das Boot, in dem man sie gefangen gehalten hatte, lag dort noch an der gleichen Stelle an der Anlegestelle. Von den vielen eigenen Schiffen ihrer Familie konnten sie nur noch ein leckgeschlagenes, halb verbranntes Wrack am Ufer ausmachen.

Die Luft war voll schreiender, krächzender Krähen, Raben und Elstern.

Die alte steinerne Römerbrücke war unversehrt geblieben. Als sie über diese die Stadt betraten, wurden sie dort von den wenigen übriggebliebenen Leuten teilnahmslos begrüßt. Sie waren zu beschäftigt, die verwesenden Leichen auf Tragen aus frisch im Wald geschnittenen Holzstangen zum Fluss zu bringen, um sie dort hinein zu werfen, nur die Menschen, die jemand erkannt hatte, wolle man auf dem Friedhof bei St. Paulin begraben. Dort sei nichts zerstört worden, sogar die Messgeräte und die kirchlichen Bücher seien erhalten. Wenn der geflohene

Bischof zurückgekehrt sei, könne wieder die erste Messe gelesen werden.

Vom Haus der Geschwister und ihres Onkels war nur noch ein Haufen Asche übriggeblieben. Einige Steingebäude standen noch, vor allem die römische Aula und angeblich auch der steinerne Teil des Amphitheaters. Die vielen Menschen aus Trier, die in die Katakomben geflohen waren, seien alle massakriert worden, berichteten die Leute. Die Leichen lägen noch dort, die müssten warten.

Mechthilt und ihre beiden Brüder näherten sich dem zurück gelassenen Wikingerschiff. Es sah aufgegeben und verlassen aus. Das Takelwerk, das Segel und den Mast hatte man beim Abzug mitgenommen.

Mithilfe zweier teilweise verkohlter Balken konnten sie an Bord klettern. Auf den Planken lagen Flugaschenreste, verklumpt zu kleinen Häufchen nach dem langen Brand. Zwei hünenhafte in einander verkrallte Körper lagen nackt an Deck. Als sie sich ihnen näherten, flogen einige Raben träge und widerwillig von den Gesichtern weg, wo sie gerade dabei waren, das Innere durch die klaffende Wunde in der Schädeldecke des einen toten Kriegers heraus zu picken. Am Bart erkannten sie Ingvar. Der andere Schädel war intakt. In Haralds Leib steckte der Schaft eines Speeres. Die Spitze war offensichtlich abgebrochen worden. Es roch unerträglich. Die Raben beobachteten sie, jederzeit bereit, zurück zu kommen.

Die Geschwister wollten schon wieder umkehren, als sie das Brett vorm Hnefataflspiel am Bordrand liegen sahen. Die weißen und schwarzen Steine fanden sie weit verstreut auf Deck. Sie sammelten sie ein. Zwei schwarze und der weiße Königstein fehlten. Diesen entdeckten sie in Haralds erstarrter

Faust, Ingvar umkrallte die beiden vermissten schwarzen Bootssteine.

Da nahmen sie eben das unvollständige Spiel mit, das Spiel, das sie gerettet hatte und wandten sich dem Wiederaufbau ihrer Existenz zu.

Ihr leckgeschlagenes Boot musste wieder tüchtig gemacht werden, damit sie den Flusshandel erneut aufnehmen konnten. Mit ihren keltischen und jüdischen Wurzeln waren sie dafür und für die Zukunft gut ausgebildet. Vielleicht konnten sie auch das Wikingerschiff nutzen, wenn sie mit den zurückkehrenden, bislang geflüchteten Leuten aus Trier ein Abkommen schließen würden.

Mechthilt ging es viele Jahre, eigentlich ihr ganzes Leben lang immer wieder für unterschiedlich lange Perioden schlecht. Sie mied dann das Wasser. Sie bekam Angst, wenn sie die brettspielenden Gäste vor dem Wirtshaus sah. Sie musste sich in dieser Zeit des Leidens erbrechen, wenn sie gebratenes Fleisch roch.

Dann fragten die mitleidigen Menschen in ihrer Familie: „Erkrankst du wieder am schrecklichen Hnefatafl-Spiel?"

VI. 1704:    Der Docteur und der Keiler

VI.1            Der Tierpark
     I.

„Durchlaucht, da kommt er, der junge Keiler, der Alte lässt ihn prüfen, ob die Luft rein ist", flüsterte Hector fast unhörbar dem Marquis ins Ohr.

Als Reaktion zwinkerte der kurz mit den Augen. Er wirkte locker und freundlich, ganz anders als in den vergangenen Wochen. Sein Gesicht zeigte einen Hauch von erwartungsvoller Vorfreude. Der halbe Mond über dem Tierpark gab genügend Licht. Das junge Wildschwein verharrte  kurz, orientierte sich dabei mit den Schüsseln, den Ohren, und Geruchssinn, seinem virtuos beweglichen Rüsselteller, schnüffelte hier, schnüffelte dort, während sich seine Schwanzquaste schnell hin und her bewegte. Es verharrte noch einige Sekunden völlig regungslos, dann rannte es zu dem großen Haufen gekochter Rüben, nahmen ein Maul voll und kehrte in den Schatten der frisch ausschlagenden Bäume zurück. Es war nichts mehr von ihm zu sehen.

Die beiden Beobachter hielten den Atem an. „Jetzt, der Alte, das Hauptschwein", krächzte fast unhörbar der Marquis, zog die Augenbrauen hoch und kniff dabei seine Augen zu Schlitzen zusammen, um besser zu sehen zu können.

Schon seit vier Stunden saßen sie hier oben auf der zweiten Kanzel der Pagode und schauten in den weiten Tierpark mit seinen schachbrettartig angepflanzten Bäumen, den Buchen, Eichen, Esskastanien und Eschen. Das Unterholz hatte man wachsen lassen, damit das Terrain etwas natürlicher wirkte für die Jagenden, es bot aber auch Schutz für die Wildschweine. Dem Marquis machte das so gestaltete Terrain besonderen Spaß mit stöbernden Hunden und hoch zu Pferde bei der Jagd. Das Schwarzwild sollte sich sicher und als Nebeneffekt auch wohl fühlen. Gefüttert wurde es nicht, aber mit Eicheln, Kastanien, Buschwindröschenwurzeln und Giersch hatte es genug zu fressen. Die gekochten Rüben gab es nur zu besonderen Anlässen wie heute, um es aus dem Gebüsch zu locken.

Jetzt tauchte ganz langsam und majestätisch ein riesiger Keiler aus dem Schatten des Dickichts auf. Das fahle Mondlicht beleuchtet seine gewaltigen Gewehre, die weißen Zähne seines Unterkiefers, und die beiden ansitzenden Jäger glaubten, seine listigen kleinen Augenlichter zu erkennen. Er witterte unentwegt in alle Richtungen, um dann plötzlich auf die gekochten Rüben zuzuschießen und sich mit Grunzen und Schmatzen in den Haufen hinein zu fressen, während sein junger Kumpan respektvoll abseits wartete, halb vom frisch ausgeschlagenem Frühlingslaub verdeckt.

Als die Gier seines Patrons etwas nachließ, traute er sich an den verbliebenen Rest und vertilgte ihn rasch. Der Alte gab ein kurzes Zeichen, darauf verschwanden sie schnell zurück im Unterholz.

Der Marquis schaute Hector begeistert an, klopfte ihm anerkennend auf die Schulter und strahlte, er schüttelte den Kopf, als wenn er sich wunderte, dass er so lange auf das Schönste im Leben verzichtet hatte. Er stand auf mit seinen etwas steif gewordenen Gliedern, wandte sich schnell zum Ausgang und eilte die steile Wendeltreppe hinunter. Er fühlte sich wohl, fast wieder so jung wie mit zwölf Jahren, als er die Stufen weit übersprang. Hector packte die Kissen zusammen und sprang seinem verjüngten Herrn hinterher.

Auf dem Rückweg zum Schloss sprach der Marquis wie zu sich selbst: „Wir sollten wirklich bald wieder auf die Jagd gehen, ich will den Patron wiedersehen! Und du bist dabei, Hector."

Hector lachte seinen Dienstherrn fröhlich an: „Nichts lieber als das, Durchlaucht, wenn mich der Obermeister lässt."

Der Marquis knurrte nur: „Das wird er von mir erfahren!"

Plötzlich fiel dem Marquis ein, dass er Hector mit auf die berüchtigte Liste gesetzt hatte, die König Ludwig XIV. von seinen Fürsten angefordert hatte, um königliche Soldaten auszuheben. Ludwig XIV. meinte es ernst, weil er neue Rekruten für seine vielen liebgewonnenen Kriege brauchte.

Hectors Mutter Babette hatte mehrfach gebeten, ihren einzigen Sohn bei sich behalten zu dürfen. Dafür war sie bereit, mehr an Arbeit zu leisten, alles zu tun, was die Herrschaften für erforderlich hielten, nur damit ihr Sohn dableiben könnte. Der Marquis hatte es seiner Frau, der Marquise, zu deren Lebzeiten zugesagt, weil er sich an die kleine braune, immer gut gelaunte Babette von früher auf ganz spezielle Art und Weise erinnern konnte. Gleich darauf hatte er aber seine Meinung wieder geändert und Babette ihre Bitte doch abgeschlagen. Er stand im Wort beim König. Nun war die Marquise nicht mehr da, er war in fassungslose Trauer versunken, er konnte sich lange nicht regen. Ohne sie erschien ihm die ganze Welt auf einmal dunkel und kalt. Das kam für ihn völlig überraschend, er war doch immer der stärkste, größte, vitalste aller Männer weit und breit gewesen, den nichts erschüttern konnte.

Hector war der erste Mensch, der ihm wieder Freude bereitet hatte. Das musste er anerkennen, er hatte ihn gern um sich, war mit ihm vertraut, wie man das als älterer mit einem jüngeren sein kann, wenn das überhaupt unter Männern geht, wenn ja, dann unter besonderen Umständen, also auf der Jagd oder im Krieg.

Er verscheuchte diese Gedanken, jetzt nur ja keine Sentimentalitäten! Babette würde schon darüber hinwegkommen, dass der Junge in den Krieg zog. Einige von diesen jungen Leuten kamen ja sogar lebend wieder zurück, manche von ihnen auch unverletzt und noch weiterhin brauchbar. Es gab darüber hinaus noch viele auf seinem Schloss, die mit ihm zur Jagd gehen könnten, auch wenn Hector ihm besonders lieb war.

Der Marquis hatte die Rekrutierungsliste für den König schon unterschrieben. Änderungen, einmal gefällter Entscheidungen hasste er. Sein Wort galt. Das war und das ist und das wird auch in Zukunft sein gutes Recht und seine Pflicht als Diener des Königs bleiben.

Der König kämpfte sowohl in den Niederlanden gegen die Spanier wie auch in Nordamerika gegen die Indianer, es ging wie immer um die Vorherrschaft Frankreichs, vor allem in Europa. Doch war es auch sehr wichtig, gegen die Engländer in der Neuen Welt ein für alle Mal Position zu beziehen.

Wie alle Fürsten musste der Marquis dafür seinem König Tribut an Soldaten und Ausrüstung liefern. In solchen Sachen sollte man nicht allzu gefühlvoll agieren, sagte er sich jetzt zum zweiten Mal.

Trotzdem dachte er noch lange darüber nach, irgendetwas war nicht ganz in Ordnung mit dieser Entscheidung, die er natürlich niemals zurücknehmen würde. Das verbot ihm schon seine Ehre. Der junge Mann hatte ihm schon immer gut gefallen und er ihn deshalb gebeten, ihn zu begleiten. Hector würde ihm schon gut als persönlicher Jagdgehilfe passen und ebenso zu der Gruppe seiner Jäger. Babette hatte niemanden außer diesem Sohn. Für sie wäre es ein Trost, er könnte hierbleiben. Sie wurde ja auch nicht jünger.

Hector war erst 16 Jahre alt, liebte die Jagd, war ein begnadeter Angler und konnte sogar die Netze reparieren, auch pflegte er Waffen und Stiefel gleichermaßen sorgfältig. Immer wenn man ihn traf, war er in Eile, immer im Training, immer eifrig. Er war ein ausgezeichneter Schütze, ein Feuergewehr bekam er nicht in die Hand, aber er konnte sicher armbrustschießen, nicht mit einer kleinen Spielarmbrust, sondern mit einer echten alten Armbrust, die Kriegserfahrung von 100 Jahren hatte.

Mädchen interessierten ihn offensichtlich nicht.

Babette kannte der Marquis noch als junge Frau und Bettgenossin in seinem Jagdhaus. Er war damals jung und verrückt, sie schlank, aber trotzdem kräftig und sie bewegte sich flink und anmutig. Wenn er sie aufsuchte, hatte er das Gefühl, als würde ihm durch sie ewige Jugend verliehen.

Darauf konnte sie sich aber jetzt nicht mehr berufen, was Hector anging, wer weiß, wer dessen Vater war. Er hatte Babette aus den Augen verloren und sich schon längst anderem zugewandt. Er war ihr zu nichts verpflichtet.

Wenn er ehrlich war, hatte sie auch gar nicht auf die alte Zeit angespielt.

Babette war achtjährig als Dienstmädchenhelferin, Schuhputzerin und Küchengehilfin zum Gesinde des Schlosses gestoßen.

Näheres wusste seine verstorbene Frau damals in Erfahrung zu bringen. Ihre Eltern waren wohl gestorben und es hieß, sie seien von unbestimmter Herkunft, eventuell vom Mittelmeer. Das kleine braune Mädchen wurde Babette aus Severac genannt. Sie kam von einer Pflegefamilie auf das Schloss, weil jene es nicht länger ernähren konnte. Seine verstorbene Frau hatte ihm erzählt, des Mädchens einziger Besitz, außer dem,

was sie auf dem Leibe trug, sei ein Korb voller Äpfel gewesen
und ein Holzkästchen mit Deckel, der eine geschnitzte Madonna mit Kind zeigte. Der alte menschenfreundliche Marquis,
der Vater des jetzigen, hatte das Kind aufgenommen. Dieses
zeichnete sich durch einen wachen Geist und einen besonderen
Sinn für Gerechtigkeit aus.

Komisch, dachte der Marquis, dass er sich auf einmal so
genau daran erinnern musste, obwohl solche Sachen für ihn früher völlig uninteressant gewesen waren. Bei Gesprächen mit
seiner Frau über Dienstpersonal hatte er immer weggehört. Un-
nützes Geschwätz, hatte er gedacht, der Betrieb im Schloss
muss laufen und dafür hatte er eben die Leute.

Vielleicht gehörte das auch zu den Begleiterscheinungen
der langen Trauer- und Melancholiephase nach dem Tod seiner
Frau, während der er gar nichts gemacht hatte, rein gar nichts,
was er für sinnvoll gehalten hätte. Jetzt, aus der Rückschau,
schien es ihm, als sei er weicher geworden, empfindlich für Sachen, die er früher als Banalitäten abgetan hätte. Er hatte sich
offensichtlich verändert. Hoffentlich kehrte seine Vitalität zurück. Sein früheres Lebensgefühl wollte er bei der Jagd wieder-
gewinnen.


II.

Der alte Keiler schmatzte und gab grunzende Töne von
sich. Die in flachen Holzkisten eingelagerten Äpfel hatte er
schon gewittert und gefressen. Die vergessenen, halb verfaulten
Apfelsinen in der Orangerie schienen ihm auch zu schmecken.
Er war durch die Hintertür, die irgendjemand offengelassen
hatte, dem Geruch gefolgt und vertilgte als nächstes die ange-
gorenen Feigen vom letzten Jahr, die um den Pflanzkübel unter
dem Feigenbaum liegen geblieben waren, weil niemand sie

aufgelesen hatte. Schließlich zerrte er an dessen oberen Zweigen, um an die neuen Triebe heranzukommen. In diesem Augenblick entdeckte ihn Mademoiselle de Trie, die zufällig bei einem ihrer langen Spaziergänge auf dem Schlossgelände vorbeikam. Als sie die große grauschwarze, übelriechende Masse als einen kapitalen Keiler erkannte, wobei ihr die beiden Hodenklötze und der schnell hin und her gehende Quast des Schwanzes eine Mischung von Abscheu und Faszination abnötigten, eilte sie ins Schloss und benachrichtigte die Jäger.

Es fing schon an, dunkel zu werden, als der Marquis mit Hector und seinen vier Courant-Hunden zur Orangerie eilte. Diese hatten die Witterung schon aufgenommen und hechelten an ihrer Leine. Hector machte sie los. Der Keiler sprang schnell zur Hintertür hinaus und die Hunde mit lautem Gekläff ihm nach bis zum Tiergarten. Eigentlich war vereinbart worden, dass jetzt noch zwei weitere Jäger mit ihren Pferden und den großen Bluthunden dazu stoßen sollten.

Der Marquis hatte es sich nicht nehmen lassen, die Saufeder, den Kurzspieß also, für das finale Duell zur Hand zu nehmen.

Plötzlich ging alles blitzschnell. Der Keiler drehte um, statt in den Tierpark zu fliehen, nahm seine Verfolger an und ging zur Attacke über. Mit wenigen zielsicheren Bewegungen hatte er die vier Hunde verletzt. Und jetzt richtete er seine listigen kleinen schwarzen Lichter direkt auf den Marquis und setzte zum Angriff an.

„Schnell, Durchlaucht, hier hinauf!" schrie Hector und half dem Marquis auf den nächstbesten Baum. Im letzten Augenblick schwang er sich ebenfalls über einen schwachen Zweig hoch in das Geäst, bevor der wütende Keiler ihm mit seinen scharfen Waffen das Bein aufreißen konnte.

Da saßen sie nun beide.

Unten bewachte der Keiler sie misstrauisch. Seine Schüsseln, seine Ohren, gingen hin und her. Selbst auf der Höhe im Baum konnten die beiden seine stinkenden Ausdünstungen riechen.

Hector blies das kleine Horn, das er immer bei sich trug. Es klang nicht schlecht und machte beiden etwas Mut in ihrer misslichen Lage. Hector hatte die Signale im Kopf. Es dauerte eine Weile, bis weitere Jäger zu Pferde mit neuen Hunden den Baum erreichten, auf dem der Marquis und Hector, jeweils auf einem anderen Ast hockten. Der Keiler witterte, wandte sich um und war im Unterholz verschwunden.

Der Marquis war so aufgebracht, dass er sofort die Verfolgung des Keilers aufnehmen wollte. Er schrie seine Leute an, sie seien viel zu spät, verdammte Schlafmützen, die Jagd ginge jetzt kompromisslos weiter, der verdammte Keiler habe sein Leben verwirkt. - Da knickte der Ast, auf dem er saß, ab, der Marquis fiel und landete unten auf einer Wurzel so unglücklich, dass er sich ein Bein brach. Vor Schmerzen und Wut schrie er laut auf, fluchte und stöhnte, äußerte die wüstesten gotteslästerlichen Verwünschungen gegen alle Beteiligten, vom Keiler über die Pferde und Hunde, die Jäger und Hector, den Zweig des rettenden Baumes und den Baum selbst, das Schicksal, sein Pech und dann, unter dem Anflug einer kleinen Dosis Selbsterkenntnis, seine eigene Ungeduld.

Erst allmählich beruhigte er sich. Schließlich schwieg er verbissen und verbiss das aufkommende Schluchzen, während er von Hector und drei Jägern ins Schloss getragen wurde.

      Erste Visite des Docteur Mauquest G. de La
        Motte

„Eigenartig", dachte der alte Docteur de La Motte, „hier
sitze ich in meinem renovierten Cabriolet, es ist wie neu und
mit Stahlfedern versehen, bequem ausgestattet, mein gutes
Pferd trabt gemütlich, das Aprilwetter ist so milde, dass ich es
mir bei offenem Verdeck leisten kann, die „Abenteuer des Telemach", das Buch des kritischen Abbé Fénélon, zu lesen und
gerade, als ich bei der Stelle bin, als Telemachos bei den Kretern das Wagenrennen gewinnt, weil sein Rivale mit dem rechten Rad unglücklich gegen die Bande fährt, da fängt mein rechtes Rad am neuen Cabriolet an zu knirschen, genau wie in meiner Lektüre. Hoffentlich kommen wir ohne Panne bis zum
Schloss. Der Kutscher soll gleich nachher die Achsen besser
schmieren. Nach der Visite beim Marquis muss ich ohnehin
gleich weiter".

Mit leicht bedauernder Miene klappte er das Buch zu. Zu
gern hätte er beim weiteren Lesen erfahren mit welcher Text-
stelle sich Abbé Fénélon bei König Ludwig XIV. so in die Nes-
seln setzte, dass man ihm Majestätsbeleidigung unterstellen
konnte, weil er angeblich aus diesem Buch einer idealen Antike
nötige Reformen des französischen Staates abgeleitet und gefordert hatte.

Bisher fand Docteur de La Motte nichts in dem Buch, zumindest in dem ersten Drittel, das er bereits gelesen hatte, an
dem man hätte Anstoß nehmen können, außer vielleicht, dass
der französische Hof, wie man hörte, im Gegensatz zu den Herr-
scherhäusern der Antike einfach zu viele Schulden gemacht
hatte. Auf dem Weg zum nächsten Kranken wollte er die Lektüre der Abenteuer des Telemach fortsetzen.

Er seufzte etwas, schließlich konzentrierte er sich auf die vor ihm liegende Aufgabe. Er griff nach seinem Notizbuch, um den neuen Fall für später genau zu dokumentieren.

In seinem Cabriolet bog er auf die Allee zum Schloss ein, die in gleichmäßigen Abständen gepflanzten Bäume gingen beidseitig in einen künstlichen Wald über. Hier war alles gestaltet und nichts dem Zufall überlassen worden. Der Frühling war überall spürbar und die Knospen gerade aufgebrochen. Da tauchte auch schon die Pagode mit ihren sechs Stockwerken auf, dem Aussichtsort des Marquis, von dem aus er seine Jagdtiere im Wildpark beobachten konnte. Der Docteur fuhr an den Zäunen des Wildparks vorbei und danach erschienen rechts der große und links der kleine künstlich angelegte Kanal. Er überquerte die Brücke und erreichte den großen freien Platz vor dem prunkvollen Schloss C..

„Da wird der Marquis wohl einige Zeit auf seinen Lieblingsplatz verzichten müssen", dachte der alte Docteur und malte sich aus, was ihn erwarten würde. Er hoffte, dass er alles Notwendige dabei hätte für die Behandlung der vermuteten Unterschenkelverletzung. Hoffentlich war die Haut geschlossen, denn wenn eine offene Wunde erst einmal zu eitern anfinge, dann wäre die Prognose schlecht. Das Risiko von Komplikationen war bei diesem Patienten durchaus gegeben.

Docteur de La Motte wusste bereits durch den üblichen Dorftratsch, dass der Marquis de Fontenay sich nicht nur bei seinem Sturz vom Baum bei der Wildschweinjagt das Bein gebrochen hatte, als auch, dass sich seine psychischen Probleme nach dem Tod seiner Frau noch nicht gebessert hatten, sondern ganz im Gegenteil, gravierender geworden waren. Er misstraute ohne Anlass jedem in seiner Umgebung und bekam unvermittelt Wutanfälle. Das alles wurde durch einen zunehmend ungebremsten Rotweinkonsum potenziert. Für die Umwelt wurde die Situation noch unerträglicher durch seine ständig vor sich hin glimmende Tonpfeifen, manchmal hatte er zwei davon angezündet, die für alle Leute im Schloss, außer für ihn, einen penetranten Gestank verbreiteten.

Vor dem Jagdunfall hatte der alte Docteur Hinweise bekommen, dass der Marquis gehofft hatte, die Jagd könnte seine Lebensgeister wieder wecken und ihm ein heiter unbeschwertes Dasein wie in früheren Zeiten ermöglichen, vielleicht mit einer neuen Marquise und nebenher unverbindlichen Schäferstündchen mit leckeren Dienstmädchen aus seinem Gesinde oder drallen jungen Frauen aus dem Dorf. Ansonsten könnte er wieder standesgemäß anstrengende Feste feiern, z.B. nach einer erfolgreichen Jagd, die meist wenig strapaziös war, da sie sich auf sein Wildgehege beschränkte, wenn es sich nicht gerade um eine Parforcejagd handelte. Diese Hoffnung war jäh durch den Unfall zerstört.

Der alte Docteur hatte immer wieder Patienten vom Schloss behandelt und jedermann kannte ihn und sein Cabriolet mit dem kräftigen braunen Wallach. Häufig holte man ihn zu schwierigen Fällen und zu komplizierten Geburten wegen seiner ausgezeichneten medizinischen Kenntnisse. Darauf war er besonders stolz. Über seine vielfältigen Erfahrungen hatte er ein Buch verfasst, das in Bälde gedruckt werden sollte. Er war sicher, dass seine Kollegen davon profitieren würden und es ihm doch auch einen gewissen Ruhm einbrächte. Auch wenn er sich für bescheiden und nicht für eitel hielt, meinte er doch, ein bisschen Anerkennung seiner Kollegen – Confrères - könne er nach einem entbehrungsreichen, aber schließlich erfolgreichen beruflichen Leben ganz gut entgegengebracht bekommen.

Ihre Ankunft vor dem großen schmiedeeisernen Portal riss den Docteur aus seinen Gedanken. Die Torwache grüßte freundlich, er erwiderte mit einem Kopfnicken, der Kutscher fuhr wie gewohnt um das Schloss herum zum Dienstboteneingang. Der Docteur vermied den Haupteingang mit seinem prächtigen Treppenaufgang, er hielt das für angemessener, es wurde ja schließlich sein Service für seine Durchlaucht und dessen lädiertes Bein benötigt.

Das übliche Ritual begann. Das Cabriolet hielt, der Garçon sprang vom Bock und zog die Bremse an, inzwischen klappte der Kutscher den Tritt herunter und half seinem Herrn beim Aussteigen, klopft ihm etwas Staub von den Schultern, öffnete die Perückenschachtel und reicht dem alten etwas kahl gewordenen Docteur mit beiden Händen die Perücke, der setzte sie sich auf, sie wurde ihm etwas zurecht gerückt, man gab ihm seinen Stock mit dem runden silbernen Knauf, der Docteur stützte sich zur Probe darauf, der Kutscher nahm die große Tasche mit den ärztlichen Instrumenten und dem Verbandsmaterial, öffnete sie weit, der Alte schaute hinein und nickte. Der Garçon nahm sie in die Hand.

Er war soweit. Alles war jahrelang eingeübt

Er wies den Kutscher an, doch gleich noch das rechte Rad besser zu schmieren und wurde dann mit seinem Garçon vom herbei geeilten Diener ins Schloss geleitet.

Man hörte den Kies knirschen, als der Kutscher anfuhr, um Pferd und Wagen in die Remise zu bringen und zu versorgen. Anschließend würde er dann in die Küche zum Gesinde gebeten werden, etwas essen und den dazu angebotenen Landwein trinken. Er war ein weit gereister lebenslustiger Mensch, der in geselliger Runde gerne Neuigkeiten aus der gesamten Nieder-

Normandie und Erlebnisse von seinen Fahrten zum Besten gab. Er war sicher, dass man ihm gerne zuhören würde.

Schon unten an der Treppe, noch weit von den Privatgemächern des Marquis entfernt, schlug Docteur de La Motte der berüchtigte Tabakqualm entgegen und die gereizte Stimme seines Patienten war zu vernehmen, immer wieder wechselte sie von leisem Murmeln zu vulgären Kraftausdrücken, Gejammere und lauten Hilferufen. Einen Augenblick nahm er an, der Priester würde ihm die letzte Ölung geben, dann wäre ja das Schlimmste zu befürchten.

Der begleitende Diener klopfte an, der Marquis Henri Berceur de Fontenay reagierte wütend: „Wo bleibt ihr denn, ihr éspèces de trou de culs, ich sitze hier in der merde und keine Sau hilft mir!"

Dem Docteur bot sich ein trostloses Bild. Der Marquis lag mit hochrotem Gesicht und offensichtlich von starken Schmerzen geplagt auf seinem Bett, der Kopf von einem großen Kissen gestützt, das linke Bein auf einem Strohkissen und dieses wieder auf einem Federbett gelagert. Auf dem beigestellten Schemel qualmte die Pfeife neben einem leeren Glas und einer ebenso leeren Rotweinflasche.

Schnell erkannte der Docteur de La Motte, dass er in eine brenzlige Situation geraten war, die gerade aus dem Ruder zu laufen schien. Neben dem Bett stand ein bäuerlich gekleideter Mann mit einer schäbigen Perücke, der versuchte, den Grafen zu beschwichtigen, aber offensichtlich genau die gegenteilige Wirkung erreichte und die Wut des Hausherrn erst richtig entfachte.

Der Docteur identifizierte seinen Konkurrenten auf dem Gebiet der Gliedmaßen- und Wirbelsäulenaffectiones: Hieronymus den Renoueur, schlicht eine Sorte dieser einfältigen

Menschen, die im kürzlich glücklich beendeten Krieg der Fronde ihre Erfahrungen an Verletzungen und Brüchen bei den unglücklichen Soldaten als unausgebildete Bader und Sanitäter gemacht hatten und nun über Land zogen, um sich wichtigtuerisch als Spezialisten auszugeben. Für den Docteur war klar, mit solch einem Hochstapler konnte man beim Marquis keinerlei Besserung erreichen. Nicht einmal Zur-Ader-lassen konnte dieser Nichtsnutz.

Dennoch musste der Docteur diplomatisch vorgehen und das irrationale Vertrauen des einfachen Volkes zu der fachlichen Kompetenz der Renoueure/Knochensetzer notgedrungen zur Kenntnis nehmen, so sehr ihm das auch widerstrebte. Sogar zu Henkern oder anderen Quacksalbern hatte der primitive Pöbel in der Regel mehr Vertrauen als zu den wissenschaftlichen Behandlungsprinzipien eines geschulten Arztes wie ihm und zu den äußerst geschickten Händen eines Chirurgen, wie den seinen. Sein Können hatte er tausendfach bewiesen und sein Wissen durch Hartnäckigkeit und unermüdlichen Fleiß in Paris an der Akademie erworben.

Speziell im Fall von Knochenfrakturen ist der kleinste Fehler unverzeihlich und daraus resultiert unweigerlich ein Abrutschen des Bruches, wenn die Reihenfolge der Schienenbehandlung mit Bandagen nicht beachtet wird, eine Behandlung, die mit Aderlassen und Klistieren vervollständigt werden muss. Und dann sollte von Anfang an die medikamentöse Schmerzbehandlung gewährleistet sein. Alles ist umsonst, wenn dieser Behandlungsablauf unterbrochen wird, ist der Schaden praktisch nicht mehr gutzumachen.

Sollte nun, trotz seiner Unkenntnis, ein solcher Renoueur einmal einen winzigen Erfolg erzielen, der wohlmöglich auch ganz ohne sein Zutun, allein durch die immer wirksamen

Selbstheilungskräfte der Natur eingetreten wäre - in der Regel, wenn es sich um einen Bruch ohne topographische Veränderung der Knochenfragmente gegeneinander handelte und dieser Knochenbruch glücklich verheilte -, dann wurde das Ganze so aufgebauscht und überall im Land hinausposaunt, dass man die Mär vom Ruhm bis nach Paris verfolgen konnte. „Ein falscher, irreführender Ruhm, den diese Schaumschläger und Jahrmarktsspaßvögel verbreiten", dachte der Docteur missvergnügt bei sich.

Nun näherte er sich unter Verbeugungen dem Lager des hohen Vertreters des normannischen Adels, über dessen Bett die Kopie eines Rubensgemäldes hing, dem Lieblingsbild des Marquis, das Diana in einem roten Gewand darstellte, in Begleitung dreier, recht offenherziger Jägerinnen und einer Hundemeute, die eine Hirschkuh und einen sehr kräftigen Hirsch stellten, den sie kurz darauf erlegen würden. Dem Docteur war bewusst, er wurde beobachtet von den Angehörigen des kleinen Hofes dieser Markgrafschaft, vom zahlreichen Gesinde, von Hausmädchen und Dienern, die alle beunruhigt oder sogar ängstlich auf die Szene blickten.

Der Marquis fauchte ihn an: „Ja, wo bleiben Sie denn? Ich gehe hier zugrunde und Sie machen sich draußen einen schönen Tag!"

„Oh, verzeiht, Durchlaucht, ich eilte unverzüglich an Ihr Krankenlager, welch ein Unglück!"

„Alles Lahmärsche hier, Du Klugscheißer eingeschlossen, unternehmen Sie sofort etwas, inzwischen sind meine Bauchschmerzen unerträglich geworden, mit dem Bein hat alles Übel nur angefangen, zum Teufel!".

„Sofort, Durchlaucht, ich beeile mich".

„Mach doch was, du Blödmann, jetzt kommt es von unten im Leib wieder und keine Sau hilft mir!“

Er schrie und wand sich, weil ihn die Pein offensichtlich erneut durchdrang. Der Schmerz zwang seinen Oberkörper nach vorn. Er versuchte vergeblich, sein gebrochenes Bein festzuhalten, brüllend bäumte er sich auf, um sich unter Stöhnen gleich wieder zurückfallen zu lassen. Er schien versunken in schrecklichen Qualen völlig von Sinnen zu sein.

Der Docteur hatte gerade noch Zeit, sich schnell seinem Konkurrenten zuzuwenden und ihn zu fragen: „Hieronymus, was hast du am Unterschenkel gefunden?“

Dieser war ganz überrascht über die Gunst, professionell, sogar kollegial vom Docteur angesprochen zu werden und ernsthaft besorgt berichtete er dem Arzt, es sei ein Unterschenkelbruch und wie es zu dem Unfall gekommen war, was der natürlich lange wusste, und darüber hinaus, dass die Bauchschmerzen erst vor drei Stunden aufgetreten waren.

Der Docteur schaute ihn kurz anerkennend an und bedeutete ihm, ihm zu helfen, er winkte seinen Garçon herbei, der mit dem Koffer schon bereitstand. Der Docteur entnahm ihm einen Schwamm, riss ein handtellergroßes Stück heraus und reichte es unter Verbeugungen dem Marquis: „Durchlaucht, kauen Sie darauf, schlucken Sie es aber unter keinen Umständen herunter. Wenn der bittere Geschmack nachlässt, geben Sie es mir zurück. Es wird Ihnen die Schmerzen lindern. Haben Sie Vertrauen!“

Der Marquis knurrte, steckte das Stück Schwamm mit einer Grimasse in den Mund und kaute gierig. In der Zwischenzeit hatten der Kammerdiener und das Zimmermädchen ihm den Leib frei gemacht, der eine große Wölbung am Unterbauch aufwies. Der Docteur fuhr behutsam mit seinen Fingerspitzen darum herum. Dann flüsterte er dem Garçon zu, er solle ihm den Algalie-Urinkatheter geben. Der wurde mit Schweinefett eingeschmiert, dann musste das weibliche Gesinde den Raum verlassen und der Docteur fuhr routiniert mit dem Instrument durch die Harnröhre in die Blase, worauf sich der Urin sofort in hohem Strahl in die bereitgestellte Schüssel ergoss. Kaum ließ der Druck in der Blase nach, hellte sich das Gesicht des Marquis auf, er kaute langsamer und spuckte schließlich den Schwamm aus. Ein Diener trug die mit Urin gefüllte Schüssel hinaus.

Nun betastete der Arzt den linken Unterschenkel des Patienten, der stark angeschwollen und bläulich verfärbt war. Immer wieder fuhr er über die betroffene Region, dann befühlte er den Puls am Fußrücken, ließ zwei Finger über dem vermuteten Bruch hin- und hergleiten und bewegte mit der anderen Hand vorsichtig den Fuß, darauf zuckte der Marquis zusammen und stieß einen Fluch aus, aber der Docteur wusste nun genau was vorlag und entschuldigte sich beim Marquis. Dann nickte er dem Hieronymus zu und ließ ihn damit wissen, dass dessen Diagnose stimmte.

Der Docteur stellte durch diese kurze Untersuchung fest, dass die Knochen günstig zueinander standen und nur eine geringe Korrektur nötig war. Die für Wochen zu gewährleistende Ruhigstellung war stabil mit einer Unterschenkelschiene und gepolsterten Stangen zu bewerkstelligen, die mit einigen kleinen Gurten zu befestigen seien. Bald könnte die Konstruktion sogar durch eine bewegliche Schiene ersetzt werden.

Daraufhin wurde das Bett völlig neu bezogen, das erledigte das Gesinde, auch das vorsichtige Anheben des stöhnenden Patienten. Der Garçon brachte die Schiene, das Verbandsmaterial, eine Flasche Schnaps und eine Flasche einfachen Landweins. Die erste Verbandsschicht über dem geschwollenen

Unterschenkel direkt im Bereich des Bruches wurde mit Schnaps getränkt, die nächste Schicht mit einfachem Wein beträufelt. Das gefiel dem Marquis.

Anschließend wurde dieser von Kopf bis Fuß gewaschen, überpudert und Gesicht und Hände eingesalbt. Das gebrochene Bein wurde noch etwas gerichtet, was für einen kurzen Augenblick noch recht schmerzhaft war, aber vom Marquis heldenhaft ertragen wurde.

Bei all diesen Verrichtungen tat sich ein junger, einfach gekleideter Mann besonders eifrig hervor, er war der einzige außer dem Docteur, der mit dem Marquis sprach.

Schließlich war der Patient in einer günstigen Position gebettet, halb aufgerichtet, allerdings noch immer mit hochrotem Kopf vom Wein. Der Jüngling reichte ihm seine Pfeife, brachte ein kleines Stück glimmende Holzkohle aus dem Kachelofen herbei und legte es auf den Tabak. Der erste Rauch stieg auf, es roch wie immer penetrant nach dem importierten Virginia. Jetzt begann der Marquis sogar wieder, sozusagen huldvoll séréne heiter, zu lächeln.

Der Renoueur Hieronymus räusperte sich diskret. Der Marquis blickte kurz auf, bedeutete ihm, sein Dienst sei beendet und er möge sich das Honorar beim Zahlmeister auszahlen lassen. Dies ließ sich dieser nicht zweimal sagen und verschwand mit Verbeugungen und unter Bezeugung der größten Anteilnahme und des Dankes.

Der Docteur meinte bei sich, er habe Hieronymus doch recht fair behandelt und dass der vielleicht kein so schlechter Kerl sei und ihm wohlmöglich in Zukunft sogar einmal nützlich sein könne.

Dann ließ er den Marquis zur Ader und machte ihm ein Klistier, wegen der zur erwartenden Obstipation durch die nun beginnende längere Liegeperiode. Anschließend ermunterte er ihn, zukünftig bei Schmerzen an seine großen persönlichen Verdienste für Frankreich und die königliche Marine sowie an das hohe Ansehen seiner Person im eigenen Haus, in der weiteren Umgebung und darüber hinaus in der gesamten Normandie zu denken. Das würde seine Rekonvaleszenz beschleunigen. Dabei solle er im Bett eine stolze Haltung einnehmen und zwei Dutzend Mal tief ein und ausatmen, er solle sich vorstellen, er säße auf seinem besten Pferd und müsse in ungünstigem Gelände unter Gefahr rasch voranreiten, oder ein Sturm nahe und sein Kriegsschiff sei vorzubereiten.

Außerdem solle er mit seinem gesunden Fuß drei dutzendmal pro Tag gegen das Fußende seines Bettes drücken, wie ein Befehlshaber, der sich etwas auf die Zehenspitzen stellte, um größer zu wirken, wenn er vor seinen geliebten Soldaten sprach. Auch möge er all seine Gliedmaßen, außer dem gebrochenen Bein, so kunstvoll bewegen, wie beim Fechten, damit sie keinen Rost ansetzten.

Zusätzlich gab er folgende Handlungsanleitungen und Diätanweisungen, die bei strenger Befolgung, ebenfalls schmerzlindernd und heilend wirken würden.

Seine Durchlaucht dürfe unter keinen Umständen das gebrochene Bein belasten, über alle Strecken in seinem Gemach und im Schloss müsse er sich vom Gesinde im Rollstuhl schieben lassen.

Des Weiteren müsse er täglich mindestens zwei Krüge Wasser trinken, um einen problemlosen Stuhlgang zu gewährleisten, günstig dafür seien auch Hühnersuppe, Austern, Hirsebrei, gekochtes Gemüse, Hasenrücken, Schweinssülze, guter weicher Käse, Apfelkompott, Sauerkraut und getrocknete Pflaumen.

Für die Erhaltung des Lebensmutes und seiner Manneskraft und -ehre wären pro Tag 2-3 große Gläser Rotwein und zwei Tabakpfeifen, sowie alle zwei Tage das schon erwähnte Klistier anzuraten.

Der Marquis nickte und wirkte nun schon nicht mehr so besorgt.

Eine offensichtlich adelige junge Frau hatte während der ganzen Behandlung unauffällig aber aufmerksam die Szene beobachtet, zugehört und sich Notizen darüber gemacht, was vor sich ging und welche Anweisungen der Arzt gab, was Lagerung, Diät und langfristige Prognose anging.

Der Docteur wandte sich ihr freundlich zu und sprach sie an: „Mademoiselle, ich sehe, dass Sie sich hier verantwortlich fühlen. Dann werden Sie vielleicht mein Anliegen verstehen: die Seele dieses verunglückten Menschen, meines Patienten, dem Marquis, muss auch behandelt werden. Wie wäre es, wenn Sie diesem aufs Lager gezwungenen Unglücklichen aus den Büchern vorlesen würden, die ihm gefallen, damit er sich nicht so langweilt, denn der Heilungsprozess der Unterschenkelknochen ist erfahrungsgemäß recht langwierig."

Die junge Dame blickte auf, schaute dann den Marquis an und fragte: „Durchlaucht, wäre Ihnen der Vorschlag des Herrn Docteur de La Motte genehm?"

Der Marquis machte eine verblüffte Miene, zögerte unentschlossen und atmete tief durch, schaute nacheinander seinen Arzt und dann die junge Dame von oben bis unten an und meinte schließlich: „Mademoiselle de Trie, ich kann zwar gut alleine sein und kann auch alleine mein Schicksal mit dem Unterschenkelbruch ertragen. Aber ab und zu könnten Sie mir etwas vorlesen, nur nicht so oft aus der Bibel. Die Jagd ist für mich interessanter: Melden Sie sich aber rechtzeitig vorher bei mir an!"

Die junge Dame versicherte, ganz nach den Wünschen von Durchlaucht ihm nur aus den Büchern vorzulesen, die er persönlich schätzte.

Der Docteur bereitete seinen Abschied vor und kündigte in den nächsten zwei Tagen eine erneute Visite an. Bei den erforderlichen Ritualen der Beteuerungen und der Verabschiedungsverneigungen stolperte er über das Schuhwerk des Marquis. Ein Diener eilte hinzu und stellte es beiseite, dabei fiel ein Papier aus einer der Stiefelstulpen heraus, der Docteur steckte es gedankenlos ein. Mademoiselle de Trie begleitete ihn zur Tür.

Später im Cabriolet erinnerte er sich an das Papier, holte es aus der Tasche, es war eigentümlich dick und fühlte sich glatt an.

Er versuchte die unbeholfene, kaum leserliche Schrift zu entziffern. Sie war mit einem Pinsel aufgebracht. Der Text war in einem fehlerhaften Latein geschrieben:
Henri Berceur
mag ver-
suchen, was *immer* tun wird,
verkehrt sei ihm *alles*.
So soll er
*nimmer*
irgendetwas wachsen *stark* werden lassen,
um den Verstand gebracht,
soll er *verkehrt* seine Dinge *verrichten*.
Was ihm widerfährt, das soll ihm alles verkehrt ausgehen. Sein Geist soll ihm *verschwinden*.
Dazu *hilft* Isis, Osiris und Magna Mother.
*Nicht geschehen* soll es nur

Er widerrufe Hectors Namen.

Der Docteur erschrak. Das war ein Fluch. Das durfte nicht sein. So etwas war inzwischen sehr gefährlich geworden. König Ludwig XIV hatte 1682, vor über 20 Jahren, die Hexerei verboten. Der Souverän verstand mit so etwas keinen Spaß. Er verstand ohnehin nicht viel Spaß, speziell nicht beim Landadel, den er schamlos ausbeutete und den er bei Ungehorsamkeit schnell enteignete.

Bei seinem nächsten Patienten im Hotel Dieu in Valognes warf er das Papier in den Kamin. Von dem blieb nur Asche. Das begonnene Buch über die Abenteuer des Telemach hatte er nicht weiterlesen können. Die Behandlung des Marquis Henri Berceur de Fontenay hatte ihn zu sehr angestrengt.

Abends spät, als Docteur de La Motte müde ins Bett ging, war er wieder einmal nicht unzufrieden mit sich.

VI.3        Labyrinth und Arabeske I

Außer dem Schlossherrn gab es noch einen Menschen, dessen Lebensplan durch den Tod der Marquise ruiniert war.

Mademoiselle Gabrielle de Trie stammte aus einem sehr alten Adelsgeschlecht und hatte als Adoleszentin und verarmte Adelige die École mixte des Religieuses pauvres in Rouen besucht, nachdem ihre Eltern ihre Privatlehrer nicht mehr bezahlen konnten. Daran sei der König mit seinem Prunk am Hofe schuld gewesen, hatte man ihr erklärt.

Sie war als Erzieherin für Mädchen ins Schloss gekommen. Sie liebte diese Aufgabe, wollte in jedem Menschen den Sinn für alles Schöne dieser Welt wecken sowie gute Gedanken und Gefühle fördern und weitergeben. Sie glaubte fest an die

Gestaltungskraft, die jedem Mann und jeder Frau mitgegeben war. Dafür musste man allerdings etwas von der Welt wissen. Insgeheim hoffte sie, dass es ihr gelingen würde, einmal eine eigene Schule zu betreiben.

Die selbst kinderlose Marquise hatte sich mit viel Engagement für die Kinder und speziell die Töchter der fast 500 Mitarbeiter eingesetzt und eine Schule eigens für die Mädchen und die jungen Frauen in Räumen des Schlosses und dessen Garten eingerichtet. Dort wurden diese zweimal die Woche je 4 Stunden unterrichtet. Mit Interesse hatte sie die Fortschritte der Schülerinnen verfolgt, und mit dem ihr eigenen Enthusiasmus hatte die Marquise tatkräftig einen Teil ihrer Räume und darüber hinaus reichlich Literatur als Lehr- und Lernmittel zur Verfügung gestellt. Im Winter wurde sogar geheizt. Sie war Mademoiselle de Trie überaus wohlgesonnen, weil diese ihre pädagogische Leidenschaft teilte.

Da die Marquise von Literatur besessen war und laufend weitere Büchersendungen für sie im Schloss ankamen, konnte sie Mademoiselle de Trie immer wieder Anregungen für das tägliche Unterrichten in ihrer Schlossschule geben, für Kochkurse, Handarbeiten bis zum Verfassen eleganter Korrespondenz, von Malerei bis zu Kalligraphie, von Poesie bis zum Bibelstudium. Sogar Astronomie, etwas Mathematik, Buchführung und Teile der neuen pädagogischen Schriften von Abbé Fénélon aus dem Jahr 1687 gehörten dazu. Sie kannte seine Abhandlung über die Erziehung der Mädchen über Gehorsamkeit und christliche Haushaltsführung hinaus. Die Erziehung sollte alle Bereiche der Menschheitskultur umfassen, dafür konnte die Marquise sich begeistern. Nur Romane empfahl der sittenstrenge Abbé nicht, nun ja, das musste man ja nicht unbedingt befolgen.

Mademoiselle Gabrielle war eine kräftige junge Frau, ihre Haut war überraschend hell für die dunkelbraunen Haare und die tiefgrünen Augen. Ihr Teint wies viele kleine Narben auf, die sie mit Reispuder überdeckte. Selten trug sie eine Perücke, aber auch ohne strahlte ihre Gestalt etwas Vornehmes aus, besonders die Linie vom Nacken zum Hinterkopf, wenn sie die Haare hochgesteckt trug. Sie hielt sich sehr gerade und nahm für eine junge Dame eigentlich zu große Schritte. Im Umgang mit anderen wirkte sie konzentriert und schien immer etwas in Eile, dabei aber so gut organisiert, dass sie durchaus für jeden, der mit ihr sprechen wollte, ein offenes Ohr hatte. Ihren Mitmenschen gab sie das Gefühl, dass es sich lohne, sie zu treffen, und für ihre Schülerinnen nahm sie sich bereitwillig Zeit zur Vertiefung der Unterrichtsinhalte, aber auch nur zur Unterhaltung über Alltägliches außerhalb der Schulstunden. Sie lachte gerne und laut, wobei sie ihre etwas unregelmäßigen großen Zähne zeigte, was ihr gelegentlich peinlich war. Mit ihren Schülerinnen spielte sie Schlägerball und organisierte Wettspiele mit viel Laufen, Singen und auch Tanzen. Selber ging sie gerne spazieren.

Eine Affäre mit einem benachbarten Adligen hatte dieser zu ihrem Leidwesen wegen ihrer fehlenden Mitgift beendet. Anfangs litt sie darunter, obwohl sie das insgeheim schon befürchtet und sich innerlich schon dagegen gewappnet hatte, um ihren Gefühlen nicht völlig ausgeliefert zu sein. Zum Glück war sie nach der überhitzt erotischen, für sie emotional eher enttäuschend verlaufenen, ruppigen Begegnung mit ihm in der Kutsche auf dem Rückweg von seinem Anwesen nicht schwanger geworden. Theoretisch wusste sie zwar Bescheid, wie das mit den jungen Männern zugehen würde, dazu hatte sie geeigneten Kontakt mit erfahrenen Frauen während ihrer Schulzeit gehabt, doch die lakonische Erledigung des körperlichen Liebesaustausches empfand sie als unwürdig und bitter. Sie war den Frauen, die sie in die Welt der Männer eingeführt hatten, dankbar dafür, dass sie ihr keine allzu romantischen Illusionen gemacht hatten, sodass sie nach der Beendigung der Angelegenheit zunächst nicht übermäßig enttäuscht und nachtragend war.

In dieser Phase ihres Lebens schien ihr wieder die Kraft der inneren Unabhängigkeit von Nöten zu sein, die man ihr als jungem Mädchen in der neu gegründeten Schule bei den frommen Frauen in Rouen vermittelt hatte. In Gedanken versetzte sie sich jetzt oft an den Ort und in die damalige Zeit zurück, die für sie ein Segen gewesen war. Als wichtigste Tugenden waren ihr Geduld, Mut, die Uneigennützigkeit und Unabhängigkeit eingepflanzt worden und damit innere Freiheit und Menschenliebe geschenkt worden.

So sprach sie zu sich, dass das ja mit dem jungen Mann vom nachbarlichen Anwesen ohnehin nicht hätte gut gehen können. Sie hatte später gehört, dass er bei einem Händel mit dem Degen schwer verletzt worden und danach gestorben sei.

Jetzt hatte sie andere Sorgen. Inzwischen schien ihr das schon so lange her, dass sie auch nur noch sehr selten daran zurückdachte, und sie haderte nicht sonderlich mit ihrem Schicksal, zumal sie früh Witwe geworden wäre.

Es ging um die Zukunft der Mädchenschule im Schloss und damit auch um ihre eigene. Die Marquise hatte ihr die Verantwortung für diese vertrauensvoll übertragen. Ohne diese Rückendeckung war das Fortbestehen der Einrichtung nicht mehr gesichert, so wenig wie Mademoiselle de Tries weiterer Verbleib bei Hofe. Keine Schule, das bedeutete auch, keine Aufgabe mehr für sie. Was gab es für sie hier noch zu tun?

Die Marquise fehlte überall im Schloss.

Bald nach den Beerdigungsfeierlichkeiten im letzten Frühjahr veränderte sich die Atmosphäre unter den Mitarbeitern, wurde deutlich kälter und rauer. Die Leute grüßten sich nicht mehr so freundlich, alle gingen ihren eigenen Geschäften nach. Wenn Mademoiselle de Trie vorbeikam, gingen einige ohne anzuhalten weiter, sogar solche, die früher gerne mit ihr geplaudert hatten. Zwar nickten sie ihr zu, wie wenn sie ein Anliegen hätten, machten aber keine Anstalten, tatsächlich ein Gespräch zu beginnen. Vielleicht bildete Gabrielle sich das auch nur ein und war womöglich zu empfindlich geworden.

Der Marquis hatte nach langer Trauerpause und dem Rückzug ins Schloss gar nicht versucht, die Lücke auch nur halbwegs zu schließen, die der Tod seiner Frau in dem sozialen und organisatorischen Gefüge des so umfangreichen Betriebes bei Hofe gerissen hatte. Fatalerweise hatte er sogar bei der Jagd seine Umsicht verloren. So wollte er wohl nicht nur den frechen Keiler aus der Orangerie erlegen, sondern sich exemplarisch an dem Wildschwein für alle anderen Kränkungen des letzten Jahres rächen. Nur so war sein Verhalten zu erklären. Nun lag er mit Beinbruch gescheitert da.

Sie kannte ihn aus den diskreten Bemerkungen der klugen Marquise, die ihn ehrlich liebte, seine Schwächen kannte, seine Anfälle von Ungeduld ertrug und souverän sehr umsichtig und warmherzig mit ihrem Ehemann lebte, ohne ihn spüren zu lassen, dass sie ihm an Intelligenz und Lebensweisheit überlegen war.

Die Marquise verfasste und erhielt täglich Briefe. Sie verwaltete diese in einem Archiv, einer Art schriftlichem „Salon".

Die Korrespondenz, die die Marquise auf diese Weise mit ihren Freundinnen unterhielt, warf viele Beobachtungen über das Leben ab, speziell über gesellschaftliche Strömungen der

Mode und des Beziehungsgeflechts der Oberschicht bei Hofe. Sie lieferte darüber hinaus überaus treffende Sottisen über den Ehestand. Madame hatte Mademoiselle de Trie an so manchen Aphorismen und Aussprüchen mit Augenzwinkern über Ehemänner im Allgemeinen und ihrem eigenen im Besonderen teilhaben lassen, die diese, wohl ohne es selber zu merken, verinnerlichte.

Zum Beispiel zitierte die Marquise eine Freundin mit den Worten: „Manchen Menschen fehlen nur einige Laster, um vollkommen zu sein". Gabrielle lachte damals auf ihre laute, burschikose Art und zeigte wieder ihre großen Zähne. Sie dachte dabei an ihr Verständnis eines Kunstwerkes, das, wenn zu perfekt gemacht, den Betrachter nicht mehr fesseln könne. Sie hörte aber sofort wieder auf zu lachen, als sie die Anspielung auf den Marquis bemerkte, der der Laster wohl zu viele hatte. Die Marquise lachte mit und seufzte dann ein bisschen.

Einmal sagte sie: „Das Glück befindet sich immer auf der Seite des größten Bataillons". Das sollte wohl heißen, dass sie den offenen kämpferischen Disput vermied und eher andere Wege kannte, ihren Einfluss geltend zu machen.

Ein anderes Zitat einer Freundin, Menschen seien je mit zwei Augen und Ohren geboren, aber nur mit einem Mund, dies lasse darauf schließen, dass sie zweimal so viel sehen und hören als reden sollten, hatte Mademoiselle de Trie zu verstehen geglaubt und auf sich selbst bezogen, doch schien es bei späterer Betrachtung möglicherweise eher für andere zu gelten. Diese Überlegung beruhigte sie etwas, ganz sicher war sie sich jedoch nicht.

Ein weiterer Spruch der Marquise, mit einem ironischen Unterton vorgebracht, sie habe gelesen, etwas, was sie voll und ganz unterschreiben könne, nämlich, dass auch sie nichts so sehr fürchte, als einen Mann, der glaubte, den ganzen Tag über witzig sein zu müssen. Aber das traf nun auf den Herrn des Hauses ganz gewiss nicht zu.

Jedoch das Zitat aus dem Munde der Marquise mit der unwidersprochenen Ansicht, dass der Ehestand eine gefährliche Krankheit sei, der man nach Meinung der Korrespondentin die Flasche vorziehen solle, konnte man doch wohl so deuten, dass manches für sie im Schloss nicht ganz so einfach war, wie es den Anschein hatte.

Für Mademoiselle Gabrielle hingegen erschien der Ehestand, aus ihrer etwas distanzierten Sicht betrachtet, nicht gar so gefährlich zu sein.

Später tauchte eine Weisheit ihrer Dienstherrin auf, die Jugend sei so liebenswürdig, dass man sie anbeten müsse, wenn Seele und Geist ebenso vollkommen wären wie der Körper.

Darüber hatte sie lange nachgedacht. Sie selbst war nicht mehr ganz so jung. Natürlich wurde sie immer älter. Sie hatte jetzt mit 28 Jahren bei sich schon kleine Fältchen um Augen und Mund entdeckt. Ihre sogenannte „anbetungswürdige" Jugend war sicher vorbei, aber an Geist und Seele hatte sie ihrer Meinung nach durchaus gewonnen. Wenn sie ihre Seele kräftigen könnte, schön und tolerant, stark und beständig zu werden, könnte sie doch attraktiv bleiben, obwohl ihr Körper nicht mehr seine frühere Frische hatte. Sie wusste, dass sie in den letzten beiden Jahren knochiger geworden war, ihr Gesicht den ersten Liebreiz der Jugend verloren hatte und sie ihre Mimik bezähmen musste, um auf andere Menschen nicht zu dominant zu wirken. Das schreckte viele ab. Von der Hausdienerin Babette, ihrer ältesten Schülerin, war sie darauf aufmerksam gemacht worden. Anfänglich war sie verblüfft, wenn auch nicht verletzt, als ihr die Wirkung ihrer intensiven Art vorgehalten wurde. Sie hatte immer gedacht, es reiche, in den Spiegel zu blicken, um ihr Bild, wie es von anderen gesehen wird, zu erkennen. Also beschloss sie, sich etwas zurückzunehmen, aber im richtigen Augenblick sie selbst zu sein. Es widerstrebte ihr, ständig nur noch kontrolliert und nie spontan zu handeln oder zu reagieren.

Was sollte also jetzt aus ihr werden? Der einzige, der mehr als sie selbst über ihr Leben bestimmen konnte, war jetzt der Marquis.

Der tat ihr in seiner verletzten Größe inzwischen sogar leid, obwohl sie ihn in der Vergangenheit durchaus gefürchtet und gemieden hatte. In seiner jetzigen Verfassung sah sie die Notwendigkeit, ihm auf irgendeine Weise zu helfen. Das würde allen im Schloss zugutekommen. So erklärte sie sich selbst die vorausgesetzte Uneigennützigkeit ihres Entschlusses, dem Marquis auf irgendeine Art das Leben zu erleichtern.

Sie wollte im Schloss bleiben, ihre Tätigkeit als Lehrerin weiterführen. Sie konnte den Marquis einfach zu einem geeigneten Zeitpunkt darum bitten, sie weiter zu beschäftigen. Im Moment schien ihr das als bisheriger Lehrerin unter der Protektion der verstorbenen Marquise während des noch nicht abgelaufenen Trauerjahres unpassend.

Die Marquise hatte sie einmal darauf aufmerksam gemacht, dass Menschen, die lieben können, immer in gewisser Weise schön und für Schönheit empfänglich wären. Es sei schade, dass man von dieser besonderen Kraft im Alltag so selten etwas erfahre. Am liebsten unterhielten sich die Menschen darüber, wie verliebt sie seien, über ihre Seitensprünge, zerrissen sich den Mund über Trennungen, entsetzten sich über Gewalt und Kriege. Aber fast nie gehe es im täglichen Trubel des Lebens darum, dass Menschen die einzigen Wesen seien mit der unerhörten Fähigkeit zu lieben und keine äußerliche Verschönerung, kein Kleid, kein Schmuck könne erreichen, was einen Menschen so zum Strahlen brächte, als wenn er wirklich liebe und geliebt würde.

So sei das, hatte ihre Herrin und Gönnerin gesagt und kurz den Arm um sie gelegt. Sie fügte dann hinzu: „Aber mit der Religion ist das eine andere Sache, dafür Zeit zu haben ist für alle Frauen einfach notwendig, aber das ist nicht die Art Liebe, die ich meine." Sie schaute ihr einen Wimpernschlag lang in die Augen. In diesem Moment fühlte Gabrielle die tiefe und herzliche Verbundenheit der Marquise de Fontenay mit ihr.

Sie hatte natürlich immer schön sein wollen, schon als kleines Mädchen, aber eher durch ein neues Kleid oder eine geflochtene Frisur.

Heute nun sollte sie schön sein durch die Ausstrahlung der Liebe, so die Marquise.

Ernsthaft betrachtet, war das reine Theorie, auch fürchtete sie, sie könne nicht so lieben, wie man das von ihr erwartete, selbst wenn sie länger in sich hineinhorchte, konnte sie nicht viel davon bei sich empfinden. Für eine Ehe schien ihr das nicht zu reichen. Sie meinte, klare oder sich zumindest bald festigende Ansichten über die Welt und ihre Mitmenschen zu haben, eher pragmatische und nüchterne Empfindungen, die sich beim Lernen und Streben nach Erkenntnis und dem Erreichen guter Leistungen am besten anfühlten.

Sie glaubte von sich, mehr eine Anhängerin Apollos denn von dionysischem Temperament zu sein.

Aber genau das brauchte sie jetzt. Da gab es also das Hauptproblem, sie liebte eindeutig zu wenig. Allenfalls ihre Schülerinnen waren ihr ganz nah, wenn sie über eine fröhliche Bemerkung gemeinsam lachten. Sie prüfte ihre innere Verfassung. Für wen sollte sie schön sein und Liebe ausstrahlen? Es gab schon

Männer im Umfeld des Schlosses, aber sie spürte kein Verlangen, sie zu treffen.

All diese Überlegungen halfen aber in ihrer jetzigen Lage nichts und führten nur zu dem einen Schluss: Sie konnte nur als Lehrerin hierbleiben, wenn sie dringend gebraucht würde.

Sie schrieb in ihr Tagebuch: Maßnahmen für die Zukunft: Tag 1. Ganz neue Orientierung erforderlich.

Aber zunächst wartete noch der Abschluss eines letzten Auftrags der Marquise auf sie, auch wenn an die Realisierung ihres neuen Gartenentwurfs überhaupt nicht mehr zu denken war, in den sie so viel Arbeit, Phantasie und Begeisterung investiert hatte Der Marquis hatte sicher andere Ideen, nahm sie zumindest an, falls der Witwer überhaupt noch zielgerichtete Gedanken fassen konnte. Als seine Frau noch lebte, setzte er wie alle im Schloss die angenehme Präsenz der Marquise als selbstverständlich und gegeben voraus. Wie sehr er sie brauchte, merkte er erst nach ihrem Weggang.

Trotz ihrer Skepsis musste Mademoiselle de Trie dieses Projekt formvollendet abschließen und dokumentieren, selbst wenn der einzige Zweck darin bestehen sollte, es abzulegen und ihre Gedanken davon zu befreien. Sie holte den Kasten für die Kalligraphie.

Zuerst entstand die Überschrift auf dem ausgerollten Grundriss des neu geplanten Gartens, ein großes L. Sie spürte schon das Gefühl des baldigen Gelingens.

Sie erwartete von den Buchstaben, die sie zu schreiben beabsichtigte, dass sie auf dem Papier entstünden, wie sie sie sich vorgestellt hatte. Sie empfand eine innere Harmonie mit Feder, Tinte und Papier und merkte, wie sich die Buchstaben fügten und formten, ihr fiel dabei nichts schwer, sie entstanden fast von selbst, wie ein Atemzug am Morgen oder ein Tanzschritt zur

Musik, der Flug eines Vogels oder eine unbewusste Bewegung. Sie selbst und ihr Werk durften allerdings niemals perfekt sein, sonst wäre dessen Zauber verloren.

Sie führte einen Schwung aus und dann, nach kurzer Besinnung, die sparsame Verzierung in Form einer kleinen Schnecke. Da stand nun das absolut perfekte kleine a.

Sie schürzte ihre Lippen und atmete konzentriert tief durch und fühlte sich eins mit der schönen Schrift.

Dabei achtete sie darauf, ihre innere Gelassenheit, mit der sie sich erfreut an die Arbeit gemacht hatte, beizubehalten, sowie die geforderte Haltung des Kopfes, des Oberkörpers und ihres Beckens, genau auf die Mittellinie des großen Arbeitstisches ausgerichtet. Hiernach war eine freie und elegante Geste der rechten Hand entscheidend für das Gelingen der exakten Rundungen, damit die Feder den genau vorher geplanten Schwung bekam, der am Ende des Buchstabens den Kontakt der Tinte auf dem Papier gleichmäßig auslaufen lässt. Eine kleine, mit dem Federmesser am Kiel angeschnittene Schrägstellung hatte sie sich erlaubt. Die Schrift wirkte dadurch leichter, sie forderte eher zum Hinschauen auf. Sie hatte den Duktus aber nicht so stark nach rechts geneigt wie bei der echten Bastardschrift, die schien ihr zu maskulin.

Jetzt kam das kleine b, sie führte die Schreibbewegung in der Luft vor, wiederholte sie dann rasch auf dem Papier und hängte eine doppelte Schlinge an, dazu eine dritte erneut in der Luft über dem Tisch.

Als nächstes erschien vor ihren Augen auf dem weißen Papier das gedachte Y. Dieses sollte ganz besonders gestaltet werden, es sollte den Minotaurus mit seinen Hörnern in der Mitte seines Labyrinthes darstellen. Sie tauchte sorgfältig ihre Feder in die Tinte ein und beobachtete genau, wie der Kiel die schwarze Tinte aufnahm. Wieder spannte sie Rücken und Nacken, drückte ihre Füße fest auf den Boden und stellte sich einen starken Stier-Mann mit zwei Hörnern vor. Wie von selbst erschien nun auf der weißen Fläche das geplante Y mit einer dreifachen Gitterverzierung für den Tierleib und seinen verlängerten Hörnern durch die Kraft der Schrift.

Das folgende R schrieb sie als großen Buchstaben, von dem aus zwei Ringe ausgehen sollten, Ringe des Labyrinthes, deren Konstruktion durch die Tinte sie zunächst nur andeutete.

Das i führte sie wie üblich aus, n und t entwickelten sich nunmehr zum dritten und vierten Ring des Minotaurusgehäuses, der fünfte wurde durch die Buchstaben H und E gebildet. Sie vervollständigte die beiden ersten, schaute auf die Vorlage mit der Abbildung des Labyrinths aus der Kathedrale von Rouen und fügte präzise die erforderlichen Sackgassen hinzu und verdeutlichte den Eingang dieses kalligraphischen Labyrinths aus Tinte, Papier, Eleganz, Meditation und antiker blutiger Opferpraxis durch einen kleinen Pfeil.

Den Abschluss bildete eine morgenländisch inspirierte Arabeske.

Sie machte eine kleine resignierte Bewegung mit beiden Händen. Sie fühlte sich seit einigen Monaten auf einem Weg, ohne das Ziel zu ahnen. Das Sinnbild des Labyrinthes schien etwas mit ihrem Leben zu tun zu haben: hier und da etwas Freude und wieder Enttäuschung, dann immer gleiche Tage auf geführten Wegen mit vielleicht nur eingebildeten Hindernissen. Sie dachte immer häufiger an ihre ungewisse Zukunft. Könnte doch nur alles bleiben wie bisher; dafür sprach allerdings inzwischen nicht mehr viel, nüchtern betrachtet!

Auf dem großen Blatt vor ihr war der Plan für eine weitläufige neue Parkanlage für das Schloss C. aufgezeichnet.

Sie sollte die Noblesse des menschlichen Wesens, die Formung der Natur nach dem Willen des schöpferischen Geistes und die Symmetrie der göttlichen Regeln darstellen.

Sie hatte einen Bereich darin als Labyrinth geplant, als Sinnbild eines Lebensweges auf der Suche nach Selbstbestimmung, der zweite sollte in eleganten Arabesken bepflanzt werden, als Inbegriff eines Traums von Schönheit und so die Seelen aller seiner Besucher erquicken.

Ihr Entwurf für die neuen Gärten sah die Anpflanzung vieler kleiner Hecken vor, mit zahlreichen Überkreuzungen und Verknotungen, die Arabesken nachempfunden werden sollten. Auch hatte sie das Labyrinth aus Buchsbaum, weißem, rotem und schwarzem Kies geplant, sowie kleine Blumenflächen mit Tulpen, Kaiserkronen und vielleicht indischem Rohr?

Mademoiselle de Trie seufzte. Der neue Gartenplan war ihr, wie erhofft, schlicht und klar gelungen. Sie hatte beide Parterremuster von einem der besten lebenden Gartenkünstler übernommen, das Labyrinth vergrößert gegenüber den ursprünglichen Maßen der Kathedrale von Rouen, sich über die Bepflanzung gut informiert und damit einen eigentlich sehr ehrenvollen Auftrag erfüllt, der ursprünglich einem der großen Gartenkünstler Frankreichs zugedacht war.

Die Marquise hatte aber sie, ja sie, die kleine Gabrielle de Trie beauftragt, weil sie an deren Talent und Fleiß glaubte und deren phänomenale Fähigkeit, Informationen von überall her einzuholen kannte und wusste, dass sie sich nicht scheute, an alle Menschen, die sie für interessant erachtete, Briefe zu schreiben und fast immer die gewünschte Antwort erhielt. So korrespondierte Mademoiselle de Trie über Architektur, Bühnenbau, Theater, Gartenkunst und Malerei. Bald kannte sie sich auf all diesen Fachgebieten aus.

Befriedigt rollte sie das dicke Papier auf, umband es mit einer Schnur und schob es in die dafür vorgesehene Lederhülse, so entschlossen, als wollte sie damit ihr bisheriges Leben gleichzeitig zu den Akten legen.

Sie notierte die Fertigstellung des Gartenplans im Tagebuch.

Es war Zeit, sie brauchte einen Rat von einer unabhängigen, schicksalskundigen Person.

Am Abend ging sie zur Gänsehirtin.

Sie klopfte an die Tür, die Gänsehirtin, eine auffallend große ältere Frau machte ihr auf und schaute die Besucherin prüfend aber wohlwollend an. „Gabrielle, du kommst spät, ich hatte dich früher erwartet." Im kleinen Zimmer war ein Tisch mit zwei Tonbechern gerichtet und ein Kupferkessel dampfte schon.

„Nimm Platz und trinke einen Becher Tee mit mir", wurde sie aufgefordert. „Babette war auch schon hier, jetzt können wir unsere Angelegenheit endlich angehen."

Mademoiselle de Trie war überrascht, mit ihrem Vornamen angesprochen zu werden, zögerte daher etwas, bevor sie den Becher ergriff und einen Schluck von dem bitteren Getränk zu sich nahm. Als sie aufsah, traf sie der Blick der freundlichen braunen Augen der Gänsehirtin, die ihr aufmunternd zunickte. Erstaunt fragte Gabrielle: „Gänsehirtin, du überraschst mich. Wie könnt ihr, du und Babette denn etwas mit mir planen wollen und überhaupt etwas über eine gemeinsame Sache wissen?"

Die große Frau lächelte: „Das lässt sich leicht erklären. Du bist nicht einen Augenblick unbeobachtet geblieben seit dem Tod der Marquise, und dein Eifer, und besonders deine Augen, haben dich verraten, als der Docteur beim Marquis war".

Das erstaunte Mademoiselle, doch dann nickte sie: „Ja, es ist schon richtig, ich komme hauptsächlich wegen meiner eigenen komplizierten Situation, die vielleicht andere auch betreffen könnte, vor allem die Schülerinnen der kleinen Schule."

Entschlossen richtete sie sich auf: „Also ich komme zu dir, weil ich allein nicht weiterweiß. Ich möchte hierbleiben im Schloss, hier bin ich inzwischen zu Hause, und ich bin sehr gerne Lehrerin. Aber, ob das überhaupt für mich noch möglich ist, dessen bin ich mir immer weniger sicher, fast ein Jahr nach dem Tod der Marquise. Wie kann es mir gelingen, mich für die Schule und das Schloss unentbehrlich zu machen? Ich mache mir Sorgen um den Bestand der Schule und auch sonst läuft inzwischen bei Hofe einiges aus dem Ruder. Die Führung des Herrn Marquis ist schwach geworden und, was schlimmer ist, kann in Wut auf alles und jeden umschlagen, seit er durch seinen Beinbruch völlig außer Gefecht gesetzt ist. Ich weiß nicht, ob ich das hier so offen sagen sollte, vielleicht siehst du das ganz anders?".

„Ich weiß, unser Herr ist zweifellos schwer angeschlagen und ratlos. Er ist voll Zorn, aber nicht voll Zorn auf alle und alles. Da gibt es schon Ausnahmen. Zum Beispiel dich und Hector, euch mag er, und das muss ja nicht nur bei euch beiden bleiben."

Die Gänsehirtin blickte Mademoiselle eindringlich an und fuhr fort: „Aber sicher hast du dir dazu deine eigenen Gedanken gemacht und dir etwas überlegt, bist aber nur noch zu keinem Schluss gekommen, nehme ich an. Es ist daher nicht unvernünftig, wenn du feststellst, dass du es nicht alleine schaffen kannst, es bleibt dir wohl auch nichts anderes übrig. Für manche Dinge bin ich eben zuständig." Dabei schaute sie Gabrielle fröhlich an.

Die erwiderte etwas reserviert: „Ich danke dir für Offenheit und deine Bereitschaft zu helfen. Aber noch einmal, wie kommt es, dass du zu wissen scheinst, was mich bewegt hat, zu dir zu kommen? Darüber habe ich mit niemandem geredet, und Gedanken lesen kann man doch nicht in den Augen in einem verräucherten Krankenzimmer!“

Amüsiert antwortete die Gänsehirtin: „Nun ja, Babette und ich beobachten dich durchaus schon einige Zeit. Wir wissen das auch, damals mit dem jungen Mann aus der Nachbarschaft. Du bist aber gut da rausgekommen, Schwamm darüber!

Du hast dir hier einige Meriten erworben. Besonders die Frauen mögen dich. Du kannst zwar nicht besonders gut sticken und kochen, aber du bist klug und hast ein Herz. Das sind schon einmal recht günstige Voraussetzungen, um mit mir und Babette zu arbeiten.

Also, wenn du hier im Schloss bleiben willst, musst du eine andere Rolle einnehmen als bisher. Auf jeden Fall musst du dich, tatsächlich wie du sagst, unentbehrlich machen, z.B. den Mädchen und den Frauen in der Umgebung das Lesen, Schreiben und etwas Rechnen beibringen. Nur deren Sympathie zu gewinnen, wird da nicht mehr ausreichen.“

„Ich fürchte, du hast Recht, diese Schlossschule ist bisher nur eine freiwillige gemeinnützige Einrichtung der Marquise gewesen. Ich habe für sie gearbeitet und täte das auch weiterhin sehr gern. Sie fehlt leider nicht nur da. Ohne ihre Protektion wird die Schule wohl keine Zukunft haben und auch ich hier kein Bleiberecht. Irgendwie und irgendwo wird sich für mich wohl wieder eine neue Aufgabe finden, sagen wir mal als Hauslehrerin auf dem Land, weit weg von hier, aber das würde ich sehr bedauern, die Ungewissheit macht mich so unruhig, heute, wo ich mit dir zusammen am Tisch sitze, würde ich mir gerne

Klarheit verschaffen. Ich möchte wissen, wie sich mein Wunsch erfüllen ließe, unter geregelten Bedingungen hier zu bleiben". Sie machte jetzt einen kämpferischen Eindruck.

Mit dem Blick zum Fenster sagte die Gänsehirtin fast wie zu sich selbst: „Es muss ein echt triftiger Grund her, den jeder verstehen kann. Es gibt unter den Menschen ein paar wichtige Gründe: Tod, Geld, Liebe und danach, nicht so wichtig, aber überall präsent, die Religion.

Mit dem Tod kannst du nicht arbeiten, die tote Marquise hat dir nichts vererbt. Du hast kein Geld, um den Rest deines Lebens davon zu zehren. Von praktischer Hauswirtschaft für einen Pfarrer, von Landwirtschaft, Kochen und Backen, Bienenzucht, Geflügelwesen, wie von städtischer und ländlicher Mode verstehst du nichts. Dein Lautenspiel taugt auch bestenfalls für zu Hause.

Deine, zugegebenermaßen, künstlerischen Entwürfe kannst du nicht verkaufen, sondern nur als Liebhaberei verschenken. Die großen Gärten werden von bekannteren und - wie immer - männlichen Persönlichkeiten gestaltet, die sich alle untereinander kennen, sich bekämpfen, sich wieder vertragen, sich gemeinsam betrinken und sich gegenseitig die Aufträge zuschanzen. In diese geschlossene Gesellschaft kommst du nicht hinein.

Du bist eine Frau und nicht mehr ganz jung. Du musst heiraten, jemand muss dich lieben oder dazu gebracht werden, dich zu lieben. Und du musst ihn trotz deiner und seiner Fehler lieben können. Wenn du das noch nicht erfahren hast, musst du es jetzt schnellstens nachholen.

Bliebe schließlich nur noch die Religion, das Kloster! Dafür bist du eine zu eigenwillige Person, eher eine wiss- und lernbegierige Frau, für dich heißt das, lieben lernen, jetzt."

Gabrielle war konsterniert: „Aber hör mal! Das klingt ja fast wie ein Geschäft, wie ein Unternehmen, z. B. eine Mühle, die geplant und gebaut wird und dann funktionieren soll. Oder wie ein Papier, damit es bedruckt wird. Es ist doch völlig unwahrscheinlich, den Charakter eines Menschen, also mich, einfach so ändern zu wollen. Wie soll das denn gehen? “

Die Gänsehirtin lächelte geheimnisvoll: „Das geht schon, das geht sogar ganz gut, ich weiß das, aber das geht anders als du denkst!“

Gabrielle war immer noch irritiert: „Und wenn du es mir erklärt hast und ich es eingesehen und verstanden habe und dann schließlich zugestimmt habe mitzumachen, kannst du mir mit deinen Fähigkeiten dann wirklich helfen? Und wenn ja, kann ich das überhaupt jemals bezahlen? Und noch eins, ist es gefährlich? Ich bin zwar selbst recht kräftig, aber der künftige…?“

Die große Frau lachte jetzt laut auf: „Da haben wir es schon! Jemand bestimmtes ist bereits unsichtbar hier am Ort! Sehr gut! Du denkst und fühlst, deine persönlichen Anlagen gefallen mir, wenn du erlaubst. Ich kann dir helfen. Es hat seinen Preis, wie alles auf der Welt, das verstehst du sicher. Du wirst es zunächst mit Geld bezahlen. Das wird für dich nicht so teuer. Später bezahlst du mit einer Leistung, die zur richtigen Zeit nur du allein erbringen kannst, und uns und dem Schloss und dem Marquis wird es nicht zum Schaden gereichen, eher umgekehrt! Komm morgen wieder nach dem Neunuhrläuten, wenn der Himmel klar ist. Bezahle mir dann erst einmal ein Huhn, ich habe morgen Schlachttag!“

Die Gänsehirtin lächelte sie freundlich an, wie Gabrielle argwöhnte mit einem Hauch von Spott, und öffnete die Tür nach draußen. Das Gespräch war beendet.

Es war kalt geworden, Mademoiselle de Trie fröstelte, zog den Mantel etwas enger um sich und eilte nach Hause.

Dort trug sie in ihr Tagebuch ein:

Tag 2: Besuch bei der Gänsehirtin, alle scheinen Genaueres über ein gemeinsames Projekt mit mir zu wissen. Ich soll heiraten!? Wen denn? An wen soll ich denken?

Das Hausmädchen hatte ihr einen Kessel warmes Wasser hingestellt. Sie wusch sich sorgfältig. Im Bett gönnte sie sich die Freiheit, sich zu streicheln, bis ihr ganz warm an Leib und Seele wurde. Für diese Nacht brauchte sie eigentlich keine Wärmflasche mehr, entschied sich dann aber doch dazu.

Am nächsten Tag stand sie im Morgengrauen auf.

Schon seit Langem betete sie nur noch Dankgebete und keine Bittgebete mehr. Auf die Erfüllung ihrer Bedürfnisse und Wünsche wollte sie sicherheitshalber nicht warten. Sie wollte danken für das, was sie bekommen hatte, und wenn es mehr geworden war, als sie zu hoffen gewagt hatte, dann dankte sie besonders dafür. Auf mehr, glaubte sie, ohnehin keinen Anspruch zu haben. Sie beschloss für sich, in nächster Zeit für Ihre Zukunft zu sorgen, aber zu akzeptieren, was kommen würde, ohne sich zu beklagen, aber auch ohne zu triumphieren. Die alten Stoiker wollte sie sich zum Vorbild nehmen. Über das Verhältnis von unveränderlichem Schicksal und der Wirkung eigener Entscheidungen war sie sich nicht klar. Darüber schienen sich sogar die theologischen Größen, die Jesuiten und Anhänger von Jansen, schon lange zu streiten, hatte sie gehört. Das war in den gesellschaftlichen Kreisen und in der Korrespondenz der Marquise ein heftig diskutiertes Thema. Für sich selbst beschloss sie, gelassen zu bleiben, aber nur soweit als möglich, Ausnahmen musste es geben dürfen.

Nach ihrem Gebet legte sie sich die Lehrbücher, die Bibel und das Schreibmaterial samt der vorbereiteten Notizzettel zurecht. Für den Unterricht am Nachmittag war sie präpariert. Die biblische blutige Geschichte bei Könige 19-20, der Wette um Gottes Annahme des Opfers entweder von den Anhängern Baals oder von Elias und dessen anschließendem Sieg. Soweit schien die Geschichte ja in Ordnung zu sein. Dass der dann furchtbar mit dem Schwert wütete, in der Wüste fast verhungerte und schließlich in einer Höhle im Berg Horeb seinen flüsternden Gott traf, war eine neue Qualität. Das schien ihr ein gutes Thema für den Nachmittag zu sein. Lesen und vorlesen der Schülerinnen, abschreiben, gemeinsam kurz mündlich Inhaltsangaben wiederzugeben, keine Auslegung der Schrift: So verstand sie ihre Aufgabe bei den häufig verwendeten Texten aus der Bibel. Mit dieser Strategie kam sie dem Pfarrer im Sprengel auch nicht in die Quere. Der war allerdings ihr gegenüber meistens milde und gutmütig.

Sie zog sich warm an für einen Spaziergang über das weitläufige Gelände um das Schloss herum. Zunächst ging sie zur Wasserfontäne, die zu dieser Tageszeit allerdings nur spärlich rieselte, wie meist tagsüber ohne großen Druck. Ganz abgestellt wurde sie fast nie, damit die Röhren nicht verstopften. Das leise Plätschern gefiel ihr. Auf dem symmetrisch angelegten Teich des Kanals paddelten die Enten hin und her und gründelten im flachen Wasser. An der entferntesten Seite zogen zwei Schwäne kaum wahrnehmbar ihre ruhigen Bahnen, sodass sie genau hinschauen musste, um festzustellen, ob die schönen weißen Vögel noch lebendig waren.

Am anderen Ende, dort wo der Kanal begann, waren Fischer in flachen Kähnen dabei, Bottiche mit zappelnden silbrigen Fischen in das Wasser auszuleeren. Sie hatten mit Netzen an Holzpfählen den oberen Bach, den Zufluss des Teiches in den Kanal, versperrt.

Mademoiselle Gabrielle de Trie wandte sich nach rechts und schlenderte auf der Allee der Skulpturen am Wasser entlang. Sie empfand plötzlich die griechische Götterwelt über sich als ganz vertraut. Kunstfertig hergestellte göttliche Wesen, die aussahen und empfanden wie Menschen und trotzdem mächtig genug waren, bei Bedarf die irdischen physikalischen Naturgesetze zu überschreiten, um dann wieder naiv wie Lebewesen zu agieren. Immer wieder erstaunte sie dieses unvernünftige Handeln der griechischen Götter.

Sie stand vor der Skulptur der Leda mit dem Schwan, das Paar aus göttlich flatterndem Geflügel und dümmlich entrückter Frau befremdete sie.

Mit lärmendem und zänkischem Gezwitscher schwenkte ein großer Schwarm Spatzen auf die lange Buchenhecke hinter ihr ein und ließ sich zwischen den dichten Zweigen nieder, um nach kurzer Ruhe, plötzlich, wie auf ein Signal hin, wieder gemeinsam davon zu purren.

Ein paar Schritte weiter stand die Büste Aesculaps auf einer Säule. Der Gott der Heilkunst blickte weit über das Wasser, mit seinem vollen Bart und der mächtigen Glatze. Er sah so ganz anders aus als Docteur de La Motte. Sie hoffte, dass der menschliche Arzt das Richtige beim Marquis getan hatte. Er schien sich mit Knochenbrüchen auszukennen, er hatte zumindest die Diagnose des Knocheneinrenkers bestätigt. Ziemlich eitel war der Docteur schon und diese unappetitliche Angewohnheit, zur Ader zu lassen, konnte doch eigentlich einen ohnehin schon verletzten Menschen nur schwächen, statt seine Aktivitäten zu fördern. Na, über die Klistiere wollte sie gleich gar nicht weiter nachdenken.

Nun, sie war kein Arzt und konnte die Therapie auch nicht ändern, aber für die Prognose interessierte sie sich schon brennend. Es war ihr überhaupt nicht gleichgültig, wie es dem Marquis in Zukunft gehen würde.

Sie ging weiter und folgte mit den Augen dem Flug von Tausenden von Staren in der Luft direkt über ihr mit ihren geheimnisvollen Schwarmfiguren. Sie waren wohl auf dem Weg zum Feld, auf dem die Saat schon keimte. Eine von Hectors Aufgaben war es, sie dort mit Leimruten zu fangen und sie in der Schlossküche abzuliefern.

Viel weiter hinten, wo der geformte Teich endete und das Schilf begann, war das nächste Netz ausgelegt, um Fische daran zu hindern, in den abfließenden natürlichen Bach zu wandern und nicht mehr den interessierten Herrschaften zum Angeln verfügbar zu sein. Aber dort saß auf einer Weide die Fischfang-Konkurrenz, eine Reihe von Kormoranen. Das versprach keinen guten Angelerfolg, die Kormorane würden den meisten Ertrag erzielen.

Im dichten Röhricht entdeckte sie kaum erkennbar zwei Graureiher. Alle diese Vögel waren mit sich selbst beschäftigt. Ihre Probleme waren Vogelprobleme, Vogelfutter finden, Vogelbeute fressen, Vogelnester bauen, Vogelbrut mit anderen Vögeln aufziehen, fliegen, sich wieder mit anderen Vögeln paaren, wieder fliegen. Vielleicht empfanden sie dabei Freude. Ihr Leben zu planen brauchten sie wohl nicht, so stand es zumindest in der Bibel.

Sie bog in einen Kiesweg ab, in der Kurve stand auf einer Stele eine schlanke Figur im Sprung, ein junger Mann mit Flügeln an den Fersen, einem geflügelten Stab in der Hand und einem geflügelten Helm auf dem Kopf. Er sah recht geschäftig aus. Auf ihn würde sie sich verlassen müssen, wenn sie eine neue Existenz aufbauen müsste. Aber auch sonst durfte sie geschäftliche Dinge nicht aus den Augen verlieren. „Fähigkeiten und Handel sind wichtig, dazu braucht es immer wieder Lehrerinnen für die Buchhaltung in den vielen Wirtschaftsbereichen, die von Frauen dominiert werden", prägte sie sich ein.

Sie kam zu einer dunklen Nische in der Buchenhecke, ganz in der Nähe des Schilfes. Dort stand eine eigentümliche Figur, die überhaupt nicht zu den anderen Skulpturen passen wollte. Sie sah sie zum ersten Mal, so kam es ihr zumindest vor. Anfänglich hielt sie sie für eine sitzende Madonna. In unbewegt herrischer Haltung trug sie eine seltsam archaische Krone auf ihrem Kopf, geschmückt mit zwei Hörnern in Form einer Mondsichel. Auf ihrem Schoß saß kein Kind, sondern ein kleiner erwachsener Mensch. Beide Figuren waren aus dunklem Stein gehauen und ursprünglich poliert, aber schon stärker verwittert als die übrigen, wohl neueren weißen Plastiken im Park.

Sie wollte schon weitergehen, als man ihren Namen rief. Sie erkannte Babette, die offensichtlich auf dem Weg zu ihrer Arbeit von der Dienstbotensiedlung her hier vorbeikam.

„Guten Morgen, Mademoiselle de Trie, es ist doch etwas kühl draußen in diesem Frühling, nicht wahr?" sagte Babette. Die Angesprochene nickte freundlich und erklärte wortreich, wie sie sich freue, Babette hier zu treffen, dass sie die Vögel beobachtet habe, dass sie den Tag bei diesem Wetter mit einem Spaziergang im Park beginnen wolle und dass sie sich die Skulpturen näher betrachtet habe, wovon die ältere, vor der sie gerade stünden und die sie besonders beeindrucke, wohl die Muttergottes darstellen solle.

Babette wurde wegen des Redeflusses etwas unruhig und schaute kurz auf die dunkle Figur mit dem kleinen Menschen auf dem Schoß. Wie beiläufig meinte sie: „Ach, das ist doch nur unsere Isis mit ihrem Horus hier am Wasser, wo das Schilf wächst, so wie in Ägypten, wo sie herkommen. Ich habe ein altes Kästchen in der Form eines Boots, darauf sind sie auch abgebildet."

Dann hielt sie inne und schaute Mademoiselle de Trie scharf an. „Ja, so ist das, die alte Isis und ihr Sohn Horus stehen auch hier im Park vom Schloss.", um dann unvermittelt fortzufahren: „Kann ich bei dieser Gelegenheit etwas mit Ihnen besprechen? Obwohl ich gerade wenig Zeit habe, der Marquis wartet darauf, versorgt zu werden, und was ich Ihnen sagen will, ist für mich so besonders wichtig, vielleicht sogar auch für Sie!"

Normalerweise hätte Mademoiselle de Trie darauf hingewiesen, auch in Eile zu sein, doch jetzt dachte sie überrascht: „Aha, jetzt kommt es also heraus, um was es mit dem gemeinsamen Vorhaben auf sich hat." und fragte interessiert, um was es denn für sie beide so Wichtiges gehe.

Babette holte Luft: „Mademoiselle waren bei der Gänsehirtin. Die weiß über alles Bescheid, auch über mein Problem. Hector ist mein Sohn. Er ist jetzt 16 Jahre alt. Es ist sehr wichtig für mich, dass er bei mir bleibt; zumindest bis ich genügend zur Seite gelegt habe, damit ich etwas für mein Alter habe. Dazu ist es nötig, dass er eine Stelle hier im Schloss hat. Er versteht doch so viel von der Jagd und vom Fischen. Der Marquis hatte ihn seit seiner Geburt immer ganz gern. Das Problem ist, dass Hector auf der Liste für die Soldaten für den König steht. Die müssen nach Spanien oder über das Meer nach Amerika. Der Marquis hatte mir mal versprochen, dass Hector hierbleiben könne. Trotzdem hat er ihn auf die Liste gesetzt. Das war nicht recht. Der Marquis hat dafür gebüßt. Er hat sich das Bein gebrochen. Das war die Isis. Jetzt, wo er so schwach ist, müsste er dazu gebracht werden, dass er meinen Sohn von der Liste streicht.

Warum ich Ihnen das sage? Ich ahne und hoffe, dass Mademoiselle auch etwas vorhaben, mit dem Schloss und dem Marquis. Wenn Ihnen der Plan mit der Gänsehirtin zusammen gelingt, helfen Sie mir, bitte, damit Hector bei mir bleiben kann!"

Babette fing an zu weinen und eilte schnell Richtung Schloss davon.

Mademoiselle de Trie war verblüfft. Es blieben offensichtlich ihre Gefühle und Gedanken, die sie sich selbst nicht einmal eingestand, also ihre geheimsten inneren Beweggründe, wirklich gar nichts verborgen. Einen Augenblick lang bekam sie es mit der Angst zu tun. Dann sagte sie sich, dass nun nicht allzu viel Scharfsinn, geschweige denn Zauberei dazu gehörten, sie zu beobachten, man konnte sie überall sehen und in der Schule war sie sowieso zum Unterricht für die Frauen und Mädchen. Sie selbst hatte keine Geheimnisse, das war es. Sie atmete tief durch und das beklemmende Gefühl ließ nach.

Sie ging weiter die Hecken entlang. Am Ende des Weges kam sie an ein steiles Gerüst, auf dem die Gärtner standen und mit ihren Handscheren die hohen Buchenhecken beschnitten. Sie pfiffen ihr entgegen, sie winkte erleichtert und fröhlich hinauf. Plötzlich hatte sie wieder gute Laune. Sie dachte bei sich, die Gärtner sind zufrieden, fleißig und normal. Wahrscheinlich sah sie ja schon Gespenster. Spekulieren und Wissen sind zwei unterschiedliche Dinge, sagte sie sich. Gedanken kann man nicht lesen, auch ihre nicht und damit basta.


Schlachttag.

Als Mademoiselle de Trie wieder zur Gänsehirtin kam, lächelte diese sie wie zuvor freundlich an. Nach kurzen Begrüßungsworten verlangte sie den Preis eines Huhnes. Gabrielle öffnete ihre Börse und bezahlte den verlangten Betrag.

Gemeinsam gingen sie zum Hinterausgang der Hütte. Dort wurde Gabrielle aufgefordert, ein weißes Kopftuch umzubinden und zu warten.

Nach einiger Zeit kam die Gänsehirtin zurück, jetzt in einem hellen Ledermantel und auf dem Kopf trug sie eine Zipfelmütze und zwei langen Bändern über den Ohren. Sie hielt links ein noch lebendes goldbraunes Huhn mit gesundem tiefrotem schmalem Kamm an den Flügeln, das gleichzeitig wild zappelte und laut gackerte und in der rechten Hand ein Beil.

Stumm bedeutete sie Gabrielle, ihr zu folgen. Ganz langsam und aufrecht schritt sie, dabei in die Ferne schauend, über den jetzt völlig leeren Hof. Dort, wo sich sonst das Geflügel drängelte, befand sich nun ein glatter gereinigter Boden, in dessen Mitte sich ein mit Weinranken geschmückter Holzklotz befand.

Vor den stellte sie sich, bedeutete Gabrielle, sich ihr gegenüber zu platzieren und sprach dann feierlich und jedes Wort einzeln formulierend: „Links sei Osten, rechts sei Westen, vor mir sei Süden, hinter mir Norden. Dies ist das erste Schlachtopfer. Hört, Hercle, Maris, Turan und Uni! ", um dann ganz schnell fortzufahren: „Werden Gabrielle und ihr Zukünftiger hier bleiben?"

Blitzschnell schleuderte sie das Huhn auf den Block, mit einem kurzen, entschlossenen Beilhieb trennte sie ihm den Kopf ab und ließ das Blut in ein daneben stehendes Gefäß ablaufen, öffnete mit einem Messer, das sie mitgebracht hatte, den Leib des Vogels und schüttelte den toten Körper so lange, bis die Gedärme hervorquollen. Konzentriert beobachtete sie jetzt die Bewegungen der Darmschlingen des noch immer zuckenden Tierkadavers auf dem Hackklotz. Dann stieß sie mit dem Finger die dunkle Leber an. Sie sprach feierlich: „Dies Blut ist das Opfer des heutigen Schlachttages für Euch, gebt Antwort!" Für einen Augenblick blieb sie still stehen.

Abschließend legte sie das tote Huhn in den bereit stehenden Korb, deckte es sorgfältig mit einem Tuch zu und verneigte sich vor den bekränzten Holzblock. Langsam gingen sie wieder zum Haus zurück.

Die Gänsehirtin gab Gabrielle den Korb mit dem Huhn, aus dem etwas Blut heraustropfte und sagte, der Anfang des Schlachttages sei gefeiert. Sie möge auf dem Heimweg ab jetzt eine ganze Stunde schweigen und den Himmel und alles, was im Himmel fliege, beobachten. Sie solle niemandem etwas von dem, was sie gehört und gesehen habe, erzählen. Abends, wenn es dunkel geworden sei, solle sie wiederkommen. Dann würden sie besprechen, wie es weite gehen solle.

Unterwegs observierte Mademoiselle de Trie, wie geheißen, den Himmel.

Die Sonne schien, es ging ein leichter Wind, bei ihren Stöcken summten die Bienen. Gabrielle registrierte den Frieden in der Emsigkeit der braunen Insekten.

Von links kam ein kleiner Pulk Tauben vorbei, hoch oben am Himmel schwebten einige Schwalben und ein paar dunkle Vögel kam von rechts, wohl Raben oder Krähen.

Dann entdeckte sie einen roten Milan, der seine Kreise zog. Die Schwarzröcke beachteten ihn nicht weiter.

Kurz vor dem Dienstboteneingang des Schlosses, kam ihr Babette entgegen. Die nahm ihr wortlos den Korb mit dem Huhn ab, stellte ihn auf den Boden, bückte sich darüber, hob das Tuch an und nickte, mit dem Ergebnis zufrieden.

Dabei fiel Mademoiselle de Trie auf, dass Babette im halbgeschlossenen Dekolletee einen kunstvollen Ring an einer Lederschnur hängen hatte. Der Ring bestand aus vielen kleinen hellblauen Steinen, die in goldenen Ranken gefasst waren und dadurch das Bild eines Labyrinths mit vier Ringen mit zwei Arabesken ergab.

Babette bedeutete ihr stumm, sie wolle das Huhn in die Küche bringen.

Die gebotene Schweigestunde war vorüber.

Nachmittags hielt Gabrielle eine ziemlich alltägliche Schulstunde ab. Das Thema aus dem Alten Testament wurde behandelt, wie sie, als Lehrerin, es erwartet hatte: Keine Überraschung der Schülerinnen über die Bluttat, eher Verwunderung über das leise Säuseln im Umfeld des Berges Horeb.

Am Abend klopfte sie wieder an die Tür der Gänsehirtin. Wie am Tag zuvor wurde ihr aufgemacht, fand sie ihren Platz und wurde ihr ein Becher Tee hingestellt. Die große Frau in ihrer Arbeitskleidung setzte sich ihr gegenüber hin.

Sie ließ sich von der Besucherin über deren Himmelsbeobachtungen berichten. Der ruhige Bienenflug schien sie zu befriedigen, die Taube im Osten deutete sie als gutes Zeichen, die Krähen im Westen als Störung, allerdings als eine nicht so gravierende. Den einsamen Milan nahm sie sehr ernst, Genaueres konnte sie noch nicht erklären. Die Schwalben weit oben im Himmel hielt sie zwar für unbedeutend, aber erfreulich.

Nun wandte sie sich direkt an Gabrielle: „Die Schau der Eingeweide und der Leber haben eine vorläufig positive Antwort auf die Orakelfrage erbracht. So weit, so gut.

Nun kommt der nächste Schritt. Du musst es schaffen, morgen früh den Marquis deine Stimme kennenlernen zu lassen. Ich empfehle dir, ihn auf seine Abschrift des berühmten Buches über „La Venerie royalle“, die Hetzjagd zu Pferde mit Hunden, von Robert de Salnove um 1665 anzusprechen. Daraus solltest du ihm vorlesen.

Bereite aber auch Bücher aus dem Vorrat der Marquise vor, ohne ihn darüber zu informieren. Mach ihn später behutsam auf die liegengebliebenen, unbeantworteten Kondolenzbriefe aufmerksam, auch wenn er dann wütend wird.

Mehr kannst du am ersten Vormittag für unser Projekt noch nicht tun. Komm in drei Tagen zur gleichen Zeit wieder!"

Gabrielle de Trie war verblüfft, für ihren Geschmack ging alles sehr schnell, fast zu schnell voran. An den Marquis hatte sie doch so genau noch nicht gedacht, geschweige denn über ihn gesprochen.

„Wie soll ich das verstehen, der Marquis?"

Jetzt warf ihr die Gänsehirtin einen schnellen kritischen Blick zu und wurde streng:

„Nun stell dich nicht so dumm und naiv an, du bist doch kein Schaf, zumindest spätestens jetzt weißt du genau, um was es geht. Es geht natürlich um den Marquis, dich und uns alle."

Selbstverständlich kannst du von unserm Plan zurücktreten, aber das hilft weder dir noch uns. Fasse einfach Mut, vertraue mir und hör jetzt genau zu. Ich schätze dich sehr. Du schaffst das. Später werde ich nie wieder so vertraut wie zu einer Schwester mit dir reden können, meine Liebe."

Sie legte ihre Hand auf Gabrielles Hand und drückte diese kräftig, aber liebevoll.

„Also: zum nächsten Treffen mit mir musst du einiges mitbringen. Merke es dir ganz genau:

1. Von dir ein Teil, günstig wäre ein Kamm mit einer von dir parfümierten Haarlocke und

2. ebenso ein Teil von ihm, am besten seine älteste, halb gerauchte Pfeife oder einen erst kürzlich benutzten Federkiel,

3. ein Pfund Imker- Wachs und eine kleine weiße Kerze,

4.von den Wäschefrauen ein Stück Stoff von einem deiner Unterkleider und

5. eines von einem Hemd von ihm,

6. von Hektor einen Leimfaden, wie man ihn zum Vogelfangen verwendet oder eine gebrauchte Angelschnur und schließlich,

7. von deinem Schreibtisch zwei Blätter Papier, jeweils mit deinem und seinem Namen in roter Tinte geschrieben".

Gabrielle de Trie staunte irritiert.

Eindringlich wurde sie gefragt: „Bist du wirklich bereit, das für dich und uns auf dich zu nehmen? Dann wiederhole alles hier so oft mit mir, bis du es sicher auswendig kannst und du darfst mit keinem darüber reden und nichts aufschreiben."

Gabrielle de Trie nickte und wiederholte die ihr aufgetragenen Aufgaben beim Marquis und die übrigen Besorgungen. Beim zweiten Mal konnte sie es fehlerlos.

Die Gänsehirtin schien damit zufrieden, erinnerte dann aber an das Geschäftliche: „Ach ja, als Lohn für unser heutiges Treffen, sei so freundlich und schreibe mir diesen Spruch in deiner schönsten Kalligraphie ab."

Sie reichte ihr ein gefaltetes Papier. Zu Hause las Mademoiselle de Trie:

Du Schönster, mein Wunsch ist,
deine Sachen zu besorgen
als deine Herrin des Hauses!
Dann ruht mein Arm auf deinem Arm
und meine Liebe umfängt dich.
Diesen Wunsch sage ich meinem Herzen in der Brust:
„Gib mir meinen Schatz heute Nacht,
sonst bin ich wie begraben".
Bin ich für dich nicht Gesundheit und Leben?

Deine Nähe macht mich froh,
und mein Herz verlangt nach dir!
*Text von einem Papyrus aus dem alten Ägypten.*

Sie schüttelte erstaunt den Kopf, dann nahm sie sich vor, für diese Aufgabe einen neuen Federkiel zu schneiden und den Text mit ihrer schönsten Schrift auf ein besonders gutes Blatt Papier zu bringen.

Zunächst aber schrieb sie einen Brief:

„Durchlaucht, Gnädigster Herr, am Ende dieses Tages mögen die Schmerzen Durchlaucht hoffentlich nicht mehr so sehr quälen. Wenn ich zu deren Linderung, wie gegenüber Durchlaucht vom Docteur de La Motte ärztlich vorgeschlagen, Durchlaucht aus einem Buch seiner Präferenz vorlesen dürfte, wäre ich überglücklich und stehe jederzeit zur Verfügung.

Zu Ehrendiensten ergebene und demütige Gabrielle de Trie.

Postscriptum : La Venerie royalle befindet sich in der Bibliothek von Durchlaucht. Einige Passagen darin eignen sich vielleicht zum Vorlesen?

Wie oben, die zu Ehrendiensten ergebene und demütige Gabrielle de Trie"

Sie faltete den Brief steckte ihn in einen Umschlag und versiegelte ihn, klingelte nach dem Hausdiener, der sofort erschien, als habe er vor der Tür dem Schreibgeräusch der Gänsefeder gelauscht. Von dem Auftrag, den Brief sofort dem Marquis zu übergeben, schien er in keiner Weise überrascht.

Wieder allein, im Schein der inzwischen angezündeten Kerze, las sie das Gedicht noch einmal laut. Plötzlich erinnerte sie sich an etwas. Sie eilte zum Schrank, zog die Schublade mit dem kleinen Schild „Kalligraphie" heraus und entnahm ihr ein

Blatt, eine Schreibvorlage des koptischen und ägyptischen Alphabetes.

Zuerst schrieb sie das Gedicht in runder Kalligraphie ab, einer Schrift, die sie am besten konnte, den Beginn der zweiten Kopie „Du Schönster" und das Ende, „mein Herz verlangt nach dir" in koptische Zeichen, den Mittelteil dazwischen wieder in der besten runden Kalligraphie, zu der sie fähig war.

Wie immer empfand sie große Freude bei der Ausführung ihrer Kunstfertigkeit. Aber dieses Gedicht aus dem alten Ägypten berührte sie tief. Die gleichbleibenden Gefühle der Menschen durch viele tausend Jahre kamen ihr in den Sinn, und sie konnte sich in die Gedanken der Dichterin hineinversetzen.

Sie beschloss, das Gedicht mit den koptischen Schriftteilen der Gänsehirtin als Honorar zu übergeben. Es schien ihr etwas geheimnisvoller, ägyptischer, als das einfache kalligraphische Schriftwerk. Das passte auch besser zu einer Gänsehirtin, die sie mit Kenntnissen der Jagd-Literatur überrascht hatte.

Die erste Abschrift legte sie zusammen mit den Vorlagen zum koptischen oder ägyptischen Alphabet und dem Original der Gänsehirtin in der Schublade ab.

Es war inzwischen spät geworden, als es an die Tür klopfte. Der Hausdiener gab ihr ihren Briefumschlag zurück, dessen Siegel aufgebrochen war. Aus dem Umschlag zog sie einen Zettel, den sie als einen Abriss des unteren Teils ihres Briefes wiedererkannte. Darauf stand etwas in steiler Schrift, die Tinte war aber nicht ordentlich abgetrocknet und deshalb verschmiert, sodass sie Mühe hatte, den Text zu entziffern: „Mademoiselle, kommen Sie morgen 1 Stunde vor ihrem Unterricht für die Mädchen und Frauen. Das genannte Buch ist bei mir. H. B."

Sie notierte in ihr Tagebuch:

3. Tag: Morgen soll ich vorlesen: „La Venerie royalle" von R. de Sanoue. Zwei Puppen sind herzustellen. Wozu soll das gut sein? Egal, ich besorge das Nötige. Ein ägyptisches Liebesgedicht zweimal abgeschrieben, einmal erste und letzte Zeile mit koptischer Schrift. Hoffentlich gelingt alles ohne Schaden. Freundlich und gleichmütig bleiben, was auch geschehen mag. Ich habe Vertrauen.

Am nächsten Morgen, als sie an die Tür zum Vorzimmer des Marquis klopfte, riss der Kammerdiener die Tür auf und rief übertrieben laut: „Oh, Mademoiselle, wir haben Sie erwartet, wie schön, dass Sie gekommen sind. Es ist alles vorbereitet!"

Bei ihrem Eintreten sah der Marquis besser aus, rauchte eine schon bräunlich gewordene Tonpfeife, trank Rotwein, hatte eine ordentliche Perücke auf und die Landjacke mit den Lederapplikationen an, die er gern bei der Beobachtung des Wildes trug. Er wirkte heiter. Sein Bett war ordentlich gemacht. Offensichtlich war der Docteur da gewesen und hatte die Schienen neu gerichtet. Das Essen war abgeräumt. Neben dem Marquis saß Hector und zwischen beiden lehnten am Bett ein Jagdgewehr, ein kurzer Spieß und eine Saufeder, so dass der Schlossherr die Waffen jederzeit zur Hand hatte. Die beiden Männer sahen der jungen Frau erwartungsvoll entgegen. Der Marquis begrüßte sie mit den Worten: „Nun wollen wir mal sehen, Mademoiselle, und vor allen Dingen hören, was Sie so können. Von Hector habe ich mir gerade erzählt lassen, was im Wildpark vor sich geht. Er ist dort spät abends und früh morgens. Selbst kann ich ja nicht hin. Nehmen Sie Platz, die Seite, des von Ihnen vorgeschlagenen Buches, ist schon aufgeschlagen, fangen Sie an! Die Hunde sollten Sie beim Vorlesen nicht stören."

Mademoiselle de Trie nahm auf dem angebotenen Stuhl Platz, rückte sich den noch so zurecht, dass sie günstigen Lichteinfall auf das Buch hatte, schaute kurz zu den hellen Jagdhunden hin, die unter dem hohen Bett lagen, und begann zu lesen:

„Seite 286: Die Wildschweinjagd, erstes Kapitel. Die Eigenschaften des Wildschweins. Das Wildschwein ist das wehrhafteste und gefährlichste aller Tiere, die wir in Frankreich jagen, besonders gefährlich für die Hunde, deren Tod sie zu vielen verursachen und anderen, auch Jägern, denen sie große Verletzung zufügen: das ist der Grund, dass ich Ihnen eine Verhaltensweise vorschlagen werde, um wegen dieser Umstände wenigstens die Windhunde zu retten. Die Wildschweine können auch die Menschen schwer schädigen, wenn sie nicht zu Pferde, sondern zu Fuß angegriffen werden: Ich habe bisher über die Keiler gesprochen, die 3-4 -jährige sind, weil für die Bachen und die Jungtiere, die sie begleiten dies nicht gilt. Sie können nicht verletzen, aber sie verursachen andere Schäden durch den großen Hunger und die Vorliebe, die sie mehr als die anderen Tiere haben, nämlich, dass sie in einer einzigen Nacht eine ganze Familie ruinieren können, weil sie deren einziges Rübenfeld abgefressen haben und der Bauer nichts mehr zu essen hat. Deshalb sind diese Tiere zu Recht zu töten, außer wenn sie in der Brunst sind, und man soll warten sie zu jagen, bis sie durch Eicheln und Wurzeln im Wald fett geworden sind. Es gibt also auch praktische Gründe, sie zu packen außer dem Grund, dass es Spaß macht, wenn man sie jagt. Die Jagd kann man auf vier Arten machen, das will ich Ihnen jetzt wie folgt darstellen. Ich möchte sagen, dass diese Art der Wildschweinjagd sehr viel Vergnügen und Zufriedenheit für die Prinzen und die Edelleute erbringen kann“.

An dieser Stelle nickte der Marquis zufrieden Hector zu. Als Mademoiselle de Trie den Kopf hob, bedeutete ihr der Marquis freundlich aber ungeduldig, sie möge fortfahren.

„Diese Freude kann auch den Damen gewährt werden, weil sie mitten im Jagdgeschehen mit der Karosse bei der Erlegung des Schwarzwildes dabei sein können, auch, um die Windhunde, die das Schwarzwild angreifen, zu sehen und, wenn man ihnen einen Schleier über die Augen gibt, dann können sie bei dieser Art der Jagd, der Venerie, ein großes Vergnügen erleben, ohne vom Gemüte her allzu sehr belastet zu werden. Diese Art der Jagd ist so vielfältig und kann immer wieder verändert werden und sie wird von unseren Königen, die immer eine stattliche und schöne Equipage mit sich geführt haben, speziell im Hinblick auf die Damen, befürwortet, wogegen die anderen beiden Arten der Jagd, nämlich die bei der Suhle und bei der blutigen Parforcejagd die Seelen und Gemütszustände der Damen penibel belasten können und aus diesem Grund von mir den Prinzen nicht empfohlen werden.“

Beim weiteren Vorlesen kam Mademoiselle de Trie zu der Stelle, in der beschrieben wird, wie sich die Sauen von den Keilern unterscheiden. Da bemerkte sie eine gewisse Unruhe. Das schien ihre Zuhörer nicht besonders zu interessieren. Sie las deswegen etwas schneller. Der Abschnitt über die Frischlinge und die Orte, wo Schwarzwildrotten zu finden sind, fesselte die Zuhörer wieder mehr.

Bei dem Abschnitt im Buch, in der die Jäger gewarnt werden, sich emotional nicht zu eng an ihre Hunde zu binden, weil das, bei der hohen Todesrate der mutigen Tiere durch die bösartigen Keiler, sie zu sehr betrüben könnte, merkte sie, dass der Marquis die Hunde zu sich gewinkt hatte und sie streichelte.

Die Stunde bis zu ihrem Unterricht war schnell vorüber. Gabrielle markierte die Seite im Buch und legte es auf dem Tisch ab, verabschiedete sich förmlich und wurde freundlich aufgefordert, bald wieder zu kommen.

Draußen atmete sie die angenehm klare Luft tief ein. Das tat ihr gut nach der verräucherten Schlafstube des Marquis.

Als ihr einfiel, dass sie sich nicht erkundigt hatte, ob der Marquis seine Übungen gemacht hatte, so wie der Docteur es ihm verschrieben hatte, kehrte sie um. Der Kammerdiener teilte ihr mit, der Marquis sei nach dem Rotweingenuss und der Freude an der Vorlesestunde gleich eingeschlafen und er wolle ihn jetzt nicht mehr wecken, allerdings, üben würde er nicht. Die Anweisungen für das Essen und Trinken, das Schienen des Unterschenkels und das Regulieren der körperlichen Notdurft würde genau eingehalten. Jedoch die Bandagen bis zu beiden Oberschenkel würde er sich nur widerwillig anlegen lassen und sie sofort wieder lockern. Übrigens sei das schon bei allen im Schloss bekannt. Der Marquis, seine Durchlaucht, wollten aber nicht auf ihn oder die anderen um ihn herum hören. Außerdem sei das erste Jahresgedächtnis der Marquise übermorgen, bis dahin könne noch einiges passieren. Seine Durchlaucht neigten, wie jedermann wüsste, zu heftigen Gemütsschwankungen. Der Kammerdiener blickte Hilfe suchend zum Himmel.

Dieser Jahrestag würde auch für Mademoiselle sehr traurig werden. Für den Tag hatte sie sich vorgenommen, an all die guten Stunden zu denken, die sie mit der Marquise verbracht hatte, selbst als die Marquise am Ende ihres Lebens schon sehr schwach geworden war, blieb sie stets freundlich und geduldig. Sie ließ sich weiter über die Fortschritte der Schülerinnen informieren und gab ihre Ratschläge mit anteilnehmender Unterstützung, als wenn sie keine anderen Sorgen hätte.

Mademoiselle de Trie war der Ansicht, dass sie am nächsten Morgen, trotz des Gedenktages, die vollständig Behandlung des Marquis einschließlich der Übungen anmahnen müsse, so wie sie es ausdrücklich vom Docteur aufgetragen bekommen hatte, natürlich in einer Form, sagte sie sich, dass der Marquis nicht sofort alles ablehnen würde. Das hielt sie zu diesem Zeitpunkt für ihre vordringliche Aufgabe.

Nach dem Schulunterricht ging Mademoiselle de Trie zur Imkerei. Die Bienenkörbe standen in Reih und Glied und, weil es nachmittags schon etwas kühler wurde, kehrten viele der Bienen zurück, sodass es überall um sie herum summte. Sie setzte einen mitgenommenen Hut auf, in der Hoffnung, die Bienen würden sich nicht in ihrem Haar verfangen. Der Imker hatte sie schon kommen gesehen und winkte sie in seinen Schuppen. Dort hatte er in einen Stoffrest zwei faustgroße Stücke hellen Wachses gewickelt. „Da, Mademoiselle,“ sagte er, „nehmen Sie, das hier ist das beste, das ich zurzeit habe. Das ganz weiße Wachs habe ich an Mariä Himmelfahrt dem Pfarrer gegeben. Für dieses brauchen Sie mir nichts zu geben, es war doch für sie bestellt, und nehmen Sie auch noch die schöne Kerze, vielleicht können Sie sie gebrauchen, wenn Sie abends einmal vorlesen müssen“. Dabei lächelte er sie verschwörerisch an. Sie bedankte sich und versprach, sich bei Gelegenheit erkenntlich zu zeigen. „Erst alles gelingen lassen, Mademoiselle“ meinte er zum Abschied, „der Rest kommt dann von selber.“

Ihr blieb noch genügend Zeit, um in die Nähstube zu gehen. Da saßen viele Frauen auf vier Bänken, munter miteinander schwatzend. In den Körben vor ihnen türmten sich die Wäschestücke, die genäht, geflickt und gestopft werden sollten. Als Gabrielle an die Tür klopfte, scholl ihr ein lautes vielstimmiges „Herein!“ entgegen. Eine heiter blickende, respektabel wirkende Frau stand auf und nannte die Besucherin beim Namen, von allen Näherinnen aufmerksam beobachtet. „Wir haben schon alles für Sie gerichtet,“ sagte die Frau und zeigte auf ein kleines Stoffpaket. „Es ist bei uns vor einiger Zeit bestellt worden, schauen Sie nach, ob alles dabei ist.“

Mademoiselle de Trie bedankte sich, öffnete das Bündel und fand den Spitzensaum von einem ihrer älteren Unterröcke, eine ganze Manschette vom Jagdrocke des Marquis, und zu ihrer großen Überraschung zwei Stoffstücke, eins rosa, das andere hellblau kariert, sowie zwei rosa und hellblaue Bänder, sorgfältig zusammengerollt. In einem kleinen Beutel klickten verschiedene Perlmuttknöpfe aneinander, als sie ihn anhob. Fragend sah sie die neben ihr stehende Näherin an. Diese zuckte nur mit den Achseln und meinte: „Wir Frauen hier finden, dass einige Kurzwaren und ein bisschen Farbe alles fröhlicher machen können. Deswegen haben wir die Bestellung etwas komplettiert! Wir wünschen Ihnen viel Glück!“

Am Abend schrieb sie in ihr Tagebuch: 4. Tag: Über die Jagd des Schwarzwildes vorgelesen. M. bewegt sich nicht ausreichend im Bett. Stimmung besser. Wachs, Kerze, Stoffstücke besorgt. Fehlt: Vogel- oder Angelschnur, Kamm, Pfeife. Hector von der Soldatenliste. Erstes Ziel: Schule behalten.

Als Gabrielle am nächsten Tag ihr Zimmer verlassen wollte, fiel ihr Blick auf einen Umschlag, der auf ihrer Türschwelle lag. Sie öffnete ihn und las: „Mademoiselle, kommen Sie wieder zur gleichen Stunde zum Vorlesen. Alles Weitere bei mir. H. B."

Die Schrift war ordentlich, die Tinte getrocknet. Als Lehrerin konnte sie daran nichts aussetzen.

Bis zu dem Termin waren noch einige Stunden Zeit. So ging sie bei der Gänsehirtin vorbei. Das Anwesen wirkte wie ausgestorben, die Tür war verschlossen, die Vorhänge zugezogen und im Hof lief kein Geflügel herum.

Sie beschloss, den Morgen dazu zu nutzen, Textstellen des Telemachos von Fénélon bereit zu halten, das Buch lag bei ihr auf dem Tisch. Sie hatte die Idee, von den sportlichen Prüfungen des Telemachos bei den Kretern vorzulesen. Das schien ihr angemessen für einen fürstlichen Herrn und falls sie dazu käme, wollte sie noch La Princesse de Clèves in der Bibliothek der Marquise heraussuchen. Sie erinnerte sich, dass die unerfüllte Liebe der verheirateten Prinzessin und des Herzogs von Nemour ein Wechselspiel der tiefsten Empfindungen auslösen konnte. Vielleicht könnte sie es ja mal mit emotionaler Literatur versuchen, um die Seele des Patienten wieder zu öffnen. Natürlich musste sie damit noch eine längere Zeit warten, bis der Patient sich eindeutig auf dem Weg der Besserung befand. Dann würde sie es wagen, aus dieser Geschichte vorzulesen, die sie mehrfach gelesen hatte und die sie immer wieder zu Tränen rührte.

Eine Stunde vor Schulbeginn hatte sie alles erledigt. Beide Bücher lagen mit vorbereitetem Lesezeichen auf ihrem Schreibtisch.

Als sie an der Krankenzimmertür klopfte, wurde ihr wieder sofort aufgemacht und der Kammerdiener verbeugte sich tief vor ihr, was sie etwas verblüffte.

Der Marquis saß halb aufgerichtet in seinem Bett, hatte, wie üblich, ein volles Glas Wein vor sich und die Pfeife im Mund. Das Zimmer war allerdings diesmal besser gelüftet. Der Sessel für Gabrielle stand neben dem Bett und davor ein kleiner Tisch, auf dem sich zwei Stapel ledergebundener dünner Folianten befanden. Der Marquis beobachtete sie beim Näherkommen genau und schien sich an ihrer Bewunderung für seine alten, offensichtlich sehr wertvollen Bücher zu freuen. Er begrüßte sie mit: „Mademoiselle, ich hoffe, Sie haben gute Laune mitgebracht, nicht nur zum Vorlesen. Fangen sie zunächst mit dem berühmten Buch von Monsieur de Sélincourt über die Parforce Jagd nach dem Hirschen an. Es ist voller praktischer Hinweise, ich habe es schon lange nicht mehr zur Hand genommen.“

Sie musterte ihn genau. Er schien nicht angeheitert. Offensichtlich war es sein erstes Glas, das vor ihm stand. Auf die Perücke hatte er heute verzichtet, doch er war gut rasiert und sein Haar, das an den Schläfen bereits einige graue Strähnen aufwies, war sorgfältig gekämmt. Er lächelte ihr völlig entspannt entgegen, dabei konnte sie erkennen, dass er keine Zahnlücken hatte.

Sie setzte sich, nahm das Buch zur Hand und bevor sie die bereits markierte Seite suchte, schlug sie die Frontseite auf. Der Marquis forderte sie auf, wenn sie wolle, schon hier mit dem Lesen zu beginnen, und das tat sie. Der Autor versprach als Fachmann, dem Leser alles genau zu erklären, was mit Jagen im Einzelnen und im Besonderen zu tun habe, so z.B. welcher Personenkreis für welche Art Jagd am besten geeignet und wie viel Aufwand für welche Hatz aufzuwenden sei oder wie viele Reiter beziehungsweise Fallensteller verfügbar sein müssten, was jeweils bei der Jagd auf Geflügel am Himmel oder auf Gewässern zu beachten sei und wie man schließlich die Wilderer in der Nacht davon abhalten könnte, die ausgelegten Reusen und Fallen zu plündern.

Darüber hinaus versicherte der Autor, sich mit allen Hundekrankheiten auszukennen, dass er Mittel kenne, um die Tollwut zu vermeiden, Maßnahmen zur Hand habe, verwundete Hunde zu heilen, sodass die gesamte Lektüre seines Buches alle an der Jagd beteiligten Menschen, vom Edelmann bis zum Jagdbegleiter und Hundemeutenmeister, sogar jeden interessierten Gast umfassend informieren sowie ihre Kenntnisse und praktischen Fähigkeiten verbessern könne.

Nun schlug Gabrielle die ursprünglich vorgesehene Seite auf und las das in altertümlichem Französisch geschriebene Kapitel über die Hirschjagd vor. Neben etlichen praktischen Hinweisen, enthielt es eine ordentliche Portion Eigenlob des Autors, Monsieur de Sélincourt, aber besonders wurde der Eitelkeit des Königs und seines Gefolges bei der Jagd gehuldigt. Häufig, an entsprechenden Stellen, unterbrach sie der Marquis, nannte edle Namen von Fürsten, mit denen er gemeinsam gejagt hatte, einige Male sei sogar der König dabei gewesen. Es sei schon so, wie Sélincourt schreibe, man müsse permanent auf die königlichen Jäger achten, könne große Vorteile dadurch erlangen, aber auch schmerzhaft in Kritik geraten und jederzeit in Ungnade fallen.

Er schaute erwartungsvoll zu Mademoiselle hin, sie nickte. Nun berichtete der Marquis stolz, wie er durch seine besonderen

Fähigkeiten auf dem Gebiet der Jagd eine gewisse Reputation gewonnen habe. Sie nickte erneut, während er auf eine anerkennende Reaktion zu warten schien und fügte dann etwas leiser hinzu, er habe allerdings bisher auch viel Glück gehabt. Jetzt endlich sagte sie: „Durchlaucht, Sie werden hoch geschätzt von allen und überall. Jeder wünscht Ihnen Glück, ich auch!"

Ruhig wandte sie sich wieder dem Buch zu, war sich aber nicht ganz sicher, wo sie fortfahren sollte. Auch der Marquis schien noch nicht ganz zufrieden zu sein, ihre Lektüre langweilte ihn doch hoffentlich nicht.

Er bat sie, ein anderes Buch zur Hand zu nehmen und fügte hinzu, das sei nun wirklich sein größter Schatz, es sei das Livre de Chasse von Gaston Fèbus, ein Erbstück erworben von seinen Vorfahren.

Und dieses alte Buch über die Jagd war für Mademoiselle de Trie eine völlig unerwartete Sensation. Sie erblickte Bilder von überwältigender Schönheit, Abbildungen vom Fürsten, der dieses Buch verfasst hatte, im Kreise seiner Jäger und Hunde, jede Szene, jede nur denkbare Begebenheit beim Jagen war meisterlich in leuchtenden Farben veranschaulicht, als sei der letzte Pinselstrich eben getrocknet. Kaum zu glauben, dass diese wunderbaren Bilder schon vor 300 Jahre vom nichtgenannten Künstler gemalt worden waren. Die lebendigen Darstellungen vor sanften, grünen Hügeln, in verwunschenen Gärten oder auf herrlichen Ländereien am Fuß der Pyrenäen, im Bearn, gaben prächtig gekleidete Menschen, jedes jagdbare Wild, speziell das Schwarzwild, im Gebirge oder an Flüssen und Teichen wider und bildeten unzählige Hunde an der Leine und bei der Hetzjagd ab. Deren Pflege und Heilung wurde ganz besondere Aufmerksamkeit gewidmet.

Das literarische Französisch des Gaston Fèbus III von 1387
war eine wahre Freude für Mademoiselle de Trie. Sie genoss
jeden Satz, den sie vorlas. Der Marquis interessierte sich hauptsächlich für die Hundemedizin. Dabei kam er selbst ins Plaudern, unterbrach sie jetzt fast nach jedem Satz und gab seine
eigenen Erfahrungen mit Gesundheit, Krankheit, der Leistungs-
fähigkeit von und der Freundschaft zu Hunden zum Besten.
Dann schweifte er ab zu den Fallen und Gattern, die im Wald
aufzustellen seien, um das Wild in die richtige Richtung zu treiben. Er erklärte ihr die Abbildung mit den vier rechtwinklig angeordneten Zäunen unter den Bäumen, zwischen denen ein ka-
pitaler Keiler gestellt und erlegt werden sollte. So wolle auch
er, wenn er wieder gesund sei, gegen den Keiler vorgehen, der
seinen Beinbruch verursacht hatte.

Sie saßen dicht nebeneinander.

Gabrielle fiel seine frische gesunde Gesichtsfarbe auf, obwohl er die ganze Zeit noch nicht einen Schluck getrunken
hatte. Er wirkte überlegt, kundig und locker.

Nachdem er zu einem vorläufigen Ende seiner zahlreichen
Erklärungen gekommen war, erkundigte sie sich nach seiner
Gesundheit. Er winkte nur lässig ab.

Mit seiner Pfeife wies er auf das „Livre de Chasse", sagte,
sie möge weiter vorlesen und im Übrigen habe der Autor, der
Comte de Foix, schöne Troubadourlieder geschrieben, wenn er
sich recht erinnere, hielt dann inne und sagte dann mit einer
wegwerfenden Bewegung, diese Zeiten seien nun ein für alle
Mal vorbei. Sein Unglück habe ja vor einem knappen Jahr begonnen. Unversehens wurde er niedergeschlagen und rezitierte
einige Zeilen in poetischem Singsang:
Wenn ich die Lerche aufsteigen sehe
in ihrer Freude,

wenn ich ihre schnellen Flügel in der Sonne nur noch
ahnen kann
und wenn ich nach einem Herzschlag
die Lerche sehe,
wie sie sich vor Freude und Jubel
hinunterstürzt,
so stürzt das Begehren nach Glück
in mein Herz.
Einst war mein lebendiges Herz so vertraut und warm,
wie schmerzt es,
und ich frage mich für einen Wimpernschlag,
 ob es nicht springt
vor Verlust und Leid.


Er blickte auf das unberührte Glas Wein und leerte es dann mit trotziger Haltung auf einen Zug, verschluckte sich und machte dadurch eine eher klägliche Figur. Sie klopfte ihm auf den Rücken. Der Kammerdiener sprang herbei mit einem Glas Wasser in der Hand. Nachdem er sich beruhigt hatte, trank der Marquis in kleinen Schlucken.

Nach einer Weile ließ Gabrielle einfließen, dass ihr dieses halb gesprochene und gesungene Gedicht, im schönen alten Französisch, gut gefallen habe. Die Lerche als Sinnbild von Leidenschaft und Schmerz, Freude und Leid, habe sie berührt.

Beide schwiegen.

Schließlich erkundigte sie sich, ob er denn jetzt seine Übungen machen wolle, sie könne ihm dabei helfen und sagte, sie erinnere sich ganz genau, dass das Training des ganzen Körpers zur Behandlung der Beinfraktur, auf Anordnung des Docteur de La Motte, dazugehörten.

Prompt wurde Durchlaucht unwirsch, knurrte, er plane, seine Zeit absolut unbeweglich wie ein Fels zuzubringen, am besten mit Rotweintrinken und Tabakrauchen. Er beabsichtige die ihm auferlegte Prüfung mit Selbstbeherrschung und natürlicher Würde und der ihm eigenen unerschütterlichen Philosophie mit Ruhen und Schlafen zuzubringen bis zu dem Tag, an dem der Knochen wieder fest und belastbar sei. Dann und erst dann begänne für ihn das Leben wieder, in der Zwischenzeit wolle er nicht wie ein Säugling behandelt werden, der mit Tanderadei und Dutzi, Dutzi, Duhu dazu bewegt werden solle, seine Händchen und Ärmchen zu bewegen, um nach aufgehängten Glöckchen, Schnullern oder Zuckerbeuteln zu greifen. Er wolle weder trockengelegt werden noch üben, wie man Winke-Winke mache. Das sei nichts für ihn, einen Henri Berceur, über dieses Alter sei er hinaus. Wenn alles wieder fest an ihm sei, also an diesem verdammten Knochen, dann würde er wie Phönix aus der Asche heraus golden glühend auftauchen, die Schwingen ausbreiten, ja, seinen Arsch aus diesem schrecklich verfurzten Bett lüften, erst dann begänne sein Leben und Streben erneut, die Jagd, der Sturm, er und sein Pferd im Wind, er würde wieder vorausreiten, wieder Soldaten befehligen, zum Sieg über die Feinde führen, hier und dort und überall würde er sie zermalmen... Er hatte sich in Rage geredet, um abrupt zu verstummen.

Der Kammerdiener stand da, ergeben und schweigend, in der für Wutanfälle vorgesehenen Dienstbotenhaltung und in Erwartung von Befehlen.

Mademoiselle de Trie wirkte zwar etwas überrascht, sie war aber eher besorgt. Dann holte sie tief Luft und sagte mit fester Stimme, sie habe erwartet, dass er wütend würde, aber sie fühle sich in dieser Situation für Durchlaucht verantwortlich, weil der Docteur ausdrücklich ihr aufgetragen habe, dafür zu sorgen, dass die Regeln zur Lebensführung nach einem Beinbruch eingehalten würden, die er ihr sogar diktiert hatte, und das sehe sie jetzt als ihre Verpflichtung an. Dass die Anordnungen befolgt würden, sei unabdingbar für die Genesung des Herrn Marquis Henri Berceur de Fontenay.

Der lachte höhnisch und sagte, er wisse alleine am besten, was für ihn gut sei. Sie könne jetzt gehen.

Erhobenen Hauptes und vorgestrecktem Kinn schritt sie in raschem aufrechtem Gang zur Tür, die sie dann hinter sich zuknallte. Die lauschenden Zimmermädchen stoben auseinander. Draußen lehnte sie sich an die Wand, ballte beide Fäuste bei durchgestreckten Armen und begann mit der Nennung der Namen aller Propheten, so wie sie es zur Bekämpfung eigener Wutanfälle in der Mädchenschule gelernt hatte. Danach zählte sie langsam bis 100 und anschließend daran klopfte sie völlig entspannt wieder an die Tür. Auf das: „Herein,“ des Marquis, trat sie ein, als sei nichts geschehen. Durchlaucht benahm sich ebenso.

Sie richtete sich vor ihm auf und sagte nun freundlich, aber bestimmt, ganz Lehrerin: „Durchlaucht, wenn Sie sich nicht bewegen, stauen sich die Körpersäfte und die Beine schwellen an. Das bezeugen bereits die Philosophen und Ärzte seit der Antike. Zeigen Sie mir Ihre Füße!“. Der Marquis wirkte überrascht, aber nicht ablehnend. Er schob sein unverletztes Bein seitlich unter der Decke hervor, einen sauberen, aber dick geschwollenen Fuß mit ordentlich geschnittenen Nägeln. Mademoiselle de Trie schaute dem Marquis in die Augen und hielt ihn an, jetzt mit dem gesunden Fuß drei Dutzend Mal gegen das Fußende seines Bettes zu pressen, als wenn er sich einen Daumen breit hochdrücken wollte, den anderen Fuß solle er nur so weit bewegen, wie es ihm nicht weh tue. Diese Aufgabe habe ihm der

Docteur aufgetragen und ihr zur Dokumentation. Der Zeitpunkt für den Beginn der Übungen sei gekommen. In seiner Verblüffung über die Freiheit, die sich Mademoiselle nahm, ihn zu reglementieren, wehrte sich der Marquis nicht einmal. Man sah ihm an, dass er es nicht übel nahm, aber alles überaus lächerlich fand und fragte, als die drei Dutzend Bewegungen absolviert waren: „Sind Mademoiselle de Trie jetzt zufrieden?" Sie nickte freundlich, sprach die Floskel, sie sei stets und zu jeder Zeit und jeder Dienstleistung für Durchlaucht bereit, wünsche gute Besserung und damit verabschiedete sie sich.

An der Tür sagte der Kammerdiener: „Morgen ist doch das erste Jahrgedächtnis, deswegen ist er wohl so, hoffentlich geht alles gut!"

Sie beschloss durch den Küchengarten zu ihrem Zimmer zurück zu eilen, um etwas frische Luft zu atmen. Dabei sah sie von weitem viele Frauen beim Wäscheaufhängen. Eine von ihnen, Babette, winkte ihr fröhlich zu. Das erinnerte sie daran, dass sie noch einige Aufgaben zu erledigen hatte, doch das musste noch etwas warten, den Abend wollte sie der Erinnerung an die Marquise widmen und das nahm sie voll in Anspruch. Außerdem musste sie zuvor Hector treffen und anschließend den morgigen Unterricht vorbereiten.

In ihr Tagebuch trug sie ein: 5. Tag: Durchlaucht wankelmütig, besitzt erstaunlich gute alte Bücher. Er sperrt sich gegen seine Übungen, ich muss mich durchsetzen.

Das erste Jahresgedächtnis fand am nächsten Vormittag in der überfüllten Kapelle des Schlosses statt. Durchlaucht war in einer Sänfte hineingetragen worden. Er war ganz in Schwarz gekleidet, bis auf die weißen Bandagen seines Beines. Quer über seinen Oberschenkeln lag ein Spazierstock mit

Silberknauf. Er trug seine Prachtperücke. Das Psalm- und Liederbuch hielt er aufgeschlagen in der Hand. Der Pfarrer begrüßte Durchlaucht und die restliche Gemeinde. Er nannte den Anlass, fand ergreifende, warmherzige Worte für ihn und seine verstorbene Gattin, dankte Gott und der Heiligen Jungfrau dafür, dass die Verstorbene viele Jahre so segensreich wirken konnte, erwähnte den Schmerz über den frühen Tod des einzigen gemeinsamen Kindes. Schließlich wies er auf die Gnade des Allmächtigen, das ewige Leben und ein Wiedersehen im Jenseits hin. Dazwischen sang die Gemeinde. Durchlaucht schwieg mit gesenktem Haupt. Nach dem Segen wurde er wieder herausgetragen.

Mademoiselle de Trie saß hinten bei den Damen der benachbarten Anwesen, die auf Einladung gekommen waren. Sie hörte dem Pfarrer gerne zu, dessen Predigt sie wieder sehr traurig machte und sie zum Weinen brachte. Bis zum Segen beruhigte sie sich, so dass sie den Schlusschoral mitsingen konnte.

Sie hatte die ganze Nacht dankbar an die Marquise gedacht. Die Vergangenheit war nicht zu ändern, das Trauerjahr war nunmehr vorbei. Jetzt musste sie sich der Zukunft zuwenden.

Sie ging davon aus, dass der Marquis an diesem Tag kein Bedürfnis hatte, einen Text vorgelesen zu bekommen. Aber nach dem Unterricht fand sie unter ihrer Tür einen Zettel mit der Aufforderung zu einer abendlichen Visite.

Im Schuppen traf sie Hector mit den Gerätschaften für den Fischfang beschäftigt und bat ihn um eine gebrauchte Angelschnur. Der junge Mann nickte, griff nach der bereits aufgerollten Schnur: „Für Sie, Mademoiselle, so wie bestellt." Gabrielle wunderte sich ein bisschen. Sie bedankte sich herzlich, aber an der Tür drehte sie sich noch einmal um mit der Frage: „Hector, du weißt, dass ich darauf hinwirken soll, dass du hierbleiben kannst und nicht zu den Soldaten geschickt wirst. Willst du das wirklich?"

Hector hatte sich schon wieder seinem zerrissenen Netz zugewandt, blickte jetzt auf und antwortete ganz ernst: „Mademoiselle, Sie fragen nach meiner Meinung, ich will sie nicht verheimlichen. Jagd und Fischerei finde ich schon sehr interessant und würde gern mehr darüber wissen, doch wollte ich dazu lieber einmal längere Zeit vom Schloss woandershin zur Ausbildung wechseln, mit der Möglichkeit, jederzeit zurückkommen zu können. Die Vorstellung, für immer von hier weg zu sein, vielleicht in Übersee kämpfen und als Soldat für den König sterben zu müssen, das kann ja wohl niemand wollen, das möchte auch ich nicht. Mit meiner Mutter ist das nicht so einfach". Er wandte sich ihr zu: „Mademoiselle kennen doch meine Mutter?"

„Ja natürlich, sie ist meine älteste Schülerin und ich schätze sie sehr"

„Sie ist voller Fürsorge und Liebe. Als Kind nannte sie mich immer den petit Comte, das Gräflein als Kosename. Und sie hat immer so viel gearbeitet und mir dann beigebracht, was sie bei Mademoiselle in der Schule gelernt hat. Aber es ist auch schwer mit ihr, bin ich zu Hause, fragt sie mich, ob ich nicht draußen etwas zu tun hätte, vielleicht mit dem Marquis, bin ich aber draußen im Wald, dann beschwert sie sich, dass ich sie immer allein ließe, so macht sie mir ständig ein schlechtes Gewissen. Auch kann ich sie nicht zurücklassen, sie lebt hier, wo soll sie sonst hin? Und der Marquis ist für mich der wichtigste Mann in meinem Leben, doch er hat mich ja auf der Liste, also scheine ich ihm auch nicht so viel zu nützen." Abrupt wandte sich Hector ab und fuhr fort, geschäftig das Netz zu flicken.

Mademoiselle de Trie fragte nach: „Soll ich mich für dich beim Marquis verwenden, dass er dich von der Liste streicht?"

Hector blickte wieder auf und antwortete: „Wenn Mademoiselle das tun wollen, ja, das wäre gut. Außerdem hat Jon, der Gärtnerlehrling, schon immer zu den Soldaten gewollt. Der steht nicht auf der Liste und ist stark. Vielleicht können Mademoiselle vermitteln, dass wir tauschen?"

Auf dem Rückweg winkte sie Babette zu, die wie zufällig vorbeikam.

Bei der Gänsehirtin dauerte es ein wenig, bis ihr aufgemacht wurde. Die Frau schien beschäftigt und forderte Gabrielle auf, sich hinzusetzen, während sie in einem Kessel mit eingeweichten Kräutern rührte, die einen merkwürdigen Geruch nach Heu und Schimmel absonderten. Auf dem Tisch, neben einer offenen Tonflasche mit Calvados, lag frisch geschnittener Salbei.

„Willkommen, Gabrielle, du hast mich ja gestern leider verpasst, als ich unterwegs war, um Kräuter zu sammeln. Ich bin gleich fertig mit der Mischung".

„Was soll mit diesem seltsamen Heuaufguss passieren?" war die neugierige Frage.

Die Gänsehirtin erklärte, als handelte es sich um Selbstverständlichkeiten: „Ab und zu stelle ich Mischungen her, die gegen Missstände der Körpersäfte wirken, z. B. für Menschen, die zu viel Blut haben und schnell wütend werden, da wirkt Johanniskraut mit Baldrian, das weiß jedes Kind. Oder wenn eine Geburt nicht vorangeht, kann man Mutterkorn verwenden, das gibt's auf dem Feld. Oder man will besonders schön sein als Frau, dann kann man sich Tropfen in die Augen geben, die aus Tollkirsche gemacht werden. Es gibt viele Anwendungen von hiesigen Kräutern. Diese Mischung hier im Kessel ist gegen das

Stocken der Körpersäfte bei schwachem Herz, wenn man lange im Bett liegen muss. Ich habe das Gefühl, so etwas wird bald gebraucht. Wenn du wissen willst, was genau ich zusammenrühre, das ist kein Geheimnis: ein Arm voll Honigklee mit weißen Blüten, etwas Schimmel vom Weinkeller, das Ganze ein Tag lang bei Körperwärme in der Nähe vom Kamin gären lassen. Gegen den Schimmelgeruch wirkt frischer Salbei und der Alkohol im Calvados. Schließlich noch eine Handvoll getrocknete Blätter vom roten Fingerhut für einen kräftigen Puls. Das ist alles." Nach dieser Prozedur deckte sie den Kessel ab, nahm ihn von der Feuerstelle und setzte ihn zum Abkühlen zur Seite.

„So, das wär's. Nun zu unserem Vorhaben. Hast du alles mitgebracht?"

Gabrielle lieferte das Wachs, die Stücke Stoff, die gebrauchte Angelschnur, einen kleinen Hornkamm, sowie zwei mit roter Tinte beschriebene Bögen Papier mit ihrem Namen und dem des Marquis ab. „Und wo ist der höchstpersönliche Gegenstand von Durchlaucht?"

Gabrielle schüttelt den Kopf: „Den bringe ich noch nach, es ergab sich noch keine Gelegenheit, etwas unbemerkt von ihm mitzunehmen."

Die Gänsehirtin nickte und ließ Gabrielle das Wachs so lange kneten, bis es weich genug geworden war. Dann teilte sie es in der Mitte mit einem Silberlöffel aus dem Schloss und sagte gut gelaunt, Gabrielle solle ihr jetzt helfen, daraus zwei Puppen zu formen. Diesen nähten sie danach gemeinsam Kleidchen aus den mitgebrachten bunten Stoffresten. Die Bänder wurden zu Gürteln und Trägern. Aus dem Stoff vom Marquis bekam jede Puppe einen kleinen Hut und aus dem von ihrem Unterkleid ein Halstuch. Mit der Angelschnur wurden jeder Puppe eins der beiden Papiere und je ein halber Hornkamm auf den Rücken gebunden. Die Puppen sahen aus wie die Bewohner einer Puppenstube in einem Kinderzimmer.

Die geheimnisvolle Hausherrin erinnerte Mademoiselle de Trie noch einmal daran, bald einen persönlichen, regelmäßig benutzten Gegenstand des Marquis nachzuliefern, dann wäre ihre Arbeit erledigt und könne bald Wirkung zeigen, - ansonsten, ob Gabrielle das Honorar mitgebracht habe.

Das hatte sie natürlich und überreichte ihr das ägyptisch-koptische Gedicht. Die Gänsehirtin klatschte entzückt in die Hände, als sie die fremde Schrift und die kunstvolle französische Kalligraphie sah. Sie bat Gabriele, es ihr gleich in ihrer kleinen Hütte vorzulesen. Dabei beobachtete sie die junge Frau ganz genau, während ihres Vortrags. Diese verspürte erneut das tiefe Empfinden der Schreiberin aus langer Vorzeit in Ägypten. Als sie am Ende des Gedichtes war, gab sie das Papier der Gänsehirtin, die das Kunstwerk sorgfältig verstaute.

Am Abend begab sie sich zum Zimmer des Marquis. Sie hatte ihre Laute und im Korb ein Liederheft dabei. Auf der Treppe kam ihr der Pfarrer Gaufroid mit gesenktem Kopf entgegen. Bei ihrem Anblick machte er eine resignierte Bewegung und deutete nach hinten und eilte rasch an ihr vorbei.

Der Kammerdiener öffnete dienstbeflissen die Tür, flüsterte sehr diskret zur Begrüßung, er sei nicht gut gelaunt, um genau zu sein, eher ungnädig, seine Durchlaucht, leider.

Durchlaucht befand sich im Bett, trug noch den schwarzen Rock vom morgendlichen Kirchenbesuch. Auch die Spitzenmanschetten und die Schärpe mit dem Ehrenstern über der Brust waren unverändert wie während der Messe. Vor ihm auf dem Nachttisch stand ein silbernes Kreuz und daneben lag die aufgeschlagene Bibel. Ein Federkiel und das Tintenfass mit Papier lagen bereit. Mit grimmig funkelnden Augen sah er unter seiner

Perücke der eintretenden jungen Frau entgegen. Sie stellte Laute und Korb in eine Ecke ab und begrüßte ihn mit der rituellen Unterwürfigkeit und Dienstbereitschaft.

Sofort wurde sie wirsch unterbrochen: „Dieser Pastor Gaufroid war hier wegen meiner Beichte. Ich will es kurz machen, er hatte eine Pfaffenantwort auf meine Frage nach der Ursache meines Elends. Er sagte, es mangele mir an Demut. Mein Unglück sei als Prüfung von Gott geschickt, weil ich mir falsche Lebensziele gesetzt hätte. Ich solle ein besserer Mensch werden, das sei der Sinn der Prüfung! Ein Esel! Aber stehen Sie doch nicht so blöde herum, Mademoiselle! Das ist wichtig hier!“

Der war dieser Ausbruch unbehaglich und dem gab sie auch Ausdruck: „Durchlaucht, Sie durchleben gerade eine sehr unglückliche Zeit, das ist wahr und betrübt uns alle hier im Schloss. Mir wird geradezu bange, wenn Durchlaucht sich so erregen müssen. Durchlaucht berichten mir von der sinnhaften Deutung Ihres Unglücks, wie sie häufig von einem Priester, beziehungsweise von der Kirche kommt, von den regelmäßig angebotenen Erklärungen, die der Pfarrer nunmehr auch Ihnen bei der Abnahme der Beichte gegeben hat. Mir kommen die Worte, die Durchlaucht eben zitiert haben, recht vertraut vor, so wie ich sie eben auch aus der Kirche kenne.

Was hat man Durchlaucht nun unter den gegebenen Umständen konkret zur Buße aufgetragen? “.

„Zwölf Avemaria, zwölf Vaterunser, Lesen einer bestimmten Bibelstelle und eine gute Tat nach meinem eigenen Ermessen. Ich vermute eine schriftlich fixierte Spendenaufforderung, daher das Schreibzeug hier,“ knurrte der Marquis.

Gabrielle de Trie unterdrückte ein Lächeln, schaute den Marquis geschäftsmäßig an und sagte: „Wollen Durchlaucht

schon mal mit den auferlegten Aufgaben beginnen? Ich könnte
für Durchlaucht zum Beispiel schon einmal die Bibelstelle vorlesen."

Der Marquis überlegte kurz, bevor er zustimmend nickte.
Da es inzwischen dunkel geworden war, holte Mademoiselle
die vorausschauend geschenkte Kerze aus dem Korb hervor und
zündete sie an. Bei ihrem Schein konnte sie die vorgeschriebene
Bibelstelle vorlesen:

„1.Johannes 2,

15 Habt nicht lieb die Welt, noch was in der Welt ist. So jemand die Welt lieb hat, in dem ist nicht die Liebe des Vaters.

16 Denn alles, was in der Welt ist: des Fleisches Lust und der
Augen Lust und hoffärtiges Leben, ist nicht vom Vater, sondern von der Welt.

17 Und die Welt vergeht mit ihrer Lust; wer aber den Willen
Gottes tut, der bleibt in Ewigkeit."

Danach legte sie wortlos die Bibel auf den Tisch zurück.

" Und nun?" fragte der Marquis.

Sie sagte, es sei die aufgetragene Bibelstelle vorgelesen
worden. Das sei die Aufgabe nach der Beichte gewesen, Durchlaucht könne darüber nachdenken im Stillen. Sie wolle da nicht
vorgreifen, schlüge aber vor, die Besinnung über die Bibelstelle
könnte dann von ihm mit den ebenfalls aufgetragenen Ave Maria und Vaterunser verbunden werden und, wenn Durchlaucht
nichts dagegen habe, könne man diesen Teil als aufgetragene
und jetzt erledigte Hausaufgaben abschließen und sie beide, sie
als Lehrerin und er, Durchlaucht, könnten wie in der Schule,
unverzüglich zur nächsten Aufgabe schreiten. Natürlich nur,
wenn Durchlaucht dies für günstig erachten würden.

Bei sich dachte sie, es sei mit ihm wirklich genau wie in der
Schule. Ihre Erfahrung trug Früchte.

„Ich bin einverstanden, das klingt vernünftig, was soll ich jetzt im Einzelnen tun?“ fragte der Marquis.

Mademoiselle de Trie legte die Hände in den Schoß, schaute ihn an und schlug vor, sich über eine geeignete gute Tat Gedanken zu machen. Der Marquis meinte, er habe bereits genug für die Kirche gespendet, wenn der Pastor Gaufroid mit seinem Paradiesversprechen so etwas meine, dann sei der bei ihm heute sicher auf dem Holzweg mit der guten Tat. Er unterschreibe nichts.

Mademoiselle de Trie schlug vor: „Vielleicht kann man einem einzelnen Menschen etwas Gutes tun, es muss ja nicht gleich für die ganze große Christenheit sein“.

Plötzlich wurde der Marquis hellhörig und fragte sie, was sie denn mit diesem Vorschlag nun genau meine, sie habe doch sicher schon jemanden im Sinn.

Mademoiselle de Trie holte Luft und sagte: „Ja, Durchlaucht, ich habe da eine Idee! Hector, der sich um Durchlauchts Belange von Jagd und Fischerei kümmert, möchte gerne hierbleiben. Er ist Durchlaucht ergeben und will sein Bestes leisten. Und seine Mutter Babette hat große Angst, ihn zu verlieren und würde ihn so gern hier bei sich behalten, auch aus Sicherheit für ihr Alter. Er hat mir gesagt, er sei auf der Liste der künftigen Soldaten für unseren König Ludwig. Vielleicht ließe sich da etwas machen? Er ist doch ein sehr guter Junge.“

Der Marquis wurde nachdenklich und entgegnete etwas schuldbewusst: „Mademoiselle sind gut informiert. Offensichtlich weiß sie über Babette und ihren Sohn Bescheid. Die sind mir über die Jahre ans Herz gewachsen, mehr als so manch andere. Dass ich ihn zu den Soldaten schicken wollte, war nicht in Ordnung. Ich werde das ändern, das verspreche ich Ihnen.“

Erleichtert strahlte Gabrielle den Marquis in seinem schwarz-silbernen Prachtgewand mit ihrem charmantesten Lächeln an und sagte: „Pastor Gaufroid hat schon im Sinne der Kirche mit Durchlaucht gesprochen, wie man theologisch mit einem Unglück umgehen sollte. Ich habe für Durchlaucht in der Bibliothek ein Lied von einem Menschen gefunden, der lange Zeit vor uns ähnliche Betrübnis gehabt haben muss. Es steht in einem Manuskript aus Bayeux aus dem 15. Jahrhundert.
Wenn Durchlaucht es wünschen, trage ich es Durchlaucht vor".

Der war einverstanden. Ohne die schwarze Kleidung hätte der Marquis entspannt und geradezu vergnügt gewirkt.

Mademoiselle de Trie holte ihre Laute und das Liederheft herbei, stimmte das Instrument noch einmal nach, holte Luft und begann mit leiser Stimme zu singen:


„Die gute Hoffnung ruht in meines Herzens Falte
für all die Zeit, die kommen mag,
dies Hoffen ist's, dass ich die Freud stets halte,
was komme komm, ich nicht verzag.
Der Wind, wenn er vom Norden weht
stürmt nicht von dort für alle Zeit,
bald oder später wird er mild und stet,
auch wenn er heult mit Grausamkeit.
Das Sprichwort sagt: zu große Hast verbrennt,
Schmerz, Leid und Kummer jeder muss erleiden,
was unser Auftrag ist, das steht am Firmament,
und mit dem Schicksal muss ich mich bescheiden.
Oft hatt´ der Schmerz die Wangen mir betaut,
kein Bitten ließ ich aus, so ging die Zeit,
drum ist das Haupt mir heut ergraut.
Ich sag die Wahrheit, Trauern bin ich leid.

Der Mensch, der Gutes hofft, der wird's doch finden.
Denn davor braucht man nicht zu schrecken,
sich großem oder kleinem Übel zu entwinden,
das Gute kommt zurück, du wirst das Glück bald schmecken."

Nach kurzer Besinnung sagte der Marquis, dass ihn das Lied und der Text mehr gerührt habe, als die ganze Beichte und Absolution zuvor und das mit Hector würde er veranlassen. Er rief den Kammerdiener, damit der ihn zur Nacht fertigmachte. Der schob mit dem Fuß des mitgebrachten Leuchters das Schreibzeug etwas zur Seite, um besser sehen zu können. Da meinte der Marquis, er schreibe lieber gleich auf, dass Hector von der Militär-Liste gestrichen würde. Beiläufig erwähnte Mademoiselle de Trie, dass der Gärtnerlehrling Jon gerne zu den Soldaten ginge, soweit sie informiert sei. Der Marquis gab ihr seine Schreibutensilien und diktierte ihr den Text über die nun vorgesehene Änderung auf der Liste für die Soldaten. Sie hielt ihm Papier und Federkiel zum Unterschreiben hin. Als sie sich draußen vor der Tür wiederfand, hatte sie den Federkiel noch in der Hand.

Im Weggehen dachte sie, hoffentlich hat er heute vor der Messe seine Übungen gemacht.

In ihr Tagebuch trug sie ein: 6. Tag: Durchlaucht traurig, ich konnte seine Stimmung verbessern. Hector kann bleiben. Ich bin wirksam. Für Durchlaucht zur Laute gesungen. Auf die Übungen achten.

Der Marquis träumte. Vor ihm bellte und jaulte die Meute der Jagdhunde mit wedelnden Ruten. Eine halbe Pferdelänge vor ihm ritt der Meister der Hunde. Er, Marquis Henri Berceur hatte die Schweinefeder, den kurzen Spieß, parat, sie näherten sich der Saukuhle. Er sah schon den Weidenzaun von beiden Seiten, der auf die Kuhle zuführte und dem Keiler den Weg abschnitt. Er bereitete sich vor, den kapitalen Keiler, den Räuber der Feigen in der Orangerie und Verursacher seines Unterschenkelbruches, mit der breiten Lanzenspitze in das Herz zu fahren.

In diesem Augenblick wechselte auf einen Schlag die Perspektive. Er sah jetzt im Traum sein Ebenbild, Henri Berceur, auf sich zukommen, im edlen braunen Jagdgewand aus Leder und Samt, auf dem Haupte stolz den eleganten Jagdhut mit dem Federbusch daran. Die stählerne Saufeder war genau auf ihn gerichtet, er, ja er selbst war plötzlich der Keiler, er äugte um sich, kein Ausweg, überall Weidenzaun. Das Pferd schnaubte, sein Todfeind, d.h. der Marquis auf dem Sattel riss das kräftige Pferd herum, saß ab mit einem Sprung, nahm die stabile Körperhaltung für den finalen Akt ein, er zögerte noch einen Augenblick. Henri Berceur nahm offensichtlich Maß, holte aus mit dem Spieß und durchbohrte ihn, den stärksten Keiler, den edelsten aller Wildschweine hier im Tiergarten. Sein Atem setzte aus, er musste husten, er glaubte schon das Blut zu sehen, welches ihm die Atemwege versperrte und aus dem Maul als roter Schaum drang, da wachte er auf. Es war früher Morgen.

Zu seinem Entsetzen ließ ihn die Atemnot nicht los. Er fühlte seinen Puls, dieser war regelmäßig aber sehr schnell. Es überfiel ihn die Angst. Er wollte laut schreien, um Hilfe rufen, ihm gelang jedoch nur ein krächzendes „Hilfe, Hilfe" und ein „Kommt denn keiner?" auszustoßen.

Die Tür öffnete sich sofort und der Kammerdiener erschien. Er sah, dass der Marquis ganz bleich geworden war. Der kalte Schweiß lief über seine Stirn. Der Marquis bewegte beide Arme mit viel zu großen Schwimmbewegungen. Er versucht sich dazwischen aufzurichten, fiel aber mit Schmerzäußerung über sein Bein wieder zurück. Der Kammerdiener rief laut um Hilfe und lagerte den Oberkörper seines Herrn mit zwei Kissen höher. Der Marquis schnappte nach Luft. Der Kammerdiener öffnete ein Fenster. Dabei schrie er immer wieder laut um Hilfe. Da war plötzlich der ganze Raum voll nächtlichem Gesinde. Ein Bote wurde zu Pferd sofort zum Docteur de La Motte geschickt. Ein Dienstmädchen hatte kaltes Wasser geholt. Einige kleine Schlucke trank der Marquis mit Unterbrechung davon. Er musste dazwischen mit großer Anstrengung sein Atemgeschäft betreiben.

Nach einer Weile wurde etwas ruhiger, danach musste er noch etwas höher gelagert werden. Sein nicht verletztes Bein schien weiter angeschwollen zu sein.

Zwei Stunden später eilte endlich der Docteur an sein Bett. Er lobte die Lagerung des Oberkörpers. Er zählte den Puls und versuchte einen Aderlass, gewann aber nur sehr wenig Blut bei den kalten bleichen Armen und den bläulichen Fingern. Dann wickelte er beide Oberschenkel mit einer Bandage kräftig bis zum Fuß hinunter, er ließ den verletzten Unterschenkel mit drei Hilfskräften aus der Schiene anheben, die Bandage angelegen und dann die Schiene wieder anbringen.

Er führte ein Klistier durch, wobei vier Hilfskräfte die Beine halten mussten. Der Marquis stöhnte dabei aufs schrecklichste. Die Darmentleerung führte aber zu einer Erleichterung der Atmung. Der Oberkörper mit den hilflos angestrengten

Atemzügen, rasch, flach und wieder tief, unregelmäßig sich abwechselnd, wurde vom Schweiß gereinigt und mit Mentholbalsam eingerieben. Sofort roch es im Zimmer nach Menthol vermischt nach frischem Stuhlgang, altem Pfeifensott, schalem Rotwein im halbleeren Glas und den Jagdhunden, die mit ins Zimmer im allgemeinen Gedränge zu ihrem Jagdherrn hineingeschlüpft waren.

Die restlichen Fenster wurden geöffnet.

Zum Schluss der Visite gab der Docteur ihm einen Schmerzschwamm mit Schlafmohnextrakt zum Kauen.

Bald darauf wurde der Marquis etwas ruhiger. Der Docteur versprach, jeden Tag zu kommen.

Er ordnete an, dass der Marquis sich einige Tage nicht rühren dürfte, das sei unbedingt einzuhalten, es sei um das Leben zu fürchten, sein Herz sei überlastet und die Säfte der Lunge und der Beine seien blockiert. Das habe er mit seiner klaren ärztlichen Beobachtungsgabe eindeutig festgestellt. Die Konsequenz sei folgende: Gutes leichtes Essen mit viel kleingeschnittenem, am besten zu Mus verarbeitetem Gemüse ohne Hülsenfrüchte sei zu empfehlen. Rotwein sei nicht verboten, aber sollte zum großen Teil durch kleine Mengen Kräutertee ersetzt werden. Abends zum Schlafen könne eher ein Gläschen Branntwein hilfreich sein.

Mademoiselle de Trie erfuhr spät von dem Notfall, erst nachdem sie die Vorbereitungen in der Schule für einen künftigen Nachmittag mit Gedichten und Liedern ihrer Schülerinnen getroffen hatte. Sie wollte die guten Leistungen ihrer Schülerinnen allen im Schloss, aber vor allem dem Marquis, demonstrieren. Bei der Nachricht durchfuhr sie ein Schrecken in seiner Heftigkeit, der sie selbst überraschte. Sie hatte Angst vor dem Verlust dieses Menschen.

Sie eilte zum Marquis, der schlief und atmete sehr angestrengt. Sie wollte ihn nicht wecken. Sie erfuhr von der Herzschwäche und der Blockade der Säfte. Sie erinnerte sich an den
Kessel bei der Gänsehirtin.

Sie klopfte bei der Gänsehirtin an die Tür, diese rief: „Die
Tür ist nur angelehnt, komm herein, Gabrielle".

Sie trat ein und wollte gerade Luft holen, um ihr Anliegen
vorzubringen, da wurde sie schon von der Gänsehirtin unterbrochen: „Gabrielle, ich weiß schon was vorgefallen ist, der Marquis hat einen Anfall bekommen und nun ein schwaches Herz
mit Blockade der Säfte. Ich bin gleich fertig mit meiner Mixtur,
sie wird gerade durchgeseiht".

Gabrielle sah, dass ein großer Tontrichter auf einer
Schnapsflasche befestigt war. Über den Tontrichter war ein
Tuch gespannt. Die Gänsehirtin schüttete aus dem Kessel die
grünlich braune trübe Flüssigkeit auf das Tuch. Schließlich war
alles in der Flasche. Sie nahm den Trichter weg und ließ Gabrielle an der Öffnung riechen. Es roch wie Honig vergoren süß-
lich, dabei nach Apfelschnaps und etwas scharf, eher fremdar-
tig.

Die Gänsehirtin sagte: „Schau mal, da ist die Heilpflanze,
der Honigklee, siehst du die schönen weißen Blüten? Die gibt
es überall. Was wir brauchen, ist hier in der Natur. Du musst zu
Anfang dem Marquis sechs Esslöffel voll täglich geben. Dies
gibst du drei Tage lang. Danach reduzierst du auf drei Esslöffel
täglich. Bei Nasenbluten oder Blut im Stuhlgang oder im Urin
oder Zahnfleischbluten machst du zwei Tage Pause. Nach even-
tuellen Blutungen muss du den Marquis und den Kammerdiener
ganz direkt und genau fragen, also ob es aus dem Mund, aus den
Ohren, aus der Nase, aus dem After oder beim Wasserlassen
blutet. Spontan würde er es dir nicht sagen. Dann beginnst du

wieder mit drei Esslöffel pro Tag. Wenn er erbrechen muss oder blaue oder gelbe Farben sieht, dann musst du auch eine Pause von zwei Tagen machen. Es wird ihm morgen und übermorgen noch schlecht gehen, danach wird er besser atmen können.

In zwölf Tagen wird er frühestens mit der Schiene aus dem Bett herauskönnen. Wenn der Docteur dich fragt, was es mit dieser Mixtur auf sich. habe, dann sagst du am besten, dass es ein Honigkräutergemisch , also ein Hausmittel sei, welches zur Stärkung dient. Kannst ruhig angeben, dass du es von mir hast.

Übrigens, hast du das Höchstpersönliche vom Marquis mitgebracht?"

Gabrielle wand sich ein bisschen und sagte: „Ich hab's leider wieder vergessen, es ist eine Schreibfeder, die er kürzlich selbst genutzt hat, als er dem Hector erlaubt hat, hier zu bleiben. Sie liegt aber schon bei mir im Zimmer auf dem Tisch".

Die Gänsehirtin schaute Gabrielle anerkennend an. „Na sowas, Gabrielle. Ich lobe dich, du hast die richtigen Kräfte in dir, die manches zum Guten wenden können. Das ist nur wenigen gegeben. Dann beleben wir die Zauberpuppen halt etwas später, du bleibst in seiner Nähe als tägliche Begleitung, nicht wahr? Dafür spricht ja auch, dass er dir vertraut und du das Anliegen von Hector und seiner Mutter befördern konntest."

Gabrielle freute sich. Sie fühlte, dass sie ihm nützen wollte. Um die Schule schien es ihr plötzlich nicht mehr in erster Linie zu gehen. Sein Wohlergehen lag ihr am Herzen. Das dachte sie aber nur bei sich.

Sie blickte auf und entschloss sich, endlich die Gänsehirtin zu fragen, woher sie sich bei allen hier den Ruch der Allwissenheit erworben habe: „Du weißt mehr, als die meisten Frauen hier. Viele kommen zu dir, um deinen Rat zu hören und Hilfe zu erfragen. Aber du hütest, pflegst und schlachtest schließlich nur das Geflügel der gräflichen Landwirtschaft. Wer bist du eigentlich?"

Die Gänsehirtin lachte und sagte: „Wer ich bin? Kein großes Geheimnis, schon als Kind habe ich viel von meiner Mutter gelernt, die war Hexe von Beruf. Seit über 20 Jahren ist das Hexen vom König verboten worden. Ich bin danach als junges Mädchen bei zwei anderen Frauen, heute noch sehr wohl bekannte Hexen, in die Lehre gegangen, in  Rouen und Paris, und ich habe das übliche gelernt, was man für diesen Beruf braucht. Weil ich den Titel nicht tragen darf und keine offizielle Tätigkeit, also ein Gewerbe für meinen Unterhalt, damit ausüben kann, sehe ich meine Fähigkeiten als meine Liebhaberei neben der Hauptaufgabe beim Geflügel an".

„Bist du verheiratet, hast du Kinder?"

„Ich habe einen Mann, der ist auch Hirte. Wir treffen uns draußen. Kinder sind in der Wildnis nicht gut aufgehoben, wir haben dafür unsere vielen, vielen Tiere." Sie lachte wieder.

„Warum lebst du so?".

„Gabrielle, du fragst die richtigen Fragen. Ich will es dir sagen, mit einem solchen Leben bin ich eine freie Frau. Was ich nach meinem Gefühl und meinem Entschluss tue, ist und bleibt meine Sache, und mein Handeln hat in vielen Fällen eine Wirkung. Ich kann also selbst etwas bewegen, so wie ich lebe. Ich mache gerne Pläne und führe sie dann eben alleine aus. Ich mag die Natur, die Tiere und die Menschen. Ich bin mit dem eigentlichen Wesen der Natur, dem profunden Wissen meiner Lehrfrauen, immer eng verbunden geblieben. Ich spreche immer mit ihr, der Natur, die mich umgibt. Und ich kann verschwinden, wann ich will, weil ich keinen habe, der über mich bestimmt. Ich bin frei. Hoffentlich bleibt das noch lange so! Reicht das?"

Gabrielle nickte und sagte: „Frei sein. Ein solcher Lebensweg wie deiner wäre für mich vor einiger Zeit einmal wünschenswert gewesen, aber ich glaube, ich fürchte heute das Risiko des Scheiterns. Ich traute und traue mich selbst wohl nicht, damals und heute. Ich bewundere dich."

Die Gänsehirtin antwortete: „Natürlich ist es nicht einfach. Es ist im Wesentlichen ein Leben im Hier und Jetzt, in der Gegenwart. Ich formuliere keine absoluten geistlichen Ziele, ich erwarte keinen von einer höheren Instanz festgelegten Plan des Lebens für mich. Das gibt mir die Zuversicht für jeden Tag, der auf den heutigen folgt. Aber nun gehe und löse die Blockaden der Säfte beim Marquis, du weißt ja jetzt, wie's geht."

Mademoiselle de Trie klopfte wieder an die Tür wie zuvor. Der Kammerdiener öffnete. Er sah sehr besorgt aus. Er meinte, dass Durchlaucht sehr tief schlafen würde, ab und zu würde er schnarchen, dabei bekäme er zu wenig Luft. Im gefiele das alles nicht.

Mademoiselle de Trie näherte sich dem Bett. Sie sagte leise: „Durchlaucht, ich bin es, Gabrielle de Trie. Ich habe einen Kräutertrank für Durchlaucht, der das Herz stärken soll und die Blockaden auflösen..."

Der Marquis rührte sich kaum und atmete tief und angestrengt weiter.

„Durchlaucht, wachen Sie auf, ich habe einen Kräutertrank für Sie mitgebracht!" rief sie nun etwas lauter. Der Marquis rührte sich nur ganz wenig.

„Henri Berceur, ich bringe dir den bestellten Kräutertrank!" rief sie nun ganz laut und bedauerte im gleichen Atemzug diese Respektlosigkeit schon wieder.

Der Marquis schreckte auf, öffnete die Augen, sah Gabrielle de Trie und sagte rau und kurzatmig mit leiser Stimme:

„Was machst du denn hier? Mir geht es schlecht, was starrst du mich so an? So möchte ich mich nicht vor dir zeigen! Geh fort! Mach die Tür aber hinter dir zu! Ich stecke im Unglück. Mir kann keiner helfen. Ich möchte aber nicht noch dabei beobachtet werden, wenn es ernst wird! Lass mich jetzt allein!"

Er musste eine kurze Pause einlegen. Dann fügte er mit einer letzten Anstrengung hinzu: „Es ist doch ernst, nicht wahr?"

Gabrielle de Trie empfand die Zurückweisung als völlig normal. Sein Zustand erschien ihr kritisch. Ihr Ziel war, dass sechs Esslöffel der Mixtur gegen die Blockade der Säfte und der Herzschwäche in den Mund des Marquis eingeführt wurden und von dem Marquis hinuntergeschluckt wurden. Deswegen sagte sie freundlich: „Durchlaucht, ich habe eine Kräutermixtur mit Calvados, Honig und einigen anderen Zutaten. Die ist für Sie bestellt worden. Nehmen Sie sechs Löffel pro Tag und probieren Sie den ersten!"

Der Marquis schaute sie prüfend an und sagte kurzatmig: „Ja ja, so ist das! Du kommst von der Gänsehirtin, ich ahne das. - Die schickt dich, weil der sonst immer so kluge Docteur - am Ende seines Lateins ist. - Dass es schlecht um mich bestellt, - habe ich schon gespürt. - Aber dass es so schlimm um - mich bestellt ist, - dass die Hexe gemeinsam mit einer strengen - hartnäckigen Lehrerin - aktiv werden - muss, - hätte - ich - nicht - gedacht".

Gabrielle de Trie nahm diese Worte als Zustimmung, entkorkte die Tonflasche, füllte einen großen Zinnlöffel mit der grünlichbraunen Flüssigkeit, ließ den Marquis riechen, der wehrte ab und wollte den Geruch nicht prüfen, er wollte es hinter sich bringen, er nahm den Löffel selbst in die Hand und schluckte den Inhalt schnell hinunter.

Dann musste er wieder schnaufen wegen der Atemnot, schaute Mademoiselle von Trie aber gefasster und interessierter als zuvor an und sagte, er könne sich nicht mehr rühren, es sei ihm verboten, das habe der Docteur gesagt.

Vielleicht könne sie doch noch etwas bei ihm bleiben. Er habe ihr etwas zu erzählen.

Sie setzte sich ihm gegenüber und er berichtete immer mit kurzen Unterbrechungen, um dazwischen zu atmen, wie sein Traum abgelaufen war und welche Angst er empfunden habe und wie Traum und Wirklichkeit eins geworden waren, ob ein Fluch über ihn verhängt worden sei?

Sie meinte, es könne vielleicht einfach daher kommen, dass durch die Blockade der Säfte die Atemnot entstanden sei. Das sei wahrscheinlich während des Schlafes passiert und er habe deswegen diesen sehr beängstigenden Traum gehabt.

Er sagte, ihm sei in dem Traum gezeigt worden, dass der Keiler zumindest in den kurzen Augenblick in der Suhle unmittelbar vor seinem Ende durch die Saufeder gefühlt und gedacht habe wie ein Mensch. Ob der Keiler eine Seele habe, frage er sich.

Sie schauten sich bei dieser Frage an. Mademoiselle de Trie zog die Augenbrauen hoch und zuckte schließlich mit den Achseln, sie wisse es nicht. Da krächzte der Marquis zustimmend, er wisse es auch nicht und drehte sich etwas zur Seite.

Dann flüsterte er eher in den Raum hinein: „So ein großes Übel jetzt um mich herum, es kommt mir vor, ich sei vom Unglück umgehen. Und kommt das Gute irgendwann zurück, kann ich das Glück wieder schmecken?“ Da legte Mademoiselle de Trie ihre Hand auf seine Hand. Er war in wenigen Augenblicken eingeschlafen. Mademoiselle de Trie blieb noch einen Augenblick sitzen, bis sie sicher war, dass er schlief, dann ging sie auf

Zehenspitzen zur Tür, bedeutete dem Kammerdiener, dass er die Flasche in Verwahrung nehmen solle.

Draußen flüsterte sie dem Kammerdiener zu, dass sie in sechs Stunden wiederkommen würde, um Durchlaucht die nächste Dosis zu geben. Die Mitternachtsdosis sollte aber der Kammerdiener geben. Das schien ihr schicklicher zu sein.

Nach 6 Stunden ging es dem Marquis wesentlich besser. Er war wach, als sie eintrat. Der Kammerdiener sagte, dass er sehr viel Wasser gelassen hätte. Er musste nicht mehr so angestrengt atmen. Er nahm die Mixtur ohne wesentliche Widerstände. Er versuchte einen Witz, indem er sagte, er würde den Calvados lieber pur trinken. Er erkundigte sich nach dem Wetter. Danach wurde er wieder müde.

Mademoiselle de Trie war zufrieden mit ihm und unsicher mit ihren eigenen Gefühlen. Es war nicht das reine Mitleid. Sie mochte seine Art, wie er mit seiner Situation zurechtkam, und sie freute sich schon auf ihn, wenn sie am nächsten Morgen wie geplant die nächste Dosis geben würde. Die Freude auf den nächsten Morgen war aber schon jetzt mit einer großen Ungeduld verbunden, ihren betreuten Verletzten wieder zu sehen. Sie wunderte sich darüber, dass sie sich diesem ungeduldigen ziehenden Gefühl nicht entziehen konnte.

Draußen wurde sie schon erwartet. Da standen offensichtlich schon länger Hector und seine Mutter Babette. Die beiden umarmten sie und bedankten sich überschwänglich für ihren Liebesdienst, der Marquis hatte tatsächlich Hector auf der Liste ausgetauscht. Sie versprachen, dass es ihr Schaden nicht sein werde. Sie würden sich erkenntlich zeigen in der Zukunft. Auf jeden Fall würde sie zum Fest der Isis eingeladen, das sei wie immer am Tag vor Johanni, also hier in der Nähe vom Schloss in der Johannisnacht, irgendwo am Wasser, dort wo die Göttin

Isis ihr Zuhause am Schilf habe. Sie könne gerne jemanden mitbringen, alle seien willkommen, es sei immer ein sehr schönes Fest. Allerdings müsse sie auf Überraschungen gefasst sein. Dabei lachte Babette etwas verschmitzt. Mademoiselle de Trie dankte, ohne zu wissen, um was es sich im Einzelnen handelte. Sie dachte, eigentlich wüsste sie doch nicht viel über das Leben der einfachen Leute hier, sie würde Genaueres schon noch erfahren über die Gebräuche dieses normannischen Landvolkes, ihren Aberglauben und die Art ihrer Sommerfeste am Wasser.

Dann fragte sie Hector, ob er Neuigkeiten vom alten Keiler im Tierpark habe. Hector schüttelte den Kopf und sagte, er habe den Keiler seit einer Woche nicht mehr gesehen. Er wollte ihn aber aufsuchen, weil der alte Keiler der Anlass war, dass der blessierte Marquis die Pläne bezüglich der Rekrutierung seiner jungen Männern geändert hatte. Er habe einen Dank abzustatten in Form von besten Rüben.

Mademoiselle de Trie schrieb in ihr Tagebuch: 7. Tag: der Marquis muss wieder auf die Beine kommen. Das ist wichtig für alle im Schloss! Und für mich!

Sie schlug das Tagebuch mit einem Knall zu.

VI. 5  Eine weitere Visite des Docteur de La Motte

Heute konnte der Docteur endlich wieder zur Feder greifen, um seine große Erfahrung als Arzt niederzuschreiben. Die Schicksale der vielen Menschen, die in seinem langen Leben als Arzt von ihm Hilfe erhalten hatten oder zumindest begleitet worden waren, hatte er schon seit Anfang seiner ärztlichen Tätigkeit sorgfältig in Notizbüchern aufgeschrieben.

Später war er dazu übergegangen, auch Ereignisse aufzuschreiben, die ihm während seiner Tätigkeit als Arzt zugetragen wurden und über die er gemäß seines Eides des Hippokrates schweigen musste. Ein älterer Fall gab ihm immer noch zu denken.

So war er vor Jahren zur Marquise de Fontenay gerufen worden, weil diese an Halsschmerzen und Unwohlsein litt. Dies stellte sich nachträglich als Vorwand heraus. Die Marquise empfing ihn sehr höflich, entschuldigte sich vielmals, dass sie ihn von seiner wichtigen Arbeit von seinen Patienten weggerufen hatte, zögerte etwas und gestand ihm dann, dass sie selbst bei guter Gesundheit sei. Vielmehr sollte ihm die Hausangestellte Babette Severac vorgestellt werden, das Honorar wollte die Marquise übernehmen.

Die Marquise rief: „Babette, du kannst hereinkommen!“

Die Tür ging langsam auf. Er erkannte die knapp dreißigjährige schlanke kräftige Frau. Sie bewegte sich ganz vorsichtig über die Türschwelle und suchte sofort einen Halt im Raum. Sie stützte sich auf die Lehne eines Stuhls, lehnte die Aufforderung, sich auf einen Schemel zu setzen ab, sie können nur stehen, sonst seien die Schmerzen zu stark.

Als sie den Docteur erkannte, brach sie in Tränen aus.

Unter Schluchzen rief sie: „Ich bin keine Dirne, kein leichtes Mädchen, ich habe dem Schloss keine Schande gemacht!".

Die Marquise versuchte zu beschwichtigen, sie könne sich auf Diskretion und die gute Hilfe durch sie und den Docteur verlassen.

Aber Babette ließ sich nicht so schnell beruhigen: „Ja, ja, alle wissen hier im Schloss, ich bin nicht verheiratet, ich habe meinen Hector bekommen, aber das war ein Kind der Liebe, das darf im Leben passieren. Ich bin keine Dirne, kein leichtes Mädchen, ich habe niemandem Schande gemacht. Ich habe immer, wie es sich gehört, meine Arbeit verrichtet, ich habe meinen Hector anständig erzogen, ich habe niemanden sonst!"

Als Babettes Sohn Hector erwähnt wurde, schaute die Marquise sie aufmerksam und freundlich an und sagte:

„Aber Babette, ich weiß doch alles, das haben wir doch vor vielen Jahren auf eine gute Weise geklärt, ihr seid uns doch so ans Herz gewachsen!"

Schließlich erzählte Babette dem Docteur und der Marquise das schreckliche Ereignis, nicht ohne die immer wiederkehrenden Bitten um absolute Verschwiegenheit, sie entschuldigte sich sofort, dass sie sich damit erdreistet hatte, darauf hinzuweisen, aber es sei ihr so wichtig, weil sie sonst ihre Ehre verlieren könne und Schande über das Schloss durch sie gebracht würde.

„Na, na, so schlimm wird es schon nicht werden." murmelte die Marquise und tätschelte die Hand ihrer Bediensteten. „Aber erzähl du nun, wie du behandelt und verletzt worden bist!"

Immer wieder von Schluchzen unterbrochen erzählte Babette, dass sie ihren elfjährigen Sohn Hector am Morgen gut versorgt mit Proviant als jugendlichen Jagdbegleiter dem Marquis anvertraut hatte. Die wollten in der Wildnis jagen.

Gegen Mittag blieb sie noch am Flussufer, wo die große Wäsche gewaschen wurde, um sie zur Bleiche in der Sonne auszulegen. Die anderen Frauen waren schon zum Schloss zurückgekehrt.

Da kam der Nachbar, der junge Herr de Quervain, in seiner Kutsche vorbei. Er hielt an und sagte, dass ihr Sohn Hector in große Gefahr sei, er sei von einem wilden Tiere angefallen worden, und er wolle sie, Babette, als seine Mutter rasch zum Unglücksort bringen.

Babette ließ alles liegen und stieg sofort in die Kutsche. Sie wusste, dass der junge Herr mit Mademoiselle de Trie bekannt war und argwöhnte nichts, sie ängstigte sich sehr um ihren Jungen.

Sie fuhren eine Weile bis zum Beginn des Waldes, da ließ der junge Herr anhalten und fiel sofort über sie her. Er zerriss ihr das Mieder, drückte ihr die Kehle zu, bis sie keine Luft mehr bekam und wollte sie auf den Bauch drehen und überwältigen.

Das ließ sie sich nicht gefallen, sie war kräftig und völlig aufgeregt wegen Hector und kratzte sofort den jungen Edelmann in das Gesicht, sie biss ihn in die Hand und trat ihn überall hin, wo sie ihn schmerzhaft treffen konnte, bis er von ihr abließ.

Da ließ er die Kutsche wieder anfahren und als die Pferde Fahrt gewonnen hatten, öffnete er den Schlag, drängelte sie hinaus und gab ihr zum Schluss einen Tritt in den Bauch. Sie fiel aus dem fahrenden Wagen auf den Rücken und das Gesäß und hatte sofort sehr starke Schmerzen.

Als sie wieder etwas Kraft gewonnen hatte, schleppte sie sich nach Hause mit der doppelten Sorge, dass Hector in großer Gefahr sei und sie nicht bei ihm sein konnte und, was fast genauso schlimm für sie war, dass sie jetzt ihre Ehre verloren hatte und möglicherweise als Dirne gelten würde und ihre Stelle bei der Marquise verlieren würde.

Zum Schluss sagte Babette leise: „Als ich zu Hause war, war ich so verzweifelt, dass ich den Spruch der Isis genutzt habe und den Herrn de Quervain verflucht habe. Später kam der Hector nach Hause, ihm war gar nichts geschehen und er war gesund und munter. Ich weinte vor Freude und drückte ihn an mein Herz trotz der Schmerzen. Hector wunderte sich, dass ich so außer mir war. Aber meine allergrößte Sorge war vorbei. Da bereute ich schon meinen Fluch."

Die Marquise erwiderte: „Ach, Papperlapapp!  Es heißt ja, fluchen soll man nicht, Babette, aber das kann man doch verstehen, in so einer Lage. Es erscheint jedem menschlich fühlenden und denkenden Wesen mit einer schwachen Seele einsichtig und klar, dass man sich ausnahmsweise einmal mit Schimpfworten Luft verschaffen muss, zumal zu Hause niemand zuhört. Aber willst du nicht dem Docteur sagen, wo es dir weh tut? Deswegen ist er doch gerufen worden!"

Der Docteur ging mit Babette ins Nebenzimmer. Babette zeigte stumm auf ihren Hals, dort diagnostizierte der Docteur eindeutig Würgemale.

Bei der Untersuchung des Körpers stellte er einen Bluterguss über der linken Brust, dem Kreuzbein und am rechten Oberschenkel auf der Innenseite fest. Es handelte sich nur um Prellungen.

Auf Befragen durch die Marquise gab er bekannt, dass weitere schädliche Handlungen, zum Beispiel an inneren Organen, nicht stattgefunden hätten. Zum Äußersten, wie die Marquise es gegenüber dem Docteur formuliert hatte, sei es nicht gekommen.

Die Marquise beschloss daher, die Sache auf sich beruhen zu lassen und ordnete strenges Schweigen für Babette und den Docteur an. Es hätte keinen Zweck gehabt, einen Edelmann, der ohnehin schwer vor ein Gericht zu ziehen wäre, und außerdem nächster Nachbar zu beschuldigen und damit das Schloss ins Gerede zu bringen. Babette sollte bleiben und ruhig ihre Arbeit machen. Sie hätte nichts zu befürchten.

Soweit erinnerte der Docteur sich an das damalige Ereignis im Schloss, und er dachte, dass es in der Folge doch recht eigenartig gewesen sei, dass es sich ausgerechnet um besagten Nachbarn, nämlich den Herrn de Quervain, bei dem" bestimmten Mann" seiner Fallbeschreibung Nummer CCXXIII vom Jahre 1699 mit den schwersten Verletzungen des Brustkorbes handelte.

Bei Herrn de Quervain hatte er damals einen Papierzettel unter dem Bettlaken gefunden, als er ihn nach seinem gewaltsamen Tode zur Sektion der Kleider entledigte und den Leichnam mit dem Bettlaken zusammen mit drei weiteren Gehhilfen auf den Sektionstisch heben ließ. Da lag dieser Zettel im Bettkasten. Wie er wohl dahin gekommen war?

Es handelte sich um genau so ein dickes Stück Papier, wie er es beim Marquis kürzlich bei seiner ersten Konsultation wegen des Beinbruches vom Boden aufgehoben hatte und welches er wegen der Gesetze des Königs gegen Zauberei unverzüglich vernichtet hatte.

Der Docteur schüttelte den Kopf, rief das Dienstmädchen, sagte, man solle ihm einen Krug Cidre bringen und das Manuscript seiner Fallbeschreibungen. Er sah die Notizen zum Fall Nummer CCXXIII noch einmal durch und begann, sie in den zweiten Band seiner Aufzeichnungen einzutragen:

Observation.

Im Monat März 1699, wurden wir, die Herren Doucet und
de Quetteville, beide *Doctores* der Medizin, zusammen mit den
Herren de Rosiers, Fremont und ich, gebeten, einen bestimmten
Mann zu sehen, den wir schwer verletzt vorfanden, nämlich
durch einen Degenhieb im vorderen Anteil der Brust auf der
rechten Seite zwischen dem Knorpel der sechsten und der sieb-
ten echten unteren Rippe, ungefähr an dem Ort, wo die Knor-
pelanteile das Brustbein erreichen und sich mit dem Brustbein
zum Brustkorb vereinigen.

Die Degenwunde schien uns sehr tief von vorne in das Innere der Brust eingedrungen zu sein, dergestalt dass dieser Verwundete sich weder ganz sitzend noch flach liegend, noch auf
der einen oder anderen Seite oder schräg liegend halten konnte,
er war gezwungen ohne Unterbrechung halbsitzend auf seinem
Rücken zu liegen mit einer sehr hastigen Atmung und einem
Schmerz, der sich von der Wunde bis hoch zum Hals zwischen
die Schlüsselbeine fortsetzte. Dass Ganze war von einem schau-
migen Bluthusten von heller roter Farbe begleitet.

Weil nun diese Befunde in jeder Hinsicht sehr ernst waren
und die Angelegenheit besonders sorgfältig behandelt werden
musste, baten die Herren Kollegen Mediziner des dortigen Ortes uns um unsere Meinung zum Vorgehen und der Prognose.

Ich öffnete meinen Mund als erster, weil ich der Jüngste
war, und ich sagte ihnen, dass angesichts der Situation der
Wunde und der Umstände, die sie begleitete, ich keinerlei Zweifel daran hatte, dass die Lunge im äußeren Bereich des rechten
Lungenflügels verletzt sei und dass es darüber hinaus allen Anschein hatte, dass sich ein Bluterguss auf dem Zwerchfell ange-
sammelt hatte und dass dieser Degenhieb die Strukturen zwischen der Lunge, Herzbeutel, Luftröhre und Speiseröhre, nämlich das Mediastinum und die Lunge auf der linken Seite

ebenfalls teilweise durchtrennt hätte. Der Hieb habe jedoch auf der linken Seite einen viel größeren Bluterguss als auf der rechten Seite hervorgerufen, ohne dass ich jedoch sicher sei, dass nur eine Verletzung der Lunge vorläge, sondern dass möglicherweise wesentlich mehr Organe verletzt seien.

Für die Diagnose sei die entstandene große Wunde vorteilhaft, denn wir könnten sonst bei kleineren Wunden nur vermuten, welche Strukturen durchtrennt seien.

Darüber hinaus sei die Beobachtung, dass sich der Verletzte unmöglich im Sitzen halten könnte, ein sicheres Zeichen dafür, dass eine große Menge Blut aus der Lunge auf dem Zwerchfell lasten würde, so dass durch die Beeinträchtigung der Zwerchfellwanderung der Verletzte vor dem Ersticken stehe, wenn sich nicht sofort die Situation verändern ließe. Er konnte ja auch nicht auf einer Seite liegen, weil dann der Bluterguss jeweils auf die eine oder andere Seite des Mediastinums fließen und Druck ausüben würde.

Dieses Gebilde zwischen den Lungen sei sehr empfindlich. Der Zug und Druck darauf sei für den Verletzten mit lebhaftestem Schmerz verbunden. Als offensichtlichen Beweis der Verletzung des Mediastinums sei der äußerst starke Schmerz zu deuten, den der Verletzte erlitt und beklagte und der bis zur Mitte der Schlüsselbeine zogt; dort sei der Ort, wo diese anatomische Region des Mediastinums angeheftet sei.

Es war anzunehmen, dass der Schmerz in Zukunft noch viel schlimmer werden würde, weil die Entzündung dieser Degenwunde nicht ausbleiben würde, vorausgesetzt, dass nicht ein vorzeitiger Tod die äußerst ungünstige Prognose beendete, die ich auszusprechen genötigt war, weil das Ganze von derartig misslichen Umständen begleitet wurde.

Um den Verletzten zunächst etwas Erleichterung zu schaffen, sollte man grundsätzlich anstreben, die Lunge vom Blut durch den großen Bluterguss zu erleichtern, welche die Bedrängnis des Mannes in erster Linie ausmachte.

Wenn ausreichend Blut durch die große Wunde selbst abgelassen werden könne, wäre dem Verletzten geholfen, andererseits könne es aber auch durch Punktion der Brust durch einen gesonderten Stich wie bei der Behandlung der Brustfellvereiterung abgezogen werden, so plädierte ich für das Letztere, wenn das Erstere keinen Effekt zeigen würde.

Die Herren de Rosiers und Fremont äußerten, dass das Ausmaß der Degenwunde in den eng benachbarten anatomischen Regionen in der Brust die starken Schmerzen verursachte und es dem armen Verletzten unmöglich machte, sich auf eine oder die andere Seite zu legen und dass der Bluterguss, der auf beiden Seiten entstanden sei, es dem Verletzten verbot, sich auf die eine oder andere Seite legen zu können.

Die einzige Methode nach meiner Meinung war, eine ordentliche Menge Blut abzulassen, zumindest auf einer Seite, dass er sich auf die Gegenseite legen könne, ohne allzu große Schmerzen ertragen zu müssen, also sei die Notwendigkeit, diesen Bluterguss abzulassen offenbar, dies sei die erste Maßnahme.

Weil die Gründe plausibel waren, einmal von mir und zum zweiten auch von den anderen *Doctores*, neigte sich der Entschluss bereitwillig in meine Richtung, - auch unter der Hoffnung den Verletzten zu retten -, ohne seine Leiden zu verstärken, dass man nunmehr auf der Seite der Wunde rechts das Blut ablassen sollte.

Dieses wurde durchgeführt, indem man den Verletzten über den Rand seines Bettes abgewinkelt lagerte, wo er sich, die

Wunde nach unten gerichtet, mit der Hand auf einen Tisch abstützen konnte. Man zog ungefähr zehn oder zwölf Unzen eines
wässrigen verdünnten Blutes heraus, welches gleich gerann,
ohne dass sich der Verletzte sehr erleichtert gefühlt hätte.

Danach dachten wir, es sei einen Versuch wert und erfolg-
versprechend, dass die Schichten der inneren Haut im Brustkorb
erweitert würden, damit mehr Blut abgelassen werden könnte.

Während dieser Zeit hatte man nach St. Lô nach dem alten
und erfahrenen Chirurgen, den Herrn Fabre de la Montagne geschickt, der sich einer sehr guten Reputation erfreuen konnte,
dies durch die großen Erfolge im Dienste, die ihm in seiner Eigenschaft als leitender Chirurg der Hospitäler der Armee und
der Grenzstädte zugerechnet wurden.

Am nächsten Morgen traf er ein: der Verletzte befand sich
nunmehr in einem schlechteren Zustand als am Tag zuvor, weil
das Fieber ihn in der Nacht überkommen und die Entzündung,
die sich in der ganzen Lunge ausgebreitet, nun zur Ausbildung
eines kläglichen, andauernden Husten geführt hatte, an dem der
Verletzte, obwohl er von uns zur Ader gelassen worden war,
schier verzweifelte; er ließ sich wenigstens waschen und nahm
ein bisschen von der lauwarmen Brustkräuterteemischung als
Getränk.

Dieser neu hinzugezogene Konsiliararzt hörte sich die
Gründe vom dem einen und von dem anderen von uns an, sie
wurden ihm wiederholt, worauf er etwas unentschlossen wirkte,
welcher Meinung er jetzt den Vortritt lassen wollte, er begab
sich jedoch wenigstens in Richtung der Abschätzung der Herren, die vorschlugen, dass man das, was am Tag zuvor durchgeführt worden sei, nochmals wiederholen sollte und dass man
auf diese Art noch etwas zusätzliches Blut ablassen könne.

Dies wurde durchgeführt, und es ergab sich die gleiche Qualität und Konsistenz an Blut und Flüssigkeit wie am Tag zuvor. Daraufhin steckte der Chirurg seinen Finger in die Wunde hinein und, während er die Lunge berührte, sagte, dass er eine Verletzung, also den Degenhieb in der Lunge spürte.

Ich aber, der ich dies zuvor schon selbst am Vortag durchgeführt hatte, ich sagte ihm, dass dies eher ein Spalt zwischen dem oberen und dem kleinen mittleren Lungenlappen auf der rechten Seite sei, der sich auf der Außenseite der rechten Lunge befände und dass das, was er spürte, eben dieser Spalt sei, der von glatter polierter Oberfläche, nämlich der normalen Lungenhaut überzogen sei und es keine Schnittwunde sei, weil sich die offenen durchschnittenen Lungenflächen ganz anders anfühlen würden.

Er schlug nichtsdestotrotz vor, dass man eine Lungenfellpunktion vom Rücken aus machen sollte, damit ausreichend Blut abfließen könne und dem Bedrängten die Anstrengung der Atmung nunmehr deutlich erleichtert werde, die Anstrengung, die er noch weiterhin hatte, weil eine fühlbare Erleichterung durch Ablassen des Blutergusses wegen der zu geringen Menge nicht erfolgt sei, man nunmehr diese Maßnahme zwei Rippen unterhalb der Höhe des vorderen Degenhiebes durchführen solle.

Das schwächte den verwundeten Herrn aber derart, dass man sich entschloss, ihm die letzten Sakramente zu geben.

Am gleichen Abend wurde er noch einmal verbunden und am nächsten Morgen ein letztes Mal. Noch am selben Tag verstarb er.

Ich führte die Sektion der Leiche im Beisein aller dieser Herren durch. Ich fand, dass der Degenhieb, nachdem er in die Brust eingedrungen war, von unterhalb der rechten Lunge das

Mediastinum in seiner mittleren Partie durchtrennt und die linke
Lunge im äußeren Bereich durchschnitten hatte. Dies hatte bewirkt, dass ein beträchtlicher Bluterguss als großer Blutkuchen
rechts lag, wogegen auf der Gegenseite des Eintrittes des De-
gens das Blut sich flüssig, hellrot und sehr schaumig wie ein
Blutfluss aus einer Arterie vermischt mit Luft aus der Lunge
darbot, während auf der anderen Seite eher koaguliertes einge-
dicktes Blut aus der Vene lag.

Dieses bewies, wie ich zu Recht angenommen hatte, Schritt
für Schritt darüber nachdenkend, wie die einzelnen Umstände
sich zusammen fügten, an denen der Verletzte litt, dass trotz
meiner richtigen Beurteilung der Umstände, alle die erwogenen
Operationen, die man hätte machen können, unnütz gewesen
wären, weil die Wunde an sich tödlich war, - einmal in Hinblick
auf das Ausmaß des Hiebes und der Menge der getroffenen Körperteile, will sagen der inneren Organe.

Reflexion.

Es ist eine ziemlich gewöhnliche Sache, dass eine Bluter-
gussbildung auf beiden Seiten der Brust auftritt, besonders,
wenn man eine Wunde vor sich hat, die geeignet ist, beide Seiten des Brustkorbes zu durchdringen und dabei eine oder beide
Lungenlappen zu verletzen, genau wie es bei diesem Verletzten
zu beobachten war. Es gab überhaupt keine besser gesicherten
Zeichen als die, dass der Verletzte völlig außer Stande war, ganz
gleich wo er sich befand, dass er nur halbsitzend auf dem Rücken liegen konnte und keine andere Position einnehmen
konnte, dies erklärt sich, weil das Blut, das gelegentlich einer
solchen großen Wunde austritt, beide Seiten des Brustkorbes
füllt und bewirkt, dass der Verletzte nur mit angehobenen Oberkörper aushalten kann. Denn dieses ergossene Blut läuft nach
unten auf das Zwerchfell, wo es dessen natürliche Bewegungen

behindert und ohne dessen Funktion die Atmung nur äußerst
ungenügend bleibt.

Der Verletzte kann sich aber auch nicht auf die Seite legen,
weil das Blut, welches sich im mittleren Anteil zwischen beiden
Lungen im Mediastinum befindet, je nach der zum Liegen gewählten Seite auf das Mediastinum drückt und ihm die Schmerzen schlimmster Art verursacht; die Schmerzen waren in der Tat
so lebhaft, dass es dem Verletzten vorkam, dass man ihm in der
Brust etwas herausreiße, ein Schmerz, der zusätzlich auf diese
Weise die Atmung beeinträchtigt und den Verletzten in der
Angst zu ersticken wähnen lässt, deswegen musste er immer auf
dem Rücken liegen.

Obgleich dieser Meisterchirurg namens M. Fabre de la
Montagne, eine so große Reputation errungen hatte, war er tatsächlich anfänglich dagegen, auch das restliche oder neu hinzu-
gesickerte Blut in der Brust zu entfernen.

Und er hatte umso mehr Grund mir zu widersprechen, weil
dieser Meisterchirurg de la Montagne mit Hartnäckigkeit auf
seiner Weigerung bestand, offensichtlich, weil ich es zuerst vorgeschlagen hatte. Er wollte mit diesem Widerspruch mich in
den Augen des Verletzten als unsicher, sogar unfähig erscheinen lassen.

Er konnte am Ende dann aber doch nicht umhin, unsere
Maßnahmen für richtig anzuerkennen.

Aber der Degenhieb war lang und tief und damit tödlich, so
dass meine finstersten Prognosen gleich zu Anfang der Konsultation und nun nach der Öffnung der Leiche unter Sektion der
Organe in der Brust bestätigt wurden.

Bleibt mir zu sagen, dass diese Wunde, die die Mitte des
Brustkorbes durchtrennt hatte, keine Veränderung der Stimme
des Verletzten hervorgerufen hat, obwohl die Ärzte des

Altertums behauptet haben, dass in der Mitte das Organ für die Herstellung der menschliche Stimme lokalisiert sei. Dieser Fall ist ein klares Zeichen des Gegenteils und das, was ich in der Folge in der Observation CCXXIV berichten werde, wird dies noch unterstützen.

Der Docteur de La Motte seufzte und legte die Feder zur Seite. Er streute etwas Sand auf die Tinte, schloss sein Heft.

Er hatte den zweiten Band der „Complette Abhandlung der Chirurgie" erst mit diesen Seiten begonnen und hoffte, am Abend weiterschreiben zu können. Er empfand es als seine Aufgabe, die vielfältigen fehlerhaften Leistungen der Ärzte heutzutage korrigieren zu müssen. Das war er der nächsten Generation junger Ärzte und Chirurgen schuldig.

Es war Zeit. Er musste die nächsten Besuche machen, zuerst im Hôpital Dieu in Valognes und danach wie vereinbart beim Marquis.

Als er am frühen Nachmittag vom Hôpital Dieu in Valognes kommend seinen Krankenbesuch beim Marquis machte, lag dieser bleich aber entspannt im Bett. Seine Atmung hatte sich normalisiert, der Leib war nicht mehr so stark aufgetrieben, die Beine waren ebenfalls, obwohl noch geschwollen, etwas weicher geworden. Der Puls war allerdings beschleunigt. Der Docteur beschloss, keinen Aderlass durchzuführen. Er überprüfte die Verbände und Schienen und verbesserte den Sitz der Bandage beider Oberschenkel. Er legte ein heißes Heukissen auf den Brustkorb, nachdem er wieder mit einer mentholhaltigen Salbe den Hals, den Oberkörper und beide Arme eingerieben hatte.

Gegen Ende der Visite, nachdem er sich mit dem Marquis über die erfreuliche und für alle offensichtliche Verbesserung der Situation des herrschaftlichen Befindens unterhalten hatte, die natürlich ausschließlich den von ihm verordneten richtigen ärztlichen Maßnahmen zu verdanken war, fiel sein Blick auf die auf dem Tisch stehende Tonflasche. Er zog den Korken heraus und schnupperte an der Öffnung, er nahm den Geruch von Calvados mit etwas Honig wahr.

Er nickte und sagte, Hausmittel seien zur Wiederherstellung der Gesundheit als Beigabe grundsätzlich ja nicht grundsätzlich abzulehnen, wenn Durchlaucht maßvoll davon nehmen würden, würde er, der Docteur, Durchlaucht keinen gegenteiligen Rat erteilen.

Der Marquis nickte etwas erschöpft, verschwieg vornehm die Herkunft und die Art, wie er sich dieses Hausmittels bediente und wer daran beteiligt war. Zum Adieu winkte er dem Docteur huldvoll zu.


VI.6         Einträge in das Tagebuch von Mademoiselle
             de Trie

Marquis Wutanfall, aber Mixtur genommen. Nach langem Zögern und gutem Zureden mit viel Rotwein nachgespült. Keine Lust auf Pfeife. Meine Chorprobe sehr erfreulich.

Marquis heute besser, aber Beinschmerzen. Mixtur genommen. Schule und Chorprobe nichts Besonderes.

Marquis beginnt mit Jagdhornblasen, klingt so kläglich, schauderhaft, soll aber die Lunge bessern. Übt die Gliedmaßen mit dem Degen vor dem Spiegel im Bett. Flucht unanständigst, auch vor mir! Auch gegen die Kirche! Ich musste ihn verlassen, Verstimmung! Chorprobe war gut, Poesie heraussuchen für Johannes-Dank Fest.

Marquis Beginn mit Lektüre Telemach. Scheint nicht besonders interessant für ihn zu sein. Mixtur weiter genommen. Spricht mich mit Gabrielle an!? Was soll das bedeuten?

Heute ganz schlechter Tag. Flucht und trinkt nur Rotwein. Seit längerem wieder Pfeifenrauch im Zimmer. Hat nicht geübt, nimmt die Mixtur nicht. Es sei ihm übel. Sieht blaues Meer und gelben Strand im Zimmer. War ekelhaft. Ich musste gehen. Aber vielleicht liegt es an der Mixtur? Muss zur Gänsehirtin.

Marquis Neue Mixtur ohne Fingerhutblätter. Nach langem Zögern von M. Mixtur wieder genommen. Sagt oft, wie er mit Vornamen heißt. Was soll das nun wieder bedeuten?

Heute wurden die Bandagen von beiden Beinen abgenommen und nur noch die Schiene links neu angelegt. Die Beine sind nicht mehr so dick geschwollen. Auf Holzpferd gesetzt. Schule Chorprobe, klingt noch unsauber, aber alle lustig.

Marquis schweigt ganz lange. Dann erzählt er plötzlich, wie er die Marquise beim Jagdausflug kennen gelernt habe, genauer gesagt beim Jägerball. Er habe Angst, dass er sich an ihr Gesicht bald nicht mehr erinnern könne, auch was sie damals angehabt habe, sei ihm nicht mehr präsent. Er wusste nur, dass sie sehr freundlich gewesen sei. Sehr traurig, hat das Jugendporträt der Marquise kommen lassen.

Marquis im Park in der Sänfte, dort Rollstuhl. Wird sentimental beim Anblick der Enten und Gänse auf dem Wasser. Lässt ein Signal auf dem Horn erklingen, er bläst jetzt besser. Flucht dann wieder wie ein Musketier. Schauderhaft.

Marquis heute wie stumm. Hat mich immer nur angeschaut.

Marquis  schrecklicher Blutdurst nach dem Keiler, gleichzeitig abergläubisch zurückschreckend. Noch keine Vorbereitung einer Schwarzwildjagd.

Schule schöne Chorprobe.

Marquis eben kurzer Brief: er verehre und liebe mich!!
Mich, die praktisch mittellos. Gut, meine Familie ist alt. Aber
ich bin nicht schön. Ich kann mich mit der Marquise nicht vergleichen. Ich kann nur lachen und weinen. Die Tinte verschmiert. Ich fühle Glück, Schreck, Freude, Zweifel, Furcht und
Hoffnung.
Schule Chorprobe.


Brief an Marie Thérèse de Polignac, Rouen
Liebste Freundin,
glaube bloß nicht, dass ich in der vergangenen Zeit, nämlich
den letzten drei Wochen, seitdem ich Dir zum letzten Mal geschrieben habe, untätig geblieben bin, nein, ich habe zwar anfangs geträumt, aber dann nicht die Zeit verschlafen, vielmehr
bin ich wie aus einem Zauberschlaf erwacht oder viel eher er-
weckt worden und habe in dauernder Anspannung und mit
größter Begeisterung überlegt, geplant, gelebt und gearbeitet.
Deine Freundin Gabrielle hat das größte Glück dieser sonst
so undankbaren Welt, die wundersamsten Gefühle, die Erfüllung von kaum zu denken gewagten Wünschen und von unge-
ahnten neuen faszinierenden Dingen in den letzten Tagen nicht
in einem Traum, sondern in einer unmittelbaren, echten, über
jedem Zweifel erhabenen Wirklichkeit durchlebt. Deine Freundin ist es tatsächlich selbst, die solche wechselhaften, leiden-
schaftlichen Gefühle der Liebe, der Begeisterung, des Auf-
bruchs und der Furcht vor den neuen großen Aufgaben tief in
sich spürt und sich gleichzeitig allen anderen Menschen gegenüber öffnet und freut wie die Lerche im Himmel, aber im

gleichen Atemzug fürchtet wie das kleinste Mäuschen in seinem Loch, wie wenn die Katze davor lauerte.

Du wirst es sicher ahnen: ich liebe den Marquis und er mich! Er will mit mir sein Leben neu beginnen und ich, ich möchte es auch so gerne und hoffe, hoffe inständig, dass ich ihm eine gute Frau werden kann.

Alles soll so schnell gehen. Wir wollen schon nach Weihnachten heiraten. Jetzt, wo sein Bein wieder fest und ohne Schmerz seinen Dienst erfüllt, schauen wir zusammen froh und zuversichtlich in die Zukunft.

Er ist so anders geworden, liebevoll, rücksichtsvoll, voller guter Gedanken und er sprüht von unglaublicher Fantasie, mir jeden Wunsch zu erfüllen,- ich muss jetzt vorsichtig sein, unbedachte Wünsche zu äußern, sie könnten im Überschwang unvernünftigerweise alle erfüllt werden. Nein, nein, er selbst ist nicht unvernünftig oder womöglich leichtsinnig.

Er benimmt sich jetzt wieder völlig verantwortungsvoll und, wie soll ich es Dir sagen, ja: würdig.

Er ist völlig umgewandelt, keine Spur mehr von Aufbrausen in der Wut oder ungerechter Anklage oder etwa Wehleidigkeit und Verzagen, kurz, er ist ein wunderbarer Mann! Das sagen sogar alle hier! Es stimmt also! Das kommt nicht nur aus meinem kleinen Gehirn und einem Herz, welches so verliebt ist!

Bis zu unserem Hochzeitstermin ist nicht viel Zeit, es muss noch viel erledigt werden, was in letzter Zeit liegen geblieben ist. Viele Dinge sind aber schon vorangebracht worden, die Kontoführung der Landwirtschaft und der Hauswirtschaft des gesamten Schlosses ist schon aufgeholt und erledigt. Auch ist die das ganze Trauerjahr über liegengebliebene vielfältige Korrespondenz der großen Familie, Freunde, Nachbarn, Gemeindeglieder und Kriegskameraden zum Beileid des Ablebens der lieben Marquise sorgfältig vom Marquis beantwortet und abgeschickt worden.

Am Johannistag, den 24. Juni, wollen wir eine Messe für die glückliche Genesung des Marquis feiern und danach haben sich alle, die im Schloss arbeiten und wohnen, etwas Besonderes ausgedacht.

Der Ablauf des Johannistages sieht folgende Attraktionen vor:

Am Morgen:

Feierlicher Einzug in die Kapelle des Schlosses.

Messe für die glückliche Genesung.

Fröhliches Beisammensein vor der Kapelle mit Umtrunk auf Einladung des Marquis.

Dabei Chor- und Poesievortrag meiner Schülerinnen der Schlossschule.

Am Nachmittag:

Festliche Fanfare der Jagdhörner

Darbietung der Fechtkunst mit sechs Begegnungen.

Vorbeitrieb der Hirsche aus dem Tiergarten.

Vorstellung der militärisch geschmückten Reiterformationen.

Wir haben alle Verwandten und Nachbarn aufs allerherzlichste eingeladen. Wir haben so viele freundliche Zusagen bekommen. Ich bin nur noch aufgeregt und aufs äußerste gespannt auf die Wirkung auf meinen Henri Berceur. Aber ich rege mich sicher umsonst auf. Sicher wird es ein wunderbares Fest, wir hoffen natürlich auf gutes Wetter und, Du weißt jetzt, welche Gedanken von mir jetzt auf das Papier kommen, nämlich, Hoffnung auf ein gutes Leben mit ihm zusammen und mit allen hier im Schloss.

Ich weiß, dass Du Dich mit mir freust und ich bin so froh, dass ich Dich seit meiner Schulzeit als meine liebste Freundin habe,

bis bald,

Deine Gabrielle


PS. Du kannst den Brief ruhig den anderen um Dich herum zeigen.

PPS. Nein, mach es lieber nicht, vielleicht bringt das Unglück!

PPPS. Meine liebste Freundin, mache wie du es willst!

PPPPS. Heute Abend nach Sonnenuntergang sind wir beide von den einfachen Leuten hier zu ihrem Johannisnachtfest am Wasser eingeladen worden. Henri Berceur hat zugesagt. Ich freue mich auf die bäuerlichen Traditionen mit ihren Tänzen hier in unserer schönen Normandie.

Deine Gabrielle


VI.7      Das Fest


Seine Durchlaucht und seine Verlobte Mademoiselle de Trie saßen mit verbundenen Augen in dem kleinen Zweisitzer, der von einem Pferd gezogen wurde. Am 23. Juni gegen 10:00 Uhr abends waren sie von kichernden jungen Frauen vom Gesinde abgeholt worden, hatten die Augenbinde angelegt bekommen und waren ermahnt worden, sich während der Fahrt durch das Labyrinth nicht zu ängstigen. Der Marquis wirkte amüsiert und zwinkerte Mademoiselle de Trie zu, bevor er nichts mehr sah. Den Kutscher konnten sie schon nicht mehr identifizieren.

Sie fuhren lange, erst knirschend über dem Kies, immer wieder neue Kurven, hin und wieder meinten sie, ein Rascheln draußen zu hören, vielleicht waren es streifende Zweige am Wagen, dann ein weicher Waldweg, dann Holzbohlen, dann wieder knirschende Räder, ab und zu hörten sie leise Stimmen recht nah, dann roch es an einer Stelle nach einer Fackel oder einem Lagerfeuer, an einer Kehre wurde die Luft feucht und kühl und sie hörten das Plätschern vom Wasser eines Baches, dann zog das Pferd wieder an, hinauf, und der Wagen hielt abrupt.

Der Schlag ging auf, die Augenbinden wurden abgenommen und sie sahen, dass sie am Ufer des großen Kanals standen, genau an der Stelle, wo der Bach das Wasser aus dem gestauten künstlichen Gewässer aufnahm. Die Sonne war gerade untergegangen. Das Pferd schnaufte etwas. Das Wasser strömte über das flache Wehr in den Bach, im leichten Wind raschelte das Schilf. Überall stiegen die Glühwürmchen auf und schwebten wieder nieder.

Auf dem großen Kanal erkannten sie jetzt, dass ein flaches Boot mit einer weiblichen Figur, die auf dem Kopf zwei Kuhhörner trug, langsam über die Wasseroberfläche glitt. Vor der Figur und dahinter leuchteten Fackeln. Auf dem Boot war außerdem eine liegende Gestalt zu erkennen. Die Erscheinung verschwand im dichten Schilf. Man sah jetzt wieder in der zunehmenden Dunkelheit die vielen, vielen Glühwürmchen.

Plötzlich erschollen Trommeln und Metallrasseln, Fackeln wurden entzündet, das Denkmal der Isis mit Horus wurde jetzt hell beleuchtet. Der Trommelwirbel und das Rasseln hörte so schnell auf, wie es begonnen hatte. Neben dem Denkmal hatte sich ein Trommel-Pfeifer aufgestellt, daneben eine Musikantengruppe mit Dudelsack, Schalmei, Fagott und Geigen. Plötzlich sprang eine Tänzerin auf die kleine Bühne vor dem Isis -

Denkmal, die Musik setzte ein, die junge Frau mit dem Rosenkranz auf dem Kopf tanzte erstaunlich rasche Figuren, sie schien geradezu zu fliegen, dabei bediente sie die große Metallrassel, das Sistrum, sodass der Rhythmus den beiden Zuschauern die Beine fuhr.

Kaum hatte die graziöse Tänzerin geendet, setzte der Trommelwirbel wieder ein und es erschien ein langer Zug weiß gekleideter Menschen. Die Männer mit ihren glatt rasierten Köpfen hielten unbekannte heilig wirkende Gegenstände vor sich, einer trug einen Topf in Form einer weiblichen Brust, aus dessen Brustwarze Milch tropfte. Andere trugen die Arme voller Wiesenblumen. Wieder andere schwenkten Räuchergefäße. Eine große Menge dieser weiß gekleidete Gestalten hielt Bündel von Schilf in der Hand, die sie nach oben gerichtet vor sich bewegten. Schließlich schien das Wichtigste eine große Schale mit klarem Wasser zu sein. Die Luft wurde schwer vom Räucherwerk. Die Szene war plötzlich mit vielen Menschen ganz eng geworden. Die Musik setzte wieder ein und alle sangen festliche Lieder, die die beiden Gäste noch nie gehört hatten. Die Gesänge klangen fremd, weich und zauberhaft. Der Marquis und Mademoiselle de Trie, blickten sich an, ihre Hände suchten einander.

Die Statue der Isis wurde mit Blumen bekränzt, das Wasser zu ihren Füßen ausgegossen. Das Feuerbecken auf dem Altar duftete nach fremden Kräutern. Neben dem Altar standen zwei ausgestopfte Ibis-Vögel.

Mademoiselle de Trie erkannte den Imker als den Träger der Wasserschale. Sie erkannte auch die Gänsehirtin in der Menge der weiß gekleideten Schilfträger. Babette schlug ein Sistrum und Hector schwenkte ein Räucherfass. Hieronymus, der Renoueur und Knochensetzer, hielt einen menschlichen Unterschenkel mit Fuß aus Bienenwachs mit beiden Händen.

Der Marquis fasste sich an sein Bein. Es war verheilt, aber noch empfindlich. Er war jetzt voller Dank. Er war geheilt und gerettet worden. Wem gebührt der Dank, an wen sollte er sich wenden? Er wollte bei seinem nächsten Menschen beginnen, dachte er sich. Er verfolgte das Schauspiel weiter.

Der Imker, er schien hier der Priester zu sein, sprach das Denkmal der Göttin an. Hector rief viermal den Namen Osiris laut vor allen. Den weiteren Text konnte man nicht verstehen. Eine Hymne folgte. Dann wandte sich der Priester um und sprach zu allen Versammelten, dass die Welt wieder geheilt sei, der geliebte Osiris im Schilf gefunden und wieder in seinem Hause weilte, die Gliedmaßen wieder zusammengefügt seien und sein Penis wieder neu erschaffen sei. Das göttliche Kind würde bald geboren werden.

Die ganze Versammlung zeigt eine ungeheure begeisterte Ergriffenheit. Die Menschen sangen und schrien durcheinander. Man hörte immer wieder die Namen Isis und Osiris. Der Marquis und Mademoiselle de Trie empfanden in diesem Augenblick das Gefühl einer großen Liebe für sich und für alle, die um sie herum versammelt waren, im gleichen Augenblick aber auch eine Liebe für alle Menschen, die sie je getroffen hatten, die Lebenden und die Toten, sogar für die Tiere und für die Bäume und die Pflanzen und das Land, für das Ufer, das  Meer und den Himmel.

Dann kam ein Trommelzeichen, die Rasseln setzten wieder ein. Der Zug setzte sich in Bewegung und verließ den Ort. Die Fackeln wurden gelöscht.

Der Marquis und Mademoiselle de Trie waren plötzlich allein. Der Kutscher kam näher und bat sie, im Wagen Platz zu nehmen. Sie stiegen ein. Es war weit nach Mitternacht. Die normannische Nacht der Isis war zu Ende.

Als der Morgen graute, machte sich Hector nach kurzem Schlaf mit einer großen Kiepe voller Rüben zum Tierpark auf. Die vorher schon gelockerten Pfosten des Zaunes zog er aus dem Boden. Es entstand eine breite Bresche. Er ging hindurch ins Freie und schüttete die Rüben auf einen Haufen.

Am Abend kehrte er zurück mit frisch geschlagenen Pfosten und sah, dass die Spuren eines mächtigen Keilers aus dem Tierpark hinaus, aber nicht wieder hinein führten. Da wusste Hector, dass er seinen Dank abgestattet hatte und befestigte die neuen Pfosten wieder ordnungsgemäß anstelle der alten. Er würde sagen, dass der Zaun an dieser Stelle morsch geworden sei. Eine große Lücke sei entstanden, durch die der Keiler möglicherweise entkommen sei. So würde er den Verlust des Keilers dem Marquis erklären, hoffentlich überzeugend, so dachte er etwas bang bei sich.

Später würde er beim Marquis um eine Ausbildung zum Verwalter der Ländereien des Schlosses bitten. Damit musste er sich jetzt aber nach der Angelegenheit mit dem Keiler noch etwas Zeit lassen.

Dreihundert Jahre später, kurz vor dem Ausscheiden aus seiner Klinik, machte ein alter Arzt Urlaub in der Normandie.

Im Städtchen Valognes, dem Ort des Wirkens seines Kollegen, des berühmten Arztes Guillaume Mauquest de La Motte, fand er im Heimatmuseum eine Miniatur mit vier Personen auf einer Porzellandose. Darauf war ein älterer offenbar adeliger Herr mit einer jüngeren Frau und zwei Kindern im Vorschulalter durchaus kunstvoll abgebildet. Auf dem vergilbten mit einer alten Schreibmaschine beschrifteten Zettel wurde Auskunft erteilt: es seien der Marquis Henri Berceur de Fontenay mit seiner zweiten Gattin Gabrielle und den beiden Kindern Henri Louis und Madeline Adelaide. Davor waren zwei Wachspuppen mit rosa kariertem und hellblau kariertem Hemd zu sehen, also wohl eine Jungen- und eine Mädchenpuppe. Beide hatten einen Hut auf, der aus einem sehr dicken Material gefertigt war. Rechts daneben lag eine Schreibfeder auf einem Stück Papier, auf dem ein nicht zu entziffernder Text mit schwarzer Tinte geschrieben stand, der mit roter Tinte unterschrieben war. Links daneben lag ein Ring mit floralem Ornament als Fassung und vielen blauen Steinen zu einer Art Labyrinth gefügt.

In der Abteilung für bäuerliche und jagdliche Heimatkultur stand am Eingang ein ausgestopfter Keiler mit gefährlichen Waffen.

In einer Vitrine prangte ein Steinschlossgewehr von 1686 aus der Werkstatt von Bertrand Piraubes, daneben fand sich in einem schlichten Rahmen ein Bild des Jagdverwalters Hector Severac, ein ernster Mann auf seinem Pferd, der Nutzer dieser Waffe. Auf die daneben liegende Papierrolle mit einem Siegel wurde auf dem Schild der Vitrine hingewiesen, es sei seine Ernennungsurkunde.

In der nachgebauten Küche hing ein Kupferkessel im Kamin. In einem kleinen Regal erkannte man mehrere unterschiedlich große Modelle von Tonflaschen für Calvados, sogar ein Tontrichter fand sich dort ausgestellt.

Auf dem Küchenherd lag eine Bronzerassel, ein Sistrum. Dieses Exponat wurde als Werkzeug zum Teigrühren beschrieben. Daneben, in einer kleinen Vitrine, neben Tontellern und Tonbechern vier Schellen ebenfalls aus Bronze, ohne Beschriftung.

Beim Hinausgehen erkannte der Tourist einen Handstock mit rundem Silberknauf, der in einer Ecke lehnte.

Das Schloss C. in der Nähe war in ein großzügiges Schulungszentrum eines bedeutenden  wohlbekannten internationalen Businesskonzerns umgewandelt worden.

Der Schlosspark mit seinen beiden formalen Gärten zeigte noch Spuren der einstigen Fantasie der barocken Gartenkunst: ein Garten als Labyrinth und ein Garten in der Art der Arabesken. Die ehemaligen Konturen waren mit frisch gepflanzten Buchsbaumhecken von ihrem neuen Besitzer wieder deutlich gemacht worden. Auch der Rundgang um die Teiche war für das Publikum geöffnet worden, wohl im Rahmen der Verbesserung des Tourismus in dieser Gegend. Allein die Terrasse und eine große Wiese mit Stühlen und Sonnenschirmen waren den Seminarbesuchern vorbehalten. Dort fand sich auch ein Hinweis auf ein kostenloses drahtloses Internet.

Am Wasser, am Übergang vom ummauerten Teil des Teiches zum Abfluss in den Bach wuchs Schilf. Direkt am Ufer war noch der Rest eines steinernen Sockels aus dunklem Material mit den Buchstaben ISIS HOR zu erkennen.

VII.        1938 Schüleraustausch
VII.1       Erfurt


„Amtlicher Teil
dieser Erlass wird nur im RMinAmtsbl.DtschWiss. veröffentlicht.
Berlin, den 24. Februar 1938.
Der Reichs- und preußische Minister
für Wissenschaft, Erziehung und Volksbildung.
Im Auftrage: Holfelder
an den usw.
131. Deutsch-nordischer Schüler-Austausch 1938.
Die Deutsche pädagogische Auslandsstelle (pädagogische
Abteilung des Deutschen Akademischen Austauschdienstes)
führt wie alljährlich auch in diesem Sommer für deutsche Schüler und Schülerinnen einen Ferienaustausch nach Schweden,
Finnland, Norwegen und Dänemark durch. Der Austausch verfolgt das Ziel, der deutschen Jugend das Erlebnis der nordischen
Länder aus eigener Anschauung heraus zu vermitteln und zugleich der Jugend dieser Länder den Zugang zu Deutschland zu
ermöglichen. Aufgrund einer mehrjährigen Tradition hat sich
der Austausch von Familie zu Familie als diejenige Form erwiesen, die der Eigenart der genannten Völker am ehesten ent-
spricht. Die Austausche von Haus zu Haus zwischen den deutschen und ausländischen Teilnehmern lösen sich zeitlich ab.
Mit der Durchführung hat die Deutsche pädagogische Au-
ßenstelle des Deutschen akademischen Austauschdienstes folgende Leiter beauftragt:

Schweden: Studienrat Dr. Wohlrab, Rähnitz-Hellerau bei
Dresden, Markt 12.
usw.
Aus Gründen der einvernehmlichen Planung und im Hinblick auf schon lange bestehende Verbindung ist eine Aufteilung der in Frage kommenden Reichsgebiete auf die einzelnen nordischen Länder erforderlich.
Schweden: Berlin, Braunschweig, Hannover, Ostpreußen, Sachsen, Thüringen, Württemberg.
Soweit erforderlich, ist den am Deutsch-Nordischen Austausch teilnehmenden Schülern und Schülerinnen der erforderliche Sonderurlaub zu gewähren.
Berlin, den 26. Februar 1938.
Im Auftrage: Wacker"


Marie freute sich auf ihre Freundin Birgitta. Ein Jahr zuvor hatten sie auf Öland in Schweden an einem kleinen Ort namens Djupvik einen wunderbaren Sommer mit deren Schwester Karin und den Freundinnen, den Segelscouts, verlebt. Es war eine herrliche Zeit der Unabhängigkeit von den Eltern und der Entdeckungen mit Ausflügen und Bootsfahrten und besonders dem schwedischen Mittsommerfest gewesen. Sie schrieben sich seitdem regelmäßig. Es war für Marie ein Glück, dass ein staatliches Austauschprogramm den Besuch von Birgitta aus Schweden möglich machte. Marie hoffte, ihr alles, was ihr in Erfurt und Umgebung, ja im ganzen deutschen Reich wichtig erschien, zeigen zu können. Es wurde zwar viel mehr reglementiert als in Schweden, aber sie waren jung und fühlten sich unabhängig und unberührt von engherzigen Regeln.
Der Zug aus Berlin war schon auf der großen Kreidetafel angezeigt.

Marie Haubitzer und Magdalena Muthesius standen mit ihrer Deutschlehrerin Frau Gebhardt und dem Direktor Gottlieb Faber in der Empfangshalle des Erfurter Hauptbahnhofs. Jeder von ihnen hatte schon die Bahnsteigkarte in der Tasche. Sie waren eine dreiviertel Stunde zu früh im Bahnhof eingetroffen, nachdem Direktor Faber sie in ihr Mädchengymnasium, die Königin Luise Schule, gerufen hatte, um die letzten Vorbereitungen zu treffen.

Sie trafen sich in seinem Arbeitszimmer im ersten Stock. Zunächst ging es darum, dass das wieder erstarkte Deutschland mit seinem entschlossenen, energischen und strengen Streben würdig und nachdrücklich, quasi in einer heiter-strengen Stimmung, den nordischen Mitgliedern der germanischen Völkerfamilie im Rahmen des Schüler-Austausches präsentiert werden sollte.

In seinem kurzen wohlwollenden Vortrag zur Verständigung der nordischen Völker untereinander, hatte der Direktor noch einmal auf die wunderbare großartige Zukunft Deutschlands unter seinem Führer hingewiesen. Bei diesen Worten richtete sich der ohnehin schon groß gewachsene, schlanke Mann auf. Mit seiner sonst etwas nach vorne geneigten Haltung, dabei aber durchaus eleganten und lebhaften Art hatte er das Wesen eines Gelehrten und begeisterten Pädagogen. An dieser Stelle versuchte er nun, die eigentlich erforderliche heroische Haltung einzunehmen, die die neue Zeit im Jahre 1938 von ihm erwartete, was ihm allerdings immer noch nicht vollständig gelang. Seine Eigenständigkeit, seine freie Art zu denken, schien ihm jetzt allmählich hinderlich zu werden.

Er fuhr fort. Die Gäste aus Schweden sollten die Verbundenheit des deutschen Volkes mit seiner deutschen Scholle und seinem völkischen Blut kennenlernen. Das unverbrüchliche

Bekenntnis zu Aufstieg, Ruhm und Heldentum, den freudigen Willen, dem Führer zu folgen, hatte das deutsche Volk mit der Ausrichtung der Olympischen Spiele zwei Jahre zuvor vor allen Völkern der Erde eindrücklich bewiesen, führte er aus.

Er erinnerte an die großartige Rede des Führers vor fünf Jahren in der mitteldeutschen Kampfbahn mit seinen Ausführungen zur Bekämpfung der Arbeitslosigkeit und die neue Bedeutung des deutschen Volkes auf der Welt; ein historisches Ereignis, zu dem aus allen Teilen Thüringens und des Thüringer Waldes die Menschen freudig gekommen waren.

Im familiären Rahmen in Erfurt sollte der Schüleraustausch den großen Geistern des Deutschen Volkes gewidmet werden, verbunden mit sportlichen Betätigungen, lehrreichen und ertüchtigenden Touren im Deutschen Heimatland, die die Freundschaft zwischen den germanischen Volksgruppen der nordischen Länder durch gemeinsames Erleben festigen sollten.

An dieser Stelle wollte er nur anmerken und betonen, dass seine eigenen, sehr aktuellen Forschungen über die altgermanische Religion und das Christentum auch die religiöse Vorherrschaft der nordischen Völker bewiesen habe.

Leider könnten die neuesten technischen Entwicklungen, die erstaunlichen Leistungen des Deutschen Volkes wegen der erforderlichen Geheimhaltung den jungen Gästen nicht vorgestellt werden, weil vieles verständlicherweise auch von militärischem Interesse sei.

Am Ende wies er darauf hin, dass der Erlass zum Austausch im Februar des Jahres 1938 ergangen war, der Antrag zum Austausch durch die Königin-Luise-Schule im April zum erstmöglichen Zeitpunkt gestellt wurde.

So könne nun in vorderster Front wiederum auch ein Mädchen-Gymnasium, „unser angesehenes Gymnasium Königin

Luise", welches sich in Erfurt einen hohen Stellenwert erkämpft hatte, schon im Mai wieder die ersten Austauschschülerinnen aus Göteborg begrüßen. „Heil Hitler!" sagte er am Ende. Dabei hob er etwas den rechten Arm. Den Kopf hielt er dabei gesenkt auf sein Manuskript gerichtet. Er machte eine Pause.

Der Direktor hob den Blick, lächelte und sagte: „So, das war nun die Pflicht dieser Veranstaltung, ohne diese vorbereitete Präambel wäre schon die Korrespondenz mit unserer Partnerschule in Göteborg, Göteborgs Lyceum för Flickor, nicht gelungen. Außerdem müssen wir die Gefühle unserer Jungenschule, dem Ratsgymnasium, ach nein, sie heißen ja jetzt Staatliches Langemarck-Gymnasium, berücksichtigen. Apropos, als euer Lehrer erwarte ich natürlich, dass ihr den heldenhaften Opfergang unserer jungen Soldaten in Flandern in der Schlacht von 1914 kennt.

Aber jetzt einmal unter uns, ihr seid alle junge Menschen, jeder für sich ist einzigartig, lasst euch nicht über einen Kamm scheren, auch wenn die Zeit heute danach ist. Lasst jede Meinung unter euch gelten und im Zweifel diskutiert, aber nur unter euch und bleibt verschwiegen, auch zu Hause mit euren eigenen Meinungen zu politischen Dingen."

Er forderte sie auf, jetzt gemeinsam zum Bahnhof zu gehen. Es war viel zu früh.

Unterwegs machten sie wie unbeabsichtigt einen Abstecher zum Platz vor Dom und Severi Kirche. Die Treppe zwischen den beiden großen Kirchengebäuden war leer. Die kleine Gruppe stellte sich zusammen und Frau Gebhardt sprach leise zu den beiden Gymnasiastinnen: „Euch beiden ist ja klar, dass wir uns so gastfreundlich wie irgend möglich verhalten. Göteborg ist das alte Gamla Älvsborg, vergleichbar mit Erfurt. Die Nordländer werden zu unserem germanischen Erbe gezählt, wir haben Hochachtung zu zeigen. Unsere Gäste sollen sich wohl fühlen. Dazu zählt, dass ihr langsam und deutlich deutsch sprecht und euch vergewissert, dass eure schwedischen Gäste alles verstanden haben. Wie eure Ausflüge und Besichtigungen ablaufen, haben wir ja nun schon genau besprochen. Eine deutsche Frau raucht nicht, Wein trinkt sie in nur geringen Mengen, Bier ist etwas ordinär und wird von mir nicht empfohlen, wie schon gesagt, allerdings gehört dieses Getränk unbestritten zum deutschen Wesen. Die schwedischen Jungs werden das zu schätzen wissen. Auch wenn jetzt in Deutschland alles anders und kraftvoll werden und das Deutsche Volk damit allen anderen Völkern überlegen werden soll und sein wird, ist es für eine deutsche Gymnasiastin besser, Bescheidenheit aus dem Bewusstsein der Überlegenheit und Stärke zu üben.

Also, hier ohne Zuhörer, noch einmal, überdenkt eure Aussagen in der Öffentlichkeit, alles kann politisch gedeutet werden. Ich weiß, dass in euren Köpfen die Gedanken frei sind, keiner sie erraten oder einfangen kann. Aber lasst sie nicht heraus. Redet nichts Unbedachtes. Der Zweck eines solchen Austausches ist eine offizielle Sache des Ansehens in der Welt und soll das eigene Land von der besten Seite zeigen."

Im Weitergehen sagte der Direktor: „Das soll heißen, dass wir beide persönlich verantwortlich sind, eure Deutschlehrerin und ich, wie wir mit euch hier den Austausch gestalten werden. Wir werden darüber berichten müssen. Ich bitte euch wirklich ernsthaft, keine Kritik an den Verhältnissen in Deutschland oder an Schweden zu üben. Und wenn irgendetwas nicht ganz eindeutig ist in den Beziehungen zwischen euch vier Schülerinnen, aber auch mit den Jungen, meldet euch sofort bei mir, ich werde dann an einem geeigneten Ort vermitteln.

Ansonsten gilt die Abmachung, zweimal in der Woche persönlicher oder telefonischer Bericht bei mir oder Frau Gebhardt.

Und verliebt euch nicht zu sehr. Also dann, auf zum Bahnhof!"

Die beiden jungen Mädchen aus der Unterprima schauten sich an und verdrehten etwas die Augen. Marie flüsterte: „Wir werden sicher nur über das Wetter sprechen und Johann Wolfgang von Goethe und Börries von Münchhausen, aber unter keinen Umständen Götz von Berlichingen zitieren." Magdalena kicherte: „Marie, das ist zu stark! Pass bloß auf! Aber jetzt konkret: Denk mal an die Anmeldefotos. Wer ist dir denn eigentlich sympathisch? Ich, also, ich werde mir den Ulf vornehmen und mit ihm „Mein Kampf" durchblättern, natürlich nur im Dunkeln. Was hältst du davon? Oder müssen wir als vier Paare immer formiert marschieren?" Da mussten beide glucksend das Lachen unterdrücken und brauchten lange mit auf den Mund gepressten Händen, bis der Zwang zum lauten Loslachen wieder abgeklungen war.

Am Hauptbahnhof angekommen, holte Frau Gebhardt aus ihrer Einkaufstasche vier schwedische Fahnen mit gelbem Kreuz auf blauem Grund und vier Hakenkreuzfähnchen in den Farben schneeweiß, blutrot und tiefschwarz heraus und so stand die kleine Gruppe in der Vorhalle des Erfurter Hauptbahnhofs unter dem hohen Tonnengewölbe.

Direktor Faber entdeckte seinen Amtskollegen Dr. Alfred Schmidt vom Jungen-Gymnasium, nein, dem neuen Langemarckgymnasium, neuerdings benannt nach einem heroischen verlustreichen Einsatz im verloren gegangenen Kriege. Dr. Schmidt war in Begleitung von zwei seiner Gymnasiasten, die am Austausch teilnahmen. Faber bewegte sich sofort freudig auf ihn zu und wechselte einige Worte in seiner gewinnenden lebendigen Art.

Direktor Dr. Alfred Schmidt trug Reithosen mit Stiefeln, Koppel und Schultergurt aus Leder in modernen Abstufungen der Farbe Braun. Sein eisernes Kreuz aus dem Ersten Weltkrieg hatte er angelegt, daneben prangte das Parteiabzeichen der NSDAP.

Er begrüßte den Direktor des Mädchengymnasiums etwas von oben herab mit knappen Worten. Direktor Faber war wie immer in Zivil, ihm fehlte bekanntermaßen völlig die neue militärische Art.

Viele der im Bahnhof vorbeieilenden Menschen kannten den Direktor Faber, nickten freundlich im Vorbeigehen oder grüßten ihn mit schnellem Handschlag. Der Direktor war beliebt. Seine Vorträge über die Geschichte von Erfurt und seine Überlegungen zu den Altertümern, den kulturellen Schätzen, dem unvergesslichen Erbe der Ahnen, weitergegeben an das Deutschen Volk, waren eine feste Institution in dieser alten Stadt.

Inzwischen hatten sich die Mütter der Gastfamilien eingefunden und unterhielten sich aufgeregt über das Austauschprogramm. Frau Haubitzer hatte einen Korb voller frisch gebackener Rosinenbrötchen und eine Thermoskanne mit heißem Gerstenkaffee als erste Atzung dabei, wie sie das zu nennen pflegte. Nach deren langer Reise von Göteborg fühlte sie sich verantwortlich für das leibliche Wohl der schwedischen Gäste. Als die Idee ihres kleinen Imbisses begeistert von den anderen Müttern begrüßt wurde, lächelte die kleine korpulente Frau fröhlich auf ihre bäuerische Art. Nachdem die Umstände des Austauschprogramms und die einzelnen Erfahrungen mit den schwedischen

Korrespondenten ausgetauscht waren, entstand eine kleine Pause.

Sie schauten sich nach der Bahnhofsuhr um, die Ankunft des Zuges war noch nicht zu erwarten. Die Frauen sprachen jetzt über den letzten Film, der gerade im Lichtspieltheater gezeigt wurde. Es war das Lichtspiel „Zu neuen Ufern" mit Zarah Leander. Alle schienen ihn gesehen zu haben. Er war offensichtlich recht freizügig, daher wurde nur mit gedämpfter Stimme diskutiert, unterbrochen von Kichern und plötzlich von einem lauten Lachen, das im Hauptbahnhofsgewölbe widerhallte, offensichtlich nach einer treffenden Bemerkung einer von ihnen. Sie waren recht vergnügt. Tatsächlich war der Film ab 16 Jahren freigegeben. Die Gefahr, dass ihre Kinder und die Austauschschüler auf ihn aufmerksam würden, wurde diskutiert, weil die Hauptdarstellerin Schwedin war und einen unglaublich erotisierenden Vortrag mit dem Lied „Yes, Sir" auf die Bühne brachte.

Die Mütter fanden, jetzt ernst geworden, dass dieses Couplet eigentlich undeutsch sei und möglicherweise die Sitten verderben könnte. Als eine echte Gefahr wurde es jedoch nicht eingeschätzt. Dann sprachen sie über die geplanten Sommerausflüge mit den Austauschgästen. Schließlich wurde das Rezept eines Sommersalates diskutiert.

Um 16:30 Uhr gingen die beiden Direktoren mit ihren vier Schülern durch die Sperre auf den Bahnsteig. Endlich kam der Zug um 16:48 Uhr. Dies war die genaue Zeit, die auf dem Ankunftsplakat gedruckt war. Im Deutschland des Führers gab es keine Verspätungen.

Die Dampflokomotive stampfte an ihnen vorbei und kam unter klingendem Getöse zum Stehen, das Ruheatmen der Lokomotive war kaum eingetreten, der Dampf war noch nicht verweht, da sprangen die vier schwedischen Gäste schon aus dem Wagen heraus, gaben sich gegenseitig Rucksäcke, Koffer und einen Geigenkasten und eine Gitarre in die Hand, schulterten ihr Gepäck und machten sich Richtung Kontrollhäuschen auf. Da waren sie schon entdeckt worden.

Das Erfurter Empfangskomitee schwenkte seine Fähnchen, Direktor Dr. Alfred Schmidt empfing sie mit einem makellosen deutschen Gruß. Es dauerte eine Weile bis die Hände gedrückt, das Gepäck auf die begrüßenden Schüler verteilt und die kleine Gruppe sich in die Schlange vor dem Kontrollhäuschen des Bahnsteigs eingereiht hatte. Frau Haubitzer fand freudige Abnehmer für ihre Rosinenbrötchen und den ersten Kaffee aus den mitgebrachten Blechbechern.

Direktor Dr. Schmidt machte darauf aufmerksam, dass und vorzüglich hier die Pässe und Visen zu zeigen seien und die Erfurter Schüler ihre gelochte Bahnsteigkarte noch einmal zur Kontrolle in die Hand zu nehmen hätten.

Während sie nun so gemeinsam in der Schlange standen, unterhielt sich Marie mit ihrer Freundin und Austauschschülerin Birgitta Cederbäck. Sie erkundigte sich nach der blauen Glasur, die Birgitta Cederbäck ausprobieren wollte. In ihrem letzten Brief hatte Birgitta eine große Tonschale mit zwei kleinen gleichartigen Schalen auf einem Blatt skizziert und die Probleme mit der geplanten Glasur in einem besonderen tiefen Blau angedeutet. Da belebte sich das müde Gesicht der jungen Schwedin und sie erklärte in einer schnellen Folge von deutschen und schwedischen Wörtern, dass die Schalen ganz wunderbar geworden seien. Sie hätte schon neue Pläne mit ganz neuen Dekors, die - einfach, aber expressiv - einen Ausdruck im Raum bewirkten. Und das Schöne sei, dass man ihre Schalen jeden Tag richtig benutzen könne. Sie hoffte, dass sie ein

Stipendium für die Kunstakademie in Göteborg bekommen
könnte.

Dann fragte Birgitta nach Maries wichtigen Ereignissen seit
ihrem letzten Brief. Wie es denn mit der geplanten Tanzauffüh-
rung in der Mary-Wigman-Schule bei Edith Lucian zugegangen
sei.

Und Marie konnte vom langen Training, von der Konzent-
ration auf den richtigen Ausdruck und der besonderen Heraus-
forderung, ohne Musik auf der Bühne zu tanzen, berichten:
„Das musst du wissen, es ist mir schon etwas bizarr vorgekom-
men, einen Tanz von Verzweiflung zum Aufbruch, dann zum
aufrechten edlen Stand und wieder in die Ruhe zurück unter An-
leitung konzentriert zu tanzen. Die Choreografie zu erinnern ist
ja nicht das Problem gewesen. Vor allem die Balance im Raum
und die Stille haben mich plötzlich nervös gemacht. Besser geht
es immer für mich mit Rhythmus, Trommeln, Xylophonen oder
Klatschen der anderen Tänzerin. Am schönsten aber ist es in der
Gruppe in der Natur auf der Wiese! Leider muss Edith Lucian
aufhören, aus politischen Gründen, das ist wirklich sehr
schade.“

Birgitta stimmte zu, dass die Natur für den neuen Tanz so
wichtig sei. Auch in Schweden habe Birgit Åkesson eine Tanzschule in diesem wieder entdeckten natürlichen Sinn in Stockholm aufgemacht.

„Ich liebe seit langem auch nur die einfachen echten Dinge,
wie die Erde, der Ton für die Töpferei,“ dabei lächelte sie, „die
neue funktionelle Architektur und die echten Gefühle, auch für
Jungs. Ach, jetzt hätte ich es beinahe vergessen,“ rief sie aus
„meine Schwester Karin und die Seescout-Mädchen von Öland
lassen dich ganz herzlich grüßen!“

Marie dankte ganz herzlich. Sie hatte am Morgen noch kurz auf das Foto geschaut, welches anlässlich ihres Abschiedes von Öland von Birgitta gemacht worden war und ihr nach der Entwicklung geschickt wurde. Sie wurde darauf herzlich von Birgittas Schwester umarmt, daneben die Seescout-Mädchen, und sie blickte in die Kamera, schon mit dem Reisemantel und der Fotobox über der Schulter, braun gebrannt von der Ostsee-Sonne und dem Wind, locker und glücklich nach sechs Wochen Ferien mit den Freundinnen in Schweden.

"Karin, Anka, Lillemor, Gunilla, du und ich, die Seescouts und die anderen, die mit ihren ewigen karierten Kleidern, das war doch ein ganz herrlicher Sommer!" lachte Birgitta. „Wir Mädchen vom Strand. Und jetzt bin ich hier. Ein richtiges Abenteuer. Hier wird es bestimmt genauso schön, auch wenn ihr keine Schären in der Ostsee zu bieten habt."

Da kam Maries Mutter, wartete einen Augenblick bis der letzte Satz von Birgitta zu Ende war und sagte: „Na, ihr zwei, ihr seid ja schon in einer tiefen Diskussion über die gemeinsame Vergangenheit versunken, nun esst noch eins meiner Rosinenbrötchen, sie sind doch ganz frisch und mit Liebe für euch gemacht."

Birgitta hatte noch Hunger. Sie nahm gern noch ein Rosinenbrötchen und bekam einen ordentlichen Schluck Kaffeeersatz in den Becher.

Birgitta war eine füllige Siebzehnjährige mit aschblonden lockigen Haaren, die um das breite Gesicht wehten. Jetzt waren einige auf der Stirn durch den Schweiß verklebt. Sie hatte ein einfarbig dunkelblaues Sommerkleid an. Ihr großer Busen und das breite Becken waren durch eine auffallend schlanke Taille mit einem geflochtenen Gürtel getrennt. Ihre Bewegungen wirkten flink und kräftig. Den braunen Rucksack hatte sie jetzt auch auf den Boden gestellt. Dort stand schon der kleine Koffer aus brauner Pappe mit einem Haltegurt um den Kofferdeckel, den sie als erstes vor der Begrüßung ganz vorsichtig auf den Boden platziert hatte.

Während Birgitta von Maries Mutter mit vielen guten Worten mit Rosinenbrötchen und Kaffee versorgt wurde, schaute Marie verstohlen zu den jungen Männern aus Schweden.

Marie war eine kleine, lebendige, sehr junge Frau mit bräunlichem Teint, tiefschwarzen Augen, hoher Stirn und lackschwarzen, glatten Haaren, die sie mit einer Spange an beiden Seiten aus dem Gesicht hielt. Den starken, geflochtenen Zopf hatte sie hinten verknotet, so dass ein Konvolut von schwarzen Haaren auf dem schönen geschwungenen Nacken ruhte. Sie hatte eine sehr spitze Nase, die Reste von Kinderpausbacken, etwas asymmetrische Frontzähne, eine anmutige schlanke Figur und rasche, zuweilen unbeherrschte Bewegungen. Sie konnte keinen Satz ohne die passenden unterstreichenden Gesten hervorbringen. Sie trug eine geblümte Sommerbluse und einen Bauernrock mit einer vorgebunden bayrischen Schürze.

Marie Haubitzer verkörperte das Bild eines frischen, gesunden, jungen Mädchens, wenn nicht unglücklicherweise inzwischen der offizielle Geschmack für junge Mädchen von einem dunklen mediterranen Typ zum nachgewiesenen arischen, hellblonden Menschentyp gewechselt hätte.

Sie blickte zu der Gruppe der Schüler hinüber, die sich um den Direktor der Langemarck-Schule scharten. Der Direktor redete laut mit rollenden R. Den Inhalt konnte sie nicht richtig verstehen. Die jeweilige Haltung der Schüler schien ihr sehr unterschiedlich zu sein. Die beiden Hitlerjungen aus der Langemarck-Schule hatten diese lächerliche Uniform nicht an. Sie waren korrekt mit einem Anzug gekleidet. Der Schwede Ulf

Allvar-Severius hörte den Ausführungen des Uniformierten wohl zu, dazwischen schien er sich aber zu orientieren, er beobachtete die umstehenden Personen, das Hin und Her der Passanten, dann hörte er wieder zu. Er wirkte hochkonzentriert. Er war mittelgroß, trug einen graubraunen, an den Hosen weit geschnittenen Anzug mit festen Schuhen. Den Schlips hatte er etwas gelockert, nachdem die Begrüßung vorbei war. Vor seiner Brust hing eine zweiäugige Rolleiflex im lederbeschlagenem Metalletui. Neben ihm standen ein recht gebraucht aussehender, schwedischer Armeerucksack und eine Umhängetasche.

Er hatte eine ungewöhnlich dunkle Hautfarbe. Es war nicht die Sonnenbräune allein. Seine Haare waren schwarz und ganz glatt nach hinten gekämmt. Um die Ohren waren sie kurz und ordentlich ausrasiert. Sein Gesicht hatte etwas Herausforderndes, etwa so wie eine Mischung aus spöttischer Skepsis von einer sicheren Warte aus. Von der Seite sah man seine fliehende Stirn, die den Augenbrauenwulst betonte. Seine Nase verlief gerade und war kräftig ausgeprägt. Seine Lippen waren füllig und, wenn er lachte, zeigten sich auffällig große und weiße Zähne. Das Kinn war kräftig. Seinen aufmerksamen Augen mit ihrem hellen Blau schien nicht viel zu entgehen.

Marie suchte das richtige Wort, wie dieser junge Mann auf sie wirkte. Sie fand den passenden Ausdruck nicht sofort. Dieser junge Mann aus Schweden hatte ohne Zweifel eine Wirkung auf sie, sie spürte es und war sich sicher, aber wie war das Phänomen zu beschreiben? Sie beschloss, ihren Gefühlen das Wort „Fatzinatzion" beizufügen. Zum einen war sie fasziniert, zum anderen könnte es ja auch einfach eine Reaktion auf einen Feld- Wald- und Wiesen-Fatzke sein. Sie beschloss, auf der Hut zu bleiben. Sie blickte um sich. Dabei bemerkte sie, dass

Magdalena Muthesius den gleichen jungen Mann intensiv, versunken und völlig abwesend, unverhohlen musterte.

Ulf indessen hatte die kleine Marie schon längst entdeckt und in die Sparte „romantische Zigeunermaus" eingeordnet. Vielleicht war sie auch Jüdin. Da musste er dann doch schon vorsichtig sein nach allem, was er bisher über das politische Programm des deutschen Nationalsozialismus erfahren hatte, obwohl ihm, schon von der Nationalität her, aber auch durch die familiären Traditionen nicht viel passieren konnte. Er war schlicht begeistert vom Aufbruch in Deutschland. Er war nach Deutschland gekommen, um diese Entwicklung kennenzulernen und zu begleiten. Er wollte einer der ersten sein, die in Schweden den lange fälligen Anbruch einer neuen Zeit voranbringen und dokumentieren sollten. Eine Romanze mit einer nicht nordischen Frau kam für ihn überhaupt nicht infrage. Da war ihm das blonde Mädchen mit den Zöpfen neben ihr, dem sportlichen Körperbau und der verträumt wirkenden Art auf den ersten Blick wesentlich anziehender.

Marie betrachtete jetzt den zweiten Gast aus Göteborg. Sie kannte Per Åke Svensson von der Schwarzweißfotografie her, die in der Korrespondenz zum Schüleraustausch war. Er sah ganz anders aus. Er war hochgewachsen, für seine 17 Jahre etwas nach vorne gebeugt. Vielleicht lag das auch an seinem Rucksack, den er noch angeschnallt hatte und der Gitarre, die er über der Schulter trug. Er hatte eine zu weite Hose mit Hosenträgern an und ein helles Hemd mit offenem Kragen. Eine Jacke hatte er auf den Koffer gelegt, der neben ihm stand. Er hörte dem Direktor der Jungen-Schule zu, er schien nicht alles zu verstehen, was der Direktor ihnen zu sagen hatte. Er rückte noch etwas näher an den Redner heran, dabei schaute er um sich und sein Blick kreuzte den Blick von Marie für einen Bruchteil einer Sekunde. Er schaute schnell weg.

Marie betrachtete die zweite schwedische Schülerin, Alma Nilsson. Alma war ein aufgeschossenes, sehr schlankes Mädchen, sie hatte ordentliche, blonde Haare, zu zwei Zöpfchen geflochten, und grüne Augen. Auf dem Kopf trug sie eine Baskenmütze, das schien das einzige Kleidungsstück zu sein, welches man kaufen konnte. Alles andere, was sie kleidete, war selbst genäht, gewebt oder gestrickt. Der Rucksack und der Koffer standen parallel beieinander. Den Geigenkasten hat sie über der Schulter. Sie wartete schweigend in der Schlange. Die Erfurter Schülerin Magdalena erklärte ihr etwas, sie zeigte dabei mit dem Finger auf den Ausgang und auf die Decke, Alma nickte.

Auf den Weg zum Wohnhaus von Marie, Anger 75, wurde Birgitta von einem Schüler des Jungengymnasiums angeboten, für sie den Rucksack zu tragen. Das ließ sich gerne zu. Sie bestand aber darauf, den gegürteten Koffer selbst zu tragen.

Vor der Tür zum Haus von Maries Familie machte sich ein SA-Mann zu schaffen, der die kleine Gruppe, Mutter Haubitzer, Marie und Birgitta, mit deutschen Gruß und Zusammenklappen der Stiefelabsätze begrüßte. Birgitta schaute Marie fragend an, diese winkte unter leichtem Hochziehen der Augenbrauen diskret ab und sagte: „Das ist unser Onkel Richard, Muttis Bruder, der ist glühender Anhänger der Bewegung. Er achtet seit einiger Zeit auf die rechte politische Gesinnung von uns." fügte sie hinzu und sah etwas irritiert aus, begrüßte ihn aber auf gleiche Weise.

Birgitta schaute oben vom Dachzimmer, eigentlich Maries Zimmer, auf das gegenüberliegende Kaufhaus im Jugendstil. Sie konnte die Oberleitung der Straßenbahn erkennen, die über den langgezogenen Platz von Erfurt, den Anger, gespannt war.

Der Krug auf dem Waschtisch war bis oben hin mit warmem Wasser gefüllt, sie goss davon in die große Porzellanschüssel, Seife und Handtücher lagen bereit, sie machte sich frisch.

Als sie die schmale Treppe des mittelalterlichen Hauses hinunterstieg, sah sie, dass die Glastüren zum Wohnzimmer weit offenstanden und eine große Tafel gedeckt war. Sie wurde herzlich von Maries Vater, Theodor Haubitzer, begrüßt, ein kleiner dunkelhaariger Mann mit schwarzen runden Augen und einem kleinen viereckigen Bart auf der Oberlippe. Er schenkte ihr ein Glas Sekt ein. Fröhlich stießen sie die Gläser aneinander, dabei entdeckte Birgitta ein gleichaltriges, blondes Mädchen in der Runde, welche die dunkle Marie deutlich überragte. Das war Luise, Maries Schwester. Sie machte ihre Ausbildung im Porzellangeschäft Ledermann im Erdgeschoss, welches die Familie betrieb und begrüßte Birgitta mit Handschlag und einem fröhlichen „Hej!“.

Sie tranken alle auf die künftige Zeit in der Schule und die gemeinsamen Sommerferien, auf die Freundschaft zwischen Deutschland und Schweden. Mutter Haubitzer war jetzt aus der Küche herbeigeeilt. Sie ließ sich ein Glas Wasser geben und stieß mit an. Dann bat sie die Familie und den Gast zu Tisch.

Durch die kleinen Fenster konnte Birgitta den Oberkörper eines mächtigen Bronzedenkmals vor der gegenüberliegenden Kirche sehen. Das fleischige Gesicht unter dem Barett schaute mutig-streng in die Ferne. Marie erklärte ihr, das sei der Martin Luther, der Reformator. Birgitta wusste Bescheid. Dahinter ragte die uralte Kirche „Zu den Kaufmännern“, wohin Maries Mutter jeden Sonntag zum Gottesdienst ging. Sie sei fromm und trinke keinen Alkohol, wusste sie von Marie. Das kannte

Birgitta aus Schweden, wo der Alkohol schon immer ein Problem darstellte.

Als die Straßenbahn mit großem Getöse vorbeifuhr, jetzt mit kleinen knisternden Funken an der Oberleitung, weil es angefangen hatte zu regnen, wandten die beiden Mädchen sich um und setzten sich.

Auf dem weißen Tischtuch prangte das Jagdgeschirr mit Darstellungen von Rotwild, Schwarzwild und sogar einem Elch auf der Schüssel für die Klöße. Die Küchenhilfe und Mutter Haubitzer brachten mit rotem Gesicht und stolzem, freudigen Ausdruck Thüringer grüne Klöße, reichliche Portionen von grünem Salat, zwar aus dem Treibhaus, wie Mutter Haubitzer sagte, aber dennoch sehr schmackhaft, dazu gab es Hühnchenfleisch in Sahnesoße, weil, wie Mutter Haubitzer sagte, Vater Theodor einen schwachen Magen habe und nur weißes Fleisch vertrage und eigentlich auch keinen Alkohol, wie sie mit einem strengen Blick auf ihren Ehemann wie nebenbei bemerkte. Der ließ sich nicht stören, sagte vielmehr, dass man sich bei einer solchen freudigen Gelegenheit doch mal ein Gläschen Sekt gönnen dürfe, freute sich an der Gesellschaft und schenkte danach allen vom letztjährigen Apfelsaft ein.

Nach dem Tischgebet mit Dank für die Mahlzeit, aber auch für die glückliche Ankunft von Birgitta, gesprochen durch Mutter Haubitzer, langten alle kräftig zu. Essen war für Mutter Haubitzer eine Herzensangelegenheit. Das schmeckten alle.

Theodor Haubitzer fragte, ob Göteborg jetzt auch einen Flughafen habe. Natürlich hatte Göteborg seinen Torslanda flygplats - seit 1923, das wusste Birgitta ganz genau. Ob sie denn schon einmal geflogen sei, fragte er, das musste Birgitta mit Bedauern verneinen. Da holte Theodor Haubitzer tief Luft und begann, von seinem Flug mit der Junkersmaschine nach Berlin zu erzählen. Ein leises Seufzen ließ sich von Mutter Haubitzer und den beiden Töchtern vernehmen. Vater Haubitzer sagte, dass das ja nun nicht so schlimm sei, wenn er die Geschichte noch einmal erzählte, Birgitta kenne schließlich den interessanten Verlauf seines Fluges nach Berlin nicht. Also fing er an.

Nach einer Weile sah sich Birgitta um.

Sie fühlte um sich plötzlich eine Enge, einen Kloss im Hals in diesem dampfigen Raum mit dem Report des Fluges, der sofortigen Unterbrechung durch die Töchter, den fast geschrienen Kommentaren, unterbrochen von Gelächter, rascher Fortsetzung der Erzählung von Vater Haubitzer und unvermittelten Anfragen an sie in dem harten Deutsch der Erfurter, die sie nur langsam unter Sammlung ihres deutschen Wortschatzes beantworten konnte.

Draußen kreischte die Straßenbahn mit bläulichen Entladungen zum wiederholten Mal direkt unter den Fenstern des ersten Stockes vorbei. Beim ersten Blitzen der Oberleitung mit dem hellen durchdringenden Geräusch des schleifenden Eisens der Räder und der nassen Schienen war sie noch zusammengezuckt. Die Doppelfenster mit ihren vielen kleinen Scheibchen schienen diesen Missklang ungehindert ins dunkle Wohnzimmer eindringen zu lassen.

Nur noch ein Rest Tageslicht drang durch die Fenster. Die Alabasterschale an der niedrigen Decke mit ihren drei dunkelgrünen Kordeln spendete wenig Licht aus ihren beiden Glühbirnen auf den übervollen Esstisch. Vor ihr stiegen die ungewohnten Essensgerüche auf.

An der Wand hingen zwei Bockstrophäen und die hohe geschwungene geschnitzte Anrichte wirkte auf sie beklemmend. Selbst die Kuckucksuhr aus dunklem Holz rief in Birgitta beim achtmaligen Waldruf Schauer und Gänsehaut hervor.

Unheimlich und fremd erschien ihr, was sie, gefangen in einem verwunschenen Forst bei Gewitter mitten unter den aufgescheuchten Waldbewohnern, auf ihrem mit Leder beschlagenem Stuhl, aufrecht sitzend vor der hohen mit einem Auerhahn beschnitzten Rückenlehne fühlte, roch, hörte und beobachtete.

Eben noch diskutierte die Familie über den Berlinflug, danach schon über den geplanten Ausflug mit Birgitta und den anderen schwedischen Austauschschülern, wie der Aufenthalt im Jagdhaus der Familie Haubitzer auf dem Riechheimer Berg gestaltet werden solle.

Mutter Haubitzer rief von der Küchentür aus: „Wir reichen ein großes dreigängiges Menu in Form eines Picknicks, die Schweden werden staunen, mein gespickter Hase ist ein Gedicht, den brauchen wir nur noch auf dem kleinen Gusseisenherd dort warm zu machen!"

„Aber ich zeige aber vorher noch unser Traditionsporzellangeschäft Ledermann!" übertönte Maries Schwester Luise alle.

„Das machst du nicht, das ist völlig überflüssig und langweilig, außerdem ist Birgitta nicht dein Gast sondern meiner, falls du es wissen willst! Wir brechen mit allen vom Jagdhaus aus zu einer Wanderung auf, unterwegs singen wir, ich nehme die Ziehharmonika mit."

Da knallte eine Tür und Luise war heulend verschwunden. „Dumme Kuh, das Fräulein Luise Martha, meine Schwester, das macht die immer so!" sagte Marie halblaut zu Birgitta.

„Du hättest ihr nicht so unfreundlich über den Mund fahren sollen. Hol` sie wieder rein!" forderte sie ihr Vater auf. Marie machte eine fast unmerkliche Grimasse, stand aber unverzüglich auf und rief in den Flur: „Luise, komm` wieder rein, ich hab` es nicht so gemeint!"

Im gleichen Augenblick war Luise wieder im Esszimmer, sie hatte nur hinter der Tür gewartet.

Jetzt berichtete der Hausherr an Birgitta gewandt endlich, trotz der Versuche der weiblichen Mitglieder seiner Familie ihn daran zu hindern, den Rest von seinem interessanten Geschäftsflug vom neueröffneten Erfurter Flugplatz aus nach Deutschlands Hauptstadt Berlin. Er bedauerte Birgitta, dass sie noch nie geflogen war und schilderte begeistert seine Eindrücke, nochmals von Anfang an, von den Motorengeräuschen des modernen Passagierflugzeuges, den Böen unterwegs, die beeindruckende Leistung des hochmodernen deutschen Flugzeugs, nicht zu vergessen die schicken Stewardessen, das Bordmenu und die atemberaubende Landung in Berlin. Als er sich anschickte, ohne Pause von seinen geschäftlich notwendigen hektischen und anstrengenden Tagen bei der Hotel- und Nahrungsmittelmesse unter dem neuen Funkturm zu erzählen, wollten an dieser Stelle beide Töchter und seine Frau unbedingt die Geschichte mit der Berliner  Herrenbürstenkomplettgarnitur zum Besten geben.

Dies missfiel ihm gründlich, er sprach ein Machtwort: „Also jetzt ist Schluss, vor allem vor unserem Gast aus dem Ausland!" und die Stimmung wurde sehr still und angestrengt.

Marie flüsterte Birgitta während dieser betretenen Phase des festlichen Abendessens zu: „Ich erzähle dir die Geschichte später, die ist lustig." Dabei lächelte sie spitzbübisch und erntete einen strengen Blick ihres Vaters. Alle schwiegen. Sie aßen stumm weiter.

Das Gespräch lebte wieder auf, als Maries Schwester Luise tief Luft holte und mit einem Blick auf Birgitta reichlich geziert sagte: „Du weißt vielleicht nicht, dass wir das Traditionsgeschäft „Ledermann", das beste Luxusporzellangeschäft mit angeschlossener Haushaltswarenabteilung hier in Erfurt betreiben. Es hat sieben Schaufenster, die zeige ich dir morgen. Ich mache dort nämlich meine Berufsausbildung zur Verkäuferin und später zur Einkäuferin.“

Sie schaute in die Runde, alle blickten sie aufmunternd an. Sie fuhr fort: „Ich kann aktuell mitteilen, dass Jagdpokale und Porzellanteller mit Heimatmotiven wieder mehr gefragt sind. Außerdem habe ich zusammen mit unserer Direktrice Frau Gerda Liesmann, unsere neuen Vaterländischen Humpen für das Fest nach der Parade des Panzerregimentes 1 als Posten von sage und schreibe 60 Stück zur Bestellung und Lieferung an das Regiment aufgenommen und es sollen vielleicht noch mehr werden.“

Da entschloss sich der Hausherr, Gnade vor Recht nach dem Zwischenfall mit den Herrenpflegemitteln, insbesondere den vielen Haar-, Bart- und Spezialbürsten, die er sich als Provinzler anlässlich seiner Flugreise nach Berlin hatte andrehen lassen, walten zu lassen und lächelte für alle deutlich erkennbar.

Er nickte beim Nennen des Namens der Direktrice anerkennend und bemerkte, dass er sich auf sein tüchtiges, treues Personal verlassen könne und er diese günstigen Geschäftsentwicklungen auf das segensreiche Wirken des Führers zurückzuführe.

Mutter Haubitzer schaute verärgert auf, weil sie die Direktrice aus tiefster Seele verabscheute. Sie vermutete nämlich, dass ihr Gatte Theodor ein Verhältnis mit besagter Gerda Liesmann hatte, ein Verdacht, der nicht ohne weiteres von der Hand zu weisen war, da die Direktrice ein uneheliches Kind aufzog, mit dem sie öfters im Steiger, dem Ausflugsgelände von Erfurt, spazieren ging, und der Mutter Haubitzer, allzeit Ausschau haltend bei ihren eigenen Spaziergängen mit den Zwillingen, konsequent auswich. Es handelte sich um einen kleinen Jungen, für den Theodor Haubitzer eine regelmässige, angeblich rein freiwillige Unterstützung für seine unentbehrliche erste Kraft aus ausschließlich menschlichem Mitgefühl zahlte.

Die Küchenbedienstete deckte die Teller und Bestecke vom Hauptgang ab und Mutter Haubitzer machte Anstalten, die Geburt ihrer Kinder Marie und Luise, der beiden Zwillinge zu schildern. Lustigerweise würden sie in der Familie „Zwingelchen" genannt, gab sie zum Besten.

„Als die beiden gerade sprechen konnten, haben sie sich selbst so bezeichnet, zum Schießen!" Sie lachte bei diesem Ausdruck heiter voller Erinnerung, blickte zur inneren Sammlung auf das nun zu Verkündende in die Ferne, warf den Kopf zurück und fuhr sich durch die Haare. Den Versuch ihres Ehemannes, den Vortrag auf einen späteren Zeitpunkt zu verschieben, nämlich dann, wenn der schwedische Gast sich eingelebt hätte und das tägliche Leben hier kennengelernt hätte, wurde von ihr unvermittelt schroff beiseite gewischt.

Sie stand in der Küchentür, stützte den linken Handrücken in die Seite und begann nun den legendären Bericht über die Ereignisse vor 17 Jahren, als ihre Kinder Marie und Luise viel zu früh geboren wurden.

„Also, das war so: ich hatte mich auf mein Kind so gefreut, als ich endlich schwanger wurde, trotz der Kämpfe der guten Erfurter Bürger gegen die Bolschewisten bei uns in der alten Stadt Erfurt auf dem Anger hier, mit den Schüssen, den wütenden Arbeitern von der Gewehrfabrik und dem Blut und mit den Toten, ich hatte immer gebetet, dass alles gut werden soll, nachdem ich meinen Verlobten Walter im Krieg im Schützengraben schon verloren hatte und jetzt sein Bruder Theodor euer Vater wurde, weil ich ihn heiratete, übrigens in der Predigerkirche; mir war oft schlecht und ich hatte wenig Luft und da kriegte ich viel zu früh die Wehen, die hörten gar nicht mehr auf und wir fuhren zu meiner lieben Frau Dr. Mosches, zu der hatte ich Vertrauen, die war gut zu den Armen in Erfurt, die sagte, die Geburt hätte schon begonnen und dann waren sogar Zwillinge da und ich betete, weil ich von Herzen dem Schöpfer dankbar war, dass keines von euch gestorben war und ich betete weiter, dass ihr leben solltet mitten in unserer kleinen jungen Familie und die Losung der Herrenhuter für euren Tag der Geburt war 5.Mose 4,8: Wo ist so ein herrliches Volk, das so gerechte Sitten und Gebote habe?- und Markus 14,64: Sie verdammten ihn alle, dass er des Todes schuldig wäre -- also Gerechtigkeit und Ungerechtigkeit hier zusammen an einem Tag, da war Kämpfen im Glauben das einzige Mittel gegen Tod und Verderben und da sagte Frau Dr. Mosches, ihr müsstet in den Brutkasten und ich bekam einen großen Schreck, denn ich wollte euch doch immer bei mir haben und nicht eines verlieren!".

„Das wissen wir doch alles, Mutti", sagte Marie.

Da sprach ihre Mutter zu ihr: „Aber es ist ganz wichtig, weil es ein Wunder Gottes war, und ich erzähle es noch einmal, damit Birgitta über euch und mich Bescheid weiß, wir hatten doch mit euch ein Wunder erlebt, ein wirkliches Wunder, also, wo war ich stehen geblieben, ach ja, beim Brutkasten und da habe ich mir von Frau Dr. Mosches und der Diakonisse Schwester Elisabeth erklären lassen, dass 37° Celsius Temperatur Wärme für die kleinen Würmchen immer aufrechterhalten sein mussten, naja, da habe ich mit euch das Herrenzimmer nebenan mit seinem Kachelofen übernommen."

„Das Zimmer und das Holz habe ich dir auch gerne überlassen für meine Zwingelchen", fügte Theodor süss lächelnd unter seinem viereckigen Oberlippenbart ein.

„Ja, das hast du und wir ließen von unserem Riechheimer
Berg mit dem Pferdewagen von unserem treuen Kutscher Karl
Dürr Klafter über Klafter an Holz kommen, es gab ja nichts in
der Stadt, die Kohlen waren rar geworden und der Kachelofen
heizte das Zimmer auf 37° Celsius und ich stillte alle 2 Stunden,
jeden Tag waren die Diakonissen sechsmal da, um nach euch zu
schauen und täglich kam die liebe und so zuverlässige Frau Dr.
Mosches und ich musste noch Milch von einer Amme hinzu-
kaufen, die mir von Frau Dr. Mosches empfohlen wurde und so
ging das 21 Wochen lang."

„Man bekam kaum Luft da drin", bemerkte Theodor.

„Nein, 16 Wochen, dann hast du uns dann zusätzlich Möhrenbrei mit Butterflöckchen hinzugefüttert und überhaupt...",
verbesserte Luise.

"Ja, ja, Luise, sei nur jetzt mal still, ich muss mich konzentrieren; vergiss deine Rede nicht, nach 21 Wochen sagte Frau
Dr. Mosches, dass ihr nun das eigentlich erforderliche Geburts-
gewicht habt und dann kamt ihr in euer richtiges Kinderzimmer
und ich war dankbar und glücklich."

„Und du hast dann wieder gebetet", flötete Marie.

"Ja, ich habe gebetet und gedankt, dass ich trotz der unsäglichen Boshaftigkeit und Treulosigkeit, trotz des Überhandneh-
men des Unglauben überall heutzutage auf dieser Welt, also,
eine große Gnade, dass ich meine Kinder behalten durfte und
du, Marie, du versündigst dich jetzt nicht, gerade du mit deinem
dauerndem Spott, denn wo die Spötter sitzen, soll man eben
nicht sein, du weißt ja, steht alles in der Bibel; schreib Dir das
hinter die Ohren, das Wort Gottes gilt nämlich auch für dich,
Marie! Wo war ich? Ah ja, dann kam der Keuchhusten, wart
mal, erst Mittelohrvereiterung...."

„Wir hatten doch auch mal Durchfall“, sagte Marie mit unbewegter Miene.

„Ja, schon, aber das mit dem Durchfall war deutlich später, aber wir hatten immer genug frisch gebügelte Windeln, wir haben eben den ganzen Tag gewaschen, ihr saht so süß aus, Luise ohne Haare, nein, ein bisschen Flaum hatte sie auf dem Köpfchen und ganz große  tiefblaue Augen und schon ganz fertige Hände und Füßchen, Marie war kleiner, mit tiefschwarzen Haaren und schon damals dunklerer Haut und einer spitzen, fürwitzigen Nase, so war das; zuerst dachte ich, dass sie auch blaue Augen bekommen würde, aber dann hat sie die Augen von eurem Vati mitgekriegt.“ Theodor Haubitzer deutete auf sich, nickte übertrieben und verdrehte seine pechschwarzen Augen in alle Richtungen, schließlich schielte er, alle lachten, halb pflichtschuldig, aber lustig war es eigentlich doch.

„So, jetzt habe ich meine Geschichte noch einmal für Birgitta erzählt, Marie, du kannst ihr ja genau erklären, wie alles war, wenn sie die Einzelheiten der ganzen Geschichte nicht verstanden hat, es war ein richtiges Wunder, ach, ich muss jetzt weinen, ich bin so froh, dass Gott der Herr mich erhört hat und ihr heute so groß, gesund und erwachsen bei uns seid und lebt, lasst euch von eurer Mutter drücken!“

Und Mutter Haubitzer ging erst zu Luise und umarmte sie, die es sich fröhlich gefallen ließ. Als sie zu Marie kam, machte diese ein leicht peinlich berührtes Gesicht, ließ sich dann aber auch herzlich drücken von ihrer tränennassen Mutter.

Es war vielleicht der besondere Anlass von Birgittas Besuch, der Mutter Haubitzer zu ihrer Darstellung der wichtigsten Zeit in ihrem Leben ermutigt hatte und übrigens war es auch das letzte Mal, dass Mutter Haubitzer als noch selbstbewusste Frau Anerkennung für den Kampf um das Leben ihrer geliebten, leider viel zu früh geborenen Kinder einforderte, nur Anerkennung, nichts weiter.

Birgitta hatte mehrmals dem Fluss der Rede nicht mehr folgen können und die Zusammenhänge verloren, dazu fehlten ihr doch viele deutsche Vokabeln, aber dass es sich hier um die mütterliche Schilderung einer wichtigen lebensentscheidenden Phase für die kleinen Babys Marie und Luise handelte, hatte sie verstanden. Sie fühlte sich jetzt auch wieder wohler.

Sie musste an die heimatliche Schäreninsel Hernoe denken. Ihre eigene Kindheit war ohne Schicksalsumwege verlaufen, gleichmäßig, sicher, ruhig und knapp an Mitteln in dem Haushalt einer Telegraphenbeamtenfamilie. Die Einrichtung des Hauses ihrer Eltern war einfach, der Blick aus den Fenster ging weit über das Meer, konzentrierte sich auf die fernen Antennen, der Dienstaufgabe ihres Vaters.

Die Möwen und Seeschwalben kreischten zwar auch, aber wie viel lieblicher waren diese Rufe der Luftbewohner in ihren Ohren als die der Menschen, sie brachten die ferne kräftige Seeluft mit, das Meer spiegelte am Abend die Sonne je nach Wellengang in goldenen Streifen auf dem aquamarinen Wasser, am Strand wurden die braunen Steine mit einem Sonnengitter vom Wellengang dekoriert und mit etwas Glück konnte man die Fische im durchsichtigen Uferwasser sehen.

Da fiel ihr ein, dass sie im Koffer ihr Mitbringsel voller Sorge vor einem Bruchschaden heil bis nach Erfurt in das Zimmer von Marie getragen hatte. Sie erhob sich, dankte für das Essen, erntete sofort Widerspruch wegen des noch ausstehenden Nachtisches und eilte dann doch die Treppen des alten Hauses hinauf, um ihr Geschenk zu holen.

Zurückgekommen holte sie aus der Verpackung mit dem Papier der Göteborgs Tidning eine tiefblaue Keramikschale und stellte sie auf den freien Platz auf dem halbabgetragenen Esstisch. Die Glasur wechselte trotz der schwachen Beleuchtung je nach Blickwinkel vom fast schwarzem Blau bis ins Türkisfarbene, unterbrochen von schmalen Streifen aus einem goldfarbigen körnigem Material. Marie holte die starke Leselampe aus dem Herrenzimmer und da konnten alle sehen, dass es Birgitta gelungen war, den hellen Sommersonnenuntergang über der Ostsee an den Schären in dieser Schale einzufangen. Sonst war die Keramikschale eine schlichte, konisch geformte Gebrauchsschüssel.

Sie packte die beiden kleinen Schalen für Salz und Gewürze oder kurze Soßen aus, die in den Farben und Strukturen der schwarzen und braunen Steine am westlichen Ostseeufer glasiert waren.

Sie erntete von allen großes Lob, denn, so wurde ihr vom Hausherren erklärt, die bäuerliche Kultur sei in Deutschland als wahre Volkskraft gerade neu entdeckt worden. Im nunmehr bodentreuen Reich, wo unter Schweiß und Blut die neuen deutschen Generationen heranwachsen sollten, sei das Material Ton gesund, schlicht und nützlich. Das Geschenk sei also nicht nur schön, sondern auch völkisch gut passend, ja passend, was die neue Betrachtungsweise in der Kulturpolitik anging.

Da ging die Tür auf und es erklang ein fröhliches „Heil Hitler, liebe Familie! Ich sehe, es ist schon gedeckt und ihr habt schon angefangen. Was steht denn hier auf unserem Esszimmertisch?"

Alle wussten, dass Onkel Richard keine Ahnung von Kunst hatte und das, was er nicht verstand, für undeutsch hielt. Als Mitglied der Sturmabteilung des Nationalsozialismus war er nicht ungefährlich, es bestand immer die Gefahr für Mitglieder der Familie, durch Angaben von ihm oder seinen SA-

Kameraden von der Partei auf die rechte Gesinnung überprüft zu werden und vor allem arisch musste man schon sein. Die Verunglimpfung und Verfolgung der jüdischen Mitbürger, die in Erfurt wichtig für Handel und Kultur in der Vergangenheit waren, hatte mit aller Macht begonnen. Da war nichts zu beschönigen.

Diese Schalen würden germanische, edle Handwerkskunst mit der uralten Tradition der Nordländer verbinden, so ungefähr wurde dieses Geschenk daher dem inzwischen hinzu getretenen Onkel Richard von Marie erklärt. Sie war dabei etwas atemlos und unsicher.

Der dagegen kam vom Treffen der Erfurter Sturmabteilung und machte unversehens Anstalten, nach jetzt genauerer Inaugenscheinnahme des schwedischen Geschenkes einige Gedanken über entartete Kunst laut in Erwägung zu ziehen, da er so etwas noch nie gesehen hatte.

Vater Theodor musste schleunigst etwas sagen, ehe die Stimmung kippte. Er schaute zuerst Marie an und beide hatten den gleichen Gedanken und verstanden wortlos, dass diese drei Tonschalen natürlich in ihrer Form aus dem aktuellen Funktionalismus kamen, hochmodern waren und mit Blut und Boden des deutschen Reiches überhaupt nichts zu tun hatten.

Mit Blick auf Luise bemerkte Theodor und sprach nun dabei ganz deutlich: „Birgitta, diese Schalen sind dir wirklich ganz ausgezeichnet gelungen. Das ist nicht nur Handwerk. Du bist schon eine wahre Künstlerin. Vielen herzlichen Dank für dieses Geschenk! Wenn du eine Firma in Schweden gefunden hast, zum Beispiel Ekeby in Uppsala, die dein Modell, so wie es hier auf dem Tisch steht, in Serie herstellt, würde ich gerne mit unserer Firma Ledermann den Vertrieb im gesamten deutschen Reich als Beispiel neuer völkischer Kunst aus Skandinavien übernehmen."

Birgitta wurde rot vor Freude und sagte, sie sei doch erst am Anfang, die lang erwartete Zusage für die Volkskunstakademie in Göteborg habe sie noch nicht einmal bekommen, aber sie hoffte zuversichtlich auf die Aufnahme.

Mutter Haubitzer rückte an den drei Schalen, bis sie mit bester Wirkung mitten auf dem Esstisch standen, damit alle sie genau betrachten konnten.

Danach suchte sie in der Hocke unter Stöhnen wegen ihres Übergewichts blaue Glasschälchen ganz unten aus der altdeutschen Anrichte. Sie wollte neue passende Servietten dazu legten und überlegte, wo sie sie verlegt haben könnte. Sie schaute sich im Esszimmer um, dann hob sie schnell das breite Rückenpolster des Sofas an und dort fand sich ein Stoß hellblauer Servietten, daneben ruhten ein zusammengerolltes fleischfarbenes Korsett, eine Keksschachtel und das evangelisch-lutherische Gesangbuch, Ausgabe für Oldenburg, Friesland und Bremen, ev. Kirchengemeinde Delmenhorst.

Sie nahm die Servietten und stellte das Rückenpolster ohne Kommentar an die alte Stelle und wandte sich dem Esstisch zu, dann rief sie in die Küche, der Nachtisch könne jetzt serviert werden.

Onkel Richard hatte noch die SA-Uniform an und bekam die heiße Suppe vom Ofen und den warm gehaltenen Hauptgang nachserviert. Er stopfte in gewaltigen Gabelportionen die feine Speise in den Mund und redete dabei ununterbrochen weiter.

Über die Politik des Führers führte er seine neuesten Erkenntnisse aus und über des Führers grandiosen Aufruf, der alle begeistert und kampfbereit gemacht hat, dies sei in aller Munde, die Erfolge bei der Bekämpfung der Arbeitslosigkeit nicht zu vergessen.

Als er den eigenen Mund leer gekaut hatte, rief er: „Das seht ihr an mir, keine Arbeit jahrelang, jetzt bin ich wer, nämlich euer Blockwart!"

Er schaute triumphierend in die Runde. Marie verzog die Miene, Birgitta versuchte angestrengt, das mit Speichel und halbgekauten Brocken vermischte Erfurterisch des braun uniformierten Onkels zu erfassen, Luise war gelassener Stimmung mit ihren Gedanken weit weg anderswo, Mutter Haubitzer, Onkel Richards Schwester, verließ das Esszimmer Richtung Treppe mit dem Anfang von „Großer Gott wir loben Dich" auf den Lippen.

Vater Theodor versuchte, eine Bemerkung zu platzieren, kam aber nicht dazu, weil Onkel Richard, nun einmal vom Führer ergriffen war und das Wort ergriffen hatte und daher keine Unterbrechung in seiner Rede jetzt und in Zukunft in dieser Familie mit ihrem Geschäft mit dem hergebrachten jüdischen Namen Ledermann dulden wollte, das musste spätestens jetzt auch der Schwager Theodor begriffen haben.

Er fuhr also fort, nicht ohne einen Mundvoll von der Gabel genommen zu haben:

„Der Führer hat in hier in Erfurt in der Mitteldeutschen Kampfbahn eine für die ganze neidische Welt gewaltige, warnende Rede gehalten. Die Kraft des deutschen Volkes sei nicht zu unterschätzen. Das Volk sei eingeengt in seinen Grenzen und bräuchte Luft zum Atmen. Besonders habe ich mir gemerkt: Wenn Intelligenz, das trifft auf mich zu, und unsere Bauern zusammenarbeiten, dann ist die Zukunft für alle glücklich. Alle haben aus voller Kehle gejubelt, aus allen Teilen Thüringens und des Thüringer Waldes sind sie gekommen, um den Führer zu sehen. Anschließend hat er sich in das Goldene Buch der alten Stadt Erfurt eingetragen. Das geplante Bankett hat er ausgeschlagen, er ist Vegetarier, bei der Gemüsequalität der Erfurter ein Jammer, dass er nicht geblieben ist, aber er wird im ganzen Reich gebraucht, das hat er uns nämlich gesagt. So ist er, in einer makellosen Haltung in der Uniform der Sturmabteilung, meiner Sturmabteilung", fügte Onkel Richard hinzu, „in das Flugzeug gestiegen und nach Berlin zurückgeflogen.".

Onkel Richard begann den Nachtisch: „Schmeckt gut, meine Frau kann gut kochen hier in der Küche. Das nur nebenbei.

Aber jetzt alle gut zuhören: Für übermorgen hat das Panzerregiment 1 den ehrenvollen Befehl bekommen, eine Parade vor dem Gauleiter Franz Theile abzuhalten. Ich gehe davon aus, dass die Familie Haubitzer geschlossen dabei sein wird. Man kann die Parade zwar vom ersten Stock dieses Hauses aus sehen, aber es ist wichtig, dass alle am Straßenrand stehen und mit deutschen Gruß gebührend die neue junge Wehrmacht mit ihrer außergewöhnlichen Schlagkraft begrüßen."

Marie tuschelte in Birgittas Ohr: „Das passt doch gut, ich habe jemand von den Offiziersanwärtern kennen gelernt, der fährt schon den Panzer, der Harry, vielleicht können wir ihn sehen. Ich hab' ihn dieses Jahr beim Faschingsball am Rosenmontag getroffen und wir haben uns geküsst, aber nur ein bisschen! Wir schreiben uns immer mal, nichts Besonderes bis jetzt."

„Vad roligt," sagte Birgitta „das ist ja spannend! Nichts weiter?"

„Doch," flüsterte Marie, „meine Schwester, die blöde Luise, hat einen Brief abgefangen und hat mir mit Buchstabennudeln seinen Namen auf den Rand des Suppentellers gelegt, bevor ich zum Essen gekommen bin. Alle wussten Bescheid!

Unglaublich peinlich! War auch noch falsch geschrieben-
Riedul-, weil er das letzte kleine e so undeutlich schreibt.“

„Wie heißt er nun eigentlich richtig?“

„Harry Riedel“

„Klingt nicht so schlecht“, wisperte Birgitta.

Onkel Richard konnte Unaufrichtigkeit im wiedererwach-
ten Deutschland nicht leiden. Dazu gehörte auch Tuscheln zwischen zwei jungen Mädchen.

Er sagte daher: „Ich sehe mich gezwungen, Marie, dich
nochmals darauf aufmerksam zu machen, dass auch du bei der
Parade mit deutschen Gruß am Straßenrand stehen wirst. Du
zeigst überhaupt in letzter Zeit sehr undeutsche Manieren, pass
nur auf mit deiner welschen Haartracht, den schwarzen Augen
und den zersetzenden Geheimnistuereien, Fräulein Haubitzer,
dass du nicht als Fräulein Ledermann, als Jüdin, einmal gefragt
wirst, ob du überhaupt zu uns gehörst. Ich will dich nur war-
nen!“

Marie und Birgitta waren schon aus dem Zimmer, als er die
letzten Worte sprach. Sie hätten sonst seinen hinterhältigen Ge-
sichtsausdruck gesehen.

Theodor ärgerte sich: „Richard, du weißt genau, dass wir
das Geschäft von den jüdischen Ledermanns korrekt abgekauft
haben und keiner mehr von den Ledermanns eine Funktion bei
uns hat. Nur der Name steht für die Tradition, das ist für das
Geschäft wichtig.“

Richard entgegnete sofort: „Wenn ich zu sagen hätte: Weg-
nehmen ohne die geringste Bezahlung hätte man das Geschäft
diesem jüdischen Pack. Dann hätten wir jetzt nicht diese bekannten Probleme, nicht wahr, Theodor?!“

Theodor sagte: „Man muss auch zu jüdischen Geschäftsleu-
ten anständig bleiben, trotz wirtschaftlicher Probleme. Das hat

nichts mit den Ledermanns zu tun. Und nun hör mal zu, Richard. Ich kenne viele anständige jüdische Kaufleute, die für die Stadt Erfurt viel Gutes getan haben. 31 Söhne von jüdischen Familien sind im letzten Krieg gefallen. Das ist in der Trauerhalle des jüdischen Friedhofs nachzulesen und sie waren nicht in der Etappe oder haben nur gemütlich von hinten für sich selbst lukrativ mitgemacht, sie waren an der Front, sonst wären sie nicht totgeschossen oder von den Granaten zerfetzt worden wie mein Bruder Walter.

Und noch was: Was Marie betrifft, sie ist 17 Jahre alt, so kannst du mit Marie nicht reden und ihr unterstellen, dass sie als Jüdin unter den jetzt herrschenden Umständen gelten könnte, das verletzt und gefährdet sie.“

Richard schaute jetzt seinen Schwager abschätzig an: „Halte dich mal zurück, an deiner Stelle würde ich kleine Brötchen backen, du mit deinen feinen und geheimniskrämerischen Freimaurern, die von unserer Geheimen Staatspolizei vor drei Jahren, ja schon vor drei Jahren, im Jahre zwei nach der Machtübernahme, also 1935, zwangsaufgelöst wurden, zu recht! Du mit deinem Parteiabzeichen. Du bist aus reinem Opportunismus eingetreten, ein Märzgefallener bist du, weil du erst 1933 im März den Weg zu uns gefunden hast, kein eigener nützlicher Beitrag im Kampf um den Sieg! Keinerlei echte, deutsche Überzeugung! Ihr tut nur national, in Wahrheit ist das ganz anders, die reine Volkszersetzung bewirken du und deine Freimaurer, wahrscheinlich arbeiten du und deine feinen Brüder immer noch bei euren geheimen Treffen mit der jüdischen internationalen Verschwörung gegen uns anständige Deutschen zusammen, ein einziges Komplott gegen unser Volk, eure sogenannte Loge: - Carl zu den drei Adlern - dass ich nicht lache! Aus ist‘s bald mit euch allen, ihr Lügen- und Logenbrüder. Die

Freimaurerei ist und bleibt verboten, damit das in Erfurt klar ist, es gibt keine drei Adler mehr, sondern nur noch ein paar bedauernswerte Lügenbrüder als Radler auf platten Reifen."

Theodor wurde wütend, er fuhr seinen Schwager an: „Schweig du jetzt endlich! Du hast nichts verstanden. Klar bin ich in die Partei eingetreten. Das bin ich dem Hause Ledermann schuldig."

Der Schwager lehnte sich zurück und grinste.

Draußen traf Theodor seine Tochter Luise. Er zog sie beiseite und fragte, wie lange die umfangreiche, neue Lieferung von Porzellanfabrik Arzberg noch auf sich warten ließe. Er habe doch einen großen Posten edles schlichtes Essgeschirr bestellt. Luise sagte leise, dass die Lieferung von der Firma Arzberg abgesagt sei, die Geschäftslage der Firma Ledermann sei aus der Sicht der Firma seit einiger Zeit undurchsichtig. Es seien noch andere Verbindlichkeiten bei ihnen von früher offen. Sie hätten etwas von Bonität geäußert.

Theodor wurde bleich.

Dann ging er zum Telefon und ließ sich das Amt geben. Eine weibliche Stimme antwortete: „Ach, guten Tag auch, der Herr Haubitzer, hier ist Ihre Bettina vom Amt, sagen Sie schnell, wie es Ihnen seit gestern geht!"

Theodor fühlte sich gar nicht mehr auch nur zu einer Andeutung eines Flirts aufgelegt. Er sagte lahm, es ginge schon. Fräulein Bettina reagierte schnell,

„Ach so! Heute haben wir etwas getrübte Laune? Kann man was zu ihrer Verbesserung tun, der Herr? Welche Verbindung darf ich für Sie vermitteln?"

Während er auf die Verbindung mit der Firma Arzberg wartete, kreischte schon wieder die Elektrische, wie die Erfurter ihre Straßenbahn nannten, direkt am Haus vorbei. Ihm war tatsächlich etwas mulmig, wie es weitergehen sollte. Während er noch auf das Gespräch wartete, wurde er schon etwas gefasster, es würde ihm schon noch etwas einfallen. Schließlich stand das große Erbe der schwer kranken, gelähmten Tante Thea in Zukunft an.

Tante Thea konnte eigentlich nur noch telefonieren. Nach der Firma Arzberg würde er mit seiner Bank telefonieren und zur Sicherheit mit dem Notar Grüneberg, der sich um die juristischen Dinge der Firma Ledermann und der Familie Haubitzer kümmerte und auch Erbschaftsangelegenheiten vorbereitete und abwickelte. Ursprünglich war der Notar der Vorsitzende der deutschnationalen Volkspartei, später wie so viele, Mitglied der Nationalsozialistischen Deutschen Arbeiterpartei. Er leitete den Männergesangverein, ein honoriger Mann. Theodor konnte ihm also vertrauen, meinte er.

Als das angemeldete Gespräch kam, war er schon wieder guten Mutes, das Erbe sei ja doch nahe.

Einige Zeit später - noch am Tag der Beerdigung von Tante Thea - glaubte er an das in der Familie seiner Frau immer wieder beschworene Glück einer großen Erbschaft, die die Verbindlichkeiten der Firma Ledermann in wohlgefälligen Rauch aufgehen lassen würden.

Die Beerdigung war würdig und schön. Tante Thea war sehr beliebt gewesen.

Und als er Bettina und die vielen Fräuleins von der Telefonvermittlung am Grab begrüßte, die weinend den Tod von Tante Thea beklagten, erfuhr er, dass alle Fräuleins von Amt Tante Thea nie persönlich kennengelernt hatten, sondern ausschließlich am Telefon mit ihr gesprochen hatten. Tante Thea hatte im Rollstuhl zu Hause in einem Patrizierhaus gesessen. Aber die jungen Frauen konnten ihre eigenen Sorgen mit ihr besprechen und sie stellten dabei fest, dass Tante Thea sich für sie ernsthaft und zuverlässig interessierte und nichts vergaß.

So erfuhr Theodor zu seinem Erstaunen, dass Tante Thea in den Jahren ihres langen Siechtums täglich mit den Frauen vom Amt gesprochen hatte, dass sie immer freundlich, hilfsbereit und zugeneigt für die Nöte der Fräuleins vom Amt gewesen war und für jede von ihnen stets ein gutes Wort gehabt hatte, sodass sie sie schließlich als eine von ihnen betrachtet hatten. Davon hatte sein Fräulein Bettina ihm nie etwas gesagt.


Marie und Birgitta saßen am Ufer des Flusses Gera.

„Schau mal, Birgitta, wie der Wasserhahnenfuß in der Strömung hin und her schwingt, die ersten weißen Blüten sind auch schon zu sehen, es ist so friedlich hier."

„Und da, Marie, kommt Mama Anka mit ihren kleinen Entchen aus dem Schilf. Sie bleiben ganz dicht am Ufer, in der Mitte des Flusses ist die Strömung zu stark. Vier kleine Entchen!"

„Oh, ein kleines bleibt zurück, hopp, hopp, hopp, beeil dich, du kleines Flaumknäuel. Die Mama kümmert sich gar nicht darum, ob die Kleinen ihr folgen und was sie Dummes machen. Habt ihr in Schweden andere Enten, ich kann mich gar nicht mehr erinnern?"

„Du bist gut, Marie! Wir wohnen doch nicht in Lappland. Fast alles ist bei uns so wie bei euch. Auch die Mücken und die kleinen Enten."

„Überall kommen die Tierkinder zur Welt, ob wir wohl auch Kinder haben werden, was meinst du, Birgitta?"

„Nej, usch, erst mal nicht. Ich glaube, ich will erst einmal viele Gefäße machen. Dann kann ein Mann kommen. Er muss mir aber gefallen. Und lustig muss er sein. Aber ich soll weiter töpfern dürfen, das werde ich ihm gleich zu Anfang sagen. Dann vielleicht ein, zwei oder drei Kinder? Vielleicht? Ich bin nicht prinzipiell dagegen!"

„Ich weiß gar nicht, Birgitta, ich möchte nicht dauernd in der Küche stehen wie meine Mutti. So fromm wie sie bin ich auch nicht, immer in die Kirche gehen und zu den Einkehrzeiten bei den Herrenhutern in Neudietendorf hier auf dem Land. Ich glaube, ich werde lieber Schauspielerin oder Apothekerin oder Malerin oder Schriftstellerin. Sicher nicht Hausfrau und Mutter!"

„Und was ist mit Kindern?"

„Tja, Männer gibt es ja genug. Manchmal gehen sie mir auf die Nerven. Irgendwann werde ich schon ein Kind haben, und wenn es nicht klappt, bin ich auch nicht ganz unglücklich, nicht wahr? Sieh mal, die kleinen Entlein schwimmen artig in einer Reihe hinter der Mutter her. Sie sind wirklich sehr süß, Säuglinge sind oft unzufrieden und müssen gewickelt werden und die Mütter müssen sich viel umständlicher um sie kümmern."

„Aber später können sie auch viel mehr als nur Würmer fressen, schwimmen und schnattern!"

„Stimmt, du hast recht…

Komm jetzt mit auf den Stadtberg, ich zeige dir noch den Mariendom, vielleicht können wir auch die Gloriosa-Glocke hören. Da wird jeder ganz klein. Ich habe über sie sogar ein Gedicht gemacht, es ist expressionistisch, modern."

„Also wirst du Schriftstellerin, Marie, das ist aufregend!"

„Wenn wir auf dem Glockenturm sind, lese ich es ihr vor. Ich hab's mir eingesteckt, aber nicht lachen, versprochen, Birgitta!?"

Unter dem Glockenstuhl neben der Gloriosa

„Ganz schön anstrengend hier hinauf. Unglaublich, wo hast du mich nur hingeleitet oder sagt man gelockt, Marie?"

„Also, das ist wichtig, sieh` dir mal diese gewaltige Glocke aus Bronze an und die dicken Balken für das Gestühl im Turm. Wenn wir hier bleiben, wenn die Glocke geläutet wird, werden wir bestimmt taub. Aber wir haben noch über eine Stunde Zeit bis zum Abendläuten.

Also ich lese dir hier mal vor, was ich im Heimatkunde-Unterricht über die Glocke als Hausaufgabe geschrieben habe.

Zum Vortrag, erhabene Haltung und erst mal Luftholen, es geht los:

GloriosarömischviervonMarieHaubitzerneunzehnhundert-siebenund-

dreissigfastweißglühendmittausendachtzigGradCelsiushurtigfli eßendsprudelndhinabindieunterirdischeForm……..."


„Marie, halt, das ist sicher ein sehr schönes Gedicht, aber viel zu schnell für mich. Du musst es mir noch einmal langsam vorlesen."

„Tut mir leid, Birgitta, also:

"Gloriosa IV

von Marie Haubitzer 1937


Fast weißglühend

mit 1080°Celsius

hurtig

fließend sprudelnd

hinab

in die unterirdische Form

in der Nacht vom Freitag auf Samstag

den 7. Juli auf den 8. Juli 1497
nach dem Einstoßen des Zapfens
durch Gherhardus Wou aus Kampen
schlängelt sich die Bronze aus 78 % Kupfer
und 22 % Zinn,
Glockenspeise.
Kühl werden und hart.
Nach einigen Tagen,
wird der gebackene Lehm,
vermischt mit den Kälberhaaren
für die Flucht der Dämpfe
abgeschlagen.
Heute 440 Jahre später
wärmt uns noch die Corona,
der freundliche Strahlenkranz
um die gekrönte Madonna,
mit ihrem segnenden Kind
auf des zunehmenden Mondes Sichel.
Gloriosa mit dem ernsten Klang
des tiefen E
und den 50 Obertönen
nach dem Schweißen der Risse,
Töne,
die 20 km übers Land klingen,
wieder vertraut und froh,
mahnend des Krieges,
die Gloriosa IV in Erfurt.
Nun ich: begeistert höre ich auf das tiefe E,
Ton auf Ton hinauf,
und freue mich über die Muttergottes
mit ihren schönen Verzierungen auf dem Mantel

der Glocke.

Lebendiges Mittelalter in Erfurt."

„Ein interessantes Gedicht, aber sehr kompliziert, Marie, ich verstehe jetzt zwar mehr, ja, aber lange nicht alles, schönes Mittelalter in Erfurt. Das ist wahr. Nun sehe ich auch sehr viel von hier oben vom Kirchturm aus auf all die alten Häuser und die Umgebung.

Sag mal, was ist der Unterschied auf Deutsch zwischen Glocke und Glucke?"

„Birgitta, das ist doch ganz einfach. Dick sind sie beide. Eine Glocke ist auf dem Kirchturm, und eine Glucke ist meine Mutti."

„Hur så?"

„Ja, war nur ein Scherz, ich sag's jetzt richtig: Glucke ist die Mama bei den Hühnern, bei den Menschen, die sich um alles kümmert, auch das, worum sie sich nicht kümmern muss, verstanden?"

„Ja, schon, aber ich glaub', ich muss jetzt wieder hinuntergehen. Ich finde es wunderbar hier, aber verzeih', die Höhe und die große Glocke machen mir plötzlich ein kleines bisschen Angst, wenn sie jetzt anfängt zu läuten!"


Sogenannte Romanische Madonna

„Birgitta, komm, ich zeige dir jetzt den wichtigsten romanischen Schatz unserer Marienkirche, dem Dom. Hier in dieser Nische ist unsere Madonna, die majestätisch auf ihrem geschmückten Thron sitzt und das nordische Byzanz darstellen soll. Früher sollen die Menschen zu ihr gepilgert sein. Schau mal, auch jetzt hat ihr jemand einen großen, schönen Strauß frischer roter Rosen mit vielen Schilfblättern hingestellt, anscheinend wurde auch noch eine Kinderrassel vergessen. Ist sie nicht wunderbar, unsere altehrwürdige Madonna?“

„Sie sieht seltsam aus, Marie, gar nicht froh, das Kind auch nicht. Ich glaube, das Kind ist einfach nur da, sonst nichts. Die Mutter hat lange Zöpfe, wie eine Trollfrau. Ich finde sie nicht sympathisch, entschuldige!“

„Aber Birgitta, sie ist ein ganz bedeutendes Kulturgut. Außerdem haben die Pilger sie als heilig angesehen, auch heute noch wird sie verehrt. Immer werden Blumengestecke als Spenden vor sie gebracht. Die meisten kommen am Abend vor dem Johannistag. Warum, weiß ich nicht. Aber ich finde auch, dass sie was Heiliges an sich hat, für dich nicht?“

„Jaa, kanske, vielleicht. Wo ist das Heilige? Für mich ist es leider nicht erkennbar! Ist es etwas anderes für dich als für mich, Marie? Ist es eine Sache, ein Ritual oder an einen Ort gebunden?“

„Ich glaube, für mich ist sie heilig, weil sie schon immer da war und mir gesagt wurde, dass sie heilig sei. Schließlich habe ich es selbst gespürt. Ist das eine Antwort?“

„Aber was macht sie dir für Gefühle, Marie? Musst du dich vor ihr verbeugen? Hast du Angst und willst wegen der Angst zu ihr hin oder bist du eine Freundin von ihr geworden und willst sie deshalb immer wieder besuchen oder beides?“

„Ich weiß es selbst nicht genau, vielleicht eine Mischung, Verlangen und Schreck, was meinst du?“

„Eine echte Maria ist sie sicher nicht. Für mich ist sie nicht heilig. Eine gute Mutter ist heilig. Sie ist keine richtige Mutter. Sie sitzt und schaut weg. Vielleicht sieht sie Schlimmes in der Zukunft. Oder sie ist eine andere Göttin. Vielleicht keltisch. Vielleicht aus Asien. Vielleicht ist sie auch die Isis mit ihrem

Horus aus Ägypten, Schilf und Rassel passen gut. Das kann natürlich alles auch tillfällig, Zufall sein."

„Meine schöne romanische Madonna soll aus Asien kommen oder keltisch sein oder sogar aus Ägypten und dann ist sie plötzlich eine Trollfrau, die traurig ist und nichts mit ihrem Kind zu tun haben will? Du hast ja eine ernüchternde Fantasie, Birgitta. Da würde unser Direktor aber widersprechen. Für ihn kommt alles Heilige hauptsächlich aus dem Norden. Da lässt er sich auf keine Diskussion ein. Komm, wir gehen jetzt ein stilvolles, italienisches Eis essen."

„Schau mal, Marie, wer da kommt. Das ist Ulf. Was will denn der hier? Er hat ein Bündel Schilf in der Hand. Hej, vad gör du, was machst du denn hier?"

„Hej, ihr beiden zwei, ich muss doch heute an ihrem Tag die Isis sehen und begrüßen. Ah, da ist auch eine Vase, ich stecke meine Schilfstängel dazu, da sind ja schon andere vor mir bei ihr gewesen, sogar ein Sistrum liegt da."

„Lieber Ulf, das kann keine Isis sein, das ist doch unsere romanische Madonna von 1160 n. Chr. Dann erzähl uns mal deine Ideen zur Madonna hier, soll sie etwa auch eine Trollfrau sein, wie Birgitta vorschlägt. Und was ist ein Sistrum? Hier liegt nur eine Kinderrassel. Was das mit der Isis zu tun haben soll, musst du uns jetzt aber einmal genau erklären. Kommst du auch mit Eis essen?"


### VII.2  Ulf 1938


Ulf öffnete den Packpapierumschlag mit den gerade entwickelten Fotos drin. Sie waren auf der Bildseite noch etwas klebrig und mit dünnem Pergamentpapier getrennt. Das war seine fotografische Ausbeute der letzten Woche. Eine ganze Woche lang hatte Ulf Fotos über das Militär der Garnisonstadt Erfurt gemacht.

Als er sie so ausgebreitet sah, spürte er seine große Begeisterung für das Soldatentum und die Bewunderung, mit welcher Ernsthaftigkeit und Konsequenz unter Nutzung der modernsten technischen Möglichkeiten die Kampfbereitschaft in der Garnisonstadt Erfurt umgesetzt worden waren.

Eines seiner besten Bilder war die große Leistungsschau der Kradschützen, die zu 250 Motorrädern und mindestens ebenso vielen Schützenwagen und kleinen Feldgeschützen auf dem Friedrich-Wilhelm-Platz unter dem Dom und der Severikirche angetreten waren. Die beachtliche Menschenmenge, die sich dieses Schauspiel nicht entgehen lassen wollte, wurde von Polizisten mit festgezogenem Tschako zurückgehalten, alles passte.

Er hatte einen Gastwirt überredet, ein Foto vom oberen Stockwerk seines Hauses am Friedrich-Wilhelm-Platz machen zu dürfen. Nach anfänglichem Zögern sagte dieser zu, nachdem er erfahren hatte, dass Ulf aus Schweden gekommen war und ein glühender Verehrer des deutschen Volkes war. Ulf war sehr stolz auf dieses Foto, welches die Severikirche in die Mitte rückte und damit dem Bild Ordnung gab und somit die ganze eindrucksvolle militärische Inszenierung in einem Schnappschuss erkennen ließ. Der Kommandeur fuhr gerade im Kraftwagen an den exakt aufgestellten Reihen vorbei und grüßte militärisch. Sein Foto zeigte die perfekte Inszenierung der neuen militärischen Macht und er, Ulf, hatte die Szene im richtigen Augenblick an der richtigen Stelle auf den Film gebannt. Dies Bild hatte er am Sonntag aufgenommen.

Schon am Mittwochnachmittag hörte er Panzerketten in der Nähe der Gärtnerei seiner Gasteltern, er sprang heraus und kam

gerade zurecht, um zu sehen, dass eine Gruppe von vier Panzern
mit zwei Kübelwagen offensichtlich vom Übungsplatz zurückkehrte. Er nahm natürlich alles sofort mit der Kamera auf. Die
Panzer waren von getrocknetem Schlamm bedeckt, der Deckel
vom Kanonenturm war geschlossen, es stank nach dem Diesel-
rauch der neuen Motoren, er sah in die Sichtschlitze hinein und
konnte für einen winzigen Augenblick erkennen, wie die Blicke
des Panzerfahrers sich auf die Straße konzentrierten. Überrascht
war er von der Eigenschaft der Kettenfahrzeuge, bei fast unver-
änderter Geschwindigkeit abrupt und korrekt Kurven zu fahren.
Er war von diesem Motiv und der gelungenen Aufnahme begeistert.

Am Sonntagmittag fand dann eine große Parade des Panzerregimentes 1 mit einer nicht mehr überschaubaren Menge
von funkelnagelneuen Panzerfahrzeugen mit zum Teil großer
Kanonenbewehrung statt. Er stand mit den anderen Gästen auf
dem Anger und beobachtete wie die schweren Kolosse über die
Bahnschienen und das Pflaster zogen. Die große Menschenmenge hob wie ein Mann den rechten Arm gerade mit ausge-
streckter Hand, sie ehrte damit die Soldaten mit den schwarzen
Baretts der Panzerbesatzungen, die den Gruß der Bevölkerung
mit militärischer Haltung erwiderten. Ulf hatte für sich und
seine Rolleiflex einen günstigen Platz eingerichtet, nämlich auf
einem leeren Abfallkübel, den er von einer Seitenstraße mitgenommen hatte.

Von seiner erhöhten Position aus sah er, dass unter all den
gestreckten Armen eine kleine dunkle Frau mit beiden Armen
gestikulierte und offensichtlich ihre Nachbarin auf einen bestimmten Panzer hinwies. Das waren Marie und Birgitta. Auf
dem Foto konnte er sie nur undeutlich erkennen, weil er auf die
vordersten Panzer scharf gestellt hatte. Aber aus dem mittleren

Panzer einer Dreierreihe dahinter schien ein blinkender Lichtreflex von der Sonne aus dem Sehschlitz zu kommen. Mehr war auch mit der Lupe auf dem entwickelten Foto nicht zu erkennen.

Ulf stammte aus einer Schiffer- und Soldaten-Familie. Ursprünglich kamen sie aus Frankreich, so hieß es. Davor hätten sie am Rhein gelebt und noch früher im Römerreich.

Ein Vorfahre von ihm, Hector Severac, ein begabter Jäger und Schütze, war Kundschafter bei verschiedenen Einheiten des französischen Königs gewesen.

Nach der französischen Revolution und dem Aufstieg von Napoleon ging der Enkel von Hector, Lucien Severac als Wachoffizier mit dem neu gewählten schwedischen König Karl IV Johann (Bernadotte) nach Norden.

Lucien Severac war im Vorfeld schon als Begleiter des Geheimdiplomaten Jean Antoine Fournier in der Sache der Vorbereitung, Marschall Bernadotte als Kandidat für die schwedische Königswürde ins Gespräch zu bringen, tätig gewesen.

Lucien Severac war es auch, der seinen ehemaligen Vorgesetzten Fournier als Doppelagenten, der gleichzeitig vom Schwedenkönig und vom französischen Kaiser Napoleon verpflichtet worden war, identifizierte. Lucien Severac wurde daraufhin vom König von Schweden als persönlicher Bewacher seines ungetreuen Diplomaten eingesetzt.

In der Armee des neuen schwedischen Königshauses wurden Mitglieder seiner Familie immer wieder als Kundschafter oder als Bote, auch mit verdeckten Aufträgen eingesetzt.

Keiner seiner Vorfahren war durch kriegerische Einwirkungen gefallen, auch einem anderen Vorfahren in der Armee von Napoleon bei seinem Feldzug in Ägypten passierte nichts Gravierendes. Das Heer von Napoleon musste jedoch große Verluste hinnehmen.

In der Familie von Ulf kursierten abenteuerliche Geschichten von Gefahren, denen seine Vorfahren selbst in aussichtslosen militärischen Lagen entronnen waren.

Als er vor drei Jahren 14 Jahre alt wurde, hatte ihn sein Vater, ebenfalls ein angesehener Offizier der schwedischen Flotte, in sein Arbeitszimmer gebeten.

„Nimm Platz, min son, mon trés cher fils. Hör zu, was ich dir zu sagen habe.

Ich habe das 50. Lebensjahr erreicht und den König um Abschied aus der königlichen Flotte gebeten. Ich habe eine gute Stelle im Handel mit maritimen Militärausrüstungen in Aussicht. Da ich nun nicht mehr Gefahr laufe, in direkte kriegerische Kontakte mit Feinden zu geraten und für die Zukunft auf meinen ganz besonderen Schutz für Leib und Leben verzichten kann, möchte ich dich in das Geheimnis unserer Familie einweihen.

Seit sehr vielen Generationen finden sich in unserer alten Familie Kaufleute, Kundschafter und Soldaten, die hauptsächlich mit Handel oder mit dem Militär oder mit beidem auf Flüssen und nur selten auf dem Festland ihre Angehörigen ernährt haben.

Wir wurden von dem Aussterben bewahrt, weil einer unserer Vorfahren für uns eine Fähigkeit erkauft hat, die es uns erlaubt, unsere Feinde zu verwirren.

Du kennst das vom modernen Fünfkampf, der erstmalig hier bei uns in Schweden, in Stockholm 1912 bei den olympischen Spielen zu meiner großen Freude eingeführt wurde.

Indem wir dir den Fünfkampf beigebracht haben, weißt du, dass Paraden, Fintenschlagen und kluges taktisches Verhalten deinen Gegner verwirren können, besonders beim Fechten. Aber auch bei den anderen Disziplinen ist die Einteilung der

Kräfte wichtig und dann das Spiel mit den Worten, die vom Gegner nicht richtig verstanden werden, also falsch zu deinem Vorteil gedeutet werden können, kurz, du kennst deinen Sport.

Das Besondere in unsere Familie ist aber, dass wir durch ein altes, exklusives Verfahren zur Fehlinformation unsere Gegner so verwirren können, dass sie keine klaren Gedanken mehr fassen können und ihnen alle Pläne misslingen.

Taktisch bedeutet das, dass die Gegner nicht mehr ordentlich zielen und treffen können, strategisch bedeutet das, dass größere länger angelegte Vorhaben kurz vor ihrer Verwirklichung verworfen werden, ohne dass eine gute Alternative entstanden wäre. Dieses Verfahren heißt Nutzung der Defixiones."

„Und wie wird das angewendet?", fragte Ulf. Sein Interesse war geweckt.

„Das funktioniert bei uns so: der Feind wird beobachtet und man legt ihm eine Defixion als Hindernis in sein tägliches Umfeld. Die Defixiones bestehen aus Papier, Papyrus oder Blei und werden bereitgestellt durch die Anrufung von Isis, Osiris und weiteren Patronen unserer Familie, endgültig aktiviert werden sie mit Nilwasser oder Tränen. Das ist die altägyptische Tradition, die wir weiterverfolgen."

Er griff vor sich auf den Schreibtisch und öffnete ein Holzkästchen.

„Dies hier ist das Totenschiff. Hier siehst du zwei Fächer. Eins ist leer und muss leer bleiben, sonst wirkt das Totenschiff nicht. Im anderen findest du drei dünne Bleche aus Blei, ungefähr 20 Papyrusblätter, einen Bronzegriffel zum Schreiben auf dem Blei, einen Pinsel zum Schreiben auf Papyrus. Weiter liegen drin die Anleitungen. Zunächst die Anrufung in Aramäisch, Latein, Französisch und jetzt auch Schwedisch und eine Vorschrift, wie man die richtige Tinte herstellt. Das ist alles nicht schwierig. Hier ist ein Fläschchen mit Nilwasser gut verschlossen, für die Tränen kann man auch Zwiebeln nehmen."

„Vater, ich verstehe. Wirkt das auch bei mir, ich bin doch noch jung?"

Der Vater schaute ihn kurz an, ließ seinen Blick von den Schuhen bis in die dunklen Augen des vierzehnjährigen Jungen gleiten und antwortete nur: „Gewiss, sûrement, min son".

„Was bedeutet das Bild auf dem Deckel, mon père?"

„Das sind Mutter und Kind, wenn jemand fragt, ist es die Madonna, für uns sind es Isis und Horus im Schilf. So haben wir das immer gehalten.

Mein lieber Sohn, nun kommt eine entscheidende Modernisierung, eine technische Weiterentwicklung hinzu, nämlich die Defixiones téléphysiques.

Den Anfang der Geschichte kennst du. Als unser Vorfahr Le petit Loup Severius 1799 oder 1800 bei der völligen Niederlage der napoleonischen Flotte gegen die Briten nur wenig mehr als sein nacktes Leben und das Kästchen hier vor den Schiffskanonaden gerettet hatte, fand er sich an einem größeren schwimmenden Wrackstück im Mittelmeer vor der Nilmündung wieder. Als er an das Ufer angeschwemmt wurde, hatte ihn ein Mameluk in seine Familie aufgenommen und ihn versorgt. Er freundete sich mit der Familie an und er erfuhr etwas über die übersinnlichen Kräfte, über die diese Leute verfügten. Darunter war die Eigenschaft, einen bösen Blick auszusenden und damit seine Feinde zu schädigen, den IG-HUL.

Le petit Loup entdeckte in der Folge sicher nicht ohne die fachliche Hilfe des Mameluks, dass er nur ein Papyrus mit unserer bewährten Fluchformel mit einem zentralen Loch versehen musste und es dann auf die Objektivlinse seines Marinefernrohrs zu kleben brauchte. Damit war das Gerät bereit. Bei

Bedarf visierte er den Feind durch das verkleinerte Sichtfeld an. Er brauchte dann nur viermal die Anrufungsformel zu sprechen und der Feind verlor die Orientierung, selbst wenn er sich in größerer Distanz befand. Ich kann nur bestätigen, dass auch die Optik die Wirkung unserer Flüche unterstützt, das ist doch interessant und auch heute noch nützlich, nicht wahr?"

Der Vater lachte.

Ulf war nun völlig fasziniert, so wie ein vierzehnjähriger Junge mit Technik begeistert werden kann. Im Schützenverein hatte er sich als guter, nicht unbedingt brillanter Jungschütze erwiesen und hatte es bis zum Waffenwart der Jungschützenabteilung gebracht. Er kannte alle Einzelheiten. Neben einer ordentlichen Anzahl von Luftgewehren für die ganz Kleinen, gab es zwölf Ordonnanzgewehre, das schwedische Gevär m/96, zwar gebraucht, aber durchaus ein echtes im Krieg erprobtes Gewehr. Hergestellt wurde es bei Gustafsstads Gevärsfaktori, in Husqvarna seit 1894. Ulf wusste alles ganz genau über die bei der Firma Mauser in Deutschland ursprünglich konzipierte Schusswaffe.

Einmal hatte er bei einem Wettbewerb den ihm übertragenen Vertrauensposten ausgenutzt und Kimme und Korn an den Gewehren kurz vor der der Ausgabe an die anderen Jungschützen geringfügig manipuliert, so dass er mit einer korrekt eingestellten Waffe den Sieg davontrug. Sein Handeln blieb unbemerkt, weil er die Veränderung unverzüglich nach dem Wettbewerb wieder rückgängig machte, als er sich unbeobachtet in der Waffenkammer fühlte.

Das schlechte Abschneiden der anderen fiel den Vereinsmitgliedern auf, er schwieg aber und konnte nichts zur Aufklärung beitragen. Später machte er sich keinerlei Vorwürfe, er beglückwünschte sich vielmehr für die gelungene Täuschung der jungen und alten Schützenkameraden.

Sein Vater fuhr fort: „Hier, hier ist also dieses Fernrohr von unserem Le petit Loup, es ist aus Holz und Messing gemacht, die Vergrößerung war damals schon nicht unbedeutend, an der Linse vorne siehst du die Reste vom Papyrus.

Ach, da fällt mir ein, dass Nilwasser kannst du auch über Import/Export aus Ägypten direkt beziehen. Die Adresse kenne ich, es ist aber nicht preiswert."

Der Vater richtete sich auf:

„Mon fils, hiermit überreiche ich dir dieses Familienerbe, das Totenschiff der Isis und das Teleskop von Le petit Loup.

Halte beides in Ehren.

Schweige stets darüber.

Nutze es nicht zum Spaß.

Wenn du die Anwendung üben und die Wirkung überprüfen möchtest, schädige niemanden schwer. Achte darauf, dass dein Nutzen immer größer als der Schaden deines Gegners ist. Wenn du Lust hast, selbst diese Technik weiter zu entwickeln, zum Beispiel mit Modifikationen der Optik, kannst du es tun".

So kam Ulf Alvar-Severius zu einer mächtigen Kraft, die im 20. Jahrhundert schon fast ganz vergessen war.

Er machte im darauffolgenden Sommer zwei Experimente mit dem Teleskop:

Experiment 1: Er benutzte zerschnittene Zwiebeln, um die Tränen zu gewinnen und tropfte einige auf das Papyrus, welches er nach Vorschrift beschriftet hatte und eine Sinneszerrüttung des Opfers bewirken sollte. Er befestigte das Papyros als Blende am Objektiv des Teleskops und richtete es unter viermaliger Anrufung, ebenfalls nach Vorschrift, auf seinen jüngeren Bruder Bertil, der gerade zum Schwimmen gehen wollte.

Bertil stutzte, legte die Rolle mit der Badehose und dem Handtuch beiseite, begab sich in den Keller, holte die Skier mit den Stöcken nach oben, zog sich warm an, vergaß die Pudelmütze nicht, auch nicht die Handschuhe und verließ stampfend mit den festen Schuhen und den Skiern auf der Schulter das Haus, dessen Vorgarten in voller Blüte stand.

Ulf war zufrieden, es schien zu wirken.

Experiment 2: Er ging wieder vor wie zuvor, diesmal richtete er das präparierte Teleskop auf seinen Kameraden und Jungschützen Ingmar Uggla, der gerade die scharfe Munition abgezählt aus der Waffenkammer des Schützenvereins erhalten hatte und nunmehr sein Schützenkönnen beim Wettbewerb zeigen sollte. Ulf sprach die vorgeschriebenen Worte und sah, wie Ingmar Uggla sich an den Kopf fasste, die Patronen in seine Hosentasche steckte, das ungeladene Gewehr in die Halterung verstaute und aus dem Schießstand Richtung Schützenklause steuerte.

Dort setzte er sich hin und bestellte sich eine Limonade. Ulf fragte ihn, nachdem er ihm gefolgt war, was er hier mache. Er machte ihn darauf aufmerksam, dass er eigentlich jetzt dran wäre zu schießen. Er solle mal seine Tasche fassen, er habe doch die scharfe Munition mitgenommen. Da bekam Ingmar einen Schreck, erinnerte sich offensichtlich, meldete sich beim Schießmeister und durfte dennoch teilnehmen.

Ulf war nun der Meinung, dass das System funktionieren würde. Jetzt wollte er es verbessern.

Als er schließlich zu seinem 16. Geburtstag die neue Rolleiflex Baujahr 1932 geschenkt bekam, brauchte er nur die separate Sucheroptik zu manipulieren. Für die Experimente zum Wirkungsnachweis reichte ihm, dass er auf seinen Bruder mit dem entsprechenden Verwirrungsspruch auf Papyrus im Sucher der Kamera scharf stellte und ohne Film auslöste. Darauf entkleidete sich sein Bruder Bertil nach dem Frühstück wieder und ging ins Bett. Als Ulf das Gleiche mit seiner Mutter ausprobierte, zog diese ihre Schuhe und Strümpfe aus und ging barfuß zum Einkaufen.

Das reichte Ulf zum Nachweis der Funktionsfähigkeit seiner Technik, der neuen Defixiones téléphysiques, er nannte es bei sich „Das Foxighul.".

In Erfurt war er in seiner Gastfamilie gut untergebracht. Es handelte sich um eine ursprünglich einfache deutsche Gärtnersfamilie, die durch das Arisierungsprogramm der Nationalsozialisten den größten Gartenbaubetrieb von Erfurt übernehmen konnte. Das international anerkannte Unternehmen wurde einer in Erfurt wohltätigen, alteingesessenen jüdischen Familie weggenommen, deren beide älteren Söhne, dem Kaiser treu ergeben, in Frankreich gefallen waren. Das nunmehr für die neuen Besitzer sehr große Unternehmen bedurfte ihrer gesamten Aufmerksamkeit, trotzdem waren sie aufgeschlossen gegenüber dem Besuch aus Schweden, der das deutsche Wesen so schätzte.

Ulf sortierte seine Unterlagen. Morgen musste er seine Sachen packen. Der Austausch zwischen Schweden und Deutschland war fast zu Ende.

Er hatte die leeren Tüten für die Extrafotoabzüge für alle schon vorbereitet.

Sie hatten viel erlebt. Besonders hatte ihm die Fahrradtour von Erfurt über Frankfurt nach Köln und mit dem Zug zurück gefallen. Sie hatten in den Jugendherbergen übernachtet und er hatte seiner Meinung nach ganz besonders gut gelungene Fotos gemacht.

Von den drei Filmen mit 24 Bildern jeweils hatte er 14 Bilder herausgesucht, die seiner Meinung nach diese einzigartige

Fahrt in ihrer Essenz darstellten. Er hatte jeweils Abzüge für die deutschen und schwedischen Teilnehmer des Austausches anfertigen lassen. Die Filme und Abzüge wurden von beiden Gymnasien in Erfurt bezahlt. In Deutschland ging es korrekt zu.

Er verteilte die Abzüge in acht Tüten.

Auf den ersten Bildern konnte man den Start in Erfurt sehen. Sieben junge Leute mit Fahrrad am Monumentalbrunnen schauten direkt in die Kamera. Das nächste zeigte die Gruppe auf der Brücke über den Main in Frankfurt von der Ufermauer aus fotografiert. Main- und Rheinabwärts saßen dann alle - Ulf war diesmal ebenfalls mit darauf - auf dem Absperrgeländer neben den Eisenbahnschienen am Rhein nach Bingen. Im Hintergrund war die Loreley etwas abgeschnitten, das war dem Amateurfotografen zuzurechnen, der sich erboten hatte, die Gruppe zu fotografieren.

Zwei Bilder fand er besonders schön, eines vom Sockel des Niederwalddenkmals mit Vater Rhein und Mutter Mosel, an dem seiner Meinung nach das deutsche Wesen besonders typisch dargestellt war.

Das andere war ein fröhliches Bild auf einer Rast mitten in einem Hohlweg mit durcheinander gestellten Fahrrädern und deren Satteltaschen.

Er sortierte weiter: eine Rast auf einer Wiese, ein gemeinsamer Ruheplatz an einem Springbrunnen mit einem Eis in der Hand von jedem von ihnen. Schließlich war die ganze Gruppe auf Deutzer Seite auf einem Mäuerchen eng zusammengerückt sitzend zu sehen, im Hintergrund spannte sich die stählerne Brücke über den Rhein und, besonders gut in der Mitte des Bildes platziert, ragte die Doppelspitze des Kölner Doms empor. Jeder und jede hatte wieder ein Eis in der Hand, sie wirkten locker und zufrieden.

Bei seiner erneuten Durchmusterung der Bilder fiel ihm auf, dass Paul Åke Svensson, der vom allerletzten Kuhdorf in Schweden, einem wahren Zentrum der religiösen Naivität und Entschlusslosigkeit, kam, dieser immer entweder seine Hand um Maries Taille gelegt hatte oder mit Marie Händchen hielt, buchstäblich auf jedem Bild.

„Nää, vad fan, zum Teufel, verliebt, förälskad, hålla händerna, mähä, Schwächling.", Ulf runzelte die Stirn, dann zuckte er mit den Achseln: „Junge Mädchen hier sind so leicht zu faszinieren." und schrieb auf jede Tüte den Namen.

Dann nahm er eine weitere Tüte zur Hand. Darauf stand der Name Magdalena. Er schüttelte den Inhalt auf den Tisch und ordnete den Haufen von Fotografien. Die Bilder stellten ausschließlich Magdalena Muthesius dar. Als Portrait, sitzend in der Landschaft, als Teilnehmerin beim Leichtathletiksportfest, im schulterfreien Abendkleid, mit nassem enganliegendem Badeanzug, der die Figur eher betonte als verbarg, in einer Nahaufnahme, wie sie den Zigarettenrauch aus dem Mund allmählich aufsteigen ließ und im Gegenlicht sehr verrucht wirkte, wieder ganz nah, auf dem Rasen abgestützt mit einem Strohhalm im Mund mit Einblick in den Ausschnitt.

Er schaute sich jedes Bild genau an, suchte vier heraus, die vielen übriggebliebenen Fotografien zerriss er in kleinste Stücke, steckte die Schnipsel wieder in den Umschlag und brachte sie zum Mülleimer.


VII.3.     Maries Riechheimer Berg


Es gab drei Orte, die bei Marie für spirituelles Wirken Bedeutung hatten. Dazu gehörten die Predigerkirche in Erfurt, wo einst Meister Eckart seine berühmten Auslegungen vorgetragen hatte, der Ort vor der Muttergottes im Erfurter Dom und in besonderem Maße der Riechheimer Berg südlich von Erfurt.

Dorthin zog sie sich zurück, wenn es ihr gut ging, wenn sie Zeit hatte und natürlich wenn sie - wie so häufig - wütend war und es ihr schlecht ging.

Als Adoleszentin mit zwölf oder dreizehn Jahren hatte sie entdeckt, dass sie mit dem Fahrrad nur eine Stunde brauchte, den letzten, etwas steilen Anstieg mit einberechnet, um auf der Bergkuppe anzukommen.

Der Riechheimer Berg ist die höchste Erhebung in der näheren Umgebung von Erfurt. Dieser Ort war ein beliebtes Ausflugsziel bei gutem Wetter, nicht zuletzt, weil es schon länger eine kleine Schankwirtschaft in einem nachempfundenen Bauernhaus aus Holz gab, einem typischen Thüringer Bauernhaus von der Erfurt-Ausstellung um die Jahrhundertwende. Der Thüringer Mensch fühlte sich dort heimisch.

Ihr Ziel war aber ein besonderer Ort nicht weit vom Ausflugsbetrieb. Er befand sich mitten in einer Waldlichtung. Dort stand umgeben von hohen Kiefern auf einer Wiese das Jagdhaus ihres Onkels Kommerzienrat August Deiber. Hinter dem Jagdhaus erstreckte sich ein langer Schuppen, die sogenannte Remise, wo die Pferde und der Jagdwagen eingestellt wurden. Auch die beiden Wachtelhunde hatten ihre Hütte dort, wenn sie zur Jagd mitgebracht wurden.

Das Jagdhaus selber war klein. Eine breite Treppe führte von der zum Teil abschüssigen Wiese zur überdachten Terrasse und weiter zum Eingang.

Das Jagdhaus war ein Fachwerkbau vom Ende des 19. Jahrhunderts mit farbiger Glasmalerei im oberen Anteil der vielfach unterteilten Fenster. Dem damaligen Geschmack entsprechend waren Zwerge dargestellt, die im Unterholz geschäftig und irgendwie etwas lächerlich euphorisch auf der Pirsch waren und Hasen, Rebhühner, Birkhahn und Rehe jagten.

Kürzlich war die Jagdhütte aufgestockt worden, um einen kleinen Schlafplatz einzurichten. Von dort konnte man das ganze Panorama des Landes südlich von Erfurt genießen. Man sah die Felder, die, in großzügigen Wellen von Wald umarmt, sich weit bis zum Horizont erstreckten. Im Tal erkannte man die Weidenreihen des Krummbachs, der in einen flachen Teich mit Schilf mündete.

Auf dieser Terrasse und der Treppe wurden üblicherweise Familienfotos gemacht. Dazu standen die Männer an den Seiten in korrekter Jagdkleidung mit angelegtem steifen Kragen und Schlips. Sie zeigten dabei eine entschlossene Weidmannsmiene. Die Damen im Sonntagskleid, direkt aus der Stadt Erfurt in die freie Natur mit der Kutsche verbracht, schauten edel und freundlich. Sommersonntage waren geeignet, gemeinsam mit der Familie die Zeit zu verleben.

Die Männer blieben über Nacht. Um die Nacht zu überstehen, war ein kleiner Weinkeller eingerichtet worden. Weil sie am nächsten Morgen ganz früh auf den Bock oder auf anderes saisonales Wild gehen wollten, bereiteten sie sich mit wahren, halbwahren und erfundenen Jagdgeschichten vor.

Am nächsten Tag kamen die Frauen der Familie wieder zur Jagdhütte, diesmal mit einem zünftigen Biwak und boten den heimkehrenden Jägern heiße Getränke an. Danach wurden die Lebern der frisch erlegten Beute zubereitet und es wurde ordentlich dem Wein zugesprochen. Maries Onkel August Deiber vertrug große Mengen Rotwein, ihr Vater Theodor dagegen hatte immer Magenprobleme, er vertrug auch den Alkohol nicht in größeren Mengen, er wurde dann überreizt und gelegentlich ausfällig.

Als sie 14 Jahre alt geworden war, stellte sie fest, dass sie am liebsten alleine auf dem Riechheimer Berg ihre Zeit zubrachte mit Schularbeiten, Lesen, Akkordeonspielen und besonders Malen. Von den zunehmenden ökonomischen Schwierigkeiten der familiären Firma Ledermann wollte sie nichts wissen. Das Zerwürfnis ihrer Eltern wollte sie nicht zur Kenntnis nehmen. Die mit ihrem 14. Geburtstag einsetzenden Zudringlichkeiten des SA-Mannes Onkel Richard wollte sie nicht mehr in den dunklen Fluren des alten Hauses am Anger 75 misstrauisch erwarten und dann abwehren müssen.

Auf dem Riechheimer Berg, ja, auf ihrem Riechheimer Berg, fühlte sie sich zu Hause. Von dort wollte sie nie wieder weg. Ihre Oma Ida hatte ihr versprochen, dass sie das Anwesen erben würde. Sie zweifelte nicht daran, dass dieser Umstand allen in der Familie bekannt war.

Sie war mit 16 Jahren eine aparte junge Frau geworden, die damals als entzückend in ihrer Art und von reizendem Wesen beschrieben wurde.

Also genauer gesagt, entzückend, wenn sie ein Lied trällernd Stufen hinauf und hinab sprang und in ihrem blau-weiß längsgestreiften Rock zu schweben schien. Entzückend, wenn sie ein Gedicht von Börries von Münchhausen vortrug und ihre Stimme und ihr Körper das Publikum fesselte. Entzückend, wenn sie über die betaute Wiese am Morgen, den von der Abendsonne durchschienenen Waldrand am Abend und die Milchstrasse in einer klaren Nacht staunte und sich vor ihren Begleitern wie ein kleines Kind freute.

Reizend, wenn sie gute Laune hatte, einen Kuchen gebacken und Kaffee gekocht hatte und alles ihren Freunden anbot. Reizend, wenn sie sich nach den Sorgen der Nachbarn erkundigte. Reizend, wenn sie den Tisch mit frischen Blumen und selbstgemalten Tischkarten dekoriert hatte und die Essensrunde elegant darauf aufmerksam machte.

Apart war sie, wenn sie mit ihrem tiefschwarzen Haaren bei Kerzenlicht einen künstlerischen Bildband oder ein Buch mit Gedichten in der Hand hatte und das Kerzenlicht ihre Wimpern hervorhob. Und besonders apart war sie, wenn sie einen Seidenturban trug, zum ehemals weißen Kittel, der jetzt im künstlerischen Schaffen farbbespritzt war und sie so vor der Staffelei stand und Aquarelle malte.

Die einzige Einschränkung, die man eventuell etwas engherzig machen könnte, war, dass alles bei ihr etwas übertrieben schien, als müsse ihr Tun verdeutlicht werden wie auf einer Bühne.

Dagegen waren ihre Wutanfälle ganz und gar nicht übertrieben, sie waren ein authentisches Unwetter, nichts weniger und nichts mehr.

Sie führte gern und häufig Selbstgespräche. Sie unterhielt sich mit dem Weltgeist, einem gewaltigen Geist, den sie in Goethes Faust im Deutschunterricht, einmal mit Fausts Zauberspruch gerufen und gebannt vor ihrem inneren Auge auftauchen und wieder verschwinden sah. In der Klasse lief es ihr dabei kalt den Rücken herunter, es war die Szene, die in Fausts Labor eher zu Beginn der sich immer mehr beschleunigenden Lebensreise von Faust und Mephisto vorgestellt wurde.

Aber bei diesem kurzen Zustand mit Erschauern hatte sie das Gefühl, sie hätte etwas ganz Entscheidendes für sich entdeckt. Es war eine Ahnung, aber sie war sich einen winzigen Augenblick völlig sicher, dass sie und die Welt und alles was war und alles was ist und alles was sein würde, eine Einheit darstellten, zwar nur für diesen einen kurzen Augenblick, aber aus ihrem Leben nicht mehr wegzudenken.

Vorausgehende Hinweise, dass alles mit allem zu tun haben könnte, hatte sie von Gottfried Faber, dem Direktor des Königin-Luise-Gymnasiums im Unterricht gesammelt. In dieser von ihr geschilderten Erfahrung hatte er sich nicht eindeutig festgelegt. Aber zum Beispiel die Beobachtungen auf schwedischen Grabplatten sprachen dafür, Darstellungen, die mit ihrer Symbolik auf den Orient hindeuteten. Die symmetrisch angeordneten Äxte mit der Pyramide in der Mitte auf einer schwedischen Grabplatte schienen gleichartig und fast gleichzeitig auch im Zweistromland aufgetaucht zu sein und das abgebildete Kleinboot mit Kufen und den beiden Mitreisenden, Mutter und Kind, gehörte zu den germanischen Begräbnisriten. Es stellte gleichzeitig wohl ebenfalls ein Totenschiff wie im uralten Ägypten dar. Offensichtlich hatte die ganze Welt gleiche Symbole für gleiche spirituelle Erfahrungen, vermutete die siebzehnjährige Marie. Sie spekulierte weiter, dass diese Symbole auch die gleiche Kraft überall, auf der Welt und an allen Orten des Universums ausüben könnten. Sie wollte mehr wissen.

Sie verschlang die Berichte aus der späteren römischen Kaiserzeit, besonders den Bericht des Tacitus über die germanische Götterwelt, die Kommentare dazu und stellte zu ihrer Befriedigung fest, dass zum Beispiel Opferriten für die Erdmutter Freia die gleichen waren wie für die im Schilf beheimatete Erdmutter Isis am Nil.

Besonders interessierte sie, welche Kräfte gemeint seien und wer oder was die magischen Kraftüberträger diesbezüglich sein könnten. Zum Beispiel auserwählte Frauen könnten gemeint sein. Sie entdeckte, dass manche Frauen in den Augen der Germanen, der damaligen Bevölkerung in Thüringen, zum Zeitpunkt der Beschreibung durch die Römer sogar heilige Wesen prophetischen Blickes gewesen sein sollen, weshalb auch stets auf ihren Rat und Bescheid gehört wurde. Übrigens hätten auch die Römer selber einen Kult gehabt, den der Magna Mother, in dem die priesterlichen Frauen mit großer überirdischer Macht ausgestattet waren.

Es sei schwer, eine solche prophetische und priesterliche Gabe übertragen zu bekommen, sodass Frauen, denen so etwas widerfuhr, für das normale Alltagsleben untauglich wurden.

Marie stellte sich vor, wie diese auserwählten wirkmächtigen Frauen mit Kräften unbekannter Herkunft wohl umgingen: Man fand sie in hölzernen Gebäuden, kleinen Tempeln, umgeben von heiligen Hainen, oft auch am Ufer mit Schilf. Die Zukunft wurde von ihnen gedeutet anhand des Vogelfluges, des Werfens von Orakelstäbchen und des Befragens von Tieren, insbesondere auch Pferde, alles fand sie in den Schriften von Gottfried Faber oder in der weiterführenden Literatur.

Sie übte sich jetzt, ihre mutmaßlich versteckten, dunkleren Charakterzüge kennen zu lernen. Sie sammelte und deklamierte im Freien Zaubersprüche und Beschwörungen insbesondere Abwehrflüche. Aus der germanischen Welt, welche immerwährend Gegenstand in der Schule war, lernte sie die Merseburger Zaubersprüche auswendig. Der Zauber zur Befreiung gefesselter Krieger endete mit der Anrufung und Beschwörung der Schlachtgöttinnen, indem diese schließlich nach Lockerung der Fesseln riefen: „Krieger! Entspringe den Haftbanden! Entfahre den Feinden!". Das deklamierte sie, nein, schrie sie draußen auf der Wiese auf dem Riechheimer Berg hinaus ins Tal.

Auch den Spruch für das Heilen von Verletzungen und schweren Krankheiten mit Blutvergiftung von Pferden konnte sie sich jederzeit aufsagen, er endet: „Been zu Beene, Knochen zu Knochen, Bluod zu Bluod, Glied zu Glied, alles sei geklebt!" Dieser durfte aber nicht laut gesprochen werden, sondern man musste flüstern dabei. Davon hatte sie sich überzeugt. Auch der Ort sei sehr wichtig, stellte sie sich vor, vielleicht an der Mündung des Krummbachs in den Schilfteich im Tal?

Wenn es um die Gabe der Vorahnung, der prophetischen Voraussicht ging, so hatte sie das Gefühl, dass sie selbst eine eindeutige Veranlagung dafür hatte. Diese musste nur entwickelt werden.

Sie konnte in dem Vorgang des Schenkens von Dingen an andere, unter genauer Beobachtung der Reaktion beim Empfang, intuitiv die Gefühle und die Gedanken der Beschenkten erfassen. Daraus zog sie ihre Gewissheit, etwas Besonderes zu sein und wollte in vielen Fällen mehr wissen.

Marie war neugierig. Sie betrachtete Information als wichtiges Mittel, um sich zu schützen. Sie stellte aus diesem Grund bei vielen Menschen Fragen, die diese schlicht als übergriffig und unzumutbar empfanden, aber sich dann nach einer Weile doch öffneten, weil Marie offensichtlich deren persönlichen Probleme in diesem Augenblick intuitiv erfasst hatte und sie ihr vertrauten.

Und hier schien der Grund für Maries Schwierigkeiten zu liegen. Sie nahm die Öffnung des Gegenübers mit den zum Teil intimen Informationen auf und benutzte sie. Sie bewahrte sie nicht als ein Geschenk des Vertrauens, welche sie empfangen hatte, worüber sie schweigen sollte und nur ihre eigenen Schlüsse im Stillen, zum Beispiel zum eigenen Schutz bei der Begegnung mit gefährlichen Menschen benutzen sollte, sondern sie beobachtete sich, dass sie oft ohne Hemmung viele ihr anvertraute Umstände preisgab. Dabei spielte offensichtlich der Augenblick, in dem sie sich im Mittelpunkt wichtig fühlen konnte, eine entscheidende verführerische Rolle. Während sie im Begriff war, das Geschehen zu beherrschen und an sich zu ziehen und sie Intimes von anderen preisgab, möglicherweise sogar unter Überhöhung des tatsächlich Erfahrenen, war ihr die Konsequenz schon klar. Aber der eine Augenblick, in dem sie Zentrum des Interesses von allen war, schien ihr wichtiger zu sein.

Als die Vorhaltungen kamen, die Freunde sich zurückzogen, äußerte sie sich anfänglich überheblich knapp und abweisend. Dann wurde sie verzweifelt, fing mit vielen Streit an, sagte Unverzeihliches, Verletzendes und verschwand oben unter dem Dach des Hauses der Familie in ihrem kleinen Zimmer für lange Zeit.

Irgendwann erschien sie wieder, hatte ein neues Projekt vor sich, von dem sie so begeistert war, davon ihrer Umgebung zu berichten, dass sie alles Vergangene vergessen hatte. Sie war wie zuvor entzückend, reizend und apart, sie schwebte, schmeichelte und gab sich geheimnisvoll. Mit allen jenen, die vorher zu ihr auf Distanz gegangen waren, sprach sie wieder, als wäre nichts geschehen. Die Resonanz war zunächst sehr gering, das enttäuschte sie. Meistens konnte sie aber bald überall wieder dabei sein und auch in vielen Dingen wieder bestimmen. Aber man war in ihrer Umgebung jetzt immer mehr auf der Hut und band sie in die Gemeinschaften nicht mehr so vorbehaltslos ein.

Irgendwann hatte ihre Handarbeitslehrerin, eine liebe, ihr zugewandte Frau, versucht ihr klarzumachen, woher das fast fehlende Echo auf all ihre originellen Vorschläge und Anregungen in ihrem Umfeld kam.

Sie war überrascht, lehnte diese Erklärung zunächst ab, verstand aber dann doch den freundschaftlichen Rat der Lehrerin. Sie zog daraus jedoch keine Lehre.

Als Siebzehnjährige hatte sie solche Zyklen von Annäherung und Zurückweisung einige Male mitgemacht und tatsächlich mit bitterem Schmerz auch wahrgenommen. Aber sie änderte nichts an ihrem Verhalten.

Marie hatte sich schon lange gegen die Realität gewehrt, die sie als immer bedrohlicher empfand. Sie suchte daher eine Fähigkeit, mit der sie sich schützen konnte.

Also, statt das Streben nach Aufmerksamkeit schlicht zu begrenzen, suchte sie, zurückgezogen unter dem Dach in der Literatur nach Ritualen, Zauberei, Beeinflussung von Entscheidungen durch Ausspruch von Flüchen, um geeignete Kenntnisse und das Handwerkszeug zu gewinnen, mächtiger zu werden als die anderen.

Spezielle Veröffentlichungen über die Praxis der Flüche, der Defixiones, bei den Griechen und danach während der späten Römerzeit und deren Verbindung zu der ägyptischen Isis wurden ihr von ihrem Direktor zur Verfügung gestellt. Der Direktor schien sie etwas zu überschätzen, wenn er ihr die aktuelle Veröffentlichung über die antiken griechischen Flüche von Preisendans aus dem Jahr 1931 aus seiner Privatbibliothek zur Verfügung stellte. Aber, trotz ihrer begrenzten Kenntnisse im Altgriechischen, sie kannte die Herstellung eines Standardfluches mit Anrufung der richtigen Götter neben der Isis, der Beschreibung der Wirkung, der Zielperson und Platzierung. Sie kannte Maßnahmen zur Auslösung von Schlaflosigkeit, von Ausplaudern von Geheimnissen nachts und zur Aufforderung eines Dämons zur Weissagung. Sie hatte sich allerdings von der Wirksamkeit dieser Dinge unter Versuchsbedingungen nicht überzeugen können.

Aus einer anderen altägyptischen Quelle wusste sie, dass die Wirkung der stärksten Abwehrkräfte in der Regel mit einer Fahrt mit dem Totenschiff gemeinsam mit der Göttin Isis und ihrem Sohn Horus zu tun hatte.

Um all diese Informationen und Spekulationen nach den nicht unerheblichen Aktivitäten der Beschaffung von Literatur in Ruhe bearbeiten zu können, bedurfte es eines besonderen Ortes. Dieses war der Riechheimer Berg. Dort hatte sie die besten Gedanken. Dort fühlte sie sich stark.

So war es ganz natürlich, dass sie die schwedischen Gäste mit ihren Gastgeber-Schülern zu einem Ausflug auf den Riechheimer Berg einlud.

Die acht jungen Leute trafen sich frühmorgens bei der Skulptur der Flora, dem Sinnbild der Gärtnerkunst am Monumentbrunnen, zum letzten gemeinsamen Ausflug. Mutter Haubitzers gebratener, gespickter Hasenrücken für das Picknick war mit Brot , Augustäpfeln, Soße in Weckgläsern, Gurken, einem großen Stück Schweizerkäse, einem Kilo Butter, fünf Tafeln Schokolade und einem Kilo Kaffee mit drei Litern Milch komplett in den Rucksäcken verstaut.

Marie hatte den Schlüssel für das Jagdhaus und dem Weindepot dabei. Sie sollten den Wein geniessen und „Frohes Gelingen des Biwak" wurde ihr von Maries Eltern nachgerufen.

„Jetzt ist die schöne Jugend meiner Tochter Marie hier zu Hause schon fast vorbei, das ist ja traurig, aber auch schön.", seufzte Mutter Haubitzer bei der Betrachtung ihrer Tochter beim Abschied.

„Die anderen Mädchen sehen schon recht appetitlich aus." sagte Theodor Haubitzer und schürzte seine Lippen, wobei er genauere Konturen von der üppigen Anatomie von Birgitta Cederbäck auszumachen suchte.

Es war die Abschiedsveranstaltung. Die acht Teilnehmer vom Austauschprogramm machten sich auf den Weg, sie unterquerten den Güterbahnhof und begannen den leichten Einstieg zum Steiger, dem Ausflugspark der Erfurter. Sie kamen dann an kleineren Häusern mit Vorgärten vorbei, wo die Dahlien, Gladiolen und späten Lilien blühten, der Stolz der Erfurter Blumenzüchter. Sie winkten den Wanderern zu. Marie intonierte mit ihrem Akkordeon vor der Brust „Muss i denn, muss i denn zum Städele hinaus, Städele hinaus, und du mein Schatz bleibst hier?" Sie überlegte sich, ob sie überhaupt noch Gefühle für den jungen Soldaten in seinem Panzer bei der Parade hatte, nachdem sie sich dem gebildeten, musikalischen Sven-Åke durchaus nachhaltig bei ihrer Tour nach Köln genähert hatte.

Sie zogen vorbei an abgeernteten Feldern, am Waldrand vorbei, der Tau von der Nacht hatte das Gras neben dem Weg feucht gemacht. Einer von ihnen stimmte das Lied „Im Frühtau zu Berge" an, es kam aus Schweden, sodass sie gleichzeitig auf Schwedisch und auf Deutsch sangen. Der Weg verlief die ersten 10 km leicht hügelig, Weiden wuchsen jetzt am Rand der kleinen Bäche.

Als sie an dem stillen Teich im Osten direkt vor ihrem Ziel, dem Riechheimer Berg, angekommen waren, machten sie eine letzte Rast.

Marie hatte ihren Auftritt vorbereitet. Als alle sich gesetzt hatten, teilte sich das Röhricht und eine junge Frau erschien. Sie war barfuß, von grünen und hellblauen Schleiern verhüllt, sie verharrte einen Augenblick und begann einen Tanz auf der Wiese, beschienen von der Mittagssonne. Sie sang klagend, suchend, man hörte die Namen von Isis und Osiris in viermaliger Anrufung, am Ende der Vorstellung verschwand sie in der Schilfwand des Teiches.

Die Sieben applaudierten nach einigem Zögern. Das Ganze hatte keine Viertelstunde gedauert, da war Marie wieder umgekleidet, hatte ihren Rucksack an und erzählte freimütig, dass dies eine Choreografie von Edith Lucian von der Tanzschule gewesen sei und die Texte hätte sie in einer alten Übersetzung von ägyptischen Gedichten gefunden.

Ulf wunderte sich. Dieser Auftritt hatte offensichtlich etwas mit seinem Familiengeheimnis zu tun, so genau hatte sie die Texte gekonnt, die Formel war es, die bei der Aktivierung seiner Flüche angewendet wurde. Ob sie zur Familie gehörte? Vielleicht kam sie aus einem anderen Zweig seiner Vorfahren. Er wollte sie fragen.

Der Anstieg zum Riechheimer Berg war nicht anstrengend, obwohl die Sonne schon hoch am Himmel stand, war es nicht heiß. Der Herbst hatte begonnen.

Als sie sich dem Zaun näherten und Marie sich anschickte, den Riegel des Tors zur Wiese des Jagdhauses zu lösen, sah sie, dass das Tor schon offenstand. Das Gras vor der Treppe war zertreten, die schwarzen, nach verbranntem Teer stinkenden Stümpfe von zwölf Fackeln steckten noch im Rasen. Das Motorrad von Onkel Richard lehnte am Treppengeländer. Auch die Tür zum Jagdhaus war nur angelehnt.

Als sie eintraten, sahen sie die Reste eines Gelage. Es stank nach Bier, kalten Zigarrenrauch, nach Erbrochenem und Exkrementen. Die Schnapsgläser standen auf dem Tisch, eine Bank war umgekippt, aus dem großen Holzfass tropfte Bier, der Hahn am Anstich war nicht vollständig zugemacht worden, das Bier sammelte sich in Pfützen auf dem Boden. Die Schnapsflaschen waren leer. Die Scherben einer Flasche lauerten auf dem Boden.

Auf dem Tisch am oberen Ende prangte das Porträt von Adolf Hitler mit der Unterschrift „Unser Retter Deutschlands!" und daneben das Porträt des Oberpräsidenten der SA Viktor Lutze. Rechts und links hingen die Fahnen des deutschen Reiches, der nationalsozialistischen deutschen Arbeiterpartei und der Sturmabteilung.

Daneben in einer Ecke begrüßte ein Blecheimer mit Erbrochenem, wobei der Boden darum herum ebenfalls davon verschmutzt war.

Marie schaute auf. Sie hielt sich die Nase zu. Auf dem Tisch häuften sich die Aschenbecher mit Zigarren und Zigarettenstummeln. Der Holzofen nebenan in der kleinen Küche war unter den wahllos aufgestapelten, mit Essensresten noch halbvollen Tellern, feuchten Zeitungen, Handtüchern, schmutzigen Eimern und gebrauchten Töpfen nicht zu erkennen. Eine undefinierbare, graue Brühe mit flottierenden Essensresten füllte den gesamten Ausguss, der verstopft schien. Marie versuchte, etwas Luft zu holen. Sie schaute sich in der Küche weiter um. Halbgegessenes Eisbein, Kartoffelreste, Krautsalatreste und undefinierbare Haufen von einem angetrockneten, braunen, wohl ehemals weichem Material breiteten sich auf dem Tisch und auf dem Boden aus. Auch hier fand sich wieder verspritzt Erbrochenes. Ein kurzer Blick hinter die Aborttür machte ihr klar, dass der Boden nicht mehr zu betreten und der Abtritt verstopft war.

Marie holte wieder etwas Luft, hielt sich erneut die Nase zu und rief: „Hallo, ist hier jemand?" Dann musste sie schnell raus und kämpfte mit dem Würgereiz. Als sie wieder hineinkam, rührte sich etwas im oberen Stockwerk.

Man sah zunächst nur Männerfüße und dann die Reithosen der SA, einen offenen Hosenbund, Unterhemd mit Hosenträgern und dann zeigte sich das verquollene Gesicht von Onkel Richard mit roten Augen, Stoppelbart und ungewaschenen, mit Stroh versetzten Klebehaaren.

Marie bekam einen Wutanfall. Sie ließ ihre Nase los, holte tief Luft und schrie unter gleichzeitigen Aufstampfen auf die

Holzdielen: „Was ist das für eine Schweinerei?! Hier in meinem Jagdhaus!"

Onkel Richard öffnete mühsam die verquollenen Augen und krächzte: „Wieso, dein Jagdhaus, das ist nicht dein Jagdhaus, die Zeiten sind vorbei! Wir haben hier jetzt unsere Kameradschaftsabende von der SA, schreib dir das hinter die Ohren! Du kannst mich mal, mit deinem Jagdhaus!"

Marie schrie: „Diese Sauerei hier ist ein Nschkandahl,", sie schluchzte, „ein Skandal, eine Katastrophe. Kein anständiger Mensch macht eine solche Schweinerei! Ihr solltet euch schämen, ihr Dreckskerle!" Dabei ballte sie die Fäuste und stampfte erneut mit ihren Füßen auf.

Onkel Richard bekam plötzlich ein bösartiges Zucken um seinen Mund und ein lauernder Ausdruck in seinem Alkohol geschädigten Gesicht machte sich breit: „Kein Wort mehr aus deinem frechen Mund, du kleine arrogante, welsche Hexe, sonst melde ich dich wegen Beleidigung der Sturmabteilung. Dann schicken sie dich in das neue Konzentrationslager hier in Buchenwald. Dann kannst du drüber nachdenken, wie man mit anständigen mutigen Männern aus der Sturmabteilung des deutschen Reiches umgeht, die sich einen kleinen harmlosen Kameradschaftsabend mit etwas Alkohol gönnen! Wir haben einen harten Dienst für das Reich! Ihr seid jung, geht doch in den Pferdestall!"

Die Wut von Marie war plötzlich verraucht. Sie wusste, was das Wörtchen „melden" bedeutete. Der Nachbar Herr Behr, ein Kaufmann des angesehenen Textil- und Schuhhauses aus der Johannesstraße um die Ecke, ein guter Freund von Theodor, war, weil jüdischen Ursprungs, vor nicht langer Zeit dorthin verbracht worden. Er schleppte jetzt die Kohlen für die Heizung in das Haus Anger 75. Den angebotenen Apfel lehnte er ab mit den leisen Worten: „Nicht, nicht doch, Herr Haubitzer, nicht mit mir sprechen, das macht alles nur noch viel schlimmer für mich!" Kurz nach dieser Begegnung hörten sie, dass er im KZ gestorben war.

So gingen sie in den Pferdestall. Onkel Richard fuhr nach einer Weile mit dem Motorrad fort, ohne dass er irgendetwas zur Verbesserung der katastrophalen Lage im Jagdhaus getan hätte.

Marie wischte sich die Tränen ab, sie sagte tapfer, dass man sich die Zeit hier auf dem Riechheimer Berg nicht verderben lassen würde.

Sie besorgten die Pferdelampen und Kerzen. Die Decken, die eigentlich für die Pferde im kalten Winter gedacht waren, wurden aus der Futterkammer geholt.

Der Nachmittag verlief ruhig. Die Stimmung war anfänglich gedämpft, schließlich wurden sie alle allmählich unbefangener und als Sven-Åke die Gitarre stimmte und das Lied von Fritjof Andersons Parademarsch von Evert Taube sang, sangen alle Schweden mit und die Deutschen versuchten sich beim Refrain daran zu hängen, der die Aufbruchstimmung einer Hochzeitsreise in den Süden treffend wiedergab. Alma packte die Geige aus und spielte die Melodie mit. So fingen sie wieder an zu singen. Die Hitlerjungen vom Langemarck-Gymnasium steuerten Soldaten- und Trinklieder bei, dann sangen alle Deutschen „Auf, auf zum fröhlichen Jagen" und gleich danach „Bunt sind schon die Wälder". Dann kamen die traurigen „Königskinder", dann wurden alle wieder fröhlich und sangen "Dat du min Levsten büst", ein Lied, in dem eine junge Frau ihren Liebhaber zu sich aufs Lager bittet, während die Eltern schlafen. Marie schaute nur kurz Richtung Sven-Åke, der den Inhalt nicht so richtig mitbekommen hatte, er schien beschäftigt.

Plötzlich setzte sich Ulf neben sie und sagte, er wolle ihr etwas zeigen. Sie gingen beide um den Stall herum, er öffnete seinen Rucksack. Er holte das Holzkästchen mit Isis und Horus darauf und fragte Marie, ob sie so etwas kenne. Marie kannte das. Sie sagte, das sei das Totenschiff. Dann öffnete er den Deckel, zeigte den Papyrus-Vorrat und das Nilwasserfläschchen. Marie sagte, sie vermute, es hätte etwas mit Zauberei zu tun. Ulf nickte, schaute sie lange an, und dann sagte er, er habe eine Erfindung gemacht. Er zeigte eine Mattscheibe für seine Rolleiflex mit der lateinischen Inschrift des Fluches für die Verwirrung. Er fragte Marie, ob sie etwas vom „bösen Blick" verstünde. Marie wurde es jetzt ganz heiß. Sie schüttelte den Kopf und sagte: „Erzähl mir etwas darüber!"

Ulf sagte jetzt ganz deutlich und langsam, dabei kam er ganz nah an sie heran: „Wie heißt du wirklich? Bist du eine von uns, eine Severius oder Severac?"

Marie rückte etwas ab, verstand offensichtlich die Frage nicht und schüttelte den Kopf unter Achselzucken. Da merkte Ulf, dass er sein Versprechen gebrochen hatte und sein Geheimnis mit Marie geteilt hatte. Er bedauerte sofort, dass er ihr irgendetwas gesagt, gezeigt und erklärt hatte. Aber es war heraus. Wie konnte er in dieser Situation erreichen, dass sie diese Begegnung vergaß? Ein Fluch? Wie sollte er einen Verwirrungsfluch dosieren? Er zurrte den Rucksack zu. Er war wütend auf sich. Er hatte jetzt ein Problem, an dem er wohl die ganze Nacht zu denken hatte.

Draußen erklang „Wer hat dich, du schöner Wald, aufgebaut so hoch da droben? Wohl den Meister will ich loben, solang noch mein Stimm erschallt, lebe wohl, lebe wohl!"

Es war das Lieblingslied von Marie, der Text von Joseph von Eichendorff und die Melodie von Felix Mendelssohn-

Bartholdy, einem Komponisten der nicht mehr gespielt werden durfte. Sie war froh, dass sie hier im Pferdestall bei gutem Essen mit Birgitta und den anderen den Tag und die Nacht verleben konnte. Sie ging von außen in den Weinkeller und schenkte allen ihren Gästen ein, die Gläser randvoll mit bestem Rotwein für die Jäger. Die Schweden waren bei „Ack Värmeland, du sköna“ ein sentimentales Volkslied, die Melodie war rasch erfasst und alle summten mit.

Am Abend kam Onkel Richard zurück und hatte einen jungen SA Mann mit. Sie gingen in das Jagdhaus, und man hörte, dass sie begannen, dort aufzuräumen. Marie kümmerte sich nicht um die beiden. Nach einer Weile fuhren sie wieder weg. Sie kamen nicht beim Pferdestall vorbei, um sich von Marie und ihren Freunden zu verabschieden. Marie dachte bei sich, dass das typisch für Onkel Richard war. Es war schon so, es waren primitive Dreckskerle.

Sven-Åke setzte sich neben sie, er suchte in seiner Hosentasche und hängte ihr eine Kette mit einem blauen Glasanhänger um, der aus einem schwarzen Zentrum mit hellblauem, weißem und himmelblauem Glasfluss gemacht war. Sie freute sich und fragte verwundert, wo er die Kette mit Anhänger herhabe. Er sagte, dass er sie beim Glasbläser in Erfurt gekauft habe. Und sie alle verbrachten die Nacht miteinander, in ihren Kleidern, wie sie gekommen waren, nur eingewickelt in eine Pferdedecke. Draußen wurde es schon kühl.

Am nächsten Morgen fand Marie sich hässlich. Sie hatte mit Sven-Åke die ganze Nacht geknutscht. Ihre Wangen waren von den Bartstoppeln zerkratzt. Ihre Lippen und die Zungenspitze fühlten sich wund an vom Küssen. Ihre Zähne waren noch ungeputzt und die Haare durcheinander.

In diesem Augenblick wollte Ulf die ihn belastende Erinnerung in Maries Gehirn über die Macht seines Totenschiffes auslöschen. Er war ihm durchaus klar, dass Marie danach hilflos sein, ihr ganzes Leben sich verändern würde. Er nahm es aber in Kauf. Sein Geheimnis war für ihn wichtiger als das Lebensglück eines anderen Menschen. Mithilfe seiner Erfindung, der Kombination des Fluches mit dem bösen Blick, einfach durch Fokussieren unter Anrufung von Isis und Osiris und Auslösen des Fotoverschlusses wäre die Sache erledigt gewesen. Aber Marie wollte sich unter keinen Umständen ihres Aussehens wegen fotografieren lassen. Er lauerte auf den richtigen Augenblick, wenn sie doch zu ihm hinschauen würde, da marschierte Onkel Richard in das Bildfeld, gerade als Ulf abdrückte. Onkel Richard bemerkte, dass er fotografiert wurde, kümmerte aber sich nicht weiter drum. Er betrachtete jetzt auch den Pferdestall als sein Eigentum und wollte die Gäste loswerden. Er sagte zu Marie, sie sollten jetzt nach Hause gehen. Marie sagte ruhig zu. Nachdem sie alles wieder in den alten Zustand gebracht hatten, wanderte die Gruppe zurück nach Erfurt. Marie machte das Abschiedsfoto von der Gruppe. Auf dem Foto, das Ulf gleich danach gemacht hatte, war sie nicht mit abgebildet.

Nachdem er die Gruppe nach Hause geschickt hatte, stieg Onkel Richard auf sein Motorrad und fuhr los. Spät am Abend kam er nach Hause, er hatte das Motorrad wegen Benzinmangel irgendwo stehen lassen müssen, auf die Frage, wo er gewesen sei, wusste er keine richtige Antwort, auch nicht, wo das Motorrad stand.

Man schob die fehlende Orientierung von ihm auf den deftigen Kameradschaftsabend. Aber Onkel Richard blieb verwirrt, er trank viel Schnaps und erzählte immer das gleiche, vom Führer als Retter des Reiches, von seiner Sturmabteilung bald an der Macht. Er wurde unerträglich. Schließlich zog er für immer in das Jagdhaus. Die Wirtsleute aus dem Gasthaus in der Nähe versorgten ihn, bis seine Rechnung für Essen und Trinken so hoch war, dass er während der Kriegswirren das Jagdhaus mit dem ansehnlichen Landbesitz unter der Hand an die Wirtsleute zur Begleichung der Zechschulden verkaufte. Marie besaß es nie.

Eine Woche nach Verabschiedung der schwedischen Schüler wurde Marie von SA-Männern mitten auf dem Anger festgehalten und in ein Auto gezwungen. Im Hauptquartier der SA wurde sie zwei Stunden lang verhört, weil sie angeblich volksverhetzende Reden vor Ausländern auf dem Riechheimer Berg geführt hätte und wahrscheinlich Jüdin wäre. Onkel Richard erinnerte sich an nichts, als sie endlich telefonieren durfte und ihn um Klärung bat. Erst ein Anruf von ihrem Vater Theodor beendete den Spuk. Sie kehrte ganz verstört nach Hause zurück. Ihr war klargeworden, dass ihre Forschungen über persönliche Schutzzauber nichts wert waren, sie war und blieb wehrlos.

Am nächsten Tag hatte Theodor Haubitzer einen Termin bei seinem alten Logenbruder Hermann von der Thüringer Bank. Die Erfurter Freimaurerloge war ja längst verboten worden, aber sie trafen sich unauffällig immer wieder. Als Theodor seine Pläne zur Änderung des Sortimentes unter Hinzunahme von Keramikartikeln und Haushaltswaren, statt ausschließlich Luxusporzellan anzubieten, erklärte und die zu erwartende Erbschaft von Tante Thea erwähnte, wurde ihm ein üppiger Kredit gewährt. Hermann klopfte ihm auf die Schulter: „Theodor, ich vertraue dir! Die Wirtschaft wird wieder anziehen, dann kannst du deinen Kredit zurückzahlen".

So konnte Theodor sein Leben weiterführen in gewohnter Weise. Er benachrichtigte als Erste Fräulein Bettina vom Amt.

Dann sagte er im Geschäft Bescheid. Vielleicht konnte er sich nunmehr das wunderschön gearbeitete Zwillingsjagdgewehr aus Suhl leisten. Er sah sich schon mit dem Zwilling in souveräner Haltung mit Hut auf dem Kopf im zünftigen Jägergewand, natürlich Schlips und Kragen, feinster Hirschlederhose und Wickelgamaschen auf der Treppe zum Jagdhaus zur Jagd bereit. Ein schönes Bild würde das abgeben.

Einige Wochen später brannte die Erfurter Synagoge.

Im März 1939 kam Magdalena Muthesius mit einem Mädchen nieder. Die Geburt fand in der Universitätsklinik Jena statt, damit in Erfurt kein Skandal um die achtzehnjährige Mutter entstand. Auf die zahlreichen Briefe von Magdalena antwortete Ulf nicht.

Im gleichen Jahr begann der Zweite Weltkrieg.

Übrigens wurde aus der Erbschaft nichts, Theodor musste später stattdessen mit Hilfe des Notars Grüneberg seinen Konkurs anmelden.

Marie verlor Sven-Åke nach Kriegsbeginn aus den Augen. Seine Briefe waren vorher schon spärlicher geworden. Ab und zu nahm Marie den blauen Glasanhänger in die Hand. Inzwischen wusste sie, dass dieses Zeichen den bösen Blick abwehrte. Viel Vertrauen auf diese spezielle Wirkung hatte sich jedoch nicht mehr.

VII.4     1939 – 1947
Feldzüge und Niederlage

Harry und Marie. 1939.
Der Schüleraustausch mit Schweden war beendet. Harry hatte mit Marie brieflich Kontakt aufgenommen. Er hatte sie zum Tanzcafé eingeladen. Beiden gefiel der Nachmittag mit Foxtrott, Marsch, Walzer und Keksen. Später, in der Weihnachtszeit, waren sie gemeinsam in die Predigerkirche gegangen und hatten sich ein Chorkonzert mit Werken von Johann Sebastian Bach und Pachelbel angehört. Beide fanden die Stimmung dort sehr ergreifend und kamen sich näher.

Im Januar 1939 gab es einen Faschingsball im ersten Hotel von Erfurt, Haus Haschenröden. Marie erschien als Gärtnerin und Harry als thüringischer Pirat.

Bei der Verlobung im Frühjahr im Hause Haubitzer schoss Harry mit dem Sektkorken in den Kronleuchter, was Verluste einiger Kristallprismen zur Folge hatte.

Harry in Polen.
In den letzten Tagen vor dem Beginn des Feldzuges 1939 gegen Polen war Harry in der Nähe von Rosenberg in Schlesien auf Schloss Kulmitz bei der Familie des Barons einquartiert. Die Tage dort waren sehr angenehm, denn der Baron hatte zwei reizende Töchter und eine ihrer Freundinnen war außerdem zu Besuch da. Harry und seine Kameraden fuhren mit den jungen Damen zum Baden, wurden sehr gut und gepflegt beköstigt und abends im Saal unter den strengen Blicken der porträtierten Ahnen wurde getanzt.

An einer der abendlichen Festessen war auch der damalige deutsche Botschafter in Moskau, Graf von der Schulenburg, zugegen. Er äußerte sich vorsichtig skeptisch zur politischen Lage und vor allen Dingen zu deren voraussichtlichen weiteren Entwicklung. Er dämpfte dadurch etwas die Euphorie der Armee, indem er andeutete, dass das augenblickliche Einverständnis zwischen Hitler und Stalin wenig Aussicht auf Dauer habe. Der geplante Einmarsch in Polen sei nur möglich, wenn Moskau ruhig bliebe.

Die deutsche Wehrmacht war durch den Anschluss Österreichs und durch die Annexion des Sudetenlandes und der Tschechoslowakei nur Erfolge ohne verlustreiche Kämpfe gewöhnt. Unausgesprochen erwarteten Harry und seine Kameraden auch jetzt wieder den gleichen Ablauf.

Als dann am 31. August 1939 der Angriff auf Polen erst einmal verschoben wurde, schien es, als ob es erneut ohne Blutvergießen abgehen sollte. Aber am 1. September begann dann doch der richtige Krieg. Harrys Regiment stieß nach Polen vor und erreichte am 6. September den Ort Radomsko. Bei der Fahrt des Regiments durch den Ort wunderten sich die Soldaten, dass Polen und Juden am Straßenrand so höflich und gut gelaunt grüßten. Wie Harry und seine Kameraden später erfuhren, hatte der polnische Nachrichtensender eine Meldung gebracht, dass die französische Armee den polnischen Truppen zu Hilfe käme und bereits durch Deutschland hindurch gestoßen und jederzeit in Polen zu erwarten sei. Als sich die Nachricht als falsch erwies, war das Entsetzen der polnischen Bevölkerung groß.

Am nächsten Abend bekam das deutsche Panzerregiment die erste Feindberührung. Eine Gruppe von Harrys Zug unter Feldwebel Lukas wurde zur Erkundung vorgeschickt. Der erste Panzer bekam einen Volltreffer der Abwehrkanonen und der Fahrer, Unteroffizier Pauling, fiel als erster Soldat des Regiments 1.

Harry griff daraufhin mit dem Rest des Zuges den Ort an, vertrieb den Feind und ermöglichte so die Bergung der Verwundeten. Für diese Aktion bekam er das Eiserne Kreuz II.

Am 5. September kam Harry kurz vor Petrikau an, sie konnten den Ortsrand aber nicht kämpfend erreichen, bevor die Dunkelheit hereinbrach. Dort hatten die Polen eine wirklich wirksame Abwehrfront aufgebaut. Also zog er sich mit seinen Leuten zurück bis hinter die nächste stärkere Bodenwelle, um den Tagesanbruch abzuwarten und um dann erneut angreifen zu können. Dieser Angriff war das erste Gefecht, das Harry und seinen Kameraden die Schrecken des Krieges vor Augen führte. Sie sahen erstmals, dass, wenn sie schossen, Menschen tot umfielen, Fahrzeuge ausbrannten und plötzlich stand auch noch durch den Treffer einer polnischen Abwehrkanone ein eigener Panzer in Flammen.

An diesem Tage fiel Leutnant Sperber, eine der deutschen Olympia-Hoffnungen über 1500 m.

Die Sicherung der Bereitstellung der Panzerangriffe mit Artilleriefeuer für den nächsten Tag führte die dritte Kompanie unter Oberleutnant Graf von Waldburg aus. Mitten in der Nacht stieß aus der Flanke ein größerer polnischer Verband, der Anschluss an seine Armee suchte, in das Lager ein. Es gab ein heftiges Gefecht, bei dem die Polen aufgerieben oder zerstreut wurden.

Dabei fiel der zweite Offizier der 3. Kompanie, Leutnant Hock.

Im Morgengrauen, beim Aufbruch von Harrys Panzerabteilung stellte sich ihr kein Widerstand mehr entgegen. Die polnischen Truppen waren von den deutschen Schützen in der Nacht aus Petrikau vertrieben worden.

In den nächsten Tagen kämpfte sich das Panzerregiment 1 bis südlich Warschau vor. Anschließend wurden sie in die Etappe zurückgezogen.

In diesem Gebiet, so erinnerte sich Harry, hatten sein Vater Jakob und sein Onkel Friedrich bereits im Ersten Weltkrieg gekämpft, bevor sein Vater später im November 1916 in Frankreich fiel. Das war erst 23 Jahre her.

Das linke Nachbar-Bataillon der Deutschen, das Warschau direkt angriff, traf auf harten Widerstand und kam nur unter hohen Verlusten vorwärts. Bei diesen Kämpfen fiel Generaloberst Freiherr von Wetter, Harrys Meinung nach ein sehr fähiger und integrer Mann, der durch eine Intrige von Hitlers Leuten um seine frühere Position gebracht worden war.

Am 16. September wurde das Panzerregiment eingesetzt, um den Kessel um die letzte kampffähige polnische Feldarmee zu schließen. Nordwestlich von Warschau griffen sie bei regnerischem Wetter an und durchbrachen die gestaffelten polnischen Verteidigungslinien.

Im Laufe des Angriffs fiel der Panzer des Abteilungskommandeurs und Zugführers mit Motorschaden aus. Funkeinrichtungen zum Dirigieren der Fahrzeuge waren nur bei den Zugführerpanzern vorhanden. Harrys Freund Franz Alt musste ihn durch seinen Panzer ohne Funkeinrichtung ersetzen.

Im Regiment ging man wie selbstverständlich davon aus, dass ihnen weitere deutsche Einheiten mit Instandsetzungstrupps folgen würden. Sie griffen also trotz erheblichen Widerstandes weiter an. So blieb damals unter anderen der Chef der 8. Kompanie, Hauptmann von Wittstein im Feld.

Als die Dunkelheit hereinbrach, war das Panzerregiment 1 sehr weit vorgeprescht und hatte dadurch endgültig den Anschluss an die deutschen Truppen verloren.

In stockfinstrer Nacht igelte es sich auf freiem Feld ein, zwischen zwei Straßen, auf denen sich die polnischen Truppen zurückzogen. Da die Deutschen kaum noch Sprit hatten, durften sie sich durch kein Geräusch verraten.

In der Situation empfingen sie plötzlich einen Hilferuf von Freund Franz Jünger. Man hatte noch zwei weitere Schadpanzer bei ihm deponiert und er stand jetzt völlig manövrierunfähig isoliert im Gelände, da die deutschen Einheiten dem stürmischen Angriff des Panzerregiments nicht hatten folgen können. Er wurde von polnischen Einheiten mit Artillerie und Panzerabwehrkanonen angegriffen und wehrte sich, bereits verletzt, verzweifelt bis zum letzten Schuss.

Sowie Harry die Funknachricht erhielt, wurde er beim Abteilungskommandeur vorstellig, um die Genehmigung zu erhalten, Franz Alt zu Hilfe zu eilen. Dies wurde ihm strikt untersagt, da wegen des Spritmangels der kilometerweit entfernte Kampfplatz unerreichbar war. Dazu war es sehr fraglich, ob sie ihn in dieser dunklen Nacht überhaupt finden würden. Die kompromisslose Ablehnung begründete der Kommandeur mit seiner persönlichen Erfahrung aus dem Ersten Weltkrieg, als er auch fünf Männer aus einer verzweifelten Situation heraushauen wollte und dabei 15 Soldaten aus dem Entlastungstrupp verloren hatte. Sie waren alle im Feuer der gegnerischen Infantrie gefallen.

So mussten Harry und seine Kameraden dieses Drama tatenlos bis zum bitteren Ende verfolgen. Hilflos standen sie vor dem Funkgerät. Sie konnten alles trotz der großen Entfernung mit anhören, die entsetzten Rufe, das Einschlagen der Treffer und die hilflosen Befehle; es war ein Wunder, dass überhaupt Funksprüche empfangen werden konnten.

Schließlich verstummte das Gerät.

Am nächsten Morgen bekam ihr Regiment wieder Anschluss an die deutschen Truppen. Mit dem letzten Sprit konnte es den Igel, den Ring aus Panzerwagen, verlassen und wurde wieder mit Betriebsstoff und Munition versorgt. Dies war Harrys letzte Station im Polen Feldzug. Es wurde zurück nach Erfurt verlegt.

Dort nahm er sofort Kontakt zu seiner Verlobten Marie auf. Die war zum Landhilfsdienst bei einer Familie Ritter in Weißensee verpflichtet. Dort wurde er sehr freundlich empfangen. Harry konnte einen ganzen Tag mit Marie verbringen und gemeinsam mit ihr Zukunftspläne schmieden.

Harry verabschiedete sich von Marie mit einem Kuss und den Worten: „Bis bald, Hildchen!" Die nahm das mit sehr gemischten Gefühlen auf. Ihr zweiter Name war Ida und nicht Hilde. Sie presste ihre Lippen aufeinander und beschloss, die Sache später zu klären.


Ulf 1941.

Ulf fasste 1941 den Plan, sich über die geheime Rekrutierungsstelle in Stockholm zur SS anwerben zu lassen. Er war mit dem Zug an der Centralstation angekommen. Von dort war es nur ein kurzer Fußweg bis zur Kungsholmgatan. Dort klingelte er an der Tür eines Mehrfamilienhauses bei Carl-Vilhelm Hallberg, Journalist, 3.Etage. Die schwere Haustür öffnete sich und Ulf stieg das großzügige Treppenhaus hinauf. Die Wohnungstür war nur angelehnt. Auf sein Klopfen hin tönte von drinnen eine kräftige Männerstimme: „Herein, stig in!"

Kaum war er eingetreten, als ein mittelgroßer Mann mit ausgestrecktem Arm auf ihn zueilte und ihm kräftig die rechte Hand drückte. Dabei musterte er ihn mit einem ungewöhnlich direkten Blick. Zu seinem eleganten grauen, gutsitzenden Anzug trug er ein weißes Hemd, eine schwarzweißrot gestreifte Krawatte und am Revers ein Abzeichen mit den beiden Siegrunen der SS und vier Sternen.

„Hallberg, Sturmbannführer Hallberg, kommen Sie herein, wir haben Sie erwartet". Der Mann sprach ein fast perfektes Schwedisch mit ganz geringem deutschem Akzent, am ehesten erkennbar an seiner etwas abgehackten Sprechweise.

„Cognac, Zigarette?" Ulf lehnte dankend ab.

„Sie sind also am Dienst an der Waffe der Schutzstaffel des Großdeutschen Reiches interessiert", stellte Hallberg fest.

„Ja, das bin ich".

„Wie ich Ihrem Antrag entnehmen kann, den Sie klugerweise per Boten hierher haben bringen lassen, sind Sie Fotograf."

„Ich bin noch in der Ausbildung".

„Wie gut sprechen Sie Deutsch?"

„Ganz gut, aber nicht perfekt," antwortete Ulf, „aber auch Französisch wird in meiner Familie gesprochen.".

„Also gut,", sagte Hallberg jetzt in bestem Hochdeutsch, „unterhalten wir uns jetzt weiter auf Deutsch. Warum wollen Sie wirklich zu uns kommen? Abenteuerlust, Freude am Risiko, schöne Paradeuniform?"

„Ich bin begeistert von der Idee der Macht", bekannte Ulf schlicht. „Ich möchte dabei sein, beim Aufstieg der stärksten Nation, mit mutigen Gedanken, mit dem Willen zum Sieg gemeinsam mit den zum Führen geborenen Menschen!"

Hallberg schaute ihn überrascht an, wollte Ulf sich etwa lustig machen?

„Halt mal, langsam, mein junger Herr. Das sind natürlich unsere großen Ideen. Wir freuen uns, dass sie diese verstanden haben und Sie sich zu eigen machen wollen. Aber an vorderster Stelle steht der absolute Gehorsam zu Adolf Hitler, unserem Führer. Darüber hinaus, das ist Ihnen doch hoffentlich klar, befinden wir uns im Krieg, der persönliche Entbehrungen und Opfer fordern kann. Können Sie sich vorstellen, dass Sie verletzt werden, in Gefangenschaft geraten, also in die Hände eines bösartigen starken Feindes fallen und gefoltert werden könnten?“

„Ja, ich habe mit dieser Frage gerechnet“, sagte Ulf fest. „Ich bin entschlossen“.

„Woher haben Sie diese Einstellung zur Macht? Haben Sie die Schrift des Führers gelesen?“

„Die habe ich gelesen und verstanden. Aber begeistert wurde ich vom futuristischen Manifest aus dem Jahr 1909 von Marinetti. Vertrautheit mit Energie und Verwegenheit, Verherrlichung des Krieges....“

Hallberg fiel ihm lachend ins Wort: „Angriffslustige Bewegung! Technik! Schönheit im Kampf! Verachtung der Schwäche! Der Mann, der das Steuer hält, dessen Idealachse die Erde durchquert, die selbst auf ihrer Bahn dahin jagt, der soll besungen werden! Selbstverwirklichung des Mannes ohne das Weib!“

Ulf war beeindruckt: „Sie kennen das futuristische Manifest ja auswendig!“

„Ja, nicht mehr ganz vortragssicher, aber, aufrichtig gesagt, viel zu idealistisch, dieser Italiener. Mit uns Deutschen geht das anders zu. Mit uns zu kämpfen, das bedeutet, der Schutzstaffel unverbrüchliche Treue bis in den Tod zu schwören, ist Ihnen das klar?“

„Ja, ich komme aus einer alten Soldaten- und Handelsfamilie, wir kennen Loyalität und wir kennen die Gefahren.“ Ulf blickte Hallberg ruhig in die Augen. Hallberg erwiderte den Blick, dann machte er eine kurze, nachdenkliche Pause.

„Ulf Allvar-Severius, so ist doch Ihr Name, übrigens eine Tautologie, beide Namen haben mit dem Ernst zu tun, einen heiligen Ernst werden sie brauchen. Sie wissen, dass wir hier im neutralen Schweden verdeckt arbeiten müssen, aber die nordische Rasse ist für unsere Bewegung sehr wichtig, wir sind sozusagen Brüder. Sie sind doch sicher arischer Abstammung?!"

„Ja, meine Eltern stammen aus Schweden, ein Vorfahr kam früher als diplomatischer Begleiter von Marschall Bernadotte, dem späteren schwedischen König, nach Stockholm."

„Also gut, wir werden das überprüfen. Wissen Ihre Eltern von ihrem Plan?"

„Nein, Sie sehen meine Tätigkeit als Fotograf als vorläufig an und glauben, dass ich mir eine Hochschule für ein Technikstudium, z.B. Optik oder Präzisionsfertigung suche, um später als Ingenieur zu arbeiten."

„Haben Sie eine Verlobte, Kinder, denen Sie verpflichtet sind, naja, mit knapp 23 Jahren wird das wohl nicht der Fall sein, nicht wahr?" Hallberg lehnte sich lächelnd zurück.

„Nein, nein", versicherte Ulf ungerührt und dachte nur kurz an Magdalena Muthesius´ Briefe.

Es entstand eine Pause. Hallberg war aufgestanden und hatte auf dem Schreibtisch eine Akte aufgeschlagen, in der er rasch blätternd offensichtlich Stellen vorne und hinten verglich. Dann drehte er sich um und baute sich Ulf gegenüber auf.

„So sind wir einverstanden, Sie in unsere Schicksalsgemeinschaft aufzunehmen.", sagte Hallberg mit einem Hauch von Feierlichkeit in der Stimme. „Hier kommt der vorbereitete Vertrag mit den Einzelheiten."

Hallberg drückte hinter sich auf einen Knopf, woraufhin ein junger Mann in SS-Totenkopf-Uniform erschien, mit erhobenem Arm grüßte und Hallberg eine schwarze Ledermappe überreichte. Hallberg gab sie aufgeschlagen weiter.

„Sicher können Sie unsere deutsche Schrift lesen, machen Sie sich kundig über den Inhalt dieses Vertrages. Ich komme in einigen Minuten wieder, dann kann ich Ihnen auch die offenen Fragen beantworten. Vous n'avez qu'à signer ici. Le traité est un secrèt absolu. Il est valide pendant toute votre vie. (Sie brauchen nur hier zu unterschreiben, der Vertrag ist geheim und gilt für ihr ganzes Leben.)", sagte der Sturmbannführer auf Französisch, um Ulf zu prüfen.

Ulf enttäuschte ihn nicht, lächelnd sagte er: „J`ai compris, mon Sturmbannführer, merci, d´accord, á tout à l´heure."

Hallberg war zufrieden. Der Schwede schien absolut loyal zu sein und begeistert für die deutsche Sache. Zudem konnte er gut fotografieren. Er wollte ihn zum Kampfberichterstatter vorschlagen.

Ulf unterschrieb. Hallberg zeichnete gegen.

Zwei Stunden später reiste Ulf nach Göteborg. Von dort aus wurde er in einem privaten Wagen bis zur norwegischen Grenze gebracht. Die restliche Strecke bis zum Treffpunkt jenseits der Grenze in Norwegen musste er zu Fuß zurücklegen, wo er den angekündigten SS Mann in Kampfuniform traf, der ihn im Krad-Beiwagen zu seiner Einheit brachte.

Ulf wurde SS-Kriegsberichterstatter, Zug 5, JS Toelz, Freiwillige Legion Schweden. Er begann seinen Dienst bei der Viking Panzerdivision, der modernsten Panzerwaffe von unglaublicher Feuerkraft und Geschwindigkeit, besetzt mit begeisterten Männern aus dem Norden.

Ulf lieferte zuverlässige Dokumente mit Fotos und Texten,
zum Teil auch gefilmt, von den anfänglich großartigen militärischen Erfolgen dieser Einheit.

Später sollte er sagen, das sei seine beste Zeit gewesen.
Symbol für den unverbrüchlichen Zusammenhalt der Mitglieder der SS war das Treuelied. Er konnte es schnell auswendig
singen.

Schenkendorf (1814)
Wenn alle untreu werden,
So bleiben wir doch treu;
Dass immer noch auf Erden
Für euch ein Fähnlein sei.
Gefährten unsrer Jugend,
ihr Bilder bess'rer Zeit,
Die uns zu Männertugend
und Liebestod geweiht.

Wollt nimmer von uns weichen,
uns immer nahe sein,
treu wie die deutschen Eichen,
wie Mond und Sonnenschein.
Einst wird es wieder helle,
in aller Brüder Sinn,
sie kehren zu der Quelle
in Lieb und Freude hin.

Es haben wohl gerungen
die Helden dieser Frist,
Und nun der Sieg gelungen,
übt Satan neue List.
Doch wie sich auch gestalten
im Leben mag die Zeit,
Du sollst uns nicht veralten,
o Traum der Herrlichkeit


Ihr Sterne seid uns Zeugen,
die ruhig nieder schau'n,
wenn alle Brüder schweigen
und falschen Götzen trau'n.
Wir woll'n das Wort nicht brechen
und Buben werden gleich,
woll'n predigen und sprechen
vom heil'gen Deutschen Reich.

Harry 1942

Am 18. Februar 1942 wurde Harry nachts, südlich von Stalingrad, bei einem Angriff der russischen Artillerie in seinem Panzer schwer in Bedrängnis gebracht. Bei der Rettung von Verwundeten, ohne ausreichende Deckung, wurde er an der Schulter und am linken Bein durch Maschinengewehrtreffer verletzt. Mit Schlitten und Zug konnte er aus dem Kampfgebiet in das Aufnahmelazarett und dann später mit dem Flugzeug zurück nach Erfurt gebracht werden.

Dort kam er in schlechtem Zustand und mit Schüttelfrost an. Die Wunden hatten sich entzündet. Er erholte sich nur langsam und wurde noch recht schwach aus dem Lazarett entlassen.

Wegen der unsicheren Überlebenschancen eines Panzersoldaten im Jahr 1942 machten die beiden Verlobten zusammen eine Reise nach Würzburg und Rothenburg ob der Tauber.

Harry schrieb damals in sein Tagebuch: „Dies war für die damalige Grundauffassung der guten bürgerlichen Gesellschaft überaus progressiv. Wir verbrachten unsere gemeinsame Zeit jedoch recht brav. Diese Woche am Main war wunderschön, wir waren sehr glücklich. Im Schlosspark von Veitshöchheim hatte ich mein Bein jedoch überanstrengt und die kürzlich erlittene Verwundung brach wieder auf. Marie musste zur Apotheke springen, um Verbandsmaterial zu holen, während ich in einer der verschwiegenen Liebeslauben des Rokokogartens, in dem sich seinerzeit die feine Welt amüsierte, wartete, bis Marie zurückkam und mir die Wunde am Unterschenkel verband."

Marie Haubitzer und Harry Riedel heirateten im September 1942 in der Erfurter Predigerkirche.

Zu Weihnachten bekam er Fronturlaub.


### Marie und das Bürschlein

Marie sollte ihr erstes Kind zur Welt bringen. Die Wehen begannen am 16. September 1943 und dauerten inzwischen schon 52 erfolglose Stunden. Die Geburt ging nicht voran, trotz der größten Anstrengungen von Mutter, Hebamme und dem Gynäkologen Dr. Moebius. Der große Kopf des Kindes saß zwar schon tief im Becken, aber die Geburt war zum Stillstand gekommen. Die Herztöne des Kindes wurden unregelmäßig.

In dieser Notlage musste Dr. Möbius mit einem Zangenmanöver nachhelfen. Da er ein erfahrener und geschickter Arzt war, gelang es ihm, wenn auch unter Schwierigkeiten. Durch die zusammengepressten Schädelknochen kam das Kind mit einem schiefen Kopf auf die Welt. Der wurde vom Geburtshelfer mit beiden Händen etwas zurechtgedrückt. Er erklärte, dass er den ins Stocken geratenen Geburtsverlauf und die damit verbundene Gefahr für das Kind mit erheblicher Kraftanwendung der beiden Zangenbranchen habe beschleunigen müssen.

Es war ein Junge. Er schrie erst, nachdem er in einer Wanne mit kaltem Wasser einen Wiederbelebungsschock nach dem Steckenbleiben im warmen Mutterleib bekam. Der Schock kam noch rechtzeitig für die Durchblutung von Gehirn, Nieren und für den Schrei ins Leben.

Harry befand sich zu dieser Zeit mit dem Panzerregiment 1 in Griechenland. Von der Geburt seines Sohnes erfuhr er durch ein Telegramm. Der Funker nannte Harry gegenüber das sehnlich erwartete Neugeborene das Bürschlein. Drei Wochen später kam ein Feldpostbrief von Marie. Sie schrieb ihrem Mann, dass die Geburt sehr anstrengend gewesen sei, aber dass sie als glückliche Mutter jetzt darauf hoffe, ihn zu Weihnachten als Familienvater in die Arme schließen zu können, um das gemeinsame Leben zu dritt genießen zu können. Harry antwortet sofort begeistert voll Freude und Stolz über seine neue Würde als Vater eines Sohnes, des Bürschleins, wie er ihn fortan nannte.

Der nahm die Brust früh an, aber seine Mutter hatte Schmerzen beim Milcheinschuss und später auch noch beim Stillen des nimmersatten Babys, das heftig saugte und zubiss und sich mit Geschrei durchsetzte.

So wurde das Bürschlein unter Schmerzen für die Mutter schwerer und schwerer.

Zwölf Wochen später, zur Weihnachtszeit, saß Marie allein im Kinderzimmer neben dem Stubenwagen. Es fiel ein erster feiner Hauch von Schnee. Aprikosenfarbenes Licht sickerte von der Straßenbeleuchtung herein, vorbei an den mit kleinen beige-braunen schwedischen Elchen gemusterten Vorhängen.

Maries Hände lagen auf der schwarzen Holzlehne des Sessels, dessen tomatenroten Bezug sie ausgesucht hatte. Es war ruhig und kuschelig warm im Raum und roch nach Penatencreme, Kinderöl, zart nach voller Windel und ein bisschen nach erbrochener saurer Muttermilch auf Maries Bluse.

Das Stillen schmerzte sie nicht mehr und die Milch reichte aus. Der Wochenfluss hatte aufgehört und ihr Bauch wurde allmählich schon etwas flacher. Dafür machte sie täglich Übungen, die ihr Dr. Moebius empfohlen hatte.

Harry war im Feld, ihr Vater auf Geschäftsreise, ihre Mutter wie so oft im Gebetskreis bei den Herrenhutern und ihre Schwester Luise im Geschäft. Ihre Freundin Magdalene Muthesius war unterwegs, um ihr und Ulfs Kind vom Kindergarten abzuholen.

Maries Blick fiel auf den Kinderteller mit dem undefinierbaren bräunlichen Speiserest eines ehemals frischen Apfels, der mit einer Glasreibe gemust worden war. Nach dem Möhrenbrei war das für Bürschlein die erste Beikost zur Muttermilch. Als man versuchte, ihm den mit einem Löffel zu füttern, spuckte er ihn, mit einem angewiderten Blick zu Marie hin, aus. Sie betrachtet diese Ablehnung als persönliche Niederlage und ein bisschen als Verrat an ihr als Mutter.

Nun schlummerte Bürschlein in seinem Stubenwagen, im Nacken ein kleines feucht verklebtes Büschel Härchen. Der Stubenwagen war mit einem weißen Baumwollstoff ausgekleidet, über und über mit winzigen blauen Sternchen bedruckt, ebenso wie die Bezüge von Decke und Kissen. Sogar das Babymützchen war mit blauen Sternchen verziert. Am Korbrand hing ein Beißring mit einer Rassel.

In die Betrachtung ihres Kindes versunken, wurde Marie plötzlich von einer Welle alles überflutender Liebe erfasst. Sie durchfuhr ihren ganzen Körper, ihr schoss unvermittelt die Milch ein und sie bekam eine Nachwehe, die sich bis in die Oberschenkel ausbreitete. Dieses Gefühl war so überwältigend, dass es ihr fast die Luft nahm und sie zu Freudentränen rührte.

Marie schaute sich jetzt ihr Kind ganz genau an. Es atmete ruhig mit einem kleinen Lächeln um seinen Mund. Seine Augäpfel zuckten etwas unter den Lidern. Sie konnte sich kaum beherrschen, es aus seinem Bettchen zu reißen und an sich zu drücken. Jetzt bewegte Bürschlein seine Hände, die Finger auf und zu, auf und zu.

„Es kann sich schon mit beiden Händchen an Muttis Fingern hochziehen, so ein kluges Bürschlein", dachte sich Marie. „Und so ein liebes Lächeln, nochmal und nochmal."

Sie seufzte vor Glück. Das Baby gähnte ein bisschen, um gleich wieder einzuschlafen. Sie betrachtete den kleinen pulsierenden Hügel auf der Mitte seines Kopfes. Auf die Fontanelle passten gerade zwei Fingerspitzen. Beim Schreien, was der kleine Kerl sehr gut konnte, wölbte sie sich deutlich hervor. Jetzt, während er schlief, wallte sie wie eine kleine Quelle synchron mit dem geschäftigen Herzschlag des im Schlaf wachsenden Säuglings.

Marie murmelte leise vor sich hin in Richtung ihres Söhnchens: „Mein Bürschlein ist ja so süß, wie es sich anstrengt, um den großen runden Kopf anzuheben, wenn es sich an den Fingern von Mutti festhält, dabei ein bisschen keucht und sie mit gerunzelter Stirn ansieht. Es kann die Rassel anfassen, die man ihm gibt, um darauf herum zu kauen und dadurch den Durchbruch seiner Zähnchen zu fördern. Mein kleines Wunderkind kann sogar ganz kurz sitzen, wenn die liebe Mutti das Gewicht am Oberkörper mit beiden Händen abstützt. Aber auch gemein kann das Kerlchen sein, es wacht nachts dreimal auf, trinkt ganze 720 g netto pro Tag, eigentlich 800 g der guten Muttermilch, aber spuckt dann einfach 80 g wieder aus."

Inzwischen wurde das Bürschlein etwas unruhig und gab kleine Töne wie „Heck-heck-heckheck" von sich. Das war das Zeichen, dass es bald wieder Hunger bekäme.

Immer noch schaute Marie es verzückt an: „Vor fünf Wochen hat unser Sohn zum ersten Mal richtig gelächelt, nachdem ich ganz lieb mit ihm gesprochen hatte und dabei meinen Kopf auf und ab bewegt habe. Das hat dem Bürschlein gefallen und es hat die Mutti richtig lieb angestrahlt. Prompt hat es dann aber Stunden lang schrecklich geschrien, vom späten Nachmittag bis zum Abend, geschrien wie am Spieß. Ich musste es 4 Stunden lang hin und her tragen. Manchmal meint Mutti, es sei ein schlimmes Bürschlein, aber nur ganz, ganz selten.".

Das war nun von selber wach geworden und schaute zu Marie auf aus seinen Augen wie dunklen schwarz-blauen Murmeln. Die nickte ihm zu und sagte leise mit heller Stimme: „Mein über alles geliebtes Bürschlein, du!" Da lächelte es, als hätte es sie verstanden.

Voll inniger Liebe hob sie das Kind aus seinem Körbchen, machte ihre rechte Brust frei und legte den Säugling an. Sofort fand es die Warze und saugte gierig in kräftigen Zügen. Manchmal sog er nebenher etwas Luft mit ein. Bald danach ließ der Eifer nach. Marie nahm den Kleinen hoch und lehnte sich dessen Köpfchen über die Schulter, die vorsorglich mit einer sauberen Windel abgedeckt war. Leider wurde das nötige Aufstoßen von mindestens drei Esslöffeln bester fetter Milch begleitet. Marie beschloss, sich nicht darüber zu ärgern, dafür war sie einfach zu glücklich.

Sie legte ihr Kind auf die Wickelkommode und beschloss, dieses einzigartige Wunder erneut zu inspizieren.

So nackt vor ihr, entdeckte sie doch tatsächlich in seinem Nabel einen kleinen verklebten Krümel, wohl vom Babypuder. Vorsichtig beseitigte Marie ihn mit einem Wattestäbchen aus ihrem selbst gewickelten Vorrat. Dann untersuchte sie die Ohren von außen und innen; alles war in Ordnung, sämtliche Falten an Hals, Armen und Beinen des dicken Bürschleins vorbildlich sauber. Nun drehte sie das Kind auf dem Bauch und betrachtete, wie sich die Härchen über die Wirbelsäule nach unten zogen, viele kleine dunkle Härchen in himmlischer Ordnung. Dann spreizte sie die Pobacken ein bisschen, dort fand sich noch ein Rest A-A, der wurde ebenfalls mit einem ölgetränkten Tüchlein entfernt. Wieder in Rückenlage betrachtete sie jede einzelne Zehe und jede war so süß, dass sie sie in den Mund nehmen musste. Dann schaute sie sich den Schnippedeldrich an. Der erschien ihr ganz normal zu sein. Unter dem Hodensack fand sich noch etwas mit Öl verklebter Puder. Auch der musste weg. Wieder überkam sie eine Anwandlung großer Zärtlichkeit, sie drehte das Baby hin und her und prustete ihm warme Luft auf seinen runden Bauch. Das kitzelte, so dass das Bürschchen kreischte - halb ängstlich und halb belustigt. Marie hätte es vor Liebe fressen können. Unvermittelt fing es aber plötzlich an zu weinen.

Marie zog es schnell an, ohne dass es sich beruhigte. Marie nahm es in den Arm und tanzte mit ihm im Kreis den Ausdruckstanz der glücklichen Mütter auf den geweihten Wiesen. Dabei sang sie für ihr Kind und improvisierte immer neue Tanzfiguren.

Da klingelt es an der Wohnungstür und gleichzeitig wurde sie von außen mit dem Schlüssel geöffnet.

„Aber wie, Harry, du?! Harry, du schon hier, wie herrlich!“. Marie, mit Bürschlein im Arm, fällt ihrem Mann schluchzend vor Freude um den Hals.

Harry strahlt über das ganze Gesicht. Er ist sehr mager geworden. Zwar braungebrannt, sieht er darunter bleich und nicht gesund aus; doch er lacht, er sieht seine Frau, sein Kind, sein Zuhause. Sie bleiben fest aneinander geschmiegt stehen.

Dann macht sich das Bürschlein durch lautes Schreien bemerkbar. Marie schlägt vor: „Harry, Liebster, ich lass‘ die Badewanne für euch beide volllaufen. Und dann gibt es was Schönes zu essen. Du wirst staunen! Bald ist Weihnachten, aber das richtige Weihnachten ist für mich schon heute, so ein Glück!“.

Am nächsten Morgen bleibt die ganze Familie lange im Bett. Das Bürschlein liegt auf Harrys Bauch und, um seinem Vater in die Augen zu sehen, hebt es etwas seinen Kopf. Als der ihm aber zu schwer wird, fängt es an zu weinen. Da nimmt Marie das Kind und legt es sich auf die Brust. Noch einmal versucht es vergeblich, den Kopf oben zu halten, und lässt ihn dann nach vorne fallen, unglücklicherweise auf Maries Schneidezähne. Leider ist einer ein Stiftzahn, der ist nun locker. Zuerst ist sie entsetzt, dann fixiert sie ihn mit Bienenwachs, Bienenwachs von einer schon gekauften Kerze für den Weihnachtsbaum.

Fotos aus dieser Zeit zeigen, wie Harry im Uniformmantel mit Militärmütze und Degen bei Schnee in der Rückertstraße in Erfurt in einen Kinderwagen schaut, wohl auf das unsichtbare Bürschlein. Und dann sind alle drei vor der Haustür zu sehen, der Kleine in dicke Winterkleidung gepackt auf dem Arm seiner fröhlich, mit offenen Mund lachenden Mutter, die  mit einem gemusterten gestrickten Winterkostüm bekleidet ist, und Harry in voller Kampfausstattung des Hauptmanns des Panzerregiments 1 mit goldenem  Verwundetenabzeichen, eisernem Kreuz II. Klasse und einer Medaille für seine erfolgreichen Abschüsse gegnerischer Panzer.

Sie strahlen gemeinsam glücklich in die Kamera des Fotografen.

Es ist Winter 1943/1944 und die Sonne scheint.


Harry wird nach Ungarn geschickt. 1944


In der Division begegneten die Kameraden der aktuellen militärischen Lage mit Galgenhumor und feierten fröhlich bei „Ciganymusik", Rotwein und Gulasch. Aus Jux gaben sie täglich eine neue Tageslosung heraus, die dann untereinander weiterverbreitet wurde. Diese Sprüche waren Durchhalteparolen, deren Ironie versteckt blieb, oder einfache Banalitäten. Der Fliegerverbindungsoffizier, den Harry seit seiner Kindergartenzeit kannte, holte die Parolen ab. Man verlieh ihm und weiteren würdig erscheinenden Zeitgenossen mit einer erhebenden Zeremonie den Orden: „Tränen des Kalifen", aufgefundene Kristalllüsterperlen. Harry liebte all solche Albernheiten.

Er wurde von seinen Vorgesetzten Steiner und Wagner aufgefordert, den Text für die überfällige Verleihung des „Deutschen Kreuzes in Gold" an ihn selber aufzusetzen. Das wehrte er energisch ab: „Zu blöd, für mich selber, wenn die andern nicht mögen, für mich selber mache ich das nicht!" Aber eigentlich war das vernünftig, denn all die Kommandeure, die seine Verdienste beurteilen konnten, waren entweder gefallen oder wegen einer Verwundung versetzt worden. Seine Leistungen zu rekonstruieren, war schwierig. Er hätte das nur selber gekonnt. Also wurde nichts daraus, eigentlich folgerichtig, wenn man das spätere Schicksal seiner Auszeichnungen betrachtet.

Plötzlich kam aus dem Führerhauptquartier der Befehl, in die Entscheidungsschlacht des Zweiten Weltkriegs zu ziehen.

Harrys Einheiten sollten in Ungarn die immer stärker vorstoßenden Russen zurückdrängen. Ein Angriff sollte mit neuem Panzermaterial und mit einer toll ausgerüsteten SS-Panzer-Division die durch die bisherigen Verluste stark ausgedünnten Wehrmachtseinheiten in die Lage versetzen, den Russen endgültig zu schlagen.

Es regnete schon seit Tagen.

Hauptmann Harry und Major Walther stiegen auf ihre Pferde und erkundeten das Gelände. Ihre pessimistische Beurteilung wurde bestätigt, dass der Angriff von Anfang an im Schlamm stecken bleiben würde.

Sie riefen sofort General von Herr an, ihren ehemaligen Regimentskommandeur, der inzwischen Chef des Stabes der Heeresgruppe Süd war.

„HH! General von Herr, es geht um den Angriff. Wir sind gut ausgerüstet, vielen Dank! Das Gelände ist für den Angriff nicht mehr geeignet, alles ist aufgeweicht, unsere Fahrzeuge und das andere Gerät werden stecken bleiben!"

General von Herr fragte: „Was wollen Sie denn? "

„Aufschub, nur wenige Tage, der angewiesene Zeitpunkt ist zum Scheitern verurteilt."

Der General knurrte: „Der Befehl kam von ganz oben, ich will mal sehen, was sich machen lässt.".

Major Walther wollte das gleiche über die jetzt so einflussreiche Parteilinie, nämlich direkt über den sehr mächtigen SS Führer Himmler, versuchen.

Die schwerwiegenden Bedenken wurden im Führerhauptquartier einfach beiseite gewischt, General von Herr wurde abgelöst wegen zu geringen Siegeswillens, für Ersatz würde bei Zeiten gesorgt. Der Angriff sei unverzüglich zu starten.

Entsetzt brüllten Harry und Walther in der Unterkunft: „Diese Infamie eines größenwahnsinnigen Narren und seiner Berater!"

Keiner hörte sie, zum Glück!

Am 6. März 1945 sollte nun der Angriff beginnen. In der Nacht brach Harrys Abteilung auf, um sich in der Sturm-Ausgangsstellung zu positionieren. Die fünfte Kompanie sollte als Spitzenkampftruppe antreten, dahinter die Führungsfahrzeuge der Abteilung, im Anschluss die siebte Kompanie, gefolgt von der Tigerpanzerkompanie und schließlich der sechsten Panzerkompanie.

Schon die fünfte Panzerkompanie blieb im ersten, total aufgeweichten Talgrund rettungslos hängen. Sie erreichten ihre Ausgangsstellung zwölf Stunden später als vorgesehen. Der Abteilungsstab kam noch später an. Die Tigerpanzer und die anderen Kompanien waren zwischenzeitlich zu anderen Einsätzen abgezogen worden. Der verzögerte Angriff kam, trotz der wesentlich geringeren Stärke relativ gut vorwärts. Sie hatten nur hohe technische Ausfälle wegen der witterungsbedingten Schwierigkeiten des Geländes.

Am 9. März vormittags erreichten sie ein Zwischenziel. Auf dem Weg zum Gefechtsstand der Kampfgruppe setzte ein russischer Feuerüberfall ein, als Harry gerade aus seinem Panzerfahrzeug aussteigen wollte. Er ließ sich einfach fallen, blieb aber mit einem Fuß am Panzer hängen und brach sich, wie sich später herausstellte, den Mittelfuß.

Hinkend setzte er den Angriff bis zum nächsten Zwischenziel fort. Dort, auf einem Gutshof, überraschte sie erneut ein Feuerüberfall. Sie stürmten in den Keller. Dabei sprang ihm Major Schulz von den Grenadieren direkt auf den gebrochenen Fuß. Harry konnte nicht mehr auftreten.

Er übergab das Kommando über die wenigen restlichen Panzer seinem Leutnant Hannes Sommer und ließ sich zum Stab fahren. Sein Kommando wurde übernommen. Nach anfänglich guten Erfolgen beim Angriff wurde der russische Widerstand inzwischen sehr hart. Am 21. März 1945 wurde Sommer tödlich verwundet. Er erlag seiner Verletzung, ohne das Bewusstsein wieder zu erlangen. Harry und alle anderen saßen schweigend oder flüsternd an seinem Totenlager.

Er war solch ein fröhlicher, hilfsbereiter Mensch gewesen. „Mit ihm war etwas Gutes und Schönes gestorben.", schrieb Harry in sein Tagebuch.

Hannes Sommer starb genau in dem Raum, in dem Harry und seine Kameraden einige Wochen zuvor so lustig gefeiert hatten. Das war sein letztes Fest im Kreis seiner Freunde gewesen.

Die Russen wurden immer stärker. Harry musste wieder einmal Hals über Kopf zurück, den toten Hannes nahmen sie mit und setzten ihn auf dem Dorffriedhof der nächsten Unterkunft bei. „Alle erreichbaren Soldaten des

Panzerregiments 1 haben ihm, dem so beliebten Kameraden und Freund, die letzte Ehre erwiesen.", schrieb er in sein Tagebuch.

Harry war also verwundet, allerdings gehfähig, mit einem Gips bis zum Knie. Er nutzte die Zeit, zusammen mit einigen Kameraden in die berühmte ungarische Porzellanmanufaktur Herend zu fahren. Dort kaufte er ein Service mit Petersilien-Dekor und schickte es mit dem nächsten Urlaubertransport nach Erfurt. Dieser Schatz erreichte nie sein Ziel.

Unterwegs sah er, wie eine lange Kolonne KZ-Häftlinge von ihren Bewachern vorangetrieben wurde. Er war bestürzt, wie unmenschlich das Wachpersonal mit den entkräfteten Menschen umging. Später schrieb er in sein Tagebuch, dass er nichts habe machen können. Einzugreifen hätte seinen sicheren Tod durch standrechtliches Erschießen bedeutet.

Am 21. März 1945 hatte sich ihre Gefechtslage katastrophal verschlechtert. Der russische Angriff nördlich des Velencer Sees fegte die völlig verängstigten, verbündeten ungarischen Truppen hinweg. Damit bestand die akute Gefahr, dass die deutschen Einheiten östlich des Velencer- und des Plattensees in einen Riesenkessel gerieten. Der Ausbruch gelang gerade noch rechtzeitig, allerdings unter außerordentlich hohen Verlusten an Menschen und Material. So konnte sich der größte Teil der Truppen gerade noch durch die Enge zwischen den beiden Seen freikämpfen.

Harry und seine Leute hatten keinen Panzer mehr. Sie erhielten den Befehl, sich nach Westen abzusetzen, um das Panzerwerk in Sankt Valentin in Österreich zu erreichen.

Dort sollten sie neues Gerät übernehmen, um dann schnellstens zum Regiment zurück zu kehren.

Harry war Pragmatiker. Er ahnte, dass die Russen den direkten Weg nach Sankt Valentin längst eingenommen haben würden, bevor er mit seinen Panzerbesatzungen dort erscheinen würde. Er schlug daher eine Alternativroute über Graz statt über Wien vor. Da wurde Harry aber hart angegangen, dass er sich überhaupt erlaube, solch pessimistischen Überlegungen anzustellen, geschweige denn zu äußern. Sein Kommandeur weigerte sich, der sich abzeichnenden Katastrophe ins Auge zu sehen und lebte offensichtlich in blindem Wunschdenken. „Verdammt noch mal!", dachte Harry.

Also startete Harry mit dem Haufen abgesessener Panzerbesatzungen vor der heranrückenden russischen Front, um neue Panzer zu übernehmen. Sie hatten nur zwei LKWs zur Verfügung. Ein Teil der Mannschaft wurde eine Strecke im LKW transportiert während die anderen halt laufen mussten. Nach einer gewissen Strecke wurde gewechselt. Jetzt galt es, planvoll zu handeln.

Wegen Erschöpfung mussten sie in Großpeterdorf im Burgenland eine Unterbrechung von zwei Tagen einlegen. Zu diesem Zeitpunkt standen die Russen bereits vor Wien und die Bahnstrecke war dicht. Es ging schlecht voran. Außerdem mussten Harry und seine Leute den eigenen, mit außerordentlichen Vollmachten ausgestatteten Einsatztruppen entgehen, die den sogenannten „Heldenklau" durchzuführen hatten, d.h. sie konnten jeden Soldaten anhalten und einer „Alarmeinheit" zuteilen. Das bedeutete den sicheren Tod. Sie wurden dem Feind „entgegen geworfen". Die Verluste waren ungeheuer hoch und der Effekt gleich Null. Mussten die so Eingesammelten auch noch marschieren, verdrückten sie sich sofort ins Gebüsch, so dass die zwangseingeteilten Führer dann oft alleine dastanden.

Die vom Panzerregiment 1 waren daher sehr auf der Hut und außerdem eben Spezialisten für Panzer. Vor Graz waren diese Heldenklaufallen besonders gefährlich. Man entschloss sich daher, mit allen gehfähigen Männern zu einer Hochtour. So erreichten die Panzerbesatzungen über eine knietief verschneite Passhöhe das Murtal nördlich von Graz.

Die LKWs hatten sich leer durch die Sperren der „Heldenklauer" gemogelt. In Mixnitz trafen sie wieder zusammen. Harry wurde inzwischen in einem Schwimmwagen transportiert. Sein rechtes Bein steckte immer noch in einem dicken Gips.

Als er wieder zur Division musste und gerade hinter seinem Haufen herfuhr, hielt ihn und den Fahrer Alfonso Edel ein SS-Führer an und verlangte, er habe sofort zur Front zurück zu fahren. Ruhigen Erklärungen über Harrys Auftrag war er nicht zugänglich. Mit dem Ruf: „Für mich gilt nur der Befehl des Führers!" verlangt er sofortige Umkehr oder er müsse Harry liquidieren. Als dieser trocken bemerkte: „Alfonso, gib` mir nur mal meine Pistole, der Herr will sich mit mir schießen!" ließ der wilde Mann seine Knarre sinken und stürmte davon. Hitler hatte wohl irgendwann, irgendwo einen Befehl erlassen, der besagte, dass jeder, der sich von der West- oder Ostfront, die sich beide rasch annäherten, zurückzog, mit Waffengewalt daran zu hindern sei.

„Naja, nochmal gut gegangen", dachte Harry.

Aber dann bekam er eine Maulsperre wegen eines vereiterten Backenzahns. Sie hatten sich inzwischen gemütlich in der Nähe des tschechischen Znaims, beim neuen Stützpunkt des Panzerregiments 1 eingerichtet. Die Lieferung der Panzer aus Sankt Valentin war verschoben worden. Sie warteten.

Der örtliche Zahnarzt war ein glühender Nationalist für sein tschechisches Land, der die Nazis hasste.

Als Harry nach vier Tagen vor ihm stand, gerade von seinem Gips befreit, offiziell wieder gehfähig, aber noch äußerst schmerzgeplagt und nur mit Flüssigem, Hühnerbrühe und Wein, ernährt, wollte der ihn abweisen.

„Was wollen Sie, Feind unseres Landes?“ schnauzte er Harry an.

Harry erklärte: „Numm, wumen, nohlisch –h- sssids, bibs-mmoms!“

Da wurde der Zahnarzt freundlich: „Herr Hauptmann, Sie missen sehrr starke Schmerrzen haben!“

Er winkte ihn auf dem Behandlungsstuhl, zog eine Spritze mit Lokalanästhetikum auf, fuhr durch die Backe bei geschlossenem Mund in Richtung des von Harry bezeichneten Hauptschmerzes und füllte das Gewebe mit dem sofortigen Effekt einer großartigen Schmerzerlösung nach einem kurzen, brennenden Nadelstich.

Der Zahnarzt sagte: „Ich bin Zahnarzt, ich behandle jeden. Vorausgesetzt Mensch ist. Ich hasse Nazideutschland, aber habe ich Liebe und Verantwortung für ahle Menschen. In fimf Minuten werde ich schauen. Außerdem, Herr Hauptmann, muss gesagt werden. Liebe ich Goethe und Hölderlin.“

Tatsächlich konnte Harry nach 5 Minuten den Kiefer öffnen. Der Zahnarzt machte kurzen Prozess. Er zog den vereiterten Weisheitszahn einfach heraus. Dann spülte er mit einer Lösung, die verdächtig nach Wodka roch. Harry entrichtete die ordentliche Summe, die er vor der Behandlung bereit gewesen war zu zahlen.

Der Zahnarzt klopfte ihm auf die Schulter und sagte: „Ich winsche, dass Sie überleben möchten, ich will meine schööne Arbeit nicht an die Russen verlieren."

Harry hoffte natürlich auch, dass er überleben würde. Er blickte dem Arzt, der es offensichtlich ehrlich meinte, erstaunt und dankbar ins Gesicht. Er bewunderte ihn, einen Humanisten, der bisher von den deutschen Nazis nur Völkerhass und Herrenmenschen-Überheblichkeit erfahren haben musste.

Im Stützpunkt zeigten sich die ersten Reaktionen auf die Bombardierungen im Reich. Oberleutnant Frings, der Chef der 7. Kompanie, hatte seine Frau zu sich an die Front geholt, nachdem sie sich aus dem brennenden Hamburg hatte retten können. Sie war verstört und konnte nichts aushalten, was laut war oder mit Feuer zu tun hatte.

Aber die Mannschaften des Panzerregiments 1 konnten darauf keine Rücksicht nehmen. Es herrschte Endzeitstimmung und wie das in solchen Situationen ist, wollten sie sich noch amüsieren, sie sangen und leerten die Alkoholreserven, in Erwartung neuer Panzer aus Sankt Valentin. Die gestörte Nachtruhe war ihnen völlig egal.

In kürzester Zeit kamen noch viele weitere Frauen an die Front, alle aus den Städten, die durch systematische Bombenteppiche das Grab vieltausender Menschen geworden waren. „So mussten die Ehefrauen der Frontoffiziere die Niederlage nun auch noch direkt mit uns zusammen erleben", notierte Harry im Tagebuch.

Die Russen stießen rasant vor, das Panzerregiment 1 musste überstürzt verlegt werden. Am neuen Ort im Raum Neubistritz kamen sie unter und begannen gleich verbissen gegen die Ahnung der kommenden Katastrophe an zu feiern. Sie langweilten sich, veranstalteten einen Manöverball nach dem andern mit Mädchen des Dorfes. Musiker hatten sich schnell gefunden, Wein und Bier war ausreichend vorhanden, also konnten sie für Stunden die Misere vergessen.

Inzwischen waren die letzten Panzer aus Sankt Valentin an die SS-Panzerwaffe nach Pommern geschickt worden, wo sie unterwegs von tschechischen Saboteuren der Reichsbahn, die allenthalben das Ende des Krieges herbeisehnten, einfach außer Gefecht auf ein Nebengleis geschoben wurden.

Die feindliche Propaganda, die Harry sich gelegentlich angehört hatte, hatte gar nicht gelogen, die Meldungen, die er jetzt von seinen eigenen Fernmeldern empfing, waren weit schlimmer.

Dennoch wurde es innerhalb der Truppe immer riskanter, das Ende des Krieges überhaupt zu erwähnen, weil das als Wehrkraftzersetzung und Defaitismus ausgelegt und mit sofortiger Exekution bestraft wurde.

Hauptmann von Canim war mit dem neuen Leutnant Graewen, einem ganz jungen Offizier, der gerade seine politische Erziehung hinter sich hatte, spazieren gegangen. Sie hatten sich, was nahelag, über die militärische und politische Lage unterhalten. Der etwa drei Jahre ältere von Canim hatte dabei seine skeptische, aber recht realistische Einschätzung geäußert. Leutnant Graewen meldete von

Canim umgehend dienstlich wegen eben dieses Defaitismus mit Wehrkraftzersetzung.

Harry saß jetzt mit der brisanten Meldung da und überlegte fieberhaft, wie er diese Wahnsinnsangelegenheit, einem direkten Anschlag auf das Leben des tüchtigen und beliebten Hauptmanns kurz vor Ende des Krieges bei der immer mörderischer gewordenen Armeejustiz handhaben sollte. Schließlich entschloss er sich, auf den ursprünglich grundanständigen Menschen Graewen zu bauen. Er hatte ihn vor seiner Aufnahme in das Regiment beurteilt und hatte in ihm einen aufrechten Charakter, dem man vertrauen konnte, gefunden.

Harry lud Graewen ein, unter vier Augen über die Angelegenheit zu sprechen.

„Leutnant Graewen, nehmen Sie Platz. Hier sind zwei Gläser, die Flasche ist der letzte Jahrgang vom mitgebrachten Wein aus Ungarn. Sehr ansprechend.“

„Vielen Dank, Hauptmann Riedel, um was geht es?“

„Ich habe hier Ihre Meldung liegen. Wir müssen gemeinsam darüber beraten, was wir damit anfangen sollen.“

„Herr Hauptmann, ich dachte, das ist klar, aus meiner politischen Sicht liegt hier eindeutig ein schweres Vergehen vor.“

Harry schaute ihn freundlich, aber ernst an: „Aus politischer Sicht ja, da haben Sie völlig recht. Aber aus kameradschaftlicher Sicht, ist die Strafe, die darauf steht, der Verlust unseres Kameraden. Er wird exekutiert werden. Sie schätzen ihn und ich schätze ihn und die Lage, die militärische Lage, unser Geschäft, können doch nur wir selbst beurteilen und nicht die politischen Lehrer. Und Sie wissen, rosig sieht es zurzeit nicht aus. Der russische Feind rückt näher. Wir haben noch nicht einmal unsere neuen Panzer bekommen. Unser Geschäft, unsere ureigene Aufgabe, Angriffe zu fahren, dem können wir nicht mehr nachkommen."

Leutnant Graewen schwieg.

Harry führte weiter aus: „Er hat Kinder und Frau und ist ein ausgezeichneter Panzerführer. Wir brauchen ihn, wenn wir wieder aufsitzen können. Wie viele Gegner hat er abgeschossen, er ist wirklich sehr effektiv für unsere Sache!"

Da sagte Leutnant Graewen leise: „Was kann jetzt getan werden?"

„Graewen, nur Sie und ich kennen den Inhalt des Schreibens. Sie sollten es zurücknehmen. Wenn wir es verschwinden lassen, geschieht nichts. Einverstanden?"

Graewen schwieg eine Weile. Dann nickte er.

„Einverstanden! Ja, geht in Ordnung, Sie haben recht, Herr Hauptmann, jawohl, geht so in Ordnung!"

Graewen wirkte erleichtert. Sie hoben die Gläser mit dem ungarischen Wein und stießen an. Sie stießen auf die Ehre an. Vom Sieg war nicht die Rede.

Harry rief eine Stunde später Hauptmann von Canim zu sich und sagte ihm, in welcher Gefahr er geschwebt hatte, er warnte ihn eindringlich, seine Meinung nicht mehr so freimütig preis zu geben.

Während Harry und die Mannschaften auf neues Panzergerät warteten, hatte sich die Kriegslage nicht nur im Norden und der Mitte zur Katastrophe entwickelt. Im Süden hatte der Russe die Einheiten mit den Leuten vom Panzerregiment 1 bis in die Steiermark gejagt, dann aber sein Hauptinteresse auf die Hauptstadt Wien konzentriert.

Während dieser Rückzugsgefechte waren die Einheiten, die Harry unterstanden, wieder durchkämmt worden und zu einer Einheit Infanterie unter Oberleutnant Schacht, einem bekannt glühenden Nazi, zusammengefasst worden.

Die unglücklichen Männer waren entweder alte Soldaten aus den Versorgungseinheiten mit keinerlei Kampferfahrung oder die Jungs vom neuesten Ersatz, nicht einmal 20 Jahre alt, oder eben abgesessene Panzerbesatzungen. Diese Einheit wurde zu einem Gegenstoß eingesetzt, der völlig misslang, außerordentlich blutige Verluste brachte und sie fast völlig vernichtete.

Als Oberleutnant Schacht das erkannte, erschoss er sich. Er war ein solch verblendeter Nazi, der bis zuletzt verbreitet hatte, der Krieg werde noch von Hitler mit der „Geheimwaffe" gewonnen, dass er die Schmach dieses Rückschlags nicht ertragen konnte. Jeder hatte sich gehütet, mit ihm mehr als dienstlich Notwendiges zu besprechen.

Harry fand, dass er in Neubistritz die letzten schönen Tage zusammen mit den Kameraden erlebt habe, trotz des ganzen katastrophalen Chaos rundum. Natürlich brauchten sie alle den erforderlichen Galgenhumor, um sich zu distanzieren, umso wichtiger war ihnen ihre Gemeinschaft. Harry war sehr beliebt bei seiner Truppe. Diese schönen Tage gingen nach etwa einer Woche zu Ende, sein Stützpunkt musste nach Budweis ausweichen, weil die russische Front mal wieder zu nahe kam.

Beim Eintreffen in der ersten Unterkunft entdeckten sie zu ihrem großen Entsetzen, dass sie sich im Befehlsbereich des Feldmarschall Schörner befanden. Dieser wurde als der rigoroseste aller Durchhaltegeneräle gefürchtet, weil er vor keiner Maßnahme zurückschreckte, Menschen und Material auch unter größten Verlusten dem Feind entgegen zu werfen. Harry und seine Leute wären von ihm, wenn er sie entdeckt hätte, umgehend als Alarmeinheit eingesetzt und schlicht verheizt worden.

In der schleunigst erkundeten und dann sofort bezogenen neuen Unterkunft weiter südlich nunmehr außerhalb des Einflussbereichs von Feldmarschall Schörner mussten sie wieder warten. Sie hatten mal wieder fast keinen Sprit mehr und waren praktisch unbeweglich geworden. Um die Kompanien zu besuchen, die in den Nachbardörfern lagen, hatten sie sich zwei Reitpferde geliehen, mit deren Hilfe Alfonso und Harry dorthin gelangen konnten.

Schließlich griffen sie zur Spritbeschaffung zu Zauberkunststücken, indem sie den Sprit bei anderen LKWs absaugten, also am Rande der Legalität. So konnten sie in Sankt Valentin erkunden, wie weit die Panzerherstellung gediehen war.

In Prahatiz, einem kleinen Städtchen auf dem Handelsweg von Passau nach Prag, gab es noch Einrichtungen wie Cafés und Restaurants, so leistete sich Harry einen „Muckefuck" im Café. Ein älterer Infanteriehauptmann setzte sich an seinen Tisch, der fragte, als sie ins Gespräch kamen, ob er ihn mit zur Front nehmen könne.

Auf Harry Frage: „An welche Front?"

Antwortete der: „Natürlich die Westfront!".

Da waren beide erschüttert, als Harry ihm erwidern musste, er selbst käme von der Ostfront. Die rückwärtigen Teile der beiden Fronten berührten sich hier. Der ältere Infanteriehauptmann und der jüngere Panzerhauptmann standen buchstäblich Rücken an Rücken! Sie hatten kein Vaterland mehr zu verteidigen, nur noch ums Überleben ging es, dafür galt es jetzt zu kämpfen. All das, was sie schon längere Zeit ahnten und verdrängten, hier erlebten es die Zwei als erschreckende Realität, hautnah!

Harry liebte sein Vaterland, sein Vater war von deutschem Wesen und deutscher Tradition überzeugt gewesen, allerdings mit vielen reformatorischen Ideen, was seine Arbeit als Lehrer anging. Harrys Onkel dagegen war ein granitharter deutschnationaler Kleinbürger mit einem sehr beschränkten Spektrum, was Toleranz anging. Harry sah sich in der geistigen Nachfolge seines Vaters. Den Untergang seines Vaterlandes zu erleben, schmerzte ihn sehr.

Aber das Unternehmen dieses Krieges war noch nicht zu Ende. Ein paar Tage später erreichte sie die Nachricht, jenseits der Grenze, in Bayern, auf der Höhe von Prahatitz, hätten drei Gemeinden, unter Führung des Ortspfarrers, das „Freie Bayern" ausgerufen, sie behaupteten, aus dem deutschen Reichsverband ausgetreten und sich den Alliierten angeschlossen zu haben.

Harry und die Truppe sollten diese Abtrünnigen in den deutschen Reichsverband zurückholen und das „Freie Bayern" rückgängig machen.

Also schickte Harry den eloquentesten seiner Truppe, Hauptmann Jochen Braun mit der fünften Kompanie los, diesen Auftrag möglichst gewaltfrei zu erfüllen. Braun sprach mit den Bayern, holte die Kiste Schnaps aus dem Kübelwagen, trank mit den Würdenträgern, dem Bürgermeister und dem Priester, drei Flaschen Schnaps. Hauptmann Braun war berühmt für seine Trinkfestigkeit in Bezug auf jede Sorte Alkohol. So gelang das Unmögliche, es gab keine Gewalt und kein Blutvergießen, die Dörfer traten wieder in das Deutschen Reich ein.

In seinen Tagebuchaufzeichnungen schrieb Harry später: „Nicht auszudenken, was passiert wäre, wenn die SS diesen Auftrag zu erledigen gehabt hätte. Sie hätte zumindest den Pfarrer und den Bürgermeister an den nächsten Bäumen aufgeknüpft!"

Ende April 1945 sollten Harry und seine Truppe sieben reparierte Panzer V in Sankt Valentin übernehmen. Als er dort schließlich als Kommandeur mit seinen Leuten im Schwimmwagen durch die mit fliehenden Militärs und Zivilisten verstopften Straßen ankam, hasteten ihnen von der Brücke in Steyr flüchtende Soldaten in Fahrzeugen und zu Fuß entgegen. Amerikanische Panzerspähwagen hatten die Brücke besetzt. Harry nahm den Feldstecher und die Amerikaner auf der anderen Seite des Ennskanals in Augenschein. Das Loch war zu!

Er drehte sofort um zum nächsten Telefon und ließ sich den Panzeroffizier beim Hauptquartier geben. Als sich Major Graf Zweifall meldete, sagte er zu ihm: „Herr Major, ich nehme an, es interessiert sie, auf der Brücke über die Enns in Steyr steht der Amerikaner mit Panzerspähwagen!"

Graf Zweifall sagte nur: „Riedel, sind sie besoffen?!"

Er blieb aber dabei und ließ sich Oberst Graf von Hilzing geben, um ihm das gleiche mitzuteilen. Daraufhin kam der Stab in Bewegung. Als Harry dann noch vorbeifuhr, waren alle gerade dabei, geheime Unterlagen zu verbrennen.

Er versuchte nun, wieder Anschluss zu den langsamen LKWs seiner Panzerleute zu erlangen. Erst später erfuhr er, dass die zweite Abteilung schon in amerikanische

Gefangenschaft geraten war, auch sein treuer Bursche Wieckmann mit dem Kommandeur- PKW war dabei.

Einmal mussten sie sich nochmals mit der Irrationalität der unverbesserlichen SS-Träumer auseinandersetzen. Die schmale, sehr steile Straße Richtung Süden nach Eisenerz wurde von der SS-Werkstattkompanie mit ihrem riesigen Schwertransporter blockiert. Trotzdem durfte die Kompanie nicht überholt werden, der Führer der Einheit bedrohte jeden mit seiner Pistole. Auch Harry und Alfonso kam er mit dem Schießeisen entgegen, die hatten aber dieses Mal ihre Pistolen bereit, so dass der SS-Mann zur Seite sprang und ihnen nur noch seine wütende Drohung nachbrüllte: „Euch von der Wehrmacht werden wir es auch noch zeigen und einbläuen!" Er lebte noch in Himmlers altem Traum, dass die Wehrmacht nach dem Krieg der SS unterstellt würde.

Abends erreichte Harry die eigene Werkstattkompanie nördlich Graz. Sie war im großen Park eines Schlosses eingerichtet worden. Da wurde gerade der Geburtstag eines Kameraden gefeiert.  Harry schloss sich an und trank viel zu viel. Er fiel in völlige Verzweiflung, alles ging ihm durch den Kopf, Ehre, Vaterland, Niederlage, Verlust der Kameraden. Schließlich sank er in einen bewusstlosen Schlaf. Als er aufwachte, saßen neben ihm Dora und Els-beth, zwei von den Teilnehmerinnen des Geburtstagsfestes. Harry äußerte ernsthaft, dass er nicht mehr leben wolle. Da wurden die beiden jungen Frauen ernst und sagten, er hätte ihnen doch gestern Abend erzählt, dass er Frau und Kind habe. Nun müsse er sich zusammenreißen und der Verant-wortung stellen. Augenblicklich wurde er wieder nüchtern. Zu dritt tranken sie noch einen echten Kaffee. „Gott weiß, wo der herkommt", dachte Harry bei sich. Der Anfall, sein Leben beenden zu wollen, war für dieses Mal überwunden.

In der morgendlichen Lagebesprechung taten alle so, als wäre nichts geschehen, obwohl alle Anzeichen auf ein Ende mit Schrecken hindeuteten. Die Division plante eine Neuorganisation der Kampfteile, in der Harry eine entscheidende Funktion zugewiesen werden sollte.

Zwei Tagen später fuhr er durch Graz zur Versorgungskompanie. Dort traf er sich mit Hauptmann Dr. Schweikert, der die Technik unter sich hatte. Von ihm hörte er, dass ihr Kommandeur Rossmann Oberst geworden war. Das sollte am Abend gefeiert werden.

Auf dem Weg dahin mussten sie wegen Spritmangel den Schwimmwagen kurz vor dem Ziel stehen lassen und zu Fuß weitergehen. Noch guter Dinge kamen sie spät in der Runde an. Da hörten sie, dass Deutschland inzwischen bedingungslos kapituliert hatte. Gleich im Anschluss wurden die Befehle für die Abwicklung verteilt. Es war der 6. Mai 1945, 23:00 Uhr.

Die fröhliche Stimmung war wie fortgeblasen. Allen verschlug es die Sprache, sie reagierten völlig planlos, versuchten, die Nachricht aufzunehmen ohne die geringste Ahnung, was das für die Zukunft des Reiches, des Vaterlandes und jedes einzelnen persönlich bedeuten könnte.

Harry hatte das Gefühl, den Boden unter den Füßen zu verlieren. Ihn ergriff die gleiche Verzweiflung wie in der Nacht zuvor, so nicht weiterleben zu können. Er rannte zum Abort, um sich dort zu übergeben. Den üblen Geschmack spülte er mit Leitungswasser herunter. Er nahm seine Pistole aus dem Halfter, starrte eine Weile auf ihren bläulichen Lauf, um sie dann einfach wieder einzustecken.

Seine Lebensgeister waren noch vorhanden und sein Hirn fing abrupt an, auf Hochtouren zu arbeiten. Die wichtigste Aufgabe war jetzt, kein einziges weiteres Menschenleben aufs Spiel zu setzen. Ihm waren seine Kameraden anvertraut worden und für die war nun er zu allererst verantwortlich. Jeder hatte von der Brutalität der russischen Soldaten gehört, die ohnehin in bitterster Armut gelebt und seit 1939 unter dem Krieg am meisten gelitten hatten. Entweder erschlugen sie ihre Gefangenen sofort aus Rache oder aus Hass mit einem Spaten oder verschickten sie zur Zwangsarbeit in Bergwerke oder Steinbrüche nach Sibirien mit der Aussicht auf den sicheren Tod. Die einzige Alternative, das Leben seiner Männer zu retten, war die Gefangenschaft bei den Amerikanern.

Lange Zeit später dachte Harry darüber nach, wie es hatte sein können, dass fast alle, von einem bestimmten Zeitpunkt an, geahnt hatten, dass die Katastrophe unausweichlich kommen würde, aber trotzdem von ihrem tatsächlichen Eintreten völlig aus der Bahn geworfen wurden. Vielleicht war es der gleiche Mechanismus, der Menschen fröhlich leben und Pläne schmieden lässt in der, zumindest theoretischen, ständigen Gewissheit des eigenen Todes. Irgendwie hatte wohl in allen die utopische Hoffnung überdauert, es werde doch nicht ganz so schlimm werden. Was eine bedingungslose Kapitulation wirklich bedeutete, hatte damals trotz des tiefen Schocks keiner voraussehen wollen.

Es blieb also noch ein letzter Auftrag auszuführen: Die übrig gebliebenen Einheiten des Regiments, von denen die meisten bei der Werkstattkompanie lagen, zu verabschieden, aufzulösen und zur amerikanischen Demarkationslinie in Marsch zu setzen. Dazu wurden die besten LKWs, die für den Mannschafts-Transport nötig waren, freigemacht. Alles wurde rücksichtslos abgeladen, bis auf Verpflegung und sämtlichen verbliebenen Sprit. Am frühen Nachmittag trat noch einmal die ganze Mannschaft an.

Harry war nun Regimentskommandeur. Er bedankte sich bei den Soldaten für ihre Treue und ihren Einsatz. Schließlich wünschte er ihnen eine, wenn möglich, gesunde Heimkehr und löste das ehemals so stolze Panzerregiment 1 auf.

Eigentlich hatte er vorgehabt, sich von jedem mit Handschlag zu verabschieden, doch er brach derart in Tränen aus und musste so hemmungslos schluchzen, dass er dazu nicht mehr in der Lage war. Während alle die vorbereiteten LKWs bestiegen, kam der Obergefreite Meister des Regiments noch einmal heulend zu ihm und fragte ihn ganz verzweifelt, wo sie sich denn wieder treffen und versammeln würden. „Es muss doch weitergehen, das kann doch nicht das Ende sein!" rief er ganz verzweifelt.

Die Möglichkeit, auf amerikanisches Besatzungsgebiet überzuwechseln, hatte der Stabschef ihrer Armee mit dem amerikanischen Befehlshaber vereinbaren können. Eigentlich gehörten sie zur Ostfront und damit in russisches Einflussgebiet und russische Kriegsgefangenschaft. Ihnen war gesagt worden, sie müssten vor dem Moment, in dem die Kapitulation wirksam wurde, nämlich am 8. Mai 1945 um 7:00 Uhr morgens, auf amerikanischem Besatzungsterritorium eingetroffen sein. Der eigentliche Zeitpunkt für das endgültige Inkrafttreten der bedingungslosen Kapitulation und der Übergang aller Regelungen für das Staatsgebiet Deutschland auf die Alliierten war auf den 8. Mai 1945, 23:01 Uhr festgesetzt.

Es waren ca. 125 km bis Liezen, dem Übergangskontrollpunkt an der amerikanischen Demarkationslinie. Alle waren sehr nervös und fürchteten, stecken zu bleiben und dadurch den Termin zu verpassen. Der Transport verlief stockend, aber reibungslos.

Eine Pioniergruppe der Division musste allerdings noch ein Gefecht gegen die sich jetzt formierende Widerstandsgruppe „Freies Österreich" bestehen. Unterwegs wurden nämlich Harry und seine Leute plötzlich unter Maschinengewehrfeuer genommen. Diese durch rot-weiß-rote Armbinden ausgewiesene bewaffnete Gruppe hatte die Marschkolonne kurz vorher überholt, war dann seitlich in eine Fabrik eingebogen. Kurz darauf kam das Feuer aus den Gebäuden. Man hatte fast alle Waffen zurückgelassen, bis auf wenige Pistolen. Harry schickte schnell Alfonso zu den Pionieren, die noch etwas besser ausgerüstet waren. Nach dem Abfeuern von zwei Panzerfäusten hörte die Attacke auf.

Von allen Seiten schoben sich immer wieder fremde Einheiten in Harrys Marschgruppe, so dass sie schon zu zittern begannen, ob ihnen die Amerikaner noch Aufnahme gewähren oder sie womöglich zum Russen zurückschickten würden.

Am frühen Morgen 5:40 Uhr, die Sonne strahlte gerade schon vom Himmel, überquerten Harry und seine Truppe die amerikanisch-russische Demarkationslinie.

Sie mussten sämtliche, noch mitgebrachten Waffen auf einen großen Haufen am Straßenrand werfen, die Amerikaner fuhren sie dann anschließend zur Kontrolle mit den LKWs ab. Ein paar 100m weiter wurden sie auf eine freie Fläche eingewiesen. Dort sollten sie warten. Das taten sie da auch noch die Nacht über. Es gab keine Befehlsstrukturen mehr. Man ließ sie über alles Kommende absolut im Ungewissen.

Ihre Stunde 0 hatte geschlagen!

Ulf 1944

Eigentlich ist im Jahr 1944 der Krieg für Deutschland und ebenso für den Kriegsberichterstatter Ulf Allvar-Severius schon verloren. Aber er hat unverbrüchliche Treue geschworen. Er ist ehrgeizig, geradezu tollkühn, um von der Front und von den Helden im Kampf gegen den Bolschewismus, die Juden und die übrigen Untermenschen zu berichten.

Im März 1944 nimmt er an den widerlichen Grausamkeiten seiner SS Kameraden teil.

„Leg den Fotoapparat weg, schnapp` dir ein Gewehr, wir haben viel zu tun, Kamerad, alle hier müssen liquidiert werden. Du bist doch einer von uns und hast auch das Treue-lied gesungen, oder?!"

Ulf schießt und fotografiert, schießt und fotografiert seine Kameraden, die Opfer am Rand der Grube und die Grube selbst. Er weiß in diesem Augenblick selbst nicht, warum. Es ist, als sei er sich selbst fremd geworden und als sei er, Ulf Allvar-Severius, nur ein Beobachter dieser schrecklichen Szene. Die Macht über Leben und Tod, das Übertreten des Tabus, was war es, das ihn so außer sich brachte, eine Mischung von Faszination und Abscheu, eine tiefe kalte Freude gar?

Die Filme steckt er weg.

Später nähte er sie in das dicke Rückenteil seines Rucksacks ein.

Nach drei Wochen war Ulf einer von vier Kriegsberichterstattern, der neu geschaffenen Armeereserve, die aus den Resten der aus dem Tscherkassykessel entkommenen Panzerdivision formiert worden war. Es war den deutschen Frontkämpfern wenigstens gelungen, den größten Teil der eingeschlossenen Mannschaften, wenn auch unter schweren Verlusten, in die eigenen Reihen zurückzuholen. Das Gerät blieb weitgehend in Feindes Hand. Trotz des strikten Befehls von Adolf Hitler, die Frontlinie zu halten, war das selbst mit den militärisch bestens ausgebildeten deutschen Einheiten nicht mehr zu machen.

Die Division rollte westwärts, um einen neuen geschlossenen Frontverlauf zu bilden. Inzwischen war jedoch der Russe an den verschiedensten Stellen durchgestoßen, sodass der Marsch nach Westen gestoppt werden musste und die Division sofort wieder eingesetzt wurde. Durch begrenzte Attacken konnte einerseits Luft für den Rückzug der deutschen Truppen geschaffen, andererseits aber zunächst auch die von der russischen Führung geplante Einkesselung verhindert werden.

Ulf hatte die Aufgabe, die Abwehrkämpfe vom Panzer aus aufzunehmen für das Foto- und Filmarchiv, das die Überlegenheit der deutschen Truppen dokumentieren sollte. Als Ulfs Panzer, zusammen mit vier weiteren in diesen Auseinandersetzungen die hart nachdrängenden Russen angriff, konnten diese zwar abgeschlagen werden, aber Infantrieeinheit und Panzer waren plötzlich von der Versorgungsstrecke abgeschnitten.

Der erste Versuch, sie zu erreichen, war im russischen Schlamm stecken geblieben, der zweite mit geländegängigen Fahrzeugen scheiterte am Widerstand des Feindes. Die

Lage hatte sich trotz bescheidener Erfolge so verschlechtert, dass fünf Panzer ohne Sprit, völlig abgehängt von der
eigenen Linie, als eine einsame Insel in russisch erobertem
Gebiet lagen. Tankwagen konnten gar nicht mehr erwartet
werden. Die Funkverbindung zu den vorgesetzten Dienst-
stellen war unterbrochen, es bestand nur eine verschwin-
dend geringe Hoffnung, sie je wiederherzustellen. Auch
andere deutsche Einheiten waren nicht mehr zu erreichen.

Sie waren eingeschlossen und komplett auf sich allein
gestellt. Als letzter Versuch brach der Regimentsadjutant
der Infanteristen mit zwei Meldereitern auf, um irgendwie
wieder Kontakt zu deutschen Truppen herzustellen. Nach
langen, bangen Stunden gelang das, sie hatten wieder
Funkkontakt. Während der Wartezeit sahen und hörten sie,
dass sich starke russische Truppen mit Raketenwerfern po-
sitionierten.

Sie waren also längst von den Russen geortet worden,
schienen von ihnen aber als kampf- und bewegungsunfähig
eintaxiert und deshalb zunächst nicht angegriffen worden
zu sein.

Dann hörten sie die ersten zischenden Katjuscha Raketen aus einer Stalin Orgel flach über sie hinweg fliegen. Sie
zählten. Sieben Mal hintereinander 24 kreischende Raketen! Die Einschläge trafen wohl die weit hinter ihnen liegende, von ihnen verlorene deutsche Front.

Die Dunkelheit brach herein, eine russische Lichtra-
kete wurde gezündet und das Raketengeheul begann erneut. Dann endete der Angriff für diesen Tag. In der Nacht
war nur noch abklingendes Artilleriefeuer zu hören.

Ulf fasste einen Entschluss. Es gab noch etwas Sprit
für die Kradfahrer. Er ließ sich von einem von ihnen auf

eine leichte Anhöhe bringen. Sie starteten um 4 Uhr früh im Morgengrauen. Die Trampelpfade und tiefen Spuren der Fahrzeuge im morastigen Untergrund, nahe der binsengesäumten Moorteiche, waren von öligen Schlieren überzogen. Zaghaftes Pfeifen und Singen der verängstigten Vögel kam nach dem Kriegsgetöse auf, alles schien über Nacht zur Heilung bereit zu sein.

Etwa zwei Stunden später erreichten sie schließlich die Höhe. Von dort aus war bei dem klaren Wetter die flache Sumpflandschaft mit Schilf, kleinen blauen Wasserläufen und niedrigen Birkenwäldchen, weit zu überblicken. Ulf baute auf dem Beiwagen sein Teleobjektiv auf und wartete.

Die erste Raketensalve wurde abgefeuert. Er stellte das Teleskop scharf. Dadurch konnte er jetzt in der Ferne die sieben LKWs mit dem Kriegsgerät erkennen. Das Feuer beim Abschuss der Raketen war nicht zu übersehen. Die flogen jetzt viel dichter, nur noch wenige Meter über ihn hinweg. Ulf zählte erneut siebenmal hintereinander 24. So konnte er abschätzen, dass die Russen jeweils ca. 30 Minuten zwischen den Salven zum Laden brauchten. Er hatte also Zeit.

Er fokussierte genau auf die Stalinorgel und die gerade erkennbaren Männer der Bedienungsmannschaft, indem er auf den Okular-Schacht seiner umgebauten Rolleiflex die Mattscheibe mit den eingravierten Flüchen der Isis einrasten ließ, nachdem er sie mit einem, von mitgebrachtem Nilwasser befeuchteten Läppchen abgewischt hatte.

Zur Sicherheit kontrollierte er alles ein zweites Mal, sprach die Anrufungsformeln von Isis und Osiris und dachte an die Verwirrung der Gemüter der russischen Artilleristen und drückte ab wie für ein Foto.

Darauf folgte nach einer halben Stunde nicht die erwartete nächste Raketensalve. Die russische Artillerie schwieg, dafür ging die deutsche wieder zum Angriff über. Plötzlich empfingen sie den Funkruf, dass die Tankfahrzeuge nicht weit seien. Ulf fotografierte. Und da kamen auch schon die ersten Jagdbomber, die offensichtlich den russischen Vormarsch stoppten. Ulf fotografierte weiter.

Das Bildmaterial, das bei diesem Ausflug entstand, wurde anschließend in den deutschen Wochenschauen, zusammen mit dem Jagdbombereinsatz, gezeigt. Das Material wurde so zurechtgeschnitten, dass das Geschehen als Sieg der gesamten deutschen Armee gedeutet werden musste. Ulf erhielt dafür das Eiserne Kreuz.

Ende April 1945 wurde er bei seinem letzten Einsatz in einem Aufklärungsflugzeug über Norwegen abgeschossen, der Pilot wurde tödlich getroffen, der begleitende Feindbeobachter schaffte schwer verwundet gerade noch die Notlandung. Ulf war der einzige, der überlebte. Er wusste genau, wo sie sich befanden. Sie hatten die Aufgabe gehabt, mit der geheimen topographischen Kamera das Gelände zu kartieren.

Er baute diese Spezialkamera von Zeiss Jena in Windeseile aus dem brennenden Flugzeug aus, vergrub sie mit allem Zubehör und der Dienstanweisung in einem Guttaperchasack an der Nordseite einer Anhöhe. Sein bisher nicht entwickeltes Filmmaterial von den gemeinsamen Exekutionen mit seinen SS-Kameraden, separat an der Südseite des gleichen Hügels. Er markierte die Stellen jeweils mit einem Pentagramm aus Steinen.

Ulf hatte Glück, sie waren in der Nähe von Namsos an der Küste abgestürzt, so dass es zur Hauptstraße nicht weit

war. Mit einem Zivilfahrzeug wurde er zur Einheit zurück-
gebracht. Zu einem neuen Einsatz kam es nicht mehr. Der
Krieg war zu Ende.

Ulf tauchte unter. Er fühlte sich bedroht. Die norwe-
gisch-schwedische Grenze überquerte er auf einem Tram-
pelpfad.

In Göteborg mietete er ein kleines Zimmer.

Eines Tages besuchten ihn drei Herren. Diese sehr gut
informierten norwegischen Offiziere verhörten ihn einen
ganzen Tag lang. Danach zeigt er ihnen die Stelle, wo er
die Filme vergraben hatte. Von der vergrabenen Kamera
verriet er nichts.

Die Filme wurden entwickelt und Ulf identifizierte in
Gegenwart der Herren vom Alliierten Geheimdienst, unter
denen offensichtlich auch ein amerikanisch jüdischer Offizier war, seine an dem Massaker beteiligten SS Kameraden.

Diese Herren bedeuteten ihm, dass jetzt fast überall in
Europa die Nazi-Kollaborateure, so wie er einer war, streng
verfolgt würden. Wenn er sich aber dazu bereit erklärte,
weitere Informationen, auch solche, an die er sich gerade
nicht erinnern könne, an den Geheimdienst weiter zu geben, könne er damit seine Loyalität zum freiheitlichen
Staatswesen in Norwegen und seinem Heimatland Schweden unter Beweis stellen. Es sei eine Kommission in
Schweden gebildet worden, die ab dem Mai 1946 die de-
mokratische Zuverlässigkeit von Offizieren und Polizisten,
aber auch von überlebenden SS-Kämpfern überprüfen
solle. Da hätte er schlechte Aussichten.

Ihm wurde daraufhin, als künftigem verdeckt arbeiten-
dem Informanden, Straffreiheit für seine Teilnahme am

Massaker angeboten. Er müsse allerdings eine neue Identität annehmen. So erhielt er einen neuen Pass, darin stand: Edvard Vilkinsson, Fotograf und Laborant.

Ein geänderter Name schien ihm auch aus praktischen Erwägungen günstig zu sein, wegen der geleugneten Vaterschaft seines Kindes mit Magdalena Muthesius.

Zum eigenen Schutz war es ihm wichtig, nicht entdeckt zu werden: wegen der fotografischen Dokumentation seiner Beteiligung an SS-Kriegsverbrechen, an der Exekution in Russland und der späteren Denunzierung seiner SS-Kameraden an den Alliierten Geheimdienst.

Er musste für sich das Schlimmste befürchten, sowohl von der Untergrundorganisation der SS, den ehemaligen Angehörigen der Waffen-SS in den Nachfolgeorganisationen, der Hilfsgemeinschaft auf Gegenseitigkeit der Angehörigen der ehemaligen Waffen-SS (HIAG) in Deutschland, aber auch von den untergetauchten SS-Leuten in seinem eigenen neutralen Land, wenn er von ihnen zur Rechenschaft gezogen würde. Gerade im ehemals neutralen Schweden bestand die Gefahr, entdeckt zu werden als Angehöriger einer wichtigen Familie und Geworbener der SS, um dann liquidiert zu werden, wenn seine Vergangenheit aufgedeckt würde.

Durch seine Geheimdiensttätigkeit hatte er genügend Geld, um ein Jahr lang davon zu leben. Später verdiente er seinen Unterhalt mit dem Fotografieren von Baugelände, Bauplänen und Gebäuden. Er fing an, in Museen, Gemäldegalerie oder Fotoausstellungen zu gehen, achtete aber darauf, dort zu sein, wenn sie fast leer waren. In der Stadtbibliothek interessierte er sich für Kunstbände und die Archäologie Skandinaviens.

Er besuchte das Bordell am Hafen. Für die dort beschäftigten Frauen war die Spitzelei nicht mehr lukrativ, so dass er sich dort sicher fühlte. Aber bald waren immer weniger Frauen bereit, ihn zu bedienen. Sie beschwerten sich über seine außergewöhnliche Brutalität, mit der er vorging. Erst erhöhte die Chefin des Etablissements für ihn die Preise, danach wollte sie ihn wegen der unverändert vorgebrachten Beschwerden nicht mehr als Kunden annehmen. Er zuckte blasiert die Achseln. Er würde schon noch eine devote Schlampe auftun oder mehrere, die auch richtige Qualen aushielten und nicht so zimperliche Weicheier wären wie diese Belegschaft hier. Ohne die erschreckte Erweiterung der Pupillen durch die Schmerzen und die Tränen in den Augen der Weiber empfand er keine Lust.

Erstmals im Februar 1946 hatte er das Treuelied wieder in Göteborg bei einem Treffen von schwedischen Bürgern vernommen, die sich einen politischen Vortrag über den Zweiten Weltkrieg von einem ihm unbekannten Journalisten und Redakteur der Tageszeitung Göteborg Posten anhören wollten. Die Einladung war neutral und unverfänglich gewesen, aber am Ende des Vortrags stimmte der Journalist dieses Lied an als Zeichen der alten SS- Kameraden. Beim Singen schauten alle umher und versuchten, Gesichter wieder zu erkennen. Ulf hatte sich wie unbeteiligt aus dem Kreis entfernt.

In dieser Nacht schlief er schlecht.

Aber schon im Dezember 1946 erhielt er die Nachricht, dass sein Fall von der Kommission zur Überprüfung demokratischer Loyalität in Schweden behandelt worden sei und ihm kein schwerwiegendes Vergehen vorgeworfen werden könne.

Ungläubig und überrascht las er das Dokument mehrfach durch. Inhalt, Form, Siegel, alles stimmte. Es war tatsächlich wahr! Er hatte vom schwedischen Staat nichts mehr zu befürchten.

Er kochte sich einen echten Kaffee, trank ihn mit besonderem Genuss, schwarz und heiß. Nun hielt er den Moment für gekommen, um sich eines geeigneten Menschen zu bedienen, der seinen Wiederaufstieg bewirken sollte. Er kannte sich aus, wie man Menschen beeinflusste.

Also beschloss er, wieder unter Menschen zu gehen, besuchte Galerien, Museen zu den gut frequentierten Vernissagen. Schließlich kam er zu einer Ausstellung der Surrealisten von der Västkusten Gruppe, einer Künstlergruppe, die sich am Sandstrand des Kattegat zusammengefunden hatte. An den religiösen neopräraffaelitischen Gefühlsprodukten ging er schnell vorbei. Lange stand er dagegen vor einem Gemälde, das von 1938 stammte. Es stellte zwei klassische Marmorantlitze dar, die teilweise zerstört, empört auf den Horizont blickten, der durch einen blutroten Vorhang halb verdeckt im Hintergrund die Sicht auf eine brennende, zerschossene Stadt sowie auf eine völlig zerstörte Natur mit Baumstümpfen, die wie amputiert in den grauen Himmel ragten, freigab.

Daneben hingen einige, direkt nach dem gerade zu Ende gegangenen Krieg vollendete, eher konventionell dramatische Seestücke mit fantastischen, windzerzausten Figuren.

Ein optimistisch konstruiertes Stillleben mit Frühstückstisch und naivem Blick auf Nizza nahm er nur kurz in Augenschein. Zu lieb, zu geziert, dachte er.

Als er sich abwand, stieß er fast mit zwei Besuchern zusammen. Es war das erste Mal, dass er versucht war, sich mit seinem richtigen Namen vorzustellen. Sie waren zurzeit die einzigen in der Galerie.

Aber er zögerte. Er sagte: „Förlåt, Verzeihung, das war ganz ungeschickt von mir. Darf ich mich vorstellen? Mein Name ist Vilkinsson, Edvard, Fotograf". Man kam ins Gespräch.

Es waren Mimi Lundberg, Choreografin am Stockholmer Ballett, und ihr Mann, Göran, ein Architekt. Beide wohnten in einem Kollektivhaus in Stockholm, das Aktuellste vom sozialistischen Zusammenleben in Schweden. Alle, auch die Frauen, konnten berufstätig sein, alles, die Betreuung der Kinder und ihre Erziehung, die Ernährung sowie die Wäschepflege, wurde kollektiv erledigt.

Mimi und Göran erzählten lachend, dass man sagte, wenn eine Bombe dort in der John- Ericssonsgatan einschlüge, sei die gesamte linke Elite von Schweden ausgelöscht.

„Eigentlich sind wir beide hier, weil die fleißige Mimi eine neue, ausgefallene Ballett Produktion plant und wir uns bei Künstlern der Avantgarde informieren wollen, wie eine fortschrittliche und für das Volk positive Ausstattung aussehen könnte. Typisch schwedische Kultur sollte natürlich auch noch sein." erklärte Göran, er blickte auf Mimi. „Jaja, ich gebe sonst nur einige architektonische Ratschläge, damit die Kulissen nicht umfallen!"

Mimi hörte ihrem Mann nur noch halb zu, sie war schon mit dem Skizzenblock unterwegs und man hörte den weichen Bleistift übers Skizzenpapier gleiten.

Später trafen sie sich bei einem Kaffee. Ulf beschloss, mit diesen beiden seinen Neuanfang als Sozialist auf dem Gebiet der Kultur und der technischen Wissenschaft zu starten. Er wusste, alle schwedischen Anstrengungen waren auf die Zukunft gerichtet. Das Land sollte die modernste Nation der Welt werden. Mit diesem Projekt war es komplett in Anspruch genommen. Zurück sollte nicht mehr geschaut oder gedacht werden.

Ulf war aber überzeugt, es müsse aber auch wichtige Quellen für die Entwicklung jedes europäischen Landes in der Vergangenheit geben, die in die Gegenwart reichten. Er meinte, es wäre verlockend, denen in der Renaissance oder gar noch weiter zurück, in der Wikingerzeit nachzugehen. Dies stand nun wirklich im Gegensatz zu seinen ursprünglichen Ansichten aus dem futuristischen Manifest, in dem die Museen Europas Friedhöfe und die Professoren, Archäologen, Antiquare und Fremdenführer Totengräber waren.

Der Architekt und seine Frau waren von dem Gespräch angeregt. Sie bestärkten ihn, mit seinen fotografischen Kenntnissen, in Stockholm ein Neuanfang zu wagen und boten ihm sogar an, vorübergehend bei ihnen im Kollektivhaus in der John-Ericssons-Str. zu wohnen.

Zu Hause fand er einen, an Herrn Edvard Vilkinsson adressierten Brief vor, der aus Deutschland kam, mit dem Absender: „Hilfsorganisation für ehemalige Angehörige“.

Dieser Brief hatte folgenden Wortlaut: „Lieber Kamerad Ulf, in der Treue, die wir uns gelobt, wollen wir auch dich ansprechen. Es geht um die berechtigten Versorgungsansprüche unserer Lebensgemeinschaft, die aufgrund der Aufopferung in den Jahren des Krieges angelaufen sind. Wir verhandeln, dass eine gerechte Versorgung der

Frontkämpfer unserer Gemeinschaft, in Deutschland politisch anerkannt werde.

Es sollen die, die weiterhin zu uns stehen, nicht unversorgt in Armut fallen.

Aber die, die die Treue geschworen und ihre Kameraden verraten haben, können und dürfen wir auch nicht vergessen. Sie werden unserer Gerechtigkeit anheimfallen.

Du wirst von uns Besuch bekommen, Ulf Allvar-Severius, stelle Dich darauf ein.

Übrigens, zur Erinnerung, sei hier das Treuelied noch einmal angeführt in verkürzter Form:

Wenn alle untreu werden,
So bleiben wir doch treu;
Dass immer noch auf Erden
Für euch ein Fähnlein sei.
 Ihr Sterne seid uns Zeugen,
die ruhig nieder schau'n,
wenn alle Brüder schweigen
und falschen Götzen trau'n.
Unterschrift unleserlich.

So erfuhr Ulf, dass er von seinen ehemaligen Kameraden entdeckt worden war. Er packte seine Sachen, kündigte die Wohnung und zog nach Stockholm.

Einige Wochen später fand er auch im Briefkasten des Kollektivhauses einen an ihn adressierten Umschlag. Der Absender gab sich als ein ehemaliger Angehöriger seiner Einheit aus. Er wies ihn darauf hin, dass die Mutter seiner Tochter Lucia, genannt nach dem schwedischen Lichterbrauchtum, wie der Absender genau wusste, Frau Magdalena Muthesius, anfangs in kläglichen Umständen in Erfurt gewohnt hatte, die sowjetisch besetzte Zone aber inzwischen durch die Vermittlung des Hilfswerks ehemaliger Angehöriger seiner Einheit verlassen hatte. Er wurde aufgefordert, die Auslagen zu begleichen. Wie, das würde er beim nächsten Kontakt erfahren. Unterschrift: In Treue.

Ulf schloss daraus, dass seine ehemaligen Kameraden ihn im Auge behalten würden. Er war jetzt ernsthaft in Gefahr. Wen würden sie schicken? Im Krieg hatten sie selbst 10-jährigen Jungen ein Gewehr gegeben, um ihre eigenen Familien zu erschießen. Auch Frauen konnten von ihnen beauftragt werden, sie hatten viele Möglichkeiten. Ulf entschied sich zu bezahlen und zu diesem Zweck die topographische Kamera, die noch unter der Erde in der Nähe des Flugzeugabschusses lag, an die schwedische Firma Hasselblad, die Spezial- Fotoapparate herstellte, zu verkaufen. Er wusste, diese benötigte technisches Know-how für die Weiterentwicklung ihrer wissenschaftlichen Geräte zur exakten Kartographierung des aufstrebenden Landes.

März 1945

Am 27. März 1945 um 21:42 Uhr wurde das Familienhaus in der Rückertstraße durch eine Luftmine der Royal Air Force total zerstört. Insgesamt war die Last von 5,4 t an Bomben in dieser Region abgeworfen worden. Dabei kamen 10 Menschen ums Leben. Glücklicherweise waren Marie und das Bürschlein im Luftschutzkeller gegenüber verschont geblieben. Marie war wieder im dritten Monat schwanger. Ihr Vetter kam aus dem Thüringer Wald nach Erfurt und holte sie zunächst in das Haus ihrer Großmutter an der Holzsägerei in Klosterlausnitz, drei Wochen danach ging es unter Tieffliegerbeschuss auf dem Anhänger eines

Traktors mit den Resten ihrer Wohnungseinrichtung zu ihrer Schwiegermutter nach Gera.

September 1945

Harry ist noch in amerikanischer Kriegsgefangenschaft. Das Leben dort verläuft in relativ geregelten Bahnen, ohne übergroße Einschränkungen. Er hat sich mit den Pionieren angefreundet und spielt nunmehr mit dem Gedanken, Bauingenieur zu werden, um Deutschland nach der verheerenden Zerstörung wieder aufbauen zu helfen. Die Technische Hochschule in Karlsruhe wird ihm empfohlen, da sie auch ältere Studenten aufnimmt. Harry ist inzwischen fast 29 Jahre alt und soll bald entlassen werden.

Marie trifft auf einen zu einer Vergewaltigung entschlossenen Russen, eine Kalaschnikow in der Hand, der sie auffordert: „Frau komm!". Sie hebt ihren Rock hoch und zeigt ihm ihren, in der 40. Woche schwangeren Bauch. Der Russe lässt von ihr ab.

Drei Tage später kommt das zweite Kind von Harry und Marie zur Welt. Es ist ein Mädchen. Sie nennen es Verena. Es hat eine auffallend tiefe Stimme und erhält deshalb den Kosenamen Summsel.

VII.5   Kirschenessen unterm Klavierflügel

Pfingsten 1948 marschierte Marie durch den Thüringer Wald. Für ihr Vorhaben war sie mit einem recht kärglichen Proviant ausgerüstet. Er setzte sich zusammen aus sechs Scheiben Roggenbrot, dessen Mehl mit gemahlenen Haferspelzen und gebleichtem Sägemehl verlängert worden war. Zusätzlich hatte sie drei schrumpelige Äpfel aus dem

Höhler, dem natürlichen Keller unter dem Haus ihrer Schwiegermutter Frieda in Gera, ein kleines Weckglas mit Zwetschgenmus und ein zweites mit heimlich hergestelltem Futterrübensirup dabei sowie als persönlichen Schatz eine winzige Dose mit Gänseschmalz.

Sie wollte ihren Mann in Coburg treffen. Dazu musste sie schwarz von der russischen in die amerikanische Zone wechseln. Sechs Stunden brauchte sie dafür. Gegen Essenskarten und zehn Zigaretten führte sie ein Fremder, damit sie einen sicheren Weg über die Grenze fand.

Sie hatte Sehnsucht nach Harry, den sie seit einem halben Jahr nicht gesehen hatte. Der hatte inzwischen in Karlsruhe an der technischen Hochschule begonnen, Bauingenieurwesen zu studieren.

Sie machte sich große Sorgen um die Gesundheit ihrer Kinder, da die Lebensmittelversorgung in der russisch besetzten Zone katastrophal war. Die Bezugsrechte von Erwachsenen sahen absolut kein Fett vor, nur Kinder bis fünf Jahre bekamen lächerlich kleine Häufchen Margarine zugeteilt. Im letzten Sommer und Herbst 1947 hatte es überhaupt weder Gemüse noch Obst gegeben.

Wenn nicht der Bruder ihrer Schwiegermutter, der Bauer Onkel Martin, sie mit Zwetschgen, Äpfeln, nachgelesenen Kartoffeln von dem - illegal nicht komplett abgeernteten - Feld versorgt hätte, hätte sie mit ihren Kindern kaum überleben können. Die Kartoffeln, die für den Winter 1947/48 mit drei Zentner pro Person zur Einkellerung vorgesehen waren, wurden nicht einmal zu einem Viertel geliefert. Die meisten würden, so hatte sie gehört, zu Schnaps für die russischen Besatzungssoldaten und deren Angehörige verarbeitet. Für ihre Kinder, Tochter Summsel und

Sohn Bürschlein, zwei und vier Jahre alt, gab es nur noch jeden zweiten Tag ¼ l Magermilch. Die war so knapp, dass es überhaupt verboten war, Milch an Erwachsene abzugeben. Selbst Kranke durften trotz ärztlicher Verordnung überhaupt keine trinken. Es wurde gemunkelt, dass die meisten landwirtschaftlichen Produkte in langen Zügen in die Sowjetunion verfrachtet würden. Die Bevölkerung war empört. Immer wieder nannte Marie das wütend, durch die Nase schnaubend einen „Nschgandahl", dass aus guten Kartoffeln Schnaps gebrannt wurde.

Ursprünglich hatte sie vorgehabt, Grafik und Buchillustration zu studieren. Wegen der täglichen Sorge ums Überleben kam sie nicht dazu, eine Bewerbungsmappe zusammenzustellen, um sich an einer Akademie zu bewerben. Als Bourgeoise standen ihre Chancen ohnehin schlecht, in der russisch besetzten Zone zum Studium angenommen zu werden.

Mehr als ein großes Aquarell mit dem dreijährigen Bürschlein vor dem Kachelofen im Haus ihrer Schwiegermutter hatte sie als größeres Bildwerk nicht geschafft.

Mit der Schwiegermutter verstand sie sich nicht sonderlich gut. Die schaute sie immer so streng an. Das lag wohl daran, dass diese der Ansicht war, ihr fehle der Realitätssinn für die Banalitäten des täglichen Lebens und offensichtlich das natürliche Gespür für das unmittelbar Notwendige. Die Organisation des Mangelhaushaltes mit der zwangsweisen Einquartierung von geflüchteten Deutschen aus den östlichen Teilen des ehemaligen Reiches in das Anwesen aus der Barockzeit mit Haupthaus, Hinterhaus, Hof und Schuppen hatte absoluten Vorrang. Das hieß für Schwiegermutter Frieda, Verantwortung zu übernehmen.

In ihren Augen machte Marie nicht richtig mit in diesen schlechten Zeiten und verweigerte sich sogar einfach.

Marie wollte eigentlich nur Künstlerin werden. Die Anerkennung wurde ihr aber in dieser Zeit des Überlebens und der Desorientierung verwehrt. Ihre zahlreichen Skizzen mit Tierstudien, Blumenstilleben und Erkundungen der Perspektive galten im Haushalt ihrer Schwiegermutter nicht einmal als brotlose Kunst. Diese hatte durchaus ein Gespür für Malerei, aus einer Zeit, als sie und ihr im ersten Weltkrieg gefallener Mann mit Hermann Paschold, einem impressionistischen Landschaftsmaler, befreundet waren. Dessen Bilder hingen noch überall in ihrer Wohnung zur Erinnerung an die beiden Männer.

Aber Maries Manier, Bilder zu machen, die Feder zu setzen, zart und etwas naiv, mit feinem Strich und hellen Farben, wobei allerliebste Blumensträuße, süße Kleinstkinder und graziöse Reiher und putzige Rehkitze auf jedem irgendwie zu ergatterndem Papier entstanden, lag durchaus im Trend der Zeit. Das ging Frieda auf die Nerven, sie hielt es nicht für Kunst, sondern für Kitsch.

Außerdem fand die Schwiegermutter es übertrieben, dass Marie beim Scheuern des Dielenbodens und des Linoleums auf der Treppe demonstrativ stöhnte.

Also befand Marie sich jetzt mitten im dunklen Thüringer Wald, ohne Pass und ohne jedwede Lebensmittelmarken für den amerikanischen Sektor. Das Überschreiten der Zonengrenze war lebensgefährlich, weil russische Patrouillen Leute, wenn sie entdeckt wurden, einfach abknallten und an Ort und Stelle verscharrten. Mit Hilfe des unbekannten Waldbewohners gelang Marie der Zonenwechsel unbeschadet und sie wurde auf der Eisenbahnfahrt nach

Coburg auch von keiner amerikanischen Streife aufgehalten.

Zur damaligen Zeit gab es noch die Reichsmark. Davon hatte sie genug, so dass sie ihre Fahrkarte bezahlen konnte. In Coburg traf sie endlich bei den Verwandten ihren Mann Harry Riedel, der ebenso ausgehungert war wie sie. Ein Gasthof bot Kartoffeln und Spinat ohne Marken an. Das aßen sie, glücklich, wenigstens zusammen zu sein. Bei Harrys Cousine Erna Riedel fanden sie Unterschlupf. Die hatte ein schönes Haus inmitten eines großen Gartens, der sie und ihre Kinder ernährte mit selbst angebauten Kartoffeln, Gemüse und der Ernte der Pflaumen-, Apfel- und Walnussbäume. Nicht zu vergessen war die Zucht der Stallkaninchen.

In der ersten Nacht bekam Marie schreckliche Bauchschmerzen und wurde gegen 3:00 Uhr Hals über Kopf am Blinddarm operiert. Der war kurz vorm Durchbruch. So musste sie zehn Tage lang im Krankenhaus bleiben. Harry ernährte sich in dieser Zeit unentgeltlich von Maries Krankenkost, als sie nach der Operation noch nicht richtig wieder essen konnte, auch er hatte keine Essensmarken mehr. Marie lag zweiter Klasse, erhielt aber später weder eine Rechnung vom Chefarzt noch vom Krankenhaus.

Während dieser Zeit in Coburg traute sie sich, ihrer schwedischen Freundin Birgitta Cederbäck zu schreiben und von ihrer schlimmen Lage zu berichten. Ihr Haus in Erfurt war durch Bomben völlig zerstört worden, sie hatte alles verloren. Aus der russischen Zone nach Schweden zu schreiben, geschweige denn zu reisen, war nicht erlaubt. Die meisten Briefe wurden geöffnet, besonders die, die ins Ausland geschickt wurden. Also nutzte sie die Gelegenheit von der amerikanischen Zone aus. Als es ihr nach zehn Tagen wieder besser ging, lief sie mit Harry am helllichten Tag zurück in die russische Zone. Es war bekannt, wann sich die Posten zurückzuziehen pflegten. Sie wurden nicht entdeckt, unbehelligt kamen sie nach Gera zu ihren Kindern und zu Harrys Mutter Frieda.

In kürzester Zeit war die Einreisegenehmigung nach Schweden für Marie und ihre beiden Kinder in der Post. Das hatte sie nicht zu hoffen gewagt, damals ein Traum für jeden Deutschen. In der Vergangenheit hatte sie unzählige Male bei Wind und Wetter in Weimar vor einer neu errichteten hohen geschlossenen Bretterwand gestanden, einer Bretterwand, mit der sich die russischen Kommandanten und ihre Truppe umgaben. Dort sollte man in ein außen hängendes Telefon sein Anliegen vorbringen, nämlich den Antrag auf eine Ausreisegenehmigung. Es kam selbstverständlich nie zu einem Sprechkontakt, es hieß immer: „Kommen Sie in einer Woche wieder.".

Maries Vater Theodor machte es irgendwie möglich, wahrscheinlich über eine seiner vielen Beziehungen, geschäftlicher oder amouröser Art, dass Marie mit ihren beiden Kindern Bürger des britischen Sektors Berlin wurde. Nach endlosen Gängen und Fahrten von Gera dorthin bekam Marie die Ausreisegenehmigung.

Inzwischen war ein dreiviertel Jahr vergangen. Harry hatte inzwischen nach einem Tipp von einer Schulfreundin, jetzt Sekretärin der russischen Kommandantur, der gefürchteten Komendatura, zu Hause alles stehen und liegen gelassen und war endgültig über die grüne Grenze in den Westen geflohen. Als ehemaliger Berufsoffizier stand er auf der Liste der Militaristen, die nach Sibirien in die Lager und Bergwerke verschickt werden sollten.

Die Ernährung der Bevölkerung, besonders die der Kleinkinder, war mit immer größeren Mühen verbunden. Regelmäßig fuhren Marie und Frieda erst mit dem Zug, um anschließend einige Kilometer bis zum Bauernhof von Onkel Martin zu laufen - ein Ausflug, der für Marie und ihre Kinder sehr anstrengend war. Das Bürschchen war kürzlich dort vom Ganter in den Oberschenkel gebissen worden. Natürlich schrie der kleine Junge schrecklich und behielt dauerhaft panische Angst vor Gänsen. Die Fliegen schwirrten in dichten Schwärmen zwischen Misthaufen, Brotkorb und Suppenschüssel hin und her, für Marie hygienisch schwer erträglich. Es gab nur Brunnenwasser und alle mussten bei der Ernte und beim Füttern der Kühe mithelfen. So hatte Marie sich ihre Zukunft nicht vorgestellt.

Aber Onkel Martin und seine Familie waren nett, zugänglich für die Probleme ihrer städtischen Verwandtschaft, die plötzlich ihren Bauernstand so achtete. Sie freuten sich über mitgebrachte Bücher und an Geburtstagen nahmen sie gerne silberne Leuchter und Besteck aus dem Familienfundus als Geschenk an. Jeder in der Familie wusste, dass sie ein Mastschwein versteckten, darauf stand Verschickung und höchstwahrscheinlich der Tod in Sibirien.

Die Abreise nach Schweden rückte näher. Die Reichsmark hatte keine Valuta mehr. Trotzdem nähte sich Marie etwas Geld in ihr Mantelfutter ein.

Sie packte zwei Koffer mit allen Kleidungsstücken, die sie hatten. Marie besaß zwei Paar, die Kinder je nur ein paar Schuhe. Sie nahm ein großes Paket Windeln und

Zeitungspapier mit, um die lange Fahrt mit der kleinen Summsel, die noch nicht trocken war, zu überstehen.

An Proviant kam das meiste vom Onkel Martin: Er bestand aus zwei Weckgläsern Schweinehautsülze, zwei Apfel-Zwiebel-Gänseschmalz, zwei Rübensirup und einem mit frischem Kartoffelbrei und untergemischter Blutwurst, dazu sechs Äpfel, ein Säckchen Trockenpflaumen, eine kleine Tasse voll gegen Zigaretten getauschter Butter, drei ausgespülte Milchflaschen mit Pfefferminztee und eine Tüte voll selbst gesammelter trockener Pfefferminzblätter. Als Mitbringsel für Birgitta hatte Marie den letzten KPM Porzellanteller mit dem Dekor Arkadia, das auf diesem Teller einen eleganten nackten Jüngling auf einem Delphin darstellte, sorgfältig verstaut.

Für die Kinder hatte Oma Frieda kleine Hausschuhe aus einem aufgedröselten Pullover gehäkelt. Ihre Schwiegermutter steckte ihr noch eine kleine Flasche Obstschnaps zu mit der Bemerkung, in Schweden sei es immer so kalt. Sie gab ihr zusätzlich eines ihrer frisch gebügelten Spitzentaschentücher, in das sie eine, seit der Vorkriegszeit nicht angebrochene Flasche 4711 Kölnisch Wasser gewickelt hatte.

"Nimm nuhmal, Marie, is ja nischt besunderes, kannste sicher brohchen, so'n frischer Duft, muss och mal uffgemacht wärn, steht schun su lang hier rum.", brummelte sie in ihrem thüringischen Tonfall.

Das überraschte Marie, sie freute sich aufrichtig und sah ihre Schwiegermutter dankbar an. Als sie sie spontan umarmen wollte, drehte die sich um und schürte den Küchenherd. Sie solle für so etwas nicht zu viele Umstände machen, meinte sie, während sie in die Asche pustete. Ihr

Gesicht wurde von der frischen Glut im Ofen rot angestrahlt. Da erkannte Marie, dass ihre Schwiegermutter Frieda sehr freundlich lächeln konnte.

Im Februar war es so weit. Noch im Dunkeln gingen sie zum Bahnhof, Marie und die beiden Kinder. Schwiegermutter Frieda und ein Großteil der Hausgenossen war zum Winken mit an den Zug gekommen.

Einer der Begleiter verfrachtete die Koffer auf die Gepäckablage. Der Abschied war herzlich, aber schnell vorbei. Frieda liebte eigentlich keine Sentimentalitäten, musste aber doch bitterlich weinen, als sie ihre Enkelkinder im Zug sah und wusste, sie würde sie lange oder gar nicht mehr wiedersehen.

Marie belegte Plätze auf der Holzbank, bevor sie zu Dritt mit ihren Taschentüchern zum Abschied aus einem heruntergelassenen Fenster heraus winkten.

Die Dampflokomotive zischte und fauchte, pfiff dann und nahm allmählich Fahrt auf. Da der Wind die Dampfschwaden und die glühenden Kohlepartikel zur anderen Seite trieb, öffnete Marie, trotz der Eiseskälte draußen die Fenster, um die vorbeiziehende verschneite Landschaft unmittelbar wahrzunehmen. Die Wiesen breiteten sich in leichten Wellen aus, aufsteigend bis zum Wald hinauf. Im Schatten der noch tief stehenden Sonne schimmerten sie an vielen Stellen blau, dort wo die Sonne schon die Schneefläche beschien, wechselte die Farbe zu Rosa und Weiß hin, so weiß, dass Marie die Augen tränten. Der Rest des Morgenrotes war noch am Horizont erkennbar, darüber wölbte sich der blaue Himmel, durch den ganz feine Schneestäubchen schwebten, die vor dem dunklen Nadelwald zu erkennen waren. Die Lok musste ihre

Geschwindigkeit drosseln, um sich die Steigung auf den letzten Hügel in Thüringen hinaufzuarbeiten. Die wenigen Buchen hatten ihre braunen Blätter noch nicht verloren und streckten ihre mit Schnee bedeckten Zweige den Reisenden entgegen. Der Fahrtwind des vorbeifahrenden Zuges rüttelte an ihnen, sodass sie ihre Last abwarfen.

Wenn der Zug eine Straße überqueren sollte, gab der Lokführer rechtzeitig ein Pfeifsignal und sie hörten schon von weitem als Antwort ein Klingeln, bevor die Schranken heruntergelassen wurden. Mehrmals näherten sich ihnen Schienenstränge, die eine Weile parallel zu ihrer Strecke verliefen, um sich dann wieder von ihr zu trennen. Der regelmäßige Rhythmus der vorbeihuschenden Telegrafenmasten machte sie müde und der strahlend weiße Schnee blendete sie. Da das Abteil noch leer war, konnten sich die Kinder auf den Bänken ausstrecken. Die Heizung war nur lauwarm. Darum holte Marie die einzige Decke aus dem Koffer, hüllte ihre Kinder damit ein und setzte sich so zwischen die Beiden, dass jedes etwas von ihrer eigenen Wärme abbekam.

Die drei Pässe, von der russischen Zone, vom britischen Sektor Berlins, wie inzwischen auch von der amerikanischen Zone, waren unter der Rückennaht in Summsels Teddybär versteckt. Je nach Bedarf wurde der passende herausgeholt. Marie bekam regelmäßig Herzklopfen, wenn es wieder so weit war, wurde jedoch allmählich immer routinierter und konnte alle unerwarteten Fragen und Kontrollen ohne Durchsuchung des Gepäcks erfolgreich überstehen. Von der ganzen vorausgegangenen, langwierigen Planung hatten die Kinder nichts mitbekommen. Auch vom Ziel der Reise ahnten sie nichts. Alles, was sie wussten, war, dass sie Tante Birgitta besuchen wollten. Die wohnte, nach Maries Angaben den jeweiligen Kontrolleuren gegenüber, immer in der nächsten Zone.

Am ängstlichsten war sie natürlich gleich beim ersten Mal gewesen, kurz bevor sie die russische Besatzungszone verließen. Die deutschen kommunistischen Bürokraten waren besonders streng und penibel. Die Papiere wurden von dem Grenzbeamten genauestens studiert. Gerade, als auch noch der Teddy untersucht werden sollte, schallte von draußen ein Ruf: „Da läuft einer, da ist er!" Der Grenzbeamte brach sofort seine Kontrolle ab, entfernte sich eilig und kam nachher nicht mehr zurück. Als in Bebra die Zugbesatzung beim Übergang in die amerikanische Zone wechselte, war Marie überzeugt, dass sie den schwierigsten Teil dieser Reise schon geschafft hatten.

Ein Problem war natürlich nicht zu vermeiden, wenn Summsel ihre Windel vollgemacht hatte. Glücklicherweise gab es im Zug fließendes Wasser. Das Kompakte schmiss sie mit Zeitungspapier ins Klo und wusch dann die Windel schnell aus und nahm sie ausgedrückt, noch feucht mit. Seife gab es nicht. Da die Heizung in der amerikanischen Zone etwas hochgefahren wurde, hatten sie es jetzt auch gemütlicher. Das Abteil füllte sich allmählich. Marie kam mit einigen Mitreisenden ins Gespräch. Man unterhielt sich nicht mehr so verklausuliert wie in der russischen Zone. Ein älterer Mann schenkte sogar jedem der beiden Kinder eine Nuss und ein Wurstbrot. Die Ernährungslage schien im Westen zwar ernst, aber etwas besser als im Osten zu sein.

Ihre Fahrt ging jetzt zügig voran. Sie fuhren durch zerbombte Städte. Besonders in Kiel lag der Hauptbahnhof zum großen Teil in Trümmern. Aus dem Fenster konnte Marie ausgedehnte Ruinenfelder sehen, davor große Werftkräne mit abgebrochenen Schwenkarmen auf ihren Stelzen. Allerdings waren zwei davon schon wieder im Einsatz und luden offensichtlich Kohle aus einem Frachtschiff.

Einige Stunden später, mitten in der Nacht, erreichten sie die Fähre nach Dänemark. Der Zug verlangsamte sich und stand. Man hörte beim Rangieren Eisen auf Eisen schlagen und durch die Stöße beim Zusammenkoppeln mit anderen Wagen wurden sie hin und her geschubst. Durch das geöffnete Fenster beobachteten sie, wie sich der Zug allmählich in eine, von Reihen gelber Lichter beleuchtete, große Höhle schob. Beim Übergang schlugen die Räder des Waggons mehrmals hart auf. Von innen wirkte die Höhle rostig, braunschwarz. Sie erkannten, dass der Schiffsbug das große aufgesperrte Maul zur Höhle war, welches sie schluckte und spürten auf einmal einen leichten Wellengang unter sich. Ein Kontrolleur forderte sie auf, den Zug zu verlassen. Marie nahm ihre Winterjacken, etwas Proviant und den Beutel mit den gebrauchten Windeln mit in den Aufenthaltsraum am Heck der Fähre. Die lag offensichtlich schon eine Weile im Hafen, denn, als der Anker gelichtet wurde, hatte die Kette einen dicken Ring aus Eis. Bürschlein erinnerte sich später, dass es auf der Fähre ganz anders gerochen hatte als in der Eisenbahn, nicht nach Teer, Dampf, Blutwurst und im Klo nach alter Pisse, sondern auf See nach Meeresluft, Dieselöl, Fisch, Bratkartoffeln und Kaffee. Marie kaufte nichts. Als sie die gebrauchten Windeln in der Toilette wusch, kam das Wasser so heiß aus dem Hahn, dass es dampfte und sie sich fast verbrühte. Da hatte sie die Idee, Pfefferminztee für alle aufzugießen. Mit dem dampfenden Tee in den Blechbechern, blickte sie gespannt, aber zufrieden um sich.

Schließlich legte die Fähre ab. Sie drehte und nahm Fahrt über die nächtliche Ostsee Richtung Dänemark auf, gefolgt von der durch die Schiffsschrauben erzeugte schäumende Bugwelle. Sofort warf die Mannschaft Müll in dieses von den Lichtern des Hafens noch etwas beleuchtete Fahrwasser. Marie identifizierte ihn empört als echte Kartoffelschalen. Das war für sie eine unverzeihliche Vergeudung von Nahrungsmitteln. Sie schnaubte hörbar durch die Nase, wie sie es immer tat, wenn sie indigniert war.

Dänemark verschliefen sie im Waggon. Da war es schon fast zu warm, so gut wurde jetzt geheizt. Sie erreichten die nächste Fähre und stiegen in Schweden in einen Zug um, der nach Reinigungsmittel und frischem Backwerk roch. Von den schwedischen Mitreisenden wurden sie praktisch bis Stockholm durchgefüttert. Alles war sauber, kein Ruß mehr von einer qualmenden Dampflok. Die Strecke wurde elektrisch betrieben. Ihre Nachbarn auf den gepolsterten Sitzen verstanden Deutsch, Marie erklärte, warum sie ihre Jugendfreundin in Uppsala besuchen wollte. Das fand Anerkennung und wurde mit guten Wünschen begleitet.

Nach vielen Stunden erreichten sie Stockholm Centralstation. Marie war genau erklärt worden, auf welchem Bahnsteig der Zug nach Uppsala abfuhr.

Bis zu ihrer Ankunft dort hatte die Reise fast drei Tage gedauert. Es war der 28.Februar 1948. Birgitta erwartete sie am Bahnsteig und hatte ihre Tochter Ilona auf dem Arm. Sie strahlte über das ganze Gesicht, trug einen eleganten braunroten Wintermantel, und das kleine Mädchen, in einer dicken, fellgefütterten Kapuzenjacke, schaute mit seinen schwarzen Augen aus dem runden Säuglingsgesicht.

Nach den obligatorischen Kontrollen durch die Behörden in Uppsala wurde Marie mit ihren beiden Kindern in die Magdeburg einquartiert, eine ehrwürdige Mädchenschule in der Schulstraße. Bestürzt musste Marie feststellen, dass sie gar kein Geld besaß. Auf der schwedischen Bank bekam sie für die deutsche Reichsmark nichts mehr. Auf der Ausländerbehörde war sie darauf hingewiesen worden, übrigens sehr, sehr abwertend, wie sie fand, dass Schweden leider nur verfolgten Menschen des Naziregimes Mittel zur Lebensführung gewähren würde. Sie sei aber eine Deutsche und nicht jüdisch, solche Menschen würde das Königreich Schweden nicht unterstützen. Marie stand jetzt in Uppsala vor einer ungewissen Zukunft.

Birgitta meinte, sie solle sich mit der Suche nach einer Stelle erst einmal Zeit lassen. Sie könnten ja bei ihr essen und das Fehlende würde sich schon richten. Marie versuchte vom ersten Tag an, eine Arbeit, außer Putzen, zu finden. Aber keiner brauchte eine Aquarellmalerin. Einige Male gab sie Stunden als Deutschlehrerin, aber dafür gab es nicht genügend Nachfrage. Die meisten wollten jetzt Englisch lernen nach den Erfahrungen mit Deutschland.

Nachdem fast drei Monate vergangen waren, wurde auch Birgittas finanzielle Lage brenzlich. Sie konnte Marie und die Kinder nicht mehr unterstützen wie bisher. Inzwischen war ihr Freund Göran Lundgren, Architekt und Vater des Kindes, auch nicht mehr mit der Situation zufrieden. Er war zwar selten in der gemeinsamen Wohnung, offensichtlich hatte er viel zu tun oder war in Stockholm bei seiner Ehefrau, aber Dauerbesuch mit kleinen Kindern bei seiner Freundin und dem gemeinsamen Säugling störte ihn. Marie fand ihn attraktiv mit seinen lebhaften, manchmal übertrieben heldischen Gesten und der Fülle von Projekten, die er betrieb oder plante. Er nannte sich Sozialist und wollte Frieden und Gerechtigkeit auf der Welt, notfalls auch mit Zwang. Da gab Marie ihm Kontra, sie kannte die stalinistischen Auswirkungen in der Ostzone. Sie nannte ihn im Geheimen für sich Heiliger Göran, den Drachentöter. Er blieb immer recht zuvorkommend zu den Gästen, seine Meinung über den Besuch äußerte er nur Birgitta gegenüber.

Bei trockenem Wetter spielten die Kinder viel auf dem Schulhof, bauten Häuser mit Wohn- und Esszimmer aus Holzblöcken, bestiegen Berge auf den hohen Stapeln aus Fichtenstämmen, die zum Heizen der Schule gebraucht wurden. Sie wurden warm angezogen mit Strickjacken und - hosen, aber schon ab Mitte März trugen sie kurze Hosen. Immer wieder wurden die Kleinen vom Hausmeisterehepaar der Schule beaufsichtigt, die sich an deren herrlich fröhlichem und fantasiereichem Spiel freuten. Frau Andersson brachte ihnen dann zwei Becher warme Milch, Smörgåsbrote mit Käse und Butter, Knäckebrot mit Marmelade und kleine Fischstücke. Das kannten Summsel und Bürschlein noch nicht, denn wo sie herkamen, gab es keinen Fisch. Sie aßen kräftig und blieben gesund.

Einmal wurde das kleine Mädchen aus den teilweise vereisten, schnell fließenden Wassermassen des Fyriså von Hausmeister Andersson gerettet, sie war auf den glatten Steinen ausgerutscht und bis zum Hals durchnässt bei

Temperaturen um -4° C. Marie war unterwegs, um Arbeit zu finden, als sie zurückkehrte, war sie entsetzt und machte sich große Vorwürfe. Sie war fast nicht zu trösten. So konnte das nicht weitergehen!

Birgitta und Marie setzen sich also beim Kaffee zusammen und beratschlagten unter großem Druck, wie Marie etwas Sinnvolles arbeiten und etwas mehr verdienen könnte. Birgitta hatte schon vor einiger Zeit angedeutet, dass sich ihre wirtschaftliche Lage seit der Einladung vor einem Jahr stark verschlechtert hatte. Ihr Freund, der Architekt, sei leider zurzeit unverschuldet knapp mit Geld und ihr eigenes Einkommen als Keramikkünstlerin in der Firma für Gebrauchs- und Kunstkeramik sei ohnehin immer sehr gering gewesen und jetzt auch noch zurückgegangen, weil sie wegen Ilona nicht regelmäßig arbeiten könnte. Ihr Freund, Ilonas Vater, war zwar seit zwei Jahren Abteilungsleiter des künstlerischen Bereiches der Keramikfabrik Ekeby, aber er habe noch andere Verpflichtungen, das müsse sie gegenüber Marie eingestehen. Birgittas Gesicht verdüsterte sich: „Er ist nämlich noch verheiratet und will sich wohl nicht so recht scheiden lassen."

Marie meinte zuversichtlich: „Wenn er dich liebt und du hast schon ein Kind von ihm, dann wird er das sicher tun und dich heiraten!"

Birgitta schaute nachdenklich in die Ferne: „Schon, gut möglich, ich glaube fest an die Zukunft von uns beiden. Aber für die Geburt musste ich weit weg nach Tjörn an die Westküste gehen, um in unserer Umgebung Gerüchte zu vermeiden, vor allen Dingen auch wegen der beruflichen Zukunft meines Architekten. Dabei musste ich wirklich sehr zurückstecken als eigentlich selbstbewusste Frau und

Mutter. Ich habe sehr darunter gelitten, aber einen Skandal konnte und kann sich mein Freund gerade nicht leisten. Er hat sich nämlich gerade jetzt auf eine ganz wichtige Stelle beworben.".

Marie fragte: „Ach so. Was hat er denn vor?"

„Also, die Zeiten werden, wenn die Bewerbung angenommen wird, bald besser,", so meinte zumindest Birgitta, „weil er hofft, endlich als Landesarchitekt für Uppland arbeiten zu können. Das Schloss und das Anatomietheater, das Gustavianum aus der Renaissance, sollen renoviert werden. Genau dafür interessiert er sich und die Aussichten stehen wirklich nicht schlecht. Aber bis dahin ist alles sehr, sehr knapp bei uns. Außerdem möchte er, dass wir drei häufiger allein unter uns sein können.".

„Aber können wir uns dann nicht mehr sehen?" erschrak Marie.

Die Antwort war: „Wenn der Architekt, also Göran, da ist, ist es vielleicht besser, ihr bleibt in der Magdeburg. Da könntet ihr euch doch ausbreiten, kochen und ganz gut schlafen. Nebenan wohnen die netten Hausmeistersleute. Das sollte doch eigentlich gehen?"

Maries Bedenken, nun ganz alleine in Uppsala zurechtkommen zu müssen, ließen sich von Birgitta zerstreuen. Sie bedankte sich bei der Freundin für all die Fürsorge, die sie und ihr Freund Marie und ihren Kindern bisher bewiesen hatten. Aber natürlich fühlte sie sich bei Brigitta nicht mehr so willkommen, obwohl sie sie verstehen konnte. Aber dennoch!

Birgitta verfolgte inzwischen eine Idee für eine Beschäftigung von Marie. Sie hatte vom Architekten gehört, dass seit Mitte Mai an der Universität in Uppsala ein wissenschaftliches Fotolabor eingerichtet worden war. Hier sollten die geologischen Erkundungen Schwedens, aber auch aller anderen wissenschaftlichen Projekte in Bildern dokumentiert werden. Das Labor befand sich erst im Aufbau.

Aus dem künstlerischen Umfeld der Noch-Ehefrau des Architekten war ein vielversprechender Fotograf aus Stockholm als Leiter vorgeschlagen und kürzlich eingestellt worden. Birgitta kannte ihn noch nicht. Vielleicht könnte Marie ja auch dort als Hilfskraft arbeiten. Am nächsten Morgen stellte sie sich in diesem neu eingerichteten Labor vor. Die freundliche Fotolaborantin sprach gut Deutsch und teilte Marie mit, dass ihr Chef, Edvard Vilkinsson, im Norden Schwedens unterwegs sei und in ein paar Tagen zurückkehre. Sie könne aber gerne angelernt werden, sie benötigten jetzt Hilfskräfte und seien dankbar, dass sie sich gemeldet habe. Die Tätigkeit würde von Anfang an vergütet, natürlich nicht sehr hoch, fügte sie etwas entschuldigend hinzu.

Marie sagte erfreut zu: „Jaja, ich nehme jetzt alles, ich hab doch meine beiden Kinder hier, ich danke Ihnen so herzlich, wann soll ich kommen?"

"Am besten gleich heute Nachmittag, ja, wäre das so gut für sie?", wurde sie gefragt.

" Aber was mache ich mit meinen Kindern?" murmelte Marie halb zu sich selbst.

Die aufmerksame Fotolaborantin wies darauf hin, dass nicht ungefährliche Chemikalien im Labor benutzt würden und die Kinder könnten sicher nicht mitgebracht werden, das sei einfach zu riskant.

Sie einigten sich darauf, dass die ersten drei Einweisungsstunden tagsüber stattfinden sollten und danach sollte sie zum Spätdienst abends von 20°° Uhr bis 1°° Uhr nachts überwechseln. Marie stimmte zu und arbeitete sich schnell ein. Ein bisschen Erfahrung aus dem Praktikum in der Schwanen-Apotheke in Erfurt nützte ihr dabei.

Sie bekam einen weißen Arbeitskittel und lernte als erstes das Filmeinspulen und bei Dunkelheit den belichteten Film auf die Entwicklungsrolle zu übertragen. In kürzester Zeit beherrschte sie die Entwicklung eines Filmes, konnte exakt mit Messbechern umgehen, hatte Ahnung von Präzisions- Thermometern, wusste die Stoppuhr abzulesen, konnte das Fixierbad und das Stoppbad anwenden und ihr war das Prinzip klar, wie sie den Entwicklungsprozess variieren konnte, je nach Filmsorte. Nach wenigen Tagen konnte sie die nötigen Lösungen selbst ansetzen. Papierabzüge sollte sie später lernen. Die Fotolaborantin und zwei weitere Hilfskräfte waren sachlich, aber auch fürsorglich nett zu ihr.

Ihre beiden Kinder spielten tagsüber bei Birgitta und dann später allein, aber in Hörweite des Hausmeisterehepaares Andersson in der Schule Magdeburg. Alles schien gut zu werden.

Nach 14 Tagen wurde der Leiter des Labors zurückerwartet.

Es war Abend. Ein schwach rotes Licht glomm in dem sonst dunklen Labor. Marie hatte ihre Augen adaptiert und füllte in einen großen Messbecher 500 ml Wasser für die Entwicklung bei 20 °C ab. Sie maß das Entwicklerkonzentrat sorgfältig ab und mischte es anschließend mit dem Wasser.

Jetzt startete sie die Stoppuhr. Alle 30 Sekunden kippte sie den Entwicklertank um 180 Grad. Die verbrauchte Flüssigkeit schüttete sie anschließend in das Sammelgefäß. Gerade als sie ihr angesetztes Stoppbad einfüllen und für 50 Sekunden einwirken lassen wollte, klopfte es an der Tür. Sie rief auf Schwedisch und dann auf Deutsch:"Ett ögonblick, varsågod, einen Augenblick, bitte! Inget Ljus! Kein Licht! Kein Licht bitte! "

Ihr wurde etwas Unverständliches von einer Männerstimme geantwortet, es klang aber zustimmend.

Sie musste sich jetzt konzentrieren, kippte die Lösung zur Fixierung des Films in den Tank und startete wieder die Stoppuhr, in einen kleinen durchsichtigen Becher hatte sie einen Abschnitt des Filmes gelegt und ihn gleichzeitig mit übergossen. Im schwachen Schein der roten Lampe beobachtete sie nun, wie dieses abgeschnittene Stück der Filmlasche durchsichtig wurde. Als es so weit war, schaute sie auf die Uhr und wartete, bis die gleiche Zeit noch einmal vergangen war. Sie goss die Fixierflüssigkeit in die ursprüngliche Flasche zurück und markierte mit einem Strich den aktuellen Gebrauch. Dann schüttelte sie den Film auf der Entwicklungsspule über dem Becken, damit er abtropfte und hängte ihn mit Wäscheklammern auf die Leine. Sie setzte die Brille mit den roten Gläsern auf, damit sie die Adaptation zum Weiterarbeiten nicht verlor, wenn sie jetzt nach draußen ging.

Sie öffnete die Tür, vor der eine große Männergestalt stand, die sie mit: „Hej Marie, ich bin hier der Leiter des Labors.", ansprach, dann stotternd: „ Ach, du bist es, Marie Haubitzer, ja, was ist denn das? Unglaublich! Klar, du heißt jetzt Riedel, so ist das, was für eine Überraschung, nicht wahr, also das konnte ich nicht wissen, als ich deinen Namen gelesen habe! Wie kommst du denn hierher? Wer hat dich geschickt?"

Ulf war bestürzt, so schnell hatten also die alten SS-Kameraden den ihm angekündigten Besuch wahrgemacht. Die Rache hatte ihn schnell erreicht. „Das ist genau die Situation, auch den Frauen kann man nicht trauen.", dachte er bei sich. Jetzt musste er schnell und effektiv handeln.

Da erst erkannte Marie, dass Ulf Allvar-Severius ihr neuer Chef war. Schon wollte sie Luft holen, um laut seinen Namen zu rufen, als er ihr zuvor kam: „Bitte sag jetzt nichts! Gar nichts, um Himmels willen!"

Während er dies sagte, schob er Marie schnell in sein Zimmer nebenan.

Marie sprach mit unterdrückter Stimme: „Ich hierher? Wer mich geschickt hat, das weiß ich nicht, aber aus gutem Grund bin ich hier! Es geht uns schlecht bei den Russen, vielleicht lässt sich hier in Schweden etwas Besseres anfangen. Aber Ulf,", sagte sie, „was ist mit Magdalena und eurem Kind? Weißt du das überhaupt, dass sie Lucia von dir hat? Lucia ist jetzt neun Jahre alt. Magdalena und Lucia sind auch von Erfurt weggegangen, in den Westen, der Ort heißt Kürten in der Nähe von Köln."

„Sie ist doch geschickt worden, sie weiß so viel.", dachte Ulf völlig nervös, ihm wurde ganz flau, das kannte er gar nicht an sich.

Er fasste sich wieder und sagte bedauernd: „Leider habe ich erst kürzlich etwas von meinem Kind gehört. Es tut mir unsäglich leid. Ich musste mich während des ganzen Krieges verstecken. Ich hatte angefangen mit einer journalistischen Tätigkeit. Das war zu gefährlich geworden. Ich heiße übrigens jetzt für alle hier Edvard Vilkinsson."

Marie musterte ihn prüfend. Er war noch genauso attraktiv wie zuvor. Vielleicht war er etwas magerer geworden, die schwarzen Augen ebenso unstet wie vor zehn Jahren vor der alten Madonna in der Kathedrale in Erfurt.

Sie fragte nur: „Willst du mir etwas davon erzählen, Edvard Vilkinsson, so heißt du doch?"

Der meinte nur: „Ja, so heiße ich jetzt und dir meine Geschichte erzählen, lieber nicht, zu kompliziert und zu gefährlich. Ich will dich da nicht hineinziehen, erzähl mir lieber was von deinem Mann und deinen Kindern und bei wem du jetzt wohnst".

Als Marie ihm berichtete, dass sie bei Birgitta und ihrem Freund wohnte, entspannte er sich etwas, doch als er dessen Namen Göran Lundgren hörte, war im plötzlich klar, alles musste von langer Hand geplant gewesen sein. Dass er bei der Kunstausstellung der Västkusten Gruppe in Göteborg beide, den Architekten und besonders seine auffällige Ehefrau, getroffen hatte, war seiner Meinung nach eindeutig eine Falle gewesen.

Dass der Brief aus Deutschland ihn nach Stockholm in das Kollektivhaus getrieben hatte, war ebenfalls kein Zufall.

Es war alles darauf angelegt gewesen, die Abrechnung mit ihm vorzubereiten, mit ihm, dem Kameradenschwein, hieß das bei ihnen, und das meinten sie sicher ernst.

Ebenso, wie die Tatsache, dass er jetzt die Stelle in Uppsala im wissenschaftlichen Fotolabor erhalten hatte und seine neue Hilfsfotolaborantin aus Deutschland ausgerechnet Marie Riedel geborene Haubitzer mit ihren Kenntnissen der magischen Sprüche leibhaftig vor ihm saß, von der er einmal dachte, sie wäre eine von seiner Sippe, eine Severius, war aus seiner aktuellen Sicht nur folgerichtig und sprach für die geniale Bosheit seiner Verfolger, ihn auf seinem eigenen Feld, der dunklen Magie, zu erledigen. Das konnte nur das Schlimmste für ihn bedeuten.

Er hatte seine Aufklärungskamera ausgegraben und an die Firma Hasselblad verkauft und die geforderte Summe auf das Konto seiner ehemaligen Kameraden überwiesen, sodass Magdalena Muthesius mit seiner Tochter Lucia aus der russisch besetzten Zone ausreisen konnte. Aber wie das bei Erpressungen häufig ist, hier wurde sicher gerade die zweite Runde gestartet.

Ulf war jetzt überzeugt, der Architekt führte ganz geplant ein Doppelleben, das mit Birgitta und dem Kind musste etwas zu bedeuten haben und welche Rolle spielte seine Ehefrau, die schrille Balletteuse? Und nun auch noch der notleidende Besuch aus Deutschland mit zwei kleinen Kindern, die nicht genug zu essen bekommen hatten. Anscheinend alles ganz harmlos! Ulf glaubte kein Wort mehr und ihm war klar, seine ehemaligen Kameraden wollten bald endgültig mit ihm abrechnen.

Also musste er rasch handeln und Marie loswerden, bevor sie ihn ausspionieren und ihm dadurch effektiv schaden konnte.

Er besuchte den Architekten, dankte ihm nochmals für die Vermittlung auf die Stelle als Laborleiter und schlug vor, jetzt im Frühsommer, an einem der langen hellen Tage, Fotos anzufertigen, insbesondere von ihm, dem Architekten in seiner gerade neubezogenen

Junggesellenwohnung in Uppsala. Er lobte die moderne Einrichtung im Stil des Funktionalismus, mit Ausnahme des alten Flügels mit den Noten. Er wollte auch Bilder von Birgitta und ihrem gemeinsamen Kind Ilona sowie von Marie und ihren Kindern aufnehmen.

So lud der Architekt zu sich in seine helle Dachwohnung ein, jeder sollte an Essen und Trinken mitbringen, was er leisten konnte.

Welch ein Glück war es für Marie, dass das Hausmeisterehepaar so entzückt von ihren kleinen Kindern war. Einige Tage vor der Einladung hatte Frau Andersson bei ihr geklingelt, und sie wurde freundlich hereingebeten. Da sah Frau Andersson, dass auf den Tellern der Kinder nur ein paar Kartoffeln und ein Knäckebrot mit Preiselbeermarmelade lagen und in den Bechern Leitungswasser war. Das machte sie ganz aufgeregt, dass das Kindernahrung sein sollte. Marie zuckte mit den Achseln, sie hatte nichts anderes und war aus Gera Schlechteres gewohnt. Meist hatten sie sich dort mit Molkebrei ernährt, der aus angekohlten Weizenkörnern, die aus einer brennenden Mühle geborgen worden waren, und eben nur mit Molke gekocht.

Es dauerte nicht lange, da kamen die Hausmeistersleute wieder und trugen einen großen Wäschekorb, vollgepackt mit Lebensmitteln, herein. Marie schlug vor Rührung die Hände zusammen und konnte das gar nicht glauben. Auf einmal hatten sie reichlich zu essen, Sachen, die sie seit dem Krieg und in der Nachkriegszeit acht Jahre lang nicht mehr gesehen hatte.

So konnte sie getrost zum fröhlichen Beisammensein mit Fotositzung zum Architekten gehen und alle zum

Mitessen einladen, um sich damit etwas für die bisherige Unterstützung zu revanchieren.

Das Treffen sollte schon um 11:00 Uhr morgens an einem Sonntag beginnen, damit Ilona, die Kleinste, noch munter wäre.

Mit einem Glas von Oma Friedas Obstschnaps, Maries Geschenk an Birgitta, stießen sie auf die Zukunft an.

Nach einiger Zeit sollte mit dem Fotografieren der Kinder begonnen werden. Das war bei der kleinen Ilona kein Problem, sie wurde als fröhlicher gesunder Säugling auf den Armen von allen Erwachsenen immer wieder abgelichtet. Ulf musste schon den zweiten Film einlegen.

Dann waren die beiden Kinder von Marie dran, das stellte sich als wesentlich schwieriger heraus. Diese hatten sich den Platz unterm Klavierflügel ausgesucht, ihre Bärenhöhle, die wollten sie nicht verlassen, dort hatten sie kleine Vorräte von Knäckebrot und Rosinen gehortet. Kaum war die Kamera auf sie gerichtet, ergriffen sie schon die Flucht, denn sie waren die kleinen Bären, die jetzt von den großen, grauen, bösen Wölfen entdeckt worden waren und die sich schleunigst retten mussten, weil diese riesigen hungrigen Biester die süßen, kleinen, lieben Bären wohlmöglich beißen und deren Vorräte fressen wollten.

Als dieses Spiel diplomatisch, aber mühsam von den Erwachsenen beendet worden war, wollte Summsel sich überhaupt nicht mehr fotografieren lassen und lief weg und machte die Windel voll. Diese musste also sofort gewechselt werden. Gleichzeitig wollte Bürschlein laut Klavierspielen und hämmerte auf den Tasten und den Nerven der Gesellschaft herum. Es war schwierig geworden, vielleicht dauerte auch die Sonntagsparty schon zu lange. Ulfs Plan schien gefährdet.

Als letzten Versuch nahm er eine Tüte voller Frühkirschen aus seinem Korb, öffnete sie und leerte einen Teil des Inhaltes zwischen die Beine des Flügels auf den Boden, sodass die freien Kirschen herum rollten, bis auf die, die von den Stielen zu zweit aneinandergehalten wurden. Die geöffnete Tüte stellte er dazwischen hin. Plötzlich saßen beide Kinder zufrieden neben den Kirschen, stopften sich rasch und effektiv das leckere Kernobst in die Münder, spuckten die Kerne in die Hand und schauten ruhig den Fotografen an, der nun endlich zu seinen geplanten Aufnahmen kam. Das Fest endete fröhlich.

Einige Nächte später war Marie wieder im Labor. Da erschien Ulf mit dem Film der Kinder. Er bat Marie in sein kleines Büro und bot ihr Kaffee an, fragte sie, wie es ihr in Schweden gefiele und was sie bisher erlebt habe. Als sie die schreckliche Geschichte vom knappen Tod ihrer kleinen Tochter durch Ertrinken in der Fyriså erzählte, fing sie bitterlich an zu weinen in der Erinnerung daran. Ulf reichte ihr ein vorbereitetes Taschentuch, das sie mit ihren Tränen völlig durchnässte. Er nahm es wieder an sich und wickelte es in das Wachspapier von einer Filmverpackung. Marie beachte das nicht. Sie war in Gedanken bei ihren Kindern und der ungewissen Zukunft. Nun lenkte er das Gespräch auf Maries aktuelle Arbeit, die sie offensichtlich sehr schätzte, sprach die unbelichteten Filme der Kinderaufnahmen vom Sonntag an und machte den Vorschlag, dass sie sich gemeinsam an die Arbeit machten und Marie die schönsten Bilder nach der Entwicklung aussuchen könne. Sie ging also beide in das kleine Labor und entwickelten die Kinderfilme. Marie war von jedem Bild völlig begeistert und wählte dann aber die Aufnahme aus, auf der ihre kleine Tochter aufblickt und gerade einen Kern in ihrem Mund sucht und ihr Sohn in sich gekehrt mit aufgeblähten Backen, den Mund voller Kirschen hat. Die Tüte ist halb voll und noch jede Menge Kirschen liegen auf dem Boden.

Dieses Bild bekam sie mit Passepartout und einem schweren Rahmen einige Tage später feierlich von Ulf überreicht. „Zur Erinnerung", sagte er, „deine Kinder sind wirklich süß!"

Was sie nicht ahnen konnte war, dass er eine Bleitafel hinter die Fotografie gelegt hatte. Die hatte er mit Maries tränenfeuchten Taschentuch benetzt und auf ihr stand in deutscher Sprache:

„Marie Riedel, geborene Haubitzer,
nie soll ihr etwas am Ende gelingen
immer soll sie verwirrt werden,
wenn der Erfolg in der Nähe ist,
sie soll die besten Gefühle für die Menschen haben,
aber die Menschen sollen es ihr nicht danken.
Unvollendet soll bleiben, was sie beginnt.
Dazu helfen Isis, Große Mutter und Attis, der Entmannte."

Als Marie das Geschenk in ihre Hände nahm, hatte sie einen Augenblick das Gefühl, auf der Stelle ohnmächtig zu werden, das verging aber wieder.

Nachdem sie es in der kleinen Wohnung in der Schule Magdeburg aufgehängt hatte, wurden ihre Kinder kränklich und wollten nicht mehr alleine bleiben und weinten jede Nacht. Das erfuhr sie von den Anderssons. Sie konnte im Fotolabor nicht mehr weiterarbeiten. Nach einigen Flüchtigkeitsfehlern dort wurde ihr empfohlen, die Stelle aufzugeben.

Plötzlich vergaß sie fast alles Schwedisch, das sie bis dahin gelernt hatte. Bürschlein konnte inzwischen schwedische Vokabeln, die einem vierjährigen Kind entsprachen und die korrekte Syntax. Bei der freundlichen Ebba Andersson, der Schwester des Hausmeisters Andersson und Verkäuferin im Fischgeschäft kamen sie regelmäßig vorbei. Die schenkte ihnen zu dem wenigen, was sie von dem verdienten Geld im Fotolabor kauften, immer eine ganze Menge Fisch dazu. Als Marie gefragt wurde, was sie haben wolle, fehlten ihr plötzlich die schwedischen Wörter.

Da sagte Bürschlein vorlaut: „Mamma förstår inte, jag ska förklara! Mama versteht nicht, ich kann's sagen!" Und er erklärte, was sie haben wollten und bedankte sich artig für die Zugabe.

Einmal oder zweimal ließ sich Marie vom Architekten in seine Wohnung einladen und blieb lange. Danach gab es Krach mit Birgitta.

Ebba Andersson hatte mit ihrer Schwester Anna Hedberg, geborene Andersson, Kontakt aufgenommen. Eines Tages standen Anna und Edwin Hedberg vor der Mädchenschule Magdeburg und holten Marie und ihre beiden Kinder zu sich nach Ista in ihr Haus.

Edwin war Sägereibesitzer und wohnte auf einem Felsenhügel mit einer Windmühle. Sein Haus war rot gestrichen mit weißen Holzsäulen davor, zu dem eine kiesbestreute Auffahrt führte. Er besass eine vornehme Hotchkiss-Limousine. Es war das Anwesen, in dem vor undenklichen Zeiten der nordische Gott Odin mit seinem Begleiter

Loki, dem Sohn der Riesin, im Nachbarort Märsta Pferde gekauft haben sollte und bei dem Bauern von Ista übernachtete, genau dort wohnte Edwin.

Bei ihrer Ankunft entdeckten die Kinder direkt neben dem Eingang links auf dem Rasen vor den Staudenrabatten ein Spielhaus. Bürschlein, Summsel und Barbro, die Tochter der Gastgeber, spielten mit dem Bollerwagen und ließen sich von Marie zum Spielhaus ziehen. Sie pflückten Gras und suchten Pflaumen, zum Essen wurden sie ins Haus gebeten. Da gab es sogar Waffeln und Eis.

Vom obersten Stockwerk der Windmühle konnten die Kinder, wenn sie von Edwin ans Fenster gehoben wurden, den nächsten Hügel mit Felsen und der Kirche Odensala sehen. Dort hatte Odin nach seinem Besuch bei Edwins Vorfahren seinen Odinsaal bauen lassen.

Bürschlein schubste bei Gelegenheit die Tochter von Edwin, die kleine Barbro, in die Brennnesseln. Als die beiden, elf Jahre später, ein Liebespaar wurden, hatte sie das immer noch nicht vergessen.

Ihre Mutter Anna sammelte bei ihren Freunden getragene, abgelegte Kleider und Edwin kaufte Marie und ihren Kindern je ein neues Paar Schuhe, nachdem die alten vollständig durchgelaufen waren.

Als Marie nach Karlsruhe schrieb, dass eine dauerhafte Zukunft für die Familie in Schweden nicht mehr zu erwarten sei, schickte Harry seine geliebte Briefmarkensammlung nach Uppsala, Magdeburg, Schulstraße 10. Edwin übernahm sie und kaufte dafür im Herbst 1948 die Fahrkarten zurück nach Deutschland. Als sie in der Mädchenschule Magdeburg begann, ihre dort gelagerten Sachen zu packen, hatte sie Schwierigkeiten mit der Fülle der Dinge, die sie so freundlich und fürsorglich geschenkt bekommen hatten. Vieles musste zunächst zurückbleiben. Auch das Bild von Ulf wurde nicht sofort mitgenommen, sondern in einer Reisekiste verstaut und diese dann vernagelt.

So hatte Marie noch einige Zeit Ruhe vor dem Fluch. Trotz ihrer Erfolglosigkeit, in Schweden eine neue Existenz aufzubauen, kehrte sie dankbar mit ihren Kindern nach Deutschland zurück.

Als Erstes eilte sie zu Harry, Bürschlein nahm sie mit, Summsel blieb bei ihrer Schwiegermutter. Marie genoss die Zeit mit ihrem Mann an seinem Studienort in Karlsruhe.

Dann wurde der Sohn schulpflichtig und Marie kehrte mit ihm nach Gera zurück. Erst jetzt begannen die richtig schweren Zeiten.

Als sie die nachgeschickte Holzkiste auspackte und das Bild mit den unterm Flügel Kirschen essenden Kindern an die Wand hängen wollte, fiel ihr auf, wie schwer es war. Sie führte das Gewicht auf den edlen Nussbaumrahmen zurück.

Ein Gefühl verpasster Gelegenheiten, sehr vieler ungenutzter Gelegenheiten, beschlich sie, während sie das Bild austarierte. Das machte sie wütend. Was sie alles hatte vorbeigehen lassen, konnte sie nicht richtig definieren, vor sich selbst aber war es ihr klar, dass ihr eigenes Leben bisher nicht das gebracht hatte, was sie glaubte, rechtmäßig beanspruchen zu müssen.

In der Folge der vielen kommenden Jahre, wurde sie daher nie richtig glücklich.

Sie gebar ein drittes Kind, genannt das Feechen, ein anfänglich gesundes Neugeborenes, das plötzlich sehr schwer krank wurde und notgetauft werden musste. Mühsam wurde es aufgepäppelt, so dass der Säugling beim endgültigen Abschied von Gera, (inzwischen nicht mehr Zone, sondern neu gegründete DDR), dem Umzug zu Harrys erstem Arbeitsplatz in Singen am Bodensee, bei der Großmutter Frieda blieb. Die war noch zu Kaisers Zeiten zur Kinderkrankenschwester ausgebildet worden, sie wusste ein kränkelndes Kind zu versorgen.

In Singen, einer Stadt, in der die Produktion von Tütensuppen, Gußeisenverbindungen und Aluminiumfolien, nicht gerade unter umweltfreundlichen Bedingungen, die Hauptarbeitgeber der arbeitenden Bevölkerung waren, wurde Marie nie heimisch.

Alle Arbeitsangebote, die ihr aufgrund ihrer Erfahrungen in der Zeit des deutschen Wiederaufbaus Aufstiegschancen geboten hätten, schlug sie aus. Sie war nicht bereit, Verkäuferin in einem Porzellanladen zu werden, obwohl sie in dem Metier durch ihr Herkommen aus einem Porzellangeschäft doch bestens vorgebildet war. Auch hatte sie die Kenntnis von Qualität und Wert der Ware quasi mit der Muttermilch aufgesogen. Hinzu kam, dass die Nachfrage nach allen Dingen des täglichen Lebens zu der Zeit enorm war durch die Kriegsverluste und die vielen Familien, die aus dem Osten geflohen waren und sich neu einrichten mussten.

Es wurde ihr von einem der Familie zugetanen Apotheker angeboten - seine Apotheke lag nur ein paar Schritte von ihrer Wohnung entfernt -, nach kurzer Einarbeitung in dieser Zeit des Übergangs im Westen Deutschlands, den offiziellen Status einer Apothekenhelferin zu erlangen. Mit dieser Qualifikation hätte sie zeitweise den Apotheker vertreten oder eine kleine Filiale leiten können. Bei Bedarf hätte sie sogar schnell nach Hause eilen können, um nach ihren Kindern zu schauen. Trotzdem lehnte sie ab.

Das Bemalen von naiven Keramikfiguren war eine weitere Option, z.B. Kindern mit kleinen Schnauzerhunden, Kinder unterm Regenschirm mit einer Blume, Kinder mit Katzen, Katzen mit Katzen, Schnauzer mit Schnauzern. Mit Blumen fing sie an, ließ sich aber nach wenigen Stunden von Harry wieder abholen, weil das ein Manufakturbetrieb war, wo alle Arbeiterinnen eng nebeneinandersaßen, die Pinsel in Farbe eintauchten und streng standardisierte Striche auf die gebrannten Nippes-Figuren auszuführen hatten. Die Enge, die Banalität, die einfachen Arbeiterinnen und deren Geruch, all das hielt Marie nicht aus. Sie brach in Tränen aus und meinte, sie sei doch etwas Besseres.

Dieses vorausgesetzte Bessere in ihr hatte sie so unglücklich werden lassen. Sie hatte es nie darauf ankommen lassen, dass dieses Bessere sich entwickeln konnte, um es sich selbst und ihrer Umgebung in einer Bewährungssituation zu beweisen und die geerbten Fähigkeiten und eigene Anstrengung einzusetzen, um nachher befriedigt und stolz auf das schließlich Erreichte sein zu können.

Sie gab Summsel Harrys Orden in der Samtschatulle mit auf den Spielplatz zum Spielen, die danach dauerhaft verschwunden waren. Das machte Harry natürlich zutiefst betroffen. Erneut durchlebte er in der Erinnerung noch einmal all die unsäglichen Torturen und die nur knapp überstandenen Gefahren des Krieges.

Als Bürschlein und Summsel elf und neun Jahre alt waren, unternahm Marie einen Selbstmordversuch. Das verunsicherte die beiden Kinder zutiefst. Es fehlte ihnen plötzlich der ruhende Pol in ihrer Welt, es dauerte lange, bis sie wieder Vertrauen fassen konnten.

Allerdings wusste Marie wunderbare Kindergeburtstagsfeste zu organisieren mit Lampen, Kerzen, einfallsreichen Spielen, Schatten- oder Kasperletheater, mit Laternenumzügen oder eine Eisenbahn bauen mit aneinandergekoppelten Bollerwägelchen. Ihre kulinarische Spezialität zu diesen Ereignissen waren schwedische Fleischklößchen mit einfachem Kartoffelsalat. Würstchen verabscheute sie. Alle freuten sich jedes Mal auf so ein Fest.

Allerdings kurz bevor die geladenen Kinder eintrafen, konnte es passieren, dass sie wegen einer Lappalie einen Wutanfall bekam, sich ins Bett schmiss und irgendwann später, unvermittelt wieder auftauchte, sich mit Sonnenbrille und tränenverquollen Augen und wirrem Haar stumm auf das Sofa setzte und die Stimmung verdarb.

Als Summsel von einem Unhold überfallen wurde und sich nur knapp retten konnte, brachte sie kein Wort des Trostes für ihre verzweifelte Tochter heraus.

Strahlender Beginn und subsequenter Misserfolg galten auch für die tollen Partys, die sie den Freunden von Bürschlein vorzubereiten versprach und auch ausrichtete, mit Besenpferderennen, Topfschlagen, Fastnachtsmaskerade und zu einer späteren Zeit schließlich Hausmusik mit Jazz. Es gab Bier, Zigaretten und Kartoffelsalat mit schwedischen Fleischklößen und alles Weitere, was inzwischen wichtig geworden war, auch ein bisschen Schnaps und versuchtes Petting der Gäste.

Jedoch, kurz bevor die Party begann, regte sie sich furchtbar auf über ihr Leben und überhaupt alles. Einmal, es war im November bei Nebel stürmte sie nur leicht bekleidet aus dem Haus. Man musste sie stundenlang suchen und befürchtete das Schlimmste. Bei der Gelegenheit hatte sie ihren Ehering in den nahen Fluss, die Aach, geschmissen. Wenige Tage später kaufte sie sich einen neuen breiten geschmacklosen Goldring als Ersatz.

Sie bekam noch ein viertes Kind, eine Tochter, die sie nach dem Kind von Edwin und Anna nannte, Barbro. Als Nachzüglerin hatte es dieses kleine Mädchen nicht leicht mit ihren viel älteren Geschwistern. Aber wie das so ist, sie wuchs trotzdem heran, blieb gesund, lernte, sich zu behaupten, und, nachdem sie sich später von ihrer Mutter getrennt hatte, lebte ihr Leben.

Was Marie nicht konnte war, ein Argument nur anzudeuten und so Raum für andere Gesprächsteilnehmer zuzulassen und dadurch ein anregendes, geselliges Gespräch mit offenem Ausgang zu ermöglichen. Sie wäre beliebt geworden. Diesen Mechanismus des fruchtbaren Dialoges beherrschte Marie nicht, vielleicht nicht mehr.

Ihre erstaunliche Gabe, in alle Richtungen Entwicklungen und auch komplizierte Vorgänge zu voraus zu ahnen und die resultierenden vielen Folgerungen auszuloten, konnte sie nicht richtig nutzen. Dieser Zwang zur Antizipation verlor sich viel zu häufig in katastrophisierenden Szenarios, in deren Labyrinthen sie sich in ihrer negativen Welt bestätigt fühlte

Oft saß sie morös brütend auf der linken Seite des Sofas, schaute in die Ferne, drehte mit den Fingern in ihren Haaren und sagte immer wieder zu sich:"Nschkandahl".

Unberechenbar opferte sie für einen starken emotionalen Auftritt vor einem Publikum das Grundvertrauen ihrer

Kinder und der wenigen Freunde, die ihr dann später fehlten. Ihre Kinder hielten es einfach nicht für möglich, dass sie von ihr verraten und nicht verstanden wurden, und schlichen immer wieder zu ihr hin, um begeistert empfangen, bewirtet, angehört und vermeintlich verstanden zu werden.

So öffneten sie sich ihr ein weiteres Mal, legten ihrer Mutter ihre aktuellen Gedanken, ihre Erwartungen, Befürchtungen und ihre Meinung über andere Menschen offen dar. Doch nachdem sie all dies in Erfahrung gebracht hatte, nutzte Marie ihr Wissen skrupellos, um die fassungslos daneben stehenden Kinder vor Zeugen zu blamieren und zu demütigen.

Dabei hätte sie zum Beispiel auch diese einzigartige Begabung der Intuition und Arbeit an den verborgenen Gedanken anderer Menschen für die aufkommende esoterische homöopathische Medizin gut nutzen können. Die Entwicklung der Heilungserwartung der Bevölkerung war durchaus noch von der Schulmedizin geprägt, aber die alte Sehnsucht nach der Magie in den Stoffen, die von kundiger Hand gemischt wurden, lebte wieder auf. Der wirtschaftliche Erfolg einer Apotheke diesbezüglich hing zu einem nicht geringen Teil von der Überzeugungskraft der Herrscherin der Kräuter ab. Das wäre ein Feld erfolgreicher Betätigung für sie mit ihrem Charisma gewesen. Aber sie lehnte ja eine Beschäftigung in der Apotheke in der Nähe ab.

Maries immer häufigere Wutanfälle trieben sie zu Tranquilizern und Rotwein. Sie stumpfte ab.

Sie hatte dazwischen durchaus klare Phasen.

Sie schrieb dann wunderbare Briefe mit ausdrucksvollen Illustrationen, während die Wirkung der stimmungsverändernden Substanzen abklang. Im Lauf der Jahre malte sie immer besser und hatte einen sicheren, wenn auch etwas kitschigen Geschmack bei der Neueinrichtung des Hauses, nachdem die Kinder aus dem Haus waren, sodass jeder Gast, der bei ihr zu Hause war, sich wohl fühlte.

Neuen Menschen gegenüber war sie absolut reizend. Alle waren sofort von ihrem Charme begeistert.

Aber ihre Telefonate mit ihren Blutsverwandten endeten regelmäßig damit, dass sowohl sie als auch ihre Gesprächspartner am Ende beleidigt den Hörer auflegten.

Sie selbst hielt ihre Kinder für undankbar. Dieses völlig normale Balancespiel zwischen absoluter Loyalität, Neutralität und unsolidarischem Verhalten, Kooperation und Frechheit, harmonischem Gleichklang und ärgerlicher Destruktivität, kurz alles das, was Kinder und später besonders Jugendliche ausmacht, konnte sie weder verstehen und noch ertragen.

So kam es immer mal wieder vor, dass sie einzelne ihrer Kinder, jedes von ihnen nicht nur einmal, verbal, selten schriftlich, pathetisch verstieß. Das tat sie leider auch ganz unmissverständlich: „Du bist nicht mehr mein Sohn! Du lachst und spottest über mich!" Oder: „Verlasse mein Haus, ich habe keine Tochter mehr, du verkommenes Stück!"

Der regelmäßig danach geschriebene versöhnliche Brief, der ihre freundlichen, ehrlichen liebevollen Gefühle durchaus glaubhaft ausdrückte, angenehme Begebenheiten aus der Vergangenheit in Erinnerung brachte und die Bindung von ihr an den Adressaten sichern und verstärken sollte, verfehlte durch die vorherige tiefe Verletzung leider seinen Zweck. Viele Briefe wurden daher von ihren Kindern nicht mehr gelesen, manche erst nach Jahrzehnten aufgemacht und sehr spät, vielleicht zu spät, mit Abstand und Respekt, ja, mit einer wieder aufkeimenden Liebe zur Mutter zur Kenntnis genommen.

Der Spuk endete an ihrem 77. Geburtstag. Sie war dabei, zu dieser Gelegenheit allen ihren Kindern ein persönliches Fotoalbum zusammenzustellen. Um Kopien beim Fotografen machen zu lassen, mussten die Originale aus den Rahmen herausgenommen werden. Dabei war auch das Bild vom Kirschenessen unterm Klavierflügel in Uppsala. Als sie den Rahmen öffnete, fiel die dünne Bleiplatte heraus. Sie erkannte, um was es sich handelte, entzifferte den Text und wusste sofort, was zu tun war. Sie holte das Besteck fürs Silvester-Bleigießen hervor, zündete den Spiritusbrenner an, schmolz das zusammengerollte Bleiblech in dem breiten Blechlöffel zu blanker Flüssigkeit, die sie dann in das kalte Wasser schleuderte mit den Worten: „Es sei vorbei!"

Ab da übernahm sie gerne mal das Autofahren, hielt Vorträge über Hildegard von Bingen, bemalte Porzellan-Teller und -Tassen, freute sich an der Natur oder ging in die nahe Universitätsbibliothek und recherchierte über die Philosophie des Mittelalters. Sie schaffte es sogar, trotz wiederkehrender Rückschläge, sich mit vielen, ehemals vertrauten Menschen wieder zu vertragen. Ihr blieben noch fünf Jahre.

An ihrem Grab durfte die aufrechte Frau ihres Sohnes Bürschlein nicht mittrauern. Diese alte Verfügung hatte sie vergessen, rückgängig zu machen. Daraufhin nahm auch er nicht an der Beerdigung teil. Das war kein guter Abschied.

VIII.             Walküre

VIII.1           Abflug

Jean-Pierre Magnusson zog vorsichtig die Tür ins
Schloss und drehte den Schlüssel um. Als er das satte Geräusch hörte, mit dem der Riegel einschnappte, hob er die
Oberlippe an, sodass seine oberen Schneidezähne frei lagen. Er kräuselte die Nase und sagte dabei etwas angeekelt,
aber erleichtert: „Usch, geschafft!"

Er steckte den Schlüssel ein. Er hielt noch eine Plastik-
tüte in der Hand mit dem Kehricht aller Zimmer, einer Ba-
nanenschale vom Frühstück und dem Teebeutel, die Reste
seines zwölfjährigen Aufenthaltes im Kollektivhaus, vier-
ter Stock rechts in der John- Ericsson- Straße in Stockholm.

Unten wartete das Taxi zum Flughafen. Kurz vor Verlassen des Hauses warf er den Schlüssel und einen Briefumschlag mit 100 Kronen und der Notiz ‚Dank für deine
Freundlichkeit' in das Fach des Hausmeisters.

Im Flur vor der Haustür standen schon seine Reisetasche, die Gitarre im Futteral mit den Noten und Texten, der
Klarinettenkasten und der Wochenendkoffer. Er drehte
sich noch einmal um und blickte auf den Aufzug, die abge-
nutzte Treppe daneben und auf den Fußboden aus gelben
Kacheln, die zum größten Teil schon gesprungen waren. Er
dachte einen Moment an die vielen Male, die er darauf gegangen war, auch an den Kinderwagen, den er so oft darüber geschoben hatte.

Dann nickte er in Richtung des Taxifahrers am Steuer,
verstaute das Gepäck im Kofferraum und sagte: „Hej då, es
geht los. Bitte zum Arlanda Flughafen."

Es war Mittwoch, der 22.12.1982, 13:50 Uhr.

Sie hatten noch Zeit. Er bat den Taxifahrer am Stadthaus vorbeizufahren. Vom nördlichen Mälarstrand schaute er aufs Wasser. Die Anlegestellen mit den Restaurants für die vielen Flaniergäste und die Crews der Boote im Sommer waren winterlich verpackt. Eilige Läufer überholten Spaziergänger mit Hunden, die im Schneematsch schnüffelten, darüber das Geschrei der Möwen, die dem Müllwagen folgten. Um das Stadthaus herum standen Weihnachtsbäume mit brennenden Lichtern im grauen Wintertag. Die Altstadt mit dem Schloss auf der anderen Seite des Mälarsees war kaum zu erkennen.

Der Taxifahrer fragte mit finnischem Akzent: „Jaså, zum Julklapp nach Hause? Ist Weihnachten!".

Jean-Pierre zuckte mit den Achseln. Ihm war danach, zu sagen wie es ist. Eine Notiz, dass er und Agneta sich trennen würden, war in der Klatschkolumne des Aftonbladets schon vor einiger Zeit veröffentlicht worden. Es hieß da unter kurzen Infos, der Barde und Lyriker Jean-Pierre habe sich von der Künstlerin und Pädagogin Agneta Nilsson getrennt. Sie wollten wegen des Kindes Veronika Freunde bleiben. Mehr nicht.

„Naja, kann man nicht so sagen, eher Trennung und Auszug und zurück zur Mama.", knurrte er.

„Tut weh das, - was heute, schon besser?" Der Taxifahrer musste bei Rot halten und schaute kurz nach rechts zu Jean-Pierre hin. Er hatte freundliche Augen und schien wirklich interessiert.

Jean-Pierre drehte den Kopf weg, dann schaut er wieder geradeaus, es ging wieder weiter.

„Eigentlich noch nicht besser, nicht richtig besser." sagte er.

Der Taxifahrer nickte.

Als sie auf die große Zufahrtsstraße zum Flugplatz Arlanda einbogen, schaute sich Jean-Pierre den entspannt fahrenden Taxifahrer an und fragte: „Glaubst du an das Leben nach dem Tod?"

Der Taxifahrer antwortete ruhig: „Nein, tot ist tot ist tot, da kommt nichts mehr. Gute Idee, für Geld versprechen, dass man ewig kann leben, man soll nur zahlen an Religion, an Organisation. Das ist nicht gut. Besser hier vorsichtig leben, zufrieden werden, Freund sein mit Menschen, Liebe machen und Bier trinken nicht vergessen." Er lächelte und gab Gas.

„Und bei großen Enttäuschungen? Wenn man glaubt, es ist nur zu ertragen, wenn man nicht mehr hier lebt?" fragte jetzt Jean-Pierre.

Der Taxifahrer blickte ihn kurz von der Seite an, dann achtete er wieder auf die Fahrbahn: „Schlussmachen lohnt sich nicht. Besser erst einmal weitermachen, was geht. Gibt viel neue Chancen. Neuer Job vielleicht, neue Leute. Kann ich empfehlen! Schmerz wird besser mit neuen Sachen." Er unterbrach sich und bremste hart. „Saatana! Jävlar! Ist lebensmüde, dieser Kerl mit schnellem Alfa Romeo, bei dieser Geschwindigkeit knapp überholen und dann rechts raus bei der Ausfahrt! Sollst du nicht nachmachen!"

„Jaja, ich hab verstanden, ich fahr jetzt zur Weihnachtsgala an die Westküste, ich mach` da erstmal Musik und bin nicht allein, bis dahin muss ich schon noch funktionieren".

Der Taxifahrer blickte weiter geradeaus: „Gut, ist also mir versprochen weiterzuleben. Musik ist stark. Ich hab mir das schon gedacht, du bist Jean-Pierre. Der mit dem

Lied von Alma und ihr Absturz mit Fallschirm. Gefällt mir gut, Geschichten erzählen mit Musik. Traurige Ballade. Ich hab eine CD von dir. Wir sind da. Meine Karte, hier, falls mal nötig, später hier."

Jean-Pierre war plötzlich gehemmt und sagte linkisch: „Freut mich aufrichtig, dass dir meine Arbeit gefällt." und bereute sofort, dass er einen solch blöden Satz an diesen freundlichen Taxifahrer und praktizierenden Philosophen herangetextet hatte.

Aber der nickte nur und half ihm, das Gepäck herauszuheben. Er winkte kurz und fuhr.

Es schneite jetzt viel stärker mit immer dickeren Flocken.

Als sein Flug aufgerufen wurde, führte eine Flughafenbedienstete im Ölzeug ihn mit den anderen Fluggästen über das Rollfeld zum Flugzeug nach Malmö. Vorne am Cockpit oszillierten eilig die Scheibenwischer. Die Positionsleuchten blinkten schon gelb und weiß.

Die Frau vom Flughafen rief der kleinen Gruppe zu, sie sollten sich beeilen, sonst kämen sie nicht mehr hier heraus, das Schneetreiben würde zunehmen, das hätte der Wetterdienst eben bekannt gegeben.

Er macht es sich in der de Havilland auf seinem Sitz bequem, dabei bemerkte er, dass er und die zehn Fluggäste das Flugzeug nur zur Hälfte besetzten. Der Platz neben ihm war leer. Gleich nach dem Start der lauten Turboprop-Triebwerke stand der Copilot auf, nahm sich einen großen Korb und warf daraus den Passagieren je ein Lunchpaket in den Schoß. Dann kam er mit der Thermoskanne und goss den heißen Kaffee in einen doppelten Pappbecher ein.

Als Jean-Pierre den heißen Kaffeegeruch einsog, musste er an das letzte Zusammensein mit seiner bis dahin intakt geglaubten Drei-Personen-Familie denken. Veronika war inzwischen 14 Jahre alt, Agneta hatte sie mit in die Beziehung gebracht, Veronika war damals ein Kleinkind von zwei Jahren und ganz süß und pummelig, er hatte sie sofort in sein Herz geschlossen, obwohl er nicht der Vater war. Und da sagt die herangewachsene Vierzehnjährige zu ihm: "Weißt du, Jay P," sie nannte Jean-Pierre immer so, aber jetzt mit einem Anflug der überheblichen Lebenskenntnis der Jugendlichen gegenüber nachgewiesen lebensuntüchtigen Erwachsenen: „Mama muss jetzt ihr eigenes Leben führen, du bist uns da im Weg. Mach dir einfach nichts daraus, wir können uns sicher später ab und zu einmal sehen, wenn wir uns neu eingerichtet haben." Und Agneta saß dabei, sie lächelte zuerst ihr Kind ruhig an und betrachtete ihn dann wie einen Essensrest aus dem Kühlschrank. Aber dann kam der Teenager doch um den Tisch herum und umarmte Jean-Pierre kurz und kräftig und murmelte dabei: „Du siehst so traurig aus, lieber Jay P."

Er bekam immer noch einen Kloß im Hals, wenn er an dieses letzte Mal am Frühstückstisch dachte. Natürlich war da ein neuer Mann. Aber vielleicht war, von ihm unbemerkt, die Beziehung jetzt nach zwölf Jahren ohnehin aufgebraucht gewesen und er hatte es nicht bemerkt, schön blöd von ihm.

Als er den Sachverhalt, die persönliche Niederlage, später seinen Eltern am Telefon mit verhaltenem Schluchzen erzählte, waren diese relativ ruhig und hatten sich hauptsächlich für eine neue Wohnung für ihn engagiert und auch rasch gefunden. Sie schlugen daher vor, dass er zurückkehrte nach Malmö. Von dort aus könnte er ebenfalls als Künstler und Schriftsteller arbeiten. Soweit hatte er noch gar nicht gedacht, aber das war schon in Ordnung, dafür war er sogar widerwillig dankbar. Er hatte eigentlich lediglich die Sache mit einem Hauch von Preisgabe seiner Verletztheit mit seinen Eltern besprechen wollen, kurz, er wollte über sich selbst berichten.

Daraus wurde nichts. Sie hatten es einfach viel zu gleichmütig aufgenommen und nur praktische Regelungen zu dieser neuen Situation mit ihm abgesprochen. Es kam überhaupt nicht zu einem Gespräch über seine Gefühle.

Als er nochmals damit anfangen wollte, die Situation in seinem Herzen darzulegen, - er war ja nicht lebensmüde, aber er war aber so still und tieftraurig - und doch noch gehofft hatte, er könnte sich etwas öffnen, die Trauer abladen, getröstet werden, um danach wieder zu wagen, über angenehme Empfindungen, über Musik, Schönheit oder Morgenlicht oder nur über frische  Luft zu sprechen, ohne gleich die Fassung zu verlieren, sagten seine Eltern in Malmö, er müsse Verständnis haben, dass sie jetzt im Augenblick keine Zeit für lange Erwägungen hätten, sie müssten nämlich packen, weil sie für zwei Monate nach Teneriffa über die kalte Jahreszeit zögen. In ihrem Alter spürten sie die Knochen und sie hätten sich schon so lange darauf gefreut, kurz vor der Pensionierung von ihnen beiden als Lehrer, einen so langen Studienaufenthalt im Süden genehmigt zu bekommen. Sie hatten der Schulleitung versprochen, dass sie dafür bis zum Ende der normalen Dienstzeit ihren Verpflichtungen, Unterricht in Philosophie und schwedischer Sprache zu geben, nachkommen wollten.

Sie würden ihm auf dem Küchentisch den Schlüssel für seine neue Wohnung in einem Umschlag mit der neuen Adresse hinlegen. Die Wohnung sei nicht weit von ihnen entfernt. Den Schlüssel für ihre Wohnung habe er doch noch.

Genauso war es Jean-Pierre mit seinem Manager Karel Uggla gegangen. Der hörte sich das persönliche Fiasko seines Vertragskünstlers als erster Vertrauter an, unterbrach ihn recht früh und äußerte nur: „Jaså, mein lieber Freund Jean-Pierre Magnusson, shit happens.".

Dann kam er ohne Umschweife auf die aktuellen Buchungen für Jean-Pierres nächste öffentliche Auftritte zu sprechen. Er, Jean-Pierre, wolle doch nicht etwa eine kontemplative Trauerpause einlegen, gerade in der aktuellen Phase dieser guten Entwicklung seiner Präsenz im gehobenen Showgeschäft. Er solle nur an den kürzlich erhaltenen Evert-Taube-Balladenpreis denken.

Darüber hinaus legte Karel Uggla erheblichen Wert darauf, dass Jean-Pierre weiter als freier Mitarbeiter den Job beim schwedischen Radioprogramm P 2 und beim Svenska Dagbladet wahrnehmen und sich keineswegs durch diese gescheiterte Beziehungsgeschichte aus der Erfolgsbahn werfen lassen sollte, die er, nebenbei bemerkt - so sagte er mit direktem Blick in Jean-Pierres trübe Augen - auch ihm zu einem nicht unerheblichen Maße zu verdanken habe. Und wo sie schon mal dabei sein, wollte er, Karel Uggla als sein Manager, auch mal in die gemeinsame Zukunft blicken:

„Wie die alten Griechen und ich zu sagen pflegen: panta rhei, alles fließt immer weiter, so ist es wieder an der Zeit, eine typische Jean-Pierre-Reportage zu veröffentlichen, vielleicht über eine mythische Gestalt aus der schwedischen Vergangenheit, die wieder hip und lohnenswert wäre, aus ihrem Schattendasein heraus von uns der Öffentlichkeit nähergebracht zu werden, Nostalgie oder so.

Am besten wäre natürlich, wir würden einen Roman schreiben, einen neuen, in dem du deine Erfahrungen der letzten Jahre auf der Bühne mit einfließen lassen könntest, den unglücklichen Ausgang der Beziehung mit Agneta usw. miteingeschlossen, aber alles mit Maß und Ziel!

Ja, mein lieber Jean-Pierre", bekräftigte er nochmals, „ein neuer Roman muss her! Der letzte ist schon drei Jahre auf dem Markt, die Verkaufszahlen stagnieren ziemlich. Das schaffst du, Jean-Pierre! Du stehst in der Blüte deines Lebens! Und ich bin mit im Boot! Ich lass` dich nicht im Stich. Vielleicht was mit Liebe und Kriminalität, eine poetische Kriminalgeschichte, das passt zu dir, vielleicht auch was zwischen zwei Frauen, du kennst dich doch aus mit Frauen." Dabei lehnte sich Uggla im Bürostuhl zurück und schien sehr zufrieden mit sich zu sein.

Jean-Pierre empfand die unbekümmerte Herzlosigkeit seines Partners belastend und schaffte darüber hinaus nichts zur Richtigstellung der Unterstellung zu äußern, dass er in der Blüte seines Lebens sei und was von Frauen verstünde. Er murmelte kläglich: „Ich wollte eigentlich nur etwas Zuspruch von dir, weil ich so still und traurig geworden bin."

Aber da klingelte schon das Telefon und Karel Uggla nahm den Hörer ab.

Beim Weggehen schaute Jean-Pierre noch nach seiner Fanpost im Postfach bei der Agentur von Karel Uggla. Er fand unter vielen Briefen eine Einladung zum Tee bei einer Frau Dr.med. Ylva Severus in Varberg, seinem nächsten

Auftrittsort. Nach kurzem Überfliegen der Zeilen bat er Karel den Termin zu bestätigen. Er war schlicht neugierig geworden. Karel Uggla warf einen kurzen Blick auf die Einladung und meinte: „Du, Jean-Pierre, das ist vielleicht der Fingerzeig deines Männerschicksals, es könnte ein neuer romantischer Anfang für dich dahinterstecken, zeig dich mal bei der akademischen Dame supercharmant!" Jean-Pierre fühlte sich wieder wie ein Schuljunge mit mittelmäßigen bis schlechten Noten behandelt und verabschiedete sich etwas kurz.

Als er sich an seine weiteren Freunde wandte, schienen diese die traurige Nachricht über die Trennung von Agneta und Veronika gleichermaßen ungerührt zur Kenntnis zu nehmen und waren mit gefühlsträchtigen Kommentaren nur sehr sparsam. Sie formulierten diese auch noch recht distanziert. Als sie sich dazu äußerten, boten sie eine ironisch resignierte Variante des kumpelhaften Schulterklopfens an, so nach dem Motto, wir alle haben doch Probleme das ein oder andere Mal mit unseren Partnerinnen.

Jean-Pierre wurde sauer, etwas von seiner gesunden Grundhaltung kehrte in ihm zurück: „Die Partnerin, das Kind, alles im Plural, alles austauschbar. Das Einmalige, Besondere, mein zwölf Jahre lang gelebtes Leben mit Agneta und dem Kind, ist also zum Verwechseln ähnlich mit den anderen Beziehungen anderer Leute und soll daher überhaupt nichts Besonderes für mich gewesen sein?".

Schon nach drei Sitzungen bei dem von Uggla vermittelten Psychologen stellten beide fest, dass er tatsächlich still und traurig, aber nicht als suizidgefährdet einzuschätzen sei. Er solle wiederkommen, falls es ihm wider Erwarten schlechter ginge. Im Allgemeinen dauerte die Trauer ein paar Monate bis ein Jahr. Das war's, Händedruck, die Rechnung sei zum Einreichen bei der staatlichen Krankenkasse gedacht.

Das Flugzeug vibrierte gleichmäßig. Er spürte, dass er Hunger bekam. Im Gyllenen Freden, dem Traditionslokal in Stockholm mit der ehrwürdigen Bühne, hatte er gestern einen beachtlichen Erfolg erzielt mit seinem Programm mit Liedern von Carl Michael Bellmann und Evert Taube, eigenen Gedichten und Balladen, einige Liebesgedichte von Jaques Werup und Sappho waren auch dabei, dazwischen immer wieder Blues Musik. Das Publikum erkannte so viele Texte, überall waren da Münder, die seine Worte mitformulierten oder mitsummten bei den Gedichten und Liedern. Er freute sich etwas und wieder nicht. Aber er erkannte, dass er gut funktionierte, er war halt ein Profi.

Bei der Probe mit der Tourneeband am Vorabend war es wie immer routiniert und professionell zugegangen. Der Stil, eher Folk mit Popmusik, kam gut an, musste aber perfekt gespielt werden, dass die Lieder wie gerade im Moment auf der Bühne improvisiert klangen. Lasse, der Pianist war durch nichts aus der Ruhe zu bringen, aber Achmed musste immer üben und dann sofort zur nächsten musikalischen Verabredung - natürlich für Geld - aufbrechen. Er hatte mit seiner Liebe zur Renaissancemusik mit der Theorbe, der Laute mit den Bass-Saiten und seiner beruflichen Notwendigkeit des Bassgitarrenspiels für die Popmusik viel zu tun.

Jean-Pierre öffnete seine Reisetasche und nahm das Programm für den Gala-Abend zum Julfest im Stadshotel von Varberg an der Westküste heraus. Bis auf ein paar populäre Weihnachtslieder und Wintersongs, hauptsächlich

aus England, war es das gleiche Programm wie im Gyllenen Freden. Er würde die Ballade von Alma Teresa und
dem Fallschirmsturz nicht bringen. Sie stammte aus einem
Bauernhof ganz in der Nähe. Vielleicht waren Verwandte
bei der Vorstellung dabei und fühlten sich in der Weih-
nachtsstimmung gestört. Dafür wählten er und seine Musiker aber einen Song der Navidadgeschichte von Ariel
Ramírez, flotter 6/8tel Weihnachtslatin, und das Lied „Hört
ihr Engel helle Lieder" als Reggae. Es war sein Lieblingslied zu Weihnachten und als ihm die Tränen kamen, weil
er dieses Lied in der mittelalterlichen Odensala Kyrka zum
letzten Weihnachtsfest gemeinsam mit Agneta und Veronika gehört hatte, zeigten beide Mitmusiker Interesse, aber
nur, um auf die alles heilende Zeit hinzuweisen.

Als er das Krabbensmörgås mit dem Rest Kaffee und
einem guten Schluck Sprudel zu sich genommen hatte,
lehnte er sich zurück. Er wischte sich den Rest Mayonnaise
von Kinn und Mundwinkel mit der Papierserviette ab, eine
Handlung, die ihm in Fleisch und Blut übergegangen war,
seitdem er mit Agneta zusammenlebte. Denn schon während der ersten Tage des Sturms der Verliebtheit, der Sehnsucht nach Kontakt und Verschmelzung und dem sofortigen Wunsch zur Wiederholung hatte sie in einer Pause der
Ernüchterung nach dem Liebesakt sachlich mitgeteilt, dass
sie Essensreste abstoßen würden und besonders solche im
Mundwinkel ihres Liebhabers.

Später, als sie noch viele andere Dinge des täglichen
Lebens an ihm bemängelte und er sie nach besten Kräften
abstellte oder zumindest abstellen wollte, hatte er sich immer überlegt, was er ihr abfordern könnte aus Gründen der
Symmetrie, genauer gesagt was ihn an ihr störte, was ihn

denn nun mal abtörnen könnte und wie er es anschließend, einmal identifiziert, bei ihr mit der Forderung des Unterlassens anbringen könnte.

Er fand nichts, er liebte sie so, wie sie war.

Er versuchte etwas zu schlafen. Der Umzug unter den unglücklichen Umständen der Trennung und der Auftritt auf der wichtigsten Bühne in Stockholm, die mit Kleinkunst zu tun hatte und gleichzeitig noch eine TV Aufzeichnung, es war viel gewesen, er war hundemüde.

Er schlief kurz. Nach genau 12 Minuten war er wieder wach.

Die Maschine flog ruhig. Aus dem Bullauge konnte er nichts erkennen.

Er holte ein graues verschnürtes Päckchen aus der Reisetasche heraus und öffnete den Knoten des alten Bindfadens. Das Paket stammte von seiner verstorbenen Großtante Frida, der Schwester der verunglückten Alma Teresa Åström. Als er den Inhalt auspacken wollte, glitt ihm der Briefumschlag mit der Notiz von Tante Frida an ihn, ein Bestandteil ihres Testaments, entgegen. Er faltete das kleine Stück Papier auf und las zum wiederholten Mal die zittrige Schrift: „Lieber Jean-Pierre, das traurige Schicksal deiner Großtante Alma Teresa ist für uns alle ein Rätsel gewesen. Vielleicht findest du eine Lösung in diesen Briefen. Gib die Briefe nicht weiter. Deine Tante Frida, die dich von klein auf liebgehabt hat." Jedes Mal musste er schlucken, wenn er diese Schrift las, wie viele Ansichtskarten hatte ihm diese treue Tante geschrieben.

Weiter fanden sich darin zwei dicke Briefumschläge.

Im ersten Briefumschlag steckten Briefe von Fröken Ylva Louise Severus an Fröken Alma Teresa Åström sowie ein Brief von Familie Nordén, Landskrona, addressiert an die Flugschülerin Alma Teresa Åström, mit der Todesanzeige von Ahab Nordén. Dabei lag ein mit lateinischen Tuschebuchstaben beschriebenes sauberes Filzpapier und eine Reihe von vergilbten Zeitungsausschnitten, die den Absturz des Flugingenieurs Nordén mit seinem Albatros Flugzeug beim Versuch, einen Looping zu fliegen, beschrieben und kommentierten. Im zweiten Briefumschlag befanden sich Briefe, sie waren von der Kandidatin der Medizin, Ylva Louise Severus, Oranjeplatz 12, Berlin abgeschickt worden. Als Beilage fand er Gedichte auf besonderen rosa, zartgrün und hellblau gefärbten Blättern.

Die Empfängerin war Frau Flugpilotin Alma Teresa Åström, Königgrätzstr. 11, Berlin, bei Lehmann.

In einem zerknitterten Briefumschlag fand sich nur ein weißer Filzpapierzettel wieder mit schwarzen Tuschebuchstaben auf Lateinisch. Der Zustand des Papiers war schlecht, das Filzpapier hatte offensichtlich Kontakt mit Wasser und einer bräunlichen Flüssigkeit, eventuell Kaffee, Rostwasser oder altem Blut bekommen.

Er hatte die Briefe selbst bisher nicht gelesen. Die alte Korrespondenz lockte ihn trotz des Hinweises von seiner Tante Frida bisher nicht.

Weitere Erinnerungsstücke an die verunglückte Fallschirmspringerin gab es nicht in der Familie. Ihre persönlichen Hinterlassenschaften waren in einer Holzkiste nach ihrem Absturz an den Hof ihres Vaters geschickt worden und sechs Jahre später bei dem vernichtenden Brand des Bauernhofes ein Opfer der Flammen geworden.

Allein wegen der familiären Verbindung war er auf Alma Teresa Åströms Schicksal aufmerksam geworden.

Eigene mehr detaillierte Nachforschungen zur Lebensge-
schichte seiner Großtante Alma hatte er gar nicht erst angefangen. Ihn interessierte das Folkloristische an dieser
Geschichte. Die Ballade vom Fallschirmabsturz auf der
Basis des unbeholfenen Gedichtes eines ihrer damals zahlreichen Anhänger und Augenzeugen ihres Todes hatte er
unverändert im naiven Liedermacher-Ton vertont. Eine eigene Strophe am Ende hatte er dazu erfunden, um die Un-
glücksursache etwas verschwörerisch infrage zu stellen.

Das ursprüngliche Gedicht hatte er in der Heimatzeit-
schrift von Landskrona gefunden. Er war ganz überrascht,
dass seine Liedfassung in Schweden so populär wurde,
dass er es praktisch jeden Abend auf der Bühne vortragen
musste.

Da erinnerte er sich, dass er die Verabredung nach der
Galavorstellung im Stads-Hotel durch sein Büro von Karel
Uggla hatte bestätigen lassen. Richtig, da steckte noch die
Einladung zum Tee in der Außentasche.

Er entfaltete den Brief mit der Einladung bei Frau Dr.
med. Ylva Louise Severus.

„Sehr geehrter Jean-Pierre Magnusson!

Diesen Brief schreibe ich Ihnen, weil ich Ihre Kunst
der Poesie und Melodie, aber auch Ihre Beiträge zur schwedischen Volkskultur schätze.

Besonders Ihre Interpretation des Liedes von Alma Teresa Åström im Radio sagte mir viel und berührte mich.

Wie ich erfuhr, sind Sie mit der unglücklichen Alma
verwandt und besitzen derzeit einen Teil Ihres Nachlasses.

Am 22. Dezember dieses Jahres werden Sie ein Kon-
zert im Rahmen der Gala zum Julfest geben.

Ich würde mich sehr freuen, wenn Sie mir anlässlich Ihres Aufenthaltes in Skåne die Ehre geben würden und meiner Einladung zum Gedankenaustausch bei einer Tasse Tee Folge leisten könnten. Ich erwarte sie am 23. Dezember 17:00 Uhr bei mir zu Hause.

Sie werden mich unter folgender Adresse finden:
Severusgatan 1A, Varberg, Skåne.
Es grüsst Sie
Ihre
Ylva Louise Severus
Doktorinna medicinis
F.d. Biträdande Överläkare och inhavare
Tuberkulos Sanatorium „Héctor och Louise Severus".
P.S. Bringen Sie den Nachlass mit, wenn er leicht zu transportieren ist, ich bin gespannt darauf!"

Jean-Pierre wunderte sich über die so bestimmte Aufforderung am Schluss. Irgendwie wurde sein Widerspruchsgeist geweckt. Es waren doch in seinem Besitz befindliche Briefe von Großtante Frida, die unverheiratet bis zu ihrem Tod ein herzliches Tante-Neffen-Verhältnis seit frühester Kindheit mit ihm gepflegt hatte. Und sie hatte ihm in Ihrem letzten Brief aufgefordert, die Briefe ihrer Schwester nicht weiterzugeben.

Da wollte er doch erstmal in ruhiger Stunde den Inhalt der krakeligen Zeilen kennenlernen. Frau Doktor konnte gewiss noch etwas Geduld aufbringen.

Er steckte den Umschlag in seine Notentasche im Gitarrenkasten. Vielleicht fand sich etwas Zeit zum Lesen zwischen Soundcheck und Auftritt hinter der Bühne im Hotel.

Da sah er, dass ein violettes Blatt mit sorgfältig ausge-
führter Schrift noch am Boden lag. Es musste aus einem
der beiden Umschläge herausgeglitten sein. Er las:

Liebe Alma!

Aus meiner Korrespondenz mit der Dichterin Karin
Boye ( noch nicht veröffentlicht)

Das Gedicht spricht die Wahrheit aus!

Du bist mein reinster Trost
Du bist mein fester Schild
Du bist das Beste, mein Besitz
Doch - nichts schmerzt so wie Du
Nein - nichts schmerzt so wie Du
Du brennst wie Eis und Blitz
Du brichst mich auf, erlegtes Wild.
Mein Glück, Du bist mir zugelost.

„Schräge Beziehung, die hier beschrieben wird, etwas
zu Herzen Gehendes ist durchaus dabei, aber," so dachte
er, „vielleicht kann ich einige Passagen davon für das neue
Programm verwenden." und steckte das Blatt in einen der
beiden Umschläge. Er blickte auf. Das Zeichen zum Anlegen der Sitzgurte blinkte. Das Flugzeug befand sich im
Sinkflug.

VIII.2 Gala
Im Hotel traf er Lasse und Achmed. Sie waren bester
Laune. Sie spielten zu dritt die Nummern vom Programm
kurz an. Sie notierten sich, wie immer, die Einsätze und
Übergänge.

Jean-Pierre dachte nur kurz an Agneta und Veronika und hatte deswegen ein schlechtes Gewissen.

Am Abend selbst war der Saal brechend voll.

Die erwartungsfrohen Gäste prosteten sich mit dem Empfangscocktail in der Hand zu. Einige hatten schon einen unsicheren Stand vom Vorbereitungstrinken anderswo, es war gemütlich, hygglig, wie man dort sagt.

Das Buffet, das Smörgåsbord, quoll über, und alles an der prunkvollen Provinzausstattung in diesem Hotel trug schlichten schönen Weihnachtsschmuck mit Tannengrün, roten Schleifen, roten und silbernen Kugeln, Strohpferden in allen Größen und Spirituosen aus aller Welt, das schwedische Julfest war das eben, das Fest der Liebe im Norden.

Die Bühnenshow „Jean-Pierre und seine Freunde" begeisterte die rund vierhundert Gäste derartig, dass sie eine Zugabe nach der anderen forderten. Jean-Pierre hatte die Gitarre vor dem Leib und hatte mit seiner hellen Stimme fast den ganzen Abend die Titel gesungen, ab und zu griff er zur Klarinette und wiederholte die Melodie mit einigen schlichten Verzierungen, wenn er merkte, dass seine Stimmbänder etwas Erholung brauchten. An ihren rau gewordenen Stimmen beim Zurufen der gewünschten Titel konnte man den Männern den Grad der kollektiven Trunkenheit zuordnen, die Frauen fingen an, kreischend einzustimmen. Die männlichen Fans unter ihnen organisierten Sprechchöre wie „Jean-Pierre, Jean-Pierre, wir lieben dich so sehr" oder „Kling, Glöckchen, kling, sing, Jean-Pierre, sing, kling, Schnappsglas, kling" und besonders die weiblichen Stimmen forderten: „Lasst uns froh und munter sein und hier und da Jean-Pierre ........ mal rein", danach lautes ordinäres Gelächter im Sopran und Alt.

Die drei gepriesenen Musiker waren am Ende ihrer Kraft. Nach der fünften Zugabe konnte sie nicht mehr, sie hatten redlich alles gespielt, was gefordert wurde und schon angefangen, ihr Programm vom Abend zu wiederholen. Lasse schwitzte von Kopf bis Fuß, am Rücken hatte sich ein großer dunkler Fleck auf dem königsblauen Seidensatinjackett breit gemacht und von seiner breiten Wikingerstirn tropfte der Schweiß zwischen die E-Pianotasten.

Achmed schaute immer wieder auf seine hellrot-transparente Blut- und Wasserblase am rechten Daumenende, die jeden Augenblick zu platzen drohte. Aber Jean-Pierre war wie in Trance, seine Stimme blieb präsent, ohne schrill oder rau zu werden, er bewegte sich elegant und machte humorvolle freundschaftliche Ansagen trotz zotiger Zwischenrufe.

Als der halb abgerissene Ruf nach Almas Sång aus der angetrunkenen Menge kam, sagte er mit kurzem Zögern mit Blick auf seine Mitspieler zu.

Plötzlich war da eine Stille mitten in der dampfenden Party.

Jean-Pierre suchte mit den Augen im Saal nach derjenigen Person, die gerufen hatte. Aber da spielte Lasse schon das Intro viel langsamer als sonst, aufrecht in klassischer Haltung mit grimmigen Ernst. Er war zum Flügel gegangen und die so oft gespielten Akkorde trafen gerade jetzt mit schlichter Reinheit auf einen jeden, der eben noch frivol und übermütig feierte, wie ein unausweichlicher warmer schwerer Schmerz, eine tiefe uralte Wehklage.

Und als die Baritonstimme von Jean-Pierre die eigentlich so bäuerlich unbeholfenen Worte der bestürzten

Augenzeugen vor sechs Jahrzehnten in dieser Moritatbal-
lade vortrug, in seinem heimatlichen Malmö-Zungen-
schlag, war da kein Platz mehr für andere Gefühle als
Trauer unter den versammelten Menschen, als wäre es gestern gewesen.

Zeile für Zeile sangen Almas Landsleute, Gäste und
alle Leute vom Hotel, auch die vielen aus der Küche mitsamt dem Service mit Jean-Pierre die langen Strophen.
Kaum hatten sie begonnen zu singen und der Saal war wieder abgedunkelt, löste sich eine Gestalt aus der Menge, eine
alte Dame in silbergrauem Kleid mit blauer Schärpe. Sie
stand auf, suchte etwas die Balance und näherte sich der
Bühne. Ein Kellner trug ihr den Stuhl nach und sie ließ sich
direkt vor Jean-Pierre nieder. Völlig auf das Geschehen auf
der Bühne fokussiert, machte sie den Eindruck, als würde
dieses Lied nur für sie erklingen. Im halbverdunkelten
Festsaal konnte Jean-Pierre erkennen, dass sie ihn nicht aus
den Augen ließ.

Almas Sång

„Lied von der tollkühnen Fallschirmspringerin Alma
Teresa Åström und ihr tragisches Ende:
Im Januar, da flog Alma Teresa in unsere kleine Stadt.
Zuvor schon lasen wir es in unserem Wochenblatt.
Raus, raus, wir wollten dem kühnen Mädchen winken,
Der ersten Frau, sie will vom Flugzeug am Fallschirm
niedersinken.


Am Alsenstrand wir standen im dichtesten Gewimmel.
Wir schwatzten laut und zeigten uns das Flugzeug hoch
am Himmel.

Aus diesem Himmel hoch und blau, da musste sie bald gleiten
Und sicher, weich, hier landen und lächelnd uns entgegen schreiten.

Da sprang sie, Kopf voran, vom Flieger los, wir sah'n im Gegenlicht
Ihr Fallschirm, schrecklich war' s, er öffnete sich nicht!
Ihr Rucksack gab ihn halb nur raus, wir sahen ihre Not,
Im Seil verschlungen kämpfte sie frei fallend in den Tod.

Wir zogen heim, wir schwiegen still, wir froren überall,
Ihr Lebensflug kam hier zum End`, ein Sturz ins Todestal.
Sie hatte doch so viel geträumt vom Ruhme und von Ehr`,
Im Schnee begraben liegt nun sie und Alma lebt nicht mehr.

Ihr Sturz vom Himmel zur Erd´, hinab zwischen Schilf und Sand,
Ein Stein, ein Denkmal macht sie uns heute noch bekannt,
Aber Moos und Flechten wuchern bald über Lettern und Stein
Aber nie vergessen wir die Mutige, die Schöne, unser Fliegermägdelein.

Halt, halt, war es Verhängnis, der Götter Urteil oder Fluch,

War da ein falscher Knoten im Seil zum rettenden Fall-
schirmtuch?

War' s böses Werk, war' s üble Tat oder war es blinder Zufall nur?

Aber wenn geplant das Unheil,

dann komme bald ein Gerechter der Mordtat auf die Spur."


Als die Ballade mit rallentando und decrescendo mo-
rendo zur Ruhe kam und endete, war nicht ein Atemzug zu
vernehmen. Und es blieb still.

Die Stille schien so drückend und dicht, dass die Musiker sich schon verstohlen aus den Augenwinkeln an-
schauten mit der unausgesprochenen Frage, ob das Lied
nicht an diesem Abend misslungen war. Sie zuckten mit
winziger Geste mit den Schultern, dabei bedeuteten sie sich
Ratlosigkeit mit angedeutet abfallenden Mundwinkeln und
hochgezogenen Augenbrauen.

Jean-Pierre schaute rechts und links ins Publikum, wobei er mit der rechten Hand seine Augen von der grellen
Bühnenbeleuchtung beschattete, damit er einige Gesichter
im Publikum erkennen konnte.

Noch immer hörten sie nichts, die Hitze des Spiels be-
gann einem Frösteln zu weichen; da rührte sich das erste
Händepaar zaghaft zum Applaus, dann das nächste.
Schließlich tobte der ganze Saal mit begeisterten Rufen:
„fantastisk", „underbart-wunderbar", „so traurig", „Bravo,
Bravo"!

Die alte Dame bewegte während des Tumultes weder ihre Hände zum Applaus, noch konnte man etwas aus ihren Zügen lesen. Als das Saallicht wieder hell war, ging sie langsam zum Ausgang mit einer missbilligenden Haltung. Jean- Pierre sah ihr nach und konnte erkennen, dass sie sich auf einen altmodischen Handstock mit glänzend geputztem Handgriff stützte.

„Das könnte sie sein, meine Teeeinladung." sagte er zu sich selbst.

Der Hotelmanager umarmte mit rotem Gesicht und völlig enthemmt die drei auf der Bühne und gab ergriffen begeistert Unverständliches über das Mikrophon bekannt. Das Dessert wurde angekündigt und die Cognacbar war nun geöffnet, das Publikum fand allmählich zur üblichen Beschäftigung mit sich selbst und den stärkeren Getränken zurück.

Jean-Pierre und seine Freunde packten hinter dem zu-gezogenen Vorhang zusammen. Die Instrumente und Ver-stärker der Band wurden im bewachten Gepäckraum des Hotels verstaut bis zur Abreise.

Sie fanden sich zu dritt mitten in der Nacht in der Bar in dicken Fauteuils halbliegend wieder und tranken auf Kosten des Hotels die beiden Flaschen 20 Jahre gelagerten Whisky leer.

Ihre Gespräche begannen mit dem eben erlebten Auf-tritt, gingen dann über zu Ferienerlebnissen und endeten bei der Trennung in Jean-Pierres Leben. Lasse und Ach-med drückten Jean-Pierre immer wieder an ihr Herz und als die Flaschen ausgetrunken waren, hatten alle ein paar Mal über das ungerechte Leben geweint und Jean-Pierre wankte voller Liebe zu Lasse und Achmed hinauf ins Hotelzimmer.

Als er die Tür - etwas verzögert aufgrund der Whiskyspende - aufbekommen hatte, sah er sofort, dass eingebrochen worden war. Die Schränke standen offen, die Schubladen klafften, das Bett war durchwühlt und seine Reisetasche ausgekippt, ebenso lag der Inhalt des Koffers auf dem Teppich.

Er wurde sofort klar und nüchtern. Er rief den Hotelempfang an und in wenigen Minuten kam der Sicherheitsbeauftragte ins Zimmer, schaute sich um und fotografierte die Situation. Jean-Pierre ging mit ihm seine Habseligkeiten durch. Es schien nichts zu fehlen.

Den Rest der Nacht verbrachte er in einem anderen Hotelzimmer ohne Nummer an der Tür im obersten Stockwerk.

Vor dem Einschlafen bestellte er sich das Frühstück auf halb zwölf ins Zimmer.

Danach wollte er endlich die Briefe lesen.

Als er am nächsten Tag aufwachte, war es schon 14:00 Uhr. Das Frühstück stand auf dem Nachttisch. Ein Zettel teilte mit, dass ein Weckversuch fehlgeschlagen sei und sie wünschten guten Appetit. Der Kaffee war kühl, die Butter warm und weich. Ihm war etwas übel, trotzdem schaffte er es, zwei Marmeladenbrote zu essen und trank den Kaffee aus. Dann holte er sich aus dem Kühlschrank noch eine Flasche Sprudel, die er ebenfalls leerte. Danach fühlte er sich stark genug für die Dusche. Am Ende stellte er das Wasser auf kalt.

Er eilte hinunter zum Hotelempfang und ließ sich seinen Gitarrenkasten mit den Umschlägen von Tante Frida im Notenfach aus dem Gepäckraum geben und ging wieder auf das Zimmer.

Er bestellte eine neue Portion heißen Kaffee, Mineralwasser und zwei Sandwiches und begann mit der Durchsicht der Briefe. Im ersten großen Umschlag fanden sich so viele zum Teil sehr lange Briefe, handschriftliche Kopien von Gedichten mit der gleichen Schrift und kurze Mitteilungen, dass er völlig ratlos wurde. Er entschied sich, zwei Gedichte und zwei kurze Briefe zu lesen. Der erste stammte vom Jahr 1918.

"Geliebte Alma, meine liebste, meine Sköldmö, meine Walküre, mein Besitz!

Zwei Tage bist Du weg. Stockholm ist so weit. Heute Nacht habe ich von Dir geträumt, das war so wunderschön. Wir flogen gemeinsam mit unseren Flugmaschinen über eine weite grüne Ebene, über uns war ein fantastischer Abendhimmel in Gold und Rosa, die Sonne wollte gerade untergehen und wir beide stiegen auf und ab und glitten nach rechts und links. Wir zogen unbesiegbar wie die Walküren mit unseren Motoren über das weite Feld. Unter uns hantierten die feindlichen Menschen, die sich gegenseitig umbringen und wir beide waren wie ein Lebewesen in tiefster Liebe verbunden weit über allem feindlichen und bösen Treiben da unten.

- Odin, unser göttlicher Herr und Vater und die gefallenen Krieger müssen warten-.

Heute Morgen möchte ich immer weiter träumen, ich stelle mir Deinen Leib vor, Deine Haut, die vielen hellen kleinen Härchen überall, wie wir uns gegenseitig morgens überall gewaschen und schön, bereit zum Fliegen gemacht haben. Mit sehnsüchtigen Gefühlen und lebendigen

Vorstellungen nähere ich mich Deinen kräftigen Gliedern und den kleinen blonden Locken mit Deiner Wärme und Sanftheit darin. Dein Busen ist so weich und doch straff, wo mein dummer Kopf so gerne liegt.

Während ich so stark an Dich, Deine Seele und Deinen klugen Verstand, besonders aber an Deine Berührungen denke, werde ich selbst in mir warm und weich. Ich liebe Dich so sehr, das musst Du mir glauben.

Ich muss jetzt schließen, in mir wächst gerade ein Verlangen, ich werde unsere Namen flüstern, meine Wünsche an Dich immer wieder leise sprechen und zuletzt mit großer Freude und Lust Deinen schönen Namen jubeln: Alma Teresa, du Sinn meines Lebens, mein Besitz! Ich bin so glücklich, kehre bald zurück in meine Arme!

Für ewig Dein, Deine Ylva

P. S. Ich schließe jetzt die Tür, damit mich niemand hört. Ich darf nicht vergessen, mir den Mund zuzuhalten. Ylva.

P. P. S. Wir müssen klug sein. Ich füge das Gedicht der unbekannten Dichterin bei, die es sicher für uns beide beschrieben hat. Ich habe es aus dem vorläufigen Gedichtband für Dich abgeschrieben, für Dich und mich.“

Jean-Pierre nahm das rosa gefärbte Blatt zur Hand und las:


“Willst du dein Herz mir schenken,
So fang es heimlich an,
Dass unser beider Denken
Niemand erraten kann.
Die Liebe muss bei beiden
Allzeit verschwiegen sein,

Drum schließ´ die größten Freuden
In deinem Herzen ein!

Behutsam sei und schweige
Und traue keiner Wand,
Lieb' innerlich und zeige
Dich außen unbekannt:
Kein Argwohn musst du geben,
Verstellung nötig ist,
Genug, dass du, mein Leben,
Der Treu versichert bist.

Begehre keine Blicke
Von meiner Liebe nicht.
Der Neid hat viele Tücke
Auf unsern Bund gericht'.
Du musst die Brust verschließen,
Halt deine Neigung ein,
Die Lust, die wir genießen,
Muss ein Geheimnis sein.

Zu frei sein, sich ergehen,
Hat oft Gefahr gebracht.
Man muss sich wohl verstehen,
Weil ein falsch  Auge wacht.
Du musst den Spruch bedenken,
Den ich vorher getan:
Willst du dein Herz mir schenken,
So fang es heimlich an.

Quelle unbekannt."

Jean-Pierre wunderte sich etwas, dass diese durchaus gängigen Liebesbriefe etwas der Nachforschung Wertes beinhalten sollten.

„Nun gut," sagte er sich „die Beschreibung der körperlichen Reaktion bei Abfassung eines Liebesbriefes durch eine junge Frau liest sich nett."

Der zweite Brief stammte aus dem Jahr 1919.

„Meine liebste Alma, meine starke und doch so schwache, ewig Geliebte, mein großer Schmerz!

Du hast mir gesagt, dass Du schwach geworden bist, weil Du allein warst in Stockholm. Ich glaube Dir, dass Du dich nicht schuldig machen wolltest, du reine, starke, wunderbare Jungfrau, was können wir Frauen schon gegen das Drängen unseres verehrten Lehrers und Vorbildes ausrichten.

Alma, meine Alma, erinnerst du dich nicht!? Auf ewig doch wir haben uns gegenseitig versprochen! Nicht für diese kurze Zeit, sondern für immer! Kehre zu mir zurück, entscheide Dich schnell, ich weiß so sicher, dass Du meine große Liebe bist und ich nehme auch dies für mich in Anspruch bei Dir. Du musst diese Liebe erwidern! Lass es sein wie vorher! Ich leide so sehr.

Ich weiß nicht, was ich über den Störenfried schreiben soll. Ich hasse ihn. Bei all seinem heldenhaften Geist und seinen rigorosen, beispielhaften Planungen und sichtbaren Erfolgen, die Fabrik und die Flugschule, auch bei seinem edlen, äußeren Aussehen muss ich ihn für das, was er mir angetan hat, jetzt aus meiner tiefsten Seele hassen. Er hat mein Leben unsicher gemacht. Er hat Dich, meine liebste, meine schwache Alma, zu einem Sinkflug mit

Stabilitätsverlust verleitet! Kehre zurück. Starte das Flugzeug wieder durch! Gewinne wieder meine Höhe! Und kehre wirklich zu mir zurück!

Ich hasse ihn! Jawohl, das schreibe ich bei vollem Bewusstsein. Ich will Dich nicht verlieren, ich habe ein Recht auf einen Kampf um Dich! Aber was kann ich schwache Frau im Kampf um eine geliebte Frau gegen einen Mann ausrichten?

Ich spiele mit dem Gedanken ihn zu verfluchen.

Liebste, komm zu mir zurück! Meine Arme sind weit geöffnet für Dich, wir können immer wieder neu anfangen, wir sind uns ewig versprochen!

Deine Dich ewig liebende Ylva

P. S. Mir ist immer schwindlig. Ylva

P. P. S. Ich kann wahrscheinlich nicht weiter fliegen lernen, weil ich die Balance verloren habe. Hilf mir endlich! Bitte lies auch das Gedicht, welches ich von Karin Boye zugesandt bekommen habe, du wirst viel darin erkennen, wie es mir wirklich geht. Es ist noch im Entwurfsstadium und noch nicht veröffentlicht. Aber es ist so wahr! Ylva

P. P. P. S. Er soll sich abwenden, seine Sinne sollen zerstört werden, nichts soll ihm gelingen, wenn er sich nicht abwendet. Das ist mein Wunsch! Ylva Louise."


Sköldmön (Walküre).
Ich träumte vom Schwert heut Nacht,
Ich träumte von Streit heut Nacht,
Ich träumte, ich stritt an deiner Seite
gerüstet und stark, heut Nacht.

Da blitzt der Stahl durch deine Hand
er fällt den Riesen zu deinen Füßen
unsere Schar schlug sich leicht und sang
hinein ins drohend schweigende Dunkel.

Ich träumte von Blut heut` Nacht,
Ich träumte von Tod heut` Nacht.
Ich träumte, ich fiel` an Deiner Seite,
zum Tode verletzt, heut` Nacht.

Ich träumte vom Feuer heut` Nacht,
Ich träumte von Rosen heut` Nacht,
Ich träumte vom Tode, schlicht und gut,
das träumte ich heut` Nacht."


Jean-Pierre schaute auf die Uhr. Er musste Schluss machen, sonst würde er zu spät zu seiner Einladung kommen.
Die ganze Angelegenheit, die er aus diesen Briefen jetzt
entnahm, hatte ausschließlich mit Liebe und Verrat zu tun,
verbrämt mit Literatur, Gedichten und den klassischen Leiden, die schon im Altertum Sappho auf Lesbos beschrieben
hatte. Aber, wenn er ehrlich sein wollte, ging es doch allen
Liebenden so.

Seine prominente Großtante Alma hatte, so wie es
schien, ein kurzes, jedoch bewegtes Leben nicht nur beim
Fliegen und Fallschirmspringen, sondern Vergleichbares
auch in der Liebe gelebt.

Er bedauerte, dass er von seinen geerbten Briefen
wahrscheinlich nun doch nichts davon für die eigene Arbeit
würde verwenden könnte. Falls etwas daraus verwendet

werden könnte: Den Artikel für das Svenska Dagbladet oder die Reportage für das Radio P 2 müsste wohl eine Frau schreiben, zu speziell die Beziehung. Schade, eigentlich.

Er wollte den Rest in den nächsten Tagen noch zu Ende lesen. Bevor er nicht mit der Briefeschreiberin von damals und heutiger Frau Dr. Severus sich auf eine gute Art und Weise bekannt gemacht hatte, wollte er die Briefe ihr auch nicht aushändigen. Ganz ausschließen wollte er es aber auch nicht.

Daher steckte er sie wieder in den Umschlag und ließ sie im Hotelsafe einschließen. Er teilte dem Mitarbeiter am Hoteldesk mit, dass sein Zimmer nicht bekannt gegeben werden dürfte. Er hatte keine Lust, nach der Teeeinladung wieder ein durchgewühltes Zimmer vorzufinden, vielleicht war es ein verrückter Fan.

Unten packten Lasse und Achmed den Anhänger voll mit ihren Instrumenten und Verstärkern. Sie waren hochzufrieden über den Erfolg ihres Konzerts und vor allen Dingen über das großzügig aufgestockte Honorar. „Jättefint. War ein toller Abend!" hatte der Manager gesagt und 50 % draufgelegt. Zum Abschied winkten sie fröhlich und fuhren nach Stockholm zurück.

VIII.3  Tee in der Villa Scirpus

Jean-Pierre drehte den Zündschlüssel in seinem Leihwagen um, der Motor startete und er begab sich zum Hause Severus, nach der Skizze auf der Hotelkarte lag die nahe gelegene Rehabilitationsklinik etwas außerhalb auf einer Halbinsel im Meer.

Es war etwas Neuschnee gefallen, in der Kleinstadt waren die Geschäfte noch offen und viele Leute kauften offensichtlich letzte Weihnachtsgeschenke. Einmal glaubte er Agneta und Veronika zu sehen und bekam einen Schreck, gepaart aus Freude und Trauer über den Verlust. Als er jedoch näherkam, erkannte er, dass er sich getäuscht hatte. „So ein Mist. Ich werde noch ganz verrückt nach dieser blöden Trennung!" knurrte er.

Als er die letzten Häuser der Stadt verlassen hatte, freute er sich über die schneebedeckten Bäume, den klaren, im Osten dunkelblauen Himmel mit kleinen Schneestäubchen in der Luft und die gerade untergegangene Wintersonne im Westen hinter dem Meer. Von dort leuchtete der Himmel noch nach mit einem großartigen Abendrot. Die aufkommende Bewölkung sah nach mehr Schnee für die nächsten Tage aus. Das Linienschiff vom Abend zog Richtung Dänemark.

Von der Aussicht auf der kleinen Anhöhe fuhr er nun neben einem Bach hinunter Richtung Strand.

Da sah er vor sich den großen Klinikkomplex, welcher halb vom Wald verdeckt wurde. Auf den Wegweisern stand: „Zum Geriatrischen Zentrum" und daneben wurde auf das historische „Haus Severus im Wald" hingewiesen. Er bog ab zum Wald.

Da sah er das Gebäude, es musste um 1890 gebaut sein, eine große Villa im neoägyptischen Stil mit Säulen und Sphinxen rechts und links am Eingang, ein wuchtiger Bau mit teilweise verglasten Galerien im oberen Stockwerk und einem geraden Abschluss ohne sichtbares Dach, fast hätte man denken können, es stünde am Nil. Tatsächlich ähnelte es einem ägyptischen Monumentaltor mit erleuchteten Fenstern darin. Ihm fiel auf, dass auf der Frontseite dieses

Gebäudes „Villa Scirpus“ und nicht wie auf dem Wegweiser „Haus Severus im Wald“ stand.

Dahinter erstreckte sich ein riesiges Wirtschaftsgebäude aus der gleichen Epoche mit ovalen Fenstern und hohen Doppeltüren und Toren.

Er hatte noch etwas Zeit und parkte auf der Straße. Als Mitbringsel hatte er seinen gerade neu herausgekommen Gedichtband mitgenommen. Er steckte ihn in die Manteltasche.

Dann stieg er die Auffahrt hinauf. Der kalte Kies knirschte unter seinen Schuhen. Die winterlich hergerichteten Rabatten begleiteten ihn die letzten Meter.

Als er vor dem Entrée stand und neben ihm die beiden wuchtigen Pfeiler aufragten und er gerade die gelassen ruhenden Löwenleiber mit ihren weiblichen Gesichtern tätscheln wollte, öffnete sich die Tür.

Eine Frau mittleren Alters bat ihn herein. „Herzlich willkommen Herr Magnusson, Frau Doktor und ich haben Sie erwartet. Mein Name ist Margarete Nilsson, ich bin die Nachfolgerin von Frau Doktor.“.

Sie trug einen taubenblauen Businessanzug mit Namensschild. Jean-Pierre konnte darauf noch das Wort „Direktör“ erkennen, bevor sie sich mit einer raschen Bewegung umdrehte und ihn bat, ihr zu folgen.

In der gut beleuchteten Eingangshalle hing im Zentrum ein Leuchter mit vielen angezündeten Lichtern. Rechts und links waren jeweils zwei Kandelaber aus Bronze aufgestellt, von denen Jean-Pierre glaubte, sie schon einmal in einer Antikensammlung in Deutschland gesehen zu haben. Auf einem schlanken Podest stand eine bronzene Kanne mit geschwungenem Handgriff und ausgezogener Tülle.

Die dicken honigfarbenen Kerzen brannten offensichtlich schon eine Weile, weil der ganze Raum nach Bienenwachs roch.

Die Wände dieser hohen Halle waren mit Textiltapeten ausgestattet mit einem Dekor aus Schilf, Himmel und Wasser, Fischen, Wasservögeln und weiteren Darstellungen, die er nicht richtig erkannte. Überall hingen Bilder der Vorfahren, vom Stil her Beginn des 19. Jahrhunderts, so schätzte es Jean-Pierre ein.

Beim Ablegen seines Mantels sagte er: "Erstaunliche Ausstattung hier, das alles, meine ich, hätte ich schon einmal…". Er suchte gerade die passende Erinnerung, da fiel sie ihm ins Wort: „Ja, ja, dieser Raum ist der Göttin Isis gewidmet. Das Haus heißt ja auch ‚Villa Schilf, Villa Scirpus', das passt zur Göttin im Schilf. Übrigens stammen die Kandelaber tatsächlich aus der Spätantike. Die Familie Severus hat ein Faible dafür." Sie lächelte ihn an.

Sie öffnete die nächste Tür, da kam ihnen schon die Hausherrin entgegen. Jean-Pierre erkannte sie fast nicht wieder. Vor ihm stand eine aufrechte schöne Greisin, die ihm freundlich die Hand entgegen reichte und dabei sagte: "Wie schön, dass Er meiner Einladung gefolgt ist, lieber Jean-Pierre Magnusson! Und Er sieht gar nicht angestrengt aus, nach all diesem Tumult gestern im Hotel, Er hat sicher gut geschlafen bis jetzt und sich gut erholt? Ich freue mich wirklich sehr über den Besuch von Herrn Magnusson! Setzen wir uns doch."

Der Raum war gemütlich und hell. Jean-Pierre fühlte sofort wieder seine Kinder-Wunder-Stimmung vor dem Weihnachtsfest, dieser klassizistische Stil mit etwas Landhausatmosphäre tat ihm wohl. Im Kamin brannte das

Feuer. Die langen weißen Stearinkerzen in silbernen Leuchtern gaben ein gemütliches Licht. Unter der schimmernden Kanne leuchteten die Lichter und der Teeduft zog ihm in die Nase. In einer großen Schale häufte sich das Weihnachtsgebäck, Jean-Pierre machte mit einem Blick sein liebstes zum Luciafest aus: Hefegebäck, Lussekatter, aus Mehl, Safran und getrockneten Kirschen.

Als sie saßen, nahm er sich etwas Zeit, seine Gastgeberin genauer zu betrachten. Ein bisschen außergewöhnlich war für ihn die Situation schon, weil sie ihn in der altertümlichen Form in der dritten Person angesprochen hatte, wo sich doch jetzt alle in Schweden duzten.

Als er klein war, war es gang und gäbe, einen bis dahin unbekannten Menschen so anzusprechen. Irgendwie fühlte er sich in der Zeit zurückversetzt, das war ihm altvertraut und erzeugte in ihm ein heimatliches Verlangen nach der Vergangenheit und die Gewissheit, jetzt ist bald Weihnachten mit dem Duft der Lussekatter, der Kerzen und dem Hauch von Holzrauch aus dem Kamin.

Die alte Dame war sicher schon über 80 Jahre alt, die graumelierten Haare hatte sie in der Art eines Pagenkopfes geschnitten. Sie trug keinen Schmuck. In dem eleganten schlichten Wollkleid in erdigen Farben, entsprechend der derzeitigen Mode, sah sie wesentlich jünger aus als am Abend zuvor. Am linken Handgelenk fiel ihm die französische Fliegeruhr mit schwarzem Zifferblatt auf. Ihre Wimpern waren getuscht, das restliche Make-up war zurückhaltend, ganz wenig Farbe war auf der feinen faltigen Haut verwendet worden, aber durchaus erkennbar war der Lippenstift auf den alten Lippen.

Mit ihren tiefdunklen Augen schaute sie Jean-Pierre an und bedeutete ihm, sich vom Gebäck etwas zu nehmen und schenkte ihm nach einem fragenden Blick die Tasse voll. Ebenso füllte sie die Tasse ihrer Nachfolgerin, die sich schon auf dem Sofa niedergelassen hatte.

„Eine Tasse Tee jetzt bei diesem Winterwetter ist doch ein ganz wunderbares Geschenk, das darfst du dir nicht entgehen lassen, Margarete.“

Diese seufzte: "Vielen Dank, wie gut, noch schnell eine Tasse bei dir, meine Liebe, aber, tut mir leid, dann muss ich noch einmal ins Büro, wir haben doch tatsächlich diesmal über das Julfest über 150 Gäste. Aber danach kann Weihnachten werden. Meine Nichten und Neffen warten schon.“

Es entstand eine Pause, während sie langsam den Zucker im Tee rührte. Jean-Pierre befürchtete in diesem Augenblick eine mühsame Stunde beim Tee mit einer alten Frau in historischem Prunkumfeld.

Er zog mit einer gewissen Verlegenheit seinen Gedichtband aus der Tasche und überreichte ihn der Gastgeberin. „Meine letzten Texte, vielleicht hat Frau Doktor Interesse daran. Eigentlich sollten es Texte für neue Lieder werden. Dann verließ mich aber die Inspiration für die passende Musik, ich denke, Frau Doktor hat auch Freude daran ohne Melodien.“ Er lachte etwas verlegen.

Sie schien erfreut und überrascht: „Vielen Dank, das ist ja eine Überraschung, es heißt diesmal ‚Tonspuren‘, ich verstehe, es sollten ja eigentlich die Texte für Lieder sein. Ich danke Herrn Magnusson ganz herzlich dafür. Neue Gedichte geben mir Nachhilfe bei den Gefühlen, die die jungen Leute heute empfinden und wie man sie ausdrückt, sie nennen das ja jetzt Emotionen.

Ach, ich merke gerade, ich spreche wieder so altmodisch, ich bin ja auch eine alte Frau aus einer anderen Zeit. Ich schlage vor, dass wir auf das Du übergehen, oder? Ich heiße Ylva.“

“Dafür bin ich auch! Und ich heiße Margarete. Und ich verabschiede mich leider schon, ich wünsche euch schöne Weihnachten!“ Margarete sprang auf und umarmte herzlich Ylva Severus und küsste sie dabei auf den Mund. Sie winkte Jean-Pierre zu. Schon war die Direktörin hinausgeeilt.

„Margarete ist seit vielen, vielen Jahren meine gute Seele, die wichtigste Person in der Firma, ursprünglich war sie in der schlimmsten Zeit als Krankenschwester unermüdlich für die Kranken da und jetzt ist sie eine so tüchtige Krankenhausmanagerin. Und wir sind beide zusammen seit vielen Jahren. Ich habe Glück gehabt mit ihr trotz des Altersunterschiedes.“

Ylva blickte kurz auf zur eben geschlossenen Tür.

Dann wandte sie sich Jean-Pierre zu: „Wie interessant, dass du hier bist, Jean-Pierre, der Sänger und Entertainer von gestern. Eure Aufführung im Hotel war ein Riesenerfolg. Das Programm ist auch für mich sehr angenehm gewesen, ich kannte natürlich die Lieder von Carl Michael Bellman, unserem nationalen Poeten, der das Leben so liebte, über Liebe und alkoholische Getränke und den Tod, Fredmans Epistel Nummer sechs von 1790, ja, ja, das gehörte schon immer zusammen.

Aber auch die vielen Balladen von Evert Taube haben mir sehr gut gefallen, wie ihr das vorgetragen habt, besonders die als Caballero in Argentinien, so lustig!

Ich kannte Evert Taube gut und alle seine Balladen und Walzer aus der ganzen Welt. Euer Vortrag vom Programm war von Anfang an perfekt. Fandet ihr eure Vorstellung als Künstler auch so gelungen?"

„Aber ja", sagte Jean-Pierre, „als wir hier zur Probe am Vormittag auf der Bühne die Lieder angestimmt haben, hatten wir auf wundersame Weise schon alles übliche Belastende der letzten Zeit in Stockholm zurückgelassen. Wir waren so locker und gut gelaunt. Ich glaube, das war der Grund, weshalb der Abend so leicht und schön verlaufen ist und ich freue mich, dass es dir gefallen hat", fügte er artig hinzu.

Er merkte, dass sie zum eigentlichen Kritikpunkt kommen und dass sie jetzt nicht so ohne weiteres zustimmen wollte. „Schon, schon, aber darf ich eine winzige Bemerkung als Zuschauerin machen? Anfangs klang alles durchaus leicht und schön und unterhaltsam. Aber nach dem eigentlichen Programm war das Publikum unvermittelt so fordernd geworden, die meisten waren wohl schon recht angeheitert. Diese Begeisterung hatte etwas bedrohlich Entfesseltes, Bacchantisches, widerlich Distanzloses, etwas Abstoßendes für mich, ich bekam plötzlich schlecht Luft, mein Alter vielleicht! Aber vielleicht kannst du das erklären?"

Ihr abweisend gewordenes Gesicht hellte sich wieder auf.

Jean-Pierre merkte zu seiner Überraschung, dass der Smalltalk so schnell zu Ende war, sie war dabei, unter

Vorabpreisgabe eigener Gefühle das Terrain vorzubereiten, um ihn zu öffnen wie bei einem Interview. Er merkte es und er störte sich nicht daran. Wohin es führen sollte, war ihm nicht ganz klar. Es musste etwas mit der Ballade von Alma und den geerbten Briefen zu tun haben, das vermutete er allerdings schon. Er fand das Thema völlig in Ordnung, er redete gerne über seine Arbeit:

„Also, wenn ich mich nochmal auf die Bühne zurückversetzen soll, da war eigentlich nichts Besonderes, außer dass wir alle drei praktisch wie ein einziges Wesen pulsierten. Das kommt nicht oft vor, ist aber dann so eine Art Belohnung für all die Mühen, die man vorher hatte, um die Musik und auch die Choreografie des Abends schlüssig aufzustellen. Auch ich empfand unsere Vorstellung für uns als ein Vergnügen, es war gewagt und wurde dann auch sehr anstrengend, nämlich gegen Ende noch Traditionslieder von Carl Michael Bellman zu spielen und dennoch den Spannungsbogen aufrecht zu erhalten."

Er lachte: „Rock 'n' Roll, bis alle im Saal mitmachen und dann Trinkgesang zur Laute von 1770 oder 1790, das soll mal einer nachmachen! Und dann noch ein Gedicht, wo alle Gäste normalerweise schon unruhig sind, aber hier war das anders, die waren begeistert, es war einfach toll! Die Zugaben wurden dann so unkontrolliert von den Leuten aufgenommen, so wie du es gemeint hast, schon wahr. Aber wir sind Profis, das muss trotzdem handwerklich gut gemacht werden. "

Die alte Dame blieb ernst: „Bitte, lass mich dir noch eine Frage stellen. Ihr habt das Lied von Alma schon so oft gespielt und ich habe es schon so oft im TV gehört. Warum habt ihr das Lied jetzt so sentimental und nicht distanziert

wie vorher gebracht? Das Lied eines Jahrmarktssängers
heißt doch, das ist ein Lied, welches einen tragischen Sachverhalt mit Moral vor die Gaffer bringt. Und hier im Saal
wurde es so unangenehm klebrig oder täusche ich mich da,
Jean-Pierre? Das letzte Stück gestern, das war für mich jedenfalls fast voyeuristisch, so realistische Bilder kamen
auf, arme Alma!“

Jean-Pierre runzelte die Stirn, griff nach der Teetasse
und trank noch ein Schluck: „Tja, ich könnte es mir leicht
machen und sagen: Jeder Abend ist anders, da steckt man
nicht drin. Wir wollten es ursprünglich gar nicht an diesem
Jul-Galaabend spielen. Es schien uns zu, weiß nicht, nicht
passend in der Stimmung. Ich wollte es auch nicht hier in
meiner Heimat spielen, zumal Alma Teresa Åström von
hier in der Nähe stammt und ich verwandt bin. Du hattest
das Lied erwähnt, aber ich habe es nicht als Wunsch für das
Programm verstanden. Nur, wir hatten gar kein Repertoire
mehr übrig bei den vielen Zugaben. Wir waren erschöpft.
Wir konnten uns einfach nicht mehr wehren, als die Nachfrage kam. Wir hatten es auch nicht nochmal geprobt. Dann
habe ich doch zugestimmt und wir haben es also gespielt,
vielleicht eben doch deswegen, weil ich dich im Saal zu
sehen geglaubt hatte und weil du eine besondere Beziehung
zu diesem Lied in der Einladung an mich beschrieben hattest.“

„Ja, das stimmt, ich kannte Alma gut, ja sehr gut.…
Aber, nochmal, was glaubst du als Interpret, weshalb
wurde das Lied fast unerträglich traurig?“

Jean-Pierre sagte schlicht: „Lasse hat am Konzertflü-
gel viel zu langsam mit einem völlig anderen emotionalen,
fast kitschigen Intro präludiert, wie es Frederic Chopin

begonnen hätte, ich wusste gar nicht, dass der so etwas Klassisches dermaßen perfekt beherrscht. Der Rest ist von selber gekommen.".

Die alte Dame schaute ihn an, ganz offen und konzentriert: „Ich glaube, da ist mehr, aber lassen wir das auf sich beruhen, zunächst".

Sie hatte sich im Sitzen wieder aufgerichtet, sie nahm die Schultern zurück, wie wenn sie etwas zusammengesackt gewesen wäre, sie war wieder voll beherrscht und präsent.

„Kann ich dich um noch einen Gefallen bitten? Ich weiß, dass du aus Malmö stammst. Aber erzähl doch etwas über dein Leben als junger Mensch und schließlich als Künstler, so eine Gelegenheit darf ich mir nicht entgehen lassen, mit jemanden wie dir Tee zu trinken, Jean-Pierre! Kann ich dich mit Portwein erfreuen? Nein? Vielleicht später? Gut! Und dann möchte ich schließlich auch noch etwas über deine Familie hier in der Region wissen. Wir brauchen mehr Tee."

Sie klingelte mit der kleinen Glocke auf dem Tisch. Das Hausmädchen trat ein. „Bring` uns bitte eine neue Kanne, liebe Lisa, und den Portwein."

Jean-Pierre fühlte sich plötzlich etwas gehemmt. Nicht, dass er plötzlich Zweifel daran gehabt hätte, sein Leben vor dem Kamin einer älteren Dame quasi im Parlando-Stil darzulegen, auf amüsante Art und Weise, knapp gehalten, dabei selbstironisch, um seine Zuhörer zu unterhalten und nicht zu langweilen. Dazu gehörte auch Namedropping berühmter Künstler und eine kokett gespielte Überraschung, dass bei ihm alles so gut gelaufen sei, sowohl künstlerisch als auch menschlich, obwohl er natürlich auch

Schicksalsschläge usw... Das hatte er schon oft getan, auch vor laufender Kamera.

Plötzlich war er sich nicht mehr sicher, ob das, was er im schwedischen TV und in anderen Gesprächsrunden berichtet hatte, mit seinem wirklichen Leben auch nur annähernd etwas zu tun hatte, besonders nach der Flucht aus seiner letzten wüst und leer gewordenen Wohnung. Er fühlte, wenn er jetzt über sein Leben nachdenken und berichten sollte, musste das ernst gemeint sein.

Er hätte sich auf den Bericht vorbereiten müssen, um eine aufrichtige, aber ausgewogene Darstellung vorzulegen. Er hätte sich über sein bisheriges Leben schon mal im Vorhinein klar werden müssen, wenn er heute Nachmittag, ehrlicher als bisher sonst, über seinen Lebensweg berichten sollte; so in den Sessel gefläzt, von warmer Strahlung aus dem Kamin entspannt und er schlicht zum Kennenlernen von seiner Gastgeberin dazu aufgefordert worden war. Plötzlich war die gemütliche Entspannung hin. Er musste sich konzentrieren. Er hatte das Gefühl, dass er jetzt erzählen sollte, wie er sich selbst sah, heute an dem Abend vor Weihnachten. Er musste niemanden hier etwas beweisen mit seinen knapp 40 Jahren, nur sich selbst.

Er begann also, langsam, Satz für Satz, immer während er erzählte, seine Gedanken zu sammeln und dabei aufs Neue auf seine bis heute, nein, gerade bis eben verstrichene Zeit zu schauen.

Er begann damit, dass er sein erstes, ihm anvertrautes Tier, eine Boxerhündin, verraten hatte, als seine Eltern diesen Hund nicht mehr wollten. Sie hatten ihm vorgeworfen, er habe sich nicht richtig um das Tier gekümmert wegen der Pferde, die er auch mit versorgte, weil er reiten konnte bei seinem Freund. Seiner Ansicht nach stimmte das nicht, er war ja schon im Medizinstudium gewesen. Während dieser Zeit war die Hündin so bösartig geworden, sie mochte ihn auch nicht mehr und er nahm sich nicht die Zeit, sie wieder an sich zu gewöhnen. Da hatte er sie vor Wut zu den Abdeckern hingebracht, gesund und lebendig. Die hatten sie genommen, die beiden Männer dort waren dabei mitleidig und erstaunt. Das Schicksal der Hündin? Er hat es nicht erfahren und er wollte auch nichts wissen, damals. Manchmal träumte er davon. Er schluckte.

Ja, in der Schule hatte er zum Glück letztendlich keine Schwierigkeiten gehabt, zweimal sei er beinahe von der Schule geflogen, weil er wegen seiner Jazzband das Schulschlagzeug, den Verstärker und die passenden Kabel für seine Mitspieler entwendet hatte, weil in einer Kneipe ein Auftritt seiner Jazzband unabweisbar das Wichtigste in seinem Leben geworden war. Er konnte sich durch erschütterndes Weinen retten und auf der Schule bleiben. Das zweite Mal hatte er überhaupt nicht mitgemacht in der Schule, weder Schulaufgaben, noch Beteiligung am Unterricht und nur E-Gitarre geübt, bis die Nachbarschaft sich beschwerte. Er sollte das Gymnasium verlassen. Er hatte sechs Wochen noch bis zum Zeugnis. Er verband das Lernen von Mathe, Physik und Englisch mit dem gleichzeitigen Üben von Tonleitern und Bluesarabesken auf der Gitarre. Er konnte sofort seinen Durchschnitt ausreichend heben. Er durfte bleiben.

Phasenweise musste er Gedichte schreiben. Immer wenn es ihm schlecht, mittel oder gut ging. Kein Mensch wollte anfangs nur einen Text von ihm hören. Schon bei den Scouts, wo er Gitarre gelernt hatte, hatte er eine

Neigung, auf eigene Faust in die sumpfigen Wälder zu verschwinden, um seinen Gedanken nachzuhängen, die sich oft im Kreise drehten. Er war dann ganz erstaunt, wenn die ausgesandten Suchtrupps ihn ausfindig gemacht hatten und ihm Vorwürfe machten, dass er beim Aufbau des Lagers fehlte oder in der Küche oder beim Nachtdienst oder beim gemeinsamen Abendessen.

Er liebte Molière, vor allen Dingen den Misanthrope. Er las die Texte auf Französisch. Er verliebte sich oft, konnte aber die Beziehungen schlecht aufrechterhalten. Er schlief später mit den meisten Mädchen und verschwand dann.

Am längsten hielten Liebesverhältnisse, wenn seine Partnerinnen unermüdlich seine erotischen Qualitäten lobten, dann fühlte er sich für die gemeinsamen Dinge verantwortlich, war aufmerksam und liebenswürdig.

Er hielt inne und fragte sich warum er das alles freimütig preisgab, jemanden gegenüber, den er bisher nicht kannte und dennoch hatte er das Bedürfnis immer weiter zu sprechen, wie wenn Ylva seine Vertraute wäre. Er blickte sie an. Sie nickte interessiert und aufmunternd. Er fuhr fort.

Bei einem Schüleraustausch nach Südfrankreich lernte er die Klaviermusik von Claude Debussy und Maurice Ravel lieben. Die Tochter seiner Gasteltern spielte jeden Vormittag auf dem großen Flügel immer wieder unterschiedliche Partien aus der Klavierliteratur der beiden Komponisten. Jean-Pierre beschloss, die Musik im Garten vor dem Musikzimmer zu hören und ging nicht mehr in das Lycée. Er wurde dort auch nicht vermisst.

Er hörte im Radio die Bigband aus Stockholm von Harry Arnold mit Arne Domnérus am Altsaxophon und Lars Gullin am Baritonsaxophon, verabscheute und bewunderte die Wirkung von Elvis Presley auf ihn und die Mädchen, las „Lady Chatterleys lover", verstand nur die Hälfte Englisch davon und verstand gar nichts davon, worum es erotisch ging. Schließlich verehrte er kompromisslos Jimi Hendrix mit „Little Wing und Voodoo Chil " und Mahavishnu mit „The Inner Mounting Flame".

Er verkrachte sich mit seinem besten Freund über Politik, sein Freund war für die freie Rede und absolute Gerechtigkeit, Jean-Pierre hielt das für Quatsch, das gäbe es nicht, man müsse nur schauen, ein Mindestmaß an Gerechtigkeit auf der Welt aufrechtzuerhalten. Sie sprachen ein Jahr nicht mehr miteinander. Dann wurde es wieder besser. Ein Jahr später war sein Freund tot. Es war ein Verkehrsunfall in Texas. Er hatte danach keinen besten Freund mehr.

Er hörte weiter Rolling Stones, Jimi Hendrix und schwedische Volksmusik, besonders auf der Nyckelharpa. Er war fasziniert von den frenetischen Solos, wahrhaftigen Rauscherlebnissen auf der E-Gitarre in e-moll und 95 dB. Er trank nur Wodka.

Er vertrug kein Marihuana, da musste er erbrechen.

Er stellte fest, dass viele Menschen um ihn herum gerne mit ihm zusammen waren. Er hielt aber die Beziehungen nicht aufrecht, vergaß Geburtstage, lud nur Menschen ein, wenn es ihm spontan einfiel. Er zog neunmal um während des Studiums der Medizin in Uppsala und Stockholm. Er konnte sich alles gut merken, was die Medizin von ihm verlangte. Er machte hauptsächlich Musik und trug Gedichte vor zwischen Anatomie und gynäkologischem Untersuchungskurs. Diesmal hörten die Studenten zu.

Wenn er mit solchen jungen Menschen zusammen war, dann erzählte er immer wieder ausführlich halbwahre oder ganz erfundene Geschichten. Manche waren auch viel zu langatmig, sodass die Zuhörer um ihn herum ungeduldig wurden und gingen.

Dann verglich er seine Geschichten mit einem Riesentopf voll ungenießbarer, gärender Maische und destillierte sie zu gereimten verkürzten Liedtexten oder zu höher prozentig schnell auf Ex kippbaren Getränken, zu seinen knappen Gedichten.

Inzwischen hatte er sich eine akustische Gitarre gekauft und schrieb Lieder mit Beobachtungen des Alltags. Wie er sich den grauen Büroalltag vorstellte, wie er sich die freie Welt in Kalifornien vorstellte, wie er sich das einsame Leben auf dem Fjell vorstellte, wie er sich den Sex am Strand von Alicante vorstellte. Damit hatte er großen Erfolg.

Er war oft auf der Bühne.

Er hatte keine Geldsorgen.

Er konnte gut operieren. Direkt nach dem Studium lernte er kleinere Eingriffe kennen, beherrschen und durchführen. Seine kurze Militärzeit leistete er an der russischen Grenze in einem Horchposten als Armeearzt.

Er hatte bei den Soldaten mit Liebeskummer, Fußblasen vom Marschieren, Frostbeulen, Alkoholvergiftung, Schizophrenie und Durchfall zu tun.

Er war Assistent in einer Landpraxis am Kreishospital im Norden von Schweden und hatte durchaus Freude daran. Er hatte keine schweren Fälle zu versorgen. Er hatte seiner ärztlichen Partnerin und damals quasi Verlobten die Ehe, die Treue und den gemeinsamen Hausstand mit ambulanter Praxis in dem örtlichen Krankenhaus versprochen. Er interessierte sich für seine Patienten. Er fand dort Freunde, die mit ihm musizierten und in den Kneipen auftraten.

Aber dann wurde er immer häufiger zu größeren Veranstaltungen im Sommer auf die Bühnen von Stockholm und Göteborg und Uppsala, sogar Oslo und Kopenhagen engagiert, sodass er nicht mehr Landarzt sein konnte.

Er beschloss, jetzt richtig Bühnenprofi zu werden.

Er löste die Verlobung unter Zurücklassen einer völlig enttäuschten jungen Frau.

Einen Frühling lang reiste er nach Ägypten. Er hörte dort arabische Popmusik, sah die Pyramiden und die Totenstadt mit ihren steinernen Toren, das Schilf am Nil und die Wüste. Er kehrte nach Hause mit einem fast fertigen Gedichtband zurück. Er nannte ihn "Der Blick der Leopardin". Er fand schnell einen Verleger. Die erste Auflage war bald vergriffen, so dass der Verleger sich entschloss, eine zweite folgen zu lassen. Auch diese war inzwischen ausverkauft.

Er blickte auf. Plötzlich kam er sich recht mittelmäßig vor, stinknormal also, seine treulosen Gemeinheiten mit einbezogen. Als Arzt hatte er nicht viel geleistet, was irgendwie der Rede wert gewesen wäre. Es reichte wirklich nicht, die Leute in einer Ambulanz in Nordschweden gerade mal zu mögen und die Medikamente zu verteilen. Er eignete sich wirklich besser, Unterhaltung auf der Bühne zu produzieren.

Seine Gastgeberin schenkte Portwein ein und nickte ihm auffordernd zu.

„So bist du also ein Kollege von mir. Aber das ist schon einige Zeit vorbei. Du hast dich dagegen entschieden. Ich kann das verstehen, es kann auch hart zugehen in diesem Beruf.

Einen deiner früheren Gedichtbände habe ich mir gekauft, ich glaube, das war der mit der Leopardin." Sie fasste hinter sich und legte den Band auf den Tisch.

„Kannst du mir das Gedicht vorlesen?"

Jean-Pierre schaute sie erfreut an. Er suchte die Stelle und las:


„Im afrikanischen Abendlicht glühte das Fell der Leopardin jetzt auf.

Die Flecken leuchteten pink mit goldenen Rändern,
die schwarze Zeichnung wurde transparent.

Ihre Augen fixierten einen Punkt hinter den schwarzen Schatten der Felsrücken.

Die Savanne lag weit ausgestreckt.

Das dürre Gras leuchtete fahl auf.

Die Leopardin war abgezehrt.

Sie stand da und bewegte sich mit dem Körper langsam hin und her.

Als wollte sie etwas Innerliches beruhigen.

Sie fühlte, es würde nicht mehr lange dauern.

Sie war für diese Zeit wieder mit dabei gewesen.

Wie zuvor die dunkle Mutter mit ihren vielen Kindern.

Wie davor der schwarze Reiher am afrikanischen Ufer.

Wie davor die Buntbarsche im Tanganjikasee.

Und wie davor vor sehr langer Zeit das Mädchen aus Karthago,

das zaubern konnte im Abendrot."


Sie sagte anerkennend: „Der Kreislauf der Seelen, darunter sogar eine Zauberin in Afrika, das höre ich gern, vielen Dank für das Lesen. Und nun zu deiner Familie, wie gut kennst du die Geschichte von Alma Teresa, deiner Großtante?".

„Eigentlich gar nicht richtig, ich kenne nur das Gedicht und habe daraus eine Bühnenfassung gemacht. Die Briefe aus dem Nachlass von Tante Frida habe ich noch nicht komplett gelesen, muss ich gestehen".

„Aha, aber einige von den Briefen hast du also doch gelesen?!"

„Ja, ich verstehe bislang, da war eine Jugendschwärmerei mit Gedichten zwischen dir, wenn du die Absenderin von damals warst, und Alma".

Die alte Dame saß ruhig mit fast ausdruckslosem Gesicht ihm gegenüber.

„Nein," sagte sie schlicht „das ist keine Schwärmerei, das ist die Liebe meines Lebens!"

Sie stand auf und meinte: „Es ist spät geworden. Du solltest jetzt nach Hause fahren zu deiner Familie, wo sind die übrigens zur Zeit, im Hotel?"

Jean-Pierres gute Stimmung war verflogen: „Es gibt keine Familie mehr, ich wohne noch im Hotel hier. Mehr gibt es dazu nicht zu sagen."

Sie stutzte: „Ach, so ist das?! Es tut mir leid, das war recht unbedacht von mir! Warte einen Augenblick, mir kommt eine Idee, morgen ist Weihnachten, ich glaube, wir sollten das Fest hier zusammen feiern, Lisa macht uns ein feines Essen und wir reden weiter. Du weißt noch überhaupt nichts von mir. Davon abgesehen wäre ich sonst auch hier mit Lisa in der Küche und meinen Erinnerungen alleine vor dem Kamin geblieben. Was hältst du davon?"

Jean-Pierre war freudig überrascht, er hatte sich sein eigenes Weihnachtsfest noch gar nicht vorgestellt. Wie er jetzt darüber nachdachte, dass er beinahe allein mit den paar Hotelgästen den Heiligen Abend hätte verbringen müssen, schien diese Einladung ein unverhofftes Weihnachtsgeschenk zu sein.

„Ja, ja, sehr gerne, aber das ist gerade so unerwartet, macht es dir wirklich nichts aus? Wie großzügig von dir, Ylva. Aber wann soll ich kommen?"

"Um 6:00 Uhr, abgemacht? Noch etwas, würde es Dir etwas ausmachen, wenn Du die Briefe mitbringen könntest?"

VIII.4   24.12.1982 Jul-Abend

Nach dem Brunch im Hotel ließ er sich aus dem Safe das Päckchen aushändigen, ließ sich eine Portion Kaffee auf das Zimmer kommen und las die Briefe aus dem Nachlass nun mit anderen Augen von Anfang bis Ende chronologisch durch.

Anfangs sind Ylva und Alma die ersten weiblichen Flugschüler in Achab Noréns Flugschule, das ist dem ersten Briefkonvolut zu entnehmen. Die gemeinsame Zeit endet mit Noréns Absturz. Die Ursache sei ein Flugfehler des erfahrenen Piloten beim Ansatz zum Looping gewesen, stand in der Zeitung, laut technischer Untersuchung.

Danach ist Alma in Berlin. Sie lernt als erste Schwedin Fallschirmspringen bei dem deutschen Ingenieur Otto Willekens. Offensichtlich ist Ylva inzwischen Medizinstudentin in Berlin geworden. Immer wieder beschreibt sie gemeinsame Erlebnisse und bittet um Treffen mit Alma, die stattfinden oder vielleicht auch nicht?

Jean-Pierre konnte nichts Sicheres herauslesen.

Die letzten Briefe sind voller Vorwürfe. Es geht wieder um Untreue und Eifersucht. Eine Hildegard von Mühlhoff ist die neue Favoritin von Alma. Im letzten Brief scheint Ylva das Ende der Beziehung zu Alma resigniert zu akzeptieren, nicht ohne Alma zu verwünschen, weil diese so untreu war und Ylvas Herz gebrochen habe.

Die damals so junge und verliebte Briefeschreiberin sollte diese Briefe wirklich am besten heute zum Weihnachtsfest geschenkt bekommen. Er konnte nichts damit anfangen.

„Eine nostalgische Aufmerksamkeit zum Fest.", dachte er. Er packte die Briefe wieder zusammen. Er achtete auf die ursprüngliche Reihenfolge.

Im Hotellädchen gab es amerikanisches Weihnachtspapier mit Santa Claus und sechs Rentieren, das Rentier Rudolf mit der roten Nase, alle im Flug, Santa Claus mit vollen Säcken im Schlitten. Er ließ von der Verkäuferin damit ein Weihnachtspäckchen mit den geerbten Umschlägen darin schnüren. Auf eine Karte mit Glitzerschnee und blauem Himmel schrieb er:

‚Für meine gute Gastgeberin Fr. Dr. Ylva Louisa Severus zur Erinnerung an Jul 1982 von Jean-Pierre.'

Ach ja, für Lisa fand er seine letzte Schallplatte im Gepäck mit eigenen Liedern zur Gitarre.

Dann stimmte er die Gitarre und sang leise Weihnachtslieder.

Mit der Gitarre und der Reisetasche mit den Briefen stand er Punkt sechs Uhr vor der Villa Scirpus. Lisa öffnete die Tür.

Sie begrüßte ihn: „God Jul, Jean-Pierre!"

„Tack och god jul för dej, Lisa."

Ihm fielen die weißblonden Zöpfe, das frische Gesicht und die blauen Augen mit den blonden Wimpern auf. Die junge Frau trug die Tracht der Mädchen aus Dalarna mit flachen Schuhen und enger Taille, was sie noch jünger erscheinen ließ.

Als er das anerkennend kommentierte, sagte sie zufrieden: "Jo visst, wie zu Hause zum Julfest eben, es gefällt dir also. Frau Doktor wartet auf dich im Kaminzimmer."

Dort stand Ylva in Festtagskleid und Seidenschal. Der Champagner wurde von Lisa eingeschenkt, die drei wünschten sich God Jul und stießen mit den Gläsern an, Skål für alle drei und nochmal ein Skål für die schönen Mädchen und dann wieder Skål für die tapferen drei Spielleute Jean-Pierre, Lasse und Achmed und dann speziell Skål auf die schönen alten Frauen.

Jean-Pierre legte verstohlen seine beiden Geschenke unter den Weihnachtsbaum, wo schon andere Päckchen lagen.

Die Honigkerzen am geputzten Baum verbreiteten ihren Duft, die vielen Strohpferde schimmerten und der goldene Schmuck blinkte ab und zu zwischen den tiefgrünen Zweigen auf. Als er näher hinschaute, bewegten sich da kleine Rasseln, Kannen und Gefäße, geformt wie kleine Brüste, aus Messingblech im aufsteigenden warmen Hauch der Flämmchen. Auch die Figurengruppe, die er anfangs als Krippe betrachtet hatte, war bei genauem Hinsehen etwas anderes. Die Mutter hatte ihr Kind auf dem Schoss, eine Krippe war nicht zu sehen, ein strenger Mann mit grünlichem Teint trug eine Peitsche und ein Szepter, darum herum keine Schafe, sondern Wasservögel, die Engel waren auch als fliegende Reiher dargestellt und statt Ochs und Esel waren da zwei Kamele und mindestens zwölf Esel. Der Stall war eine Höhle in dichtem Schilf.

Als er fragend aufsah, meinte Ylva , das sei schon immer so in ihrer Familie gewesen, sie legten Wert auf die Erinnerung an die Göttin Isis und das Kind Horus zusammen mit ihrer Nachfolgerin, der Mutter von Jesus von Nazareth. Als Jean-Pierre nach dem grünen strengen Mann im engen weißen Gewand fragte, er meinte, es könne einer der Magier mit dem Stern sein, sagte Ylva: „Nein, nein, das ist Osiris, der ist für das Wachsen und Gedeihen zuständig." und fügte lachend hinzu: „Das fliegende Personal über dem Versteck im Schilf sind die Wasservögel am Nil, keine Hallelujasingenden Engel, die kamen erst später dazu! Aber jetzt wollen wir das Weihnachtsmenue genießen, das Lisa uns bereitet hat."

Es war so, wie es sein sollte. Sogar drei Menuekarten hatte Lisa geschrieben. Der Weihnachtstisch war gedeckt mit mariniertem Hering, Kartoffeln, Fleischklößchen, verschiedener Wurst, Rotkohl, Rippchen, Schweinesülze, Janssons frestelse: Gratin aus Kartoffelstäbchen und Hering, Lutefisk Trockenfisch, Reispudding, Safranküchlein, Käse und Brot.

Das Festmahl, der Kalas, begann mit einem Schnaps für alle, Brännvin aus Korn gewachsen hier in Skåne.

Da schleppte Lisa schon mit hochroten Wangen den Weihnachtsschinken herein: der Jul-Skinka, ihr ganzer Stolz mit heißen Kartoffeln, Lingon Preisselbeeren, süßem Senf und Knäckebroträdern.

Lisas Jul-Skinka sei das allerbeste hier im Haus, sagte Ylva, dabei habe Lisa doch Kunst und Design studiert und wolle jetzt aber lieber Altenpflegerin werden, hier sei sie zum abschließendem Haushaltspraktikum leider nur bis Ende diesen Jahres. Lisa meinte beschwichtigend, sie sei ja noch da und käme auch später gerne aushelfen in der Küche. Sie freue sich über Lisas Angebot, antwortete Ylva, schien aber etwas skeptisch, es anzunehmen.

Zum dampfenden Weihnachtsschinken wünschte sich Ylva nun Bordeaux.

Als letzten Gang des Menues servierte Lisa frische Apfeltorte mit Calvados und Kaffee aus der Kupferkanne, der schon eine Weile auf dem Stövchen köchelte.

Ihre hohe Kochkunst wurde immer wieder gelobt, und dann packte Jean-Pierre die Gitarre aus und sie sangen die alten Weihnachtslieder und erzählten sich, wie Weihnachten in ihren Familien früher war.

Viel später erst kamen sie dazu, die Geschenke zu überreichen. Lisa freute sich über den großzügigen Scheck für ein neues Kleid. Ylva dankte ihr für die geleistete Arbeit und lud sie ein, noch den Rest des Abends bei ihnen zu bleiben. Lisa meinte, dass sie sehr lang, fast zu lang mit bei dem Julfest bei Frau Doktor geblieben sei und außerdem sei die Küche wieder herzurichten und sie wolle noch einige Briefe schreiben. Das dürfe Frau Doktor ihr nicht übelnehmen und sie verabschiedete sich, nicht ohne Jean-

Pierre mit kurzer Umarmung für seine Lieder und die LP
zu danken.

Dann sollte Jean-Pierre sein Päckchen öffnen. Zu seiner großen Überraschung und Begeisterung fand er darin
das Autograph mit der ersten Version des berühmtesten
Liedes von Carl Michael Bellman, das davon handelte, wie
nämlich der Violinspieler Berg die Saiten aufzieht und das
Fest beginnt:

Käraste bröder, systrar och vänner,
si fader Berg han skruvar och spänner
strängarna på fiolen
och stråken han tar i hand.


Den liebsten Brüdern, Freunden und Bräuten!
Seht wie Vater Berg die Saiten
auf seiner Geige wickelt und spannt
Und den Bogen nimmt er zur Hand.


Jean-Pierre konnte es gar nicht fassen. Dies war das
Original des Liedes mit dem Carl Michael Bellmann berühmt geworden war, für Jean-Pierre unsäglich kostbar, für
ihn, den Liedermacher auf Bellmanns Spuren. Er bedankte
sich überschwänglich und unterstrich immer wieder die
Bedeutung dieses Geschenks für ihn und seine Arbeit. Er
redete weiter, bis er merkte, dass Ylva wartete.

Da sprang er zum Tannenbaum und holte sein Julgeschenk für sie hervor.

Als Ylva schließlich die Briefe in den Händen hielt, die
sie 60 Jahre zuvor geschrieben hatte, fing sie an zu zittern,
sie schwankte stark und Jean-Pierre half ihr auf das Sofa.

Sie flüsterte nach einer Weile: „Es geht schon wieder. Endlich habe ich sie wieder. Sie hat sie in den Händen gehabt. Mein ganzes Leben habe ich mich gefragt, ob es irgendwie entschuldbar war von mir, wie ich gehandelt habe, aber es gibt keine mildernden Umstände mehr."

Sie schüttelte traurig den Kopf. „Ach ja, das Wetter! Jean-Pierre, bleib` heute Nacht hier bei mir, der Schnee liegt sehr hoch und vom Meer fängt es an zu stürmen. Es ist gefährlich, mit dem Auto zurück zum Hotel zu fahren nach diesem schönen Abend mit viel Wein. Dein Zimmer ist von Lisa schon vorbereitet worden, als wir die Wetterprognose bekamen. Morgen erzähle ich dir die Geschichte von Alma und mir und was danach aus mir geworden ist. Komm mit!"

Sie richtete sich auf, griff nach Jean-Pierres Arm, stützte sich darauf und ging mit ihm einen Gang mit vielen Türen entlang. An einer Tür machte sie Halt, öffnete sie und löste sich von seinem Arm:

„Du wirst alles finden, was du brauchst. Ich gehe allein zurück. Morgen früh treffen wir uns um elf zum Frühstück in der Fabrik, Lisa wird dich abholen, dann machen wir den Rundgang meines langen Lebens."

Jean-Pierre stotterte einige Floskeln, da war sie schon weg.

Er fand Bett und Schlafanzug. Das Badezimmer stand halb geöffnet. Er zog sich aus und duschte. Er schaute hinaus zum Fenster. Überall türmte sich Neuschnee mit Verwehungen, der Wind trieb die weißen Wogen vor sich her.

Er war wieder wach geworden.

Gerade als er die Blätter von Bellman mit Noten und Gesangstext mit den zahlreichen Korrekturen der

Handschrift betrachten wollte, noch immer überrascht und erstaunt über dieses Wunder, ging leise die Tür auf.

Lisa trat ein, in Nachthemd und Morgenmantel. Sie trug ein Tablett mit zwei Gläsern. Sie hatte ihre flachsblonden Zöpfe aufgelöst. Die Haare flossen an ihr hinunter. Sie blickte ihn an:

„Ich bringe Dir und mir den Rest vom Glögg, den Julpunsch. Außerdem möchte ich ein Autogramm von Dir. Übrigens, ich bin heute Dein Julgeschenk.“

VIII.5  Weihnachtstag 25.12.1982

Auf dem Hof hinter der Villa war der Schnee geräumt. Nach Westen öffnete sich eine breite Schneefläche über einer Weide. Die weiß rot quergestreifte Windfahne zeigte eine gleichmäßige Brise an. Der Schneesturm war vorbei.

Ylva öffnete die Tür in dem großen Portal des Wirtschaftgebäudes mit Druck auf die Funksteuerung.

"Das ist die historische Fabrik, meine Leidenschaft für Technik, das Museum einer Sammlerin und Unternehmerin!" stellte sie mit ausgebreiteten Armen vor. „Wir frühstücken im Dienstraum des Werkmeisters. Lisa kennt das alles hier schon.“

Lisa trug den Picknickkorb in den Glaskasten, von wo aus man die Werkshalle überblicken konnte. Jean-Pierre schaute Lisa hinterher und spürte in sich einen zarten Hauch der stürmischen Winternacht, dann blickte er schnell nach oben, bevor er den niedrigen Dienstraum betrat. Er sah die komplizierte Eisenkonstruktion des Dachstuhls mit Tageslichtbändern aus Industriefenstern. Die Helligkeit wurde durch die Schneeauflage gemindert. Drinnen im Dienstraum war an einem ölgetränkten

Holztisch gedeckt, der Kaffee in den blauen emaillierten Blechbechern ließ einen dichten heißen Hauch in die kalte Luft steigen.

Ylva trug einen grauen Overall mit doppelter Knopfleiste mit Wickelgamaschen und altertümlich sportlichen weichen Lederschuhen, Lisa Jeans und eine graue Schürze, beide Frauen bewegten sich routiniert bei der Bedienung eines Schaltpultes aus grauem Marmor.

Zuerst leuchteten gelbe Industrielampen in der nun riesig wirkenden Halle auf. Jean-Pierre konnte in der Mitte ein Flugzeug ausmachen.

Dann vernahm man Ventilatorgeräusche und schließlich rumorte der gusseiserne Radiator der Zentralheizung.

„Wir hätten früher aufstehen sollen, um zu heizen" sagte Ylva, „jetzt muss uns zunächst mit dem Kaffee warm werden."

„Das alles hier ist eine Sammlung der wichtigsten Erinnerungsstücke meines Lebens und als du, Jean-Pierre, mir meine Briefe als junge, unglücklich verliebte Flugschülerin und spätere Medizinstudentin wieder zurückgegeben hast, ist mir viel mehr als ein Julklappschnäppchen aus dem Briefmarkenantiquariat geschenkt worden.

Diese große Sammlung hier ist, so empfinde ich es heute an diesem Weihnachtsmorgen, nun endlich vollständig und abgeschlossen.

Bevor wir gleich die Tour durch mein Museum machen, muss ich eure Geduld etwas strapazieren. Bleib ruhig hier, Lisa, ich werde mein Leben nur einmal erzählen. Vielleicht ist auch für dich das abgeschlossene Leben einer 84 jährigen Pionierin im Streben nach der weiblichen

Unabhängigkeit mit deinen knapp 30 Jahren auch heute noch bedeutsam.

Ich konnte nie einsehen, dass Frauen damals in meiner Jugend so stark benachteiligt waren. Meine erste Heldin war Madame Curie, die Entdeckerin der Radioaktivität zwei Jahre vor meiner Geburt.

Sie sagte einmal: ‚Ein Gelehrter in seinem Laboratorium ist nicht nur ein Techniker; er steht auch vor den Naturgesetzen wie ein Kind vor der Märchenwelt.‘

Das gefiel mir. Ich wollte auch Entdeckerin werden, ich wollte Neuland betreten, die erste sein bei modernen Fertigkeiten und den technischen Fortschritt in dieser Märchenwelt der Naturgesetze mitgestalten.

Aber die Rolle der Frau damals war festgefügt in Schweden. Meine Familie machte bei mir schon immer wieder Ausnahmen. Meine Pläne wurden eigentlich in der Regel gutgeheißen und unterstützt. Mittel und Beziehungen meiner Eltern standen mir fast unbegrenzt zur Verfügung.

Ich bezog meine Überzeugungen als Backfisch, ein Teenager im Jahr 1913, aus den Schriften von Hedwig Dohm, die meine Großmutter hätte sein können. Einer ihrer Sätze wurde mein Wahlspruch: ‚Glaube nicht, es muss so sein, weil es so ist und immer so war. Unmöglichkeiten sind Ausflüchte steriler Gehirne. Schaffe Möglichkeiten!‘

Und ich fühlte bald, dass ich keinen Hang zum Charmantsein in der Gegenwart von jungen Männern hatte, geschweige, dass ich mich nach der Mutterschaft sehnte. Hedwig Dohm sagte diesbezüglich: ‚Was für eine dunkle, sonderbare Vorstellung, dass die Liebe zur Erhaltung der menschlichen Gattung da sei, wie die Befriedigung des

Hungers zur Erhaltung des Leibes. Die Erregung des Blutes ist wegen der Fortpflanzung da, aber nicht die Liebe, nicht die Liebe.'

Ich wollte mir meinen Weg nicht von anderen bestimmen lassen, mit dem Kindergebären allein wollte ich mich im Leben auch nicht abspeisen lassen, das hatte ich natürlich auch bei Hedwig Dohm gelesen."

Ylva lachte auf und fuhr fort: "Ich hatte es nicht besonders schwer, meine Eltern davon zu überzeugen, dass ich selbst für mich planen wollte.

Nach einer Sackgasse in meinem Leben konnte ich neu anfangen und wurde dann Ärztin. Ich habe auf dem ursprünglichen Familiensitz ein Tuberkulosesanatorium eingerichtet. Ich fürchtete allenfalls, dass ich es allein ohne beste medizinische Kenntnisse und natürlich auch ohne unternehmerische Fähigkeiten nicht schaffen würde. Deshalb habe ich mich in die Medizin geradezu hinein gewühlt, mich selber zu spüren, wie wirkungsvoll ich sein kann. Ich informierte mich bei erfolgreichen Menschen, übernahm deren Ansichten und versuchte, sie nachzuahmen.

Alle, die ich mit dem Plan des Sanatoriums konfrontierte, halfen mir dabei, die Provinzverwaltung, die Ärzteschaft, mir, einer jungen Ärztin von gerade 26 Jahren, sogar das Königshaus half mir, ein Sanatorium für Tuberkulosekranke zu bauen. Dafür verzichtete der König auf seine neue Yacht zum Thronjubiläum.

Für damalige Zeit war der Platz hier ideal. Die frische Meeresluft, die wunderbare Natur der Wälder, das mildeste Wetter in Schweden und die guten fetten Produkte der Landwirtschaft. Die schwindsüchtigen Patienten von damals fühlten sich hier in der letzten Phase ihres Lebens

wohl. Von Heilung war selbstverständlich meistens nicht
zu reden. Ach, die vielen Toten!"

Sie schüttelte den Kopf und schaute auf ihre Hände.

„Aber, wer hier lebte, konnte keine weiteren Menschen
anstecken, und als entdeckt worden war, dass auch über die
Kuhmilch Tuberkulose übertragen werden konnte, wurde
die Übertragung durch Erhitzen, Pasteurisieren, abgestellt
und der Anteil der Menschen, die in Schweden erkrankten,
wurde immer weniger.

Da war ich stolz.

Vor der Zeit der Behandlung mit Streptomycin war das
Schwerste für mich die Begleitung der vielen Menschen,
die sich nachts zu Tode husteten. Die Blutlachen in den
Betten und die blutverschmierten Zimmer, die herausge-
husteten braunen Lungenfetzen und die weißen Tuberkulo-
sebakterienhaltigen Klumpen in den Nierenschalen.

Ich habe meine eigene Infektion auf dem Röntgenbild
bemerkt, aber nach sechs Wochen in Ägypten war der Spuk
vorbei.

Die vielen, die sterben mussten, in Verzweiflung, wegen der Atemnot, wegen des Blutverlustes, sind am eigenen Blut erstickt. Wir konnten das Sterben nur erleichtern,
wenn wir unglaubliche Mengen an Morphin spritzten und
dies nicht nur unseren Patienten. So manche Schwestern
und mancher Arzt unter uns wurden süchtig, als sie merk-
ten, dass sie den schweren Dienst gegen das hilflose Entsetzen nicht mehr ohne Betäubung aushielten.

Ich wusste das, ich selbst hielt jedoch durch, mir war
schon früh klar geworden, dass mein Lebensweg so bestimmt worden war, ich war an diesem Ort, um den Schrecken auszuhalten.

Als wir dann über die Korrespondenz mit Frau Dr.Buglie vom Waksman Institut und der Firma Merck die ersten Chargen Streptomycin noch vor dem zweiten Weltkrieg bekamen, konnten wir viele Menschen hier im Sanatorium retten. Das war eine Freude!"

Sie strahlte über das ganze Gesicht.

„Ach ja, Lisa, es ist Weihnachten, dein Zug geht bald, du willst zu deiner Familie fahren. Alles Gute für dich und so vielen Dank! Komm, lass dich umarmen!

Nun komm, Jean-Pierre, wo ist mein Stock? Wir machen jetzt einen Rundgang durch meine Fabrik!"

Vor ihnen stand ein einmotoriges Flugzeug, die Norén B. Die beiden hochglanzlackierten Propellerflügel reflektierten das gelbe Scheinwerferlicht der Werkhalle. Dahinter lauerte der Neunzylindersternmotor, ein Gnom-Rotationsmotor, mit matt silbernen Zylinderrippen, schwarzen Schubstangen, Ventilhebel mit Spiralfedern und dicken Gasrohren.

Der leichte Stahlprofilkasten mit seinen mit Blech verstärkten geschweißten Ecken, das Gefängnis dieses Technikdämons, wirkte fragil, als könnten die Stahlprofile die Gewalt nicht jederzeit bändigen. Die leichte Stahlkonstruktion stand auf zwei gelenkten Fahrradrädern mit weißem Reifen. Dahinter waren ausladende ganz leicht wirkende Libellenflügel mit ihren Äderungen mit Masten und Drahtseilen aufgespannt. Der Rumpf dieses fluginsektenartigen Flugzeugs war im Pilotenbereich aus Sperrholz gefertigt. Jedoch hinten zum Heck hin mit seinem Steuerruder und der aus einem Stück geformten Hecktragfläche war der Rest des langen Körpers dieser technischen Libelle aus einfachen Sperrholzlatten verzurrt worden. Die Konstruktion des schlanken Hinterleibes war zwischen den Sperrholzlatten offengelassen worden und nur mit Drahtseillitze und Wantenspannern stabilisiert. Das Heck ruhte auf einem gebogenen Rohr, das war die Landekufe.

Es war in der Tat ein Kunstwerk.

Jean-Pierre war tief berührt von seiner schlichten Schönheit; aber auch von der beunruhigenden Störung der Gewichtsbalance zwischen der brutalen Feuer- und Erzgewalt im Käfig und der Leichtigkeit von dünnem Segeltuch, Litzenkabeln und Eschenholz.

„Hier, genau hier", deutete Ylva mit ihrem Zeigefinger auf eine Stelle am Boden direkt hinter dem linken Flügel, „hier stand ich, knapp 18 Jahre alt, als ich mit Ingenieur Ahab Norén zum ersten Mal in seine Flugzeugfabrik geführt wurde, um in der Flugschule Pilotin zu werden. Die anderen Flugschüler lachten über mich, aber ich war fest entschlossen, diesen Weg zu gehen. Ich sollte eine Weile als Volontärin in der Fabrik arbeiten, um die Herstellung des Flugzeugs genau kennenzulernen.

Ich stand hier. Ich weiß noch alle Einzelheiten. Genau hier stand ich.

Hinter mir hörte ich Ahab Norén etwas Unverständliches flüstern. Zuerst hatte ich nach oben zu den geöffneten Dachfenstern geblickt, weil von dort zwei schwarze Raben zu uns hinunterkrächzten.

Ich wunderte mich, weil es in der Halle auf einmal so ruhig geworden war. Beim Eintritt hatte ich noch lautes Arbeitsgeräusch vernommen. Ich schaute durch den Rumpf zwischen den Latten hindurch, weil auf der anderen Seite die andere Gruppe Flugschüler die Fabrik besichtigte. Rechts hinten war ein neues Fahrgestell zur Aufnahme des

Motors schon fertig gestellt. Die Arbeiter lümmelten sich um den Neunzylindermotor auf dem Montagebock herum. Sie standen breitbeinig da, hatten die Arme in die Hüften gestützt, hielten den Kopf etwas schräg, den Hut oder die Mütze im Nacken und betrachteten uns mit misstrauisch-amüsiert zusammengekniffenen Augen. Sie machten Bemerkungen über mich als Frau, die erste Flugschülerin, und da merkte ich, dass auf der anderen Seite auch eine Frau stand, eine zweite Flugschülerin, die von den Arbeitern gemustert und mit Bemerkungen kommentierte wurde."

Ylva holte tief Luft und stieß den Stock in die Erde.

„Da erfasste mich ein plötzliches Gefühl der Ohnmacht. Es war ein unfairer Angriff, ein gemein eingesetztes Kampfmittel des Schicksals. Es bewirkte ein augenblickliches Außer-mir-Sein. Man könnte es vergleichen mit einer unvermuteten Sturmböe an der Steilküste. Sie kam aus heiterem Himmel bei ruhiger Dünung. Plötzlich war ich umbraust von ohrenbetäubenden Elementen.

Ich bemerkte meinen Schwindel und konnte nicht glauben, dass mir je so etwas passieren würde. Ich hielt mich nur mit allen Kräften auf den Beinen. Dabei richtete ich meinen Blick unverwandt auf die junge Frau auf der anderen Seite des Flugzeugs, durch sein Gerippe hindurch, auf Alma Teresa Åström.

Ich, Ylva Louise Severus, wusste, dass in diesem Augenblick, sicher das einzige Mal je in meinem Leben, gerade Vergangenheit, Gegenwart und Zukunft auf diesen singulären Augenblick zusammenfielen.

Das bisherige sicher Geglaubte, die Welt, stürzte in den einen Brennpunkt aller Strahlen, aller Wärme, allen Lichts und aller Gedanken.

Ich wurde mir im gleichen Augenblick mit Schrecken bewusst, dass nichts mehr so sein würde wie zuvor.

Der mir bisher dunkel gebliebene Sinn des Lebens, meines Körpers und meiner Seele wurde mir in diesen Sekunden aufstrahlend klar.

Ich hielt mich am Holz des Längsträgers fest. Die andere Hand presste ich auf meinen Mund.

Als der Schwindel nachließ, merkte ich, dass ich geweint haben musste.

Ich kam zu mir und war wie zuvor noch in der Werkshalle, ich hörte die ruhige Stimme von Ahab Norén, der sagte, ‚Vorsicht, Fröken Severus, der Lack ist noch nicht trocken auf dem Holzträger!‘

Ich ließ den Holzträger los und wischte mir die Augen mit der Rückseite der Hand.

Ich schaute auf Almas Gestalt, ja und von da an habe ich immer auf Almas Gestalt geschaut.

Als die kleine Gruppe von gegenüber sich mit uns vermischte, näherte sich Alma, gab mir die Hand, und ich wusste, ich liebte sie. Es gab kein Entrinnen mehr.

Sie ist für immer dort drüben."

Jean-Pierre schaute konzentriert durch die Draht- und Holzkonstruktion. Auf der Gegenseite befand sich eine Schultafel, die mit einem großen Tuch bedeckt war.

„Wirklich dort?" Jean-Pierre wandte sich um, „Ich sehe nur ein Tuch."

„Ja, ja, du wirst es gleich erfahren. Sieh` erst mal hier rechts. Alle diese Fässer hier sind voller erstklassigem Flugbenzin für den Gnommotor. Ich will ja optimal fliegen können. Und hier mit dieser Ölkanne muss man die Stöße und Kipphebel für die Ventile schmieren. Das ist vor jedem Flug wichtig.

Hier rechts ist der Holzarbeitsplatz für die Rumpfherstellung und vor allen Dingen für unseren patentierten Schichtholzpropeller aus Nussbaum und Mahagoni; ein herrliches Stück Kunstarbeit, wie dieser Propeller an dem Flugzeug prangt.

Ich liebe einfach die Fabrik!

Und da, da sind die fahrbaren Montageblöcke mit den noch nicht eingebauten Gnommotoren mit ihren neun Zylindern, die beim Fliegen mit dem Propeller rotieren. Zwei neue Motoren hatte sich Norén kommen lassen. Das sind die beiden hier.

Und hier wird die Propellerwelle auf einer Metalldrehbank gedreht. Dies ist die präzisionsgefertigte Achse aus bestem Stahl zwischen Propeller und Motor".

Jean-Pierre wurde unsicher. In welcher Epoche befand sich Ylva gerade? Es schien ihm fast, als würde in dieser Werkshalle noch gearbeitet. Große Pläne mit Konstruktionszeichnungen hingen an den Wänden. Auf der Gegenseite sah er halbfertige Landegestelle, der Beginn des Gerippes eines Flügels und der Anfang des Rumpfes. In der Ecke rechts von ihm stand ein fertiger Käfig für den Motor.

Er fragte: „Wird hier noch gearbeitet?"

„Ja schon, bei der Instandhaltung und Rekonstruktion von manchen Werkzeugen und natürlich besonders bei dem Flugzeug haben mir die Leute vom Stockholmer Technikmuseum viel geholfen."

Es roch frisch nach Farbe und Leim vermischt mit Motoröl, Benzin und dem typischen Geruch von neuem

Segeltuch. Jean-Pierre fasste das Segeltuch mit beiden Händen an und prüfte die Elastizität des Gewebes.

Dann begann er die Konstruktionspläne an der Wand näher in Augenschein zu nehmen.

„Jean-Pierre, du passt ja gar nicht auf! Schau hier! Hier ist die große Kiste mit den Signalpistolen und die dazugehörige Munition, falls es zu einer Bruchlandung in unwegsamem Gelände kommen sollte. Und hier auf dem Tisch wird gearbeitet. Das hier sind die Drahtverspannungen und so wird das Segeltuch zugeschnitten und vorgestreckt.

Und jetzt pass auf, ich zeige dir das Wichtigste.“

Sie waren um das Heck des Flugzeugs herumgegangen. Er sah, dass das Flugzeug an sechs Stellen an im Boden verankerten Ringen fest vertäut war.

Ylva stand nun neben der Tafel und riss das Tuch herunter.

Da war das lebensgroße Porträt einer jungen Frau zu sehen. Sie trug einen Overall mit einer doppelten Knopfreihe. Sie hatte eine Lederhaube mit Ohrklappen auf dem Kopf und einen mehrfach geschlungenen Schal um den Hals. Auf die Stirnseite der Lederhaube war die Windschutzbrille hoch geschoben. Die Frau hatte eine entspannt konzentrierte Haltung, Spielbein, Standbein. Man ahnte eine perfekte Figur in dem Overall. Jean-Pierre konnte den Blick von ihr nicht lösen.

Sie war schön, sehr weiblich und stark.

Ihre blauen Augen schauten ruhig den Betrachter mit auffallend weiten Pupillen an. Sie hatte deutlich erkennbare Jochbeine, eine gerade Nase und einen wohlgeschwungenen Mund mit breiten Lippen. Der Maler hatte sogar einen kleinen Spalt zwischen dem Lippenrot vorgesehen, wie wenn sie Luft holen wollte, um etwas zu sagen.

„Das ist meine geliebte Alma, mein Leben, meine Heldin.

Elias Torstens Sohn hier aus Halmstad hat es nach dem einzigen Foto von ihr gemalt. Ich finde, er hat es sehr gut gemacht.

Wir hatten in unseren ersten beiden Jahren so viele Pläne. Wir wollten unsere eigene Flugschule „Walküre" aufmachen. Wir, die Walküren, die freien Töchter Odins auf unseren fliegenden Pferden, unseren Flugzeugen, die Kunst zu fliegen andere zu lehren, erkunden die Welt, greifen ein, retten in Not und Gefahr und kämpfen als Paar.

Siehst du, dass ihr rechtes Auge größer ist als das linke? Ich habe sie damit immer geneckt, sie sei vielleicht eine Tochter Odins, der hatte nur ein Auge, ein bisschen habe sie von Odin abbekommen.

Wir wollten bis nach Ägypten fliegen. Zum Nil oberhalb der Kaskaden, zur Insel Philea zum Tempel der Isis, zur Göttin. Sie sollte uns segnen, wir wollten für immer zusammenleben.

Aber Ahab Norén nahm sie zur Flugschau mit nach Stockholm, weil sie so begabt geflogen ist, wie ich glauben sollte. Sie war ja sehr geschickt mit dem Fluggerät, aber in Wirklichkeit sollte sie ihn begleiten, weil sie so schön war und er ein Auge auf sie geworfen hatte und sie haben wollte. Dann kamen die beiden später als geplant zurück und ich wusste sofort, dass es geschehen war.

Du hast den Brief gelesen. Um den Fluch wirksam zu machen, bin ich nach Hause gefahren. Ich habe meinem Vater erzählt, dass ich Alma über alles in der Welt liebte.

Er erschrak erst über den heillosen Zustand meiner Seele, viel mehr dann aber darüber, dass ich unerbittlich zu allem, sogar zur Anwendung eines Fluches gegen den Nebenbuhler entschlossen war, um sie bei mir zu halten, als dass meine Liebe ausgerechnet eine Frau war... Aber er kannte einen solchen Vorfall in der Zuneigung zwischen zwei Mädchen aus der Familie, als wir noch in Frankreich waren.

Er sagte nach einer Weile, man dürfe aber nur verwirren. Man dürfte nichts Schlimmes in den Fluch hineinschreiben. Ich habe deshalb auch nur etwas zur Verwirrung von Flugingenieur Norén hineingeschrieben.

Alma ließ sich gerne fotografieren, sie sah ja auch sehr edel und interessant aus und sie verschenkte gerne die Fotos. Ich fand das vorbereitete Foto mit ihrer Widmung an Ahab Norén und klebte das Papyrus dahinter."

„Ist es das Stück wie Löschpapier, das in ihrem Nachlass war?"

„Ja, nach dem Absturz hat die Familie von Ahab Norén ihr den geöffneten Briefumschlag mit Foto und Papyrus zurückgeschickt. So kam er in den Nachlass von Frida."

„Und das Stückchen Papyrus wirkt?" fragte Jean-Pierre ungläubig.

„Ja."

„Aha" antwortete Jean-Pierre.

„Eine Defixio Isidis wirkt wie ein starkes Pharmakon mit gelegentlich letaler Nebenwirkung, die Dosis macht es, Herr Kollege von der Medizin!

Denn ich merkte sehr schnell, dass die Dosis leider zu stark war. Ich wollte ja nur, dass er etwas durcheinander im

Kopf wird, sich als Fabrikbesitzer in Landskrona lächerlich machte und sich somit von Alma zurückziehen musste.

Aber er war so verliebt, dass er Alma ganz besonders beeindrucken wollte und hatte das neue Flugzeug als Prototyp selber zur Probe fliegen wollen und doch tatsächlich selbst einen Looping versucht. Er hatte eigentlich schon geeignete Versuchspiloten für dieses gefährliche Kunststück eingestellt und ausgebildet.

Vielleicht war er auch schon so verblendet, dass er sogar einen doppelten Looping probieren wollte. Zu diesem Zweck brauchte er viel Schub. Dazu war er viel weiter als üblicherweise bei Probeflügen mit dieser neuen Maschine, seiner Albatros B mit dem starken Motor von Mercedes, aufgestiegen und ist dann in einem flachen Abwärtsflug mit Vollgas auf eine unglaubliche Geschwindigkeit gekommen. Gerade als er sein Steigmanöver für den Looping begann und die Nase des Flugzeugs nach oben zog, tauchte plötzlich ein Flock schwarzer Vögel vor ihm auf, die das Flugzeug zu attackieren drohten, wie ich glaubte zu sehen.

Wollte er diesen Angreifern ausweichen? Jedenfalls drückte er das Steuer steil nach unten. Diese harte Kursänderung führte dazu, dass er, wie von Geisterhand gepackt, aus dem Führersitz schwebte. Offensichtlich hatte er sich in seinem Leichtsinn nicht angeschnallt. Durch den starken Fahrtwind plötzlich abgebremst, wurde er vom Seitenleitwerk seines eigenen Flugzeugs getroffen. Den Absturz der Albatros erlebte er schon nicht mehr.

Er zerschellte auf einem Felsen und lag in Stücken im Schilf, wie Osiris von seinem Bruder Seth zerschnitten worden war.

Alma war ganz außer sich. Sie versuchte die blutigen Teile zu finden, die von ihm übriggeblieben waren.

Aber sie wurde von den Sanitätern rasch weggeschickt und von uns Flugschülern festgehalten. Trost war ihr das nicht.

Sie kehrte zurück. Zu mir.

Die Flugzeugfabrik und die Flugschule mussten schließen, nachdem Ingenieur Ahab Norén tödlich verunglückt war. Ich bat meinen Vater, die Montagehalle für die Flugzeuge mit allem Inventar aus der Konkursmasse zu kaufen. Er tat dies für mich.

Alma und ich gingen nach Berlin. Ich hatte noch kein Diplom als Pilotin. Ich zweifelte inzwischen auch an meiner Widerstandsfähigkeit, immer erfolgreich gegen meine aufkommende Angst ankämpfen zu können, während Alma die 101. und letzte Absolventin der Flugschule wurde. Sie wollte nicht aufhören. Sie wollte Fallschirmspringen. Das konnte man nur in Berlin bei Otto Willekens lernen.

Anfangs wohnten wir zusammen in der Nähe der Universität. Dann zog Alma aus, weil sie für ihre Fallschirmausbildung näher bei der Flugschule draußen vor der Stadt wohnen wollte. Da wurde ich schon misstrauisch. Ich erfuhr, dass sie mit Hildegard von Mühlenhoff, ihrer Fallschirmtrainerin nicht nur die Tage verbrachte beim Training, sondern auch noch häufiger über Nacht blieb.

Bei unseren immer spärlicher werdenden Treffen, wobei sie selten über Nacht blieb, stellte ich sie zur Rede. Es war so, wie ich vermutet hatte.

Mich erfasste eine verzweifelte Wut. Ich sprach hinter Almas Rücken mit Hildegard von Mühlenhoff. Sie war eine sympathische, große, kräftige Athletin. Sie wusste nicht, dass Alma und ich ein Paar waren. Sie war verliebt in Alma und wollte sie als Geliebte bis zum Ende des Fallschirmkurses behalten. Wegen meiner verzweifelten Angst, Alma ganz zu verlieren, hielt ich still.

Zurück in Schweden schien es anfangs so zu werden wie zuvor. Ich studierte weiter Medizin an der Universität Lund.

Alma wurde von Albin Nordmann in seinem "Himmelszirkus mit Kunstflug und Fallschirmabsprung" als weibliche Attraktivität engagiert. Daneben betrieb das Unternehmen auch Postflüge. Das passte Alma gut, sie hatte so ein regelmäßiges Einkommen. Wir trafen uns oft, und ich fühlte, dass wir wieder zusammen waren.

Plötzlich wollte sie zurück nach Berlin. Mit dieser Eröffnung teilte sie mir ihr Abreisedatum mit. Verhandlungen schienen für sie ausgeschlossen. Es waren noch sechs Wochen bis dahin. Dann endete ihr Engagement bei Albin Nordmann Himmelszirkus.

Was sollte ich tun? Es blieb mir nichts anderes übrig, ich musste ihren Geist Richtung Berlin verwirren, sie durfte mit niemand anderem zusammen sein. Ich musste sie unter allen Umständen bei mir behalten! Ich konnte sonst nicht mehr weiterleben."

„Warst du denn selbst suizidal?" fragte Jean-Pierre im Ton des ehemaligen Hausarztes.

„Ja, natürlich, ich wollte mir das Leben nehmen, nachdem mir mein Leben genommen worden ist. Dann unternahm ich aber eben doch noch einmal den Versuch, Alma bei mir zu behalten. Ich dachte, ich fänge es klüger an.

Ich formulierte die Defixio in der Weise, dass ihr Geist nur gering verwirrt werden solle, sie auf dem festen Boden ihrer schwedischen Heimat für immer bleiben und das sündhafte Leben in Berlin vergessen sollte.

Dazu schrieb ich ihr einen Brief, mit der Bitte doch bei mir zubleiben und weiter an unsere gemeinsame Zukunft zu denken. Ich bat sie, den Brief immer bei sich zu tragen, in der Hoffnung, die Wirkung würde eintreten. Sie würde hierbleiben.

Ich besuchte ihre Auftritte mit dem Himmelszirkus. Sie sprang üblicherweise von 700 m Höhe. Einmal landete sie im Schilf am Ufer des Araslövsjön in der Nähe des militärischen Übungsplatzes in Näsby . Einmal blieb sie sogar in einem Apfelbaum hängen und verstauchte sich den Knöchel, als sie beim Herausklettern aus dem Baum dabei abrutschte.

In ihrer Heimat war sie die absolute Heldin. Jeder kannte sie mit ihrem Mut. Eine Zeitungsreportage aus dieser Zeit stammt von einem Passagier, der im Sommer von Ljungbyhed-Flugplatz bis Göteborg geflogen war. Alma saß am Steuer. Bei Sonne und klarem Wetter hob die Maschine vom Flugplatz ab. Um den richtigen Kurs zu halten, folgte sie der Eisenbahnlinie von Ängelholm. Über Halland trafen sie auf kräftige Luftturbulenzen. Dem Journalisten wurde übel und er wollte sich die Augen zuhalten, da blickte er auf Alma, die saß ungerührt am Steuer und schaute auf die Karte und beobachtete den Kurs des Flugzeuges.

Er schrieb in dem Artikel in der ‚Göteborgsposten‘, dass sie ‚eine eigentümliche Frau war, schweigsam, bedächtig und -ja, wirklich, sie schien keine Nerven zu haben'.“

„Heute würde man sagen, sie war eine coole Person, eine Art Fantasy-Star“, bemerkte Jean-Pierre, um überhaupt etwas zu sagen, mit der Absicht zu signalisieren, dass er noch immer zuhörte.

Ylva beachtete seinen Einwurf gar nicht.

"An dem Oktober-Sonntag war Flugtag des Himmelszirkus in Helsingborg. Auf dem Militärübungsplatz Berga sollte Alma wieder mit dem Fallschirm abspringen. Es warteten ein paar tausende Landsleute von ihr hier in Südschweden atemlos auf dieses Ereignis.

Es wurde mir berichtet, dass sie vor dem Sprung einen schwedischen Piloten mit langer Flugerfahrung getroffen hatte, dabei war auch ein Deutscher der Luftwaffe während des Weltkrieges. Es wurde darüber diskutiert, ob der Fallschirm, den sie benutzte und den die Herren etwas herablassend " Willekens Sack“ nannten, überhaupt für Show-Sprünge geeignet sei. Der deutsche Flieger erklärte, dass er mit diesem Sack nicht abspringen würde, auch wenn man ihm 1 Million dafür geben würde. Der Schwede konnte sich vorstellen, diesen Fallschirm nur bei wirklicher Todesgefahr zu benutzen.

Darauf soll Alma ruhig gesagt haben: „Wenn man mich fragt, bin ich der Meinung, dass das alles nichts bedeutet“. Ein bisschen später habe sie dann doch gesagt: „Wenn ich schneller unten ankomme, als ich vorgesehen habe, dann schickt meinen Koffer nach Hause zum alten Vater.“

Ich wusste davon nichts, aber ich sah, dass der Sprung in Helsingborg makellos verlief und sie wurde von den vielen Zuschauern lange bejubelt. Sie hatte sich ihr Sprunggelenk wieder etwas gezerrt und musste eine Woche aussetzen.

Drei Wochen später war der nächste Flugtag des Himmelszirkus auf dem zugefrorenen Alsenssee vor Askensund.

Die Landungsbahn war direkt südlich von Halmen auf dem Eis eingerichtet worden, alle Unebenheiten auf dem Eis wurden mit Schaufeln abgetragen. Das Flugfest war die Vorbereitung für ein großes Fliegertreffen in Stockholm einen Monat später. Danach war eine ausgedehnte Landestournee aller Flieger geplant.

Die gelb gestrichene Albatrosmaschine mit ihren 120-PS-Motor landete auf dem Eis und es befanden sich auf dem zugefrorenen See ungefähr 4000 erwartungsfrohe Zuschauer. Die Hauptnummer des Programms war meine mutige Flugpionierin von Südschweden, die mit ihrem Fallschirm von 700 m Höhe abspringen sollte. Während der Vorbereitung dazu war Alma strahlend und fröhlich, und die Leute, die in ihrer Nähe waren wie ich, sahen der schlanken, eleganten junge Frau mit Bewunderung zu, wie sie sich völlig ungerührt den grünen Rucksack mit dem Fallschirm anlegte. Es war der gleiche Fallschirm, den sie bei ihren vorherigen Sprüngen verwendet hatte und sie hatte ihn, wie die Leute vom Himmelszirkus bestätigten, selbst zusammengefaltet. Sie und alle wussten, dass die richtige Faltenanordnung entscheidend für die Entfaltung des Fallschirms zum sicheren Absprung war. Sie war immer so diszipliniert.

Der Pilot war der erfahrene Militärflieger Martin Lundström. Alma nahm auf dem Passagiersitz Platz. Das

Flugzeug startete und stieg schnell auf 700 m und dann drehte es eine Runde über dem Publikum. Es verminderte die Fahrt und Alma stellte sich auf den linken Unterflügel des Doppeldeckers und hielt sich mit der linken Hand am Rumpf fest. Sie winkte dem Piloten zu und warf sich den Regeln entsprechend mit dem Kopf voraus in die Luft.

Die große Menge sah sie als schwarzen Strich in der Luft, sie schlingerte gleich von Anfang in der Luft und fiel mit schwindelerregender Fahrt auf den Boden, ohne dass sich der Fallschirm voll entfaltet hatte. Ein Teil der Leute, die Ferngläser hatten, konnten Almas verzweifelten Kampf sehen, wie sie versuchte, sich von einem Seil zu lösen und damit die Füllung des gesamten Fallschirms zu ermöglichen.

Erst ca. 50 m über dem Boden glückte ihr das Manöver, so dass sich der Schirm öffnete, aber er konnte nicht mehr nennenswert ihren Sturz bremsen. Sie prallte im Schilf gegen die dort verborgenen Felsen.

Später stand in der Zeitung: ‚Sie gab das Wertvollste, was ein Flugpionier zu geben hatte, ihr Leben.‘

Sie war mit dem Kopf gegen einen Granitblock am Strand geschlagen."

Ylva weinte jetzt. Die alte Frau weinte wie ein kleines Kind. Jean-Pierre war von dieser Schilderung benommen. Als er sah, dass Ylva gar nicht aufhören konnte zu schluchzen, nahm er sie in den Arm. Er hielt sie lange fest, er, der gerade von seiner Liebe verlassene, nicht mehr ganz junge Mann stützte sie, die hochbetagte, zurückgebliebene Liebende.

„Ich wollte doch nur, dass sie bei mir bleibt!" wimmerte sie.

Nach einer Weile machte sie sich frei, richtete sich auf und sprach im liturgischen Ton:

„Oh, meine Göttin Alma,

oh, meine Göttin Alma,

oh meine Göttin Alma,

oh meine Göttin Alma.

Du Mächtige des Himmels in der Erde,

du Mächtige des Himmels in der Erde,

du Mächtige des Himmels in der Erde,

du Mächtige des Himmels in der Erde.

Du meine Allerschönste, komm zurück in mein Haus, solange habe ich dich nicht gesehen!

Du Herrliche, komm zurück in dein und mein Haus.

Du schönstes Mädchen, das so früh dahinging, in voller Jugendblüte, so falsch die Zeit!"

Sie schluchzte wieder auf.

„Ich kann gar nicht aufhören zu weinen. Ich dachte das sei längst vorbei, meine Trauerphase mit unseren ägyptischen Liedern zur Harfe."

Jean-Pierre reichte ihr ein Taschentuch.

Er dachte: „Sie ist verrückt, sie ist wirklich verrückt, so alt, vielleicht Alterspsychose? Nein, sie ist wahrscheinlich eine zwanghafte Persönlichkeit, wenn ich mich richtig an meine Psychiatrie erinnere!"

Sie putzte sich die Nase und holte wieder Luft.

„Und jetzt am Ende angekommen, habe ich alles gesammelt, was sie in ihrem Leben berührt hat. Selbst der Fallschirm liegt gefaltet im Rucksack hinter ihrem Porträt. Es fehlten nur noch die Briefe aus dem Nachlass an dich. Wenigstens ihre Reste gehören jetzt alle mir." flüsterte sie und begann wieder zu weinen. Nach einer Weile beruhigt sie sich etwas.

„Ich bin verantwortlich für ihren Tod. Jetzt, wo du mir die Briefe mit den Fluchformeln zurückgegeben hast, ist das für mich die Bestätigung für das, was ich schon immer ahnte. Ihr Tod ist nicht die Nebenwirkung gewesen. Er war die Hauptwirkung. Ich hatte das Rezept so geschrieben, ohne zu wissen wie das, was ich geschrieben habe, wirken würde.

So ist sie auf den festen Boden unserer schwedischen Heimat so schwer abgestürzt, dass sie darin begraben wurde. So ist das. Das hatte ich geschrieben auf den Papyrus. Damit hat meine Geschichte ein Ende".

Ylva schaute sich in der Fabrikhalle um, stützte sich dann auf den Stock und ging langsam zur Leiter, die auf der rechten Seite vom Führersitz am Flugzeug stand.

„Hilf mir mal da oben rein."

Jean-Pierre half ihr in das Flugzeug, sie probierte mit kundiger Miene die Pedale und das Steuerrad.

Dann sagte sie: „Jean-Pierre, ich habe Lust aufs Fliegen. Öffne jetzt die beiden Schiebetüren von der Fabrik."

Jean-Pierre tat wie angeordnet. Die Türen öffneten sich langsam. Draußen wurden die Schneelandschaft und ein Teil des Herrenhauses sichtbar.

„Und jetzt komm und gieße ein paar Tropfen Öl auf die Ventilkipphebel und dann wirfst du den Motor an. Dazu musst du den Propeller möglichst kräftig rasch nach rechts drehen und ihn sofort loslassen und zurückspringen."

Jean-Pierre nahm die Kanne und betropfte die freiliegenden Steuerungen der 18 Ventile des Neunzylinder Motors. Kaum hatte Jean-Pierre den Propeller nur um eine

Viertelumdrehung in Schwung gebracht, startete schon der
Motor mit einigen Fehlzündungen und lief dann ruhig tief
brummend verbunden mit einem eigentümlich hohen sin-
genden Geräusch.

Die alte Pilotin saß im Flugzeug, sie schien ihm etwas
laut zuzuschreien. Was es genau war, war wegen des Mo-
tordröhnens nicht zu hören, er glaubte, es klang wie „ Hojotoho! Hojotoho! Heiaha! Heiaha!". Das Flugzeug stand
zwar still, es war mit sechs Drahtseilen am Boden gefesselt.
Aber diese spannten sich immer wieder an, als wollten sie
reißen. Der Propeller mit seinem bulligen Motor zerrte bru-
tal an den Drahtseilen. Jean-Pierre sah, wie sich die Trag-
flächen krümmten und wieder flacher wurden, wie das Hö-
henruder sich rauf und runter bewegte. Jetzt wurde es noch
viel lauter, offensichtlich gab Ylva Vollgas.

Die große Werkshalle füllte sich immer mehr mit Mo-
torenrauch. Der Propeller trieb Rauch nach hinten in die
Werkshalle, von dort drängelten sich die Rauchschwaden
vorne durch die offene Tür wieder hinaus, sie wurden aber
sofort wieder vom Propeller hineingesogen.

Die automatischen Lüftungsklappen der Werkshalle
hatten sich schon geöffnet. Das nützte aber nicht sehr viel.
Ylva im Führersitz ihres Flugzeuges wurde bald von den
Rauchmassen komplett umhüllt und die Beleuchtung von
den Deckenscheinwerfern mit ihrem gelben Schein erinnerte Jean-Pierre an Odins Feuerring des Loki um die in
Schlaf versenkte Walküre.

Als Jean-Pierre fast nichts mehr von Flugzeug und Pilotin erkennen konnte und ihm schon Befürchtungen bezüglich einer CO-Vergiftung aufkamen, stellte Ylva den
Motor ab. Der Propeller lief noch eine Weile und stand

dann still. Ylva hantierte noch einen Augenblick auf dem Führersitz.

Jean-Pierre half ihr beim Hinuntersteigen der Holzleiter, sie hustete etwas vom Abgasrauch, sie schien aber jetzt gefasst, heiter und gelöst.

„Bald werden wir wieder richtig fliegen, nächstes Ziel Ragnarök. Du wirst staunen.

Nun, mein lieber Jean-Pierre, das, was ich dir erzählt habe, ist doch eine Geschichte für einen schönen Groschenroman mit Tränen und Zauberei, gewürzt mit Liebe und Besessenheit. Du bist Autor von Biographien, das könnte doch zu dir passen."

Jean-Pierre hatte während ihres Berichtes überhaupt nicht an sein ursprünglich geplantes Buchprojekt gedacht. Eigentlich war es ja auch Karel Ugglas Idee gewesen.

Er sagte so etwas wie, das sei zu privat, das könne er doch so nicht schreiben, es sei schon sehr romantisch, aber er glaube, wenn er etwas über sie, Ylva, schriebe, das sei doch zu indiskret. Außerdem müsste er sich für eine solche Aufgabe mit ihr natürlich noch viele Male treffen. „Oder ist meine Story vielleicht zu altmodisch für einen Autor von heute?" fragte sie ihn etwas kokett. Das verneinte Jean-Pierre natürlich sofort.

Als er auf dem Rückweg zum Hotel war, dachte er, dass es schon ein schweres Schicksal sein müsse, wie Ylva so fest an Magie zu glauben. Sie war sonst eine tüchtige rational denkende Ärztin und Sanatoriumsbesitzerin, aber sowas von verrückt, die alte Dame! War es Paranoia?

Ihr gestörter Seelenzustand schien ihm weniger medizinisch definierbar, sondern eher in der romantischen Literatur zu verorten zu sein, une idée fixe.

Nun, von der romantischen Seite her betrachtet, war sie wohl selbst das Opfer einer Verwünschung, das in eine unverhoffte ewige Liebe hineingetrieben wurde, wenn er sich in ihr System hineinversetzen wollte.

Den nächsten Auftritt mit seinen Musikern hatte er erst bei einer Silvestergala. Bis dahin war nichts Dringendes zu tun. Er verlängerte den Aufenthalt im Stadt Hotel am Marktplatz von Varberg um einen Tag und machte sich daran, das, was er in den letzten Tagen erlebt hatte, zunächst einmal zu notieren.

Am nächsten Morgen wurde er durch das Sirenengeheul der Feuerwehr geweckt. Er stürzte ans Fenster und sah, dass ein rotes Feuerwehrfahrzeug nach dem nächsten mit voller Besatzung mit Blaulicht und Signalton unter höchster Geschwindigkeit vorbei Richtung Norden fuhr. Danach eilten die Polizei und der Krankenwagen vorbei.

Er zog sich schnell an und ging in die Hotelhalle. Auf dem großen Fernseher hörte er schon die aufgeregte Stimme des Kommentators. Hier im Regionalfernsehen war aus der Helikoptersicht die Villa Scirpus im Wald und das lodern brennende Fabrikgebäude des Flugzeugmuseums zu sehen. Darum herum waren die vielen, wie Spielzeug wirkenden roten Löschfahrzeuge in voller Löschaktion hauptsächlich auf das brennende Fabrikgebäude gerichtet, aber auch die Villa wurde mit Wasser besprüht.

Die Perspektive änderte sich. Jetzt war der Reporter vor Ort am Mikrofon von Television eins. Er war völlig aufgeregt, es sei eine entsetzliche Brandkatastrophe, wie er sagte, immer wieder hörte man Detonationen und sah, dass innerhalb der gewaltigen lodernden Feuerwand immer wieder größere brennende weiße Fontänen in die hohen schwarze Rauchwolken spritzten, wobei größere glühende Fetzen wie Feuervögel in das brennende Gebäude zurück sanken.

Götterdämmerung, Ragnarök erinnerte er sich.

Während der Reporter atemlos weiter seinen Schreckensgesang in das Mikrofon schrie, knatterte es plötzlich im Hintergrund erneut. Unzählige weiße und rote Leuchtkugeln stiegen auf. Schließlich sah man in der Feuerwand das schwarze umloderte Stahlgerüst der Fabrikhalle. Immer wieder leuchteten blauweiße Brandnester mit Flammenjets auf, die wieder in sich zusammenfielen. Plötzlich senkte sich das ganze Dachgerippe und fiel in einem Funkenmeer in sich zusammen, um eine letzte Eruption mit gleißenden Stichflammen in diesem Feuerinferno auszulösen.

Die Löschfahrzeuge mit ihren Schläuchen und Löschwasserstrahlen wirken dagegen wie Ausstattungsstücke einer Spieleisenbahnlandschaft. Eine Beherrschung des Brandes war aussichtslos.

Jean-Pierre konnte die Augen nicht vom Anblick dieser Feuersbrunst lösen. Der Reporter schwadronierte über die großen Mengen von brennbarem Material, die sich in der Fabrikhalle befunden haben sollen. Er spekulierte über ein geheimes Munitionslager.

Der Moderator im TV fragte ihn, ob Menschen zu Schaden gekommen sein. Der Reporter vor Ort teilte mit, dass in der Villa zum Zeitpunkt des Ausbruchs des Brandes keine Personen anzutreffen gewesen seien. Die Villa sei nicht abgeschlossen gewesen und im Hause habe alles aufgeräumt und bewohnt, wie erst kürzlich verlassen, gewirkt. Die Besitzerin sei noch nicht gefunden worden.

Nachbarn hätten gesagt, dass schon am Tag zuvor Motorengeräusche zu hören gewesen seien. Das brennende Gebäude sei ein Technikmuseum gewesen. Kurz bevor der Brand ausgebrochen sei, hätte man wieder Motorgeräusche gehört, dann habe man die ersten Flammen bemerkt und die Feuerwehr verständigt.

Jean-Pierre ließ sich mit der Polizeistation verbinden und sagte, dass er ein Tag zuvor am Brandort gewesen sei. Es dauerte nicht lang, da wurde er von zwei Polizisten in der menschenleeren Bar des Hotels befragt. Die Polizisten vermuteten, dass der Brand gelegt worden sei. Es sei durchaus möglich, dass die in der Stadt Varberg so beliebte prominente Besitzerin beim Löschversuch umgekommen sei.

## VIII.6 Epilog

Am 15. Januar 1983 erreichte ihn die Todesnachricht über das Büro seines Agenten Karel Uggla. „Frau Direktör Margarete Nilsson, Geriatrisches Zentrum, hat die traurige Ehre und Pflicht, Ihnen, Herren Jean-Pierre Magnusson mitzuteilen, dass unsere hochverehrte Gründerin des ehemaligen Sanatoriums für an Schwindsucht erkrankte Menschen, Frau Dr.med. Ylva Louise Severus, Trägerin der Ehrendoktorwürde der Universität Lund, Trägerin des königlichen Seraphinenordens von 1948, Ehrenbürgerin der Stadt Varberg, am zweiten Weihnachtsfeiertag, den 26.12.1982, bei einem tragischen Unfall ums Leben gekommen ist. In ihrem Nachlass hat sie bestimmt, dass die Rechte an der Veröffentlichung ihrer Biografie Herrn Jean-Pierre Magnusson zu übertragen seien.“

Am 16. Januar 1983 fand er im Briefkasten seiner neuen Wohnung in Malmö den Brief von Veronika, der er zwölf Jahre lang so gern Vater gewesen war.

Sie schrieb:

„Lieber Jay-P, ich hoffe, es geht dir gut. Ich bedanke mich für das Weihnachtsgeschenk, ich meine die Reise mit Mama nach Frankreich, um mein Französisch zu verbessern. Mama will nicht mehr dorthin fahren. Sie will mit ihrem neuen Freund Mtanguluzi Ngumo lieber über die ganzen Sommerferien in die Karibik reisen. Dazu habe ich keine Lust. Ich möchte dich herzlich bitten zu überlegen, ob du mich nicht als deine Roadyfrau zur Betreuung der nächsten Sommertournee engagieren könntest. Ich mag dich so gern und ich bin sicher, dass ich ganz fleißig für dich arbeiten werde. Ich versteh auch etwas von Technik. Mama weiß davon. Sie hat nichts dagegen. Viele Grüße, Deine Veronika.

Und ein weiterer Brief lag im Briefkasten, er kam von Frau Lisa Sundborn Larsson vom Institut für künstlerisches Arbeiten mit älteren Menschen.

„Lieber Jean-Pierre, wir haben nichts voneinander gehört nach dem schönen Weihnachtsfest mit dir und der armen Frau Doktor, unserer Ylva. Ich würde dich gern wieder treffen. Mir fehlt noch dein Autogramm und insbesondere fehlt mir deine Nähe.

Deine Lisa.“

IX.        Behandlungsfehler

IX.1        Eva Lupa Muthesius (genannt Ella)

Eva Lupa Muthesius, von den Kolleginnen Ella genannt, saß an der Kasse. Sie lächelte den Rentner in seinem
ausgebeulten Trainingsanzug an, gab den Preiscode für die
Konservendosen mit den Karotten im Angebot mit der
Hand ein, weil er das Preisschild schon entfernt hatte. Und
er behauptete, es kostete nur 0,28 €, der wirkliche Ange-
botspreis war 0,48 €. Sie lächelte und sagte: „Ich weiß, ist
0,40 € von 0,88 € herabgesetzt. Ist doch trotzdem preiswert,
Herr Heinrich, nicht wahr?" Herr Heinrich lächelte zurück
und schluckte: „War ja nicht so gemeint, Ella.".
Sie lächelte die Nichte ihrer Nachbarin an, die auf der
einen Kopfhälfte rasiert war und sich dort einen Elektro-
nikchip mit einem schwarzen Schädel-Tattoo angebracht
hatte, ansonsten war dieses Mädchen von Kopf bis Fuß
schwarz gekleidet und mit silbernen Nägeln verziert, sie
machte auf Gothic.
Ella kassierte.
Dann lächelte sie ihre Schulkameradin aus der letzten
Klasse in der Hauptschule an, sie war mit ihrem zweiten
Kind, dem kleinen Paul da, der in den Kaugummis kramte.
Sie kassierte alle ab und merkte wieder einmal, dass ihr
die Hüften und das Kreuz ziemlich weh taten und dass sie
todmüde war.
Wegen der Schmerzen tief im Rücken war sie schließlich resigniert heute Morgen um vier aufgestanden, früher
hatte sie bis zu dieser Zeit Party gemacht. Sie hatte vorsich-
tig die Hüften und die Wirbelsäule hin und her bewegt, bis

der Schmerz etwas nachließ, dann hatte sie heiß geduscht, eine Paracetamol genommen, um halb sechs noch eine, nach der dritten Tasse Kaffee und einigen Seiten aus dem Fortsetzungsroman „Sünde II" über erotische Verwirrungen reicher englischer Adliger im 18.Jahrhundert in den Kolonien lustlos weitergelesen, das broschierte Heft weggelegt und Früh-TV mit den aufgeblasenen Nachrichten geschaut, noch einmal das Kreuz gereckt und dann musste sie auch schon los.

Halb acht war sie parat an ihrer Kasse.

Die neue Preisliste vom Gemüse musste sie noch auswendig lernen und schaffte es, endlich die Kasse mit den Tasten, die schon länger klebten, mit einem feuchten Reinigungstuch zu säubern. Das machte sie, die Kolleginnen vergaßen das wohl immer mal.

Dr. Belagül, ihr Hausarzt war wegen ihrer Beschwerden im Kreuz und in den Hüftgelenken ratlos. Dr. Viereck, ihr Orthopäde, hatte was von Hüftarthrose gemurmelt, dafür sei sie aber zu jung mit ihren 44 Jahren, zusammen mit der Wirbelsäule sei es vielleicht Rheuma und er beabsichtige, sie zur Internistin schicken. Ella wollte das nicht. Sie konnte doch nicht ihr Leben lang Medikamente schlucken, Blutkontrollen jede Woche über sich ergehen lassen, so verstand sie den Vorschlag mit der Internistin.

Außerdem konnte sie die arrogante Leiterin dieser internistischen Praxis überhaupt nicht ausstehen. Die musterte sie immer von oben bis unten, sodass Ella das Gefühl bekam, an sich herumzupfen zu müssen, den Pullover tiefer zu ziehen, den Po zusammenzukneifen, die Luft abzulassen, um dann zu hören, dass ihr Blutdruck gerade noch hinreichend niedrig sei, aber das Cholesterin schon begänne, etwas zu steigen und sie ohnehin sehr ungesund leben würde mit ihrem Rauchen und dass sie wegen der geringen Sportaktivitäten vielleicht in Zukunft ein zu hohes Gewicht haben würde. Sie wog ohnehin immer weniger wegen der Schmerzen.

Ella fand, dass sie sich mit 1,65 und 52 kg wohl fühlte, wenn die Hüften und der Rücken nicht wären. Die Internistin Frau Dr. Siebert war für Ellas Geschmack unangenehm dürr und hatte sicher Untergewicht von ihrer fanatischen Liebe zum Triathlon, sie hatte sicher keine Freude am Leben und wie Ella erfahren hatte, eine komplizierte Beziehung zu einem pausenlos mit dem Training beschäftigten Informatikspezialisten. Frau Doktor sprach immer sehr schnell, Ella musste genau hinhören, um zu verstehen. Außerdem ging ihr das nervöse Räuspern hinter den langen Sätzen und alles, was der Internistin so eigen war, tierisch auf die Nerven. Es war klar für sie, dass sie sich dort nicht auf längere Zeit behandeln lassen wollte.

Nicht ganz unwichtig erschien ihr auch die Überlegung, dass sie sich nicht sicher war, ob ihr Ex-Ehemann vielleicht immer noch dort Patient war und man sich gegebenenfalls begegnen könnte. Sie hatte keine Lust darauf, alles war zu unerfreulich gewesen, besonders der Alkohol und die Schläge. Plötzlich spürte sie wieder die Wut, über ihn und über ihre gescheiterte Ehe und das verlorene Haus. Ja, über den Schnaps, über die Untreue und die Wut, nachdem ihr Ex das gemeinsame Haus verlassen hatte, wie sie nacheinander alle Kleidungsstücke von ihm im offenen Benjamin-Franklin-Kaminofen mitsamt den Schuhen verbrannt hatte. Als er seine Sachen holen wollte, roch er wieder nach Alkohol. Er war völlig erschlagen und sprachlos, als er sah, dass nichts mehr von ihm da war, alles war verschwunden, verbrannt, wie wenn er nie dagewesen sei.

Heute bereute sie das ein bisschen. Sie hatte dann ihren Mädchennamen wieder angenommen.

Aber mit dem Alkohol konnte sie sich nicht mehr anfreunden. Leider schien ihr Sohn Niko auf diesem Gebiet ebenfalls schwach zu sein. Bisher ging es noch mit ein paar Ausrutschern.

Sie hatte es wenige Male mit einer neuen Beziehung versucht, es war nicht das Richtige für sie gewesen, zu wenig Gefühl bei ihr, sie war danach immer wieder lieber allein. Nein, es sollte aber jetzt eine endgültige Lösung her. Im Alter von 45 Jahren wollte sie neu beginnen, richtig geplant einen kompletten Neuanfang starten, das war also in einem Jahr, es musste gelingen, sie hatte eine solche Sehnsucht nach Aufbruch und einem neuen zuverlässigen Partner.

Niko hatte die Gesellenprüfung „Heizung und Sanitär" recht ordentlich bestanden und war praktisch bei seiner Freundin Tanja eingezogen. Sein Zimmer bei ihr war noch eingerichtet. Aber es würde nicht lang dauern, bis er es überhaupt nicht mehr brauchen würde.

Tanja war hübsch, vegetarisch und arbeitete in einem Wellnessbetrieb mit Yoga, Ayurveda, Stonemassage, Feldenkrais und problemorientierter Ernährung, sie konnte sehr strenge Ansichten von sich geben. Meistens war sie aber sehr nett. Niko hatte wirklich Glück.

Ella fühlte sich frei und bereit für eine Zukunft.

Theoretisch war das schon so seit der Scheidung vor 10 Jahren, praktisch aber jetzt erst mit dem Auszug von Niko.

Sie wollte ein bisschen zum Wohlfühlen fasten, aber nur ganz wenig abnehmen, fit sein, gut aussehen mithilfe einer Bekannten im Kosmetikinstitut, sie wollte ihre Klamotten vom Stil her komplett ändern, sie wollte anders leben.

Sie konnten dieses nächtliche Herumirren mit den Schmerzen in beiden Hüften und im Kreuz, welches sie ja schon länger störte, einfach nicht gebrauchen. Bei diesen Runden kurz nach Mitternacht, wenn die Schmerzen stärker geworden waren, hatte sie aufgeräumt. Sie fand ihre alten Zeugnisse, die Briefe von ihrer Mutter, das alte Poesiealbum, einige ausgeschnittene Liebesgedichte aus der Zeitung, einen angefangenen Strumpf mit Stricknadeln, alles Erinnerungen an eine Jugend voller Hoffnungen auf das Leben. Bei dieser Gelegenheit fand sie auch das Kästchen, welches sie von ihrer Mutter überreicht bekommen hatte, als sie ihr ganz heimlich erzählt hatte, dass die erste Periode eingetreten sei. Ihre Mutter hatte sie in den Arm genommen, einen Tee gekocht und sich mit ihr auf das Sofa gesetzt und sie herzlich beglückwünscht. Ihre Mutter hatte gesagt, dass sie stolz auf sie war, dass sie jetzt eine junge Frau als Tochter habe. Ella schaute in ihre eigentümlich dunklen Augen, die Mutter war eine freundliche, auf eine geheimnisvolle Art selbstsichere Frau, sie war Kinderkrankenschwester gewesen, dann hatte sie ihre drei Kinder aufgezogen und nur noch teilweise für das Gesundheitsamt gearbeitet. Sie hatte beim Überreichen des Kästchens gesagt: „Die gute Mutter Isis mit ihrem Sohn hilft dir gegen die Feinde im Schilf. Verwende die Verwünschungen nur in großer Bedrängnis. Nimm diese Kraft ernst, wie sie Farmor Ulf in Schweden ernst genommen hat." Ella hatte damals gedacht, auf dem Kästchen sei eine Abbildung von der Madonna mit dem Kind geschnitzt. Ungewöhnlicherweise war das Kästchen zweigeteilt, die eine Hälfte war schwer, nach dem Öffnen fanden sich eine Bleirolle, ein kleiner Knochen, ein Blatt Papier mit Schriftzeichen und sechs unbeschriebene Papierzettel. In der anderen Hälfte war nichts. Als sie es jetzt wiedergefunden hatte, schien es unverändert zu sein. Beim Öffnen erinnerte sie sich, dass die Mutter gesagt hatte, man müsse nur die Schriftzeichen abschreiben unter Verwendung des dicken Papiers und den Feind darauf notieren, danach eine Träne darauf tropfen lassen, mit dem Nilwasser im Fläschchen wirke es auch, hatte sie gelacht. Das Papier müsse in seiner Nähe untergebracht werden. Aberglauben, dachte Ella, ein gutes Medikament gegen die Schmerzen ein für alle Mal wäre ihr lieber gewesen. Sie beschloss, das Kästchen für sich zu aktivieren und für die tägliche Zigarettenration zu nutzen.

Aber jetzt hinter der Kasse hatte sie Schmerzen und fing schon an, unruhig die Position zu wechseln. Als Bettina zu ihrer Ablösung kam, wollte sie vom Sitz hinter der Kasse aufstehen, brauchte aber zwei Ansätze wegen des Kreuzes, bis sie sicher stand und ging dann unter Hinken zur Toilette. Sie war ziemlich verzweifelt.

Es musste ein für alle Mal gelöst werden, dieses Problem.

Sie hatte von einem dynamischen Sportarzt und Hüftchirurgen gehört. Er operierte exklusiv in einer kleinen Klinik im Sauerland, die eigentlich geschlossen werden sollte. Seit seinem Wirken dort war die Klinik gerettet, es wurde investiert, in der Zeitung standen gute Artikel mit Fotos von ihm und der Gegend in der Nähe, man erfuhr, dass er

Pferde liebte, seine Frau war auch mit auf den Fotos abgebildet, schien in der Praxis mit der Nachbehandlung der Patienten beauftragt zu sein. Offen gestanden sah sie etwas verbissen, nein, eher verantwortungsbewusst aus. Er hingegen blickte offen und zuversichtlich in die Kamera, er war für sie der Typ von Mann, zu dem man einfach Vertrauen haben musste.

Niko machte eine Recherche im Internet. Es gab zwar auch einige kritische Äußerungen von mehreren ehemaligen Patienten über ihn, ein Patient urteilte, der Doktor habe bei ihm zu früh operiert und die Operationen sei ein Misserfolg geworden, aber das war sicher nur ein Vorurteil. Denn auf der Webseite von Dr. Meier-Barmbeck, dies war der offensichtlich sehr bekannte Name des Spezialisten für Hüften und Kniegelenke, war eine so große Zahl von Erfolgen, Hinweisen, Erklärungen veröffentlicht, dass sie überzeugt war, dass Dr. Meier-Barmbeck der richtige für ihr Problem war.

Sie beschloss, sich dort vorzustellen. Er hatte keine Kassenpraxis. Sie musste alles selbst bezahlen. Sie hatte gespart. Die Schmerzen mussten weg. Das rechtfertigte einen finanziellen Aufwand.

In vier Monaten wollte Niko endgültig ausziehen, dann musste der Weg in das neue Leben frei sein.

Die erste Besprechung sollte ohnehin nur 90 € kosten. Für sie war das völlig klar, sie hatte drei Probleme: nämlich beide Hüftgelenken und die Wirbelsäule, 30 € für jedes Problem erschien ihr durchaus angemessen.

Sie vereinbarte mit der freundlichen Stimme am Telefon einen Termin bei Dr.Meier-Barmbeck. Die Gebühr sollte sie bar mitbringen. Für den Tag der Untersuchung in der Praxis hatte sie sich frei genommen. Der Marktleiter hatte etwas dagegen und nur zögernd zugestimmt. Aber es hatte schließlich doch geklappt, sie würde das schon wiedergutmachen, ein paar Überstunden ohne aufzuschreiben oder so. Niko sagte sie nichts davon.

Vor dem Tresen der Praxis musste sie etwas warten. So hatte sie Zeit, das Geschehen zu beobachten. Die beiden Blondinen in türkisfarbigen Blusen und gleichfarbigen Jeans unterhielten sich, ohne sie zu beachten. Die eine schaute auf den Monitor und die andere sprach mit ihr über eine dritte Person. Ella räusperte sich, beim zweiten Mal blickten beide auf und wurden sofort zugewandt, glatt und freundlich.

„Frau Muthesius? Sehr gut, sie haben jetzt Ihren Termin, ob Sie die Gebühr gleich entrichten können?"

Sie überreichte die 90 €. Sie wurde ins Wartezimmer geleitet. Es dauerte nicht lang, dann wurde sie zu Dr. Meier-Barmbeck hereingebeten. Er sah so aus, wie sie ihn sich vorgestellt hatte: schlank, sportlich, blaue Augen, volles etwas meliertes Haar, graue Schläfen. Er trug zum weißen Polohemd eine weiße Hose mit einem Gürtel mit einer Hufeisenschnalle. Sie wusste Bescheid, er liebte Pferde. Dazu trug er weiße Sportschuhe mit einer Verzierung vorne wie beim Golf. Er war sehr guter Laune. Er war zwar etwas in Eile, notierte ihre Beschwerden in den PC. Dann sollte sie einige Schritte hin und her gehen. Dann sollte sie sich bis auf den BH und den Slip ausziehen. Sie schaute sich in der Umkleidekabine um, die Tapete war stark mit einem Pferdemotiv strukturiert. Während sie sich zur Untersuchung auszog, verließ Dr. Meier-Barmbeck den Raum, er kam kurz darauf wieder herein. Er drückte auf die schmerzhaften Hüftknochen auf beiden Seiten. Dabei sagte sie, dass es auch in den Fersen und im Kreuz besonders nachts wehtun würde. Das interessierte ihn eigentlich nicht, er hob ihre Beine an und beugte die Hüftgelenke.

Dann schickte er sie mit einem Zettel zum Röntgen. Sie kam einige Türen weiter in die Röntgenabteilung. Das Becken wurde geröntgt.

Kurz danach war sie wieder im gleichen Zimmer. Auf dem Tisch lagen einige Papiere mit ihrem Namen aufgedruckt.

Dr. Meier-Barmbeck sagte: „Tja, das sieht ja nicht gut aus, sie haben beidseits kranke Hüften. Was machen wir denn da nun?"

Sie fragte: „Ist es sehr schlimm?"

Er nickte: „Ja, da kann bei einer so komplizierten medizinischen Situation wie bei Ihnen nur eine Operation mit den modernsten Techniken helfen. Glücklicherweise beherrsche ich die neueste Implantattechnik als einziger Gelenkchirurg hier weit und breit.".

Plötzlich war sie sehr ängstlich: „Was bedeutet das für mich konkret? "

Dr. Meier-Barmbeck wurde unversehens sehr konzentriert und wirkte überaus kompetent.

Er wandte sich nun direkt ihr zu und schaute ihr in die Augen:

„Sie bekommen für ihre kaputte Hüfte von mir zwei extrem harte und extrem gut polierte Schalen aus einem Spezialmetall mit einem Knochenzement eingebaut, diese Kombination hält länger als Ihr Leben!"

Ella: „Werde ich dann keine Schmerzen haben und wieder fit sein?"

Dr. Meier-Barmbeck lachte: „Aber klar, natürlich nur, wenn beide Hüften bei uns hier gemacht worden sind."

Ella hatte sich schon halb entschlossen: „Wenn es sein muss, muss es sein. Ich sollte vielleicht noch mit meinem Sohn darüber sprechen."

Dr. Meier-Barmbeck sagte: „Mit ihrem Sohn können sie doch noch nach der Operation sprechen. Unterschreiben Sie hier, hier und hier. Nächste Woche kommen sie montags früh 7:30 Uhr, die Operation ist am Dienstag im Krankenhaus Sauerland-Stern-Hospital.".

Ella sagte, während sie unterschrieb: „Und Sie sind sich sicher, dass ich nach der Hüftoperation keine Schmerzen haben werde und wieder fit sein werde? Kann ich denn gleich wieder auftreten?"

Da schaute Dr. Meier-Barmbeck sie noch einmal direkt mit seinen ehrlichen blauen Augen an und sagte: „Ganz sicher, Sie sind in den besten Händen. Und Sie sind gerade noch rechtzeitig zu mir gekommen."

Als sie draußen war, atmete sie tief durch. Dann rief sie den Marktleiter an und danach Niko.

Nach der Operation hatte sie zunächst starke Schmerzen in der rechten Hüfte. Die Schmerzen seien normal, sagten die Schwestern und sie kümmerten sich wirklich darum, sie lagerten sie um, gaben ihr Schmerzmittel, stopften Polster hier und da hin, so dass sie besser liegen konnte. Den Operateur Dr. Meier-Barmbeck sah sie in dieser Zeit nicht, sie fragte einige Male nach ihm, der Assistenzarzt, der für alle anderen Patienten in diesem kleinen Krankenhaus ebenfalls zuständig war, wusste anfänglich nicht richtig Bescheid über ihre Operation. Später rief er bei Frau Dr.

Meier-Barmbeck an, die sagte, es sei alles ok, soweit sie wüsste, andernfalls sei ihr ja was gesagt worden.

Aber auch in den folgenden Tagen konnte sie nicht richtig auftreten, sie hatte immer das Gefühl, dass in der Hüfte bei der Belastung zunächst ein spitzer Schmerz auftrat. Ihr war gesagt worden vor der Operation, dass sie voll auftreten könnte. Wenn sie durch den Schmerz hindurch dann schließlich voll drauftrat, wurde es etwas besser. Aber die Schwestern sagten, das dürfe sie nicht. Krankengymnastik würde sie später machen in der Reha. Im Übrigen hätten sie ohnehin keine Krankengymnastin hier.

Auch nach der Reha nach drei Monaten konnte sie noch nicht frei gehen. Es tat immer noch so weh, trotz der beiden Gehstützen. Sie bekam schon taube Finger vom Abstützen.

Die Operation hatte 9.000 € gekostet, wie sie auf der Rechnung gelesen hatte, waren besondere Schwierigkeiten aufgetaucht. Daher der hohe Preis.

Sie kann zum Kontrolltermin. Diesmal ging alles noch schneller als beim ersten Mal. Dr. Meier-Barmbeck war nicht da, seine Frau untersuchte auf beiden Seiten die Hüften durch rasches knappes Bewegen, schaute kurz auf die Narbe und legte die Papiere zur zweiten Operation nunmehr links vor.

Als Ella sagte, dass die operierte Hüfte immer noch wehtäte, sagte Frau Dr. Meier-Barmbeck geringfügig ungeduldig, das gäbe sich. Wenn erst einmal die andere Seite operiert sei, würde es schon besser werden. Am nächsten Montag sei die Operation. Ella konnte noch sagen, dass sie Schmerzen im Kreuz nachts habe. Auch habe sie immer wieder Durchfälle und Schmerzen in den Fersen. Das wollte Frau Dr. Meier-Barmbeck nun wirklich nicht hören, sie meinte, das sei ja möglicherweise psychisch vor der zweiten Operation und nicht so schlimm. Das Hauptproblem seien ja doch die Hüftgelenke. Und da sei sie ja in den besten Händen.

Als Ella draußen war, überfiel sie der Zweifel. Zu Hause schaute sie noch einmal den Internetauftritt an, die Internetseite von Dr. Meier-Barmbeck hatte ein neues Bild, wie Dr. Meier-Barmbeck und der Leiter des Krankenhauses Sauerland-Stern eine Fortbildung über künstliche Kniegelenke vorstellten.

Der Blog, den Niko gefunden hatte, war im Wesentlichen unverändert, nur dass ein weiterer kritischer Beitrag über die Operation bei Herrn Dr. Meier-Barmbeck zu finden war. Um ihn ganz zu lesen, musste sie sich registrieren lassen, es dauerte eine Weile. Als sie die neue Beurteilung komplett gelesen hatte, war sie der Meinung, dass das so, wie in diesem Blog dargestellt, nicht sein könnte. Dieser Beitrag war so wütend geschrieben von einer Frau, die sich "Schmetterlinge im Bauch" nannte und angeblich 40 Jahre alt war und die Operation an ihrer Hüfte bei Herrn Dr. Meier-Barmbeck sowas von Sch.... fand, dass ihr Leben versaut sei, dass Ella solch undifferenzierte Äußerungen nicht ernst nehmen konnte.

Sie würde sich auch die zweite Hüfte operieren lassen.

Im Markt wussten alle Bescheid.

Eine Andeutung dort gefiel ihr allerdings nicht, der Leiter sagte zu ihr: „Also, Frau Muthesius, wenn Sie so schwer krank sind, dann überlegen Sie sich doch einmal, ob Sie der Arbeit hier überhaupt gewachsen sind ".

Ella antwortete: „Aber wenn das vorbei ist, bin ich doch wieder fit ".

Er meinte schon fast im Weggehen: „Das werden wir dann ja sehen. Mit Hüftoperationen ist ja nicht zu spaßen, ich kenne was davon von meiner Mutter, wenn das schon jetzt in Ihrem Alter von knapp über 40 Jährchen losgeht."

Sie sagte nichts und dachte nur: „Arroganter Vollidiot."

Als sie zur zweiten Operation eintraf, war Dr. Meier-Barmbeck nicht da. Auch nach der Operation betreute sie in ein anderer Assistenzarzt. Der war Deutschrusse und sprach schlecht Deutsch und verstand sie überhaupt nicht. Sie versuchte, die Praxis mit dem Handy zu erreichen. Sie war sehr ängstlich geworden, der Drainageschlauch war schon den vierten Tag nicht gezogen worden, die Schwestern meinten, das werde langsam Zeit. Außerdem sei die Wunde etwas gerötet, sagten die Schwestern. Sie solle mal in der Praxis anrufen. In der Praxis war nur die Frau von Dr. Meier-Barmbeck. Sie war freundlich, sie meinte, sie wolle es ihrem Mann sagen. Wenn sie aber wieder etwas zu sagen hätte, solle sie nicht mit dem Handy anrufen, sondern sich direkt an die Schwestern wenden.

Am Nachmittag war der junge Arzt aus Russland wieder da, zog den Schlauch, machte ein paar ermutigende Geräusche wie „John Joop, gut Kurt, komm komm". Dann sagte er: „Alles gutt, Frau, Frau jetzt laufen, bittäscheen".

Und richtig, die Schwestern liefen mit ihr die ersten Schritte mit dem Gehwagen, danach kamen die Stützen dran, aber es tat noch weh an der zuerst operierten Hüfte, aber anders als auf der neu operierten linken Seite. Sie konnte die erste Woche noch nicht alleine gehen. Sie nutzte deswegen lieber den Rollstuhl mit den platten Reifen, um eine zu rauchen.

Zur Reha wurde sie liegend transportiert.

Dort machte sie innerhalb von drei Wochen Fortschritte. Nach der letzteren Kontrolle sagt die dortige Ärztin, dass es bei dieser Art von Prothesen eigentlich sonst schneller ginge. Sie solle sich doch noch einmal beim Operateur vorstellen und die nette Ärztin klopfte ihr auf die Schultern, es werde schon werden.

Niko und Tanja holte sie mit Ellas Auto ab, sie hatten ein hohes Kissen mitgebracht, dass sie die Hüfte nicht so stark beugen musste, das hatten ihr die Krankengymnasten in der Reha eingeschärft.

Sie lieh sich 5.000 € von ihren Eltern, um die zweite Rechnung zu bezahlen.

Nach drei Monaten konnte sie zwar im Haus unter Festhalten an den Möbeln etwas gehen.

Arbeiten war noch nicht möglich.

Der Markt schickte ihr die Kündigung.

Sie saß allein zu Hause.

Die Kreuzschmerzen nachts waren geblieben. Die Schmerzen rechts waren eher stärker geworden, links war es erträglich, aber im Wesentlichen sowie vorher. Jetzt überfiel sie erstmals ein Gefühl absoluter Ohnmacht. Der Atem wurde ihr eng, alles um sie herum schwankte, ihre Hände und Lippen wurden taub, sie musste immer wieder tief atmen. Sollte die Behandlung im Sauerland ein Misserfolg sein? Sie schlug die Hand vor den Mund, um nicht laut zu schreien. Das Druckgefühl ließ wieder nach. Dennoch: was war jetzt zu tun, irgendetwas, aber was?

Sie setzte sich an den Tisch in der Küche. Sie nahm das Fotoalbum. Als sie sich auf einem Foto als Kind an der Hand ihrer Mutter sah, schluchzte sie laut und die Tränen fielen auf das kleine braune Zigarettenkästchen mit den beiden Fächern, das eine für die Zigaretten, das andere enthielt eine Bleirolle. Sie erinnerte sich wieder, das hatte sie von ihrer Mutter mit 15 Jahren bekommen. Das Kästchen brächte Glück mit Tränen hatte die Mutter gesagt.

Am nächsten Morgen ging sie in die Hausarztpraxis zu Dr. Belagül. Er verstand sofort und schickte sie in die große orthopädische Klinik in der Nähe. Es dauerte zwei Monate bis zur Untersuchung.

Dort stellte man dann fest, dass die rechte Prothese entweder nicht ordentlich eingebaut war oder sich spontan gelockert hatte, zumindest fand sich ein Unterschied zwischen den Röntgenbildern, die sie mitgebracht hatte und den jetzt aktuellen Bildern, die Kopfschale der Hüftprothese war verrutscht. Das hieß, wurde ihr mitgeteilt, die Schale wackelte und machte deshalb Schmerzen. Sie hatte sich das alles nicht eingebildet. Außerdem seien diese Metallschalen inzwischen in England und in den Vereinigten Staaten nicht mehr erlaubt, sie würden in zu vielen Fällen Schmerzen und erhöhten Kobaltgehalt im Blut machen, das sei schlecht für die Organe. Eine Kobaltuntersuchung hier sei leider nicht möglich, sie sei teuer und die Krankenkasse würde sie nicht bezahlen. Aber eindeutig sei, dass die Schale in falscher Position eingebaut war. Zumindest auf der rechten Seite sollte sie sich eine andere Prothese einbauen lassen. Links sei das nur nötig, wenn der Kobaltgehalt tatsächlich nachgemessen zu hoch sei oder sich diese Prothese lockern würde. Sie war sprachlos. Nicht nur, dass

sie jetzt schlechter dran war, sie war auch für die Zukunft
bedroht, niemand konnte ihr versprechen, dass diese Ko-
baltprothesen nicht schädlich sein würden in der Zukunft.
Wieder überfiel sie die Panik. Sie hatte Angst, nur noch
Angst. Das konnte sie nicht lange mehr aushalten. Sie verließ kurz das Arztzimmer und beruhigte sich draußen im
Hof. Dann kam sie wieder herein und hatte sich im Griff.

Sie fragte nach einer Lösung. Ihr wurde ein bewährtes
Implantat für beide Hüften angeboten. Diese würden wahrscheinlich 15 bis 20 Jahre halten, wenn man Keramik verwenden würde. Damit käme sie fast bis zum Pensionsalter,
dann sei allerdings mit einer neuen Wechseloperation zu
rechnen. Sie verstand, dass sie ernst genommen wurde und
dass eine realistische Chance auf Besserung bestand. Sie
würde wieder Schmerzen haben, aber sie müsste nichts
selbst bezahlen. Das sei so in Deutschland. Sie schämte
sich ein bisschen, auf einen betrügerischen Arzt hereinge-
fallen zu sein. Solche Menschen dürfte es doch eigentlich
gar nicht geben, das müsse doch mit dem Eid des Arztes
schon ausgeschlossen worden sein.

Wegen der nächtlichen Kreuzschmerzen wurde sie
zum Rheumatologen geschickt. Der untersuchte sie von
den Augen bis zu den Zehen, nahm Blut ab, röntgte die
Wirbelsäule und die Fersen, beruhigte sie. Er erklärte beim
zweiten Mal, es sei so eine Art Morbus Bechterew, also ein
Rheuma an der Wirbelsäule mit Beteiligung der Sehnenan-
sätze, das sei typisch. Nachdem sie die verschriebenen Medikamente eine Woche lang genommen hatte, ging es ihr
im Rücken und in den Füßen besser. Sie konnte wieder
durchschlafen. Da merkte sie, dass nach einer ordentlichen
Untersuchung eine Behandlung mit Medikamenten

tatsächlich wie versprochen zuverlässig wirkte. Sie fasste Mut. Drei Monate später hatte sie die rechte Hüftprothese und sechs Monate später die linke Hüftprothese entfernen lassen und durch das neue Titan-Keramik- Implantat ersetzen lassen.

Sie ging wieder zur Reha, diesmal nach Aachen.


Im Eiscafé

Bei der Abschlussbesprechung mit der Reha-Ärztin hatte sie auf deren suggestive Fragen, ob sie mit dem Verlauf der Reha zufrieden gewesen sei und das Reha-Ziel aus ihrer subjektiven Sicht erreicht worden sei, schlicht mit „Ja" geantwortet. So war es.

Bis auf die Vorträge eines alten, eitlen, kleinen Professors, die sie zwar recht informativ, aber überzogen in der Darstellung, irgendwie nicht ernst gemeint fand, war sie mit allem zufrieden. Sie konnte wieder ganz gut laufen. Treppensteigen ging auch. Autofahren war in unmittelbarer Reichweite. Sogar der Sex zur Schonung in der ersten Zeit nach der Operation wurde ihr von der jungen Physiotherapeutin erklärt, die völlig natürlich dabei blieb. In sechs bis acht Wochen brauchte sie keine Rücksicht mehr zu nehmen. Inzwischen hatte sie schon Lust dazu, vielleicht war der Neuanfang jetzt gekommen.

Sie verabredete sich mit Bärbel zum Abschied in das Eiscafé gegenüber der Rehaklinik. Bärbel war schlechter dran. Sie hatte Rheuma in vielen Gelenken, ihre Stützen mussten speziell angefertigt werden, sie trug orthopädische Schuhe. Sie war Lehrerin. Sie lachte gerne, zu zweit wurden sie auch mal ordinär und boshaft, wenn sie über die Männer in der Reha herzogen, die nur klagen konnten.

Als Ella in das Café kam, war Bärbel schon da. Sie löffelte an einem riesigen Eisbecher. Ella bestellte den gleichen Eisbecher mit Früchten, Schokoladensauce und eine extra Portion Sahne. Dazu wollte sie einen extra großen Becher Cola. Sie konnte es sich leisten. Bald war sie wieder fit, das Leben würde schon weitergehen.
Sie tauschte noch die Adresse, Telefonnummer und E-Mail-Adresse mit Bärbel aus. Vielleicht würden sie sich in Zukunft einmal treffen. Das wäre doch nett, nachdem sie so viel zusammen gelacht hatten.

Da betrat Udo das Café. Die ganzen drei Wochen hat er immer wieder nach ihr geschaut, sie hatten einmal gemeinsam am Mittagstisch gesessen. Er gefiel ihr, er hatte eine ruhige Art, er war zuversichtlich, dass er die Kreuzschmerzen wieder loswerden würde nach der Bandscheibenoperation. Als sie einmal einen unfreiwilligen Witz machte, lachte er gemeinsam über sie und mit ihr und sagte, das sei ihm auch schon mal passiert.

Udo bestellte sich an der Theke einen Milchkaffee, sah sie und Bärbel am kleinen Tisch sitzen, fragte von der Ferne, ob sich dazu setzen dürfe, die beiden Damen nickten. Udo wollte sich hinsetzen, leider stolperte er über eine oder zwei oder über alle vier Gehstützen, die etwas wacklig am Nachbartisch angelehnt standen und umfielen. Dabei wackelte der Tisch und der Super-Eisbecher mit Spezialportion Sahne und der volle Colabecher kippten beide auf die Hose von Ella.

Ella blieb ganz ruhig und sagte nur: „So ein Pech aber auch.“

Udo entschuldigt sich, nahm drei Papierservietten und entfernte die beiden großen Vanille-Eis Kugeln von Ellas

Oberschenkel mit einer knappen effektiven Bewegung und tupfte ein bisschen der heruntertropfenden Cola hinterher.

Bärbel kommentierte noch, dass so etwas ja mal passieren könne.

Ella nickte.

Udo stand auf, sprach mit der Kellnerin, die säuberte den Tisch und das, was noch auf den Stuhl und den Fußboden gekommen war. Er bestellte Cola und einen neuen Eisbecher. Dann setzt er sich dazu. Sie sprachen, was sie in den nächsten Wochen planten, Bärbel, Ella und er. Es schien bei allen dreien irgendwie das gleiche zu sein, was zu Hause nach der Ankunft zu erledigen war.

Er tauschte mit ihnen ebenfalls seine Telefonnummer und E-Mail-Adresse, nachdem Ella ihn dazu aufgefordert hatte. Dann sprachen sie noch etwas über die vergangene Reha, über die Therapeuten, die recht unterschiedlich waren, vom jovialen Muscleman-Masseur zur feinen, zarten, fast durchsichtigen, ernsthaften Therapeutin fürs Neurodingsda-Faszination und die relativ oberflächlichen Ärzte.

Sie waren sich einig, dass mit ihnen nun genug Reha passiert war.

Bei der Verabschiedung gaben sie sich die Hand.

Das war's.

Kaum war Ella zu Hause, ging das Telefon. Es war Udo.


Ein Jahr nach der Reha war sie wirklich leistungsfähig und fit. Von Udo hatte sie bald nichts mehr gehört, nachdem sie sich zweimal getroffen hatten. Sie fand das schade.

Sie hatte direkt nach der Reha an die Gutachterkommission für ärztliche Behandlungsfehler geschrieben, ob die Operationen bei Dr. Meier-Barmbeck fehlerhaft gewesen wären, das sei die Frage. Zum Ausfüllen des eigentlichen Antrags hatte sich eine Zigarette angemacht. Wieder musste sie weinen und die Tränen vom zugeschickten Vordruck der Kommission und vom geöffneten Zigarettenkästchen von ihrer Mutter abwischen. Einige Tropfen waren auf die Bleirolle und die Papierblätter gefallen. Die Mutter hatte gesagt, wenn Tränen auf das Blei im Kästchen fallen würden, verschwände der Grund des Weinens wie der Zigarettenrauch, daher sind also jetzt meine Zigaretten drin, dachte sie. Als sie die ganze Geschichte mit den Hüftoperationen, den Daten und den Informationen der Ärzte sorgfältig vom Merkzettel in den Vordruck übertragen hatte, wurde es besser.

Dann nahm sie das noch immer etwas feuchte Papier aus dem Kästchen heraus, schrieb den Namen „Meier-Barmbeck" darauf, kopierte die eigentümlichen Buchstaben von dem Originalpapier sorgfältig zusätzlich auf dieses Papier. Das Ganze steckte sie in einen Umschlag. Sie schaute diesen Umschlag lange an, dann wusste sie, was sie tun musste.

Seit über einem Jahr war sie nun wieder im Markt beschäftigt. Der neue Leiter hatte sie angesprochen, er brauchte eine erfahrene Fachverkäuferin als Bereichsleiterin „Obst-Gemüse-Feinkost". Außerdem plante er Werbeaktionen auf dem Marktgelände. So etwas konnte sie, Feste organisieren, Menschen ansprechen, über gutes normales Essen und  guten Wein fachkundig reden.

Sie wog jetzt 53 kg und fühlte sich wieder gut. Ihre Kolleginnen bereiteten ihr einen fröhlichen Empfang mit einem großen Schild:

„Willkommen zurück, Ella!"

Am nächsten Tag nahm sie wie üblich an der Kasse Platz, sie kannte viele Kunden, die um diese Zeit regelmäßig einkauften, und schwatzte fröhlich mit ihnen.

Sie kaufte mit dem Mitarbeiterrabatt eine Sonderedition des kanadischen Whiskys Dark Horse für 38 € im Holzkasten. Über die englische Beschreibung dieses Luxusartikels konnte sie nur lachen:

„Nase: Feuchter Zement, Schiefer, Staub, Holzkohle, frisch angebranntes Holz, etwas Kräuter und all die wunderbaren Aromen der Dörrung. Eine komplexe Synthese von Roggengerüchen mit Azeton, trockenem Körnern, Gemüse und Blumen. Reicher Vanilleduft mit geröstetem Zuckerrohr, weich und voll, Himbeere, dunkle Früchte, getrocknete Orangenschale, Veilchen, Rosenwasser und immer wieder Roggenduft. Die Nase ist reich, voll, fast wie Öl, mit Tönen von Gemüse und Ringelblume, Malz und Eichenrinde. Ein komplexes Geschmacksuniversum, wunderbar komponiert.

Gaumen: Es beginnt mit Vanille, Karamell und scharfem Pfeffer, danach sofort süßer Ingwer und angenehme bittere Pampelmuse. Immer findet sich das klassische Roggenerlebnis. Der schwere Körper hat nur das Gefühl, aber nicht den Geruch von saurem schwarzen Süßholz. Gebranntes Edelholz folgt jedem Schluck mit einem typischen sauren Roggengeschmack im Hintergrund. Scharfer Pfeffer und frischer Ingwer sind im Abgang in einem Bad von Malz und reifen dunklen Früchte.

Abgang: Lang! Es bleiben markante Gewürze und Pfeffer mit einem Hauch von Pflaumen.

Das leere Glas: Eichenrinde mit Ahnung von abgebrannten Kaminholz, Pflaumenmus, Karamell, Zuckerwatte und Holzkohle."

Wohl bekomm´s, na, denn Cheers, das Label mit der Pferdeabbildung zieht sicher, dachte sie und klebte den Umschlag mit dem Papier in den Whiskykasten. Sie adressierte an die Praxis Dr. Meier-Barmbeck mit ihrem vollen Namen. Sie nahm an, dass ihr Geschenk angenommen werden würde, vielleicht wirkte der Aberglaube von ihrer Mutter.

Zurückgekommen kochte sie sich einen Kräutertee mit Zitronengras, atmete tief ein und aus und begann mit dem Telefonieren. Sie rief nacheinander die Freundinnen Gaby, Helga, Beate, Winnie, die Kollegin Bettina und dann ihre Mutter an.

Ein Jahr später schrieb die Gutachterkommission, dass der Gutachter, ein Professor für Orthopädie außer Dienst, der Meinung war, dass die Operationen bei ihr eindeutig unnötig waren. Rechts sei die Hüfte technisch nicht ordentlich operiert und die Schale nicht fest verankert worden. Weiter sei das Material auch nicht geeignet gewesen und die beiden Operationen seien daher fehlerhaft durchgeführt worden.

Sie war nur dankbar und konnte sich schon nicht mehr aufregen.

Die Schmerzen in Rücken, Hüfte und Fersen hatten sich deutlich gebessert, sie musste nur zwei Tabletten pro Tag auf Dauer einnehmen.

Mit dem Gutachten wollte sie zum Rechtsanwalt gehen. Sie hatte außer den erlittenen Schmerzen zwei Jahre aktive Mobilität im Leben verloren. Außerdem mussten die Schulden von den Operationen wieder abgegolten werden. Das Geld wollte sie sich von Dr. Meier-Barmbeck holen.

Es dauerte etwas, bis der Rechtsanwalt, den sie mit der Sache betraut hatte, herausbekommen hatte, dass inzwischen Dr. Meier-Barmbeck das Krankenhaus verlassen musste und seine Frau allein die Praxis im Ort betrieb. Dr. Meier-Barmbeck habe allem Anschein nach Schwierigkeiten wegen der vielen Beschwerden von überall her, seinen Beruf weiter ausüben zu dürfen.

Der Rechtsanwalt meinte, es sei in ihrem Fall ein vielversprechender Kontakt mit der Haftpflichtversicherung aufgenommen worden und ein faires Angebot zu erwarten.


IX.2        Week-end an der Nordsee.


Udo (53 Jahre): fährt für drei Tage an die Nordsee.
Ella (46 Jahre): Bereichsleiterin „Obst-Gemüse-Feinkost", 1 Sohn Niko, alleinerziehend.
Gaby (52 Jahre): Hausfrau, ihre beste Freundin.
Wolf (60 Jahre): nach eigenen Angaben erfahrener Liebhaber, Orthopäde, Freund von Udo.
Marita (38 Jahre): hat ein Dessousgeschäft in der Nähe des Flusses.

Ella: (telefoniert): Hör` mal Süße, wie geht es dir nach dem Wochenende? Kannst du mir gleich erzähl...., weißt du, was passiert ist? Kommst du nicht drauf, ich fasse es nicht, Udo lädt mich ein für drei Tage an die Nordsee, Cadzand Strand, eben sagt er am Telefon, das sei mal angesagt, wow!

Gaby: Wie angesagt? Das ist doch der von der Finanzverwaltung oder?

Ella: Ja, weißt du doch! Nein, das war der, damals, als ich gerade endgültig aus der Scheiße mit Scheidung und Kinderstress war und dann noch die letzten beiden Hüftoperationen mit  Reha, der mich beim Italiener so blöde angestoßen hat, dass mir Cola und das Eis umgekippt sind und auf die Jeans, völlig nass und klebrig, der von der Reha wegen Kreuz.

Gaby: Der, jaja, jaja----wie oft.., also wie gut kennst du den denn eigentlich?

Ella: Gaby, weißt du doch, zweimal getroffen, einmal näher kennen gelernt, naja, weißt schon, hatte schon fast vergessen, rief schon ab und zu mal an, dachte aber auch: so ein Arsch! - und jetzt das, was soll ich denn anziehen? Ich hab ja gar nichts!

Gaby: Wieso, Jeans, feste Schuhe, T-Shirts, Pullover, ein Anorak gegen den Wind, Bluse oder Top für abends im Restaurant!

Ella: Und ich habe überhaupt kein Nachthemd mehr und...

Gaby: Wozu brauchst du denn ein Nachthemd?

Ella: Naja, ich kann doch nicht.... in

Gaby: Wieso nicht, großes Badelaken nach der Dusche nach der Ankunft, nur umgewickelt, reicht fürs erste Mal, oder?   Aber du hast recht, trägst du noch Dessous?

Ella: Nää, in meinem Alter?

Gaby: Ist wieder angesagt, vor allen Dingen bei älteren Typen, wie ist der denn so?

Ella: Wieso, normal halt, streicheln, Kondom, Missionars-Stellung, quatschen, schlafen, er ist ein Lieber..., aber wieder länger nichts gehört, fast ein Jahr.

Gaby: Meine Frage, wer hat denn damals das Kondom besorgt?

Ella: Na ich!

Gaby: Aha, und diesmal ist es also was Besonderes? Wenn man bedenkt, drei Tage sind nach fast'm Jahr schon lang. Und es soll ja ein wohl so'n Film mit Romantik und so ablaufen, unvergesslich und so weiter!

Ella (lacht): Das wäre schon schön, aber ich weiß gar nicht so genau, auf was der steht, Romantik – Erotik – Akrobatik - Lyrik? Oder alles gleichzeitig oder hintereinander?

Beide lachen.

Gaby: Guckt der anderen Frauen hinterher?

Ella: Glaub schon, scheint erfahren zu sein, schon geschieden vielleicht oder noch getrennt, Kinder aus dem Haus, der Job sei stressig, er selbst wirkt aber ruhig, wenn er vom Job spricht, guckt einem in die Augen, hat wohl noch Probleme mit der Ex und kommt aber allein zurecht, sagte er. Er ist aber doch nicht so ganz fit zu Hause, Putzfrau, Auto, spielt Keyboard inner Band, kennt alles von den Siebzigern und Achtzigern, textet einen aber nicht zu, eher so ein innerlich unruhiger Typ, mal organisiert, mal hektisch, kommt kaum zum Seele baumeln lassen. So schätze ich den ein.

Obwohl mit Finanz kannste dem nix vormachen, kommt mit den Kindern ganz gut zurecht im Rahmen.

Hab ihn länger nicht gesehen, nur Telefon, irgendwie stimmt die Chemie mit dem, glaub ich.

Gaby: Wir fahren zu Marita! Dessous an der Inde, der wird staunen, Ella - sexy Hexy.


Udo: Morgen Wolf, alles klar?

Wolf: Morgen, bis jetzt schon, wie immer unter Strom, alles unter Kontrolle!

Udo: Ich hab sie für drei Tage eingeladen, Nordsee, Hotel, Doppelzimmer.

Wolf: Wie, eingeladen?

Udo: Die kleine Braune in der Eisdiele mit der Cola, weißt du doch, die mit den Hüft-OPs und den nassen Jeans, mit der habe ich mich dann zweimal getroffen, ist aber schon etwas her.

Wolf: Getroffen! So so, habt ihr Sex gehabt!?

Udo: Na ja,         ja.

Wolf: Aha, kann sie gut Sex machen?

Udo: Ja ha, geht so, war nett, nein, echt, war schön!

Wolf: Wie oft ist sie gekommen?

Udo: Sag ich nicht, nein, ohne Quatsch, echt, war schön, das eine Mal. Aber jetzt: Drei Tage, mit ihr, was soll ich drei Tage lang sagen?

Wolf: Erstmal - wie kommst du hin?

Udo: Mit meinem Golf doch.

Wolf: Du hast sie wohl nicht alle, das ist doch hier ein besonderer Fall, nach der langen Zeit, du bist ja ein geduldiger Typ, so lange ohne Frau gewesen, bei mir wäre das natürlich nicht so weit gekommen, ich war immer aktiv, klar, die Frauen haben ja nie den Kontakt zu mir aufgeben wollen.... ich leihe dir den Alfa!

Udo: Mann, super, echt, aber ich, das passt doch irgendwie nicht, naja, aber das machst du wirklich?

Wolf: Ja, klar, Klamotten haste?

Udo: Wahnsinn, der Alfa und ich mit 53. Wie dritte, vierte Jugend..,wie, Klamotten?

Wolf: Ja, etwas cool musste schon als Mittfünfziger wirken, sonst fährt sie auch nicht komplett ab und - kriegt sie leicht einen Orgasmus?

Udo: Neue Klamotten? Leicht? - Sag ich nicht!

Wolf: Klar, neue Jeans, keine so genannte Freizeitkleidung für Rentner, beigelindgrün, das Gegenteil: neue Adidas, einfarbiges T-Shirt, passende Kapuzenjacke, am besten Vlies an der Nordsee, schlichte Wollmütze, neuer Gürtel, weg mit dem Goldkettchen, Sonnenbrille Marke Edel, neue einfache Armbanduhr.

Udo: Ich nehme aber meine alte Taschenuhr weiter!

Wolf: Ok, ok, damit du schauen kannst, wie lange es dauert, bis sie kommt...? Ich höre ja schon auf. Aber du könntest dir auch ein paar warme Gedanken machen, wie deine Erscheinung etwas kompetent in dieser besonderen Situation aufgepeppt werden könnte, muss ich mir nicht den Kopf zerbrechen die ganze Zeit als einziger, oder?

Udo: Ich denke ja schon nach, nur mal langsam, in 'nem geliehenen Alfa Romeo, aber ich glaube, ich könnte dann auch einen neuen Männerduft nach Brandung, Palmen, Citrus, Melone,--- ich fange schon an zu spinnen.

Wolf: Du, weißt du was, ich komme mit, Euch coachen, ich könnte Euch....

Udo: Nä nä, nä.-- Ich fahr allein mit ihr.

Wolf: Ich komme aber mit zum Einkaufen. Wann geht`s los?

Udo: Na jetzt gleich, sofort, umgehend, ok, und das mit dem Alfa zeigst du mir noch, wie das mit dem Verdeck geht und so, wie groß ist eigentlich der Kofferraum für zwei, reicht das überhaupt?

Wolf: Ja, wenn du nicht mit einer TV Dschungel Queen mit kompletter Safari-Garderobe verreist oder etwa mit ´ner Schickimicki-Golferin aus Düsseldorf.

Und dann noch eine Flasche Erdbeerbaumschnaps, die is´ doch ausgehungert, die will doch Sex, dann ein - zwei Gläschen, dann wird sie noch schön weich überall, so klappt das dann mit dem Bett, soll ja was Besonderes sein, drei Tage lang! Hast ja schon lange nichts mehr diesbezüglich... Nimm noch Bepanthen Salbe gegen die Schleimhautreizungen, Vorhaut und so weiter, weißt schon!

Udo: Arschloch! ---Bepanthen Salbe!  Hilft das überhaupt?

Wolf: Ja.

Udo: Ob das so gut ist für sie mit dem Schnaps, weiß ich nicht so genau, die ist so anmutig, ganz natürlich und verträgt sicher nicht viel. So ein sportlicher Typ, eine Art Kindfrau, eine reifere Lolita, sexy, aber nicht so hinterhältig, wirklich nicht dick, mager nun wieder auch nicht gerade, es ist schon alles dran.

Wolf: Feiner Arsch und kleine Tittchen wie Schnee-wittchen.

Udo: Arschloch! Aber ich spür irgendwie, dass sie keinen Schnaps trinken sollte und auch keinen Schnaps verträgt. Sie hat doch irgendwie etwas Vornehmes an sich, schon wahr, kann aber auch dreckig lachen, aber selten. So ein fröhlicher Typ, hatte wohl immer mal Probleme, mit dem Ex und einem Nachfolger, danach Pause mit den Männern, keine Lust mehr, eher zurückhaltend, nicht grapschig oder Klette, textet einem auch nicht dauernd die Ohren zu, ist echt nett mit ihr zusammen, eher exotischer Typ ohne Quatsch, weiß auch nicht.

Eher von der organisierten Sorte mit Ausnahmen, kannst ihr aber nichts vormachen, kommt gut mit ihrem Sohn zurecht, naja, meistens. Tja, die Chemie mit ihr scheint zu stimmen, aber ja keine Kritik am Sohn! Mäusetechnisch knapp, aber alles klar. Zuhause geschmackvoll, macht alles allein. Irgendwie ist die ´ne Liebe, nicht zickig, glaube ich.

Wolf: Bist du sicher?

Udo: Ja.

Wolf: Ich gehe also davon aus, dass es ein Erfolg wird. Wegen der einzelnen positiven Komponenten und Moduls, alphabetisch aufgeführt:

a. Alfa Romeo.

b. Bepanthen

c. Champagner, Chili Schokolade soll ja auch anmachen

d. Doppelzimmer

e. Edel Klamotten

f. 50 plus minus

g. Geniale Stimmung

h. Hotel an der Küste

i. Ideales Wetter, wenn's regnet umso besser.

j. Jugendliche Romanze

k. Kerzen und Blumen, denk dran!

l. Liebe machen mit Ella, so heißt doch das Thema?

Viel Glück für euch, ehrlich, also beim Alfa von 1997, den Kipphebel hier mal rechts und links anheben, dann geht das Verdeck erst halb auf, wenn man dann weiter...


Ella: Ich hab dir immer gesagt, dass ich nicht gesucht habe, ich habe ihn gefunden, hoffentlich, die Sache geht hoffentlich nicht irgendwie schon wieder in die Richtung.... hatten wir doch schon mal.

Gaby: Irgendwie, was soll da falsch sein, ist doch Quatsch, jetzt bloß nicht nachlassen!

Marita: Hallo Ihr beiden, kommt rein, Ella, das ist ja spannend, was Gaby erzählt hat, eine echte Romanze also. Erst mal eine Runde Cappuccino zum Warmwerden? Für dich auch Ella, ok?

Gaby: Marita, gern, mit Süßstoff, also Ella hat einen Date, nein, eher wie viel mehr, eher eine Art kurze Flitter-wochen an der Nordsee, Cadzand, mit einem neuen, dem endgültigen, dem ultimativen Prinz.

Ella: Sei doch still, Gaby, ist alles längst nicht so klar, wie du das jetzt so sagst, also..

Gaby: Sie braucht ein attraktives Outfit, ein neues Pro-fil, was die Figur betont, mit so einem Wow-effekt, ich und Ella gehen davon aus, dass...

Ella: Ich stelle mir das eher so vor, ich selbst würde gerne irgendwie sympathisch - und so..

Gaby: Ein Stück weit sexy muss es schon..

Marita: Schauen wir mal, du bist ja ein sportlicher Typ, eher zierlich, so kleine Größen habe ich Gott sei Dank seit neuestem im Angebot, zwischen 32 und 34, wie wär's mit diesem hier, meergrün, passt zur Nordsee, ein paar Spitzen am BH, etwas heller gehalten, diskret, bisschen Form durch den Bügel, aber ganz zurückhaltend, sehr gute Qualität, dazu gibt's auch noch ein Bigshirt, und ein Passfit-Unterkleid sehr schick, mit Pünktchen, die die Farben wieder aufnehmen oder schwarzweiß...

Ella: Weiss nich´ so recht..

Gaby: Zu brav , ehrlich, zu wenig das gewisse...

Marita: Hier etwas frecher, von Primadonna, schwarz, Spitze, Satin, kann man so als Slip oder sogar als String haben.

Gaby: Schon mal besser, vielleicht bisschen düster, e-her so nach Vorstadterotik, Handschellen, irgendwie nicht fröhlich. Aber auch nicht richtig verboten, sündig ist anders, aber da liegt noch ein dritter Slip in der Packung, oh, ein Slip ouvert, ich höre die Harfen und die Sirenen.

Ella: Also das, das ist unmöglich, ist doch klar, mir gefällt es nicht. Der Stoff ist ganz schön, fasst sich sympathisch an. Aber das Ganze zu viel Klischee „letzter Versuch in die Kiste", entschuldige den verbalen Ausdruck.

Marita: Hast recht , könnte man wirklich so sehen, wie wär's denn mit diesem hellblauen von Triumph, sehr leicht, ein bisschen Transparenz, viel Seide, seamless Oberteil, Damen-Shorty dabei?

Ella: Gefällt mir schon besser, probiere ich mal an.

Na, wie ist es?

Gaby und Marita: Naja, bisschen zu weit, - vor allem hinten, - auch im Brustbereich ein bisschen zu großzügig.

Ella: Seht ihr, alles Quatsch diese saublöde Idee!

Marita: Ach, Ella, dass ist überhaupt nicht schlimm, wir finden schon was Passendes…

Hier: Ich mach mal den Karton auf, das ist ein angesagtes Schottenmuster mit weißer Spitze, italienisches Fabrikat, dazu gibt's auch noch Strapse, das brauche ich dir wohl nicht unbedingt anbieten oder?

Gaby und Ella: Man könnte es ja mal ausprobieren, ich zieh es - ja zieh` es mal an!

Ella: Trägt sich gut, man fühlt sich gleich schon etwas jünger, aber ist das nicht viel zu jugendlich?

Gaby und Marita: Oh oh oh, Schulmädchen reportstory, schon recht schick, aber definitiv zu jugendlich, eigentlich schade! Das Oberteil könnte noch etwas push up vertragen, nimm es nicht übel. Du bist eben so jungenhaft, sportlich.

Ella (beleidigt): Wo eben nicht Großes ist, kann man auch nichts pushen, vergiss es!

Marita: Also passen tut es ja schon mal perfekt, deine zierliche Figur kommt wunderbar zur Geltung, das ist doch bloß das Design einer englischen Schul-Uniform-Anmutung, wir finden was Besseres bei diesen Lieferanten, seriöse Firma, gute Qualität und immer aktuell!

Gaby: Marita hat recht, wir versuchen noch ein paar, Marita, Schatz, mach mal noch ein paar Kartons auf!

Marita: Ihr Lieben, mir macht das richtig Spaß, euch zu zeigen, was ich alles habe, einen Teil habe ich selbst noch gar nicht gesehen! Wie wär's denn mit einem ganz sportlichen? Ich hab hier eine Kollektion mit den Firmenzeichen der TOP Automarken: Hier, die ist aus Turin, Alfa Romeo, Weiß und Rot, blauer Grund, grüner Drachen mit Krone, alles beste Seide, bei der letzten Messe in Mailand sehr erfolgreich, diese Kollektion, probier`s mal an!

Ella: Marita, meine Süße, der fährt VW-Golf, kannst du dir übrigens das Zeichen bei mir auf dem Hintern vorstellen, wie das den anturnt? Bei Alfa Romeo lacht der sich doch eins, wenn der den Drachen sieht! Und dann noch das Rote Kreuz auf weißem Grund!

Marita: Du nimmst aber alles ganz genau, vielleicht hat er irgendwann mal einen Alfa, da freut er sich, dass er das Markenzeichen schon mal bei dir auf deinem besten Teil gesehen hat, dass wirkt so als positive Verstärkung!

Aber ok, wie wär' es hiermit: leicht verwischtes, eingebügeltes, pastellfarbenes Fotodesign, kaum zu erkennen wie von Rauschenberg, Popart aus den Sechzigern und Siebzigern ist wieder in!

Gaby: Ist schon doch ein bisschen intellektuell, wa? Man will ja nicht klüger wirken als Mann ist, hier geht's doch ums Gefühl!

Marita: Und hier mit was ganz Gewagtem, karmesinrot, innen und außen, ausgeprägter Push up?

Gaby: Ich bin zwar für scharfe Sachen, aber was zu viel ist, ist zu viel! Besonders bei der Ella.

Ella: Hast du nicht so etwas Helles, das auf den ersten Blick brav aussieht, nachher aber doch richtig raffiniert ist, ich hab doch so braune Haut, mein Vater lachte immer, ich sei nicht von ihm, da könnte doch so was helles Pinkes, so etwas wie bei Lolita, so ähnlich, ganz gut aussehen, kein

Slip ouvert, kein String, so ´ne Art Shorty. Und bitte keine Strapse.

Marita: Aber klar, so meinst du das, so was, das habe ich, ich muss nur mal gucken, bin gleich wieder da!

Ella: Gaby, meinst du wirklich, dass das wirklich eine gute Idee war, wegen der drei Tage Einladung hierher zu gehen?

Gaby: Klar!, Wirst sehen! Ganz entscheidend! Das brauchst du! Das wird super! Du wirst mir noch dankbar sein!

Marita: Da bin ich wieder: also hier, hell und pink, ein bisschen Push up, gerade dass der Busen zur gebührenden Geltung erscheint, Damen-Shorty, braucht man an den Haaren auch nichts zu machen, deckt alles ab. Ideal eigentlich, zieh´ es mal an!

Ella (bisschen später): Ich finde, das ist schön, irgendwie angenehm, sympathisch, passt auch.

Ella, Gaby, Marita: Hat so das gewisse Etwas, romantisch, erotisch!

Ella und Gaby: Wir nehmen es!

Marita: Freut mich, und nur noch ein schickes Nachthemd, Morgenmantel, vielleicht von Marion Mehlhorn noch ein toller Badeanzug?

Gaby: Marita, Schatz, es scheint so ok zu sein, vielen Dank, du warst wunderbar, und Tschüss!

Ella: Marita, Liebes, war ein tolles Shoppingerlebnis bei dir!

Gaby: Jetzt konzentrieren, was brauchen wir noch? Etwas für die festliche Stimmung! Etwas Romantik muss sein oder? Da musst du schon selber vorsorgen, wer weiß, was das für ein schlichter Typ ist!

Champagner ok?

Tee Lichter ok?

Biomassage Öl, z.B. sehr erfolgreich Granatapfelöl von Fenela, ok?

Chili Schokolade, soll, wie man sagt, anmachen, ok?

Bepanthen Salbe, ok?

Ella: Wie, Bepanthen Salbe? Oh! Du bist ja so unmöglich, ich weiß, ja, Gaby, alte Hexe! Ok!

Gaby (umarmt sie): Ella, mein Liebes, viel Glück mit deinem Udo, sag` mir mal wie es war!


Montagabend:

Wolf: Na, wie war's?

Udo: Schon ok, vielen Dank für den Alfa Romeo, der zieht gut, war allerdings viel Geschwindigkeitsbegrenzung, hier sind die Schlüssel.

Wolf: Na, wie war's, spuck`s schon aus!

Udo: War schon ok.

Wolf (schreit): Wie OK? Sonst gar nichts? Nichts?

Udo: War schon ok, will sagen sehr gut, schön, jeder Tag so.

Wolf (sauer): War das alles?

Udo: Naja, ein älteres Ehepaar im Café hat uns gefragt, ob wir auf Flitterwochen seien.

Wolf: Dann war's also doch fantastisch?!

Udo: Ja, fantastisch, Ja, nein, Ja, eher aber wunderbar, hätt´ nicht mehr gedacht, dass ich noch so etwas....

Wolf: Jetzt mach` aber keine Sachen, liebst du sie etwa?

Udo: (....)

Wolf: Oder hat sie dir gesagt, dass sie dich liebt?

Udo: Ja.

Wolf: Und was hast du dann gesagt? Hast du gesagt, dass du sie auch liebst?

Udo: Ich glaube ja.

Wolf: Na also, und jetzt heben wir einen auf den Schreck!

Udo: Wolf, nimm es mir nicht übel, ich kann jetzt leider nicht diesmal, ich muss nochmal bei ihr vorbei, wir müssen nämlich nächste Woche mal schauen, weiß nicht so genau, vielleicht gibt's irgendwo eine günstige Wohnung.....

Wolf (schreit): Aha! Wow! Scheiße! Zu spät!


Montagabend:

Ella: Gaby, Süße, tut mir leid, dass ich erst so spät heute....

Gaby: Wie war's? Ella, wie war's denn? War er auch lieb zu dir?

Ella: Wunderbar. Ja.

Gaby: Wie war das mit dem Champagner, den Kerzen, dem pinken...

Ella: Ich wollte nur Danke sagen, ich muss jetzt Schluss machen.

Gaby: Wieso, warum denn, ich wollte mit dir anstoßen auf dich und  ..!

Ella: Du, Gaby, ehrlich, tut mir leid, ich bin schon viel zu spät. Er kommt gleich. Wir wollen mal nach einer Wohnung....

Gaby (schreit): Aha! Wow! Super! Aber später erzählst du mir alles wie's war, versprochen? Eingehängt, diese Hexe, echt! Da rackert und rackert man sich!

Er hatte die Zigarette im Mundwinkel. Sie kamen zu dem Haus mit dem Giebel, auf dem zwei verwitterte, kindliche Gestalten in Gips standen. Nach dem Kreisel gab er richtig Gas. 70 stand da, er fuhr schon 115 mit dem gebrauchten, getunten Opel Astra 2,0 l, 182 PS. Tanja klammerte sich an den Sitz. Er beschleunigte weiter, er war stinksauer, hatte sich extra gegen den Wunsch des Chefs frei genommen. Tanja zischte ihn von der Seite an: „Niko, fahr langsamer!"

Er bremste so abrupt, dass sie nach vorne kippte. Dann beschleunigte er wieder.

Sie wurde wütend: „Ich bin das jetzt wirklich leid! Diese schlechte Laune, das ewige Rauchen, die Herummoserei über den völlig unbedeutenden Betrieb mit den Pumpen und Röhren, die dauernde Unzufriedenheit, aber immer die Flasche an der Kehle und die Raserei, du hast sie jetzt wohl nicht mehr alle! Das kommt sicher vom Restalkohol!"

Er blickte starr nach vorne: „Und du mit deiner völlig verrückten Ayurveda Spinnerei, jetzt auch noch dieses Client-Client-blöd-blöd-Verinnerlichungs-Feldenkrais-Meditationsgetue in den Ardennen, das ganze Leben und unsere gesamten Rücklagen für die Wohnung gehen für diese Betulichkeitsspiele drauf. Ich hätte zu Hause bei Mama bleiben sollen!"

Sie fauchte: „Ach Gott, der Kleine will wieder zu seiner Mama zurück, wie rührend! Ihm wächst die Freundin über das Wuschelköpfchen. Das wars! Jetzt reicht es, Niko! Halt sofort an, ich steige aus! Das muss ich mir ausgerechnet von dir in diesem Zigarettengestank nicht anhören!" Er machte eine Vollbremsung. Sie wurde wieder nach vorne in die Gurte geschleudert.

Sie packte das Zigarettenkästchen zwischen ihnen, riss die Tür auf, stellte sich an den Straßenrand, rückte ihre Handtasche über die Schulter, holte mit dem rechten Arm aus und schmiss das Kästchen in hohem Bogen in die riesige Überschwemmungslache auf dem halb verfaulten abgeernteten Oktober-Maisfeld. Das Maisfeld lag dort, wo vor einigen Jahrzehnten noch Braunkohle abgebaut, anschließend der Müll der Stadt jahrelang abgekippt und wo jetzt unter dem überdüngten und mit Pestiziden vergifteten Maisfeld der Abfluss des Regens durch die Plastikabdeckung des Mülls verhindert wurde.

Der Müll hatte sich verdichtet und gesenkt, es hatte sich eine Vertiefung im Feld gebildet und das braune Wasser wurde zu einem schmutzigen See. Drumherum standen die abgeschnittenen Stängel der geernteten Maispflanzen in der toten Erde - wie Schilf am Ufer nach dem Wintersturm.

In diese große braune Wasserfläche warf sie das Kästchen. Es drehte sich etwas in der Luft. Es klatschte ziemlich stark, das Kästchen aus Holz mit nur noch zwei Zigaretten drin war sehr schwer durch die Rolle aus antikem Blei aus dem zweiten Jahrhundert nach Christus, die einen Vogelknochen umhüllte. Das Kästchen versank sofort im Schlamm.

X.	Der Alte
X.1	Wolmstrand

Er hatte schlecht geschlafen. Nach dem Urlaub auf Wolmstrand mit seiner Frau und den beiden Hunden, dem jüngsten Sohn mit den beiden Enkelkindern in der ersten Woche und den Rest der 14 Tage nur zu zweit mit den Hunden, hatte er gemerkt, dass er schwächer wurde.

Er war mit einem Gefühl neutraler Erwartung in diese Ferien gereist. Er hatte sich nicht vorstellen wollen, wie es werden könnte. Zum Lesen und zum Saxophonüben zu kommen, das war das einzige, was er sich vorgenommen hatte. Und dann natürlich mit den Kindern spielen. Auch da hatte er schon gemerkt, dass er nicht mehr die gleiche Begeisterung wie sonst hatte zu malen, zu singen, Kinderfilme zu sehen. Am leichtesten fiel ihm noch, mit einem Socken und dem Sonnenschutzaufsatz für die Brille eine kleine Bauchrednernummer beim Frühstück zu improvisieren. Daran hatte er Spaß.

Bei der Hinreise im Stau war ihm der weißrussische LKW mit seinem nonchalanten Fahrer aufgefallen, der freundlich grüßte, danach sein Magazin im Anfahren weiterlas, rauchte, aß, der einen Fuß hochnahm und seine Zehen betrachtete, während er mit der anderen Hand das Lenkrad hielt.

Lustenau am Neuruppiner See war das erste Ziel. Am Abend ging er mit ans Ufer zu einer Lücke im Schilf bei den langen Ästen der Bäume, die ins Wasser hingen. Er watete bis zum Oberschenkel in das flache Wasser über den weichen Moorboden, die Hunde kamen nach und schwammen mit seiner Frau etwas raus.

Am Abend hatten sie wenig zu essen, sie waren zum Frühstücken im Café Adele angemeldet für den nächsten Morgen. Dort traf er seine Schwester Hollie, den Schwager Otto und den Asylanten Dursum, der bei ihnen wohnte. Die Stimmung war locker, seine Schwester erzählte vom Engagement der Kirche, der Schwager war auf dem Weg nach Hamburg für eine Präsentation von Biolandwirten. Alle hatten gute Projekte.

Der Alte trank sechs Tassen vom dünnen Kaffee, aß drei Brote mit Marmelade, schließlich nahm er noch ein Stück von dem Napfkuchen. Das Frühstück hatte ihn aufgeheitert.

Nach einem Erkundungsspaziergang von circa 4 km, alles am See entlang bis zur alten Schleuse, kehrten sie, weil ihnen die Stimmung dort gefallen hatte, nochmals ins Café Adele ein.

Gegenüber saß eine Dreiergruppe Richter von der Richter-Akademie, die sich gegenseitig ihre jeweilig besondere Bedeutung ausführlich darlegten, die beiden männlichen Richter taten sich besonders hervor in Anbetracht der attraktiven Frau am Tisch, wobei das perlende Lachen der recht jungen Richterin das ganze Lokal ausfüllte und auch das laute Treiben und Gespräch der 17 Männer jeden Alters mit den Trikots des Wasser-Clubs mühelos übertönte.

Der Alte und seine Frau nahmen Kirsch- und Zwetschgenstreuselkuchen und er trank eine kleine, für ihn überraschend starke Tasse Kaffee. Als sie auf dem Balkon in der Unterkunft saßen, wurde es ihm schlecht. Er legte sich hin. Es wurde nur wenig besser. Als sie wie geplant über die historische holprige Allee von 7 km zur Schwester Hollie

fuhren, fühlte er sich so schwach, dass er kaum reden und schon gar nicht mehr aussteigen konnte.

Sie fuhren rasch zum Krankenhaus, dort musste er die Nacht wegen Verdacht auf Herzinfarkt verbringen. Das alles berührte ihn nicht besonders. Beim Röntgen der Lunge erfuhr er von der Assistentin der Röntgenabteilung, dass ein Klavierstimmer aus der Heimatstadt des Alten gerade im nahe gelegenen See ertrunken sei. Er sagte zu ihr, dass so etwas sehr traurig sei. Mehr fiel ihm nicht ein.

Am nächsten Morgen nahmen sie Abschied, seine Schwester brachte ein Sortiment großer gelber süßer, rot-grüner aromatischer, sowie kleiner, mittlerer und großer roter Tomaten mit, besonders gut waren die gestreiften prallen Grünen, aus denen der bleiche Tomatensaft beim Zubeißen das Kinn hinunterlief.

Das Ferienhaus auf der Insel Wolmstrand am Ackerweg 2 in Grassnitz war großzügig, zweckmäßig und angenehm touristisch eingerichtet, ein schöner Rasenplatz war sicher umzäunt, auf dem Gelände standen eine große Linde, eine Platane, zwei Pflaumenbäume, einige Kirschbäume und zwei Apfelbäume.

Die Schwalben flogen tief, die Sperlinge zankten sich im Fliederbusch, die Stare machten Krach in den Pappeln, auf dem Nachbargelände gackerten die Hühner, ein Hahn krähte am Morgen, auf den großen Feldern standen fünf Rehe, die beiden Hunde Priska und Molly hatten einmal die allerbeste Möglichkeit, drei Rehe zu jagen.

Am Abend war der Sternenhimmel überwältigend, die Milchstraße war zu sehen, sogar zwei Sternschnuppen.

Er fand es schön und blieb unbewegt im Herz.

Die Vermieterin hatte ihnen die reifen Pflaumen und die Falläpfel ans Herz gelegt. Sie sollten sie ruhig verbrauchen. Sein Sohn und die Kinder backten Hefekuchen mit Äpfeln und Pflaumen. Am Abend sahen sie Puh, der Bär und Jim Knopf.

Er fand es schön.

Er aß Räucherfisch, trank Wodka und es gab Kartoffeln dazu. Die Kinder nahmen lieber Ketchup zu den Kartoffeln.

Sie kauften Leimstreifen gegen die Fliegen und hängten sie an den Lampen auf. Bald bildete sich dort ein Friedhof. Gegen die Mücken benutzen sie die Fliegenklatsche und gegen die auf der Zimmerdecke sitzenden Mücken geworfene Kissen. Dennoch wurden die Kinder und Erwachsenen von vielen Mückenstichen geplagt. Besonders das kleine Kind schwoll im Gesicht an.

Sie fuhren zum langen, fast leeren, breiten Sandstrand, der sich nach einem Eichen- und Buchenwäldchen plötzlich öffnete. Das Wasser bildete Wellen mit kleinen Schaumkronen darauf, alles war friedlich und bewegt. Die Sonne schien, ein leichter Wind ging.

Er passte immer mal wieder auf das kleinste Kind auf. Ins Wasser traute er sich nicht mehr, obwohl die Überwachung in der Nacht im Krankenhaus nichts Schlimmes ergeben hatte. Es war wohl einfach zu wenig Flüssigkeit gewesen. Vielleicht ließen Durstgefühl und Kreislauf schon nach.

Am nächsten Tag ging er mit den Hunden über den Hügel hinter dem Haus und schaute dem Ultraleichtfliegertraining zu.

Immer, wenn etwas unangenehm für ihn war, hatte er sich in der Vergangenheit gesagt, dass er irgendwann sterben müsse und die Zeit, sich zu schämen, dann zu Ende sei, im gleichen Atemzug beeilte er sich aber immer, sich zu beruhigen und sagte sich im inneren Monolog: Sei stark, heute ist es doch noch nicht soweit!

Seit Beginn dieser Ferien hat er Zweifel daran, dass alles mit dem Herz so sicher sei. Deswegen nahm er immer das Handy mit.

Aber eigentlich ängstlich fühlte er sich nicht.

Das Beste war, auf dem Terrassenabsatz mit Blick auf den morgendlichen Garten zu sitzen oder nachts in das Firmament zu gucken, dann fühlte er einen Hauch von Freude wie früher. Er sprach über das, was er sah und wahrnahm, als würde er wirklich etwas dabei empfinden, als habe er sich wirklich gefreut über das, worüber er sprach, mit dem Sprechen darüber wurde es tatsächlich etwas besser und er glaubte, sich etwas zu freuen.

Als noch ein paar warme Tage kamen, zog er sich nun gerne aus, um die Sonne am ganzen Körper zu spüren, die kurzen Hosen ließ er an. Ungefähr so hatte er sich gefühlt, als er sich präpubertär nach der Schule im Schwimmbad in die Sonne legte. Er war zuletzt wegen seines Übergewichts nicht mehr so stark kritisiert worden. Er wollte jetzt die Sonne einmal wieder auf sich spüren.

Dann beschloss er einmal, eine Weile zu schweigen, um dem Familienkrach der Stare in der Linde, dem Gezwitscher der Schwalben in der Luft und den ruhigen Gesprächen zwischen seiner Frau, seinem Sohn und seinen Enkeln zu folgen. Als sein Sohn mit den beiden Töchtern abreiste, sagte der zu ihm, dass es schön gewesen sei, die Ferien mit

seinen Eltern zusammen zu verbringen. Daraufhin antwortete er, dass es auch sehr schön für ihn gewesen sei, so einfach und leicht.

Ihm wurde es noch etwas leichter, als sie als die Zu-
rückgebliebenen an den darauffolgenden Regentagen lange
Wanderungen am Strand machten.

X.2         Maisfeld

Nach den Ferien wieder zu Hause angekommen, bemerkte er, dass er es vorzog, allein zu sein. Solche Phasen
hat er immer mal wieder gehabt. Aber diesmal brachte es
nicht das, was er an einer solchen Zeit ohne andere immer
so schätzte. Es hatte ihn sonst immer erfreut, dass er Pläne
und Möglichkeiten für die Zukunft überdenken konnte,
Fantastisches weiterspinnen und Probleme für seine Gutachten als Fachmann für Orthopädie oder auch Einzelheiten für die gemeinsame Musik mit den anderen Musikern
im Detail überdenken konnte.

Aber diesmal war alles irgendwie flach geblieben, es
kam nichts Greifbares bei ihm an, nirgendwo ein Echo, was
er sonst freudig begrüßte, woran er länger denken konnte
oder sogar weiterspinnen konnte.

Seit zwei Tagen war er nun allein, seine Frau war zu
einer Tagung fort und er hatte wieder einmal schlecht geträumt. Immer wieder das gleiche Thema, er selbst unterwegs mit einer Gruppe Menschen, diese bekannten Menschen waren wie immer plötzlich nicht mehr zu finden,
viele andere fremde Leute hatten sie ersetzt. Diesmal war
er mit einem Ferienpassagierflugzeug mit doppelter Schall-
geschwindigkeit zu einer Bildungsreise unbekannten Ziels
gestartet. Der Durchbruch der ersten Schallmauer passierte

durch eine aufgeklappte, rote, britische Telefonzelle. Beim zweiten Mal zum Durchbruch der Schallmauer wurde wieder der Durchbruch durch eine Telefonzelle diesmal mit „Mach 2" annonciert. Dabei zersprangen die Fensterscheiben des Flugzeugs. Er befürchtete im Traum jetzt den finalen Druckabfall und wartete auf die sicher nun eintretende Bewusstlosigkeit. Aber das Flugzeug landete auf einem sechsspurigen Highway in Texas. Die letzte Hülle des Flugzeugs bestand aus einer elastischen Gelatineschicht, die hatte alle gerettet vor dem kompletten Druckverlust. Der Kapitän sagte ruhig durch den Bordlautsprecher, dass hier die Car-Glass Firma sehr unzuverlässig sei, anderswo ging es schneller, man müsse jetzt einen längeren Aufenthalt einplanen.

Er verließ das Flugzeug kurz, es war offensichtlich bei San José gelandet, wo einst sein Freund vor fast 50 Jahren tödlich verunglückt war. Auf der Straße fand er keine Blutflecken mehr, als er aber zurückkehrte, war das Flugzeug weg. Sein Gepäck war damit auch wieder einmal verloren. Er wurde sauer und beschloss, diesen Traum zu beenden.

Als er wach wurde, war es schon 8.00 Uhr morgens.

Er zog sich an, nahm den Hausschlüssel, das Handy und die Hundeleinen, leinte beide Hunde an, zog die Zeitung aus dem Tontopf vor der Haustür, überflog die Schlagzeilen, warf die Zeitung nach drinnen auf dem Boden und schloss sorgfältig ab.

Er kam an dem kürzlich gebauten, unpersönlichen, technisch sehr hoch gesichertem Haus des Nachbarn vorbei. Der stand vor seiner Kaffeemaschine und winkte durchs Fenster. Das nächste kleine alte Haus war völlig mit Efeu und wildem Wein überwachsen. Die drei Jungs, die mit seinen Kindern gespielt hatten, waren längst woanders. Das alte Ehepaar war wegen Demenz des Mannes zur Tochter gezogen. Das Haus stand leer. Das nächste Haus ebenfalls, der alte Perser M. M. war gestorben, er hatte sich in der Klinik des Alten, als der noch Chefarzt war, die Hüfte mit wenig Erfolg operieren lassen. Schließlich war es der Morbus Parkinson, der ihn schwer behinderte. Der Alte dachte an die große Metallschale, die er von dem persischen Nachbarn geschenkt bekommen hatte. Einmal hatte er den Perser eingeladen, sie hatten zusammen Tee getrunken, der hatte ihm einen Teil seines Lebens erzählt, besonders, dass er vor Khomeini geflohen sei. Bleiben wäre für einen wie ihn, der für den Schah auch mal etwas robuster zugegriffen hätte, der sichere Tod gewesen damals in Persien. Gegenüber im ersten Stock waren die Gardinen abgehängt und man sah einen Teil einer Leiter. Die Mieterin hatte Krebs bekommen, der Hund bellte dauernd, ihr war gekündigt worden, jetzt wurde das Stockwerk hergerichtet.

Die Hunde zogen an. Er entschloss sich, über das Feld zu gehen. Auf der kleinen Anhöhe am Waldrand sah er die drei Windräder im Westen, sie drehten sich langsam angetrieben von einem südöstlichen Wind.

X.3        Vor dem Maisfeld

Vor dem Maisfeld rechts am Weg, der parallel zur stark befahrenen Straße lief, stand der Hundebesitzer Ehlers, er hatte ihn beim Hundespaziergang früher schon oft getroffen mit seinen beiden weißen kleinen Terriern, Xantip und Sokraites. Der Alte fand es immer lächerlich, dass der griechische Name Sokraites mit englischer Aussprache gerufen wurde. Diesmal stand Ehlers allein vor dem großen Maisfeld wie vor einem Schilfmeer. Es war nur noch im oberen Drittel grün, die anderen Blätter tiefer unten waren braun und unansehnlich geworden. Die Stängel waren ungleichmäßig stark, die Erde war dunkel und wurde schwarz direkt unter den Maispflanzen. Obwohl sie doch gleichmäßig mit der Maschine gesät worden waren, konnte man keine Reihen erkennen, nach der zweiten Reihe von außen wurde alles undurchdringlich. Ehlers weinte fast, der dicke Mann hatte Tränen in Augen.

Er sagte: „Morgen, steh hier schon zwei Stunden, müsste längst zur Arbeit. Beide sind hier drin, sie finden wohl nicht mehr heraus. Letztes Jahr sollen hier auch Hunde verschwunden sein". Und Ehlers pfiff nochmal. Nichts regte sich. Die beiden Hündinnen des Alten knurrten und jaulten, sie stellten die Nackenhaare auf. Sonst wollten sie immer in das Maisfeld zum Stöbern, jetzt schienen sie Angst und Wut zugleich zu haben. Da zog sie der Alte weg. Der Alte fragte Ehlers, was er nun machen wolle. Ehlers sagte, er wolle so lange wie möglich hier warten, wo beide Hunde verschwunden seien. Der Alte sagte, vielleicht sei es eine gute Idee, das Maisfeld etwas früher abzuernten. Da meinte Ehlers, dass das für die Hunde zu gefährlich sei, es sei denkbar, dass beide erschöpft ohne Orientierung in der Mitte liegen und dann vom Mähgerät totgefahren werden könnten.

Der Alte wünschte Ehlers, dass die Hunde bald wieder auftauchen würden. Ehlers dankte und wandte sich ab. Der Alte ging mit seinen Hunden weiter.

Am Nachmittag ging er noch einmal dorthin. Jetzt stand Frau Ehlers vor dem Maisfeld. Er fragte sie, ob die

Hunde wieder da wären. Frau Ehlers sagte, dass die kleine Xantip völlig erschöpft und zitternd und voller Angst direkt zu ihr vor einer Stunde aus dem Maisfeld gekrochen sei. Ihr Mann würde sie zu Hause versorgen. Aber Sokraites würde noch fehlen.

Der Alte fragte, ob er irgendetwas tun könnte. Frau Ehlers wollte weiter warten. Da war er erleichtert, denn er wollte seine Hündinnen nicht in das Maisfeld schicken, um Sokraites zu suchen. Ihm kam das zu gefährlich vor. Aber eine genaue Vorstellung, vorher die Gefahr kam, hatte er nicht. Vielleicht verlaufen? Orientierung verloren? Vielleicht Giftgas aus der alten Müllkippe durch die Wurzeln der Maispflanzen an die Oberfläche transportiert? Als er weiterging, stolperte er fast über den Kadaver einer Krähe, die von den Hündinnen nur kurz beschnüffelt wurde. Etwas später lag eine tote Drossel auf dem Weg. Eine seiner Hündinnen brachte einen schon mumifizierten Rest von einem Hasenkopf an. Etwas weiter hinunter zum Fluss lag im Gebüsch ein Haufen von Fasanenfedern, daneben die beiden Beine mit ihrer gelblichen Haut und den Krallen.

Am frühen Abend fuhr er nach Düren zu seiner alten Bekannten. Sie sprachen über die früheren Hauskonzerte mit ihren Erfolgen, Experimenten und Flops. Von den Musikern waren praktisch alle schon gestorben, auch ihr Mann, der damals Cello spielte. Über die Familienferien von ihr und von ihm, über die unausgesprochenen Regeln, die man als Großeltern in den jungen Familien beachten soll. Danach sprachen sie über Kreuzschmerzen, Knieschmerzen, Ohrenschmerzen und Morgengymnastik. Dann sprachen sie über den Kuchen, den sie gebacken hatte und jetzt servierte und später über das Soufflé mit Salat, wozu es einen Weißwein gab. Dann saßen sie eine Weile einfach nur da und folgten ihren eigenen Gedanken. Dann begann der Alte über die in den Ferien gebackenen Hefekuchen mit Apfel und Pflaumen zu reden. Gegen Ende gab sie ihm einen Stapel von ausgeschnittenen Artikeln aus der FAZ mit, das könnte ihn vielleicht interessieren, meinte sie. Sie kannten sich seit über 25 Jahren. Sie wusste, dass er sich für Musik, Philosophie und Bienen interessierte. Er fühlte sich wohl da. Nach drei Stunden fuhr er wieder nach Hause.

Als er an der Straße am Maisfeld, in dem die Hunde vermisst wurden, vorbeikam, sah er ein Tier auf der Straße. Es lief eigentümlich asymmetrisch. Er hielt an, schaltete das Blinklicht an, stieg aus und sah, dass das Tier ein Marder war, der vom Auto angefahren worden war. Sein Kiefer war gebrochen, auch die Wirbelsäule hatte einen seitlichen Knick. Er blickte ihn so beredt an, ob es wirklich notwendig sei, dass er nun sterben müsse. Der alte Arzt holte die dicken Handschuhe, zog sie an und geleitete das tödlich getroffene Tier an den Straßenrand. Weiter kann der Marder nicht. Er blieb dort einfach im schmutzigen Gras liegen.

In dieser Nacht träumte der Alte wieder:
Neben ihm war eine. Er spürte plötzlich jemanden.
Die sprach vom Fliegen.
Und so flogen sie, zunächst nach Alt Limburg auf den dreieckigen Platz.
Ein paar Leute kamen aus einer Ausstellung im ersten Stock und lobten sie.
Drinnen waren Amateurbilder in grellen Acrylfarben,

blaue Strudel, leuchtend bunte Blumensträuße, Son-
nenuntergänge,
in der Mitte ein kopfüber hängender Torso aus Holz.
Beim Verlassen des Hauses sind sie beide jetzt in
Kreuzberg.
Sie stehen auf einer Mauer und schauen auf den Schal-
meispieler.
Eben hat er noch improvisiert, jetzt liegt er auf dem
Rücken,
er ist gestürzt, das Instrument ist jetzt nach oben ge-
richtet.
Neben dem Brunnen das Puppentheater.
Irgendwo qualmt es.
Da tanzen sie in Zweierreihen heran, die türkische
Hochzeitsgesellschaft
vor/vor/zurück, vor/vor/zurück,
Kopftücher, Schirmmützen, lange Mäntel, schwarze
Lederjacken.
Sie biegen nach links zur Tür des Kulturzentrums.
Graffiti.
Man hört schon die Klänge der Ud mit Synthesizer und
Schlagzeug. Lange hören sie dabei zu.
Jetzt sind sie in der Ballongondel, die Flamme faucht
nach oben,
sie fahren über einen Strand mit dem Wind,
das Wasser ist so grau, der Strand gelblich grau, der
Himmel luftig grau,
unten bei der Brandung die Mutter mit dem Kinderwa-
gen.
Das kleine Kind schaut die Mutter an, die Mutter
schaut ihr Kind an,

sie schauen sich an, nichts anderes passiert,
Jesus und Maria?
Der Ballon fährt ganz nah hinunter, sie schauen sich
an.
Angeschwemmt liegt neben ihnen ein Holz mit Flechten aus gelben Näpfchen auf grünem Grund.
Nun fliegen sie wieder frei, über ihnen Fässer voll
dröhnender Wolken.
Sie schweben über den Wald der Windräder im Gleich-
lauf, in einer kleinen Gruppe stehen die Räder still,
dort ragt ein Kran bis zur Turbine, daneben ein Ser-
vicewagen, am Boden liegen zwei neue Flügel.
Es geht weiter über das Gelände der Wismut, Ödnis,
strahlender Rest,
hier und da das Fleisch der Oda Jaune.
Die neben ihm sagt, dass alles hier nur ein Gleichnis
sei für die Dauer eines Lebens. Er dürfe etwas hoffen.
Er hofft jetzt: hoffentlich fliegen sie bald über die be-
waldeten Ufer am Mälarsee.
Auf ein Fischgericht mit Neuseeländer Weißwein
im Bootshaus von Sigtuna freut er sich.
Später Musik in Odensalas Kyrka wäre schön, denkt
er. Es geht schon im Flug nach Norden.


Am nächsten Morgen ging er wieder zum Maisfeld, in
der Hoffnung etwas von dem verschwundenen Hund von
Ehlers zu erfahren. Ihm kann eine gebückte Gestalt entgegen, sie hatte die Kapuze über das Gesicht gezogen, zwei
Kabel kamen aus der Kapuze heraus, eine Hand hielt ein
Handy vor die Augen, die man nicht sehen konnte. Sie
hatte eine Segeltuchtasche über der Schulter mit dem

Namen Elsa A.-S. An den grünen Fingernägeln und den pinken Turnschuhen erkannte er, dass es sich um das junge höchstens fünfzehnjährige Mädchen handelte, das häufig einen kleinen weißen pudelartigen Miniaturhund ausführte, dabei rauchte und immer in ihr Handy sprach, jeden Augenkontakt vermied und sich eher abwandte, wenn der Alte sie grüßen wollte.

Jetzt weinte sie laut schluchzend und schrie auf das Handy ein. Es klang Skandinavisch mit Deutsch vermischt. Sie schien ihn nicht zu bemerken. Ihre Familie wohnte neu hier in der Gegend, der alte Arzt hatte einmal aus Neugierde auf das Namensschild an ihrem Haus geschaut. Die neuen Nachbarn hießen Ernest Allvar – Severus. Er dachte sich damals, dass die Namen auf dem Schild dreimal das gleiche bedeuteten, nämlich Ernst.

Jetzt ging er mit seinen beiden Hunden an dem jungen Mädchen vorbei.

Das Maisfeld war inzwischen komplett abgeerntet worden. Ehlers war nicht da. Mit seinen Hündinnen an der Leine begann der Alte die Reihen der abgeschnittenen braunen Stängel abzuschreiten. Vielleicht ließ sich das Geheimnis auf der freigelegten Erde finden. Plötzlich fingen die Hunde an zu jaulen, die Nackenhaare reckte sich wieder hoch, sie zogen in eine Richtung gemeinsam, dass er beinahe auf dem schlüpfrigen freigelegten Boden ausrutschte. An einem Punkt mitten auf dem Feld begannen beide Hunde unter fortwährendem Knurren und Jaulen zu graben. In dem klebrigen Erdreich legten sie ein Kästchen aus Holz frei. Er bückte sich und zog daran, es war überraschend schwer und schien unverändert ohne deutliche Einwirkung durch das Schlammwasser noch intakt zu sein.

Etwas von dem lehmigen Boden klebte außen dran. Der Alte erkannte ein Holzrelief mit der Muttergottes auf dem Deckel. Er öffnete den Deckel, der nur mit einer einfachen Spange festgehalten wurde und sah, dass in dem einen Abteil des Kästchens zwei feuchte Zigaretten lagen. In dem anderen Abteil lag eine Rolle aus grauem Metall, am ehesten Blei, aus dem ein kleiner Knochen herausragte. Er klappte den Deckel wieder zu, als er merkte, dass beide Hunde Interesse an dem Knochen zeigten.

Auf dem Rückweg nach Hause traf er das junge Mädchen wieder. Sie schluchzte immer noch, versuchte aber, etwas in das Handy hinein zu tippen. Aus irgendeinem Impuls, vielleicht weil er sich gerade stark fühlte, das Mädchen so traurig war und er sie kennenlernen wollte, weil sie ihn ab dann vielleicht gegrüßt hätte und sie ihm auch leid tat, trat er auf sie zu und sprach sie an. Er öffnete das Kästchen und wollte schon sagen, als würde er die Tränen nicht bemerken: „Schau mal, was ich hier auf dem Feld gefunden habe!" Aber dazu kam es nicht. Sie schaute ihn an, weinte ihn dabei völlig ungeschützt an, schluchzte laut auf und rief: „Was wollen Sie von mir? " und beugte sich über das Kästchen, einige Tränen tropften hinein, sowohl auf die beiden Zigaretten als auch auf die graue Blei-Rolle. Der Alte blieb vor ihr stehen.

Nach einem Augenblick fing sie sich. Sie fragte, ob sie eine Zigarette haben könnte.

Er flüsterte nur: „Ja, klar, kannst du." Plötzlich war er ganz schwach geworden. Er hörte eine herrlich ergreifende Musik. Es war wie Weihnachten. Der Neugeborene hatte den Mund ein bisschen auf, seine Mutter Maria sang, ihr Mann Josef sang, die Hirten sangen, aber es klang alles viel lauter und intensiver. „Ja, ja, Marie“ dachte er, „ja, das ist es, so muss das klingen! Aber woher kommt das?“

Ein Schmerz breitete sich mit großer Intensität im linken Arm und über dem linken Schulterblatt in den Unterkiefer strahlend aus. Er spürte, dass sein Herz unregelmäßig schlug. Er setzte sich auf den Boden, das reichte nicht, er musste sich hinlegen. Er sah über sich die beiden Hündinnen, die seine Ohren und seine Nase beschnüffelten, er wollte sie noch freundlich abwehren, doch: Es war zu spät.

Zitate:

S. 28/29 „Jubel und Trauer"
nach „Altägyptische Dichtung", ISBN 3-15-
009381-3, © 1996 Philipp Reclam jun. Verlag
GmbH, Siemensstraße 32, 71254 Ditzingen, S.
142/143

S. 36/37 „O mein Herr Osiris"
ebenda, S. 159

S. 86          Grabinschrift
Aus: Archäologisches Korrespondenzblatt, Verlag
des Römisch-Germanischen Zentralmuseums,
Mainz, Jahrgang 24, 1994, Heft 4, 4. Quartal, S.
408

S. 148/149 Text von einem Papyrus aus dem alten
Ägypten
          aus: „Altägyptische Dichtung",          ISBN 3-
15-009381-3, © 1996 Philipp Reclam jun. Verlag
GmbH, Siemensstraße 32, 71254 Ditzingen, S.
148

S. 393 „Du bist mein reinster Trost"
eigene Übersetzung, Originaltext in der Gedicht-
sammlung „Moln", www.karinboye.se

S. 405 Sköldmön
eigene Übersetzung , Originaltext in der Gedicht-
sammlung „Gömda land", www.karinboye.se

S. 431 Epistel Nr. 6 von Carl Michael Bellman
Zitiert nach „Carl Michael Bellman: Fredmans
Episteln", ISBN 978-3-15-019087-6, © 1994 Philipp Reclam jun. Verlag GmbH, Siemensstraße
32, 71254 Ditzingen, S. 25, 30